百家文学馆

名家笔下的
柴达木

甘建华 主编

中国文联出版社

图书在版编目（CIP）数据

名家笔下的柴达木 / 甘建华主编 . -- 北京：中国
文联出版社，2020.11（2023.3 重印）
ISBN 978 - 7 - 5190 - 4368 - 1

Ⅰ.①名… Ⅱ.①甘… Ⅲ.①中国文学—当代文学—
作品总合集 Ⅳ.①I217.1

中国版本图书馆 CIP 数据核字（2020）第 206058 号

主　　编　甘建华
责任编辑　褚雅越
责任校对　王锦芳
装帧设计　中联华文

出版发行　中国文联出版社有限公司
地　　址　北京市朝阳区农展馆南里 10 号　　　　邮编　100125
电　　话　010 - 85923025（发行部）　　　　　　85923091（总编室）
经　　销　全国新华书店等
印　　刷　三河市华东印刷有限公司

开　　本　710 毫米×1000 毫米　　1/16
印　　张　25
字　　数　405 千字
版　　次　2023 年 3 月第 1 版第 2 次印刷
定　　价　89.00 元

本书编委会

序

王巨才

　　柴达木，蒙古语最确切的意思是"辽阔的地方"。清代乾隆年间，大学士傅恒等奉敕编撰的《西域同文志》卷十六记载："柴达木，蒙古语，宽广之谓。滨河境，地宽敞，故名。"它的面积 25.78 万平方公里，相当于山东省加上江苏省的面积，比欧洲匈牙利、奥地利、捷克三国面积总和还要多。

　　关于柴达木盆地，我最初的认知来自于中学地理课本。它是号称世界上海拔最高的盆地，盆底平均海拔 2800 米，属封闭型的巨大山间断陷盆地，四周被昆仑山脉、祁连山脉、阿尔金山脉与青海南山所环抱。再就知道它是中国四大盆地之一，但其它三个盆地塔里木、准噶尔和四川盆地，我都曾先后去过，唯独没有到过位于青海省西北部、青藏高原东北部的柴达木盆地，这不能不说是一个遗憾。好在借助书刊和网络的传播力量，并不影响我对它的了解和神往。

　　柴达木盆地是青海省海西蒙古族藏族自治州行政区域的主体，柴达木是海西州的代称。柴达木是遥远而偏僻的，也是神秘而美丽的。

　　说它遥远而偏僻，从北京到西宁的距离，就有 1800 多公里，再到州府德令哈还有 500 公里。从德令哈继续前行，走 320 公里到西南部重镇格尔木，走 680 公里到西北部新城茫崖花土沟。格尔木、茫崖花土沟分别是青海通往西藏和新疆的门户，由此进入祖国的西部边疆地区。以前，盆地除了东部尚有人烟、村庄、绿树、农田，以及绵羊、骏马、牦牛、骆驼等活物，西部几乎全是荒漠戈壁，草木鸟兽极其稀罕难觅踪影，民谚说"八百里瀚海无人烟"。经过半个多世纪的开发建设，如今已经成为现代绿洲、城镇、村庄、厂矿，拥有较为发达的公路、铁路、航线、管道。昔日的大荒不毛之地，变成了青海经济文化建设的主要疆场，也是多民族融合共同发展的幸福家园。

说它神秘而美丽，亿万年前还是烟波浩淼的大海，亿万年后由于欧亚板块的漂移，喜马拉雅山的隆起，造就了这块群山环绕的巨大盆地。许多人以为它是万古雄荒，杳无人烟，其实现代考古发现并非如此。中澳专家联合组曾在小柴达木湖南岸，发掘出旧石器时代的刮削器、雕刻器、钻具和砍斫器，表明约23000年前已有人类在柴达木活动。后来的古西羌、吐谷浑、吐蕃、和硕特部落将之作为牧地，驰名中外的唐蕃古道和丝绸南路从中通过，这些历代史志都有明确的记载。闻名于世的昆仑山，以其磅礴之势横空出世，成为万山之祖，流传着西王母、周穆王等古老而动人的神话传说。世界上面积最大的雅丹地貌区，中国面积最大的盐湖察尔汗盐湖，明代李时珍《本草纲目》中记载的"青盐"产地茶卡盐湖，新中国成立初期共和国第四大油田冷湖，占全国总探明储量三分之一以上的茫崖石棉矿，都是柴达木盆地的外宣标志。手头有一份最新的资料，根据地质工作者对青海省34种矿产资源潜在价值的测算，柴达木盆地已探明矿产储量的潜在价值，占全省已探明矿产储量潜在价值的90%以上，市值达15万多亿元！

这一闻名遐迩的"聚宝盆"，又是我国西部民族风情的乐园。它涵盖着冰川、雪山、崖壁、峡谷、雅丹、丹霞、湿地、高山草甸、内陆河流、咸水湖、淡水湖、沙漠、戈壁、草原等各种地貌，且富集而迥异，动植物资源也是丰富多样。现今繁衍生息着二三十个民族，四五十万人口，他们来自祖国的四面八方，既有南方的俊秀、北方的直爽，又有西部的粗犷、中原的淳朴。在这里，可以领略蒙古族那达慕的风采，可以饱览藏族六月歌会的情调，可以聆听千万吨级油气田工人们豪气冲天的歌声——我为祖国献石油！

对于许多人来说，"柴达木"三个音韵铿锵的字，是一个很容易产生丰富联想的意象。尤其是对于生活其间或身临其境的文学艺术家们，只要了解自1954年以来盆地艰难的开发建设史，了解千里青藏线的悲壮筑路进行曲，了解冷湖、大柴旦、花土沟、格尔木的创业传奇，了解德令哈因为海子一首诗歌的焕发新装，或者只要看看天峻的苍穹、乌兰的云彩、都兰的寺院、茫崖的霞光、甘森的西红柿、诺木洪的枸杞子、柏树山的扁柏、巴音河的碧波、尕斯库勒湖的涛声、金子海的自然生态原貌、托素湖的外星人遗址……马上就会有历史的追寻，地理的发现，诗潮的澎湃，创作的冲动，就会像《名家笔下的柴达木》这本书的作家、学者们一样，拿起手中的笔，抒写祖国西部雄浑壮阔的英雄交响曲。

《名家笔下的柴达木》是海西州政协"柴达木文史丛书"中的一种，是一部文化地理散文选本，选材重在写人记事说景。主编为湖南著名作家甘建华，曾在柴达木工作、生活多年，对第二故乡有着十分深厚的感情，为之创作了大量的优秀文学作品。这是他应海西州政协之邀，与柴达木文史专家张珍连联袂，披读精选数年的心血结晶。回顾我国经济建设的基本经验教训，有一条是政策和方针必须符合国情和区情。国情和区情包括自然环境和经济基础，还包括地域文化。文化是一个庞大的体系，完全因人的具体作用而生成，这是文化地理研究和写作的根本点。文化地理学探讨文化与地理环境之间的关联，探讨区域文化的特征，必须与现实地区相吻合。就像前述柴达木的地理单元一样，本书的篇章都明确指向这片广大区域的各个角落，指向地理、历史、人文、风物和日常生活场景，指向创造奇迹和史诗的各族英雄儿女。

本书编选的 84 篇美文佳作，绝大多数作者的名字人们耳熟能详，可见众多文星曾经频频光照柴达木。书中前几篇是外国探险家、旅行家、自然科学家以他者的眼光，描绘百余年来柴达木的山川形胜和风情民俗，使之有了中国高度和世界眼光。畅想这些中外名家昔年走过的地方，体会他们笔下的生动文字，神与物游，意与境偕，真是一着在手不忍释卷。其中，徐迟（《第一棵圣诞树》）、李季（《戈壁旅伴》）、徐光耀（《冷湖油田采风日志》）、李若冰（《寄给伊沙阿吉老人》）、朱奇（《帐篷城茫崖写意》）、王宗仁（《望柳庄》）、陈忠实《车过柴达木》、王贵如（《珍爱"天空之镜"》）、王文泸（《金子海的未来》）、梅洁（《通往格尔木之路》）、肖复兴（《冷湖之春》）、陈世旭（《海西的绿衣天使》）、贾平凹《西路上，她说柴达木》、和谷（《花土沟》）、陈长吟（《一日四季走戈壁》）、燎原（《沿地图展开的海西叙事》）、甘建华《南八仙传说》、凌须斌《景忍山行记》、甘恬（《父亲的西部之西》），等等，他们的作品都是此一特定地域诞生，并且带有明显的地域烙印。诚如黑格尔《美学》一书中所言："首先挤到我们面前来的就是外在自然，例如地点、时间、气候之类。在这个方面，我们每走一步，就可以看到一幅崭新的有典型意义的图画。"

大地是文学艺术的舞台。"夫美不自美，因人而彰。兰亭也，不遇右军，则清湍修竹，芜没于空山矣。"唐人柳宗元千余年前说的这番话，深刻地阐释了"景以文彰"这个美学命题。郁达夫说过："江山也要文人捧。"自然美就是因为人的欣赏，尤其是文人墨客的寄情抒怀，从而使其价值得到呈现和彰显。在柴达木历史上出现的一些关键人物和重要事件，60多年来轰轰烈烈的开发进程，以及高原生活的陌生化美丽，通过一个雄壮军团的严肃写作，两位有心人的反复遴选，完美而准确地摆在我们的面前。可以说，有没有《名家笔下的柴达木》，青海省、海西州、柴达木是不一样的。现在有了这本跨时170余年，六七代中外人士共同创作的散文选本，青藏高原上也就有了一块文学丰碑！

翻阅《名家笔下的柴达木》，感叹各位作者文笔波澜荡漾，人事神采毕现，许多篇章具有文化地理和历史文献的双重价值。我从中仿佛看到了柴达木日新月异的发展变化，听到了柴达木人栉风沐雨的跫跫足音，精神上得到了享受，思想上得到了纯化。因此，十分乐意将这份欣喜和愉悦，尽可能地传递给更多的读者。

是为序。

2018年5月16日于北京

（王巨才 生于1942年12月，陕西延安市子长县人。中国作家协会原党组副书记、主席团成员、书记处书记。第七届全国人大代表，第十届全国政协委员、科教文卫体委员会副主任。中国作协第八届散文委员会主任，中国散文学会第三届会长）

古伯察	尼科莱·米哈伊洛维奇·普尔热瓦尔斯基	斯文·赫定	陈渠珍	艾拉·凯瑟琳·梅拉特
皮特·傅勒铭	徐迟	薛宏福	聂眉初	卢云
李季	顾雷	徐光耀	李若冰	南丁
赵淮青	尹克升	谢冕	朱世奎	姚宗仪
张丁华	里果	顾树松	郑绵平	毛微昭

石 英	朱 奇	钱佩衡	杨春贵	朱光亚
白 渔	程起骏	张德国	窦孝鹏	王宗仁
马集琦	曹随义	肖云儒	田 源	陈忠实
罗达成	王贵如	张荣大	王泽群	王文泸

梅　洁	肖复兴	林　染	陈世旭	叶延滨
于佐臣	肖复华	鄢烈山	贾平凹	和　谷
韩怀仁	王宏甲	井　石	王仲刚	李晓伟
刘元举	黄国钦	杨志鹏	杨志军	王红江

陈长吟	李向宁	汤惠生	浩 岭	张风奇
燎 原	刘玉峰	徐 剑	舒 洁	耿占坤
熊育群	铁穆尔	葛建中	甘建华	凌须斌
白岩松	刘大伟	王威廉	甘 恬	

目 录

跋涉柴达木的山川

[法国] 古伯察
耿 昇 译 甘建华 校订

离开青海湖之后，我们转向西行，也可能略微南下了一些。前几天完全具有一番诗情画意，天气也随我们的心愿而特别好，道路既景美又好走，河水清澈见底，牧场草肥而丰。至于土匪，我们甚至没有想到他们。到了夜间，会略微感到一点寒意，但盖上皮衣就好多了。我们开始怀疑赴西藏的奇特旅行，是否真的就是传说那样可怕，觉得没有比这更为便利和更为令人满意的旅行方式了。可惜的是，这种狂喜并没有持续多久。

六天之后，必须渡过布哈音果勒（布哈河）。这条河发源于疏勒南山的岗格尔雪合力冰峰，是青海湖盆地最大的河流。河水不太深，分为12条彼此之间都很近的支流，宽度有一法里（约合4公里）。清晨时分，我们来到第一条支流边，水已经结冰，但冰层不太厚，不足以作为我们渡河的桥梁。马匹最先到达，结果被吓惊而不敢前进。我们在河岸停了下来，以等待后边的牦牛队有足够的时间赶上来。

很快，整个旅行队都在同一地点聚齐，我们很难表达，在夜幕笼罩下的嘈杂人群，还有畜群出现的混乱无序状态。后来，几名骑马的人催马前进，在多处打破了坚冰。当整个队伍乱糟糟地进入河中，牲畜们便互相挤撞，使冰层各处都冒出了水，冰层破裂了。人员开始大声呼唤，这确实是一场可怕的骚乱。

渡过第一条支流之后，必须第二次开始同样的操作过程，然后是第三次和第四次，依此类推。

天空开始发亮时，这个神圣的使节团，尚在哗啦哗啦地蹚水。在思想上和身体上经受了极度疲劳和战栗，我们终于把布哈音果勒河的 12 条支流抛在后面，登上了陆地。我们的全部诗意都已消失，大家都感到这种旅行方式完全是可憎的。

然而，所有人都显得兴高采烈，大家都说，渡过布哈音果勒的全部过程，完成得令人赞叹不已。只有一个人折断了腿，有两头牦牛被淹死。对于这次长时间的混乱中，丢失的或被人偷去的东西，大家都不在意。

当这支旅行队恢复正常旅行的时候，则呈现了一种确实令人可笑的姿态。人员和牲畜身上，都不同程度地带有冰凌。马匹狼狈不堪地前进，似乎因其尾巴而

感到别扭。因为它们的尾巴已完全冻成一条冰棍，并向下垂，如同铅条那样僵直，而且活动不便，完全不像是马尾。骆驼们的腿上长着长长的绒毛，又沾满了很好看的冰块，互相撞击，发出了一阵悦耳的声音。然而，这些美好的装饰明显不太受它们的赞赏，因为它们不时地想方设法摆脱之，以双蹄粗暴地击地。牦牛成了真正的丑八怪，我们很难想象出比它们更丑陋的东西了。它们双腿叉开走路，费力地拖着在腹下一直垂到地面的一排乳头。这些可怜牲畜的样子，如此丑陋笨拙，如此被冰碴儿覆盖，以至于像是被放在糖渍中滚过一般。

在最初几天的行进中，我们这支浩浩荡荡的队伍，觉得有不同程度的孤独感，既无朋友又无熟人。但我们很快就认识了一些同伴，因为旅行最容易把人们彼此之间联系起来。我们在路上结识了一些旅伴，并且每天都把帐篷支在紧傍他们的地方。他们既不是商客，也不是朝圣进香人，既不附属于使团，也不像我们一样是普通的旅行者。他们是形成了一个单独类别的四名喇嘛，其中两位是拉萨人，一名是后藏人，第四名是土尔扈特人（Torgot）。这些人边走路，边向我们讲述他们的语言，以及他们民族生动的历史。

渡过布哈音果勒河之后，又走了五天，到达柴达木的都兰河，这是一条狭窄而又不太深的河，我们毫无困难地渡过去了。

旅行队在距一座喇嘛寺不远的地方停了下来。这座喇嘛寺过去似乎香火旺盛，现在已完全遭到冷落，殿堂与喇嘛们的僧房都坍塌了，蝙蝠和硕大的老鼠把这里变成了它们的巢穴。有人告诉我们，这一佛教寺院曾被土匪包围了三天，最后终于占领了佛寺，屠杀了一大批居民，又对寺院恣意进行抢劫和破坏。从那时起，任何喇嘛都不敢前来这里了。

但是，这个地区并不像开始想象的那样完全没有人烟。我们在附近的岩石山坡上散步时，发现了一些山羊群，以及隐蔽在河沟石堆中的三顶破旧帐篷。这些可怜的牧人跑出来，要求我们布施几片茶叶和一小点糌粑。他们双目惊恐不安，面色苍白而消瘦。据说，他们不知道逃避到哪里才能和平地生活，对土匪的恐惧始终支配着他们，甚至失去了逃走的勇气。

次日，骆驼队继续赶路，但中原护卫队仍驻扎在河岸，因为任务已经完成，经过数日休整，他们就会返回家乡。西藏商人们声称，中原士兵一旦离开之后，一干人至少可以安静地睡觉，不再害怕夜贼了。

11 月 15 日，我们离开了风景如画的青海湖大草原，到达柴达木的蒙古人中。渡过同名河流（柴达木河）之后，该地区突然改变了面貌。自然界显得很凄惨荒凉，土地干旱多石，似乎是很费力地负载着几株已干枯的和被盐碱浸透了的荆棘。这些凄凉地区令人忧郁而又伤感的色调，似乎影响了当地居民的性格，每个人都有一种忧郁感。他们少言寡语，语言很不悦耳，喉音特别沉重，以至于外来的蒙古人，也往往很难听懂。

在这块干旱和几乎没有好牧场的地面上，岩盐和硼砂很丰富。只要挖两三法尺深的坑，盐分就会在那里自动聚积、结晶和净化，而不需任何人工处理。那里的硼砂会自动凝聚在小水池中，甚至完全填满水坑。藏族人把这些运回他们的地区，以便将之出售给金银首饰匠人，匠人们用来促进金属的熔化。

我们在柴达木人地区停留了两天，用糌粑和牧民们做交换，我们的砖茶换来了羊肉，得以饱餐几顿。牦牛和骆驼因地面上到处可以找到的硝盐也饱食了几天。整个旅行队都设法尽可能地养精蓄锐，以翻越布尔罕布达山，那时是以瘴气（毒气）而著名的山，据说该山始终不断地被瘴气所笼罩。

（节选自《鞑靼西藏旅行记》，中国藏学出版社 2012 年 1 月出版）

柴达木南部之行

[俄国]尼·伊·普尔热瓦尔斯基
黄健民　译　　甘建华　校订

我们将要通过的柴达木盆地南部，是一片辽阔的盐碱滩，东西长约 400 公里（按：应为 500 公里），平均宽度约 100 公里。应该说，在不太远的地质年代，这里曾经是湖的底部，南面是青藏高原北缘的山脉，东面被黄河上游的几条山脉所包围，北面和西面连着柴达木盆地的其他地区。河流只从南边和东边流过来，一般流出山地后很快就消失在沙石地中。只有其中二条主要河流，即柴达木河、格尔木河以及乌图美仁河（按：应为那棱格勒河，柴达木盆地流域最广、流量最大、流程最长的内陆河，发源于昆仑山布喀达坂峰南坡，经乌图美仁注入东台吉乃尔湖，全长 440 公里）流入盆地，流到尽头沉积成小型的盐湖。

但是，从山地流出后就消失的河流，并不是毫无痕迹地消失掉了，而是由地表水变成了地下水，渗入柴达木盆地的地下，然后又变成大小不等的涌泉冒出地面。这些泉水浇灌着沼泽湿地，最后形成水分充足的大草滩，土著的蒙古人在这块土地上放牧，这片优良的草场沿着南面的山脉自东向西延伸，形成一条宽一二十公里的牧草带，而南面的山坡上则是不毛之地，地表主要是由黏土和沙石构成。牧草带的北面是不长草木的盐碱滩，大部分是人迹罕至的荒野。柴达木盆地的盐分比亚洲内陆的其他地区都多。

前面提到，我们从宗家房子的蒙古人那里租用了 45 匹马。这些马由 6 名哥萨克管理，他们于 9 月 27 日早上出发，驮运行李前往格尔木河。同时，我们也挑选出了强壮的骆驼运行李，于当天下午出发。但是和往常遇到的情况一样，长时间逗留后刚一出发，骆驼驮着行李走路很不利索，当天只走了 5 公里路，到达诺木洪河的干流。刚到时河里没有水，到了傍晚以后，才从山里流下水来。

那天晚上，大风从西边刮来，空中像盖上了浓厚的乌云一般，布满了尘土，前几天还挺热的，现在已经变凉，甚至还觉得有些冷。第二天，断续下了一点雪，大地上展现出明显的秋天景色。灌木丛中的树木已渐发黄，湿地上的芦苇也已经枯萎。骆驼显得十分衰弱，为了减轻其负担，我们尽量缓慢前进，竟花去 9 天时间才到达格尔木河。路上一片荒凉，在无边无际的大平原上，到处长着一片片红柳和沙拐枣的灌木丛，有些地方长着低矮的芦苇，偶尔也能见到罗布麻，多次遇见含有盐分的泉水。这里的土质是含有盐分的黏土，像石头一样坚硬，有些不长草木的盐碱滩，中间结有大盐块。我们经过的地方，都是踩踏得特别坚固的羊肠小道，没有这些小路，就无法通过这个地区。小路的两边还有许多通往各个牧场的岔道，没有向导很难分辨出主干道和岔道。我们沿途经过的地方，完全没有人居住。在柴达木盆地，牧民们害怕秋天有强盗出没，大概已到更偏远的地方放牧去了。

风刮得很厉害，原来万里无云、干燥灼热的夏季气候，一下子变成阴云密布、寒气逼人的秋季气候。出发后的第四天，我们遇到少见的倾盆大雨。这场雨从半夜一直下到天明，含有盐分、硬邦邦的黏土马上化成了泥浆，骆驼在路上时常打滑摔倒，我们的长筒靴里也灌满了沉重的烂泥疙瘩。费尽周折到达格尔木河时，提前出发的哥萨克们带领的马队已到达三天，正等待着我们。我们选择格尔木河岸边作为集体宿营地，这是一条淹没了盐碱滩的河，这段河谷有 500 米宽，有许多泉眼，周围长满了灌木丛。这里的动物除了藏雉（Phasianus Vlangalii），还有许多兔子（Lepus sp.），河谷的黄土断崖上可以看到鸱鸺（猫头鹰的一种，Bubo sp.）。格尔木河的干流流到这里分为两股，再往前又合为一股。河的左岸，有蒙古人的小片耕地，是属于泰吉恩（按：今称台吉乃尔，青海蒙古 5 部 29 旗最西端聚牧的部落）领地的。这个领地位于柴达木盆地的西部，占地面积极广，包括尕斯地区，其面积比柴达木其他四个领地面积的总和还大，但居民只不过 500 户。这里的蒙古人同柴达木、青海湖一带的居民一样，同属鄂留多部族（按：应为卫拉特蒙古和硕部，系固始汗后裔），但外貌相差相当大。看到泰吉恩领地的居民，往往使人想起丘鲁克部族的脸型特征，胡子多的人更是如此，他们同罗布泊以及新疆南部地区的居民常有交往。回民暴动以前，两地居民的接触一直很频繁，这就有充分的理由认为，泰吉恩的居民是鄂留多人和丘鲁克人的混血人种。

从泰吉恩村民那里得知，他们的祖先曾住在青海湖一带，为反对清朝政权举行了暴动。起义军在丹仁·洪泰吉（按：应为罗卜藏丹津，青海和硕特蒙古首领，固始汗之孙，达什巴图尔之子。雍正元年［1723 年］，他胁迫青海蒙古各部贵族于察罕托罗海会盟，发动武装割据叛乱，旋即被清廷年羹尧、岳钟琪大军平定，只身逃往新疆准噶尔部避难）的率领下，首先经库尔利克和苏尔坦平原进入沙洲，抢夺了这个城市，然后经尕斯到罗布泊，接着又到达吐鲁番。他们一部分人就在那里定居，和首领洪泰吉一起信奉伊斯兰教，后来命运如何就不清楚了。起义军在前往罗布泊途中，有百人左右留在柴达木盆地的西部，重新成为安分守己的臣民，首领接受了扎萨克的称号。

有一天，我们在泰吉恩买黄油，看到黄油里混有羊毛等杂物，便责备卖东西的人，想不到他们这样回答："人只能按照神的意志生活，神既然把这些杂物赐给我们，就没有理由不接受。一个好牧民一年之中要吃 3 俄磅（一俄磅合 409.512 克）的毛。汉族农民也要从耕地上吃这么多的土。"

大约 30 年前，有三十来户留长发的藏民，从青藏高原迁移到了这个领地，在乌图美仁河上游的山区放牧着牦牛和羊群，过着平静的生活。但是 10 年后，他们又回到高原上去了。另有消息说，其中的 8 户藏民还住在这个领地。在亚洲内陆的偏远地区，现在还有一些小游牧群体像这样随处迁徙。

（节选自《走向罗布泊》，新疆人民出版社 1999 年 8 月出版）

遭遇唐古特人

［瑞典］斯文·赫定

李述礼　译　甘建华　校订

　　我们折向北行。1900 年 10 月 26 日，来到秀美并呈深绿色的托素湖畔（Tossun nor）。这是一个咸水湖，四周荒无人烟，但在寂静的湖岸上，我们夜里看见了火光。巴音河水经可鲁克湖流入托素湖，一种奇异的神秘笼罩着这一带。到处耸立着光怪陆离的敖包（obo），飘荡着幽冥的神幡。凡在托素湖四周有清泉涌出的地方，就有白鹄在绿水上浮游。气温降到零下 26.1℃，空气纹丝不动，圆月把银辉倾泻在苍茫的大地上，并在湖面映出一条颤动的银河。

　　沿着相连的淡水湖可鲁克湖（Kurlvk nor）南岸行走时，罗布生沉默而忧郁地坐在马鞍上，口里不住地呢喃着六字真言。我问他为什么这样愁闷，他说从最后碰见的蒙古人那里听见，唐古特族（Tangut）的强盗前几天已经到了可鲁克湖边，抢劫了游牧蒙古人的马。他叫我们准备好所有的火器，我将 3 杆长枪和 5 支短枪分发给手下人。夜里把马拴在帐篷附近，驻地周围安上警卫。我希望在有危险的时候，三只狗能够及时警告我们。

　　10 月的最后一天，我们驻扎在尕海（Chara nor）岸边，看见许多熊的足迹，就比以前更加小心地看护马匹。因为熊在晚秋虽以野生浆果满足食欲，但只要发现一匹游牧的马，它是不会轻易放过的。

　　第二天，通过一条宽广而为矮矮的沙丘环抱的山谷，我们继续向东进发。在山谷中间的小径上，看见一只熊的行踪，它也朝着我们的方向走。白回子和罗布生去追赶它，一个小时后狂奔而回，面色骇异，好像见了鬼一样。跑到我们跟前时，他们喊道："唐古特强盗！"

一队约12个骑马的唐古特人，紧跟在他们的后面追来，搅起一路尘土。他们每个人都带着长枪，有的放在肩上，有的拿在手里。我下令手下人全都站住，做好抵抗的准备。白回子、巴皮·白、罗布生和我，在一座小土岗上选择好位置，长枪短枪都已严阵以待，其余的人马借着山丘的掩护跟在我们后面。他们可能想着，最后的时刻快到了，膝盖一个劲儿地打战。我们脱下皮袍，以便能够轻松地抵抗敌人，至于结果如何，谁也没有把握，因为我们只有3杆长枪，而对方却有12杆。我把烟斗点着，为的是使手下人镇静一些，虽然我自己就镇静不下来。

对方看见是同一整队人马对垒时，便在我们前头150步远的地方停住。仿佛在开军事会议，他们喧闹着，说着话，做出种种不同的神态，长枪则在太阳下闪光。几分钟后，他们拐到旁边去了，我们则上马前进。他们在我们右边隔着两个射程的距离跑动，随即分为两队，其一拐入一条侧面的山谷，另一队聚在一块沿着右谷坡的山脚奔驰，显然打算首先抢占前面我们必经的狭隘石门。我们看出了危险，于是尽马力之所能往前飞奔。

罗布生简直怕得要死，说："他们将从崖顶射死我们呀！我们还是回头从另外的路走算了。"我不听他的，驱逐大家拼命地跑。唐古特人又在尖岗的岩石间出现了，情形万分险恶，我们处在最紧张的情绪中。他们可以在岩石间我们的头顶上方隐蔽起来，把我们一个接一个地射杀，自己却没有丝毫的危险。他们挑选了一个真正的好地势，只有3杆长枪的我们基本上没有冲过去的希望。

我狂吸着烟斗，驰进狭隘的岩石之门。"现在该响枪了，"我心想着，"这一颗子弹把我放倒地下，而我那些忠实的仆人只有尽可能地飞跑。"

可是枪声并未响起，我们完好无损地通过了山谷，当看见另一面是一片大平原时，这才浑身轻快起来。唐古特人消失得无影无踪！我们一直走到平原中间一个结冰的淡水池边，那儿长着青草，我让大家就在这里扎营。

我们把马放到牧场上，看护着它们自由地跑动和吃草，天黑时再拴到帐篷中间。白回子和巴皮·白担任夜里的警卫。大家都明白，唐古特人不会善罢甘休的，但是除了提高警惕，我们也没有什么其他更好的办法。记得俄国普尔热瓦尔斯基当年在藏北高原，有一次被300个唐古特人袭击，只要他们哈拉湖东面的那些亲族稍微中用一点，那么他们就会做一次极好的买卖，可惜他们错过了机会。

天刚黑，我们就在驻地周围和远处听见最凶野的声音，这是一种拉长的哀号，使人想起饥饿的猎狗、黄鼠狼和豺狼的夜间嘶鸣。罗布生说这是唐古特人的挑战声，目的是让我们闻风丧胆，并窥探我们的狗儿警觉和勇猛到什么程度。唐古特人用肘和膝爬过草地，潜行到离我们很近的地方，黑暗中却一点也不被察觉。我们每个瞬间都等待着第一批子弹的啸声，然后毫无目标地回击一下。我们尽力盖过唐古特人的喧嚷声，巴皮·白每半分钟就喊一次"哈比搭尔（警备着吗）"，另外两个人敲着两只锅，因为我们无鼓可打。

一个小时挨着一个小时过去了，一颗子弹都未落下。唐古特人显然觉得没有多大的把握，把攻击的事情延迟了。我困倦极了，倒头躺下，直到睡着时还听见巴皮·白不倦的"哈比搭尔"声。

这一夜就这样平安度过，唐古特人在太阳升起时，骑马跑出了射程之外。我们骑上牲口，开始向东移动。甫一离开驻地，唐古特人就赶到那里，在帐篷和生火的地方搜寻着。他们好像可以从空洋火盒、有光袜和破报纸中推断出，这支队伍是在欧洲人的领导之下。他们确实放弃了追逐，此后再也没有听见一点消息。

觉得安全之后，我让挣扎一夜的手下人睡了一整天，他们鼾声如雷，我从未听见过这样打鼾的声音！

我们时常走过唐古特游牧人的帐篷，购买绵羊和奶酪。唐古特人是一个西藏的民族，却比西藏人凶野，而且喜欢抢劫弱小的旅行队，一旦有机会就偷窃他们的马匹。

有一天，我同罗布生走进一顶帐篷，但是没有带枪。里面坐着两个妇女，在给孩子喂奶。我检视着她们的家当，询问每件物品的名目，并逐一做好记录。她们哈哈大笑，以为我发疯了。罗布生担心她们的男人这时候回家，那样我们就会惹上麻烦。

11月5日，我们遇见一个25顶帐篷的唐古特部落，但无论怎样商量，他们都没有一个人肯当向导。到达都兰吉特寺（Dulan kitt），听说里面有一个活佛。

（节选自《亚洲腹地旅行记》，上海开明书店1934年3月出版）

至柴达木

陈渠珍

　　余等甚感番人款待玉林之厚，出藏币十元赠之。番人大喜，称谢不已。即招其伙伴，携毳帐牲畜猎品至，就地支帐，具面食牛羊肉款余等。视其猎品，则有猞猁皮、猢狲皮、狐皮，羚羊角甚多。又有挂面、酥油、奶饼、牛羊肉各食品。挂面质白而良，闻购自西宁者。面以牛羊肉蒸煮食之，尤鲜美无伦。唯淡食已久，初食盐味，反觉喉涩不能下，仍淡食之，余等餐风寝雪，已四阅月矣。乍获面食，又居帐幕，恍如羽化登仙，不徒视藜藿逾珍馐，抑且认番人为故旧矣。

　　时众愈甚，乃向番人赁牛乘行。牛为青色，小而多力，与内地黄犊等。余等不谙青海语，以手示口，谈甚久，每牛索银八两，且供给日食。余等欣然从之，先给藏币五十元。盖由此至柴达木，尚有十五日行程也。

　　次晨出发，番人乘牛前导。余等日乘青牛，夜宿帐幕，饮食供给，亦极丰厚，众心大慰。其渡水二十余道，愈行水愈深。陆无道路，水无津梁，使非番人无由办法。余等足皆冻，一沾生水，即肿痛不能行矣。沿途树木青葱，高达丈许，道路纡曲，不可辨认。时而穿林，时而渡水，气候虽寒，景物清幽，心神安适，纵辔徐行。行十六日，至柴达木（按：此处当指格尔木一带）。见无数蒙古包，散布广原，居民殷繁，俨然内地市村也。

　　柴达木译音"柴丹"，昔为青海王庭。清初，岳钟琪破罗卜藏丹津十余万众，即此地也。为内外蒙及新疆入藏要道。盖由哈喇乌苏而北有三道，中东二道至西宁，西道至柴达木，再东进约千里，方至西宁。此路甚迂远，且经酱通（按：羌塘）大沙漠，数千里无人烟，征行至苦。中道瘴疫甚盛，魏唐北伐，皆遇瘴而返。东道则石堡一城，素极天险。故吐蕃恃之，凭陵华夏。徵诸历史，其地艰险如此，以余身所经历，则艰险更有甚焉。

柴达木至青海（按：指青海湖），尚有五百余里，其中三百余里皆盐淖，须改乘骆驼，遂在此小住。次日，遇一喇嘛，相见极亲昵。自言甘肃北大通（按：今青海西宁市大通回族自治县）人，而为僧者，来此十年矣。各处番人时延其诵经祷佛，知余等皆汉人，由西藏回，极称达赖、班禅之神异，宛然一生佛也。余实一无所知，姑饰词应之。喇嘛尤兴会淋漓，邀余过饮。余携西原同往，至一蒙古包，即其寄宿处也。献奶茶糖饼已，又宰肥羊款余。止之不可。更解去外衣，手自毛毲截羹。既而具熟肉面食，味绝美。又出蒜辣一碟，尤生平所嗜，而久未得食者。一餐之后，果腹充肠，感东道之殷勤，遂忘北来之饥苦矣。

次日，复休息一日，购备面食，并雇骆驼代步。喇嘛又引一丹噶尔厅商人至，亦汉人久商是地者。云："此君明日将回丹噶尔，可为君等伴侣，不须再觅向导也。"其人姓周，别号瑶青，年四十许，自言素业商，往来青海二十余年矣，前进道路极熟习。余大喜，约明日早餐后起身。

翌日早餐时，喇嘛复来送行，馈以蒜辣一包。余称谢，作别而行。

从此行，四十里即入盐淖，地渐沮洳难行。一望平原旷野，遍生小草，无人烟，无畜牧，无河流。其土壤，视之似甚坚实，踏之则下陷。余尝以枪托插地上，应手而入，深四五寸，水即随之涌出。故行盐淖地，非骆驼则不能行也。

淖中水咸涩舌，含有毒质，不可饮濯。但每行一二日，必有淡水，或出于淖中，或出于树旁。亦无泉源，无井穴，视之，与淖中咸水无稍异，非惯行是地之番人，不能知也。故旅行之人，必以皮革满盛淡水，系骆驼上，随之行。余见同行番人，宰二羊，去肉存皮，缝其破穴，从喉部盛水使满，亦甚便利也。闻商人言："昔回人大举入寇青海，马陷淖中，不能驰骋，大败而还。且误饮咸水，而痘疫大作，死之略尽。自后，回人亦不敢再犯青海矣。"

行五日，过盐淖，皆平原草地，沿途山渐少，路亦纡曲，时见三五蒙古包，散居山麓道旁。尝一日宿于小喇嘛寺，寺外蒙古包甚多，俨若村舍。时有陇商多人，在此收买羊皮。番人方操刀解羊，身手轻捷，砉然响然，批郤导窾。约一小时，十余羊尽解矣，此真庖丁之神技也。

是地居民，皆以游牧为生活，居则支幕，衣则毡裘，食则牛羊，行则骡马。逐水草，饮潼酪，水草既尽，又卷帐他去。居无定址，行无旅舍。其贫富，即以牛马多少定之。富者每一帐幕，必有牛羊骡马千余头。贫者亦有百数十头，盖非此不能生活也。

一日，途遇番人与家迁徙，驱牛羊骡马数百而至，男女老幼，皆乘骡马行。粮食衣物，锅帐器皿，则以牛马负之，随人行走，无须驱策。帷时见羊三五游行，随地龁草，驱之则走散，听之则行迟。有妙龄番女数辈，袒半臂，执长鞭，款段随行，呼喝照料。又有獒犬十余头，高三四尺，狞恶可畏，时前时后，监视出群之羊，故羊亦畏之。然犬至则羊归队行，犬去羊复逸群出，亦羊性贪玩如是也。

入盐淖后，野牛野骡已绝迹矣。时见麋鹿成群，游行山上，见人即逸去。

余等将至青海时，山岭渐多，频渡溪流。一日入山谷，沿溪而行，有群鹿饮于溪边，见余等至，即奔向山巅去，其行如飞。山高数里，瞬息即达。众持枪射之，不能及也。又行十余里，峰回路转，前有大平原。遥望银河一线，横亘其中。初疑为河水结冰，商人曰："此青盐海（按：茶卡盐湖）也，海宽里许，其长无垠。"商人皆下骑卸装，就海边张幕栖宿。时天尚早，询其不行之故，商人曰："我等须在此取盐，明日方行。"余乃同至河边视之，见冰厚数尺，其坚如石，行至海中，闻冰下海水砰击有声。问盐在何处，商人曰："饭后，君自知之。"遂同回。

晚餐后，商人携革囊一，捆橛杵一束，至海边。初以铁橛掘冰，深数寸，再以铁杵凿之，碎冰四溅，久之成小孔，深二三尺，冰洞穿矣。即有海水一线，喷起数尺。然后覆以革囊，以冰块压其四周，即归。余尚不知其盐在何处也。

次晨早起，随商人等入海取盐。至则昨日空囊委地，今已卓立冰上矣。推倒视之，囊中青盐充盈，粒粗如豆，莹洁有光，色微青，即吾乡药市所售青盐也。较精盐味尤醇厚，天然产物，付之荒漠，殊可惜也。

事毕起行，日已向午。是日行不远，即宿蒙古包内，番人招待甚殷勤。又有华服华言商人，闻余等皆汉人，新自西藏来，过谈甚欢洽，云："来此已久，乃贩运西宁布匹、麦面、磁铁器物，至青海各处，易皮革、茸麝者。"颇谙番语。询以前途景况，与周瑶卿所谈均同。馈余香烟一听，云："我素不嗜此，亦友人所赠，特转以赠君。"余喜极，取而吸之，觉头目昏眩不可支，盖不吸此烟，已五阅月矣，故乍吸之，反觉不适也。

又行两日，沿途人烟渐密，山麓渐多。且有商人伴行，谈笑甚欢，心神益觉怡悦。至一处止宿，有人户百余，散居平原中，林木清幽，亦所仅见。一老番人来会，精神矍铄，状貌伟岸。率儿童五六人，自道湖南湘阴人，年七十余矣，早岁随左宗棠出关，辗转新疆、甘肃，流落不能归，遂家青海，娶番女，生子，子又生孙。乃知所携儿童皆其孙也。旁一二十许少年，其幼子也。久居塞外，语言生涩，多不可辨。因闻余从西藏归，又同乡井，倾谈甚欢。余询以内地革命事，但知"袁世凯为大元帅，孙文为先锋，国号归命元年"。亦道听途说，且误"民国"为"归命"也。谈次，呼幼子归，取鸡蛋十余枚相赠，余亦赠以藏币四元。复请益，因笑曰："以此饰诸儿发，尚少三元。"余如数赠之，大喜而去。

次晨，余将行，又亲携酒肉来，执别依依。余问之曰："老人何日言归？"乃长叹曰："乡音久改，鬓毛已衰，来时故旧凋零，不通音讯，已六十年矣。今纵化鹤归去，恐亦人物全非。儿孙在此，相依为命，君问归期，我归无期矣。"相与太息而别。

别老人后，沿山谷行。途中，商人高唱秦声（按：秦腔），慷慨激昂，响彻云霄，即谚所称梆子腔也。余等久闻鴃舌之音，忽听长城之调，不觉心旷神怡。乐能移性，信哉。入山谷行甚久，逾一小沟，宽六七尺，流水潺潺，游鱼甚多，长一二尺，身圆而肥，充满沟中。众下马，以刀刺之，获四五尾，悬之骆驼上，住宿时，众烹食之。因无豆酱葱辣，余与西原皆少尝辄止，仍食羊肉。众大嚼，至夜，皆呕吐，狼藉满地。次晨，行不远，余幸略吐即止，西原竟无恙。岂河豚有毒，不可食，故能繁殖，若是耶？抑鱼食人尸，腥膻不可食耶？后至西宁，遇一医士，询以青海之鱼，何以不能食？医士曰："凡鱼无不可食者，唯鲲鲕有毒，误食常致呕吐。君不闻鱼禁鲲鲕耶？"余始忆及众贪味美，并鲲鲕食之。然余从此不食鱼，亦四年矣。

次日早起，商人曰："今日至青海矣。"众喜极，即行。初行谷地，再入沟行。出沟，经大平原。原尽，前临大海，苍茫无际，商人曰："此青海也。"即止宿海岸。细询青海景况，商人曰："此海回环二千余里，有无数番族，环海而居。中有二岛，有居民五六百户，岛中产麝香、鹿茸，海中产鱼、虾、发菜，九月海冻，踏冰往还。至五月冰解，舟楫不通，遂绝行人。岛中喇嘛甚多，有异僧。凡游青海山岛者，往往裹一岁粮往栖焉。"言已，复同商人至海岸眺望。但见烟霞蒙蒙，浑无际涯，大过洞庭、鄱阳诸湖，其水皆四面雪山融积而成，潴而不流。时同行番人，亦来观海，余问之曰："子曾入海岛游览否？"番人曰："此间唯喇嘛尝往来其间。我但知此海甚宽广，乘马环游一周，须二十八日，其他不可知矣。迩来海北多爽坝，亦鲜行人矣。"

次日，沿海岸南行。二日海尽，沿山冈行，地势绵亘。至一处，道左一带小阜，有城垣，广约里许，大半颓圮，房屋遗址犹依稀可见。商人曰："此某协城池也。仿佛为富和协，日久不能复记矣。城内驻兵千人。二十年前，番人叛变，一夜尽杀之。"再行甚远，沿途房舍喇嘛寺甚多，颇有繁盛气象。

是日，宿喇嘛寺外民舍内，食物咸备。番人亦多晓汉语者，非复从前之寂寞矣。遇一番人，颇能汉语，与之谈内地革命事，亦但知重建新朝，而不知易帝为共和也。

次日，复前进，行十余里，不见张敏及蛮娃随行，众亦不知。再行数里，亦不见其来。有言其昨晚至喇嘛寺，与一喇嘛谈甚久，晚未归，必留喇嘛寺不来矣。余不胜叹惋，既念其相从万里，别离心伤，然彼辈终为番族，恐亦不惯与汉人居。倘得喇嘛相留，在此栖迟，亦未尝不深幸其得所也。

自喇嘛寺前进三十里，即日月山。山高不过三四十丈，横亘道中。山阴略有耕地，商人曰："此地屡次开垦，均因气候太寒，未收成效，即罢。"余上至山顶，遥望内地，则桑麻遍野，鸡犬相闻，屋宇鳞鳞，行人往来如织。余等过青海，即觉气候渐暖，冰雪尽消。然一过日月山，则豁然开朗，别有洞天，居民皆宽袍大袖，戴斗笠，乘黑驴，宛然古衣冠也。番人谓："过了日月山，又是一重天。"信哉。下山行二十里，即宿。

次日黎明，复前进。沿途皆汉人，有屋宇、贸易、耕作。且时见乡塾，闻儿童咿唔读书声，顾而乐之。行两日，至丹噶尔厅（按：今湟源县城），遂择旅店投宿焉。

（节选自《艽野尘梦》，西藏人民出版社1999年2月出版。此文甘建华业经多个版本对校）

无法预知的旅程

［瑞士］艾拉·凯瑟琳·梅拉特

甘建华　译

　　这是 1935 年 5 月 15 日，我们重新踏上无法预知的旅程。我所在的地方是柴达木（Tsaidam）的中心，从哪个方向出发，离最近的城镇都有三四十天路程。我们从东面的西宁（Sining）过来，南面是西藏拉萨（Lhasa），我们想去的地方是新疆且末（Cherchen）。

　　北面的远处是祁连南山，纵目眺望，都是大漠戈壁，寸草不生。我们下一个宿营点是台吉乃尔，前面闪烁着绿色的草地和黄色的沙丘。南面就是玫瑰色的昆仑（Kuen Lun）山脉，我不明白它为什么很像美国玫瑰花一样的颜色。它是那么高大峻峭，苍茫雄浑，天空也显得特别高邈，除了白云就是一片湛蓝。我极目注视着这座大山，想象着且末到底还有多远。

　　我们一行三人，不论给不给钱，都没有一个蒙古人愿意当向导。我们仨都是欧洲人，其中两个根本不会说一句蒙古语，只能从一张不完整的地图上，猜测此刻到了哪儿。鲍罗迪辛（Borodishin）是一个俄罗斯人，他的妻子和孩子仍然在西伯利亚的阿克莫林斯克。他已经 50 岁了，想家的念头越来越强烈。他告诉我们，现在的海拔高度是 9000 英尺（约合 2700 多米），我们目的地是 16000 英尺左右。

　　我们此行是明智的吗？我不这么认为，但也不觉得有多么危险。如果危险来临，我会设法面对，并唤醒我内心沉睡的能量。因此，我总是扪心自问，如果出现了困难，我应该如何表现。虽然皮特和我一样有信心，我也忍不住问自己，他会如何表现呢？

生命是美丽的，但天气太热了。我们顶着炎日，跋涉了一大片沙漠，见到了一个干涸的湖床。具有讽刺意味的是，皮特竟然问我是否害怕寒冷，我不相信鞑靼地区的气候，会用得着我驮在马鞍上的衣服。但他说谁笑到最后，谁就笑得最好。

我们走到了一个有着许多硼硝的山谷，穿越它几乎花去了将近十天时间。期间又有一片广袤的浮动沙丘，它看起来像新月形，沙丘的脊梁又如虎皮条纹。

突然间，我看到一股寒冷的风暴挟带着沙尘，从西边的天际袭卷过来。天空变黑了，飞沙走石，大地就像一个孤岛。我们吓得趴在地上，周围一点儿也看不清楚。轮到我对皮特喊："你是不是觉得有些冷？"他穿着一件衬衫，外套被风刮跑了，好不容易才把它追捡回来。他的头上、鼻子上、身上全都是沙土，早已没有一点儿骑士风度。

那天晚上，我们狼狈不堪，也疲惫不堪，整个人都是鼻青脸肿的。我们在山脚下一个悬崖边搭建帐篷。令人高兴的是，我们看见了一群藏原羚，它们看起来精神比我们好得多。

次日早晨，我感到鼻子冻麻木了，探首一看，发现帐篷覆盖了新落下的雪片。如此一番折腾，我生病了，躺在柴达木的荒原上。眼睛四周都是黑框，脑子里却满是粉红色的梦想。我强撑起病体，跟随他们绕过几丁（Kitin）。

卡拉冰山看上去就是一座黑色的大山，山顶白雪皑皑，冰雪千年不化，山麓却被云雾遮罩，显得扑朔迷离。

这一天，我们都在穿越赭黄色的博伦硼硝山谷。我有一种濒死的感觉，仿佛走在通往地狱的深渊。因为道路逼仄而漫长，连骆驼都走得摇摇晃晃的，看着看着，一只骆驼就把背上的箱子，撞在了旁边的岩石上。我们多么盼望出现一顶敖包，有了敖包就有了人的生气，但是没有。只见前方出现一个奇怪的木头，上面雕刻着符咒一样的图案，我想我也能够做出这种花的形态。

翌日，山谷渐渐变得开阔，远处是一片广袤的沙漠，似乎还有看不见的河流，在峡谷的深处流淌着。我们沿着一个宽大的红砾石台地前进。巨大起伏的沙丘，赭黄色环绕着黑色的山峰，那座雪白的山峰上（仿若波卡利克塔格或马可波罗山），则是蔚蓝色的天空。安特罗布士（Antelopes）和库兰士（kulans）似乎是该地区唯一的居民，但他们说前方的路上，我们有可能遇到别的牧羊人。

有水的地方生长着稀疏的牧草，但这样的地方极其有限。鲍罗每天的工作，就是不让野兽在早晨和晚上袭击我们。另一件令人讨厌的事情，就是柴达木的蚊子特别可恶，一旦被叮一口，马上就会涌出许多的血来。鲍罗被蚊子叮了后，鼻子流血，奇痒难受，又踢又吐口水，我很害怕走近他。皮特的马也生病了，经常耷拉着头，毫无生气的样子，只得用鞭子赶着走，皮特自己则步行跟随。

第四天，我们见到了一小片草地，还有一条曲曲弯弯的小河。不久，我们看到了羊群，有长相似蒙古人的牧羊人，坐在骆驼的两峰之间，每个人都袒露着一只胳膊。

那天晚上，我们在蒙古人的毡房边扎营，鲍罗在帐房中生起了火，我们围着火商量怎么走的时候，一个蒙古人走了进来，显得很害怕的样子。他说发现有人要搞他的鬼，希望得到我们的帮助。因为草地有限，牧人们之间都在争夺资源，他求我们把他带走，他也可以帮助我们。他的名字叫阿克潘（Akpan）。

他的到来让皮特很高兴，我们也欢迎他加入我们的队伍。早餐后，阿克潘开始抽烟，他是用一个木烟斗抽烟，我们觉得这简直是一个奇迹，一个鞑靼创造的奇迹，难道他就不怕连烟斗一起烧掉吗？他说他的邻居通常都用黄铜管，黄铜管抽烟的味道与木烟斗的味道有所不同。

皮特喜欢嘴角衔着烟斗，而且显得非常有风度，这种风度甚至让人非常着迷。他抽的是一种名叫"埃奇沃思"的烟丝，因为一路上没有来源，所以眼看着烟丝一天天减少。

我们已经暂停了一天，但这还不足以完全恢复健康，也没有额外的粮食大麦可以补充给养。或许，阿拉克萨图（Arakshatu）这个地方风太大了，草地上才冒出茸茸的草芽。

（节译自《Forbidden journey : from Peking to Kashmir》，伦敦威廉·海涅曼有限公司 1937 年出版）

鞑靼通讯

［英国］皮特·傅勒铭

甘建华　译

　　黄昏之前，我们重新收拾好行李，行走在柴达木的落日之中。巨大的沙丘横亘在我们面前，骆驼和马的脚步没有发出太大的声音。天地间没有风，阳光随着我们的前进而慢慢减弱，举目所见，一群群野生动物在奔跑。骑在马上的蒙古人普兰斯（Prince）放开喉咙，想唱一首长调什么的，但是嗓音嘶哑刺耳，因此没有人迎合他。

　　渐渐地，月亮升起来了。一排排矮小干枯的沙柳，长在我们必经的路旁，样子奇形怪状。这里的沙子泛着银色的光，被我们吸入鼻孔的尘土，就像远处瀚海升腾的蒸汽。时而可见白色的马群，倏忽又不见了，就像幻影一般。这儿的骆驼特别高大雄壮，夜色迷蒙中，只见它们默默地拖着沉重的脚步，一步步向西走去。我们的头顶上有一轮月亮，熟悉的月亮不会离我们而去。

　　晚上 11 点钟的时候，我们在一个无水的地方停了下来，点燃了篝火。因为非常劳累，所以马上就睡着了，完全忽略了周围神秘的黑夜——管它的呢！

　　6 个小时后，我们重新出发。天气寒冷，肚子饥饿，但是宗加房子（Dzunchia）就在前面。太阳冉冉升起来了，眼前的雾岚慢慢消散，我们也觉得暖和些了，只有驼马行走得非常辛苦。

　　不久，接近一个湖泊，这儿的沙柳更高，到处都长满了这种荒漠植物，湖畔的泥土显得潮湿。我发现了熊的脚印，却没看到人的踪迹。

　　又过了 4 个小时，我们停下来吃早餐。新到的这个地方，景色有点单调，看起来比较枯燥，但至少阳光暖和。我们吃着东西，又可以读书，还能舒舒服服地晒太阳。多么好啊！

临近中午时分，又开始行走。渐渐地，看到一群群羊，以及一些圆顶帐篷，我们判断来到了一个有人烟的村落。我突然意识到，普兰斯不再替我们导游，他的帐篷搭在比较远的地方。旅队人员减少了，我有一种莫名的伤感。

这里有更多的沙丘，更多散布的帐篷，以及一些含着盐分和麻麻粒粒洞状的小平房。坚硬的不平坦的路上，有一层层灰色的泥土。马和骆驼也歇了一会儿。随后，我们看到了一条河，当地人叫巴音郭勒河（按：即今之柴达木河），这儿是沼泽地，也是一个可以作为路标的地方。

我们继续往前赶路，来到一个已经干枯的岛屿上。我成功地抓到一只野鸭子，那是因为它之前就受伤歇翅了。不幸的是，后来迷路了，野禽在周围游动，我已经忘记了这是在鞑靼，我去追赶它们，结果可以想见。

4月12日，经过一段漫长的、枯燥的旅行之后，终于到达宗加房子。

你不能称这儿为一个令人印象深刻的地方，你绝对不能在有浪漫情绪的时候，给它一个如此迷人的名字。然而，第一眼见到它的时候，我惊讶得合不拢嘴，就像泰姬陵在每个印度人的心里一样震撼。

我们看到一个圆圆的明亮的物体，打破了四周的黑暗。慢慢地走近，充满期待，就像一个遇难的船员靠近岸边一样。这个圆圆的物体，孤零零的，越看越像一座平房，或者一个城堡。带着兴奋与激动，我们对它做了一些猜测，可能是歌剧院，也可能是一座奢侈的宾馆。由于语言不通的缘故，很多次在事情没有发生之前，我们无法确定到底会发生什么。

事实上，它并不是一座平房或城堡，而是一座荒废的喇嘛庙，周围有着一座座用泥土砌成的小屋，其中有的小屋被鞑靼人做成储物间，有的被那些夏天来这边贸易的商人占据着。

我们在这儿待了三天，那种到达目的地、完成又一次征程的兴奋，很快就消失殆尽。这种比较脏又像洞穴一样的房子，与我们之前的帐篷相比，有两个明显的劣势。首先，它不是很透风，燃火取暖的时候，烟雾把我们熏得够呛，只能跑到室外去。另外一点，房子太大了，不可能没有其他路人进来歇宿，我们也没有理由拒绝别人。我们可能没有过那么脏，但内心觉得在旅行中特别脏，浑身感到不舒服。

临时组合的旅队解散了，从现在起，我们只能依靠自己。到达宗加房子那天，李联系上一个打算租骆驼给我们的蒙古人，但是骆驼不在此地，只有等待，无所事事。然而能够舒服地躺在睡袋里休息，毕竟也是一件有趣的事情，犯不着总是为前途担忧。

到目前为止，我们已经离开北京两个月了，但从地图上看起来，克什米尔依然遥不可及。我们没有向任何人说起去新疆，甚至包括向导李（按：傅勒铭与法国《小巴黎人报》女记者艾拉·凯瑟琳·梅拉特 [Ella Katherine Maillart，护照汉名麦雅]，即本文中的珍妮 [Kini]，1934 年 2 月他俩相约去南亚西北部的克什米尔 [Kashmir] 采访，确定那儿会否发生战乱。他们从北平出发，经青海湖和柴达木盆地，穿过尕斯库勒湖大荒至新疆，历时 7 个月完成了任务。后来，傅勒铭写了一本《鞑靼通讯：从北平到克什米尔的旅程》[News from Tartary：A Journey from Peking to Kashmir]，珍妮也写了一本《禁忌之旅：从北平到克什米尔》[Forbidden journey：from Peking to Kashmir]）。我们把希望寄托在 Teijinar（台吉乃尔）。两年前，一个白俄哥萨克朋友曾在那儿居住，如果他还在的话，我们就请他带路，穿过柴达木盆地去新疆。据说，台吉乃尔离这里还有将近 200 里地。

除了两三个喇嘛和一个汉人，没有人像我们一样，能如此不幸地居住在宗加房子。其中的一个喇嘛身材魁梧，脾气暴躁，有着令人忍受不了的嗓门。他坐在我们旁边，不停地转动着经筒，时不时惊讶地看着我们，仿佛我们来自于另外一个星球。

普兰斯向我们告别，我们给了他一些钱币，他也留下一些牛奶，作为回赠礼物。对于我们甚至整个旅队的人来说，他的来去都是一个谜。

鞑靼人以中国习俗"教师"称呼我，其实这也是对传教士的一种叫法。同行者凯尼的国家，在他们的地图上是没有的，所以称呼他为"那个法国人"。

在文化史上，对柴达木的探索开拓了一个新词，可以说成勒布朗·西默农（Leblane-Simenon）时代。我们让尼安（Nian）写了一封长信，托一个中国人捎给后面旅队的人，这封信最后却到了欧洲。尽管我们极不耐烦，好在这儿有羊肉吃。珍妮（Kini）跑到后院去看宰羊，却被狗给咬了。

（节译自《News from Tartary：A Journey from Peking to Kashmir》，英国 Hazell Watson & Viney Limited 1936 年出版）

第一棵圣诞树

徐 迟

翻过一座矮矮的山，山下又出现了一片帐篷，从中一条公路引我们进入一个红色的山峰。我们看到了山坡上的油苗露头，黑色的沥青。跟着到了四号构造的顶部，那里竖立着铁塔似的一座石油井架。不远处，还有两座大井架。杜队长先让我看井架附近一个石碑似的用水泥封住的井口，说："就是这口井，它最初喷油的。井喷射时，有间歇，喷了一会儿，停一会儿。我们赶到时，井已喷了几天。后来就研究了它，趁它间歇的时候，用了 4 吨重晶石将它压住，这口井就封死了。之后，我们开始打这口探井。"说着，他把我们带到了高耸 30 公尺的井架底下。

"这口井打完了？"我们问，看见它静静地立在那里。

"完了，正在试油。"

"试出油来了吗？"我们赶紧问。到柴达木之后，这是最主要的问题。

"试了两层，都没有出油，"队长回答，"现在要试第三层。"

看得出来，这里所有的人都在等待着出油，所有的人都眼睁睁地看着这座井架。新华社有 3 个记者在那儿等着发好消息，所有的活动，自然也都绕着这口井旋转。甚至在深夜，帐篷群之间的一块空地上，舞会已进行到了最高潮的时候，突然，唱片中途停下，喇叭里"咣"的一响，"咚咚咚"，有人敲了敲话筒，于是出现了一个广播员的女声：

"同志们注意：马上，队上要试验射孔枪，准备明天正式射孔试油。请大家在听到枪声的时候，不要惊慌，不要惊慌。"

广播重复一次之后，舞曲的声音才又重新流出来，回旋在夜空中。舞场上空悬挂着一串串五彩电灯泡，在它们的照耀下，盆地的生活出奇地美丽。人们在这样的夜晚组织舞会，居然还有几件打击乐器，大鼓和铙钹帮助唱片敲出舞曲的节奏来。当然，舞会并不是在细嵌木地板上举行，这是在柴达木的广场上，舞兴一浓，就会尘土飞扬。

突然，"呼！"一声巨响爆炸了。过了一会儿，又传来第二声巨响。预先有了警告，舞会上的人显得满不在乎，可是每个人的心都飞到一号井去了：不知道明天射孔以后，会不会有石油喷射？

第二天，没有等它射孔，我们就离开冷湖，向青海石油勘探局驻地茫崖而去。我们的工作很紧张，因为顾教授是来检查和帮助盆地中的地震勘探工作，还要赶回北京讲课。

不消说，从冷湖到茫崖300公里路上，又是一片荒凉的景色。不过，在路上，我们已经很不寂寞了。

"我们要纠正昨天的说法，"我说，"我听杜队长说，这里不是完全没有生命的。在盆地的南部，有水草可以放牧，而且有很多很大的蚊子，多得这样，你一巴掌可以打死几百个。有一次，一个同志打死了500个，他只这么抹了一下……"

孙德和纠正我："我们有一个司机，一巴掌打死六百多。"

我以为教授会对此表示惊异，谁知他一点也不，说："在北冰洋的夏天，蚊子也一样多。伸出手来，可以停满一手，墨黑的一片。"

"是吗？可是，真有趣，他们说一个摄影记者照了一张相片，洗出来，正中一只大蚊子，原来蚊子停在相机的镜头上了。"

这回教授一笑，却说："这是他们在吹牛，不可能的。"

"可能，我想这完全可能。"

"不，不可能。"

我们争辩起来。这时，忽然在前面的路上，有亮光在晶耀和闪动。仔细看去，盆地上处处都出现闪光，一直闪亮到天边。车飞着，更多更多的闪光从远处随着地平线出现。车一直在光海中飞去，看得我们把蚊子的争论都忘记了。

"啧，这是金刚钻铺起来的路，"我说，"啧！啧！"

"是盐的结晶吧。"小陆说。

"不，这是石膏的结晶。"孙德和很有学问地回答。

啊！柴达木，多么神奇的地方！那闪闪发亮的是石膏的结晶，可是我们经过的又确实是一片产盐的土地，有一大段路，车在盐巴上飞驶。现在，高原的光在沙土上强烈地反射，大家取出墨镜戴上。据说，最初有人曾因此而得了夜盲症。

车飞驰着，一忽儿我们又进入了一片流沙地带，这也是很可怕的经历。初次看见这个，四面都是沙丘，流沙上面形成的波浪，竟然像水波一样粼粼，可是这水波是僵死不动的。忽然，风一吹过，沙子却又乱舞起来。

翻过一座小山之后，我们望见了一座大规模的帐篷城市：茫崖。

在茫崖，成千座帐篷扎在昆仑山前。

这是最雄壮的景色：昆仑山。这是最美丽的城市，拓荒者的城市，昆仑山下的茫崖。高耸天际的昆仑山，一排几十个峰，峰上叠峰，全部晶耀着积雪，一片大闪光。

我们都是在小学时代，就从教科书上读到这座我国最伟大的山脉，在神话传说中我们也听到过它，可是我们以前都没有见过，谁也没有想到跑到这里来看昆仑山，它处在这样遥远的一个地方。然而，现在，它在我们面前，而它面前是茫崖一堆一堆雪白的帐篷，和雪山交相辉映。

茫崖是这样一座大城，当我们在这帐篷城内散步时，发现它不见得比青海省会西宁旧城市小了什么。惊人的是，它已经不是帐篷城，因为它有不少新建房屋。电厂的烟囱高耸，机械厂的厂房雄峙。到了茫崖，我没有睡帐篷，简直令人感到很遗憾。我们在茫崖还在很漂亮的浴室内，洗了一个热水淋浴，这简直是极大的奢侈！

柴达木是亚洲内陆最大盆地之一，盆地里又发现了上百个储油构造，几个探区都见了油。见了油，茫崖自然要建设起来，不仅有浴室，而且盖起了高大的文化宫。一旦它出了油，更要大规模地建设。

在茫崖作了一些时间的停留之后，我们就到下面几个地震队看了看。暂且不谈茫崖和地震队的事，几天之后，我们又有机会回到冷湖第四号构造。

可以想象，我们一到冷湖，首先就要打听，一号井究竟出了石油没有？

在下面的地震队里，传说它已经出油，我们需要证实一下。可是我们不能不失望了。我们走的那天射孔之后，这口井的确喷了一些石油，而且化验结果，质量还是好极了的。可是后来它喷出了大量的水和天然气，又没有油了。

"不知是怎么回事？"杜队长说，望着教授的脸。

在绣花小圆帽下的教授的脸思索起来，他表示井下的情况总是很复杂的，像这样的第一口井，自然不容易掌握它的规律。不过他不能解答什么问题，他并不是井下专家。

我们走到井前看时，前几天还耸立的井架已不见了，一台15吨吊车正把它最后的部分拆除。

在井口，已出现了一套采油设备。顶上一只油压计，下面是各种闸门，九个巨大圆盘和密封钢管组成的一套设备闪闪发亮，形状非常精美，像一个个葫芦叠起来似的，下面的较大，上面的渐小，也可以说它们像一座小宝塔。不过，它早已有一个全世界通用的名字：圣诞树。中国石油工人也叫它圣诞树。

在柴达木，这可是第一棵圣诞树——就是说，第一口生产井！

当时，这棵圣诞树上闸门关着，试油工程师申德斌正在换油嘴子。我们问他："怎么了？究竟怎么回事？"

他换好油嘴子，让工人打开生产闸门，于是，我们听到地下潺潺的奔流之声。这潺潺之声从钢管中奔流通过，到附近两个大油罐上面，深棕色的原油喷射了。

"这不正是石油吗！"教授和我们一看见就叫嚷。

"看它能喷多久？"工程师冷静地回答，睁大了他的眼睛。

我们又一次失望了。石油喷了两三分钟之后，忽然没有了，只见大量的水哗哗地流，天然气一团团地升腾。

申德斌解释说，根据电测资料来看，这一次他们射孔时，可能把离石油层只一两公尺的高压水层打开了，因此油给水压住了出不来。他的计划是用堵塞器把高压水层堵死，不过这样一来，得花半个月的时间。

那一天，我们徘徊在井旁，绕着那第一棵圣诞树转悠，有些没精打采。

回到帐篷中，顾教授和我都有整天的工作。到了晚上，我们还过了一段很美丽的生活，暂且不谈这个晚上的事。第二天，我们很早起床，准备出发到另一个地震队去。

孙德和早已烤暖了，发动了他的车。天色微明，帐篷之外，却还冷清清的。我们把行李放上车，打算出发。

忽然，我们发现杜队长的帐篷中灯光很亮，人声不少，非常吵闹，非常紧张，好像出了什么事。有人从那里面奔跑出来，我们抓住这人就问："什么事？"

"昨夜两点钟以后，一号井就不再喷水，一直在喷石油，几个小时下来，油罐都快满了。"

"到底出了油！"我们兴奋地叫起来。

一号井出油的消息，一忽儿已在整个冷湖传遍，并且传到整个盆地去了。新华社记者拟了电讯稿。

"柴达木出现了第一棵圣诞树！"我们跳上车，关上车门，69嘎斯车发出一阵欢呼的震响，离开了队部，向前驰去。车正对着积雪的阿尔金山，一道阳光投射到山顶，山顶显出金光。接着，车拐弯向东，出现了画中似的秀美的一条小山脉，中间挺立着几座白色的奇峰，它们下面的平原上将来会出现崭新的城市。而整个画面上，在高原的光彩中，像涂了一层粉似的美丽。

（节选自《庆功宴》，作家出版社 1957 年 7 月出版）

东风吹遍柴达木

薛宏福

　　走进柴达木盆地，在那视野开阔的草原上和戈壁上，可以看到来自全国各地成千上万的青年，他们在党的召唤下，不畏艰苦地日以继夜在猛干着；到处写着"战胜风沙严寒，钻透戈壁高山；让万宝为国利用，要烟囱林立沙滩"的标语——这就是战斗在柴达木盆地全体职工的豪言和行动。柴达木，这艘巨大而满载奇珍异宝的航船，在党的社会主义建设总路线的光辉照耀下，即将进入勘探与生产并重的新阶段。

　　今天，东起达肯大坂山，北到赛什腾山，西沿阿尔金山，南至连绵千里的昆仑山，在这块广阔的土地上，四面八方都擂响了跃进的战鼓，千山万河都焕发着美妙的青春。"红雨随心翻作浪，青山着意化为桥"，一幅最新最美的图画，已在柴达木的戈壁滩上出现。

冷湖油香千里飘

　　在柴达木这幅最新最美的图画中，我们不能不首先提到冷湖这个地方。冷湖探区的职工们，用他们辛勤的劳动，以石油为油彩，为我们这幅图画描上了最为鲜明绚丽的一笔。

　　1958 年，柴达木的石油勘探职工们，在"摆开阵势，撒开大网，大鱼小鱼一齐拿"的钻探方针指导下，获得了空前未有的大丰收，正是："网网捕鱼鱼儿大，井井喷油油似泉。"奋战在盆地的石油职工们，从 1 月到 9 月，石油探井进尺就超过了 1956 年和 1957 年两年的进尺总和；石油探井成本也由 1957 年平均每米的 848.52 元，降低到了 250 元上下；地质、测量、试油等工种，都提前 3 个月完成了年计划；1958 年 9 月 30 日那天，马海地区的南陵丘构造的"深一井"又钻到了好油层……今天，你如果有可能从大柴旦出发，经马海向西到冷湖，沿着一条平坦公路到茫崖去尕斯库勒湖滨巡行一下，你将会发现你正置身在一个石油构造之中，那高高的钻塔，那喷射着黑色油柱的油井……构成了一个神奇的世界，让你不得不相信："柴达木真是满盆油啊！"

1958 年 9 月 13 日那个清新的早晨，冷湖探区五号构造"地中四井"大量喷油，日喷油达到了 500 吨至 800 吨。那黑色的油柱宛似一条乌龙，从 650 米的地下飞腾而起，喷射不绝，直到 21 日才不得不用人工把它压制下去。为了使这条乌龙就范，冷湖探区的全体职工昼夜突击筑起油坝，修起油池，为它建造了一座地上的水晶宫殿。这条乌龙为柴达木石油职工们带来了一个美丽的预兆："越峨嵋，跨天山，油漫昆仑"的丰收年景即将来到。正是：春风远渡玉门西，冷湖油香飘千里。昆仑山下油成海，万千乌龙逐浪飞。

捕获"火龙驹"

1958 年的柴达木，冷湖的喷油只不过是第一声春雷而已。不信，请你且到马海看一看。

马海，这是一个充满传奇色彩的地方。传说古时候有一个皇帝在这一带狩猎，曾经失去了一匹"火龙驹"。多少年来，蒙、藏、哈萨克族的牧民们，一直在寻找这匹"火龙驹"，但都没有结果。然而，这匹"火龙驹"终于在 1958 年被柴达木的工人找到了！这便是遍布马海滩头的天然气田。

1958 年 5 月，在马海"中一井"喷出了大量天然气，平均日出气 27 万立方米。这不仅预示马海地区将是一个大有前途的油海气田，并将使马海地区的山河为之变色——将变得更加美丽而动人。一个气化马海的宏伟前景，已经展现在我们的面前。马海地区的职工已经采用天然气来发动柴油机，利用天然气建造了洗澡堂，用天然气作为燃料做饭。目前，马海第一座气烧砖厂已经建立，这座砖厂的第一批五千多块砖已经出窑，烧出的砖质量良好，成本低廉，每块砖平均只要 5 分钱。在马海，人们还计划利用天然气在冬天取暖，并从天然气中制造出价值最大的炭黑来……

如今，甚至连过去认为"盆地前途远大，马海发展'碗大'"的人们，也都相信：只要不长的时间，马海将是"四季有不谢之花，常年有可吃之菜"的地方，它将成为盆地最早气化的地区之一。

工人们的决心是：誓将马海变油海，好似江河向东流。今日滩头话气田，油海岸边创绿洲。

鱼卡风光迷煞人

"白天遍地人，夜晚满山灯。红旗迎风飘，高炉插高空。空中飘铁花，地下采乌金。鱼卡好地方，风光迷煞人。"的确，鱼卡是我们柴达木聚宝盆里又一颗闪闪发光的明珠。

和冷湖、马海一样，鱼卡煤矿在1958年的"大跃进"中，为盆地的工业发展放射了一束灿烂的礼花。在这里，你可以看到深入地层的采煤矿井，也可以看到炼铁高炉；你可以看到青烟袅袅的砖瓦土窑，也可以看到"雪浪"滚滚的石棉工厂……一个工业丰收的黄金季节已经来到了鱼卡。

在"为钢铁而战"的今天，鱼卡2600余名职工，在完成采煤任务的同时，正掀起了一个全民炼铁运动。三组高大的炉群已从平地崛起，几百人的砌炉、运料、炼铁队伍，在工地上往来奔忙，构成了一个沸腾、喧闹的场面。矿部各科、室也都计划自建高炉，自行炼铁；地面车间职工们的一座土高炉已经建成，职工家属们也都每天抽出3个小时，为加速出铁进行义务劳动；井下采煤工人也由三班作业改为两班，在不影响采煤计划定额完成的前提下，其余一班工人也已投入了钢铁生产的洪流；砖瓦厂在试制成功第一批耐火砖后，已经进入大规模的生产……在鱼卡，你会深切地感受到整个盆地工业脉搏的跳动，可以清晰地听到柴达木飞跃前进的脚步声。

如果恰好你是晚上来到鱼卡，那么你将看到一个更为壮丽的场景。那矗立着的高炉正喷吐着通红的火焰，那炉口迸溅的火花恰似银河下落的万千星星，那满山的灯光把整个矿打点得通体透明。炉门口是正在为出铁而紧张战斗的工人们，山路上是急驶奔驰的汽车和忙碌、兴奋的人群，马达的轰隆声、欢乐的号子声、兴奋的呼喊声、爽朗的欢笑声，震荡在山间、峡谷……

夜深了，但是鱼卡醒着。鱼卡是一个不夜的矿镇，它在以饱满的热情向人们骄傲地宣告：柴达木，不仅有石油的海洋，有铅锌的宝山，有硼砂的珠仓，还将有无数座新兴的钢铁炉。职工们被这些前景所鼓舞，日以继夜地在绿梁山苦战着，人们认识到劳动的意义，越干越有劲。

昆仑山顶凤凰飞

千里春光关不住。柴达木跃进的激流，也同样冲击了万年不醒的昆仑山。今天，昆仑山正跨上飞天的彩凤，飞向新起的工业星座中去。

沿敦（煌）噶（尔穆）公路（按：现在的敦格公路，格尔木最初写为噶尔穆）南行，在一条像柏油马路般的盐铺路面上行驶汽车，你将不再感到是到了多风沙的柴达木盆地。在昆仑山麓，青藏公路管理局的职工们在党的领导下，不管昆仑山上下飘起多大的雪花，刮起如何大的风，不管天气怎么冷，也不管大山怎么险，他们勇敢地创办了炼铁厂、硼砂加工厂、机器修配厂和砖瓦、铅锌等一系列工厂，给昆仑山戴上了金色的花冠，围上了火红的腰带，在海拔4000米的高原上闪动着眩目的光芒。

到目前为止，仅青藏公路管理局系统，就在昆仑山中纳赤台、山下噶尔穆（按：今称格尔木）等地兴建了40余个厂矿，产值已达数千万元。正在筹建的厂矿尚有十几个。他们预计到第二个五年计划末，要发展到500余个厂矿，生产总值要达到6亿元—8亿元。到那时，昆仑山下将是一个万紫千红的工业百花园，不仅钢铁、石油、粮食、化肥及其他一些机械设备、建筑材料，可以基本上达到自给，并且还可能穿上自己制成的皮革制品和毛毕叽等纺织品，吃上自己炼制的食糖……昆仑山，今天正开始着她朝气蓬勃的青春年代。

"踢翻祁连找油海，劈开昆仑寻万宝。快马加鞭乘火箭，天安门前把喜报。"我们并不满足于已有的成就，我们共同的誓言是：在党的领导下，大搞群众运动，自力更生，为更大规模的开发与建设工作，作好准备，打好基础，为把柴达木建成一个综合性工业基地而奋斗！

（选自《青海日报》1959年1月18日）

到青海去！到柴达木去！

聂眉初

　　从青海回来，谈起见闻，有人问我："柴达木盆地在青海吗？""青海真的有亩产产八千多斤的小麦吗？""青海省会是什么地方？"听到这些话，同青海人一样，不免有些不痛快。青海是祖国一个十分可爱的地方，怎么可以对它这样不了解呢？

　　提起青海，人们总觉得十分遥远。其实，到青海去很方便。从兰州乘飞机，用不了 50 分钟，就可以到青海省会西宁。乘汽车也用不了一天。如果明年（按：1959 年）秋天去，从北京坐火车就可以直达西宁。

　　提起青海，人们总觉得非常荒凉。其实，青海不仅有无边无际的戈壁和草原，也有遍地青翠的农业区。公路两旁一色的冲天白杨，一点也不比新北京的林荫大道逊色。我去青海的时候，北京正是汗流浃背的盛暑，青海俨然是端午前后的景色。麦子有的发黄了，有的还正在灌浆。丰产田的麦子，秆就像苇子一样粗硬。鲜嫩的蚕豆和豌豆，在江南都没有看见过这么大的颗粒。可惜我去的季节不赶巧，不然还可以吃到过去给皇帝进贡的鸡蛋杏。

　　在青海，更吸引人的是那无穷无尽的地下宝藏。青海人爱把祁连山叫作"中国的乌拉尔"，把柴达木盆地和可可西里草原叫作"中国的第一巴库""第二巴库"。我不善于记忆，也不善于领会数字，但是，在柴达木盆地跑了一圈，却亲眼看见了什么叫作"资源丰富"。

盐铺的路

从柴达木盆地的首府大柴旦到石油城茫崖，汽车有上百里路都是在盐上跑。脚底下是盐，路边是盐，眼睛所能望见的地方都是盐。浇过卤水的盐路，平坦得发亮，和柏油马路没一点区别。这一带盐还不纯，里面还夹有不少的石膏和碱。

到察尔汗盐湖的"万丈盐桥"上，那就全都是纯粹的盐了。公路横穿盐湖，有六十多里长，湖东西长二百多里。整个湖面上覆盖着一层硬硬的盐壳。挖下去一尺多，就是饱含钾盐的卤水。在湖面上凿平一条路，满载器材的大卡车就在上面奔驰。路旁养路工人住的道班房，也全部是用盐盖的。最近，湖上新建了一座钾肥厂，恐怕是世界上最奇妙的一座工厂了。他们用的原料是盐，洗涤用的水是盐水，生产过后扔掉的渣子还是盐，而且样样取之于脚下，连工人们踏的土地，都是一粒粒透明的盐砂。

在盆地，主人们送给我的"土产"也是盐。有红的、蓝的、白的，像砖一样大的玻璃盐，有无数圆粒凝结在一起的珍珠盐。

在盆地，没有一个商店卖盐。炊事员炒菜，随地挖一块就行了。腌咸菜更方便，在厨房地下挖个洞，倒些水，把萝卜丢进去，要不了几天就腌透了。

万宝盆

青海的盐多，其他矿产又有哪一样不多呢？

我们去看了正在勘探的锡铁山。现在只有一百多人，用手工收集那些浮面上的黄色粉末般的氧化铅，仅仅这样极小规模地开采，用户已经消化不下了。沈阳冶炼厂有些人起先看不起青海，说："青海的矿石还能够我们这个厂用？"不过数月，这个厂却打来了这样的电报：暂时别运了，我们的仓库里已经放不下了。锡铁山是一个铅锌矿，可是里面伴生的东西还有十多种，光是黄金就有几十万两。成千万吨的黄铁矿，在这里是不值钱的副产品。

在昆仑山麓，我们访问了一座小小的用土法生产的硼砂厂。硼砂是现代科学的宠儿，原子反应堆和火箭燃料都要用硼砂。在别的国家，湖水里含硼千分之三就有开采价值，而这个厂提炼过成品以后的尾矿渣滓，含量都远远超过这个比例。

至于柴达木的石油，更是早已名扬四海了，现在全国有四大油区：玉门、柴达木、克拉玛依、川中。究竟哪个油区储量最大呢？柴达木的职工说："暂且慢作结论吧。再钻两年看看，说不定是谁领先呢！"有的人却性急地提前就给这四大油区作了结论："滚滚黑金往上翻，标杆立在昆仑山。峨嵋天山都跨过，俯首难寻玉门关。"

第一代人

在油砂山、茫崖、锡铁山，无数的帐篷上，到处都可以看到这样的豪言壮语：

钻透戈壁千层土，踏遍昆仑万重山。

插红旗寸土不让，大跃进分秒必争。

我们住在茫崖的那几天，每天都是彻夜锣鼓不息。到指挥部——青海石油勘探局来报喜的人，一批接着一批。油砂山运输队五分队展开"千里驹"运动，以每小时 100 里以上的速度，给山上的钻井队送水。每辆车两个人换班，一天一夜跑 1100 公里。包括全体女将——女技术员、女电话员、女炊事员的赵一曼队，三十多人一晚上就试制成功了 12 种新产品。前年，盆地一共二十多部钻机，全年打井 3 万多米，现在一部钻机就要打 32000 米！

这就是柴达木人的干劲！

他们的口号是："誓做柴达木第一代人！"

最令人感动的，还是盆地开拓者不惧艰险而又富于浪漫主义的风格。

在柴达木，不管是哪省的人，都可以很容易地找到老乡，最少见的反倒是青海本地人。原因很简单：这里本来就是没有人的地方。党一声号召："开发柴达木！"人们就从四面八方跑来了。

盆地的生活是比较艰苦的。我们访问过英雄岭上的 19 号井。这个钻井队住在深山顶上，山峻峭得连一块支帐篷的平地都没有。水、油、粮食、蔬菜，一切都要从山下运来。公路是深沟接着陡坡，急弯接着峡谷，坐在汽车上，上山下山都捏着一把汗。在这里，极目远望，看不见一点绿色。爱人、孩子同自己常年不在一起。天气是说来风就来风，说来雨就来雨，雹子常常打得铝盔乒乒乓乓地响，风有时大得连帐篷都掀掉。可是，这里的人是多么乐观啊！他们不但工作劲头大，从一个月打井几十米跃进到七百多米，而且在山顶上开辟了篮球场，在帐篷里栽了碧绿的葱。谁要是说柴达木不好，他们马上会跟他抬起杠来。

我们没有去访问普查队，只是访问了一些从普查队回来的人。那些普查队员们的生活当然比钻井队更苦些。他们远离人群，一二十个人住在荒山野外，半月一月，靠骆驼队送来给养和书报。早上带几个干馍出去，晚上踏着没膝的雪水回来。在草地上工作的，蚊子多得不戴防蚊帽就要飞进嘴里。可是，他们说："世界上什么生活比得上勘探队？自古没有人去过的地方，我们第一个去；地图上没有的地方，我们第一个给它填上名字。"在柴达木，有多少地名是普查队员给起的啊！国庆节在这条山沟里举行"游园晚会"，就给它起个名字叫"游园沟"。八个年轻人从盆地南边到马海去，路上在一个地方休息，就给它起个名字叫"南八仙"。现在这些地方已经成了居民点，将来铁路修到这些地方，说不定还会发展成为大市镇呢！

在青海扎下了根

其实，盆地的生活并不像有些人所想象的那样苦。柴达木人说："现在盆地有白面，有青菜，有猪肉，哪一点苦？"别处有"无鳞鱼"吗？在青海湖边上的小河里就有。别处有草帽这么大的蘑菇吗？能够在湖边捡到一堆一堆的天鹅蛋吗？能够吃到熊油炸油条、五香野马肉吗？

盆地不仅仅出石油、出铅、出盐、出硼砂，还有轻松愉快的生活。

从油砂山到茫崖的路上，养路工人在自己的小屋前种活了几株树，枝叶青青的，过路的人都忍不住要站下来看一阵。石油局的一个老技师李仲轩，还在自己的帐篷里种了六月菊、扫帚梅、金盏花，周围一片花的世界。看到这些鲜艳的花，嫩绿的叶，谁都会想：这是些热爱生活的人，这些人的根已经在青海扎下来了。

（选自《人民日报》1958年10月26日第5版）

阿拉尔之行

卢 云

1956年10月初，一个晴和的深秋的日子，我在柴达木盆地西部访问了阿拉尔。

我们从芒崖（按：现在的老茫崖）乘坐汽车，经过130公里的路程，到了盆地西缘的红柳泉。从这里到阿拉尔去，又骑马走了将近40里。

马朝南走。在我们身后，是阿尔金山系的扎哈北山；在我们前头，是昆仑山系的祁漫塔格山。形成柴达木盆地西端的阿尔金山系和昆仑山系，在距离这里不远的地方合围了。

我骑在马上，却看不见迎面有山。

同行的人顺手指着前方，说："看，横在前面的那一排雪峰就是！"

山，被高原上的一层蒙气裹住了。我把头仰得高些，才看见云层里忽隐忽现的戴着银盔的几座雪峰。好巍峨的昆仑山！

进入尕斯草原

起先，我们骑马驰过了一片广袤的寸草不生的戈壁滩。一个小时以后，到了草滩的边缘，满眼一片金黄。那一望无际的刚刚由绿转黄的牧草，马上便把我们密密地包围了。

这尕斯草原，是柴达木盆地西部最大的一个草原。它是由切克里克、阿拉尔和铁木里克三个东西排列的草滩构成的。面积总共有2000平方公里。阿拉尔在三个草滩中间是最大的一个。

放眼看去，草原三面都是山，东边连着银亮的尕斯库勒湖。眼前的这一片景致，真是在戈壁上难得多见的。一群大雁排着一字形，欢叫着，打我们头上向尕斯库勒湖飞去。那湖边的芦苇长得真高，人骑在马上，走进去就不见了。一群一群的花鸭，在长得有一人多高的草叶中翻飞着，吱吱啾啾地唱着。路在深草中间穿过。马不断地打着响鼻，草香在刺激着它。在戈壁中旅行的人，见到这一片水草地，真有说不出的欢喜。

阿拉尔城堡

太阳偏西的时候，在草原的前方，出现了一座城堡。

这草原上有史以来的这座城堡，是我们的一支英勇的骑兵部队在这里修建的。这支骑兵部队，为了追剿乌斯满匪徒，从南疆跨过耸入天际的昆仑山，在这渺无人烟的地方修建了营房，驻守下来，并在这里消灭了各族人民的祸害——乌斯满匪徒。

战士们驻守在这荒凉落寞的地方有好几年。他们英勇地捍卫了这片土地，他们深深地爱上了这片土地。我在营房里的墙壁上，看见一些战士移防前留下的字迹，其中有一首诗写道："阿拉尔来真正好，到处都有水和草，牛羊能养千千万，不久要变米粮川。"诗写得不算好，但是字里行间充分流露了战士们对这片土地依恋的感情。

我去城堡附近凭吊了阿拉尔烈士纪念塔。这是一个小小的坟园，里面埋葬着18个烈士的英灵。他们有的是在和乌斯满匪徒作战中英勇牺牲的，有的是在驻守边地期间因营养不良而病故的。

我怀着肃敬的心情，久久立在十八烈士的坟前。我默想着，如今柴达木盆地的荒滩上，立起了高插云霄的井塔，无数地下的宝藏正在被勘探着，荒芜的土地也在被人们开发着，这就是全国人民献在烈士墓前最好的花环。

给草原规划明天

一支荒地测量队，现在是阿拉尔城堡的主人。

测量队的队员们，是今年春天到这里来的。一个名叫依斯阿吉的维吾尔族老人（按：应为木买努斯·伊沙阿吉，乌孜别克族），领着队员们走遍了这个大草原。在这片草原上，测量队发现了 15 万亩可耕地。

走进队部办公室，我看见墙上挂着一面耀眼的红旗，上面写着金黄色的大字："把祖国荒芜的土地，变成肥沃的良田！"这是青海省勘察与开发柴达木盆地积极分子代表大会奖给这支测量队的。

会见了队长张铭东。这位四十多岁的工程师，向我介绍了这支荒地测量队在草原上所做的工作。

原来，这片大草原，有很好的水利条件。从北山流下来一道河，名叫斯巴里克河；从南山流下来一道河，名叫阿达滩河。这两条河，流出山谷口不多远，就在戈壁滩上渗漏了。直到铁木里克草滩，才在地上冒出许多泉眼，汇流成为铁木里克河。就是这条河，滋润着这一片宽广的草原。它向东穿过阿拉尔草滩，流进尕斯库勒湖。测量队的工作，是把能够用来发展农业的土地测出来；并且定出纵横交错的渠道，目的是使河水不在戈壁上渗漏，使每一条从雪山上流下的细流，全都用来灌溉。

原来，把这片草原开垦出来，有着特殊重要的意义。因为这草原距离盆地西部的石油基地茫崖最近。这草原的开辟，对石油勘探事业将给予有力的支援。

国庆节，人们也不休息。野外队都出工去了。做内业工作的照常办公。我走进绘图室，只见几个女同志埋着头，正在做各项计算工作。听她们的口音，有的是从上海来的，有的来自湖南和四川。一个名叫石家兰的矮垛垛的湖南姑娘，正在搞 9 月份工作月报。我看了一下，不禁吃了一惊。人们是以怎样的速度在进行工作啊！这个测量队现在不仅完成了今年的工作任务，而且已经在做 1957 年下半年的工作了。这位助理技术员工作得很仔细，生怕把她的同伴们在野外的工作成果算错。我听说，她是武汉水利学校毕业的，在盆地工作一年了。

这支测量队 80% 是青年，其中青年团员占一半。我在茫崖的时候，就听中共茫崖工委的负责同志说，这个队正在争取获得"共青团测量队"的光荣称号。

晚饭以后，张队长领我到城堡临近去散步。他指着那一片被晚霞抹上一层光彩的草原对我说："我们的初步意见是，在这广大的草原上，设立一个农牧业相结合的国营农场，解决盆地西部石油基地茫崖的蔬菜和肉食供应的问题。明年春天，将先修建一些便渠，在阿拉尔草滩上开垦一万多亩地。计划要在草原上修起百公里长的渠道。到那时，15 万亩荒地就都能开垦出来了。"

草原上的水文站

隔一天，我和一个名叫费有祥的年轻人，一道骑马到铁木里克河中游的一个水文站去。

小费告祈我说，没有水文资料，建立农场将遇到很多困难。现在，草原上的三条河，设了三个水文站。它们不是设在河的中游，就是设在河源附近。

远远地，我们看见在一片金色的草叶间，出现了一个白色的帐篷。没等我们走近，帐篷里的人就迎过来了。站长王福祥热烈地和我们握手。这个水文站一共四个人。除站长以外，有一个实习生和两个工人。他们在这里，成天只能见到成群的黄羊和野马。当他们看到了稀有的来客，对我们是多么亲切啊！

水文站的帐篷，就挨在铁木里克河旁。站长王福祥在武功水利学校学过水利。他热情地引着我们，看了他们如何在河上进行日常观测流量的工作，还参观了气象台。这个气象台主要是观测农业气象的。

虽然他们很久没有吃到蔬菜了，有时食油也供应不上，每个人却都很有精神。站长的脸颊特别红，笑容从来没有在他的脸上消失过。我在他床头上，看见堆放着不少水利气象等方面的科学技术书籍。他们在这荒僻的地方，也是按着作息时间工作和学习的。我听说，在夜晚学习的时候，结队出来觅食的狼群，常常在帐篷外面嚎叫，有时还咬动帐篷的绳索。这样的生活，他们已经习以为常了。

和我同去的青年费有祥，是阿达滩河水文站站长。这小伙子才 22 岁，是 1954 年在丹阳气象学校毕业的。草原上的三个水文站数他的最远。从这里骑马去，还要走两三天。

两个年轻的水文站长，在一起交换了冬季水文工作的意见。冬天，当荒地测量队收工以后，这 2000 平方公里的土地上，将只有这三个分布在三条河上水文站的人们，继续在草原上进行工作。他们要在这里观察三条河水封冻和解冻的情况，并把它详细地记录下来。

（选自《柴达木盆地访问记》，通俗读物出版社 1957 年 3 月出版）

戈壁旅伴

李　季

1954 年 9 月间，我和几位搞石油地质勘探工作的同志，从玉门油矿出发，到柴达木盆地去。经过敦煌的时候，在柴达木供应站里，遇到一位穿军装的同志，也是要进盆地去的。他因为只乘一辆吉普车，怕路上不好走，想等个伴一同走，方便些。我们也听说路不好，车子容易出事故，遇到有人愿意结伴同行，当然欢迎得很。这样，我们六个人，两辆吉普车，加上他一个人，一辆车，连三个司机同志共是十个人，三辆车，简直成了一个热热闹闹的小型车队了。

在旅途中，是最容易认识人的。同行不到一天，我们就厮混熟了。原来他是刚从部队转业下来，到柴达木一个石油地质勘探大队担任政治副大队长的。

他是一个属于那种一见面就把心给你掏出来的人，爽朗、愉快、坦率得像一张白纸。一路上，他就像车子上的发动机一样，不住气地唱呀，说呀。车队刚出阳关，头一次休息时，他就像部队上的连长喊操似的，对我们发出了命令："第一辆车来一个，第二辆车来一个，其余原地不动！"同行还不到两个钟头，乍一听到这样的口气，我们不禁都怔了一下。当想开了时，我们就都哈哈大笑起来，不约而同地回答说："报告首长，遵命。"他也跟着笑了起来。"快来吧，你们一个车上有三个人，而我这车上就我一个人，再走两天，真会把我憋死了。"从这时候开始，一上路我们这七个人，就不分你我的，在三个车上，混杂在一起坐了。

他开玩笑说："这叫混合列车。"在我们这混合列车上，倒真够愉快的，而他坐在哪辆车上时，那辆车就更显热闹、欢快。有了他这个"欢乐的种子"，简直把长途旅行，特别是在大戈壁上的长途旅行所常会遇到的那种怕人的寂寞，驱散得一干二净。不到一天工夫，我们七个人和三个司机，就像熬八宝粥似的，在一锅里滚熟了。

第二天晚上九点多钟，我们才赶到预定的目的地大红山。原来听说这儿有一家客店，谁知到地方一看，这是什么客店呀！不但没有一个人，五六间破房子，缺门少窗，炕上，墙脚里，尽是一堆堆不知道是什么人在哪年哪月拉下的粪便。他拿着手电，在房子里巡视了一遍，出来就嚷着说："咱们今天夜里，干脆露营吧！这店住不得，糊一身臭狗屎，明天一天不吉利。"和我同行的这几位地质师，常年跑野外，露营夜宿是他们的家常便饭，再加上那天夜里，又正是旧历的八月十五，露宿赏月，这是谁也不反对的。

于是，大家就在店外选了一块平坦的空场地，把三辆吉普车排成一字形，停在风口挡住风。我们就一个靠一个，头对头，脚对脚的把铺盖摊了开来。三个司机同志忙着收拾车子。我们几个人拾柴的拾柴，烧火的烧火，一会儿就做好了一锅挂面汤。就在铺盖上，放一张厚油布，干馒头加上酒、罐头，摆了一摊子，热热闹闹的，在月光底下吃了起来。

在"宴会"上（我们都把这顿晚饭叫做"宴会"），还是数他最活络。他又能吃，又能喝，说起笑话来，简直把人笑得淌眼泪，腰都直不起来。他一会儿为这干杯，一会儿为那干杯，他的题目可真多呀！"宴会"一直搞了一个多钟头，几个司机同志都已呼呼入梦了，我们这才把东西收拾起来，一个个钻到被窝里去。可是，在这迷人的中秋节月光下，在这静寂的平展展的大戈壁上，谁能睡得着呢！

"哟！睡不着就干脆坐起来吹牛吧！翻过来翻过去，受这个洋罪干什么？"又是他领的头。于是，我们几个就都披上大衣，拥着被子，从天上到地下，从南到北，瞎扯起来。每个人都尽情尽兴地谈着，笑着。

不知道你有过这种体验没有，在这种场合出现的话题，听起来简直是杂乱无章，互不联系，但仔细追寻起来，却也不是没有线索可寻的。譬如说我们的这次谈话吧，记得好像是从睡觉的这个大红山地名谈起来的。地质师刘平批评说："这里有的只是走烂铁鞋的戈壁滩，除了祁连山，根本没个山影，为什么叫个大红山呢？有些地名，叫得真是没有道理。"忘记是谁插了一句："地名没道理，人名有啥道理？就说你这个刘平吧，有啥讲究？难道是想把世界上的高山都铲成个一溜平不成？"反问得多有趣啊，我们不禁都笑了起来。

"轮着我发言了吧？我对这个理论，是一半赞成，一半反对。就拿我的名字来说，我现在叫的这个杨奋平，就没有多少讲究。这是我刚从医院出来，碰见师政治部主任——他是我在前方时的老上级，他见我还是叫过去那个老名字，就给我换了这个名字。其实，我那个旧名字，虽然叫起来怪不好听，却倒蛮有讲究哩！"

"你原来叫什么名字？"不知道是由于什么原因，这几天来对他的印象，一下都在我的脑海里集中起来，使我联想了一件一下子难于回想起的什么事，我突然插问了这一句。

"原来的名字吗？这是一个谜，你们猜一猜，"接着他就学着羊"咩、咩"地叫了几声，大伙都被引逗得笑了起来。

"杨山羊""杨咩咩"……大家胡乱地猜测着。

"亏你们还都是有文化的人，连这个简单的谜也猜不出来——杨高嘛！"

"杨高"，他就是杨高吗？我一下子从被窝里跳出来，上前抱住了他："你真的就是杨高吗？三边人吗？端阳现在什么地方？"不要说别的几个同志都被我这不可理解的动作，弄得莫名其妙，就连杨高自己，也被我这连珠弹似的问题，弄得惊异地大瞪双眼，半天没有说出话来……

底下的故事，就用不着再详细去说它了。一句话，这一夜我算把什么都弄清楚了。我所听到的三个杨高，的的确确就是他一个人。我们两个就像久别重逢的亲兄弟那样，从头到尾谈着他的经历，一直谈到天快明的时候，他才枕着皮包睡去。我却怎么也睡不着，一会儿看看他那孩子似的带着笑意的睡脸，一会儿又看看偏西的月亮，和那静寂的沉思着的大戈壁。我的心怎么也安静不下来，我一次又一次地思索着：我和杨高的几次遭遇，难道只是偶然的巧合吗？它怎么竟会这样凑巧呢？我的老朋友啊！这时候，我怎能不惊叹在我们这动荡多变的时代激流里，竟会涌现出这样使人不敢想象的、放着异彩的浪花啊！我们飞跃发展着的生活，它是多么浩繁广阔、瑰丽多彩啊！

（节选自《戈壁旅伴》，上海文艺出版社 1959 年 9 月出版）

大柴旦

顾 雷

从西宁到大柴旦，760 公里，汽车跑了不到 3 天，就快到了，真快。要是在去年道路很坏的时候，不走 20 天，也得半个月，说不定汽车会被颠坏在路上。愈靠近大柴旦，汽车跑得愈快，像牧归时的马。

这时，司机老秦给我讲了一个笑话："去年大柴旦连个人影都没有，我们632 队几个人从噶尔穆（按：今称格尔木）去冷湖，路过这里时天黑了，大伙儿搭起帐篷住下。那会儿野物有的是，说是不害怕，心里却还老是犯嘀咕。半夜里，一个同志一下子醒了，觉着有个小东西，浑身是毛，钻进了袖口，顺着胳臂往上爬。嗬！他沉不住气了，一把抓住那个东西死也不丢，大声叫唤。这一喊不要紧，把大伙都吵了起来，帮他脱衣服，看到底是什么。这时，他还抓住那东西不松手哩。哈！哈！后来一看，是个小耗子，早被他捏死了。嗯，真有意思。现在大不一样了，大柴旦有了房子、电灯，想再碰见这样的事，难了！我出来好几天了，回去怕不认识了！"

我对老秦的话，有些半信半疑。我知道，我们国家的每一个城市时刻在变化，从边疆到内地，许多旧的城市面貌变新了，原来荒凉的地方出现了新的城市。柴达木的面貌在改变是事实，但是毕竟只有几个月的时间，难道它在飞吗？

我是下午 3 点钟从东面进入大柴旦的，很留心观看每一件事物。入口处有大批的活动房屋、帐篷、成堆的汽油桶。在一片空地上，建筑工人正在盖房子。一个小的发电机，蹲在一间小房子里，不停地叫唤。这间房子的周围，停了许多汽车，后来知道这是临时汽车修理厂。附近的草坪和土场上，立着篮球架。宽阔的公路，由大柴旦中心穿过，往来的汽车不断。这天，我住在632队的一间活动房子里，虽说不如新盖起的土木结构的房子好，因为有玻璃窗子，也觉得舒适。

第二天，我特别抽时间看了大柴旦的外貌，真奇怪，在这到处都是黄沙而又干旱的盆地里，大自然竟给它安排了一个优美的环境。大柴旦，被夹在东西伸展着的两座山的中间。祁连山的余脉——达肯大坂山，由西向东，像伸开的一支巨大的手臂，从北面轻轻地揽住这座未来的城市。山的最高峰已超过雪线，峰顶有大片积雪，一年四季放射出皑皑白光，时刻给人一种"这里并不干旱"的感觉。山间的一个小谷里，有一口温泉，出口处有两股泉水，一股是热的，温度是82℃，另一股是冷的。来这里洗澡的人可以自由调节水温，遇到泉水从陡壁上流下，可以站在下面洗个淋浴，也可以在低洼处挖一个坑，躺在里边，宛如盆浴。每逢星期天，有不少人坐车或步行几公里到这里，坐进温水，低头洗尘垢，抬首赏白雪，景色异常别致。大柴旦的南面，是一片看不到尽头的草滩，野草密如毡片，盖住大地，大群的骆驼在上面自由地游荡。伊克柴达木湖静静地躺在草地中间，碧绿的湖水像一块闪光的绿色缎子，当微风抖动它的时候，显得特别美丽。栖息湖边的大群野鸭，时而飞起，时而落下。因为这是个咸水湖，现在湖的四周已有一圈盐的结晶，看去像是给绿翠似的湖水镶上了银边，太阳斜射时，由湖中放出奇异的光彩。紧贴湖南岸的小山，矮矮的，背阴处是一片黛色，截住了向南望的人的视线，使整个大柴旦景色的画面更紧凑了。

就在这块美好的地方，就在这块多少年来被人遗弃的地方，大柴旦的城市建设开始了！从东面的一个建筑到最西面的一个建筑，距离有六七公里，3000多个建筑工人正在这条线上忙碌着，每天完成800平方米到1000平方米的建筑任务，到冬天可完成7万平方米建筑。建筑工人们提出了一个口号："让每一个在这里过冬的人都住上房子！"中共柴达木工作委员会、青海省人民委员会柴达木工作委员会早已开始在这里办公。交通运输公司和贸易公司、邮电局、人民银行、书店等各个系统的业务，正在日益地活跃起来。一天，我到贸易公司的几个门市部去，看到了一片繁荣的气象。住在这里和由这里经过的人，从这里买走了来自上海和广东的各种罐头，山西"杏花村"和青岛的美酒，湖南省的绣花缎子被面同枕头，上等的水果糖与巧克力糖，国产的钟和进口的手表，各色棉毛织品，多种多样的文具。另一些人拥挤在邮电局里，用信、电报给全国各地的亲人、朋友寄去钱和远方的问候。

但是，这还不是大柴旦真正的面貌。想想看，为什么柴达木党的、政府的领导机关设在这里？为什么许多服务性行业名称前面加上"柴达木工矿区"的字样？为什么城市建设的规划扩展得这样快？这一切，在告诉人们：大柴旦将是一个新的工业城市。这个城市，是党的社会主义工业化方针给了它生命，它的诞生是由在柴达木工作的全体地质勘探人员充当助产士，柴达木盆地丰富的矿藏滋养它成长的。

打开柴达木盆地的地质图，通过图上的各种颜色和标记，可以看到这样一个梗概：从大柴旦向西北的公路，越过鱼卡煤矿，直通冷湖地区大群的石油构造，那里的许多台钻机正伸向地下的油层；由这里沿公路奔正西，可以看到"盆地的小江南"——马海农场，可以遇到大批的地质人员正紧张地在石油构造区工作，横穿盆地到了茫崖可以看到出油的井口和岩盐矿。如果你乘车南行去噶尔穆，便会被一座雄伟的有色金属矿山——锡铁山惊住，在越过察尔汗盐湖上"万丈盐桥"的时候会为盆地盐的储量而振奋。在东去通向西宁的路上，除了著名的柯柯、茶卡盐池以外，同样地可以走上许多个石油构造，并且吃到德令哈农场生产的新鲜蔬菜。大柴旦是盆地公路网的枢纽，它被许多矿藏特别是石油构造包围着，这就命定了它必须向工业城市这条路上开步走，必然会成为盆地一切活动的中心，这就是这里的领导机关已在考虑大柴旦未来城市规划的真正原因。他们不但考虑了未来的电厂、工厂设在什么地方，也在打算如何把温泉的水引到市内供洗澡用。还准备修一条路，直通伊克柴达木湖，再做一些小船，便于人们游玩。城市的绿化工作，明年春天会小规模地开展。现在，城边的十几座砖窑已腾起了浓烟，这是大柴旦不久就要出现高一级建筑物的象征。

从许多人的谈话里，我知道这一切都是才发生不久的事，尽管我们勇敢的地质工作者去年春天就到过这里。这个城市的历史是极其简单的。这里原来是野马、黄羊的乐园，靠山边的地方，常有熊的足迹。今年2月，这里只住着12个人，那是骆驼场里的同志，为了支援地质普查工作，赶着骆驼来到这里。六月间，这里盖起了第一幢房子。从此，荒凉被赶跑了。

我到大柴旦的第四天，吃到了黄羊肉、野马肉和名贵的熊掌。这是住在这里的哈萨克人，从很远的地方打来的。现在，城市人口增加到 6000 多人，大部分人将在这里过冬。每当一天工作终了、电灯亮了的时候，许多扩音器放送各种音乐和戏曲。这时再想一想司机老秦在路上给我讲的那个故事，就觉得特别令人兴奋。我到过很多城市，也知道那里变化的情形，然而从人口发展和城市建设速度方面看，却很少有大柴旦这样快的。

大柴旦日新月异的变化、未来的图景，感动和鼓舞着许多人，他们愿为这个未来的城市努力工作，愿意在这里安家立业。25 岁的木工益顺根，是 1951 年从上海到青海的。在开始的两年中，他一直不能安定下来，觉得青海啥也没有，时刻想念黄浦江边的城市。后来柴达木盆地把他吸引住了，他把爱人由上海接到了西宁，决心在青海生根、开花、结果。从此，他在工作中充满了热情，改进了许多工具，1955 年光荣地参加了中国共产党。今年 7 月 23 日，是他一生中永远难忘的日子。这天，他动身进盆地，而他的第一个孩子正差一天满月。

临走前，他给孩子起名"伟梁"，爱人不同意："不叫这个！"

"为什么？"益顺根问道。

"多难听！"

"难听？你知道这是什么意思？"

"不知道。"

"就是说，我要在建设青海、建设柴达木时，起到伟大的桥梁作用，知道了吗？"

益顺根说服了自己的爱人，用孩子的名字勉励自己和大批建筑工人走进大柴旦。他是建筑工程公司的木工队长，在建设大柴旦的时候，他和伙伴们总是尽心尽力地工作，16 个人每天能做 57 个门框，这是在西宁时没有过的事情。他对别人说："过去有人说青海什么也不长，才是胡说呢！这里能长城市、长工厂。我要在这里住一辈子，要成为青海人。不信啊？看着吧，一有家属宿舍，我就把爱人和孩子接来。"

年轻的益顺根在远离故乡的今日所说的话，正是千万个走进柴达木的人的心里话，是建设大柴旦和生活在这里的人们的心里话，在这句话里有多少欢乐和愉快、希望和幻想啊！尽管这里一切才刚刚开始，生活还是艰苦的，而人们仍然生活得很有风趣。

那天晚上，月牙儿斜挂在天边，柴达木的湖水闪着微光，看去是天上一个月亮，湖里一个影子。两边黑黝黝的山，像雄赳赳的卫士，守护着这里的人们。在一个露天场子上，舞会就要开始了。电灯被涂上各种颜色，地上洒满了水，免得扬起尘土。有一个同志抱着不满周岁的孩子来到舞场，许多人用羡慕的目光看这位在大柴旦安了家的人。突然，手风琴响起来了，人们随着鼓点的拍子，一对一对地走下场去。有的人穿着皮大衣，有的人穿着短皮袄，脚上大都穿的靴子。音乐的节奏越来越快，大家尽情地旋转。不久，地上泛起了一片土雾，模糊了人的面孔，而每一个人的兴致都没有减弱。一场一场过去了，泼上水再跳，又扬起了尘土……

夜深了，大家慢慢地散去，轻轻的歌声在远处飘荡着。就在这个舞会上，不是有人打听什么时候盖家属宿舍吗？看来，这只是大柴旦人们生活中的插曲，然而却是心情的全部。

回来的路上，我边走边想，但是总想不出明年今日的大柴旦会是个什么样子。生活在将成为盆地政治、经济、文化中心的城市中的人们，更愉快的生活又会是什么样子。

（选自《风云奔走》，湖北人民出版社 1985 年 8 月出版，写于 1956 年）

冷湖油田采风日志

徐光耀

[编者按]　1978年9月，经中国作协党组副书记、《诗刊》主编李季牵线搭桥，国务院副总理康世恩亲自出面协调，中国作家协会与石油工业部商定，派出新时期第一批采风团，分成东西两路，奔赴大庆、辽河和柴达木、玉门四大油田采风。东路采风团由著名诗人艾青挂帅，"西路军"由河北省作协副主席张庆田带队，成员有河北徐光耀，北京涂光群、冼宁，湖南石太瑞、萧育轩，四川梁上泉，河南南丁，天津王昌定，江西吕云松，安徽韩瀚，黑龙江林青、潘青，吉林侯树怀等20余人。9月14日下午2：40，他们乘坐北京至乌鲁木齐69次列车，17日晨抵甘肃柳园，傍晚到达青海冷湖。

以下是著名作家、《小兵张嘎》作者徐光耀记述冷湖油田的采风日记，具有重大的历史、文学、人生价值。

9月17日

列车本应在凌晨两点半到达柳园，因司炉将火熄灭，以至于误点近5个小时，7点始到站。夜间将酒泉、嘉峪关、玉门都撤过了。

山，昨日已改为黑山，凶而且恶，只有柽柳（一说红柳或河柳）条像乍蓬一样，外无植物，不见一树。好个荒漠。

柳园石油转运站来人接。休息，吃饭，11点开车。我坐吉普前座，一路飞奔，下午2时到敦煌。司机带转自由市场，东西很便宜。

午餐后，又飞奔至 7 点半，抵柴达木之冷湖。正是八月十五中秋节，招待一餐后，又看电影《五朵金花》。几天前在任丘，认识了编剧赵季康。

中秋节在此过，应有诗寄家并公刘才对。

9 月 18 日

上午，去五号地区洗热水澡，往返乘车 60 里。人们都有疲乏之相。

下午，局尹书记（按：应为局党委副书记兼革委会副主任尹克升，1985 年 7 月至 1997 年 3 月任中共青海省委书记）介绍情况，办公室秘书徐志宏给大家讲柴达木。

晚上，量血压，正常。

9 月 19 日

上午，去五号地区，参观水电厂和炼油厂。下午，仍在五号，看了橡胶班和修旧利废的修理库房。对"两个老汉，守着一堆破烂，每年产值 3 万"有特殊印象。

此二人，住十天，可有一篇文章出来。

9 月 20 日

上午，看了勘探班，知道了什么叫射孔、放炮。之后，又看了碘厂，每年可产碘 3 吨多，而且是原子武器用药，很感可贵。最后看了注水班。这个矿区，由于开发得混乱，地下搞了个乱七八糟。注水，已没有多大用处了。

下午，去采油五队 503 站访三个小女工。班长关欣，真是个不可多得的文学人物。她十分天真坦率，几乎无一句空话、套话，字字吐出来都十分动人。这样的人物，才是真正真实的、极其可信的。她立即获得了大家的破格注意。张庆田要了她的日记看，他要写她了。但写的人太多，也没意思。

还有魏艳红（外号"苗苗""演员"）和刘不媛也都很可爱。要想一点不写她们，大约也是不容易的。

此 503 站，是我们入盆地以来所遇之奇葩。此后，怕没有这样的机会了吧？

又去看了供水班，都有些奇迹可感。这是个独立于人世的小集体，可他们的工作却做得十分周到，颇有贡献。

9月21日

上午，访老基地机修厂。突出节目是何××，残疾，双腿只剩7寸长。但安假肢后，照常上班，参加苦战大干，学仿宋字，搞描图，十分精致，精神可嘉。但时时使人想到廖贻训（按：抗美援朝老兵、特等伤残军人），廖的事迹在很大程度上胜过他。

下午，访器材库，看保库员的技术表演，真是令人吃惊。李作桦（27岁）闭眼摸料，将气压表送回的表演，可称绝技。此小李听说《小兵张嘎》作者到，大为惊异。

此后，看了钻机车间及锻工车间，中间又看一修旧利废车间。总是修旧利废，精神可嘉，但太浪费、太落后了。不满足于这一点，我们才有出路。

9月22日

上午节目精彩，去昆特依盐湖看盐场，天然资源的丰富令人咋舌。此地存盐400亿吨，面积1660平方公里，可供中国人吃几百年。毛主任领我和侯树怀跑一里路找盐根，惜未找到。但我在沟边还是拾到两块，给人一块，自留一"山峰"。

下午，看钾矿钾厂。仍是浪费得惊人。

夜，李其昌镇主任（按：应为冷湖镇革委会副主任）讲盐湖开发史，颇有可闻。中间有一参谋长来，也是来看我这个《小兵张嘎》作者的。作品，要有影响才是。

9月23日

上午，地质师廖健介绍柴达木开创史。此人知识分子气味很重，当过文工团员。

下午，听两位汽车司机讲1955年（按：应为1954年）进入盆地情景，对阿吉老人颇怀念。

9月24日

星期日，预定休息。上午，有《青海日报》副刊编辑邢秀玲等四五人访，还搬来半个西瓜吃掉。他们对小说《班主任》颇多反感，以为是暴露文学。

给芸（按：徐光耀夫人申芸）并韩放各写一信。

中午，不及午睡，给《人民日报》整理出4首小诗，总题是《西行杂咏》。下有小引，途中，过乌鞘岭，看昆仑山等。别要人说我好大胆吧！

晚上，邮局二同志来为我团同志发信服务。有个唐山迁安人王富文，非要见我，并托给代买潘家峪小说。如此好文，亦热情。

（原载《徐光耀日记》，河北教育出版社2015年7月出版，题目系编者所加）

寄给伊沙阿吉老人

李若冰

木买努斯·伊沙阿吉，乌孜别克族老人，可爱的老人啊！

柴达木的勘探者，不论男女老少，哪一个不知道你？哪一个不尊敬你？

在沉睡了亿万年的戈壁滩上，在茫茫无际的大沙漠里，人们说你像一个神奇的行者。你走到哪里，哪里就有路；你指到哪里，哪里就有水；你在哪里流过汗，哪里就有油田；你在哪里歇过脚，哪里就有金子……

你英勇的事迹，被人们当做神话传颂着。

人们尊敬地称呼你是"柴达木第一号尖兵"。

阿吉老人，你是配得上接受这个称呼的。你出身于乌孜别克族一个普通的家庭，居住在新疆且末县，紧挨着柴达木西部边缘。今年你已70岁了（按：其墓碑上写着"新疆且末县红旗公社木买努斯·伊沙阿吉之墓，一九六一年十月七日七十四岁病故"字样），胡须也花白了，褐黑色的脸面上，刻画着辛勤劳苦的皱纹。可是，你那两只雄鹰般的眼睛却炯炯有神，敏锐而且明亮。当你身裹着老羊皮大衣，脚蹬着高筒毡靴，雄赳赳地走在大沙漠里的时候，人们又不由得赞叹：老人真豪迈啊！

当你还是一个青年人的时候，比现在更强壮，更有力，有胆量，有雄心。但是，被国民党匪徒所逼迫，被贫困的生活所逼迫，你不得不领着妻子儿女，在大戈壁里流浪，寻找生活的出路。你曾壮着胆儿，吆喝着羊群，闯进了柴达木——多么荒凉的盆地啊！但是，为了生火取暖，你发现了沥青块；为了找食充饥，你发现了盐海；还发现了各种各样闪光的石头……你惊奇这一切。然而，你怎么能在沙漠里久留呢？这儿太荒凉太干渴，你又匆匆地走出去了。

在豺狼当道的时代，穷人不会有安生日子过的。国民党匪徒制造民族纠纷，你的家被"剿"了，十几只羊被抢走了。那时候，你一无所有，只有面对着昆仑山呼喊，在大沙漠里流泪，鸟儿也为你哀鸣，草木也为你悲恸。六十多年过去了，你的头发花白了，脸上的皱纹添多了，但你还像乞丐一样踯躅着，生活的出路在哪里呢？穷人还能活下去吗？伊沙阿吉，穷苦的老人啊！

终于有这样一天，你获得了解放。

你心花怒放，变得年轻了。你又来到柴达木，自愿充当向导，领着解放军骑兵团，追剿逃窜的乌斯满匪徒。你给骑兵团带路、找水，你和战士们一块吃、一块住。你真是老当益壮，什么苦都吃得下，爬高山，过荒谷，走戈壁，进沙漠，勇敢赛过当年。当骑兵团消灭了乌斯满匪徒以后，你快慰地笑了。两年多剿匪的战斗生活，使你和战士们产生了深厚的感情，成为战士们亲密的朋友，他们邀请你住在阿拉尔。

伊沙阿吉，向导老人，你是不会忘记1954年的。

当祖国第一支勘探队踏入柴达木的时候，当他们找路无路、找水无水的时候，当他们困守在戈壁滩、忍饥受饿的时候，你又来了。你刚剿完匪，没有休息，来得正是人们最需要帮助的时候，来得多好啊！于是，你把迷路的勘探者，引入了正途；你给干渴的人，找到了水，哪怕水是苦的、咸的，对于渴得心如火燎的勘探者也是香甜的。你找适合住的沙滩，和大家一起搭起帐篷，和大家一起睡觉。于是，你又成为勘探队亲密的朋友了。

从那时候起，伊沙阿吉，你就开始了一种不平常的生活。你是向导，也是勘探者。你曾在柴达木惊奇地看到过沥青、油砂，看到过各种色彩的盐块、石头，可是你不懂得它们的奥秘，只是怀着一种幻想，幻想有一把金钥匙，打开柴达木的这座迷宫。今天，你兴奋地说："共产党派人拿着金钥匙来了！"于是，你就把所看到的告诉了勘探者，把六十多年的沙漠经验都使用上了，和勘探朋友们一起，寻找着柴达木取之不尽的宝藏。

你年迈苍苍，却不服老，干劲大极了。哪里最艰苦，最困难，你就到哪里去。你曾遭受过多少次狂风袭击，多少次饥寒，多少次困苦？可是，你一句怨言也没有，一个苦字也不说，总是迈着豪迈的步子向前走着。人们说，你一看沙子的颜色，就知道有没有水；一看沙子的形状，就知道能不能通过，你真是神奇的行者啊！

1954 年，有一次，当你领着一支勘探小队，走入人迹罕至的大沙漠腹地的时候，骆驼饥饿得倒毙了，人饥饿得爬不动了，你也饥饿得昏晕，迷失了方向。可是，你挣扎着爬起来，跪在沙窝里乞求神灵，心里念叨着："我不能昏倒！我一定要找到路！我要对得起这些好人啊！"由于你的勇敢机智，终于找到了出路。你和勘探朋友们一起，发现了大沙漠里的地蜡、沥青和油砂，而且发现了又大又好的储油构造，这就是今天柴达木出名的油泉子和开特米里克探区。油泉子——这个名字是勘探朋友起的；开特米里克——这个名字是你起的，因为这里沙山多，你用汉话说这是乱山子，用维吾尔语说就是开特米里克。

伊沙阿吉，好老人，你的英勇事迹说不完。

当我第一次在柴达木遇到你的时候，你正站在尕斯库勒湖边，用手抹掉胡须上的水珠，指着昆仑山，向水文地质专家们介绍柴达木的水源。那时候，人们就开始称颂你。这一次（按：1957 年 10 月），当我又在茫崖基地看到你的时候，你已从若羌接来了妻子儿女，住在青海石油勘探局赠送给你的帐房里。你比 1954 年苍老了，胡须更花白了。但是，你精力旺盛，生气勃勃，仍然讷讷地对我说："我常去局长那里问，有什么任务，我要去！"你真是一个老英雄啊！

伊沙阿吉，英雄老人！让人们看看吧，柴达木最初的许多路，是你领着探出来的；柴达木的许多水源，是你领着找出来的。今天，柴达木几个出名的石油探区，都和你的名字分不开，都深印着你的脚踪。你的汗珠没有白流，你的劳动在柴达木开了花，结出果子了。

伊沙阿吉，你是柴达木的元老，是柴达木第一号尖兵！

你的晚年是幸福的。当你 68 岁的时候，还添了一个女孩（按：柴达木罕，阿吉老人小女儿，生于 1955 年，现居新疆库尔勒市）。我真为你高兴！

我和勘探朋友们一起向你祝福，愿你像柴达木的油田建设那样，生活得美好！愿你像昆仑山那样，永远雄伟、高大！

伊沙阿吉老人，可尊敬的老人啊！

（选自《山·湖·草原》，中国青年出版社 1964 年 7 月出版，人名及个别地方业经甘建华订正）

勘探者的梦

南　丁

"爸爸，您画得真好！"女儿站在爸爸的身后，对正在画一张储油构造地质图的爸爸说。

"怎么能说是我画得好？是这个构造本身好嘛！你知道这个构造对柴达木意味着什么吗？"爸爸停下笔，反问女儿。

"柴达木要飞起来了，谁不知道呢？"女儿笑着说，拿起案头一角的一张铅笔素描："我指的是这个，躺在戈壁滩上晒太阳的这个青年，这样的英俊，这样的美啊！这不是您画的吗？"

"啊？是啊！是啊！是我画的。"

"看他，必定是疲倦了，睡着了，还微笑着，任凭阳光抚摸着他，温暖着他，他一定在做着什么香甜的梦吧？他梦见什么了呢？"

"他是做过梦的，是做过香甜香甜的梦的。"

"他是谁呀？"

于是，做地质师的爸爸，向在柴达木诞生长大的，如今做了采油工的女儿，讲述了下面这个故事——

人人都做过梦的吧？

各人有各人的梦。

四分之一世纪之前，我们这些最初到柴达木盆地的石油勘探者，也有自己的梦。

每天收工之后，回到帐篷里，吃我们照例的晚餐——木耳黄花面条，唱一曲我们喜爱的《地质队员之歌》：是那山谷的风，吹动着我们的红旗；是那狂暴的雨，冲刷着我们的帐篷……因为这里是戈壁滩嘛，我们没有征得歌词作者的同意，就冒昧地将歌词因地制宜改作：是那戈壁的风，吹动着我们的红旗；是那狂暴的沙，敲打着我们的帐篷……这支歌很豪迈，能表达我们勘探者的感情。

唱完歌后，就着小马灯，各人干各人的事情，有看报纸的，有读石油地质书刊的，有读小说的，还有写家信的。我这个地质小队的队长，常要给大队写汇报材料。我们小队有一部手摇电台，每天夜晚十点，我就用电台定时与大队联系，报告我们寻找储油构造的进程。

有一个驼工，名叫张满囤。其实，他原本是个很穷的孩子，家里怕连囤都没有，是个从河南农村来的青年，那时 20 岁，用一句诗人的语言，正是黄金样的年华。他没有文化，土地改革时当过儿童团长，在扫盲班里学习过。他不知从哪里找到一本小学三年级的语文课本，在小马灯下自学，很刻苦的，不认识的字，不懂的意思，就问周围的同志。每天夜晚，还必定工整地抄写一篇课文，这是他的作业，做得认真极了，常要由我催他睡觉。

他是驼工，兼炊事员。驼工，就是管骆驼的。我们小队有十峰骆驼，喂养放牧，全由他管。骆驼是我们小队当时唯一的交通工具。搬家时，驮帐篷、资料箱、仪器、行李、炊具，等等，平时每五天要去驮一次水。水由大队部用汽车定期送到公路边指定的地方，再由小张赶着骆驼运回来。

你没有读过郭沫若赞美骆驼的诗吗？"骆驼，你沙漠的船，你，有生命的山！在黑暗中，你昂头天外，导引着旅行者走向黎明的地平线。暴风雨来时，旅行者紧紧依靠着你，渡过了艰难。高贵的赠品呵，生命和信念，忘不了的温暖。"

我们的驼工小张，朴素敦厚，踏实认真，任劳任怨，那品质很有点像骆驼。他也聪明机灵，我们唱的那支歌的歌词，就是他建议改动的。

有一天，狂风大作，飞沙走石，对面都不见人，这是典型的柴达木天气，无法出工作业，我们只好待在帐篷里。狂暴的风沙扑打着帐篷，我们关严门户，做着被动防御战，有坐着的，有躺着的。张满囤点亮了马灯，又从口袋里掏出他的语文课本。大约刚刚招呼了骆驼回来，满头满脸满身风沙，他也顾不得拍打。

大概是技术员起的头吧，讲起他昨夜做的梦来：一座钻塔林立、采油树成行成排的石油城，有宽阔的柏油马路，有街心花园、电影院，风景如画的尕斯库勒湖上有游艇……他一开头，各人都讲起了自己的梦。勘探者的梦，大体类似。我们的工作顺利，兴致高，信心足，都反映到我们的梦境里去了。

正在默默学习的张满囤，也放下书听大家说梦。听完后，他也讲了他的梦，梦如其人，带有浓厚的乡土色彩：在我们勘探的地方，打了一口油井，这井可深呢！用勾担是够不着的，得用辘轳，一天一夜二十四个钟点也摇不干，一年三百六十五天也挑不完，一千峰骆驼都驮不尽呢！他一个人化作了三个人，又是摇，又是挑，又是赶那一千峰驮油的骆驼，是往兰州的大路上赶吧……

他说得大家都大笑不止，没有谁笑他无知，他当然不知道油井和水井的区别，大家笑，是因为他的梦实在天真朴实得精彩可爱。笑过了，大家又给他解释油井是怎么一回事。小张用心听着，眼睛里放射着又认识一个新世界的喜悦神采。

从那天之后，他在夜晚不光是学语文课本了，还总缠着技术员和我，无止休地探询石油方面的知识。他呀，一下子又好像要化作三个人了，又当钻工，又当采油工，又当油罐车司机。

十月快过去了一半，盆地的天气逐渐凉起来。近半年来，我们的勘探工作很有成效，按照计划，十月底大队人马要收工回西宁冬训，都在紧张地做着收尾工作。

这天，小张赶着骆驼驮水回来，我们收工时，他已做好了照例的晚餐：黄花木耳面条。点上小马灯，唱一曲"是那戈壁的风，吹动着我们的红旗"。他已经很熟练地与我们合唱，平原长大的孩子，他的音色是很美的。大家都为工作的成绩而高兴，唱起来也很有劲头。

我在赶写半年来的工作总结，告一段落时，抬起头来，怎么不见总是默默学习的小张了呢？我随便问了一句，忘了是谁，随便答了一句，说是出去不久，一会儿就要回来的吧。十点整，我与大队联系，汇报日进度，之后继续写总结。这时，技术员到帐篷后边常拴骆驼的地方，发现少了三峰骆驼，小张也不见了，总不会是遛骆驼去了吧？一定是骆驼走失，小张去找了。我们大声呼喊着小张的名字，静静的戈壁滩上没有人的应声，一阵紧张恐惧揪住了我的心：不会出什么事情吧？我连忙用手摇电台向大队报告。大队长命令我们成集团活动，连夜把人找回来，第二天清晨向我要人。

技术员、技工、徒工，和我这个小队长，一人骑一峰骆驼，在茫茫夜色笼罩的戈壁滩上，寻找我们的小张。除了得不到回答的呼唤声，只有骆驼踏着沙漠的声音，这驼蹄啊，愈来愈沉重地踏着我们的心。

毫无结果。天色泛明时，我们揪心地返回帐篷，准备进一步向大队报告。只见两道灯光射来，戈壁滩上扬着沙尘，一辆中吉普嘎的一声，停在我们的帐篷前。大队长打开车门蹦出来，大发雷霆："人呢？"我看见他暴怒的发红的眼睛，像是要一口把我吃掉，我连忙低下了头。他就在我头上大骂："你不知道在戈壁滩上要渴死人的吗？混蛋！"我比他好受吗？但我一点也不想解释。他一阵风样地钻进帐篷里，我听见他发狂地摇着那部手摇电台，听到他与各地质队、测量队、重磁力队都陆续联系上了，要求他们停下一切工作，组织成集团活动，从四面向我们这个地质小队的驻地包围，梳篦一遍，一定要找到小张。又听到他与大队部联系，除拉水车外，其他一切可以出动的车辆，全部出动，找人！

大队长钻出帐篷，看见我们还牵着骆驼呆立当地，人人眼里都含着泪水，便把张开的有胡子茬的嘴巴又闭了起来，必定是咽下去了一句更加粗鲁的骂人的话。我看见他的嘴扭歪着变了形，一头钻进中吉普的前座，嘣的一声关了门，车疾驰向茫茫的戈壁滩，留下一路沙尘……

第八天，我们才找到了我们的小张。

我们看到他时，他就是这个样子，就是这画上的样子，嘴唇干裂着，有暗红色的印痕，那是他自己咬出来的印痕，也有白茨红色果实的浆液，都干涸了……

你问，他梦见了什么吗？

他梦见的，你已经看见了……

（选自《北京文艺》1979 年第 5 期）

阿登马海

赵淮青

　　初秋，一个晴朗的日子。我们几个人乘坐汽车，从柴达木盆地的中心城市——大柴旦出发，向北面的马海方向奔驰。人们怀着兴奋急切的心情，去参观久负盛名的柴达木绿洲。同行者带着怀疑的口吻说："马海会不会像人们说的那样好呢？或许，我们在柴达木每日看到的是无边干燥的戈壁滩，他们也就把一片叶子说成绿色的海洋呢？"话虽这么说，但谁不希望马海正像传说中的那样动人和美丽？我们恨不能插上翅膀飞到那儿。汽车司机也好像理解我们的心情，拼命开快车，对面大卡车从我们身旁擦过时，就像飞出去的炮弹一样，那起伏的山峦刚刚还在眼前，转眼就变成淡紫色的远山了。

　　本打算在天黑以前赶到，但是到达马海时，已是暮色苍茫时分。只见路旁的高崖上，砍柴的民工们燃起熊熊的篝火，把一簇簇白色的帐篷，映衬得宛如朵朵鲜艳的牡丹花。我们就宿在他们的帐篷里。

　　黎明，我们被一阵阵清脆悦耳的鸟鸣惊醒。是什么鸟叫得这样动听？百灵？还是云雀？多少日子没有听到鸟叫了啊！大家一骨碌爬起来，跃出了帐篷，被闪现在眼前的景色惊呆了。这就是马海啊！一片蓊郁深邃的森林，从我们脚前向遥远的天边铺展开去，红柳婆娑着针状的枝叶，披着绿的、杏黄色的衣裳。远处，盖满积雪的山峰，在天际嵌上一道温柔而秀丽的线条。崖下，一条小河在秋天的朝阳下，颤抖地潺潺流过，两岸是黄的芦苇和翠生生的青草，还点缀着鲜艳的各色小花——秋天的花。一切都沐浴在潇洒的秋风里，显得勇敢坚韧，仿佛它们也能度过柴达木严寒的冬天。这里的空气似乎也特别新鲜清爽。我们在万里茫茫似海的戈壁滩上，一连行走了半个月，乍来此地，宛如到了另一个世界，感到胸怀无限的广阔，贪婪地吮吸着湿润香甜的空气。

顾不上洗脸和吃饭，我们就踩着晶亮的露水珠儿，向远处的森林走去。压抑不住内心的激动，我们大声地唱了起来。红柳稠密，树枝牵动着人们的衣裳，常常需要弯着腰前进。身旁全是一簇簇茂盛的白茨，结着指头顶大的红紫色果实，累累地挂满了枝头，顺手摘下吃了，甜得赛过樱桃。

忽然，在金黄色的树林深处，迸发出劳动的声响。我们停住脚，敢情这地方还有人？近前才知道，是和我们一起住的民工，正在打柴呢！他们那有力而灵巧的手挥舞着，又焦又脆的红柳从空中劈下来。就是他们，供应着冷湖、大柴旦、俄博梁等地石油地质勘探人员生活所用的烧柴。一个小伙子得意地告诉我们："一棵最大的红柳能砍两千斤柴哩！"他把一根木头举到我们眼前，"这玩意儿可好烧了！"可不是吗？在目前柴达木运输能力还不充足，煤炭不能大批运进的时候，他们日日夜夜用自己的劳动，给开发柴达木的人们解决了生活上的大问题。

只见一群地质人员骑着骆驼，前仰后合地走过民工们的身旁。他们的手脸由于长年累月风吹日晒，变成了紫红色，脱了皮，然而却是健康的。他们大声爽朗地说："同志们，受累了！"民工们憨厚地笑着："没啥！没啥！跟你们不能比啊！"

看到我们还要往前走，民工们开玩笑说："有瞎熊！还有狼哩！"我们的确看到了路旁野兽的白骨，而且到处皆是，在茂密红柳的枝丫下边，毛茸茸的，仿佛不久以前还有什么东西坐卧过似的。早些时候，这里还是野马、黄羊、黑熊、野狼出没逞凶的地方，自从开发祖国宝藏的"不速之客"来临后，它们只好落荒而逃。我们一人折了一根木棍，由刚从部队转业的老袁带路，一边走一边吆喝着，一直到中午，才拖着疲倦的步子返回。

下午去马海农场访问，这是我们这次来的主要任务。由于柴达木石油勘探事业的蓬勃发展，为了让成千上万的勘探者长期在柴达木立住脚，青海省委决定改变粮食、蔬菜全部依靠外地供应的情况。去年8月，先后在当地成立了马海等9个农场，打算逐渐满足盆地勘探人员生活用品的需要。

到了场部，只见一排排整齐的土房，还有砖房分布在院子四周，面粉垛得像小山一样。翻过一道水渠，对面一小群肥猪，摇摇晃晃地跑动，挤撞着、叫嚷着向我们走来。家属们穿着干净的花衣裳，抱着白胖的孩子在墙根晒太阳，用好奇热情的眼光打量着我们。先前我们看到的那条小河，又依傍着农场流过，鸭子在河中扎猛子。七八个农场干部哼着清脆的京剧，在河中逮小虾和小鱼。原来今天是星期日，他们正在寻找一样改善生活的好菜呢！

见到余场长和李副场长，热情地把我们让进屋里。这是一间农村式的土房，里边收拾得相当清洁雅致：床上铺着白净的床单，书架上陈列着厚本的农业技术书和马列主义理论书，靠窗的桌上整齐地放着刚刚收割下的麦穗标本和待批的公文。在柴达木看到这样讲究的房屋，对于我们来说还是第一次。李副场长大概看出了我们的诧异，笑着说："这房子盖起来可不简单哩！砖是我们自己烧的，房梁是我们自己从树林里锯来的。我们又是设计工程师，又是建筑工程师。"大家都笑了。从他短短的几句话里，发现他是一个和蔼可亲，说话有条理，而且很幽默的人。

停了一会儿，他向我们介绍农场的基本情况，说是今年开了 8000 亩荒地，估计今后还可以再开几万亩。"刚来时，很多人不相信在这里能长出庄稼，其实这地方每年无霜期足足有 150 天，今年的麦子少说每亩也能打 200 斤。"我们兴奋地听着，用手搓着那粒饱颗大的麦穗。他忽然想起了什么似的，眼睛里闪着喜悦的光芒，说："我们还要办牧场呢！你们没有看见吗？咱们农场的西边，有一个水草丰美的大草原，那里有两个湖，湖上有鹭鸶和鸿雁，有芦苇，美极了！这个天然牧场起码可以放牧几万只牛羊，我们要尽一切可能，满足马海周围地区地质勘探人员的肉食需要。"他说话的时候，脸上充满了自信，没有一点炫耀，好像一切都那么自然，那么平常。

之后，我们又访问了几个生产队。

登上一个高坡，一眼望去，全是平坦坦、黄澄澄的麦田，还有碧绿葱茏的菜畦，纵横的渠道里映着白云，微风送来了麦子、萝卜、白菜以及各种蔬菜的清香……多么美好的一幅和平建设的图画啊！

看见这种情景，我们兴奋得说不出话来。马海人用他们不可遏止的热情，把千万年沉睡着、深锁着的大地门环叩开了！他们在祖国社会主义建设的春天，让幼嫩的麦苗第一次穿过厚厚的泥土滋长着，第一次接受了阳光雨露。

在第一生产大队，我们见到了滕队长。他是在山东平原上长大的，不久前还不相信柴达木能长出这么好的庄稼，现在事实摆在面前，已经无话可说了。他抚摸着亲手栽培起来的丰硕麦穗，介绍他们走过来的曲折而艰难的道路。去年初冬，他们在红柳的间隙，用铲子、锄头剖开了僵硬的土地，也是从来没有人触摸过的土地。在那些严寒的日子里，他们曾度过无数个不眠之夜，燃起枯萎的红柳将寒霜驱散。滕队长朴实和蔼，笑的时候也不大声，但是听见他的笑声就会明白，他对未来充满了坚定的信心。

我们还看见三中队队长王汝敬，他曾是志愿军一名连长，现在又带着在革命战争的熔炉里，熏陶锻炼出来的顽强忠勇的精神，来到和平建设的岗位上。这里的任务并不比打美国鬼子更容易。李副场长告诉我们这样一件事情：今年7月，祁连山上的积雪还未消融，水特别缺乏，麦子枯萎地低了头，蔬菜的叶子无力地铺在地上，同志们望着田地叹息发愁。王汝敬整天整夜蹲在地里等水来。水终于来了，却不多，他发动大家不让一滴水浪费，怕水会很快消匿，就带领人们抓紧时间灌溉。那些天忙碌而紧张，他常常几天几夜不睡觉，眼里混着血丝。一种对祖国的爱，使他有勇气在寒冷的夜晚，把双腿长久浸在冰冷的渠水里，冻得撑不住了，同志们叫他休息他还不依。

千古万代沉睡着的土地终于苏醒了，是英雄的农场开拓者把它唤醒的。昨天人们还以为不可能的事情，今天变成了现实。这些金黄闪闪的麦穗，就是对我们这个时代的颂歌，对我们的英雄们的颂歌。

离开马海农场的时候，一个关于"阿登马海"的美丽传说萦绕在我的心头，这是乌孜别克族老人木买努斯·伊沙阿吉亲口对我说的。

在旧社会，有很多新疆和青海的少数民族，不甘心受盛世才、马步芳等统治者的压迫，冒险来到柴达木。他们盼望在柴达木能找到一个富庶丰饶的地方，就像严冬的人盼望春天。然而大自然给予他们的，除了万里不毛的戈壁滩，别的什么也没有。他们叹息着，也幻想着。

据说有那么一回，一个蒙古族老人在大戈壁的风沙中迷失了方向，走了几天几夜，只是偶尔见到一两只渴死的飞鸟，还有暴露在戈壁滩上的骆驼骨骸。他忍受着饥寒交迫的苦难，感到了死神的恐惧。有那么一个早晨，当他睁开眼睛时，蓦然发现了一个地方，这是多么好的一个地方啊！在无边无际苍翠可爱的果园里，挂着累累的金黄色果子。抬头见美丽的青山翠谷，低头听泠泠的清泉奔流。这里的人们善良而朴实，丰衣足食，同心同德，在歌声和鲜花丛里过日子。老人惊呆了，以为是在梦里，伸手摘着蜜一样的果子和葡萄吃，沉浸在天堂一样的生活中，希望在这里度过幸福的晚年。

但他怀念着家人和朋友，希望与他们一同分享这幸福。他摘下许多果子，之后离开了这里。再领着家人朋友来找它时，却怎么也找不到了。多少年过去了，老人临死时还念念不忘地告诉儿孙，要一代传一代地找下去，不找到决不罢休。

阿吉老人也曾经幻想过这个地方，说："真正的'阿登马海'原本是没有的，只有伟大的共产党，才能领导少数民族摆脱苦难，找到幸福的天堂。"

他说得很对。奉了党的命令，开发柴达木的大军所要建设的马海，将比传说中的"阿登马海"更为美好。阿吉老人和蒙古族老人曾经幻想过的幸福生活，我们相信一定能够实现。石油地质勘探人员和农场的开拓者，将会把柴达木绿洲马海，建设得像美丽的大花园一样。

（选自《青海文艺创作丛书·小说散文选》，青海人民出版社 1959 年 9 月出版，原题《柴达木的绿洲》，写于 1956 年秋天）

难忘涩北会战

尹克升

一

　　岁月的流逝，可以冲刷掉一些对平凡事情的记忆。然而，我对青海石油管理局1976年涩北天然气勘探会战，一直刻骨铭心。

　　1976年以前，青海油田的生产形势比较严峻。冷湖油田的产量不断递减，从顶峰时期的年产30多万吨，降到20万吨、10万吨、8万吨。我们相继组织过四号油田单井压裂会战、五号油田区块注水会战、三号新区产能建设会战，等等，费了九牛二虎之力，产量勉强维持在10万吨左右。花土沟从沿沟打井，到修路上山打井，动员"男男女女齐上阵"，含油区块才有所扩大，但局面不是很理想。青海油田没有多少老本可吃，只有继续创业才有生路。在这种情况下，局党委决定：1976年，全力以赴组织盆地东部地区的天然气勘探会战。

　　做出这个决定，不是那么容易的。那时候，青海油田的"小气候"，同样受全国"大气候"的影响。一方面，邓小平在毛主席、周总理的支持下，主持国务院日常工作，着手"把国民经济搞上去"，经济形势开始好转；另一方面，"四人帮"利用"天安门事件"，组织"批邓、反击右倾翻案风"。在这种情况下，抓生产有风险，搞会战更有风险。组织涩北会战，不能不说是一场非常的战斗。

二

管理局负责涩北前线工作的第一任领导是我。开春之后，我们组织了5个钻井队（18113队、3278队、1270队、1256队、32109队），和两个试气队（从四川局调来的试气一队、本局组建的试气二队）的力量，以最快的速度开赴前线。涩北前线距大柴旦镇100余公里，距冷湖镇200余公里。局机关和钻井机关都有领导在前线办公。

涩北是一片不毛之地，会战前线的生产、生活条件非常艰苦。没有淡水水源，饮用水和工业用水都靠罐车拉运，也没有肉食和新鲜蔬菜吃。当时的盆地职工，过年过节才能分到点牛羊肉改善生活，猪肉罐头也很稀罕。没有社会依托，从领导到职工都是住帐篷、睡行军床。没有电话，只能靠电台定时与冷湖发电报联系。资金紧缺，当时每年石油部只给青海油田拨款几千万元。职工收入低，年平均工资只有1200多元，至于奖金、加班费等，一概全无。

工作、生活虽然异常艰苦，然而会战前线的队伍士气高昂，真正是不计时间、不计报酬，从来没有节假日、星期天，甚至不分白天黑夜，只要是工作上的事，一个个都忙得不亦乐乎。

三

青海的钻井队，与"气老虎"搏斗是没有经验的。涩深一井给我留下沉痛的回忆。

涩深一井是在涩北二号构造上的一口参数井，是32109钻井队负责施工的。记得是4月30日开钻的，到6月27日，钻达1681.24米时遇到气层，强烈的天然气冲天而起，挂在井架上的电灯泡被撞碎，引起一场大火。其火势之猛，触目惊心，一分钟后，整个井场一片火海，火柱高达200多米；3分钟内，42米高的钢铁井架被烧倒，百公里之外可看到火光。

我火速赶到现场。井场上，大家都红着眼，挂着泪，围着我。我一看，队长赵建科、副队长许息如在，女指导员侯凤莲、副指导员朱长胜在，队上的同志都在，没有一个伤亡。

现场火光冲天，吼声震耳，根本说不成话。用半导体话筒，音量开关开到头都没有用；用棉球堵住耳朵，耳朵里照样轰轰地响。我只能靠打手势，靠在地上写字，要大家绝对注意安全，迅速离开井场，等研究决策后再组织抢险。许多同志不肯往回撤，真有一股"要与气田共存亡"的劲儿。多好的一支队伍呀！我命令赵建科，要一个不落地撤离火海。

气井在燃烧，我们的心，全油田职工家属的心，都是火烧火燎的。我要求报务员小孟、小马24小时不能关机，准备随时与冷湖联系。冷湖方面，局党委书记薛纪元同志立即向石油部、青海省汇报。当时冷湖打长途电话很难，往北京、往西宁要转几次线路，冷湖邮电局值班的同志，也是在分秒必争地配合我们。

青海省没有气井抢险的经验，然而，省委、省政府，省重工业局很重视。省上组织了大柴旦、格尔木、德令哈、西宁市的消防力量，还求援邻省甘肃的消防力量，日夜兼程开到涩北。在消防队伍的配合下，我们先后拖出了一些烧坏的设备，但要扑灭气井大火，仍然束手无策。

在北京，石油部的领导焦虑万分，组织公安部的灭火专家、四川局的灭火专家，以最快的速度飞往青海，赶到涩北前线。

四

在那些日子里，我深感肩上的担子很重，既不知道饿，也不知道困。和省里的、部里的同志一起，依靠同志们的力量，先后进行了带火切割井口障碍物、带火安装新的井口装置、空中爆炸灭火、关井锁住"气龙"等抢险作业，最终夺取灭火胜利。

抢险现场的许多场面，至今记忆犹新。当时钻井前指的颜泽富、王警民同志，钻井机关的谢虎、金洪仁、张兴建等同志，32109队的同志更不用说，都是抢险现场的主力。在带火抢拉井场物资时，循环水水罐外边是火，里边是滚烫的水，赵建科、许息如同志带头，在真正的"水深火热"中，挂住了钢丝绳绳套，指挥拖拉机把水罐拉了出来。事后有人问他们当时害怕不害怕，他们只是说："什么怕不怕的？当时谁有工夫去想那个怕字？"话语多么朴实，又多么深刻！

组织空中爆炸灭火那天，32109队在现场集合队伍，侯凤莲动员共产党员组成爆破作业队时，全队所有人齐刷刷地站出来了。我强忍泪水，向同志们作了简短的动员，嘱咐大家严密组织，注意安全，万无一失。说完话，一群人把我推到了指挥车上。只见上百斤重的炸药包，沿着悬在空中的钢丝绳，移到了井场火舌的上方。轰隆一声巨响，烟尘腾空而起，被炸起的大小石块噼里啪啦落下，瞬间空气隔绝，灭火成功了。

在总结涩深一井的抢险时，公安部来的一位同志讲：我这次本来的任务，是要调查处理事故的责任者。但是，我却亲身感受到了，这里的石油工人在缺乏人类生存基本条件的地方，是如何生活、工作、献身的。柴达木石油职工队伍是可敬可爱的队伍，我要为同志们请功！

065

五

涩深一井抢险之后，我回到冷湖，身体一度比较虚弱。薛纪元书记要我留在冷湖负责日常工作，涩北前线的事情，由他上去接替。

局前指负责人薛崇仁是一位工作相当负责的同志，身先士卒，严细认真，靠前指挥是"没麻达"的。位于涩北一号构造上的涩深15井完井后，由试气二队负责试气。薛崇仁和钻井前指负责人王警民都赶到现场，指导员陈家良组织大家施工。闸门开启后，强大的天然气流从旁通管线冲出来，井口的连接丝扣开始松动，并在气流的推动下迅速旋转起来。两条旁通管线，把井口周围的人全部扫倒，井场上当时扫倒一片，血流遍地。被扫倒的人员，有局级领导、处级领导、队领导、大班司钻、当班司钻、技术员、记录员、试气工等十余人。这些人都被送到前线的小医疗队抢救，有几位已经无法救活……

消息传来，我在冷湖组织急救措施：一面向北京、西宁汇报，一面向各方求援。青海省的外科专家来了，省重工业局的领导来了，兰州军区的外科专家来了。在他们赶来的途中，涩北电报一份份传来：薛崇仁同志牺牲了，王警民同志牺牲了，陈家良同志牺牲了……六位同志牺牲了！

六位先烈，柴达木的六位堂堂男子汉呀！

（选自《永恒的回音》，青海人民出版社2010年5月出版）

今夜我在德令哈

谢 冕

　　二十多年前，一位诗人来到距离北京很遥远的一座城市。他为这座城市，也为他自己，为他心爱的姐姐写了一首诗。因为太遥远，人们对这座城市很陌生，但是，多情的城市记住了他。令人感动的是，在他离开人世整整24年之后，多情的城市以他的名义，以今天这样隆重的方式举办了首届海子青年诗歌节。

　　为了配合这次活动，《柴达木日报》从2012年7月24日起，连续6天以整版篇幅发表了他的诗、他的朋友的诗，以及纪念他的文章。这座城市的义举，感动了全中国的诗人。他们乘坐飞机、火车，再经过长途汽车，忘了旅途的辛苦，从四面八方聚集在这里，以诗歌的名义怀念他，也以诗歌的名义感谢这座城市。

　　海子说，今夜，我在德令哈。也是昨夜，我坐在海子经过的这座城市的一方书案前，照他的样子接着说，今夜，我在德令哈。我在写这些文字的时候，窗外潇潇地下着雨，如同当年当日，海子隔着车窗的雨帘所见那样，潇潇地下着雨。

　　那些隐身在云层深处的神明，好像感应了这种人间的温情。它们，没忘了二十多年前的那场雨。从昨天下午直到晚上我写这篇文字的时候，窗外始终都在潇潇地下着这场充满思念的多情的雨。

　　海子诗中写道："这是雨水中一座荒凉的城。"其实那座城市未必荒凉，荒凉的是他的心。在座的燎原先生应该清楚，海子写这首诗的时候，应该是1988年的现在这个时候。要是我的记忆没有错误，那一年，他也许是从德令哈一路走到格尔木，再从格尔木翻越唐古拉山到了拉萨。或者说，他从格尔木先到拉萨，在西宁通往德令哈的列车上，认识了这座当时并不知名的城市。当年的海子，满眼都是戈壁，都是荒凉。

1988 年，海子到达拉萨的时候，我也在拉萨。我们在布达拉宫广场前的一座房屋里见过面，那是我和海子的最后一次见面。以后，便是令人伤心的 1989 年 3 月 26 日；以后，便是骆一禾整理遗稿，写海子生平；以后，便是同年 5 月，骆一禾因积劳病倒辞世；再以后，便是同年 6 月 10 日，北京的师友在八宝山送别骆一禾那个同样令人伤心的时刻。

朋友们记住了这一切，诗歌界记住了他们，德令哈也记住了那位曾经到过这里，并在列车上的夜晚，在雨中，在灯下，写《姐姐，今夜我在德令哈》的那个人。

二十多年不曾遗忘。

二十多年后的今天，人们用这种方式怀念诗人，怀念德令哈的那个夜晚。作为来自和海子同一所学校的我，今天在这里，愿意以校友和老师的身份，感谢青海，感谢德令哈，感谢这一片多情多义的土地。

我祝愿首届海子青年诗歌节圆满成功，更希望这个诗歌节如同青海湖国际诗歌节和世界山地纪录片节那样，有了美好的开头，更有美好的延续。每一年，在这个时候，我们都来这儿和诗人相聚，如同每年的迎春花开时节，北大的师生和他相聚一样。

（选自《意林文汇》2012 年第 4 期）

白兰四角贡羊的前世今生

朱世奎

一

2009 年夏天，参加在青海海西州都兰县召开的吐谷浑和丝绸南路学术座谈会，会议期间，著名摄影家张纪元先生送我一本画册，画册中有他拍摄的一张四角羊的照片，使我眼睛一亮。此前我只在一些有关吐谷浑的史料中，看到过这种珍奇异兽的记载，比如《宋书·列传五十六·鲜卑吐谷浑》中说，南宋世祖刘骏大明五年（461 年），吐谷浑第十二代国王拾寅遣使进贡四角羊和善舞马。

为了亲眼看看这种异兽，在张纪元先生的周详安排下，我约请好友生物学家李来兴先生和其助手操胜博士，由越野车司机方师傅驱车，一行四人，于 2011 年 12 月 12 日，到都兰作了一次为期三天的田野科研考察。

考察地点在香日德镇南面的沟里乡秀拉赛什塘村。该村负责人苟什则和柔宝，事前将村里的四角羊集中了，我们一下子看到了大小八只四角羊，又在屠宰场看到了三只四角羊，一只五角羊，两只盘角羊，感到非常惊喜。尤其是李来兴先生特别高兴，行前曾怀疑四角羊只是基因变异的个例，又担心经过阉割缺乏遗传细胞，没有研究价值，这下总算释然了。经过他喜出望外的盘点：秀拉赛什塘村的八只四角羊，其中四龄的两只，一龄的四只，半岁的两只，全都是没有去势的雄性。在李先生的指导下，操胜博士和都兰县兽医站多杰站长，对每只羊从颈静脉上采集了 10 毫升血样，打算作进一步 DNA 图谱分析和研究。

李来兴先生认为，四角羊是藏系羊的一个种群，藏系羊是由生活在青藏高原的古羌人最早驯化的。"羌"字是会意字，由"羊""人"合成，羌族是崇信羊图腾的民族。古老的藏系羊种，有耐高寒、耐缺氧、耐紫外线以及抵御高原强烈温差的生理特性。四角羊作为藏系绵羊的一个类群，同样拥有上述优良性状，但独特的四角性状的出现，在遗传学上尚需深入研究。也许1500多年前，藏系绵羊因为某一个基因突变，出现了一两只四角羊，但因为稀缺性，这种偶然的基因突变形成的性状，被一个小种群保留下来。按照物竞天择的自然法则，这种适应至少是无害的性状，即四角羊应该是适应环境的产物。虽然近年来在内蒙古、新疆等地发现过四角羊，但都是个例。

他告诉我们："我从事了几十年青藏高原动物学研究，还没有在青海看见过这么多的四角羊。希望通过分子生物学、遗传学、基因工程学等方面的研究，寻找沟里地区四角羊发生基因突变的原因，揭示它历经千年仍能保留下来的奥秘。"

069

二

东晋成帝咸和四年（329年），从辽东迁徙至青藏高原的鲜卑人，创建了吐谷浑王国，长期将香日德古城（白兰）作为都城。

吐谷浑人建国300多年时间里，以白兰为中心，放射性地开辟了东西南北的多条道路：

一、北线北魏：白兰—盐池—日月山—西平（西宁）—金城（兰州）—长安（西安）—洛阳。

二、南线藏大道，通吐蕃逻些（lā sà）：大体是白兰—今格尔木—唐古拉山口—温泉—那曲—逻些（拉萨）。

三、通西域、粟特（Sogdiana），共有三条：

（1）由伏俟城（俗名铁卜恰古城，东距青海湖15里）经白兰，西北至今小柴旦越当金山口，到甘肃敦煌；由敦煌西出阳关至西域鄯善—若羌，这条线亦即西域南道。

（2）由伏俟城经白兰西至格尔木，在西北至今茫崖地区的尕斯库勒湖（咸水湖），从茫崖镇西越阿尔金山山口，至西域鄯善，与第一条线合而为一，此路也大致与今青新公路一致。

（3）由伏俟城经白兰西行至今格尔木，再往西至布伦台，西行沿今楚拉克阿拉干河谷，越阿尔金山，顺今阿牙克库木湖至且末古城，再与第一二线合。

四、开辟了通向南朝建康的白（兰）金（陵）水上丝绸之路。关于这条水路的开辟，文献没有记载，但我们从白兰地区古墓出土的黄州丝绸等文物推测，吐谷浑人很早就开辟了从白兰到长江中下游的一条商贸和信使往来通道。

这条路线的大体走向：吐谷浑白兰（今海西都兰香日德）—河南浇河（今青海境内的贵南、贵德）—沿西顷山（强台山）北麓—龙涸（四川松潘）—岷江—宜宾—蜀郡（益州、成都）—巴郡（重庆）—三峡—江夏（武汉）—黄州—安庆—建康（金陵、南京）

开辟这条水路的理由：

（1）溯源寻根的正统理念《魏书·吐谷浑传》记载，第九位君主吐谷浑王阿柴，登西强山，观垫江（白龙江源），因感而发说："水尚知有归，吾虽塞表小国，而独无所归乎？"当时虽然南北对峙，而且北朝在政治军事地理等方面占有优势，而吐谷浑人从内心却认定南朝政权是正统，求得南朝封赏是他们的荣耀，而与北朝的通使求封，则带有很大的虚与委蛇的成分。从阿柴王起，这是吐谷浑与南朝通使之始。

（2）战略布局　北拒元魏、东抗西秦、南和南朝，是吐谷浑人的一贯战略。吐谷浑人与北魏和西秦既有遣使、纳贡、受封的一面，更有大打出手生死争斗的一面。然而与南朝之间没有过任何战争，一直保持友好和睦相处。

（3）文化物资交流　派使朝贺贡方物。南朝刘宋景平元年，第九位吐谷浑王阿柴首次遣使向南朝贡献方物。第十二代吐谷浑王拾寅，于南朝刘宋大明五年（461年），遣使献善舞马、四角羊。

根据周伟洲《吐谷浑史》记录统计，吐谷浑向南朝刘宋遣使，从宋景平元年（423年）到后废帝元徽三年（475年），共遣使20次。向南齐遣使一次，即齐高帝建元元年（479年）。向南梁遣使9次，首次在梁天监四年（505年），伏连筹遣使献善舞马。最后一次遣使朝梁，是在梁武帝大同六年（540年），吐谷浑王夸吕献马及方物。

以上所说的是官方外交活动，民间商旅互动规模要广泛和频繁得多。这条水上丝绸之路，将内地的农业、冶金、造桥等技术，以及绸缎、布匹、茶叶等商品和汉文典籍传播到吐谷浑，大大地提高了吐谷浑人的文化水平。

三

吐谷浑人在一千多年前精心培育的稀世名马青海骢龙驹和善舞马，随着时光的流逝，被风吹雨打去了，至今已了无痕迹。所幸作为给皇家贡品的白兰四角羊，其后裔在白兰山（今名布尔汗布达山）下重现身影，这也是大自然造物主留给我们的一份丰厚遗产，一份弥足珍贵的礼物。为此我们建议：

1. 从生态文明建设的角度看，白兰四角贡羊美好的外形、富有深意的文化蕴涵（善良、美好、吉祥）以及皇家贡品的身份，建议把它定为海西州文兽，经州人大、政协等会议批准后命名、颁布。这样的命名，对提高人们生物多样性保护的意识，拥有珍稀动物的地区自豪感，具有很大的现实意义和深远的历史意义。

2. 在西宁动物园和互助县彩虹吐谷浑部落以及海西都兰等地，选择适当时机，公开展示白兰四角贡羊的魅力形象，通过纸媒、电视、摄影和数码媒体等，为这种珍稀动物登台面世，成为人们喜爱的吉祥物造势。

3. 成立白兰四角贡羊的繁育研究中心。中心的任务大体是：保护、繁育、研究、营销。保护是不使珍稀物种绝灭，以免珍稀物种自然流失。繁育是对具有强势遗传基因的父本母本，有控制地成为繁育主体，把优良的品质遗传下来。研究是利用高科技的手段，从生物的分子水平上，破译其遗传密码，作好 DNA 图谱的基因定位，最终采用胚胎切割的繁育技术，批量繁育。此项工作的技术问题，可以和西北高原生物研究院、青海大学畜牧兽医学院、青海农科院等合作解决。营销是解决物流的问题，经营可以是独资或合资的专业化模式。白兰四角贡羊不仅是富有文化内涵的珍贵动物，而且也是具有大众观赏和个人收养宠爱的动物。作为文化商品，应该营造一个面向省内外、国内外的流通市场，使之成为一条独具特色的柴达木绿色经济链。

（选自《巴音河》2017 年第 2 期）

西行柴达木纪事

姚宗仪

1954 年 9 月，我有幸成为第一个踏进柴达木盆地的新华社记者。与我同车从西安出发的，有西北石油局副局长张俊，另一位是管保卫的陕北人苗德胜处长。

我们在玉门矿务局休整了两天，等待着北京主力部队的到来。为了安全起见，石油局还奉命从兰州军区调来一连荷枪实弹的护卫战士，随大队前往柴达木。数十辆小吉普也在矿务局整装待发。后勤组还从陕西乾县购置了大量耐于存放的锅盔，西安的腊牛肉和大蒜，每人一袋，并告知这是进入盆地后一个月的口粮。

两天后，西北石油局局长康世恩率领大队人马到了玉门。他们中间，除了苏联石油管理总局总工程师特拉菲穆克，以及他所率领的一名地质师，一名钻井专家，一名水文地质专家，还有国家计委、经委、建委以及民航总局、铁道部的各路将帅，阵容之庞大，堪称建国以后勘探队伍所未见。

不曾料到，出发前的会议上，竟将我同著名诗人李季（他当时是玉门矿务局党委宣传部部长），在酒泉地质大队挂职体验生活的散文作家沙驼铃（即李若冰），同称为这认进牟柴达木的三位文化人。对于名不见经传的我来说，实在有些受宠若惊。李季是国内诗坛的前辈，他的《王贵与李香香》早已蜚声海内外。他当时模样已有三十开外，而我只是二十出头，因而除了敬重，不敢与他多言，然而他的平易近人，却使我随即消除了隔膜感。他的诗人气质很浓，身材瘦削，却有洪钟般的声音，健谈而诙谐，还不时夹杂着爽朗的笑声，毫不矫情。

李若冰则是我比较熟悉的。我在酒泉采访时，就得益于他的点拨，才初晓野外地质工作的特殊性、艰苦性。当时温州有一批姑娘像假小子般地不畏艰苦，同男性地质队员活跃在酒泉，报道这个题材就是他点题的。作为一个作家，他并不善言谈，有时还有几分腼腆，可是他待人的真挚和热情，会使你感到他内心时刻像有一盆火在燃烧，地质队员们都愿意和他敞开心扉交谈。由此也使他积累了不少素材，写了《在勘探的道路上》《柴达木手记》，那些感情如火的散文集。我没有料到从玉门西进后，我们会结伴同坐一辆车，同宿一个帐篷，从他们身上学到了许多优秀的品格。

北京和西安两支人马会合后，我们就浩浩荡荡地向西进发了。第一天在平坦宽阔的公路上奔驰，当晚宿于敦煌县城。敦煌县委、县政府为这支上百人的勘探队伍，在会议大厅举行了盛大的招待会。县委书记祝酒词中希望和祝愿溢于言表，康世恩作了热情的答谢，外国专家组长也举杯共庆。有人点名要文化人代表讲话，我同李季、李若冰一桌，李季说："小姚你上去说两句。"我急忙抢白："不成不成！怎能轮到我小字辈呢？自然是非您莫属！"于是，李季举起酒杯，带着浓重的河南口音，用诗一般的语言，给酒会点上了一把火。场内气氛分外热烈，大家频频祝酒，盼望着为柴达木和敦煌县带来美好的明天。

第二天一大早，告别敦煌，开始进入杳无人烟的莽莽荒原。路线是沿着南疆早已失修，难以辨认的青新公路车道前进，然后绕阿尔金山进入柴达木。康世恩曾经打过仗，有带兵的经验，他的座车始终居全队之首。车队后面还有驮着食用水和汽油的大型给养罐车，数十辆大小吉普，一辆接着一辆，风尘滚滚，向着没有止境的戈壁尽头驶去，气势十分壮观。途中歇息时，我们就着干粮进餐，大家传递着水壶，喝上几口解渴。我和李季、李若冰同车，有时满车笑语，有时各自凝视着车窗外的荒原做无限的遐想。

这天大约行驶了 400 公里，天色已近傍晚，车队就在一座无名的道班房宿营。说是道班房，实际上已是断墙残壁，风化剥离得似一座文物遗址。随车负责首长和专家安全的同志，就在断墙的防风处临时搭起两顶简易帐篷，供首长们休息。其他人员在戈壁滩上，找个避风的坎坎沿沿，随地搭起地铺。真是头顶青天地当床，一无遮拦，堪称是世界上最大的露天宿舍。

9 月的夜晚，寒气袭人，由于旅途劳累，大家都早早钻进被窝。记得当晚正是中秋（按：1954 年 9 月 11 日），明月当空，犹似泻下一片水银，空旷的戈壁滩上，显得分外清澈透亮，用不着照明，都能辨清各自的床位。不知是谁提起了话头，喃喃自语道："每逢佳节倍思亲啊！"在万籁俱寂的夜空，声音传得很远很远。于是听到有人抢白："是想老婆了吧？"地铺上响起咯咯咯的笑声。从美国留学归来的陈贲地质师笑问："你们说，此时此刻什么是最幸福的？"有人戏谑地说："抱老婆暖被窝最幸福。"陈贲说："没出息，我只想淋一回热水浴，喝上一杯热茶，再美美实实睡上一觉最幸福！"大家七嘴八舌各自说开了。戈壁中秋夜晚的上空，回荡着一串串笑声。

第三天拂晓，大家顾不得洗涮，又精神抖擞地上路，车在隆起的山丘峡谷中缓缓爬行。中午时分，车队千米之外（地名不详），忽见远处烽烟滚滚，像是万马奔腾迎面扑来。康世恩警觉地下令停车，随即跳出车厢，镇定地用望远镜注视着远方的动静，如同战地的司令官。这个意外情况，使全队人马顿时紧张起来，纷纷下车，匍匐车下，屏息凝神，密切注视着前方，仿佛一场战斗即将到来。那时我因年轻，颇有些初生之犊的气概，操起莱卡相机，三步并作两步，越过前面的车辆往前窜。我想万一有始料不及的战斗，可以像战地记者一样，将真实情况记录下来。当我越过首车往前跑时，只听到康世恩一声令喝："趴下！"这一声倒使我清醒了几分，马上在车边伏倒。只见康世恩调动几名护卫战士，持枪匍匐前往侦察，不久消失在烟尘滚滚处。当大家还在疑虑时，两名战士已急步小跑回队，向康世恩报告："未发现有任何情况，好像是大风刮起的尘土。"后来随队的哈萨克向导说，这种现象在荒原上是经常发生的。如今回忆，想必是小股龙卷风施虐，造成一种沙暴的自然现象而已。但在当时边陲地区尚未完全安定的情况下，康世恩具有的这种高度的警觉，正是他有着丰富战斗经验的体现。大家在一场虚惊之后，迅即恢复了平静。

直到第四天傍晚，翻越一架沙山，穿过一个峡谷，眼前出现了一望无际的茫茫沙海，同时发现不远外有影影绰绰的人影。不知是谁大声吼起来：柴达木到了！一些在车上颠簸得昏昏欲睡的同志，此刻也睁开了惺忪的眼睛，探头窗外，领略神秘的柴达木给自己留下的第一印象。

柴达木确实是开阔的，层层叠叠的沙丘无边无际，南边远远地横亘着白雪皑皑的昆仑山，仿佛镶嵌在天际的一条银色项链，巍峨的阿尔金山则横卧于盆地北首。绕过一片无垠的沙丘，远处是浩淼无边闪着白色光辉的尕斯库勒湖，湖边结着水晶石般的盐块。据说，它是由盐碱经过烈日烤晒、蒸发，日复一日自身熔炼而成的，其蕴藏量取之不尽，用之不竭，难怪人们赞誉柴达木是个聚宝盆。在这茫茫荒原上，可以想象得出第一批来这里的拓荒者，要付出如何的艰辛和代价。勘探队驻扎在一个避风的山丘下，一字排开的十几顶白色毛毡帐篷，堪称是大本营的高级宾馆了。

翌日，顾不得洗刷一下多日来的风尘，康世恩就带领各路将帅以及苏联专家，到达油砂山附近，徒步从一架山丘爬上另一架山丘，观看生成的石油构造，边听汇报，边踏勘现场。他的雷厉风行的工作作风，确实为后来全国石油战线掀起的"三老四严"的作风，树立了言传身教的典范。

这一天，北京石油总局的地质师陈贲，西北石油局的地质师王尚文，以及已在柴达木工作、来自清华园的技术员葛泰生，成了唱戏的主角。他们详尽地向考察组介绍了柴达木盆地的地质年层，石油构造的生成依据，已经露头的构造分布、走向、面积，以及初探以后的预测储量。他们讲的有板有眼，有理有据，令人信服。

柴达木的气候是多变的，忽而狂风骤起，黄沙蔽日，忽而烈日炎炎，热浪蒸腾。尤其是每天早晚的温差悬殊异常，早起时的刷牙水每每结上一层薄薄的冰凌，可是午间火热的烈日烤得你恨不能扒下一层皮。环境的恶劣并没有沮丧大家的工作情绪。有的苏联专家在踏勘现场时，顾不得斯文，常常是光着上身工作。各路诸侯也抓紧时间，分别深入到各自的工作岗位做调查研究。铁道部的同志去察看线路，民航局的同志则去选择机场地址。李若冰不见人影，想必又深入到地质勘探人员中间收集素材去了。诗人李季则随大部队活动，有时则独自漫步到营地的尽头，遥望着远处的昆仑山发呆，想必进入了出神入化的境界。就连随队的哈萨克向导也不甘闲着，要了队部几匹骆驼，带上猎枪到昆仑山麓打野马去了。后来，我们果真在餐桌上，品尝到他猎回的又肥又涩的野马肉。

我按照西北总分社的指示，紧随苏联专家组活动，为他们拍了不少现场活动的照片，还和水文地质专家契雅契柯夫交上了朋友。他是一名曾直捣柏林的卫国战争的战士，身躯魁伟，且有天然的好嗓子。每次回到营地，就在帐篷里拉开嗓子，吼上几句，使人顿感勃勃生气。他十分钦佩俄罗斯的世界级歌唱家莎里亚宾。如今60岁以上的音乐爱好者，大概都知道这位善唱古典歌剧的男高音，和当今风靡世界的意大利歌唱家帕瓦罗蒂可同享殊荣。对于音乐知识只有一知半解的我，竟然被契雅契柯夫视作知音，为我唱了《伏尔加船夫曲》，穆索尔斯基的《跳蚤之歌》，音质厚重，颇具魅力，看得出是经过专业训练的。后来，我又点唱了当时流行的电影《光明照耀到克奥尔地村》主题歌，不料正中他的下怀，兴高采烈地用俄语高声施展他天赋的歌喉：

> 你能找得到哪个国家
>
> 比我的祖国更美丽
>
> 到处都有广阔的田野
>
> 鲜花怒放开遍了山谷……

一曲未了，帐篷外已团团围住了许多年轻的勘探队员，他们循声而来欣赏他得意的演唱，像是一次音乐会般的热闹。

经过多日有分有合的调查考察，9 月下旬的一天，召开了各路诸侯总结大会，偌大的帐篷坐满了各路将帅。会议完全民主，各路代表轮番提出自己的设想和方案，并充分摆出自己的论据，明晰而又科学。苏联专家组长也提出了他们的意见。

末了，大家不约而同地注视着康世恩的表态。只见他手指捏着一支带橡皮头的铅笔，轻轻地敲着桌子，全神贯注地听着各方的意见。这位将柴达木命运系于一身的首脑，再次询问各路代表，是否把要说的全说了。接着，他从容地作了即席发言，手头上没有资料，也没见笔记本，只是桌上有一张纸，记下了大家发言的要点。然而他在发言中，思辨的逻辑，决策的果断，以及数据的概念，发言的层次和条理，却是惊人的清晰，富有强烈的说服，为柴达木大开发拉开了序幕。翻译不时将他的讲话向专家组长咬耳，看得出特拉菲穆克露出了钦佩的目光。当晚为答谢专家们的努力和辛苦，借助汽灯在营帐内举行了简单的酒会，共庆这次考察的圆满成功。我在酒会上第一次听到了康世恩爽朗的笑声。

该是到返程的时候了。大家依依不舍地向仍驻守在盆地工作的同志们话别。李若冰含着泪水，向年轻的勘探队员深情地说了一句话："柴达木的明天寄希望于你们！"

（选自《新华社社史资料汇编》第 8 辑）

回忆与中苏专家工作的日子

张丁华

1951 年，我在西安一中念高二的时候，西北大学地质专业和俄语专业提前招生，不限年级，择优录取。当时正值中华人民共和国刚刚成立，急需发展经济，同时需要加强与苏联的关系，俄语人才紧缺，所以俄语专业招录条件非常优厚，不仅不收学费、管饭，而且每个月还发 3 块银元（当时一块银元值 1 万元人民币，相当于后来的 1 元钱），吃饭穿衣等开销都够了。我顺利地考上了西北大学俄语专业，非常珍惜这个机会，学习认真，成绩优异。1952 年，西北大学接到上级通知，挑选一批学生去北京支援祖国建设。我们和来自兰州大学的 20 名三年级学生，一起到新中国第一所石油院校——北京石油专科学校学习石油知识。

那时我国才能生产 12 万吨油，其中人造油 7 万吨，天然油 5 万吨，主要产自玉门油田和延长油田。当时全国从事石油工业的工程师才有 7 个。在此历史背景下，国家紧急成立了北京石油专科学校，地点就在秦老胡同的一个院子里，校长是从美国归来的温可门教授，俄语老师是一名苏联老教授。当时学校开设了地质、钻井、采油、油气勘探、俄语等专业，其中以俄语专业人数最多，共 100 人，分了两个班。我们既学俄语，又学地质、钻井、油气勘探、采油、炼油等课程，大家明显感受到国家对石油专业人才培养的重视，以及对发展石油工业的渴望。

1952 年 12 月，由于国家建设急需人才，北京石油专科学校宣布我们提前毕业，尽快走上工作岗位。我们这批学生中有 5 人被分配到燃料工业部工作，其他学生则被分配到石油总局和新疆、四川、青海、陕西等地石油管理局工作。学俄语的就我一人被分配到燃料工业部专家工作室从事笔译工作。每当苏联专家出差时，我就跟着专家和另外一名翻译一块去学习口译。石油工业部成立后，我被调到那里的专家工作室继续从事翻译工作。当时石油工业部从苏联请了七八名高级专家作为顾问，专家组长是苏联一个地质局的局长，在勘探地质方面有着很高造诣。副组长是从苏联巴库油田石油科学研究院来的博士，另外还有采油、地质、地球物理等方面的专家。安排我给专家组副组长尼基金当翻译，同时还成立了一个采油专业翻译组，我担任小组长。在专家工作室，我一共工作了两年半时间，其间作为翻译陪着中苏专家、领导，到玉门油田、延长油田、四川油气田及东北多地考察，从他们身上学到了很多本领，自身的俄语和石油专业水平也得到了提高。

当时，康世恩同志是西北石油管理总局局长，他是清华大学地质系高才生，后参军成为一野三军九师政治部主任，转业后任玉门油矿军事总代表、党委书记，西北石油管理总局第一任局长，我当翻译时就在他的领导下工作。他经常带领苏联专家和国内的工程技术人员、机关局处领导，奔赴青海柴达木、甘肃玉门以及新疆、四川、陕西和东北等地，深入一线研究攻克勘探采油难题。在调研考察中，凡是讨论重要的、复杂的问题都由资深的老师当翻译，采油的事情则由我来翻译。康世恩非常关心和爱护我们，每当翻译遇到了问题，他不仅不责备，还不停地鼓励，我打心底里尊敬他。总局总地质师是陈贲，国家地质局处长是刘南。刘南一直很关心我，后来他成为胜利油田首任局长、党委书记，我又成为他的部下。

1955 年 6 月，苏联专家回国，我向组织申请到北京石油学院进修石油地质专业。在学习的一年多时间里，我非常刻苦，不仅学习了石油地质专业，还将石油其他专业也认真学了一遍。这些知识为我以后到石油战线担任领导、负责管理石油生产奠定了重要的理论基础。

随着石油勘探事业的发展，在青海柴达木盆地发现了石油。为了加快石油勘探工作进度，石油工业部从苏联聘请了十多位专家到柴达木指导工作，急需既懂俄语又懂石油专业的同志配合外国专家工作。1956 年 3 月，我成为中共预备党员，组织决定派我到艰苦的地方去支援国家建设。当年 4 月，我作为专家工作室副主任，带着来自全国各大学的 20 多名俄语专业大学毕业生，来到青海石油管理局，在这里一干就是 8 年。专家工作室主任是一名老红军，我主管业务工作。苏联专家团中有一位地质专家，参加过卫国战争，是个少校；还有一位钻井专家，在一家石油企业担任总工程师；除此之外，还有地震、电力、磁力等方面的专家。他们兢兢业业在柴达木艰苦的环境中工作了一年多，帮助解决了许多技术难题，并和中国技术人员建立了友好的合作关系。

工作伊始，我的俄语水平不高，听力也差，在工作中吃了不少苦头。为了弥补这些不足，每天早上6点，我就起床背诵俄语，每次工作结束，我都要整理石油技术笔记。我前后从事将近5年的翻译工作，跟着中苏专家尤其是苏联专家学了不少石油知识，更重要的是学习了他们的工作精神。在中苏专家的言传身教下，我的俄语和石油专业水平不断提高，为以后的发展打下了坚实的基础。归纳起来，主要是以下几点：一是学会了测量石油的地下物理性质的技术；二是学会了如何绘制油井地层压力恢复曲线；三是学会了油田油井分析技术；四是学会了如何制定油田开发方案；五是学会了如何绘制油田开发现状图；六是学会了实验室的各种试验方法。

总而言之，我先后与近20名苏联专家共事过，他们不但学识丰富，而且对待工作敬业，尤其是石油工业部聘请的那些苏联专家理论和领导水平较高。苏联专家回国后，当时我虽在青海油田工作，但人事关系还在石油工业部，组织上征求我的意见是否愿意留在青海油田工作。为了祖国的需要，我决定留在青海，并向组织要求到基层最艰苦的地方工作。就这样，我成为青海油田一个试油队队长，把柴达木打出的第一口井试出了油，这也是青海油田第一口出油井。

前不久，青海油田千余名科技工作者历经10个寒暑，连续发现5个亿吨级油气田，新增探明油气储量4.6亿吨。喜讯传来，我也是激动不已，感慨万千。

（选自《石油文学》2018年第4期）

画家笔下的海西

里 果

马西光：中国画《瀚海晓月》

大漠风沙静，瀚海生明月。与风沙搏斗了大半宿的人们刚刚入梦，黎明却已悄悄来临，忠实、勤劳的伙伴——驼群也开始躁动。这位藏族女地质队员，不顾日夜劳顿，又默默地为早晨的出征而忙碌着。她轻手轻脚，生怕惊动了战友们难得的睡眠。那轻捷的体态和关切的神情，体现了同志间高度的阶级友爱之情。这便是我"读"了著名画家马西光的力作《瀚海晓月》后的美好印象。

茫茫戈壁，声声驼铃，当年开发柴达木先行者们的艰苦奋斗生活，一直触动着马西光的心灵。他数易其稿，终于抒情写意，成功地完成了这一题材的创作。

马西光进行《瀚海晓月》的艺术构思时，打破以往对大漠戈壁狂风大作、飞沙走石的描绘模式，另辟蹊径，独具只眼，在艰苦中探索美、创造美，发掘和宣扬早期开拓者们的革命乐观主义英雄气概。

在描摹处理上，画家刻意追求含蓄蕴藉的艺术意境。人物造型健康秀美，端庄大方，富有个性；线条勾勒，兼工带写，韵律流畅，浓淡得宜；对骆驼的表现则泼墨写意，笔势放肆，墨彩淋漓，与人物形成了鲜明的对照。这幅精彩之作，使我们在洋溢着诗情画意和"笔精墨妙"的天地里，得到了美的享受和启迪。

《瀚海晓月》曾多次在国内外展览和出版，获得过全国美展三等奖，并被中国美术馆等单位收藏。

苗罡：版画《高原油田采油忙》

独具特色的柴达木油田，生活、战斗在那里的石油工人，是青海一些画家长期敬重和描绘的对象，十几年来，相继产生了数幅表现这方面题材的优秀作品。苗罡，这位自学成才版画家的《高原油田采油忙》，便是其中之一，曾经参加过第六届全国美展。

生活是艺术创作的源泉。苗罡在艺术实践中，始终坚持走这条正确的道路。从 1979 年起，他已六访油田，为创作打下了坚实的生活基础。他在柴达木盆地西部采风期间，多次到过花土沟北山油田的山顶。清晨，只见一排排采油树竖立在山梁上，银白色高大的储油罐，在晨光里闪闪发光，拉油车穿梭其间……啊！好大的高原油田气派！画家被眼前的景色感动了，生活给予了他创作灵感，他似乎"得来全不费工夫"地觅到了恰当的艺术语言，把井场和山岳加以巧妙组合、概括、升华，最终创作出这幅带有积极意义的现代风景画。

在这幅版画里，画家采用了中国传统的线刻手法，用优美流畅的线条表现对象，潇洒灵动，干净利落，刻制时注意刀味，避免了复制木刻那种板滞之感，加之以沉着的单纯底色衬底，使画面淡雅清秀，更显出较强烈的民族风格。

苗罡是位勤奋的画家，更新更大的成就，将在他的拼搏中诞生。我期待着他有更高质量的作品问世。

孙绍培：水彩画《西部的地平线上》

西部高原是祖国的一块宝地。它是古老的，也是神秘的，有广阔壮美的风姿，有无数的骏马和丰富的地下宝藏，但以往总摆脱不掉人们心目中荒凉、落后甚至恐怖的印象。随着岁月的流逝，在西部的地平线上，出现了井架，架起了银线，飞奔着钢龙……

柴达木盆地日新月异的变迁，深深触动着画家孙绍培的灵感。他曾十多次来到海西地区，这幅水彩画《西部的地平线上》，就是他在这个"富矿区""采矿"之所得，曾参加过全国水彩、粉画展览。

画家用几条横线把画幅分割为蓝、黄、绿几个层次，表现了西部戈壁、草原的广袤和宛如欢波笑浪的景象。满载原油的列车横贯画面飞驰而过，划破了原野清晨的宁静。那匹漫步草滩的白马更是耐人寻味。你瞧，它对震撼大地呼啸前进的巨龙似乎司空见惯，已经没有丝毫的惊恐之状。这个精心安排的细节描绘，不正好让人感到这里面貌的改变，已经有许多年月了吗？这幅画色彩鲜明强烈，用笔爽快流畅，是一曲对海西地区前景充满希望的赞歌。

孙绍培虽主攻中国画，但也涉足版画、油画、水彩、水粉画，广采博取，丰富了自己的艺术语言和表现手法。他的作品曾多次在省内外展出。近期他在深圳和蔡霖、邹富明一起举办画展，他的 32 幅作品表现了青海高原的民族风情，风格质朴粗犷，并在传统技法基础上有所探索求新。

082

胡文诚：版画《瀚海新月》

中国西部的心脏——青海高原的戈壁瀚海是神秘的，也是富有的。在改革开放的大潮中，海西人以开拓者的英勇气魄，向这块古老的不毛之地宣战了，使它迎来了大有希望的美好春光。版画《瀚海新月》的作者胡文诚，曾多次深入柴达木聚宝盆，敏锐地抓住现实生活中具有本质意义的现象，从一个侧面表现了新时期海西开拓者的精神风貌，体现了时代的主旋律。

画面上那起伏连绵的风蚀残丘，粗犷而带有原始面貌的阳刚之气。这质朴无华的大漠之美，不正是海西人那由表及里的性格写照吗？画家在构思刻制这幅作品时，正是以这样的意境为基点。观赏此画，首先映入眼帘的是那耀眼的黄色灯光，那灯光、帐篷与天上一弯新月交相辉映，非常突出地点明了"画眼"。画家以情造景，以景为境，藏而不露，由幽入明，让观者去体会，去玩味，去联想，去领略其弦外之音，品尝那画外之意。

画家胡文诚 50 年代中期从西北艺术学院美术系毕业后，志愿来到青海高原，长期从事美术教学和辅导工作，业余时间潜心版画艺术，在木板上痴情探索。《瀚海新月》这幅套色木刻，可算是他那些作品中最成功的一件，去年被中国美术馆收藏。

现在，这位银丝满头的画家，已调西宁画院从事专业创作。作为他的同窗，我衷心祝愿他，在艺术的攀登上穷目千里，更上层楼。

（选自《画家笔下的青海》，青海人民出版社 1989 年 11 月出版）

生死清明山

顾树松

　　1954 年 5 月，由石油管理总局西北局组织的勘探队伍首先进入盆地，开展了有计划的地质普查工作。经过几个月的野外地质调查，即在盆地西部发现了可能的含油气构造 18 个，各类油气苗 9 处，再次证明了柴达木盆地巨大的含油气远景。

　　1955 年 4 月 25 日，柴达木勘探处由 15 个地质队的队长和部分主要技术干部组成的先遣人员，乘坐一辆"五一格斯"敞篷卡车由西安出发，经过整整六天的行程到达敦煌。

　　在敦煌进行三天远征前的生活准备，装了百多斤咸挂面，车后挂了容量为一吨的淡水罐，继续向盆地进发。由于当时无正式公路可通行，只能沿着阿尔金山脉北麓的戈壁便道慢慢爬行。常因冲沟和机械故障等原因而停车修理再行，故当时有顺口溜"一去二三里，停车三四回，问题五六七，八九十人推"之说。

　　每当夜幕来临，我们即找一处避风的山坳就餐，找来三块石头架起锅，利用喷枪等煮熟咸挂面，这就是大家的晚餐。饭后各找一处较平坦且挡风的大地为床，搬上一块适中平滑的砾石为枕，穿上老羊皮大衣当作被子，以星星为灯，露宿于苍茫的天空下进入梦乡。

　　第二天一早，预定的哨声响了，唤醒因寒冷而躯体麻木的年轻人，再次奏起"三石一鼎锅，吃饱肚子又上路"的生活旋律。

　　现在由敦煌到油砂山不及一天的路程，那时我们却起早摸黑整整走了四天，才经过阿尔金山西北端的拉配泉和金鸿山口进入盆地，并于晚九点到达目的地——茫崖帐篷城。

我所在 113 地质细测队，为了尽早落实可能含油气构造，到达茫崖基地第二天，即投入出工前的准备。第三天，我与地质技术员贾利民，将帐篷和生活用水用骆驼搬往工地。和我们同行的除了炊事员李师傅，还有 115 水文队队长王福林同学。

翌日一大早，我与贾利民即出野外，进行构造北翼的边界插定和落实。为了加快插边工作的进程，临走还请王福林及李师傅，代我们将帐篷及生活用具，按预定的构造向斜位置靠前搬动，以便节省往返路途。这个安排无疑是对工作有利的，但谁知事有意外。

当我们结束一天的野外工作，拖着沉重的步伐，返回预定的新营地时，却不见向我们敞开的帐篷。是他们尚未搬来？还是搬错了位置？我们只得强打精神，走回原营地寻找，但在深夜一点多钟到达目的地时，却发现人去营无。

此时此刻，真是神情沮丧，但早点找到营地，并顺利开展工作的强烈信念，鼓起了我们的勇气，再次跟随着骆驼搬家的脚印，继续向着脚印的延展方向寻觅。

第二天，发现追索的脚印竟偏离向斜轴部，而向一高坡延伸。鉴于当时饥饿和疲劳，并确信同学不会不知向斜轴线的具体位置而搬往他出，因此我们继续顺向斜轴线前进。

事有凑巧，几公里后，确有一行骆驼脚印向西北方向延伸，但明显已远离我们预定的宿营地点。经再三思索，认为在这杳无人烟的不毛之地，脚印只能是他们的，并认为同学无疑将方向搞错了，继而坚定我必须将他们及时追回的信念。

谁知这个时候，小贾已累得无法再寻找，要求慢慢按原路返回 30 公里外的茫崖基地。我同意他回去后，独自按脚印继续向西北前进，追寻十多公里，即出现大片月牙形沙丘，这时脚印已为风沙所淹没。我因失去了追索方向而全身无力，躺在沙丘边缘，思索着下一步的行动。

不坚持只有死亡，我认为远离宿营的脚印，是 107 地质队去油泉子构造留下的，只有沿原路去寻找。由于疲惫和干渴，双脚似灌了铅般难于抬起，血液因浓缩而全身燥热。为了轻装返回，我脱去外衣和皮鞋，穿着背心短裤，光脚坚持慢慢沿原路寻觅，饥饿已为更难受的口渴所代替。

　　为了生存下去，我将仅有少量的尿液，当甘露用水壶收集而饮用。当夜 12 时，回到了我队工区向斜处。柴达木盆地昼夜温差高达 25℃，因而白天虽然较热，但 5 月的夜晚，寒风凛冽，气温仅在 0℃左右。这对饥饿干渴、只穿着背心短裤的我来说，恰似遭受着风刀霜剑的酷刑。为减少风袭的寒冷感，除了头部，我将自己埋入背风的沙子中，盼望长夜能尽快地过去。但彻骨的寒意将时间凝固了，因饥寒交迫，我失去了知觉。

　　第三天上午 9 点多钟，当太阳再次高挂天空时，我才从昏迷中苏醒，但全身僵硬。经再三活动后，总算又站立起来，开始了最艰苦的生命搏斗。

　　人的生命是比较脆弱的，短时间的饥寒交迫，很快使我昏死；但生命又是顽强的，虽经 9 小时的昏死，当阳光普照大地，温暖又将生命悠悠召回躯体。这时，两腿只能拖地而行，血液浓缩而恶心头昏，在预定的宿营点向斜轴部慢慢移步，企望着搬家人员的发现。

085

　　太阳落山前，一切希望成了泡影。

　　如果再经一次夜寒的袭击，我肯定再见不到升起的太阳了，死亡之神无疑很快会和我握手。为了让尸体便于同志们的寻找，只有竭尽最后的努力，向着附近最高的山坡爬行。

　　毅力创造了奇迹，终于爬到山巅，但再次昏死过去。

　　也许老天有情于我们这些石油勘探者的赤诚，晚风和寒冷再次将我唤醒。睁眼俯视，帐篷就坐落在山巅的另一侧坡地上，欣喜之余竭力呼喊，王福林及炊事员发现了我。

　　他们背着四壶水，很快奔上清明山的山头。见我与死神即将拥抱的惨状，他们都流下了眼泪。

　　我一口气喝完四壶共十磅的柠檬糖水，在他们的搀扶下，回到了寻觅已久的帐篷。顿时，帐篷里又充满了欢乐的笑声。

　　经过一夜休息，第二天，为了队里的工作能尽早开展，我又背着小红旗和罗盘仪，去野外进行工区的边界插定工作。

　　（选自《永恒的回音》，青海人民出版社 2010 年 5 月出版）

察尔汗盐湖发现记

郑绵平

　　柳大纲先生是我国分子光谱学的先驱者，盐湖化学的奠基人，德高望重的中国科学院院士，著名化学家。他为我国化学的发展和应用，为我国盐湖科学的发展，都做出了杰出的贡献。

　　1956 年，我从南京大学毕业后，先分配在化学工业部地质矿山局工作，并于当年被派往柴达木盆地调查盐湖资源。次年 4 月间，我在安徽马鞍山硫铁矿调查期间，突然接到局里来电，要我赶快回北京，参加中国科学院牵头组织的柴达木盐湖科学调查队。回京后，我局李悦言总工要我去中科院化学所找队长柳大纲所长联系。柳先生很和蔼地接见了我，他平易近人的神态，一下子把我这个初出茅庐小青年的顾虑全打消了。他很认真地听取我们 1956 年赴柴达木盐湖调查的情况，然后以平等的口吻，同我商议和草拟了 1957 年赴柴达木的重点调查盐湖区，并要我去征求一下袁见齐教授的意见。袁教授已被内定为盐湖队副队长，但因另有要事，1957 年的调查他不能亲自参加。

　　1957 年 8 月初，柴达木盐湖科学调查队正式成立，由中国科学院化学所、化工部地矿局（1957 年第四季度后，因中央地质机构合并，我代表地质部矿物原料研究所参加）、上海化工研究院和轻工部盐务局的化学、化工和地质及钻探科技人员组成。这时我才知道，柳先生早年留学美国从事过分子光谱研究，回国后很重视化学的应用研究。由于他很重视科研为发展国民经济服务，积极响应李富春副总理提出的"中国大西北有丰富的盐湖需要调查研究"的号召，十分热心地要推动开展我国盐湖调查研究，1955 年已安排徐晓白、陈敬清等同志，作过青海茶卡盐湖卤水的物化分析预研究。

盐湖科调队成立后，柳先生率队到西宁集中，利用这段逗留时间，组织大家就盐类物理化学（高世扬、陈敬清）、盐卤化学分析（张长美）、盐化工（黄康吉）、明矾石提钾（曹兆汉）和盐湖沉积（郑绵平）等方面，进行了广泛深入的交流。他先在会上作了开场指导性发言，强调不同学科要相互学习和渗透来研究盐湖。柳先生这种学术思想，以及我参加中科院综考队与地质部多学科组队和以后经常同他的接触中，不仅使我学习到许多本专业以外的知识，而且能够重视以多学科综合的观点和方法来研究地质客体。后来，我从追索盐湖 Li、B、Cs、K 等来源研究温泉成分，进而推测和首次发现地热型铯硅华超大型新型矿床，提出盐境地质生态学和盐湖学的研究方向等，都与柳先生的言传身教有关。

当年 9 月中下旬，我们首先在大柴旦湖（又称伊克柴达木湖）工作。根据 1956 年取得的卤水含硼量高等线索，在柳先生主持下，在湖中布置了一条勘查线，用轻工业部资源勘探队手摇钻施工，在厚 1 米—3 米盐层下发现了透镜状镁硼酸盐层。后来室内工作确定为柱硼镁石，这是我国新类型镁硼酸盐矿床发现和研究的开端。

1957 年 10 月 1 日傍晚，盐湖科调队到达察尔汗，借宿于察尔汗东南筑于盐滩上的飞机场活动房内。第二天清早，我到外面活动，在机场盐壳铺成的大路上，迎面遇上正在散步的柳先生。我们边走边聊时，注意到路边每距 10 来米就有一个浅坑，在浅坑距地面 20 余厘米以下，均已为晶间卤水充满。我蹲下仔细观察，见浅坑四壁有蚕豆大小、闪亮透明的斜方双锥晶体附着。我抠下几颗观察后，用舌尖舔舐，感到有叮舌的"辣味"，赶紧递给柳先生观看。根据该矿物的晶体特征，再经现场张长美等化学分析验证，很快确定为钾镁矿物，这是一种新沉积的光卤石。于是，在柳先生领导下，部署了察尔汗全湖的勘探和钻探工作，以及路线调查。我和高世扬等同志一道，首先调查察尔汗东部盐壳区含钾性，圈定了机场附近面积达 120 平方公里，断续分布的烟黄色老光卤石沉积区。

随后，我们又调查了霍布逊和达布逊等地段。赴霍布逊调查时，吉普车陷入沙堆中，只好在野地当"团长"过夜。柳先生当晚看我们迟迟未归，心急如焚。他退居二线后，有时间浏览他以往的日记，还专门对我讲了他记述这天晚上关切的心情，使我深受感动。通过调查，根据全湖卤水含钾量和航空照片，匡算了全湖钾盐的资源量达 2.4 亿吨。

当时查阅了许多文献，找不到内陆盐湖形成光卤石的先例，教科书中都强调钾盐矿床的海相成因，但是美国 Searles 湖即已用含钾卤水进行钾硼碱联产。根据察尔汗的实际地质资料，在地质报告中确定其为陆相成因，认为是具有工业价值的钾盐矿床。在当时，世界上绝大部分钾盐矿床都呈固体矿石产出，因此有人对察尔汗是否属钾盐矿床表示怀疑。在柳先生的指导下，我队化学、化工科技人员曹兆汉、陈敬清等，创造出了一种很简便的氯化钾加工方法，帮助海西州在1958 年土法上马，成功地用光卤石加淡水分解生产氯化钾。尔后，柳先生又一直领导进行察尔汗的物理化学和化工基础研究，为今天该湖成为我国最大的钾盐基地，提供了坚实的科学依据。

柳先生十分讲究学术民主，鼓励青年科技人员的创造精神。1958 年在柴达木工作时，听说根据周总理批示，由青海省地质局组建西藏班戈湖地质队，准备进藏勘查硼矿。我向柳先生建议派一小组随同该队前往，他非常支持，由我和高世扬、陈秉模三人组成藏北工作调查组进藏。从此一直到现在，我还在搞西藏盐湖研究，如果可称得上有所成就，也是同柳先生的支持和教诲有着很大的关系。柳先生十分爱护青年科技人员。已故的高世扬善于钻研，艰苦奋斗，成绩卓著，但出身不好，常成"运动员"，有一次还险些被打成"反革命分子"。幸亏柳先生出于公心，挺身而出才使老高过了关，高世扬常以感激之情念及于此。1999 年，高世扬被选为中国科学院院士，十分可惜，2002年就过早辞世了。

记得 1990 年夏天，柳先生唤我去，讲《中国科学进展（化学）》英文版约稿，嘱我同高世扬、陈敬清三人，合写一篇青藏高原盐湖科学调查和综合利用论文。该文按说应当由柳先生署第一，他却不同意，交代按高、陈、郑署名。柳先生这种不讲名利、谦虚公正、甘为人梯的精神，对今天学术界仍有现实教育意义。

柳先生廉洁奉公，光明磊落，清贫一生，是中国科学院主动让贤的第一位所长。值此柳先生百年诞辰之际，我怀着十分崇敬的心情，怀念他的亲切教诲。他的道德风范和卓越贡献，永远值得我们后人学习。

（选自《化学通报》2004 年第 1 期）

瀚海深处的跫音

毛微昭

这是一本令我数夜失眠的书，它把我带回到半个世纪的过往岁月里。作者甘建华是位湘籍中年作家，年轻时曾在《青海石油报》和冷湖电视台从事新闻工作，父亲甘琳 50 年代前期进入盆地，是青海石油第一代开拓者，父子两代人对柴达木都充满了深厚的感情。甘建华是个非常勤奋、细致、认真、有心的人，我曾在柴达木生活、工作近 20 年，却没能像他那样给世人留下一册关于柴达木和柴达木人的记忆，但他凭借《冷湖那个地方》（中国文史出版社 2014 年 7 月版）做到了，而且引起了更多人对这块土地的热切关注。

打开《冷湖那个地方》，大柴旦、锡铁山、花海子、大头羊、鱼卡、马海、南八仙等，一连串熟悉的地名扑面而来。还有许多我到过和闻名而未去过的地方：冷湖、老基地、赛什腾、大风山、牛鼻子梁、察汗斯拉图，更远的老茫崖、油砂山、花土沟、尕斯库勒湖、齐曼塔格山、依吞布拉格，以及花格输油管线（S303）沿途大乌斯、甘森、那棱格勒河、乌图美仁草原、托拉海胡杨林，之后是格尔木、纳赤台、野牛沟、达布逊等神话与现实交相辉映之地。这些曾经伴随着我生活了多年熟稔的地名，它们准确的地理位置，独特的地形地貌，经纬度与海拔高度，降水量与蒸发量，地名来历与出典，相互之间的距离，人口、建筑、气候、水文，在少数民族语言中的含义，以及曾经传说的动人故事（有古代文字流传下来的，有少数民族口口相传的，更多的是新中国第一代开拓者们的业绩），简直是柴达木西部（也是甘建华构筑的"西部之西"文学版图）的一部小型百科辞典。能收集到这么多资料真不容易，又能把它们内化为自己的东西，并十分传神而详尽地告诉读者，可见作者的匠心、勤奋和聪明才智。他很轻易地把我带回到几十年前的青壮年时代，让我沉浸在不尽的往事追忆之中，仿佛回到了曾经走过许多次的敦格公路、当金山口、察尔汗盐湖、万丈盐桥。啊，对了，就在察尔汗盐湖，我曾经采写过报告文学《大雁西飞》，那里曾经有我的许多朋友和学生，他们现在还好吗？

被誉为"筑路将军"的慕生忠，当年有一篇写他的报告文学叫《筑路将军进行曲》，记述他在共和国成立初期，率部修筑青藏公路的英雄事迹，我曾经为之写过一篇评论文章，题目是《永远向前，向前，向前》。但我并不知道将军还是一位诗人，青藏线军旅文学第一人，《冷湖那个地方》收有他写的三首诗，读后让我很是惊奇。书中还有我们熟悉的"元帅诗人"陈毅，1956 年经柴达木进藏时写下的诗篇，一首是《乘车过雪峰》，另外两首是《昆仑山颂》，此前我也是闻所未闻。1954 年秋天，著名诗人李季、作家李若冰进入盆地，满腔热情地赞颂大漠戈壁和勘探队员，可谓柴达木文学的拓荒者。一首《柴达木小唱》，一部《柴达木手记》，成为一个时代的主旋律，激发了无数青年"飞向柴达木"，中国第四大油田冷湖油田诞生了，世界第二大钾肥厂在察尔汗问世了，"生命的禁区"成为了"祖国的聚宝盆"。

嗣后从 20 世纪六七十年代，特别是八九十年代，改革开放以来的许多记者作家、文人墨客，以及曾经是柴达木的建设者有幸成为第一代文化人，其中有不少人是我的朋友。在荒凉广袤的戈壁滩上，同时也是文化沙漠里，他们创办了《瀚海潮》文学杂志。《冷湖那个地方》以相当大的篇幅，介绍了柴达木历史上第一本文学刊物的创办经过，围绕在它周围的那一群文化人士，其中有地质队员、军垦战士、厂矿工人和技术人员，也有中小学教师和部队文艺战士。他们有的早已不在人世，有的后来成为省内外有相当知名度的作家、学者，像张家斌、高澍、王贵如、王文泸、王泽群、陈登颐、刘宏亮、仇志群、贺中原、井石、刘玉峰、张珍连等。它不仅留下了许多柴达木建设者的传奇，还留下了几乎所有和柴达木有关的文化人身影，去过柴达木、写过柴达木、在柴达木生活工作过的作家、诗人、记者、歌手、书画家、摄影家，专业的和业余的文化人，一些国内知名作家和记者，像徐迟、魏巍、贾平凹、陈忠实、肖复兴、徐开垒、石太瑞、张承志、昌耀、陈世旭、和谷、海子等，青海知名作家、记者朱奇、白渔、王立道、邢秀玲、张荣大等，石油记者、作家郑崇德、徐志宏、肖复华、张同聚、徐继成等，军旅作家王宗仁、窦孝鹏、李晓伟、张鼎全等，还有画家黄胄、朱乃正、马西光、苗罡、洪武平、马文忠等，摄影家梁泽祥、雷力鸣、姜维周等，作者都不吝笔墨，一一写到，勾勒了他们各自不同的相貌、性情和事功，并赋予他们以光彩夺目、彪炳史册的集体形象。就此而言，每一个曾与柴达木姓名相连的文化人，包括我本人在内都深感与有荣焉。

甘建华写了几十个海西州文化人，有的人他肯定没有我熟悉，却都被他写得栩栩如生。其中一则故事，发生在1983年9月，《文汇报》"笔会"副刊主编徐开垒，在《青海日报》记者邢秀玲和海西作家王贵如、王泽群的陪同下，从大柴旦直插饮马峡，前往格尔木采访，在察尔汗盐湖险步彭加木的后尘。这几位都是我熟悉的师友。当时已经年逾六旬的徐开垒先生，新中国成立前就在上海滩涉足文坛，20世纪50年代我在《文汇报》文艺部实习时，他是"笔会"副刊编辑，天天见面，给过我许多指导和帮助。他们那次遇险我曾耳闻过，却是第一次见到如此详尽的文字记载。书中写到绿草山煤矿1971年严冬那次重大矿难，伤员都是送到大柴旦医院，其时我就在大柴旦中学教书，死伤矿工有的就是我的学生家长。两位前去采访的记者王贵如、王文泸我都认识，后来分别成为青海省广电厅和青海日报社的领导，但我并不知道他们30年后"犹记当年行路难"。

国际著名导演李安说："文化是一种斗争，历史是赢的人在写，所以希望大家是赢的这一边。"将盆地艰难的开发史与柴达木文事高度结合起来，让人见识瀚海深处涌动的历史文化大潮，进而让人产生遥想景仰之情，是甘建华《冷湖那个地方》迥异他人、旗帜鲜明的特色。一本十几万字的书，能为几千年盆地往事廓清尘雾，能为几百位英雄儿女树立群像，这是我们许多作家不敢想象的，非大手笔不能为也。在他的娓娓道来中，每一个地方，每一个地名，都有一个或几个悲欣交集的文史掌故，无数开拓者和文化人（其实他们本身也是开拓者）从历史深处走来，留下一路可歌可泣的故事，这是十分难能可贵的，也是不太可能复制的。不只是徐迟、李季、李若冰等老一辈和我们这一代文化人，作者还写了同辈的许多人，其中有不少已经是文坛颇有影响的作家、记者，如杨志军、唐燎原、罗鹿鸣、凌须斌，包括作者自己，以及他们身边的许多同学和朋友，能为这么多的文人画像留影，实在是非常不容易也是非常有意义的。

《冷湖那个地方》是一部崭新的文史笔记，我相信每一位当年的柴达木人和他们的后代，每一位今天的柴达木人和曾经到过柴达木的朋友，以及听说过柴达木、向往柴达木的人们，都会对它抱有浓厚的兴趣，而一旦捧读，就会像我一样很难放下，必欲读完而后快。因为它包含的内容实在太丰富：地理的、历史的、人文的、政治的、经济的、军事的、古代的、现代的、当今的、男人的、女人的、动植物的、上古神话、少数民族、异族探险、民国勘查，无不融汇其中，各显神通。作者出身新闻记者，坚持文学创作，从事文史研究，擅长田野调查，知识结构庞杂，文笔优美天成，语言生动流畅，故事引人入胜，所以打开本书，既是一次快乐的阅读，也是一次轻松的旅行。

甘建华和我曾在青海师大有过交集，当时我在中文系任教，他是地理系1982级学生，他知道我，年已八旬的我对他的印象已很模糊。但从这本书和它的作者经历中，引起了我的一番深思：学新闻和中文的，不一定都能成为优秀的记者、作家；不是学新闻和中文的，又是如何成为出色的记者和作家，从中我们可以得到许多启迪。像甘建华这样来自于南国名城衡阳，长期浸润于湖湘文化的熏陶，接受过大漠戈壁的风沙洗礼，并且拥有专门的地理科学知识，加之人脉之深交往之广用功之勤比较少见，在青海、湖南两地场景视域中，随心所欲地转换写作视角，他的成功之路值得我们很好地研究。

我把《冷湖那个地方》推荐给所有过去的和今天的柴达木人，热爱和向往柴达木的人，我要感谢作者为我们奉献了一部饱含激情、内蕴丰富、信息量大、积极向上的著作，柴达木文坛艺苑终于等来了吹响"往事集结号"的人。但我也想指出两点美中不足的地方，其一是书前最好能附上一幅地图，把书中提到那些地名的地理位置标识出来，或者手绘引导；其二是目录能再详细一些，如《西部之西地理辞典》一文中有小标题的章节，都能在目录中显示，以便于读者迅速查找得到，减少阅读障碍。希望再版时能加以充实有关内容，因为我相信这本书是一定会再版的。

（选自《悦读时代》2014年第6卷第4期）

从青海湖到柴达木

石 英

青海的柴达木盆地，一个久知其名而未谋其面的地方，遥远是肯定的，而且还略带几分神秘。这给我的旅程带来了些许探险的意味。

我并非头一回来青海，但前两次大抵未出省会西宁周围和青海湖沿岸。那时在日月山西望，颇有一种"文成公主行渐远，仰问高天胡不归"的感慨。此间的一切都觉得新鲜：望水滩上的一块略带异样的石头，茶卡盐湖中的一小坨结晶盐，放牧在海拔3000米以上山坡上的羊群，更不必说那田连阡陌大片大片的油菜花，着实是一种抢眼的景观了。

在青海省，固然有柴达木25万多平方公里的沙漠戈壁，但也并非没有较好的可耕地和可观的植被。青海高原并非是一色荒凉，看这公路两旁的山脊上不乏青葱，某些段落的植被，较之青海以东诸如陇东和陕北地区，还有些许优势哩！至于庄稼的长势，不仅是湟水两岸玉米吐缨、土豆铺绿，状貌不逊黄淮。最骄人的品种当属油菜花，如落地黄云，娇美夺人。我见过长江汉水流域的油菜田，而这里的似乎更见气魄，真可谓"四海有闲田，唯有菜花香"。而且，不仅有水处是这样，迤至一些干旱地段，菜花仍未绝迹，蔚为奇观。

沿青海湖西行，有一片丘陵起伏而中为平地的草原，当地人称之为金银滩。一座座毡包错落，一串串彩旗招展，游人虽不甚多，气氛却似节日盛会。向导说，这儿平时就是这样，并说当年"西部歌王"王洛宾，随同著名导演郑君里来此拍摄电影《民族万岁》，同扮演牧羊女的藏族千户女儿卓玛产生了爱情，云云。我自听着，未暇评论考证，也不容你多问。因为此际半空一云盖顶，大雨倾盆而下，气温骤然下降，穿短袖衫的我浑身打战。这才领教了高原地带有季节也无季节的说法，纵是夏天，风雨突至，立即俨若寒秋，即使穿上棉衣也不过分。不过，这也是一种不常有的亲身体验。

盐湖，是此番柴达木行最值得称道的去处之一。茶卡盐湖、察尔汗盐湖，都令我们惊叹。我自认为见识颇多，但以往只见过海盐成盐过程，对于湖盐这是第一次。如按想象，盐湖一定是银白色的，但由于风沙浸覆，盐湖的表面并不那么洁白，有的甚至暗若土灰。但湖盐的开发者们，就是在这一望无际灰茫茫的瀚海中"淘银"。察尔汗盐湖规模很大，其盐富含钾，大部分用以制造钾肥，年产量达百万吨。自从西宁至格尔木的青藏铁路东段建成通车之后，很大程度上提高了将湖盐运出柴达木盆地的运输能力。我亲眼看到，铁路大动脉横跨盐湖之上，路基坚实稳当，与湖盐基本上浑然一色，好像路基是就地取材以盐筑成。运盐列车一声长啸，从上头的灰云和下面的灰色盐湖之间擦身而过，消失在苍茫之中，留下的还是一派苍茫。

至于城市和重镇，沿途所经不下十个。其中包括我国核研究基地遗址，如今已是丛树无语，野草萋萋，一桩纪念碑兀立向天，历数前辈创业者的不朽功绩。

这其中的新兴城市，当数海西州首府德令哈和柴达木盆地南部重镇格尔木，二者也可称之为青海现代化步伐迈动的重要坐标。德令哈目前常住人口虽然只有7万，城市建设却已具有相当规模，中心广场宽阔整洁，较大型建筑在广场周围参差展开。尤其是宾馆和饭店，非止三五家，看势头已为旅游城市的未来发展，准备了一些必要条件。德令哈海拔不算太高，且气候宜人，作为避暑城市亦名实相副。而格尔木的出现和发展，是与率军进藏的宏远气魄、青藏公路的开拓延伸，紧紧联系在一起的。几十年来，它作为青藏之间的连接纽带，青藏铁路的前进基地，几乎是从无到有，在盐碱荒地上硬是矗立起了十几万人口初步繁荣的城市。一个最具雄辩意义的佐证是：当我们走进格尔木炼油厂的职工公园时，这里原是几乎不长任何植物的所在，如今已是绿树摇曳、繁花竞姿的休闲胜地。它昭示着：一切都是可能的。

青藏高原天亮得迟，当我们清晨时分赶早奔赴格尔木市远郊的胡杨林时，星辰稀疏，寒气逼人。及至胡杨林带外缘沙丘，天刚蒙蒙亮。大家开始了艰难地跋涉。

脚下流沙滑落，沙棘纠缠，迎面是红柳拂挡，总之是绝无坦途。所幸经过几上几下，渐见胡杨足迹。原来这胡杨亦称胡桐，可高达十几米，叶形多变异，有的呈枝针形或线状针形，也有卵形、扁卵形或肾形之叶，大都呈灰色或淡绿色。也有的树株其叶已近干巴，我以为已经枯死，当地同行说它还活着；有的尚有暗黄色的叶枝，其实已经死了。这种虽死犹生的扑朔迷离，初识其面者，还真难以辨识得准确。我对胡杨听闻其名，今日得见真颜，印证了它的生命力果然极其顽强。

此后驱车去昆仑山口中，这才抵达我们此行的最高点——海拔4700米。其实，在这以前，沿途有不少高达三千七八百米的路段，只是未曾觉得罢了，而唯当登上昆仑山口，才正经有一种成功的感觉。这里虽标之为"山口"，其实并无尖峭突兀的主峰山头，相反的，虽地势高隆，平面却较柔性，遥望那玉珠峰，不由得生出一种崇仰的神秘感。山口遍地野花疏美，风扫过，摇曳招迎。大家都竞相拥向昆仑山口标志处留影。俯瞰正在延伸的青藏铁路道轨并驾齐驱，想象中的它们，正直破唐古拉山口，叩开入藏大门，消除中国铁路史上最后一处空白。

此行的感觉，总体说来是好的，如果说某些方面在发展中相对滞后，这也是事实，但完全可以理解。因为看任何问题都要正视它的基础和具体条件，发展与进步也需必要的时间，不可能一蹴而就。有一个问题却亟须注意，那就是生态和环境的保护，防止沙化和大力改进水土刻不容缓。

当我们在格尔木郊区的蒙古包联欢时，草原上的蚊子着实厉害，一波次一波次地轮番袭击，使人的皮肉颇不习惯。联系到刚才的那个话题：为了旅游事业的兴旺，有没有什么良方，治一治草原无处不在的蚊子呢？

（选自《光明日报》2004年10月21日）

帐篷城茫崖写意

朱 奇

一

　　我最早居住过的那个城市人口不多，算个小城，鼎盛时期，也不过三四万人之众；城区不宽不窄，大约也在万丈有余。在共和国成立后最早出版的地图上，都标有它的名字。如果在分省的地图上，形象更见生动，从图上可以看到苍茫的沙漠，蔚蓝色的天然湖泊，银白闪烁的雪峰，还有森林一样的井架……啊，神秘得使人不可捉摸！

　　20世纪50年代末期，这座小城成了热门的地方，虽然没有园林水榭让人赏心，也无名胜古迹供人寻幽，却吸引了祖国四方八面的男女青年，许多文人和科学家也慕名而至。著名作家李若冰在那里住过，著名诗人徐迟也去过那里。他们为这座小城都写出了很多脍炙人口的佳作，给了一个很高的评价。徐迟这样歌颂它：

　　阳光照耀芒崖，／一座帐篷城市，／拓荒者居住在这里，／在美丽的理想中。／／千百个帐篷，／像白色的羊群紧挨着，／后面高耸雪峰，／像白发苍苍的牧人。／／突然大风卷起砂石滚滚而来，／震撼这城市，／但是它早已经受考验。／风砂遮去了雪峰、阳光，／天昏地黑，／却遮不去倏然点亮的几千盏电灯。／／我们冒风砂驰车回来，／回到了家，／饱餐一顿之后，／热水淋浴洗掉风砂。／浴罢，／谈起计划中登昆仑山雪峰，／猎野马，看地形，／准备向它大进军。

这个神秘而又让人流连向往的小城，就是柴达木盆地西部半是戈壁半是沙漠的帐篷城市——茫崖。它的美名，曾一度变成铅字，在祖国辽阔的土地上飞翔。你想在这座小城找到鳞鳞红瓦的高层建筑，肯定会大失所望。放眼望去，一色的绿色活动帐篷，井然有序地组成了偌大的一片市区：从东到西，从南到北，四条大街是这座小城的脊骨，还有许多条脉络般的小巷，显然是设计师的匠心独具。

没有铺上柏油的街路，狂风怒吼，飞沙走石；鼓荡着的帐篷，好像颠簸在排空浊浪中的帆船。由于地处没有植被的戈壁沙漠，海拔又高，故一日乍寒乍热，早晚炎凉骤变……

然而这小城于我有磁石般的引力。

它是一座开拓中的城市。从表面看，它确实有许多地方不大像一座城市，但它拥有一个城市的物质和文明。就市区划分来说，南街属商业闹市，各种商号标新立异，帐篷商店货物琳琅满目。不绝的人流有如蚁阵，昼夜不减，顾客全是那些休班戴铝盔的工人，手执地质锤的勘探者。

东街是工业区，日日夜夜，敲打声、轰鸣声交织着，无止无休。那时茫崖有好几家工厂，如汽车修配厂、火力发电厂、氯化钾厂、制氧厂、选矿厂，调动着这个帐篷城市的生活节奏。

西街是居民区，居民中大多是随职工别乡而来的眷属。有些人也干点零活，叫临时工，更多的人操持家务。那时我常喜欢去这个街区流连，听鸡鸣犬吠，看四起炊烟，在这里可以感受到乡情的欢乐。

北街算是文化区，那是年轻工人们的去处，青春的旋律使这个帐篷城充满着生命的欢笑和斑驳的色彩。

二

而在城外，还有两处我每日里常去流连的地方，一处是城郊下首的自流井，井泉水喷一尺来高，水质清甜。井旁水流汩汩，丛生的芦苇，斑斓的花朵，甚至浮游于水中的生物，都构成了一幅极美丽的画图。

提起自流井，我想起了柴达木罕告诉我的一段现实中的神话。

柴达木罕是柴达木元老——被誉为"第一号地质尖兵"的乌孜别克族向导

阿吉老人的小女儿。阿吉老人在旧社会是个做点小买卖的生意人，是他奇迹般地开辟了从新疆若羌，到甘肃敦煌这条迢迢千里的金色沙漠之路，是他第一个发现了这眼自流泉水，泉边成了他风餐露宿的地方。新中国成立后，他带领最早进入柴达木盆地的地质勘探队员，奔波在杳无人烟的戈壁和沙漠上。是他告诉了勘探者关于柴达木的许多秘密，秘密之一便是这个自流井。据说茫崖帐篷城选址在自流井附近，就是出自阿吉老人的高见。

自流井是茫崖帐篷城的生命之水，当初全城数万人口，全饮着这井的清波。大小几条水管，从井边向市区伸展，通向千家万户，通向厂房车间。

自流井实在是一大沙漠奇观，一个宝藏，它的引人入胜自不待言。那时候，每天不知有多少来来去去的人，临井观光，畅饮甘甜，看水草飘摆，听鸟鸣声声，换一身清爽。

这里有春之声，有春来冬去的信息，大自然在这里表现了它得天独厚、难能可贵之美。

另一处胜地便是帐篷城上方的沙梁。在那儿我眺望四方，冉冉燃烧的昆仑日出，阿尔金山晶莹的积雪，尽收眼底。

更绝的是入夜看满城灯火。不等晚霞将尽，仿佛有一只神奇的手，一下子将上万盏电灯点亮，偌大一片土地霎时亮如白昼。千万顶帐篷千万盏灯，灯光透过绿色的帆布，有如满湖的嫩荷，正迎着夜露开放，柔和而朦胧。光的海，灯的叶，夜的宁静，大大地美化了这个风卷沙石的神秘世界。

哦，我又怎能不恋茫崖，这一座如诗如画的帐篷之城呢！茫崖，我怀念你！

三

汽车在燥热的沙漠上冲刺。

太阳毫不吝惜它的热量，向沙漠喷射着火焰。天空一碧如洗，干净极了。唯有前边天际一隅，雾蒙蒙的遮天蔽日，有人说："茫崖新城就要到了。"

茫崖啊，这烟雾，让我看不清你的真面目。我记忆中的老茫崖，不是这样遮着脸面的。那时，茫崖天上一片蓝，地上一片绿，那绿的便是帐篷，历历可辨地袒露在苍穹之下，大漠之上，时时都像在召唤人们向它走来。

像有人回答我似的，我又听到了有人说："茫矿就是富呢！每天开矿放炮，炸药就得用几吨，从'大跃进'年代起，到现在还只是采了些边边角角……"

这里所说的"茫矿"，就是在国内外市场极享声誉的茫崖石棉矿，它的产品俗称"茫棉"。20世纪50年代中期，在柴达木盆地西部，勘探者不仅发现了石油，而且发现了石棉和昆仑山中珍贵的水晶。柴达木工委决定就地建立石棉矿和水晶矿，进行开采。1958年进矿山的工人只有18个，号称"十八勇士"，到了第二年，职工人数猛增到3000余人。但是，好景不长，到了第三年，饥饿之风吹刮到了遥远的柴达木盆地，被迫下马的矿山，使一批又一批的工人，弃矿远走。帐篷拆下了，茫崖，陡然一片空寂。

二十年哪！沧桑岁月，就像此刻眼前天际那不透的烟雾，朦朦胧胧，又是是非非。然而，那座曾经充满着青春朝气的、喧嚣一时的帐篷之城，在我的记忆里，有如沙漠里的圆月，那般清朗。

我的帐篷之城！你之所以使我感到无比亲切，是因为在青年时期，我曾在你的怀抱里住过，建设过。我和那些戈壁开拓者，享受过劳动的欢乐，度过那些难以忘怀的、迷人的沙漠之夜啊！更主要的一点，这个昙花般的帐篷城市，是千千万万个拓荒者，历尽千辛万苦创设起来的，它是一个时代的脚印，是生活的屐痕啊！

哦，我又怎能不恋茫崖，这一座沙海明珠般的帐篷之城！茫崖，我怀念你！

四

有人问我："你这回来茫崖，是初访，还是重访？"

"是初访，也是重访。"我说，"初访的是茫崖新城，重访的是老茫崖遗址。"

这一回，当我来访茫崖新城的途中，我执意要在茫崖旧地停住一宿，去凭吊一番早已不复存在、空留美名的帐篷城遗迹。幸好，帐篷城并没有被时代的风暴荡涤干净，虽然风沙早已填平了一个城市的街道和住家的洼坑，如今这里还留有一些不成排的零星帐篷。茫崖石棉矿在这里设有一个食宿站，供矿区职工往来住宿。西部石油勘探会战指挥部也在这里办有一个简易的汽车修配厂，以便石油系统的汽车半路抛锚之备。还有一个小小的气象站，和几顶地质队员住的三角形白布帐房，好像有意继承老茫崖的传统。除了帐篷，仍旧找不出砖木结构的房屋，一切显得那般简朴、严峻、天然。

哦，我的往日的帐篷之城，你还记得我吗？但是我并没有忘却你昔日的模样！你的山梁依旧，我仍然看见它孤立无助地屹立在这一块戈壁沙漠之上，独享着迷人的早霞与夕照，听凭龙卷风在梁上旋起烟雾一般的根根沙柱。只是美称茫崖二景之一的自流井，已不再自流喷涌了，井瓶口倾塌了，泉边的水草过去是茵茵翠绿，现在枯萎了，只留些残根败叶的痕迹。鸟儿不再飞来，歌声早已沉寂，当然也就无人再来此消受晨暮，流连忘返了。就好像这块沙漠上，压根儿不曾存在过自流井似的，只不过是人们在沙漠上常有的一种想象罢了。

这时，一种"感时花溅泪"的惆怅心绪，顿袭我的心头。当时有人想邀我重登沙梁，平添雅兴，我婉言谢绝了。人去城空，谁还有登高远望的澎湃诗情呢？

茫崖老城业已消失，茫崖新城早已西迁，两地相隔几百公里。如果不是一排排崭新的、宏伟的建筑群屹立在我的眼前，如果不是矿山沸腾的音响——卡车驶过的轰隆声，采矿场上的爆破声，车间里的机械运转声，把我从梦忆中惊醒，我会无尽地沉浸在充满一丝儿忧郁的情感里不能自已。

五

现在，我独步在茫崖新城的中心——丁字形的宽街联结的一个有着喷泉的广场。新城当然不似旧日帐篷城的容貌，它更多了一些现代的特征和气质。帐篷偶有所见，但都荫庇在多层楼群之中；阳台的盆花妩媚而嫣红，整条街两旁的树木，尽管还幼小，但都枝繁叶茂，生机盎然。这些花，这些树木，也和拓荒者们在大戈壁上探宝，在沙漠上建楼，同样是神话和奇迹，因为这是一望无边的、被无情的太阳炙烤着的、干旱无水的沙漠。拓荒者们硬是从辽远的昆仑山下铺设管道，引来清冽的雪水，灌溉着生物，美化新城茫崖的市容。

但是茫崖新城并不幽静、安宁，它整日里充满着奔忙和喧嚣，装载着矿石和出厂石棉的卡车，源源驶过铺着沥青的大街；上班下班的矿工，熙熙攘攘，使得大街小巷日夜不眠；采矿场放炮声震天撼地，给城市带来了战斗的噪音，使人感受到矿山新城的气氛和节奏，我又沉浸到往日茫崖帐篷城的日日夜夜。那会儿，生活也像眼前这样的喧闹、匆忙、纷繁，也是这样的充满着火热的旋律和快速的节奏，也是这样展示着创造性劳动。唯一很不协调的，由于整日炸山采矿所掀起的漫天棉尘，使得茫崖新城大气污染，经年不散。帐篷城茫崖不是这样的，不是大风天气，那里的天空永远蔚蓝明净，空气如过滤一般清新。矿山养育了茫崖新城，新城也促进了矿山的开发。新城的出现才不过短短几年，现在已经有了上万居民，算得上一个小城镇了。

茫崖，一座矿山城，但是也有人称它为边城。由于新城处在青海省和新疆维吾尔自治区的交界线上，新疆若羌县的人民，移步就可踩上青海境内的土地。维吾尔族兄弟是茫崖城常来常往的客人，那维吾尔小花帽，那"都塔尔"（两弦琴）奔放欢快的乐音，那油香扑鼻的抓饭，那炕桌上的馕饼和清脆可口的哈密瓜，给矿山城增添几分边塞的情趣。

帐篷城也罢，矿山城也罢，抑或是边城也罢，于我是旧情新谊。茫崖在我的心中，无论过去还是现在，永远是一个形象，一个整体，一首豪迈的序歌，一样使我感到亲切。

哦，我又怎能不恋茫崖，这一座拓荒者的创业之城呢！

茫崖，我怀念你！

（选自《青海湖》1985 年第 8 期）

那个飘雪的夜晚

钱佩衡

生活中往往有这样神奇的瞬间：脑海中那些早被岁月埋没的小事，突然间会跳闪出来，化作几颗寒星，亮晶晶地悬在眼前，唤起你的兴趣，撩起你的快意，诱使你难以自主地张开透明的记忆翅翼，轻柔地舞动着，去做一番甜蜜的飞翔。现在，我终于又一次沉醉在这美妙的遐思之中——

1959 年隆冬的一个夜晚。

经过短暂的骚动和喧闹，西宁南关长途汽车站的停车场上，又恢复了冰山般的寂静。一朵朵暗红的雪花，零乱却又无声地在天空旋舞坠落。路灯犹如冰冻的蛋黄，颤悠悠地向寒彻的大地，抖下一层昏暗的微光。我木然立着，心头的热浪一下子凝固了。唉！望眼欲穿，还是没有见上她的面，只觉得无穷的懊丧中，夹杂着一种缠绕不清的愠意和憾然。

"同志，麻烦你帮我提一下藤箱！"一声清脆的嗓音从不远处飘来。

我心绪烦闷，本来不愿理睬，踩着麻木的脚正要离去，可目光一落到这个左手提包右手拎箱的女子身上时，心就软了。显然，她也是被人冷落的可怜者，不然，这么雪花飘落的寒夜，哪能没人接哩？

"好吧——哟，这么沉，装的啥宝贝？"

"你猜！"

"没那心思。不过，女人出门，总是什么也忘不了的。"

"算了吧！老人都这样，阿妈生怕我出门饿着冻着哩！"她笑笑，滚烫的语气中带着浓重的四川口音，"成都上车，我给表哥发了个电报，叫他接我。你看，这家伙！"

"没什么——事情就这么滑稽，我收到她的电报没能接上。你呢，发了电报可又没有人接。"

"看来我比你走运？倒霉鬼！"

短短的几句话，立即让人觉察出这女子性格挺直爽，活泼中还明显带着些童贞的稚气。偏偏是这种印象，倒使我的心里鼓荡起一种奇妙的感情。

出了检票口，我们走在一条狭窄又坎坷的小街上。越下越紧的雪，早将地上的脚印覆盖了，路面结满螃蟹壳子样的薄冰，滑溜溜的。她不时跌倒，嘻嘻嘻开心地笑着。从低矮的泥房上劈刺过来的逆风，无情地把映在两旁窗纸上的几处灯火一一吹灭。跑了好几个地方，都没能敲开小旅馆冻僵了的木门，只好带她返回简陋透风的候车室。

"真冷，鬼天气！"她把行李往污黑的长椅上一放，跳舞般在破裂凹陷的砖地上跺开了脚，"幸亏遇上你……就这么蹲一夜吧……明天表哥一定会找来的。"

"你——是想来西宁成家？"我不知道怎么会问到这个。灯光投在她秀丽白嫩的脸上，望上去最多二十来岁年纪。

"成家？看你——"她一怔，羞涩地低下头，双手攥着长辫，"我去年才高中毕业，只想上大学。真的，我只想上大学。"

"丢开天府之国，跑到风雪弥漫的高原上来上大学？"

"有什么奇怪的？谁叫我投胎到这个家庭。不瞒你说，我已考了两回，成绩不坏，可录取时都没有我。半年前，表哥来信了，他在青海工学院读书，说西宁新建了七所大学。"

"天哪！可你怎么拖到今天呢？"

"家里太穷，日夜盼着阿妈把那头猪喂大卖了，拿到路费才动身的。怎么了？是不是晚了？"她坐到椅子上，抬起头，敏感地望着我，那双乌黑的瞳仁里浮起几丝茫然，但分明还闪耀着不可磨灭的亮光。

"要是不晚，我也绝不会这样问你……"

她急切地搡我一下，想知道下文。然而下文是什么呢？眼下正处于"大跃进"过后的大调整局面，就拿她说的这七所新建的高校，有的已经合并，有的即将停办。像她那样满腔热情从内地来的青年学生，现在不是又得成群结队地离开校园，到遥远的新疆生产建设兵团去谋生吗？我想直说：你来得不是时候，你想得过分天真，你的命运也真够麻烦……可我说不出口，嘴唇像被寒气冻结住了。我知道，在一颗充满憧憬的心灵里，猛地投下一片阴影，会是一种怎样的滋味。

"我不知道——也许——就这样吧，我该走啦！"我含含糊糊地说着，目光垂在地上。

"你别走，别走！丢下我一个人，我害怕，真的害怕！"她神色黯然地站了起来，着急地在这举目无亲、阴暗潮冷的候车室里来回走着。我看到她单薄的肩膀在微微颤抖，也看到她修长的睫毛丛中有点潮热的粼光。突然，她止住脚步，几乎是恳求的口气说："请告诉我，到底是怎么了？怎么了啊？"

夜深了，候车室里陆陆续续来了不少旅客，有些是住不起旅店来此过夜的，有些是等候明晨早班车的。他们裹着油渍麻花的老羊皮袄，各自蜷缩在长椅上和墙旮旯里睡着了。一串串破棉絮样的雪片，簌簌有声地从没有玻璃的窗口钻了进来，落在这些人身上，看上去沉甸甸地不融化。唯有西边的墙角，还发出一种异样的响声，那是一个蓬头垢面的老乞丐，两手敲打着瓦片，脸孔偎贴墙壁，正睡意蒙眬地哼着一首民歌："……七月里阳山的芍药大，腊月里阴山的雪花大……"

"真不好意思，我很想帮你，可我，"我不敢看她的眼睛，挺费劲地说，"我也是江南来的。虽然考上的这所大学没有撤销，但最近在严格审查，我出身不好，天知道会怎么样呢？"

"真没想到，难道这儿也是那样讲究成分？"

"嗯，头顶一样的天嘛！高原又不是世外桃源。"我胸中有些憋闷，声音一定很粗，很沉。

她浑身抽搐了一下，再没有说话，两眼痴痴地望着黑糊糊的天棚，像头山巅上迷路的小鹿，怪迷惘和苍凉的。

逆风起劲抽打着站房外面的铁皮屋檐，发出刺耳的呼哨，从窗口钻进来的不仅是灰色的雪絮，还带着白亮亮的积雪反光。候车室里的睡意更浓了，浑浊的空气中挤满了一阵粗酣的鼻息声。无论什么时候，人们照样要睡觉的，因为睡觉是一种最好的慰藉，它能解除人生的疲劳，也是消尽一切俗间尘世的忧患和重负。可是眼前的她却没有丝毫睡意，依然在苦苦思索……

"唉，刚才还在肚子里一个劲埋怨表哥，我真不该这样。"她忽然叹了口气，出人意料地说。

"什么？你是说……"

"表哥的父亲是右派。照你讲的，那他现在的日子一定很难过，你说是吧？"

"反正不会很轻松，可他毕竟是个男子汉！"

"既然我帮不了他，但也不能再难为他了——可是，就这样完了？一点希望都没有了？我不信，也不甘心呀！"

"我也是这么想哩！路,总归是人走出来的。"我直视着她，再不吞吞吐吐,"你何必一定要走求学之路？"

她沉思片刻，豁然领悟我的意思："你是说——先找个工作？先养活自己？问题是这工作，上哪儿找去？"

"昨天我见到街头的电线杆上，贴着招工广告，是柴达木的。那里要的人多，听说也不太卡成分。"

"柴达木？我在地理书上读过，那是个出矿藏的聚宝盆啊！它离西宁远吗？"

"不近。你看过《远离莫斯科的地方》这部小说吗？其实，柴达木更是一片未开垦的处女地，很多人都去了。我相信，那块神秘的土地绝不会欺骗有志的青年人。"

"咋不早说，让我愁了半天。"她像被点燃的火苗，腾地烧得两颊通红,"真是山重水复疑无路，柳暗花明又一村啊！太好了，我就去柴达木！"

她的兴奋自然令我喜悦，但一想到她是单枪匹马去闯荒原戈壁，又替她深为忧虑了。

"不过，柴达木条件很差，你去了怕是要哭鼻子的。"我绝不是在吓唬她,"那儿气候恶劣，环境艰苦，一年四季没有蔬菜，没有绿色……"

"我没有那么娇气。在农村，风里雨里，啥活没干过？"她很倔强，也很真诚地与我争辩着,"我生下来的时候只有3斤重，像只剥皮的猫。阿妈说我是酸枣树的命，又瘦又硬。你见过酸枣树吗？它虽然长得不高，可适应性强，只要有点土就能扎根、开花、结果。再说，酸枣树的叶子，也是一片绿呀！"

"也好。但你还是见了表哥，再听听他的意见吧。"

"不用了。只要他能继续上学，到时候我会给他写信，给他寄钱……"她一边滔滔不绝地说着，一边欢快地跳动双眉。这时，我又一次看见她修长的睫毛丛中那点潮热的粼光。

古旧的壁钟一连敲了五下，那嗡嗡的声音仿佛来自圣洁而遥远的天国。熟睡的旅客中，有个男孩从母亲怀里伸出一只嫩嫩的胳膊，随着小手的摆动，口里迸发出咯咯的笑声——他大概在梦里已学会了走路，否则不可能笑得如此纯真和甜蜜。

天越来越冷，她裹紧棉衣，在我身边柔柔地坐着。我想和她靠得更紧些，可又缺乏这种勇气。

"天快要亮了。"她微闭着眼睛，喃喃地说。

"嗯，快要亮了。"我感到胸中有一股撩人的温热。

"早晨雪该停了？"

"我想会停的。"

"嗬，那雪后的旭日，一定分外耀眼。"

"是的，我想也是。"

……

我们就这样坐着、聊着，说不清是什么原因，我忽然害怕晨光的急速降临。毕竟，那时我们都很年轻……

岁月如流，一晃过去了28年，生活中多少悲欢都像黄河中的浪花从身边流逝了，但唯有那个年代和这件小事，一直深深地印在脑际，怎么也忘记不了。上个月，我有幸去柴达木盆地周游，当吉普车风驰电掣般在浩瀚的大戈壁飞奔时，望着迎面扑来的一座座耸天的井塔，一片片泛着春光的沙枣林带，一幢幢气势非凡的厂房，一辆辆满载钾肥的卡车……我又情不自禁地想起了她——邂逅车站却没有留下姓名的四川姑娘，还有那个寒冷却又温热的雪夜。我想，此刻她若健在，恐怕已是鬓发染霜的老柴达木人了——是操纵采油机的能手？是手执教鞭的园丁？是开拓绿洲的农艺师？不，也许她像我一样，偷偷地热爱文学，正奋笔抒写青春的足迹。但愿她也能在什么时候，突然写下《那个飘雪的夜晚》，尽管她同样不知道我的姓名……

（选自《雪声集》，青海人民出版社1989年9月出版）

梧桐树招凤凰

杨春贵

俗话说:梧桐树招凤凰。柴达木盆地——这个祖国的聚宝盆、茂盛的梧桐树,以它紧张的战斗生活和光辉灿烂的未来,吸引了各地无数青年。

去年10月,我们在兰州到峡东的火车上,遇到了一批批响应祖国号召的大学毕业生、工人、农民和机关干部,带着战斗的激情走向柴达木。一路上,他们一面兴高采烈地谈论着柴达木的建设情况,一面不停地歌唱着。歌声在车厢里飘扬,使人觉得就连列车隆隆前进的声音,也好像在为他们高奏着"到柴达木去"的进行曲。

不久以后,在柴达木著名的石油城——冷湖,我们又遇到了他们中的许多人。详细攀谈起来,才知道他们有的来自四季常春的云南,有的来自千里冰封的黑龙江,有的来自东海之滨,有的来自祖国的最南方。他们虽然刚来不久,有的才来了几个月,有的还不过几天,但都已经豪迈地自称为柴达木人了——这是一个骄傲的、象征着坚韧不拔和大无畏精神的称号!他们决心在柴达木扎根、开花、结果,把青春和智慧献给可爱的柴达木,而下面便是许许多多动人故事中的几个小故事。

一对回族表兄妹

1958年9月27日深夜,孟县镇上的人们都睡着了。回族表兄妹刘德明和吴秉霞,悄悄地从床上爬起来,背着小小的行李卷,奔向了通往沧县火车站的公路。九月天高气爽,这天晚上的月亮也好像特别明亮,两个人边说边笑,互相庆幸着建设祖国大西北的理想开始实现，心里有说不出的高兴。不知不觉间，他们走了40里路，来到旧州镇，决定在这里搭上胶轮大车到沧县。

吴秉霞只有16岁，表哥刘德明比她大一些，两人都是河北省孟县回族自治区初级中学的学生。从地理教科书上，他们早就知道了玉门关、克拉玛依和柴达木盆地。看着书上画的雄伟的钻塔和喷泉似的原油，他们忍不住在心里暗暗地对自己说："有那么一天，当一名石油工人，爬上井架，把地下的石油都掏出来，该多好啊！"这年暑假，像往常一样，他们又带着无比羡慕的眼光，送走了那些走向边疆的毕业生。不久，他们接到一封老同学自西宁寄来的信，对青海有了进一步的了解，于是决定去柴达木。这天夜里，两个人按照事先商量好的计划，偷偷地离开了孟县。

一路上，人地生疏，他俩又都没有出过远门，自然格外谨慎。换车的时候，恐怕误了车，就一动不动地守在票房外；饿了找不到回民食堂，就啃点干馒头，喝开水。但是，孩子毕竟是孩子，有时也不免想家："要是在家里，该有多好啊！"不过，这想法刹那间就过去了，他们想得更多的还是那迷人的井架，希望快点儿赶到青海。有时同车的旅客望着他们，怀着好奇心问道："你们两个小鬼到哪儿去呀？"他们就把眉毛一扬，骄傲地说："到青海去呀！"那稚气的脸上简直有几分自负呢！

从家里到兰州，整整走了五天五夜。最后的一天一夜，因为带的馒头吃光了，又没遇到回民食堂，他们连一粒米都没进口，肚子真饿得发慌了。但是，他们互相鼓励着："就要到了，到兰州就好了。"

终于到了兰州，来到参加青海建设登记处。举目一看，什么地质局、交通局、铁路局，一共有十来个单位呢！他们找啊找啊，最后找到了青海石油勘探局，两人一起报上名。有人告诉他俩，柴达木又冷又苦，可是他们说："是石油工作我们就干，冷和苦我们不怕。"就这样，他们在10月13日被送到了冷湖。

到了冷湖矿务局，刘德明被分派在试油队当学徒，吴秉霞去采油队做采油工。由于刻苦努力，刘德明进步很快，最近领导上已经决定把他送到试采油培训班进一步培养。吴秉霞也当上了采油班班长和篮球队队长，人变得更加爱说爱笑、活泼开朗了。

当我问到他们家里的情况时，吴秉霞说，前些时候他们已经给老家写了一封信，报告了近况。她还说：家里人接到信很高兴，一再嘱咐他们在外面要好好听党的话，当个好工人。

钻井学徒王凤林

去年底，冷湖 213 号井失火的时候，有一个英勇的学徒工，不顾热火的炙烤和原油的喷射，脱下大衣，勇敢地将井口捂住，免除了火灾的蔓延。他的英雄事迹传遍了整个冷湖，得到了人们的赞扬，这个学徒工便是王凤林同志。

说起王凤林救火的事来，那是既生动而又令人敬佩的。当时，像喷泉一般的原油浸透了他的贴身衣裳，他中毒昏迷过去了。可是，第二天早晨，他从昏迷中苏醒过来，心里还是记挂着火是不是熄灭了。同志们告诉他，火早给扑灭了，他那苍白的面孔上才流露出一种不可抑制的微笑。

王凤林被送到医院疗养，成天闹着要回队工作。医生不同意，他便暗中打定主意，偷着往外跑。他的鞋子在救火时丢了，没有鞋子咋出院呢？正好同病房马队长的鞋子摆在床下，他就偷偷地穿上跑出来。刚跑出院子，就被医生发觉了，阻止他出院。他说："你看，你看，我哪儿有病？"说着，使出全部力气在院子里跑了几圈，弄得医生无可奈何，只好放他回队。

王凤林今年 20 岁，去年冬天才由河南来到冷湖。他给我们讲述了来柴达木盆地的经过：

1956 年，也就是高中毕业前一年，柴达木和北大荒这些地方就开始把我吸引住了。我希望有机会到那里大干一场，让沉睡的万宝早日为祖国服务。因此，我特别羡慕勘探队员，房间里也挂着他们在野外生活和工作的画片。1957 年高中毕业，因为神经衰弱，没学成地质，考取了师范学院。没念上几天，病情严重，不得不退学回家，在镇上帮忙做一些力所能及的事情。去年大炼钢铁时，汽车整天奔跑，送来煤炭和矿石，大伙干得可真欢。有时看到一些汽车因为缺油而抛锚，使炼铁受到一定影响，我就想油是多么宝贵呀！

去年 9 月份，冷湖材料库的李凤翥同志回家省亲，说经过几年来的勘探工作，已经证明柴达木是一个浩瀚的"石油海"。我一听，高兴极了。恰好这时身体也好了一些，我就要求和他一块到柴达木来。

我们是 11 月末来到冷湖的，当时一下汽车，看到那雄伟高大的钻塔和它旁边蓝光闪闪的"油湖"，我就着迷了，恨不得一下子跑到它跟前，立即干起来。

王凤林同志就是这样热爱着祖国的石油事业，并且以自己的实际行动扑灭了火灾，得到人们的赞扬。谈到未来的志愿，他说，我要把一生的精力都献给石油事业，当一名优秀的钻井工人。

"小电工"何胜银

冷湖矿务局第一钻井大队100多名采油工中，只有一个男的，这就是有名的"小电工"何胜银。可是，这小鬼当上采油工，说起来费了不少周折呢！

那是去年10月的事情了，15岁的何胜银随着姐姐和姐夫来到冷湖，坚决要求当一名钻井学徒。人事室的同志把他从上到下细细地打量了一番，不禁皱起眉头：这小鬼站起来比商店里的柜台高不了多少，人又那么瘦弱，怎么当得了工人呢？便对他说："你还太小，过几年再来吧！"何胜银早就担心会听到这句话，现在果真听到了，心里真有些着急。不过，愣了愣之后，他就歪着脖子，装着大人的口气说："17岁还叫小哇？啊！"可是不管他怎样连连地追问对方，好话说了多少，人家还是不收。他一看没办法，就退一步说："钻井工不行，就让我当采油工吧！"但在这里，哪有男的当采油工的呢？结果还是不行。

整整一个月，在紧张的冷湖井场，何胜银始终没有自己的岗位。可他也不肯在姐姐家闲着，每天早晨吃过饭，就往井上跑，人家干活，他就在旁边看着，并不厌其烦地问："这叫什么？""那叫什么？"知道了一种工具或零件的名称以后，就如获至宝地去考别人："你说，通井机是干什么的？""转盘是什么？"并且每每流露出十分自得的神气。他对电灯、电线等特别感兴趣，总想跟电工们上井场"修理修理"，所以跟电工在一起的时候也最多。他始终没有忘记要当一名工人，常常催促姐夫："你去人事室再给我说说看！"后来，采油队队长见他这样坚决，又肯钻研，便和人事室商量，破例把他招到采油队。

在冷湖的工人中，还从来没有过这么小的工人，连最小号的工作服，他穿着也嫌大。皮大衣简直撑不起来，那件棉袄倒成了挺合适的大衣，至于采油工的毡靴，他穿上以后就无法弯腿。没有办法，姐姐只好把他新发的棉袄、棉裤重新改做，并把姐夫的皮上衣给他当了大衣。这样装扮起来，才勉强像个工人。

每次上班，何胜银都连蹦带跳地走在大家前边。要是上中班（下午 5 时到子夜 1 时），一到井场，他的第一件事就是检查电灯亮不亮，要是不亮，就这里摸摸那里碰碰，有几次竟也真的被他"修理"好了。从此，大家都叫他"小电工"。

人虽小，他对工作和学习可不马虎。他和试油队的男同志住在一起，上夜班唯恐醒不来，就把姐姐的闹钟借来抱着睡觉，一到 12 点钟，就随着钟声起床去上班。由于肯学习，没过几天，他就学会了看压力表、开关闸门等技术。他表示：今后一定要在柴达木当个好工人，把自己的青春献给祖国的社会主义建设事业。

以上所叙述的不过是几个小故事。在柴达木的井场上、工厂里、田野中、办公桌旁和各行各业里，像这样动人的事迹，是数不清也说不尽的。在内地还有更多的青年，不断请求组织批准他们到柴达木来，柴达木报社编辑部就曾收到过这样一封信：

"我是一个黄海边上的青年，我热爱我的家乡，但是更热爱祖国的边疆——柴达木，热爱那里的富饶和紧张而热烈的战斗生活。……因此，毕业以后，我请求你们帮助我实现去柴达木的愿望……"

这是一个即将毕业的师范学院学生写来的信，而类似的信件，最近两个月来，中共青海省委、青海日报、中共柴达木工委等有关单位，一共收到了 2000 多封。这就说明，越来越多的凤凰在向往着柴达木这棵梧桐树，越来越多的凤凰在向这里飞来。

让柴达木这棵梧桐树长得更加茂盛吧！

（选自《前进吧，柴达木》，青海人民出版社 1959 年 7 月出版）

察尔汗纪行

朱光亚

　　记得 20 世纪 50 年代读陕西作家李若冰写的《柴达木手记》时，曾为他笔下所描写的柴达木恢宏苍凉的自然风貌，建设者们不畏艰险的开拓创业精神，激动得不能自已。从那时候起，我的心中便播下了对柴达木无限仰慕、向往的种子。40 年来，走南闯北，然而我的脚步却始终未能踏上柴达木的土地，实在遗憾得很。

　　想不到"得来全不费工夫"，去年秋天，机会终于来了。我的一篇小说获青海省作家协会和格尔木市人民政府联合举办的"昆仑明珠—格尔木"征文奖，颁奖大会在格尔木市举行。青海省作协主席朱奇连着写信、发电报，要我务必出席颁奖大会。从兰州到格尔木上千公里路程，有的同志劝我不要去了，来回坐 4 天车，400 元奖金还不够差旅费，太不合算。可我因为心里郁结着 50 年代的那个情结，硬是不顾劝阻，慨然应允。

　　格尔木在新中国成立初期，还是盆地一个牧民聚居的小村落，如今已建成仅次于省会西宁的青海第二大城市，拥有 15 万人口，是举世瞩目的世界屋脊旅游线的中间站，也是我国正在建设中的现代化盐化石化工业基地。

　　当晚下榻格尔木宾馆，市人大常委会副主任余焜即前来看我。甫一见面，他就滔滔不绝地宣传起柴达木的美丽富饶来。白天坐了 800 公里汽车，实在累得够呛，这会儿只想睡觉，因此他的话我大都没有听进去。当他讲到察尔汗盐湖，我的精神一下子提起来了。

　　据说，柴达木盆地盐的储量非常丰富，可供 10 亿人吃 1 万年，能在地球和月亮之间架设一座厚 6 米、宽 12 米的盐桥。其中察尔汗的可溶盐资源总量为五六百亿吨，占柴达木盆地盐的总储量 90% 以上。察尔汗盐湖中除了蕴藏丰富的盐类资源，还含有其他许多稀有贵重金属，从湖中随意舀一碗水，便可从中提炼出价值 17 元的贵重金属来。可惜目前技术条件所限，只能提炼 1 元的物资。整个盐湖的矿产品要是能全部开采、提炼出来，全国 11 亿人口，每人可分摊到不少钱。人们说，柴达木是个聚宝盆，察尔汗是个珍珠湖，那可一点不假啊！

余煜的话把我撩拨得睡意全无，下决心这次一定要去察尔汗看看。

不等我开口，格尔木市已经作了安排。颁奖大会第二天，他们即组织各地来的获奖作家，前去参观察尔汗盐湖。

察尔汗离格尔木市区 60 公里。约半个小时后，陪同人员即告诉我们，汽车现在已经开上"万丈盐桥"。啊！"万丈盐桥"？久闻大名，就是报刊经常提到的那条用盐块铺成的道路吗？我将头伸出窗外张望，只见在汽车轮子下飞速向前延伸的公路，平展展，黑油油，亮晶晶，和其它柏油马路没有什么明显的区别啊！一位同志对我说："'万丈盐桥'是甘肃敦煌至格尔木公路的一段，全长 32 公里，横穿察尔汗盐湖。当年初建时，筑路工人利用当地抗拉力和抗压力都很强的结晶盐块，铺就了这条贯穿南北、连接东西的大道。为使路面平坦，工人们在路面浇上卤水（湖水），于是，坎坷的盐壳上，便凝结成了一条坦坦荡荡、银光闪闪的天道。过去这段盐桥非常光洁平滑，天长日久，来往汽车多了，路面上落满了尘土，所以从表面上看和普通公路差不多。要是碰上下雨天，尘土被雨水冲刷掉，路面特别光滑，行车要特别当心呢！"

汽车刚开出格尔木市区时，原野上还可看到生长繁茂的红柳、芨芨草、骆驼刺等沙生植物，"万丈盐桥"两旁则寸草不生，视力所及尽是茫茫荒原，褐色的虚土上敷着一层白霜般的盐壳。

车行一个半小时，到达盐湖中心的青海省钾肥厂。察尔汗盐湖东西长 160 多公里，南北宽 20 公里－40 公里，总面积 5856 平方公里，在咱们中国排名第一，仅次于南美洲玻利维亚的乌尤尼盐湖。著名的巴勒斯坦境内的死海面积 1001 平方公里，澳大利亚的麦格劳德盐湖也只有 2200 平方公里，美国的大盐湖仅 388 平方公里，它们比起察尔汗盐湖来，都只能算是小弟弟。钾肥厂工会主席夏同昶，一个面孔微黑、身材敦实的中年汉子，如数家珍似的向我们介绍了这个厂的情况。

察尔汗盐湖氯化钾的储量约 5.4 亿吨, 目前钾肥厂年产量 30 万吨, 储量和产量均占全国的 90% 以上。全厂共有职工 4000 多人, 国家先后投资达 6.3 亿元, 1993 年完成利税 848 万元。这个厂的生产潜力相当大, 在完成钾肥生产的同时, 每年还有大量其他副产品, 盐 40 万吨, 氧化镁上千万吨, 由于交通运输所限, 运不出去, 白白地扔在那里, 发挥不了经济效益, 实在可惜得很。

青海钾肥厂根据生产方法不同, 下设两个选矿厂。第一选矿厂是旱产, 生产方法是靠日晒、蒸发, 这里每年降雨量仅 24 毫米, 而蒸发量达 3500 毫米, 工人们把盐湖水引进一定的区域, 然后利用阳光把水晒干, 再加工成产品。第二选矿厂是水产, 采用现代化机械生产。1989 年该厂从美国引进了两艘采矿船, 一艘一千多万美元, 这种先进采矿设备, 据说全世界目前也仅仅只有 6 套。

夏同昶介绍完基本情况, 便带领我们去参观第二选矿厂。轿子车从钾肥厂后门开出, 驶上一道宽阔的长堤, 眼前的景象立刻把我们的眼睛照亮了, 大家都不约而同地发出一声惊呼: "啊!" 只见长长的堤坝两旁烟波浩淼, 一片汪洋, 在正午阳光的照射下, 湛蓝的湖水像一块硕大无朋的蓝宝石, 放射着光怪陆离、炫人眼目的光芒。真的没有想到, 在这海拔 3000 米的高原, 竟有如此美妙的旖旎风光。

到了一个拐弯处, 我们下车步行。夏同昶告诉我们, 面前的盐田是该厂已经建成的第一期工程, 面积 24 平方公里, 修筑的上面可行驶汽车的堤坝长达 33 公里。第二期工程规模更大, 计划引进外资, 目前正在和以色列谈判。如果谈判成功, 明年第三季度即可动工, 三年建设完毕, 到那时候这个厂的年产量将翻两番多, 达到 100 万吨。

我们沿着长堤前行, 微风吹拂, 田内的盐水泛着涟漪, 清澈透明, 一尘不染。遍布湖底的光卤石——结晶盐块, 好像海底一簇簇珊瑚花, 玲珑剔透, 晶莹如玉, 煞是好看。大家都说从来没见过这样洁净、清澈、漂亮的湖泊, 情绪非常活跃。有的站在水边不断拍照, 有的把手伸进水中捞取光卤石, 准备带回内地作为纪念。西藏作家益希单增特别高兴, 跳到水中一石块上请人拍照, 大家笑他别掉进水中淹死了。盐田工人说: "这倒不用担心, 湖水含盐量大, 浮力强, 人掉下去, 不管怎么扑腾, 也沉不下去。" 欢声笑语在盐田上空飘荡, 大家都十分开心, 忘记了身在高原。

我们边走边说笑，这时盐田的左前方水面上，停泊着一艘酷似军舰的庞然大物，原来就是从美国引进的两艘采矿船中的一艘。机器隆隆响着，正在进行采矿，通过管道将矿物质源源不断地输送到厂区的加工车间。

钾肥厂的同志还向我们介绍了引进采矿船中发生的感人故事。当这两座庞然大物，用轮船、火车、汽车，克服重重困难，从大洋彼岸运送到青海钾肥厂后，组装过程中，美国专家提出要厂方修筑一条 1.8 公里倾斜式的铁道伸入盐田，以便将采矿船直接送入作业区。美方设计要求很高，厂方和铁道部门等多家单位联系，都不愿意承担。怎么办呢？眼看机器已经组装完毕，就等着用铁轨送入盐田了。厂领导心急如焚，和技术人员、职工代表开会研究，决定自力更生，不信邪，不就是把这两个庞然大物送到盐田中间去吗？没有铁轨还不兴用肩扛吗？于是，他们组织上百人的搬运队，利用美国专家回格尔木市休假的空隙，在短短几天时间里，用人抬、肩扛的办法，将采矿船的 18 块大部件，完全按照设计要求，搬运并安装于离岸数十米的盐田之中。

美国专家休假完毕，回到工地，见机器已全部搬运、安装到了盐田水中，开始非常生气，扬言一切后果要由中方负责。然而，当他们上船对所有部件一一进行检查，结果完全合乎设计要求，无懈可击，便再无非难，连声说："不可思议，不可思议。"

采矿船正式投入运行不久，美国专家奉令全部撤离。临行前，他们把全部技术资料、图纸带走，机器全部封住，并和厂方订立协议，不得擅自启封，否则由中方承担一切后果。他们走后，钾肥厂感到采矿船停止运转，让这么多职工闲待着，损失太大了，时间长了总不是个事啊！能不能想法让它们动起来呢？可是，资料、图纸全被带走了，美国人平日对技术采取严格保密，不让中方技术人员接近机器，现在想启封，即使有心，但也无力啊！正在大家一筹莫展之际，电工老孙、翻译小张站出来说："让我们试试看吧！"

大个子电工老孙，是个复转军人，因为工作关系，和美国专家时有接触。他平日爱动脑筋，什么事都要琢磨琢磨，美国人操作时，他就在一旁留心观察，因此学到了一部分操作规程。小张是美国专家组的翻译，和他们朝夕相处，也听到不少东西。他俩一起回忆着，反复琢磨、试验，用了大约两个月时间，技术十分复杂的采矿船，终于让他俩捣鼓活了，机器隆隆轰响，钾肥厂又恢复了正常生产。

1990 年，美国专家重返察尔汗，看到两艘采矿船在中国人手里正常运转时，一个个目瞪口呆，深深地为中国工人阶级的创造精神所感动。以后，这些专家和钟肥厂的职工合作得很好，撤走时依依难舍，有的流下了眼泪，其中一位年轻专家还和中方女翻译喜结连理。

盐田一望无际，长堤像一条长龙伸向远方，看不到尽头。我们一会儿乘车，一会儿步行，尽情饱览着察尔汗盐湖的瑰丽风光，同时聆听着东道主关于盐湖建设者们开拓、建设察尔汗的事迹，大家都深深地为之感动。

夕阳西下，灿烂的晚霞把察尔汗盐湖照得一片通红。天空五彩斑斓，湖中也五彩斑斓，我们的身影倒映在水中，仿佛在画中。此时此刻，此情此景，幻耶梦耶？大家如痴如醉，徘徊流连，不忍离去。

（选自《朔方》1994 年第 11 期）

116

寻访"外星人遗址"

白　渔

　　尽管一段时间关于飞碟、天外来客的传说和文章，谈得煞有介事，为不少人所热传热道，可迄今没有看到过一点令人信服的实物。而柴达木盆地的托素湖边，却可能存在着"外星人"遗物。1996年6月1日，我们一行8人，对该地进行首次探索。

　　沿着青新公路（按：即今之 G315 国道西宁—喀什），自怀头他拉草原向南，进入荒漠，再穿过沼泽区，在荒野和丘陵间探道前行。翻过两道沙梁，托素湖映入眼帘，却可望而不可即。车陷黄沙中，只有下车推。几番推车，下到湖滩，日已过午。几个人忍着饥渴疲乏，终于在托素湖东北角的山崖上，找到3个岩洞。于此向四周追索，发现了相当规模的管道群。

　　因事关重大，故不加任何文学渲染，按实际叙述于下。

一、岩洞所处的地形地貌

　　岩洞所处的山，当地蒙古人叫巴音诺瓦，是托素湖东北地貌最显著的一座中等山峰。它的标志显著，远看像金字塔，有神秘感；侧看，如大猩猩坐望碧湖；正面看，是单面山状，峭壁迎湖屹立，高约 200 余米。山的东北方向 500 多米处，是察汗托罗盖敖包，其木刀、矛、棍上哈达飘扬，是寻找遗迹最醒目的地理标志。

　　山体呈黄灰白色，以第三系白砂岩为主，夹浅褐泥岩组成，地层间条带明显。

山体距湖面约 80 米，其间（湖滩一带）为砂岩，且波纹显著，是湖浪退缩留下的痕印。

3 个岩洞，外貌都是三角形，中间一个大，东西两个小。中间主洞，离地面两米多高，东西两洞距地表 5 米，由于岩石坍塌，洞口大半被掩埋，不经清理，已无法入内。

进入中（主）洞，洞深约 6 米，最高处约 8 米，和通常所见溶洞迥异，倒像是人工开凿而成。上下左右都是纯一色砂岩。除含砾石外，无任何杂质。一根直径 40 厘米的大铁管，从顶部斜通到底。由于多年锈蚀，只见半边管壁；另一相同口径的铁管从底壁通到地下，只露出管口，可量其大小，而无法知其长短。

洞口之上，有 10 余根铁管楔入山体，距离不等，大约在一条等高线上向东延伸。这些管子直径在 10 厘米—40 厘米间，管壁与岩石完全吻合，不像是先凿洞后再安装的，其安装技术令人惊叹。如果把山比作一个馒头，把管比成一根根竹签，那么山与管的结合，倒像是管子插进馒头那样轻易和契合。其余各处的无数管道都有这个特点。安装管道的技艺看来非常高超。

二、管道的规模

我们在山岩和湖水间追寻的初步结果，发现这工程尚存三个条带。

第一条带，在山洞内外出露，管径较大。可见 30 余口，详情如上，不赘述。

第二条带，在距洞 40 多米的湖滩上。湖滩砂石裸露，所见管子都安装在岩石里，顺东西向延伸。管径较小，从四五厘米至 0.2 厘米不等，断续出露。从残留管体看，形状奇特，有直管、曲管、交叉管、纺锤形管，种类繁多，细管内径不过牙签粗细，虽经砂子充填，但内径尚未堵塞。有的含放射性物质。

第三条带，沿湖滨分布，见大小残管上百处，东西分布断续几百米，有的出露水边，被波浪淘洗，有的在水中隐现。这些管道，当年应在湖中无疑。湖边堆着呈几何图形的石头一处，决非天然形成，也非风、水搬运，像建筑材料，也像撤离后的随意堆砌。其中一块石板，高约 1.56 米，形状奇异，非人非兽，有头、有身、有尾，造型生动，是厂标还是一种模拟物？不得而知。

就目前所发现的 3 条带管，其规模已相当可观。

三、为什么说是"外星人遗址"？

1.柴达木盆地目前发现人类活动的遗物，距今有近3万年的历史。所见出土文物，大都为兽骨、石器、陶器、皮革、毛纺织品，但都工艺粗糙，纯属手工加工。近来从都兰墓葬中所见，有铜器、刀箭、衣物，等等，工业工程尚未见到。虽然锡铁山曾推出咸丰年间石碑，但也没有开采矿锨的工具遗留，就是有也不过是镐、篓、绳之类，像如此大规模的管道工程，在这个地区是无法见到的。查遍史书，不见有关工业的只字记载，且这样落后的地方，新中国成立前仍处在漫长的原始、奴隶社会阶段的当地民族，不可能建成如此先进的工业体系。新中国成立后几十年，围绕各矿点进行工业建设，也从未在偏僻的托素湖区有任何工业行为。而且除了白公山草滩有流动牧人，这一带没有任何居民定居点。以这个管道工程的工艺技术高超水平而论，别说自有人类到新中国成立前的漫长期无力做到，就是把现在柴达木的当地工业水平应用于此，也非易事。一句话，从古至今，这里不可能建立工业项目，也没有任何建设工业的一点理由和条件。

2.从这些管道的锈蚀程度粗看，建成时间距今至少在几千年以上。当时，别说是柴达木，就是中国，甚至地球上的人类，仍处于蒙昧、求生的原始生活状态，工业是什么，钢铁是什么，连想也没有想到过，又怎么会开矿、炼钢、制造机件，安装出如此大规模且技艺高超的工程呢？除非痴人说梦。而且是在岩石里，在湖水里建造一个完整的工业实体，这实在是不可能的天方夜谭。

3.管片样品经锡铁山冶炼厂化验室化验。该室的冶金金属成分化验水平，在冶金系统是先进可靠的。化验结果，以氧化铁形式出现的氧化铁占30%以上；其他不知道、也无法化验出的元素占7%至8%；二氧化硅（砂子类）、氧化钙（主要成分之一）含量较大。这与砂岩、砂子与铁的长期锈蚀、融合有关，并非管子本身成分，只能说明铁管时间的久远罢了。

从结果不难看出，管子是以铁为主的多种金属炼就无疑，并且有7%至8%的其他成分，尚为今天的地球人类所无法认识，这就更增加了铁管工程的科学可靠性和神秘性。

由此可以得出结论，托素湖白公山的管道并非柴达木人所建，很可能是地球以外的高智商人的杰作。

四、遗迹质疑

1. 是否是史前期留下的遗物？也就是说，在我们这届人类之前，还有一次人类出现，他们的工业、文化水平远高于现在，这届人类被冰川灭绝后，但其遗物犹存。这个问题显然不存在，因为这一带未见到任何冰川活动迹象，而铁管的产生时间也不会有几十万年。

2. 有人说，是否是化石，如芦苇等类的茎管状植物石化，经高压作用而形成的呢？

对此问题我也反复考虑过，但任何动植物化石，只能保持其原样，而不可能形成有规律、有排列方向的铁管。再说，这一带砂石没有形成化石的条件。而附近的山峦，与此岩性时代、成分完全一样，不仅不见任何化石（即无成化石条件），也不见这样的铁管，甚至连铁粒子也没有散落。以反论正，实在找不出一点其他理由来否定我们的结论。一句话，铁管不是地质现象的产物。

五、外星人的选择

外星人为什么会选择柴达木的巴音诺瓦呢？

柴达木地势高，空气稀薄，云层很少，透明度极好，是观察天体宇宙的理想之地。1984 年，中国科学院紫金山天文台在德令哈建立青海天文站，就是因为这一带空气干燥、海拔高、容易收到毫米波。结果几年中发现 100 多个星系，证明观测效果极佳。1993 年日本天文权威海布带领美国、日本及中国台湾的天文学家到此考察测量，认为这个站在亚洲是很理想的天文观测点。

据此，我们以外星人的眼光看，柴达木德令哈一带是星际交往的最好之地，特别是巴音诺瓦一带条件更优，相连的姊妹湖形成特有标志，又离托素湖最近，地形独特，十分醒目。如果外星人乘坐飞行器进入地球的亚洲中部，首先看到的可能是柴达木，而柴达木盆地之中，比较显目的可能是托素湖，而湖边最易辨识的自然是巴音诺瓦。可以想象，如果外星人进入地球后，这一带很可能是他们来去起落最理想的地点。

而外星人为什么在这一带装置这么多水上、水下管道？

是研究托素湖水所含的化学元素？

是托素湖水宜于外星客饮用，或者还有其他工业开发的价值？

是以此为点观察地球近期变化，特别是自喜马拉雅运动以来，更新世的盆地变迁？这些客人是什么样子？何时离开柴达木？因何而离开？他们到底留下些什么？……无数的谜，只有留给科学家们去长期探寻了。

几年来，由于保护不力，管道群已破坏殆尽，崖上管道因讹传含黄金而被挖尽，洞里的一根大管也被人随手掰尽，唯管形痕迹尚留；湖滩上断续出露的残管也荡然无存，只能见到铁皮残片而已。

现在仅存管洞残迹，也很有研究价值。

管子虽被挖掉了，可它与岩体的一圈锈蚀痕迹层（厚约 10cm—20cm）仍在，具有较强的放射性。经辐射仪测定，在 200γ—500γ 之间。而锈蚀层以外的岩体，仅 20γ，属地区本底正常值，说明修饰圈外的岩石乃至山体都无放射性元素集聚，不能为管子提供放射性来源。

被侵蚀的岩石圈放射性高异常值，反映出管子本身具有高强度的发射物。就像民间的取暖铁炉，烟筒用久了，铁皮锈蚀在墙皮上，锈物当然是烟筒侵蚀，而非墙皮本身产生。

从被管子侵蚀的岩石圈，便可了解管子是何物质，形成年代，放射性种类……确定它是自然还是人工产生。

对管子成因，曾有众多议论，如非自然造成，有机物沉淀，放射性元素沿裂隙淋滤，以及细菌作用，树木楔入岩石被风化等。只要搞清楚侵蚀圈中所含的物质成分，便可得出一个切实的结论。

追寻外星人遗物，作托素湖环游，是很有价值的科学、旅游开发项目。

（选自《春归柴达木》，中国文史出版社 2013 年 12 月出版）

热水古墓拾遗

程起骏

热水古墓群分布在青海省柴达木盆地东南缘的都兰县境内。从夏日哈乡到诺木洪乡（按：现宗加镇），东西长 200 公里、南北宽 50 公里范围内，墓群多依山而踞，连绵数百里，总数在千座以上，而尤以热水乡最为集中。

古墓群群体宏大，葬制奇特，内涵极为丰富，已出土文物的弥足珍贵，引起了国内外史学界、考古界的高度关注。近十年来，虽有了较深入的发掘和研究，但很多谜底至今仍被重重神秘的帷幕所遮盖，难以窥其全豹。现将本人与此墓群有关的几件事记之于后。

金马驹与古墓群的问世

20 世纪 60 年代初，我曾多次在热水下乡。饭后茶余或行旅途中，常听到当地藏族老人谈论有关这些古墓群的传闻，说那一座座古墓曾是妖魔藏身之洞穴，后有格萨尔王带领众英雄与群魔激战多日，终于赶走了妖魔，魔去洞不空，内留无数的金银财宝。由此，当地群众就把这些古墓叫妖魔洞。

有一天，我跟时任都兰县副县长的希候巴同志下乡。他是热水乡人，骑马路过一座很大的古墓时，他说这个妖洞新中国成立前马步芳曾派人挖过，他的亲戚里知布曾在这座墓洞中拣得一个金马驹，现在还保存着。这个信息引起了我的极大兴趣。

在我的要求下，我们专程到了里知布的帐房，只见金马驹果然佩戴在里知布老伴的胸前。她摘下给我看，原来这是一方只有铜钱厚、火柴盒见方的金制佩件，图形古拙而又完美，与汉文化之类的金银饰品有明显的区别。我认为这是一匹"洋"金马驹，可能和其后出土的波斯银币等文物有某种联系。听说真金不怕火炼，征得主人同意，我们将金马驹放在火中狠烧了一阵，烈火中的金马驹色转暗红，取出不久便灿然如初。

这件事使我产生了把古墓群介绍给社会的强烈愿望，便进行了一些门外汉的调查工作。我多次登门拜访两位关键人物，一位叫王海福，家住察汗乌苏上庄三队，是位能干的金银匠，当初马步芳盗挖大墓时，被征去专司销铄金银；一位叫何宗福，家住察汗乌苏西河滩，是民夫头。从他们口中得知，1944年，马步芳派柴达木垦务局专员韩进禄，征发民夫四百余名，架起电台，由一连骑兵监督，对一座大墓进行了为时一个多月的盗掘。这名现代"发丘中郎将"只取墓中整件的金银玉器，对金银镶嵌的器物，刮金剥银，炼成金条银锭，其余铜、铁、木器及大量丝绸品，一概弃之不顾。挖出物品的种类很多，数量巨大，无从一一计算。

物品中有铜锅一套，内边有无人识得的文字，外边所镏黄金多处自然剥离。棍头包有黄金的楠木棒数捆，只此两项炼得黄金二千余两。另有一尺高的空心银仙佛挂像8件，镂金七星宝刀一把，等等。墓式为地下楼式结构，墓门楣饰有金银龙凤，门扇上有数排白铜泡钉。我将这些情况写了一篇题为《妖魔洞古墓之谜》的长篇报道，寄给了青海日报社。1982年发表在《青海青年报》，篇幅也大为压缩，但这毕竟是有据可查的第一篇向世人介绍热水古墓群的文字。

1982年，青海省考古队开始对热水古墓群进行系统发掘，收获巨大，根据出土文物，初步定为吐蕃墓。从此，热水古墓群的历史翻开了新一页。

一方古印的由来及其社会反响

古墓由于年久日深，风雨剥蚀和人为盗掘使部分墓中文物流落民间。热水张扎玛日村牧民角巴，在一座塌陷的小墓中，拾到一块精美的羊脂玉版和一方铜印，当作吉祥物佩戴三十余年。1984年，他将这两件文物送给热水乡卫生院蔡敏忠大夫。敏忠与我是同窗好友，知我爱好文史，便将铜印转赠给我。我便以《都兰县热水乡发现一方古印》为题，写了一篇消息，发表在 1986 年 6 月 21 日《青海日报》。

　　文中对印的形制作了简要介绍："印质紫铜，长宽各 2 公分，厚 2 毫米；印背正中有一蛇形环纽，供佩戴之用。印正面是阳文篆刻的'谨封'二字，篆文浑厚，刀法纯熟，古风犹见。"接着对古印作了初步评价："封印是古代行文保密专用章。由此可见，早在唐朝前期，中央政权与此地少数民族的联系就十分紧密，公文往来频繁，行文等级颇高，文件的启封比较严格。"并认为："这方古印的发现和认定，丰富了墓群的内涵，对于研究古代柴达木地区的政治、经济、民族关系，古代行文邮传方式，以及最终判明古墓群的真实面目，有着重要的意义。"

　　文章见报后，曾有两起文物贩子上门，欲高价收购此印，均被我直截了当予以回绝。1988 年，将之无偿捐交青海省档案馆。我认为此类档案实物，只有交给国家档案部门，才能永久不没，发挥它应有的作用。省档案馆给我颁发了奖状，《人民政协报》《文摘报》均以《政协干部程起骏明义割爱》为题发了消息，《青海金石录》《青海档案》《青海邮政史料》等书刊都发表了评论文章，1997 年被收入大型丛书《中华档案管理精览》。在各种评论中，都认为："'谨封'铜印是我省发现最早的邮政金石遗存，对地方史、民族关系史以及吐谷浑地方政权与隋唐二代中原王朝的关系研究，提供了不可多得的实物资料"。《话说长江》大型专题片摄制组，专程来我家访问并摄制了镜头，解说词称："此印为中华民族和睦共处、源远流长的佐证之一。"

　　总之，这方小小的古印透出的信息和引起的社会反响是多方面的。现在，古印已成为省档案馆的重要馆藏品，我为此深感欣慰。

　　　　（选自《海西文史资料》第 12 辑）

青海油田的新篇章

张德国

我近 40 年的石油生涯中，有五分之一的时间，那段人生正值盛年的美好时光，是在柴达木油田度过的。虽然离开青海油田多年了，但油田的发展依然令我魂绕梦牵，常常想起那些为柴达木石油工业发展与我并肩战斗的同志和广大职工艰苦创业的情景，想起那些充满希望的储油气构造和柴达木的山山水水。

我原来在吉林油田工作，组织上是 1981 年决定我去柴达木油田的。原先，张文彬、黄凯、季铁中副部长已经给我谈话，部党组决定调我到中原油田工作。在我看望国务院副总理康世恩同志时，他对我说，你身体好，又年轻，应该到西北去干，并要我过几天到他家中再谈一次。1981 年 12 月 16 日晚，康老在家中给我谈部党组再次研究，要我去青海油田工作，同时作了三点指示：一、你去了以后首先要抓地质，从基础资料抓起，解决区域地质问题，用两三年时间把基本地质问题搞清。1954 年进盆地，至今未搞出"大名堂"，你们要打破以往的传统看法和圈子，不要只忙于抓日常生产，而要抓好地质勘探。二、在现有成果的基础上（指已初步探明的尕斯构造）向外发展，资料一定要取全取准，不漏油层，在盆地西南部再拿到一定储量，今年才 3000 多万吨（指尕斯库勒油田探明储量），若储量达到 1 亿吨，就可考虑开发，逐年建成年产 100 万—200 万吨油田。三、你进去有了感性认识后就会有设想。在盆地要注意：人越少越好，干部工人要实行轮换制。在盆地养活一个人等于外面几个人，要强调精兵，强调高度机械化，盆地内不搞"大而全"，这指的是不要把家属带进去。为什么让你去青海？一是你年轻，身体好；二是工作需要；三是从你的性格、思想来看，更适合于在西部干，上西部就是搞储量、产量接替。从后来的实践看，康老关于柴达木油田发展的思路是十分正确的。

1982 年 5 月，中组部下了我到青海石油管理局任职党委书记的通知。这个月 25 号，唐克部长、李敬副部长又和我谈话，勉励我到柴达木以后要发扬成绩，努力工作。我体会到，领导同志的指示不光是对我个人的，也是对我们青海油田的厚望和要求，深感肩上的责任重大。

1983 年以后，青海油田搞了两个加快（加快勘探步伐，加快敦煌基地建设），外销原油，修筑冷大公路等，这些为全面开发柴达木油田进行了充分准备。到 1985 年，经全国储委批准，拿到探明石油地质储量 1.62 亿吨，标志着柴达木油田经过 30 年的艰苦奋斗，已经具备了较大发展的物质基础。

柴达木油田的发展壮大，一直得到党和国家领导人及省、部领导的关心和支持。1985 年 3 月，国务委员康世恩同志在京同青海省领导谈话时指出："柴达木石油勘探已经 30 多年，现已从勘探阶段发展到开发阶段。当然，在开发阶段还要进一步勘探。"这年 3 月，石油部李敬副部长组织有关司局领导来油田现场办公，历时 18 天，经过现场调研后指出，柴达木西部南区探明石油地质储量相对集中，可以建成年产 150 万吨原油生产能力。青海省委书记尹克升对柴达木油田开发建设也十分关心，多次要求省政府有关部门为油田三项工程立项做好前期工作。同年 5 月，石油部正式下达编制《尕斯库勒地区 150 万吨 / 年油田开发建设及 100 万吨 / 年炼油厂工程可行性研究报告》的通知。

根据部党组的意见，1985 年 6 月，我们成立了局三项工程领导小组，局长周沛同志因抓全面行政和生产工作，组长由我担任，副组长由副局长陈文玺、副总设计师高友福同志担任，三项工程建设正式拉开了序幕。

三项工程是将油田开发、输油管道、炼油厂等几项工程作为一个有机整体，按原油采、输、炼一条龙进行生产的系统工程，期间经过了前期工作、建设、生产三个阶段。我主要谈谈前期工作阶段的情况。

1985 年 6 月 4 日至 7 日，在敦煌召开了青海石油管理局、石油部规划设计总院、青海省有关厅、局、委，海西州、格尔木市政府，以及有关设计单位参加的"青海油田开发建设及 100 万吨 / 年炼油厂可行性研究工作会议"。

会后，从 6 月 8 日至 9 月 15 日，参加可行性研究工作的同志们，先后两次、历时 43 天，行程 3000 多公里，分赴油田各地区及格尔木、拉萨等地现场踏勘调研，顺利完成了编制可研报告所需各种资料的收集工作。在调研中，大家感触最深的是青藏地区民用燃料极端匮乏的情况。群众近些年"锅上不愁锅下愁""不愁吃，不愁穿，只愁锅底不冒烟"。由于缺乏民用燃料，机关、团体、部队、农牧民只好砍伐树木、挖红柳作燃料，已造成灾难性恶果：仅青海省境内，沙化面积每年平均递增 124 万亩，造成生态环境严重恶化。当时测算 100 万吨炼油厂建成后，可年产液化气 4 万吨，加上局内 15 万吨炼油厂生产的 9000 吨液化气，按每户年均 200 公斤用量，可满足 25 万户、100 万—120 万人的生活燃料需要，尤其是能使西藏部分居民由烧牛粪到享受现代文明，其社会效益和政治意义十分巨大。通过调研，使同志们更加增强了责任感和使命感。

承担各单项工程研究的同志们加班加点，用两个多月的时间，到 11 月上旬，全部完成了正式单项可行性研究报告。紧接着，11 月 24 至 30 日，在敦煌又召开了油田开发及炼油厂建设可行性研究报告初审会，12 月 29 日可研报告定稿，31 日我和陈文玺、宋克显、田丰林等同志从敦煌出发，1 月 1 日赶到北京，当天晚上我们就向王涛部长进行了汇报。记得当时王部长有外事活动，我们见缝插针，就在王部长的饭桌上摊开图纸汇报起来。饭桌小，摆不开图纸，又挪到会议室继续汇报。王部长听取我们的汇报后，指定李敬副部长负责此事。1 月 3 日，部里又专门召开办公会议，审议通过了三项工程可研报告，认为可研报告有相当深度，同意立即上报国家计委。随后，李天相副部长又亲自带着我们前往国家计委进行汇报。宋克显同志谈到青海石油工人艰苦奋斗，要为青藏人民做贡献时，竟激动得声泪俱下，使在场者无不为之动情。

正是凭着这种坚韧不拔的毅力，和对柴达木石油工业的忠诚，从 1985 年 6 月正式进行可行性研究，到 1986 年 11 月国家计委正式批准立项，仅用了一年半的时间。这是参加三项工程前期工作的同志们，怀着强烈的责任感、使命感和紧迫感，以只争朝夕的精神辛勤工作的结果。

8 月 31 日，青海省长宋瑞祥和石油部一位副部长到油田检查工作，特意沿拟建的花格管道线路走了一趟。当时尚无伴行公路，沿途有几段所谓的公路，还是当年马步芳任屯垦督办时修的。途中有几次，副部长也和我们一样下来推车，

127

430多公里走了14个小时，艰难之状可想而知。省、部领导到油田后，用5天时间深入基层检查工作、现场办公，副部长就勘探开发工作，特别是三项工程的建设，对我们提出了明确要求。他指出，三项工程是一个系统工程，要组织强有力的班子，认真抓前期准备和建设管理，要排出运行表，全局上下协同作战。9月3日，副部长在干部大会上作了激动人心、情真意切的讲话，不时博得全场同志的热烈掌声。领导同志对柴达木石油工业发展的乐观态度，对柴达木人的体贴、理解，对工作一丝不苟的负责精神，使我们很受教育和鼓舞。

还有一个问题，是对三项工程的投资估算。当时提了个11亿元的方案。如果照此上报，怕增加国家决策的难度，搞不好立项要搁浅，全局上下翘首企盼的工程项目就有可能推后建设。我们考虑了可行性也注意了可批性，提出了"10亿不沾边"的要求。当然，现在看这样做不一定恰当。后经反复测算，最后上报的估算投资是9.7亿元。中国国际工程咨询公司评估后，认为9.7亿元低了一些，又建议增加了1亿元。上级主动建议增加投资的做法还不多见，这正应了古人一句话"哀兵必胜"，国家念及"老少边穷"地区的发展。1987年6月，国家计委正式批复，同意三项工程项目开工建设。从此，两代人为之奋斗了30多年的柴达木石油工业，再次奏响了辉煌的序曲，掀开了历史的崭新篇章。

（选自《张德国的石油人生》，红旗出版社2013年9月出版）

戈壁滩上的大年初一

窦孝鹏

每当春节来临之际，我都会想起半个世纪以前，我在戈壁滩上度过的第一个大年初一。

1958 年底，由于西藏形势开始紧张，我所在的汽车第 76 团奉命从兰州移防昆仑山下的戈壁新城格尔木。当时我是一名新驾驶员。

格尔木是 1953 年由 6 顶帐篷起家的新城，当时不少单位仍住在帐篷中，少数单位住上了低矮的土坯房，周围是一望无际的大沙漠，南面不远处便是白雪皑皑的昆仑山。我们安排好家后，转眼就到了 1959 年的春节。第一次在戈壁滩上过春节，不少事给我留下了难以忘怀的记忆。

吃饺子：床板当案板脸盆当锅用

春节吃饺子，是我国人民的传统习惯。为此，团里要求每个伙食单位，一定要让大家吃上一顿饺子。吃顿饺子，本不算难事，但对刚安家戈壁滩的我们来说却非易事。本地不生产肉、菜，更无肉、菜可买，我们吃的菜都是从两千里外的兰州市买来的，路上汽车要走 5 天左右，拉来的菜往往要冻烂掉一半多，而且都是萝卜、白菜、土豆之类的粗菜。

为了大年初一早晨吃上饺子，炊事班费了很大劲，才为大家准备好了白菜冻肉馅。天气冷得滴水成冰，伙房又无保暖设备，因此应大家的要求，炊事班把和好的面和饺子馅，分到各班去自己包、自己煮、自己吃。

我们的班长常金华，1953年入伍的河北人，立即给我们做了"战前"动员："同志们，我们要克服一切困难，拿出翻越昆仑山的劲头，坚决快速地完成这顿吃饺子的任务！"我们摩拳擦掌地表态说："放心吧，保证把饺子吃进肚子去！"

但问题很快就来了，要包饺子没有任何工具。本来找张桌子可以当案板，可整个排里没有一张桌子。于是，山西老兵任志兴就在仓库里找了一块比较平整的床板，刷洗干净，当作案板用。没有擀面杖，陕西老兵纪锁成找来了汽车上用的千斤杆，这个铁家伙很长很重，根本擀不了单个的饺子皮。纪锁成便发挥陕西人会擀面的特长，把面摊在"案板"上，擀得薄薄的，犹如桌面那么大，然后折叠起来，用喝水的搪瓷杯倒扣在面上，用手使劲一压，4个圆圆的饺子皮便形成了，大小均匀，速度也快。

不一会儿，饺子包好了。看着摆满床板的饺子，怎么把它运到500米外的伙房去煮又成了问题，而且各班还要排队。有些人已经馋得等不及了，提议说："干脆，我们就在炉火上煮吧！"火炉是供我们取暖用的，每个屋子都有一个。

"锅呢？哪里有锅？"我问。

常班长一挥手："找个好脸盆来，用脸盆煮！"我立即推荐："从兰州搬家前，我看到任志兴买了一个新脸盆。只是，不知道他用过没有，脏不脏？"

"那就拿出来吧！"班长下命令了。任志兴不情愿地从床下拿出了自己的脸盆，里里外外清洗了两遍，倒上水，便放在火炉上烧了起来。我们又找来另一个脸盆当锅盖。

第一锅饺子煮出来了，每个人的碗里都捞了几个，纪锁成顾不得烫嘴便吃起来，说："好香！好香！"谁知任志兴却一挥手，说："且慢！我声明一下，我这脸盆虽说是新买的，但我已用过多次了，用它洗过脸，也洗过脚，你们可别嫌弃呀！"

"你这鬼人，为啥不早说！"纪锁成一边骂，一边继续往嘴里扒饺子。任志兴便去夺他的碗："你要嫌弃，就甭吃！"

这时，谁也不在乎脸盆问题了，一个比一个吃得香。最后，连"锅里"的饺子汤也喝光了。

也许是自己动手做的，大家说，这顿饺子比以往的饺子都香。

耍社火：轰动了整个格尔木

戈壁新城格尔木的春节是寒冷的，也是寂寞的。这个被称作"帐篷城"和"兵城"的地方，根本没有什么娱乐设施和项目。于是，吃过饺子后，我们便在屋子里玩起了扑克。不多久，外面忽然传来了"咚咚锵锵"的锣鼓声，我扔下扑克跑出去一看，原来是兄弟部队——汽车第一团的社火队过来了。

当时，格尔木沿青藏公路两边，驻有四五个团以上的部队，除了几个汽车团，还有兵站、医院、仓库，以及勤务、道路和通信部队。汽车一团驻在格尔木南边的一片沙滩上，虽然来格尔木好几年了，仍然住着帐篷，老远一看，就像戈壁滩上一朵朵白色的蘑菇。尽管生活十分艰苦，但革命的乐观情绪却充满军营内外。这个团以陕西籍的官兵居多，陕西人都喜欢唱秦腔，正如一句顺口溜说的"八百里秦川尘土飞扬，三千万老陕齐吼秦腔"。秦腔作为一个古老的剧种，受到陕甘宁青新地区广大群众的喜爱。汽车一团领导为了活跃部队生活，下本钱在团里成立了一个业余秦腔剧团，购置了全套乐器、道具和戏装，如各色文臣武将的袍服、金盔、乌纱、凤冠、衣裙等，应有尽有。并陆续培养出了生旦净末丑各类演员，演职员中有干部、战士、职工和家属，几年来已排演了不少大戏。这次春节，刚放下手中方向盘的汽车兵战友，又赶排出了一台社火。

走在社火队前面的是威风的锣鼓队，随后就是几出秦腔戏的人物形象：有《铡美案》中的黑脸包公、秦香莲和陈世美；有《游龟山》中的民女胡凤莲、打抱不平的田玉川及卢公子；有《五典坡》中的薛平贵和王宝钏；有《苏武牧羊》中的苏武、李陵等。最后是化装的工农兵学商秧歌队。队伍拉了近百米长，煞是热闹。

在缺乏文化生活的格尔木，在大年初一的戈壁新城，这支社火队犹如横空出世，立即吸引了所有人的眼球。后面跟的人像滚雪球似的，越来越多。社火队在我团表演完后，又去了第22医院、青藏公路管理局，最后又去了只有几间泥坯房的市委市政府进行慰问。他们所到之处，万人空巷，轰动了整个格尔木。

我跟着社火队看他们的表演，看了一次又一次，忘记了疲累，忘记了寒冷。这个军营社火队给雪域高原带来了丝丝暖意，给戈壁新城带来了青春气息。我心里说：这个戈壁滩上的第一个春节没白过！

131

看电影：一部片子四次才放完

年初一的晚上，团里在广场给大家放映电影《柳堡的故事》。

高原的冬夜，气温降到零下 30 摄氏度。我们每个人都是"四皮"（毛皮帽、皮大衣、皮手套、毛皮鞋）加身，带着自制的小木凳，整整齐齐地坐在广场里，等着一次精神大餐。平时，大家都开车奔驰在风雪青藏线，常常是"拂晓五点马达响，夜半三更才宿营"，难得这么齐聚一回，所以心劲都很高。

团首长给大家拜完年后，电影开始了。可是，不一会儿，银幕上的影像开始变得昏暗起来，声音也变调失真，接着就一片模糊了。

怎么回事？原来是电力不足。当时的电是由团里自己发的，由于设备不足，发的电供照明用还凑合，要用于放电影就力不从心了。电影中断的时候，为了不使大家被冻坏，军务股长下达口令："全体起立！原地跺脚！"

放映队本来有一台自己的发电机，但噪音太大，他们怕影响大家看电影，所以没有使用。现在只好重新启动自己的发电机提供电源，大约一刻钟后，电影又开始了。随着电影情节的发展，正当大家欣赏那优美的插曲"九九那个艳阳天来哟，十八岁的哥哥呀想把军来参"时，银幕又黑了。

放映员用话筒告诉大家："同志们，我们今晚是 3 个单位跑片子，后面的片子还没来，请大家耐心等待一会儿。"趁这机会，大家又来了一次"原地跺脚"以驱赶寒冷。

正当大家等得不耐烦，最后两盒片子送到了。两个放映员急忙把已经倒过的片子，分别装上了 A、B 两个放映机，几分钟后，电影又开始了。但仅仅过了五六分钟，大家就感到有点不对劲了：与前面的情节接不上。有人开始喊起来：错了！错了！

原来刚才放映员忙中出错，把应该装在 B 机中的最后一盒片子装在了 A 机中，结果 A 机一开，已到了故事的结尾部分。于是，机子又一次关掉了。这次衔接比较快，不到半分钟，B 机打开，电影又开始了。

一部电影，4 次才放完，虽然不太完美，却给我们的新年增添了不少话题，给大年初一也画上了一个句号。

（选自《军休之友》2010 年第 2 期）

望柳庄

王宗仁

　　格尔木市河西转盘路口西北角的望柳庄，已经从人们的视野里消失几十年了，可是它仍然清晰如初地留在我的脑海里。这些年，只要有机会从京城上高原，我都要在那片遗址上流连忘返，寻找已经失去了却无法忘掉的往事。失望总是吞噬着我的心。扑入我眼中的是一幢幢崛起的楼房、平房，一片片沙棘和蓬勃的树林，还有一张张乐得不知人间还有苦愁的笑脸。

　　望柳庄消失了，寻找格尔木历史的人陷入惆怅的等待。透过眼前这明媚阳光中的情景，我本能地感到这城市还需要另起一行。从灰烬中追寻往日的那堆篝火，从枯井里踏访从前的那汪清泉。于是，我义无反顾地走进了格尔木的源头，站在转盘路口一座小院的门前——它就是望柳庄。

　　1955 年 6 月，青藏公路管理局招待所成立，取名望柳庄。这是横跨世界屋脊的青藏公路沿线出现的第一个招待所。所谓招待所只是几顶帐篷，工作人员和接待的客人全部住帐篷。一年后，帐篷换成了 20 多间窑洞房，1958 年建成了招待所二层楼。无论窑洞房还是楼房，在格尔木的历史上都是第一例。从此，它成为柴达木地区当时最高档次的服务接待单位，负责接待进出西藏的宾客。

　　陈毅元帅创作那首激情洋溢《乘车过雪峰》的诗，与格尔木有关。据说他下榻望柳庄时,时常伫立屋内窗前,眺望终年积雪不化的昆仑雪峰,内心感叹不已。离开格尔木，前往拉萨途中，他如是吟咏："昆仑雪峰送我行，唐古雪峰笑相迎。

唐古雪峰再相送，旭角雪峰又来迎。七日七夜雪峰伴，不苦风沙乐晶莹。同人举杯喜相贺，轻车已过最高层。明日拉萨会亲友，汉藏一家叙别情。"

望柳庄在青藏公路通车半年后，出现在还是一片"帐篷城"的格尔木，又是在繁华（自然是相对而言，当时格尔木才几千人，何谈繁华！）的转盘路口，那是相当惹人注目的。首先是那个四合院的形式，别出心裁，独具匠心。可以肯定地说，这是亮相在格尔木的第一座四合院。据说直到 20 世纪 80 年代初，它从格尔木大地上消失时，仍然保持着原样，只是墙体已经斑驳，屋瓦也都破旧。其次是它那个富有诗意的名字，太让人回味无穷了。它像是在冰天雪地里阳光一点一点堆积起来的，又像是在戈壁滩用一簇一簇翠绿绣出来的。望柳庄是个默诵一次就能使人提起精神的名字。

对于望柳庄的来由，有这样两种说法。一是说建招待所之初，开拓者在帐篷前栽了几棵柳树，便取名望柳庄；第二种说法是当年慕生忠将军率领修筑青藏公路的人马来到这儿，那时格尔木只是地图上的一个地名，只有几户蒙古族牧民依河而居，遍野荒漠，寒风呼啸。将军找了半天也不见格尔木在哪里，便把手中当作拐杖的柳棍往沙滩一插，说："这儿就是格尔木，我们安营扎寨吧！"帐篷撑起来了，炊烟飘起来了，从此这里有了人烟，成了后来的格尔木城雏形。将军随手插下的那根柳棍，竟然生根发芽了，此地便被唤作望柳庄。后来，建格尔木招待所时延用此名，传说"望柳庄"三个字就出自慕将军之手。不久，格尔木修建起了第一个澡塘，相应起名望柳池。

望柳庄这座很有独特风格的建筑，再配上一个诗意盎然的名字，是当时格尔木这个边远小城一道亮丽的景点。每一个从它面前走过的人只要望上一眼，都会得到一种灿烂的希望，如果再读读门楣上那三个字，心里肯定会溢满太阳的芳香。望柳庄，你使人们对荒凉酷寒的青藏高原产生了一种恋恋难舍的感情。

我至今无法忘掉曾在望柳庄吃的那顿饭。那时我是个汽车兵，因为边境发生了一场战争，我正昼夜不息地执行繁重的战备运输任务。有一次，车子在昆仑山中抛锚，我整整守候两天两夜，后来被战友的汽车拖回军营。没有想到，拖车行驶到格尔木转盘路口，战友的车也坏了，此地离军营虽然只有几里路，可我还得留下来守车。几天来，饥饿、酷寒已经把我折腾得不堪一击，几乎连挪步的力气都没有了。这是个照着太阳飘着大雪的中午，汽车和公路被白雪覆盖得严严实实，天地成了一色。就在这时，我看到了路边门楣上那三个字：望柳庄。前来接应的战友告诉我，那儿就是招待所，有温暖的客房，有可口的饭茶，连队已经在那里给我安排好了午饭。今天生活条件优裕，所有的衣食欲望几乎都可以得到满足的人们，是很难想象得出我当时无比激动的心情。迎着扑面而来的风雪，我走进望柳庄食堂，把浑身的饥寒全部卸在了那里。我始终认为望柳庄的那顿午饭，是有生以来吃得最舒心最可口的一顿饭，是饱肚又暖心的饭，是军民情深意长的饭。那一刻，我觉得"望柳庄"三个字，像盛开在雪线上的三朵红牡丹，永远不衰不败地贮存在了我的心里。

从此开始，我格外留意起望柳庄，但不是把它当成观光的风景。那个年代，像我那个年龄，还没有欣赏风光的闲情，也缺少这种意识。在我心里，望柳庄是修筑青藏公路那位将军的丰碑，是劳动者的家园。每次出车路过这里，从那三个字上采摘一份攀登的动力，踏上征途；完成任务收车回营走过这里，有时小憩于转盘路口，把汽车擦拭得油光铮亮，凯旋。冬去春到，来来往往，我不知从望柳庄门前走了多少次，可总是走不够，看不厌。

曾经创作过反映西藏生活长篇小说《崩溃的雪山》的军旅作家窦孝鹏，是我的同乡战友，1960年他在望柳庄前为一位国家领导人站过岗。40年后的今天，每每忆及此事，他仍然抑制不住自豪的神情。

那时候，我们都很年轻，不大懂得自己为什么对望柳庄会有这样撕扯不断的情愫。直到服役7年后，要调离高原到京城工作，我情不自禁地把望柳庄作为书房名字移至首都，这才慢慢地咂摸、品味出了一些根由。我终于明白，除了格尔木这个特殊地域给我们烙上独特的印记，使我即使离开高原几千里也难以忘掉它，还有一点不能不承认，望柳庄这个名字起得太诱人了。它既实际又带有传奇色彩，高原味道很浓烈，又营造了一种向往、一种精神。当初默诵这个名字，能品出它反映了格尔木人最真实的生存状态。今天吟诵它，它已作为一种文化基因，记载着高原小城的昨天和今天。望柳庄遗址已经成林的高原杨柳，自然是应该珍惜的，但更重要的是它的人文价值。曾经与望柳庄相关的风云人物，不管是普通百姓还是要员名人，有的已烟消云散，有的还活在人们的心中。我们去发掘他们的故事，就会连接即将殒殁的望柳庄文化的断层。

望柳庄，这个名字具有亘古常新的生命意义。

十分遗憾的是，我跑遍了格尔木所有认为该去的单位，也没有找到当年望柳庄的一张照片，甚至我自己也没在望柳庄前留影。直到1990年以后，我每次上高原都带着照相机，几乎每次都要在望柳庄遗址留影，每次心中都会涌满惆怅。算起来，这样的留影也有六七张了，闲暇无事随手翻看着，不由感慨万千。

大约是1992年夏天，我重返格尔木。在这之前的七八年，望柳庄虽然已经荡然无存，但还剩下一栋破旧楼房的骨架撑在风雨里，起码可以明确无误地告诉人们，当年望柳庄的具体地址。可是这一回，连那个起码的标志也被铲除掉了，望柳庄空空荡荡，凄凉满目，只有一排工棚似的小房子，孤独地立在那里。上前打听望柳庄，一位老妈妈热情地迎上来，说："我根本不知道什么是望柳庄。你如果要吃面条，我这压面机可以压出各种面条卖给你。"噢，望柳庄的旧址上盖起了生活服务小店。老妈妈是头几年才跟着跑生意的儿子来到格尔木，在这块不用掏钱买就可以建小房的地皮上，搭了个简易房，做起了小买卖。

此后不久，小店也没有了，昔日的望柳庄真正地成了一片荒地。

现在谁也不敢断言，已经消失了的望柳庄，就必然会随着地壳运动埋入地下。但是，我认为抢救望柳庄仍然是非常必要的，刻不容缓的。要用文字，用实物，用图片，让后来人知道，格尔木曾经有个望柳庄，它是修筑青藏公路大军在格尔木的第一个落脚点，也是青藏公路通车后，出现在高原的第一个招待进藏出藏人员的家园，在相当长一段时间里，它甚至是格尔木的主要地标。

（选自《中国作家》2004年第1期）

茫崖石棉城的欢笑声

马集琦

在柴达木盆地的最西端，尕斯库勒湖以西，青海省与新疆维吾尔自治区交界的地方，有一座平淡无奇的小镇——茫崖。用现代化城市建设的眼光来看，它简直没有资格称为城市，没有新式的高楼大厦，没有繁华喧闹的市区，看不到什么现代化的公用设施，许多职工还住在地窝子里……然而，茫崖却是一座闻名中外的石棉城。

打开青海省或柴达木的地图，可以看到两个茫崖。20世纪50年代初期诞生于盆地西部的茫崖，是当时青海石油勘探总指挥部的所在地。那时，从全国各地云集柴达木的开拓者，选择茫崖建立了工作和生活基地，因为在附近一片长着芦苇和小草的沙滩上打出了自流井，流出了珍珠般的清亮亮的泉水，建立了供水站。当时，荒无人烟的大漠里没有房子，于是搭起几千顶帐篷，成街成巷，白茫茫一片。这就是柴达木石油探区里最早的"城市"。后来，随着盆地石油地质勘探的重点转移到冷湖和花土沟，茫崖的帐篷也像白云一样飘走了。在帐篷城市的旧址上建造了一些房子，成了过往汽车司机的食宿站。柴达木人称这块地方为"老茫崖"。

我们现在说的"新茫崖"——茫崖镇，是后来随着石棉矿的开发而兴起的。它坐落在盆地边缘、阿尔金山脚下风沙弥漫的戈壁中。我们从花土沟乘上汽车西进，沿着尕斯库勒湖上游的阿拉尔草地一直往前走，在碎石和砂子筑成的路上颠簸两个小时，就到了茫崖。这里海拔3219米，年最高气温为30℃，最低气温为零下36.4℃，气候变化多端。这座青海省最边远的小城，距省会西宁市1400公里。从西宁到茫崖，乘北京牌小汽车，最快的速度也要整整跑三天。

茫崖石棉矿的勘探始于 1958 年。当时，生活在尕斯湖畔阿拉尔草原的牧民，把拣到的矿石送到了海西州人民政府，通过海西州又送到西宁。经省里的专家鉴定，确认那是石棉矿，一种新的耐火材料。于是，这年 11 月 20 日，由张守义率领一支 21 人组成的小分队，带着铁锹、十字镐和筛子等一些简单的工具来到矿山，很快生产出第一批石棉。十几吨石棉运出盆地，销路很广，价钱也很可观。1960 年，青海省派出一支地质勘探队进驻茫崖。地质队员来到这里一看，好大的一座石棉山啊！100 多平方公里的山上到处都埋藏着石棉。钻探机钻了 600 米深，还没有钻透石棉层。经过初步踏勘，这里共有 4 个含矿带。

第一含矿带长 5000 米，宽 200 米，平均含棉率 3%—4.5%；

第二含矿带长约 3000 米，宽 250 米，平均含棉率 1%—5%；

第三含矿带长 1600 米，宽 200 米，平均含棉率 3%；

第四含矿带长 980 米，宽 80 米，平均含棉率 1.2%。

目前，已经勘探的仅是第一含矿带的第一亚带，已探明的石棉储量已经有 2073 万吨，约占全国目前已知的石棉总储量的三分之一。如果按年产石棉 10 万吨计算，已探明的这一小部分就可连续开采 200 年。现在，青海省地质队在继续对其他三个含矿带进行勘探，预计远景储量可达到 8900 万吨。茫崖，可能成为世界上储量最大的石棉矿之一。这个矿以石棉为主，还伴生铬、镍等贵重金属，有很高的经济价值。

茫崖石棉属横向纤维，纤维平均长度约 10mm，最长的达 59mm，工业价值很大，可用来制造消防器材和防火设备，以及炼钢工人的工作服等。近年来，石棉制品的建筑材料发展很快，在国际市场上供不应求。茫崖石棉尽管目前生产量不大，却远销国外许多国家和地区，在日本、朝鲜以及东南亚地区，享有很高的声誉。现在，青海省茫崖石棉矿每年约出口石棉 5000 多吨，换汇约占全省五金矿产出口换汇总额的 70%。最近几年，美国、日本、加拿大等国家的地质专家和企业家相继到茫崖石棉矿考察，商谈共同开发的可能性。一位华侨在非洲经营石棉纤维公司，生产建筑材料石棉瓦，听说国内的茫崖石棉质量好、储量大，很想回来投资，用茫崖石棉作原料生产石棉瓦。

我们是上午来茫崖访问的。还没进石棉城，远远就望见一座灰绿色的石棉山，雄伟壮观。走近了才看到，它是由东西两座山组成的，中间一条狭长的沟，顺着这条沟可以直抵阿尔金山山口。在山脚下，我们看到遍地都是石块，石块表面粘连着一层灰绿色的棉丝，揭下来用手搓揉，软软的，纤维不断，这就是石棉。石里藏棉，大自然多么神奇，多么富有啊！这里到处都是石棉，石头里藏、沙子里埋，连空气中也夹着石棉丝。

山上正在放炮，炮声隆隆，震撼着山谷。冲腾而起的烟尘扶摇直上，遮住了阿尔金山的雪峰。随着哗哗的声响，巨大的石块带着沙土像泥石流一样向山谷中流淌。弥漫的硝烟散发着浓烈的气息。这是矿山工人在搞剥离，把覆盖在矿体上的乱石和泥土炸掉，露出的就是含石棉的矿石了。

离开了矿山采石现场，我们在矿长的引导下参观了石棉生产车间。原来，石棉生产的工艺并不复杂。先把从采石场运来的矿石粉碎，石头破碎后，夹在里边的石棉便分离出来了，然后再进行筛选，筛选出的石棉就可以包装外运了。由于茫崖地区气候干燥，基本上无雨，石棉生产就可以省掉干燥这个工序，光这一项可以降低石棉生产成本 30%。

矿长告诉我们，青海茫崖石棉矿二十多年来，累计为国家生产石棉 25 万多吨，每年给国家上缴利税 550 多万元。1965 年，矿上建设了东、西两个生产车间，年产石棉 9000 吨，后来又进行了技术改造，生产能力达到年产石棉 19000 吨。去年又建成了一个年产 12000 吨的新车间，已投入了生产。现在，全矿的生产能力已经达到年产石棉 25000 多吨，产量约占全国石棉产量的二分之一，是全国主要石棉生产基地之一。矿上现有职工 3000 多人，采矿、运输、生产全部实现了机械化。

走出生产车间，就是茫崖镇。街道是宽敞的，都铺上了水泥路面或沥青路面，建设了商店、邮局、书店、银行、医院等必要的设施。至于生活区则是简陋的。矿上的大部分工人、干部住的是地窝子，猪和鸡在屋顶上走，人在地底下住。从远处看住宅区，平平的一片，看不到房子，只有一个竖在地上的烟囱可以告诉你，那里住着人家。

我们向地窝子走去。每户门前都筑起一道土埂，有的人家还立了一个门。跨过门槛，就是一条一步步向下的台阶。房子和北方的菜窖差不多。大些的有二十多平方米，也有套间；小的只有几个平方米，锅台连着土炕。屋子比较潮湿，光线很暗，白天屋里都亮着灯。我们拜访了一家地窝子的主人，他是医生，妻子是车间的统计员。虽是地下斗室，但在热爱生活的人手里，却也整齐、朴素、美观。

139

窝顶拉上一道道铁丝，裱糊上一层图案艳丽的纸，屋子里花团锦簇，散发着馨香；墙壁是刚粉刷的，地下铺着碎砖。主人拿出茶点、香烟，热情招待我们几个远方的来客。男主人笑呵呵地和我们攀谈起来，诙谐地说："'斯是陋室，惟吾得馨。'20年了，我们在地窝子里吃住，生儿育女，都习惯了。在柴达木盆地工作的人，都有适应环境的特殊本领。"

我们正谈得投机，女主人像魔术师似的，拿来了带顶花的黄瓜和粉红色的西红柿。在海拔3000多米的雪山脚下，能吃到鲜嫩的蔬菜，这又是件新奇的事。

原来这里的职工们都自建塑料棚温室种蔬菜。四五月间，茫崖大地冰雪未消，但在一个个闪光发亮的塑料棚里却春意盎然。一畦畦菠菜、油菜青翠欲滴，芹菜有一尺多高，黄瓜、西红柿也在舒叶吐翠。

茫崖的干部和工人在艰苦的条件下建设起一座矿山。如今他们的生活条件仍然还是艰苦的，然而党和国家没有忘记他们。我们在茫崖镇盘桓了两天。归途中，矿长盛情邀请我们去看看石棉工人住宅新区。正在修建的工人新区，是在离矿山二十多公里的尕斯库勒湖以西的阿拉尔河畔。这里有一道石坝，将阿拉尔河水拦蓄起来，形成了一个明亮清澈的人工湖，石棉工人称这里为"大河坝"。在坝后，已新建起百十来幢二层小楼。党关心着柴达木盆地的建设者们，为职工规划了新居住区。住了二十多年地窝子的人们，就要搬进二层小楼了。

离开茫崖很久了，可我们还仿佛听到从那里传来的欢笑声。工人们搬进了新居，大河坝的杨柳已经成行，水库里的鲤鱼不时跳出水面。一个个银光闪亮的塑料温室里五颜六色，红色的西红柿，紫色的茄子，还有那翠绿的黄瓜，都已果实累累，预示着新的丰收。

（节选自《祖国的聚宝盆柴达木》，四川人民出版社1984年9月出版）

我心中的圣地

曹随义

　　年轻人爱展望，展望那美好的前程。老年人爱回忆，回忆那激情燃烧的岁月。我属于爱回忆的人。漫漫旅途，人生百味；件件往事，历历在目。我回忆最多的、最让我魂牵梦萦的便是柴达木。我在那里生活、学习、工作了 20 年，度过了宝贵的青春年华。也是在那里，我走上了连续 30 年的秘书工作生涯。

　　柴达木由昆仑山、祁连山、阿尔金山环绕，是我国四大内陆盆地之一。它连接西藏、新疆和甘肃的河西走廊，是青海省西部的工业重地。那里有世界海拔最高的、储量丰富的石油、天然气田，有世界最大盐湖，有全国最大的钾肥生产基地，有丰富的金属、非金属矿产，还有独特优势的农业、畜牧业。然而，柴达木这块"神奇"而富饶的土地，却遭受过千百年的历史冷遇，呈现着"南昆仑，北祁连，山下瀚海八百里，八百里戈壁无人烟"的荒凉景象。直到新中国成立后，才掀起了千军万马进军柴达木的热潮，拉开了柴达木大规模开发建设的序幕。

　　1965 年 7 月，我在北京地质学院毕业分配时，学院党委提出一个响亮的口号："共产党员要到祖国最艰苦的地方去！"我是学石油地球物理勘探的，分配的去向是油田。我是共产党员，一定要选择最艰苦的地方。哪里最艰苦呢？同学们议论说柴达木最艰苦，那个地方"天上无飞鸟，地上不长草，风吹石头跑"。我记得，当时正上映一部电影叫《年轻的一代》，讲述的是年轻的勘探队员在青海柴达木找矿的故事。电影中的勘探队员在柴达木盆地茫茫戈壁，顶着漫天风沙，翻山越岭为祖国寻找宝藏，激起我对柴达木的无限向往。在分配志愿表上，我毅然决然地填写了青海石油管理局。我们那个专业 100 多名毕业生，分配青海石油局的名额只有 4 个，我担心排不上我，于是交志愿表的当天又向党总支写了一份决心书，表明我去柴达木的强烈愿望和决心。我的志愿被批准了，全班 23 人就我一人去柴达木，大家都很羡慕，纷纷向我祝贺。我激动得连夜给父母写信，告诉他们这个大好消息。

1965 年 10 月 7 日，我到了青海石油管理局所在地——柴达木盆地北部的冷湖镇。3 天之后，我被局党委组织部分配到青海石油管理局的一个下属单位勘探处。勘探处位居柴达木盆地中部的大柴旦镇，距冷湖 270 多公里。20 世纪 50 年代初期，中共青海省柴达木工作委员会曾设在这里。大柴旦镇北面是终年积雪的达肯大坂山，南面是富含硼砂等多种矿物质的伊克柴达木湖，湖的周边是草原。大柴旦东西狭长，绵延 10 多公里。镇上包括粮站、邮局、商店、电影院在内，总共不过 20 个单位，我们勘探处 400 多人，是镇上最大的单位。从甘肃敦煌到青海格尔木的公路从我们处的背后经过。刚到大柴旦那些日子，我每天早晨起床后都去公路边，看那些稀疏过往的运输车辆。每辆车经过，都会扬起一串长长的土尘。我仿佛触摸到在那遥远的地方跳动着的祖国建设的青春脉搏，心情格外激动。一天之内我写了 10 多封信，寄给家人、老师、同学，告诉他们大柴旦的蓝天、白云、雪山、草原的美丽景色，告诉他们领导和师傅们对我的关爱，告诉他们我们勘探处所担负的石油天然气"勘探尖兵"的重要任务。

一周过后，我又被勘探处政治处分配到 291 地震队当实习员。11 月底，全处召开动员大会，组织动员昆仑山北麓的乌图美仁冬季勘探会战。在会上，我代表新来的 10 位大学生 (除了我们学校的 4 人，还有北京石油学院、长春地质学院 6 位同学) 发言，表示要向老同志学习，在会战中锻炼、提高。随后，我们分乘几十部汽车，拉着帐篷和勘探仪器、器材，浩浩荡荡地出工了。我们的工区距大柴旦 500 多公里，在昆仑山脚下的斜坡地带，工区范围 1000 多平方公里。几天工夫，我们 4 支队伍再加上会战指挥部 (包括食堂、修理站、技术攻关组) 在乌图美仁河边围起了 5 个帐篷大院，搭建了一个整齐的帐篷"村落"。每个队的院落中都高高竖起一面红旗。白天机器轰鸣，入夜灯火通明，草原上的野兔也都朝着亮光"集合"，还经常钻到我们的帐篷里"做客"。这里的大草原由于我们这一群勘探队员的光顾顿时变得热闹起来。

因为天气寒冷，我们每天出工都必须全副"武装"。头戴皮帽子，身穿皮大衣，脚穿长筒毡靴。早出晚归，披星戴月。大家挤在卡车上，在没有道路的草滩、盐碱滩上颠簸。我所在的放线班八个人住一顶大帐篷，晚上取暖用红柳烧炉子。为了让大家暖暖和和地睡觉，我每天夜里都要坚持起来加两次火炉。就这样，洗脸毛巾照样在第二天早晨冻得硬邦邦的。会战指挥部对勘探工作提出的目标、措施，写在一块大木板上，立在我们帐篷村落的村口。每个同志都自觉地发扬"三老""四严"的作风，坚持人人出手过得硬，事事坚持高标准。我感到每天的工作都很紧张，每天的生活都很快乐。元旦放假半天，晚上在一个用两顶大帐篷合起来的"会议室"里举行游艺晚会，我更感到别有情味，特别新鲜。

我们整整干了一个冬天，终于在翌年 4 月天气转暖、土地翻浆之前完成了任务。收工返回的头天晚上，我们拆掉帐篷，装好汽车，打扫完工地卫生之后，燃起一堆篝火。全队职工围在篝火旁，又说又笑又唱，尽情享受勘探者在一个地区工作结束后的无比喜悦，直到天亮返程。回到大柴旦的那天，基地职工、家属和子弟学校的学生全都走上街头，像欢迎前线归来的将士一样欢迎我们，我感到非常亲切、温暖。参加这次冬季勘探会战，是我进入柴达木盆地上的第一课。这一课，让我学到了在柴达木盆地生活的初步知识，领略了野外勘探的艰辛，更感受到了在那一望无际的大戈壁上战严寒、斗风沙、迎朝阳、送晚霞的特殊乐趣。

两年之后，我由技术员改任秘书，并于 1969 年由勘探处调到管理局机关，从大柴旦到了冷湖。在冷湖那个小镇上，在我的那一间半用土坯和芦苇把子堆起来的半窑洞式的房子里，一住就是 16 年。我在管理局做秘书工作的那些年月里，除了有着秘书人员所共有的，比如接触领导多，学习的文件多，听领导讲话多，写材料加班熬夜多等一些特点外，还有些凡是柴达木人都会享受到的一些"特殊待遇"。我把它归纳为"两少两多"，即吸的氧气少，吃的蔬菜少；棉衣用得多，风镜、墨镜用得多。因为海拔高（平均海拔 3000 米），所以我们每天接触的空气中的含氧量仅相当于内地平原地区的 70%。因为矿区没有植被，所以人们生活的最大奢求是能够有蔬菜吃，倘若能买到从几百公里、上千公里以外运进去的西红柿、黄瓜一类的细菜，更是如获至宝。同样是因为海拔高、风沙大、气温变化大的原因，故一年到头离不开棉衣。即使是一年当中最热的七八月份，晚上在办公室加班写材料还得披着棉衣。为了对付风沙的袭击和强烈的紫外线照射，风镜、墨镜又成了必须有的劳动保护用品。就是在这样自然条件恶劣、物资条件匮乏的环境中，来自祖国四面八方的柴达木的儿女们，不论是干部、工人，也不论是职工、家属，都始终表现出对生活的热爱，对事业的追求；始终带着一种饱满的热情、乐观的情绪。

我刚参加工作在勘探处时的政治处主任陈自维，1953年毕业于甘肃山丹培黎学校，成了光荣的石油地质队员，那年他20岁。1954年5月，陈自维作为柴达木石油地质大队的先遣人员第一批进入柴达木，并同他在培黎学校晚一年毕业的天津姑娘张秀贞结了婚，他俩在柴达木生活、工作了27年。青海石油管理局机关由冷湖迁到自然环境较好的敦煌之后，刚到敦煌不到一年的张秀贞因病去世。临终前，他给丈夫说在她死后把骨灰埋在柴达木，陈自维按照妻子生前的遗愿处理了后事。以后陈自维调到华北油田，任测井公司的纪委书记。没想到他也患了不治之症。生命垂危之时，他给青海石油管理局写信，称自己是柴达木的儿子，请求局党委接收他的骨灰，与妻子张秀贞合葬。如今，我仍精心存放着他在华北油田医院的病床上写给我的一封信。信中抒发了他对柴达木、对老战友的无比思念，并嘱咐我在他去世后给他送一个花圈。

每每看到这些，想到这些，我的心情久久不能平静。而像陈自维、张秀贞这样的柴达木的开拓者，在柴达木油田，在整个柴达木盆地，乃是成千上万。是柴达木热火朝天的建设事业，把有志于献身柴达木的热血儿女的心紧紧地凝聚在一起，是一批又一批英雄的柴达木人的无私奉献，促使柴达木发生了日新月异的变化，焕发着新时代的勃勃生机。回忆我在柴达木20年的生活经历，我由衷地感到自豪。我深深地热爱柴达木，眷恋柴达木，感谢柴达木。是柴达木培育我懂得了对祖国的忠诚、对事业的责任；是柴达木锻炼了我吃苦耐劳的精神和忘我工作的作风；是柴达木凝聚了我和我的同志们那种快乐同享、忧愁与共、心心相印、情同手足的、亲兄弟般的深厚情谊。是柴达木让我在较长时间的秘书工作中始终保持着那么一股劲，那么一股热情，那么一种永不懈怠、永不停歇、百折不挠、勇往直前的精神。

柴达木，我心中的圣地！

（选自《青海日报》2009年9月25日江河源副刊）

搅动周天的莽昆仑

肖云儒

　　戈壁，戈壁，戈壁。在漫向天际线的戈壁尽头，昆仑山一直沉默而执拗地注视着我们。它以静制动，以无声胜有声，用气场无处不在地笼罩着我们。喧闹的车内忽然沉默了，大家都默默地望着昆仑，感受着它那万古永存却又缄口如瓶的宏大气场。在就要告别天边的昆仑，进入新疆天山廊道的一刻，我必须回首说说这座伟岸至极的圣山。

　　车窗外闪出了雅丹地貌，西部的风以百年、千年为时间单位，将这里的岩石和土坡塑造成一幅幅雕塑，有横刀立马的孤胆英雄，有千军万马的战争全景，有呼啸而过的马队，有孤独的牧羊人和他的羊群。一切都有了生命有了生气。西部告诉我们的是，整个世界，整个宇宙，无处不有呼吸和心跳。

　　这比我去年冬天（按：2013 年 12 月 20 日前后）去柴达木看到的高原，简直要鲜活多了。那次冒着零下 30 摄氏度严寒，还有 3000 米海拔西行，就是想感受一下冬的昆仑，冬的高原，顺便参加"首届大昆仑文化高峰圆桌会议"，交流一下研究成果。会上，时任青海省委常委、宣传部长吉狄马加，给我发了一个"大昆仑文化研究杰出成就奖"，令我很是惭愧。那主要是因为二十多年来对西部文化的研究，催动我老而不懈怠吧！

　　关于昆仑山的界域，人文地理学界有争论，越趋精确，争论越凶。我从文化坐标上，只想对这个山取一个模糊的说法。这座山恐怕是中国最高最大的山，平均海拔五六千米，山表面积五十多万平方公里，两个多陕西省还不及它。昆仑山一把将青海、四川、新疆和西藏揽进自己的怀抱。

我心目中的昆仑山，大致可以用六个词来表述，就是：山之根，河之源，族之祖，神之脉，玉之乡，歌之海。

山之根，昆仑山是"万山之祖"。中国山系的主干山系，由它生发出来的支脉和余脉遍布西部大地。从山系角度看，祁连山、巴颜喀拉山，甚至一直到秦岭，都可以收入其囊中。河之源，昆仑被称为"龙脉之源"。在这无数的雪山中，流出了世上最纯净的水，形成了长江、黄河，浩荡奔腾到太平洋。同时还形成了塔里木盆地与柴达木盆地的内流水系。毫无疑义，它是最大最高的中华水塔！

族之祖，古代居住在昆仑山下青海高原的羌人，曾是北方大族。羌、姜本一字，姜姓部落集团是羌人的一个分支，都以羊为图腾，后来成为古中原地区最著名的民族共同体。它是"华夏族"的重要组成部分，从三皇五帝到春秋战国，这个族群在中原始终占有重要地位。后虽与汉人杂居而相融汇，其分支至今仍在岷江、嘉陵江上游传承繁衍。

神之脉，昆仑被称为"万神之山""中国第一神山"。中国神话有两个大系列，即东部的蓬莱神话系列和西部的昆仑神话系列，一山一海，构成中华民族丰富的神话世界。西王母神话系列，以及相关的穆天子、瑶池这些昆仑神话中的人物场景，经由世代传说和文艺作品的传播，早已家喻户晓。

玉之乡，昆仑亦称"玉山"。《史记·大宛传》写昆仑时即有记载："其山多玉石，采来，天子案古图书，名河所出山曰昆仑云。"昆仑玉与和田玉东西距离300公里，处于一个线矿带上，质地细润，淡雅清爽，是国家地理标志保护产品，曾作为北京奥运会的奖牌用玉，是白玉产业一大品牌。

歌之海，以"花儿"和玉树歌舞为代表。赛马会、那达慕、九曲黄河灯会、土乡纳贡节、热贡艺术节、撒拉族艺术节显出无比斑斓的民族民间艺术，使昆仑山下、青海湖边成为歌之海、诗之海、舞之海。李白"若非群玉山头见，会向瑶台月下逢"，写的就是昆仑山。近年来，青海省在青海湖畔连续举办了几届国际诗歌节，更使昆仑之歌诗走向世界——那可是每年几十个国家、国内每个省的诗人都来这里聚会呀！

昆仑山的雪域高原上，不但行走着张骞、班超，还行走着玄奘、文成公主，行走着我们的地质工作者、铁路公路建设者、油田开采者，行走着世世代代在这里繁衍生息的兄弟民族与汉族同胞。是他们将唐蕃古道和茶马古道与丝绸之路连成一体，在西部大地上构成了一个古道交通网络。这个网络正在实现现代转化，转化为公路网、铁路网、电网、航空网，并正在转化为高速公路网和高铁网。

　　昆仑文化有了新的内涵，昆仑高原有了新的高度，昆仑人有了新的活力。

　　（选自《西部向西》，西安出版社 2016 年 1 月出版）

雪落唐古拉

田 源

从昆仑山口到唐古拉山口，南北横跨五六百公里，翻过一山又见一山，正如《青藏高原》这首歌唱的那样，"这里山川相连"。这里的山远看很高，上到山口，却不觉得高峻；这里的川，并非川流河谷，而是一道又一道几十公里甚而上百公里宽广平缓的草地。这里，天高云淡，红红的太阳蓝蓝的天，景色壮美。从北向南，楚玛尔河、沱沱河、当曲汇聚成了长江之源。这里，草原上散落着数不清的大大小小的湖泊。河流湖泊中，鱼儿翔集；河边湖畔，百鸟嬉戏；草原上，可爱的藏羚羊，欢快的野驴，或觅食或狂奔，显得自由自在……夏日里，不少内地来的年轻人驾车旅游，还有各种肤色的外国人，专程来此游玩，欣赏着这奇特的美景，其乐无穷。

然而，老天爷并非永远仁慈宽厚，有时也会变得特别凶悍，把猝不及防的灾难洒向人间。

（一）

唐古拉山乡是格尔木市代管的一块飞地，乡政府所在地距市区四百多公里。该乡本来归玉树藏族自治州管辖，但因重重大山阻隔，交通极为困难。距离格尔木市虽然也很遥远，但由于有青藏公路连接，交通比较便利，所以，20世纪60年代初，青海省人民政府就决定该地由当时的格尔木县代管。唐古拉山乡虽仅为乡级建制，牧民不过千人左右，养育着九万头（只）牛羊，但从格尔木出发，翻过昆仑山口到青藏两省交界处长达460公里的地方，只有这一个乡级政权建制，战略位置十分重要。这里有万里长江第一桥，驻有兵站、运输站、油泵站、雷达连，还有水文站、气象站，对于青藏线军民的物资运输具有不可小觑的保障作用。

唐古拉山乡地图上的面积达5万平方公里左右，虽然一大半草场借给西藏安多县牧民放牧，本乡牧民流动放牧的草场仍有2万平方公里之多。面积很大，草场却并不富足。因为海拔都在四五千米，地势高峻，牧草生长期短暂，草长得低矮而稀疏，产草量很低。为了减轻冬春草场的压力，牧民们每年八九月间，在青藏公路两侧草场，剪毛、清点羊群、完成交售任务、搞完年终分配后，都要尽可能地推迟进入冬窝子的时间。为此，他们赶上羊群，朝冬窝子的方向走一段，在水草较好的地方扎下帐房住几天，让牲畜吃吃草再走。

唐古拉地区的八九月，天气还不是很冷，降雪一般也比较少，可老天爷却有不按规矩出牌的时候。1985年10月17日，风云突变，一场几十年不遇的大雪灾降临唐古拉草原。10月17日中午，黑云压向大地，鹅毛大雪一直下到第二天半夜。要说也怪，雪大而又未起风，辽阔的草原一下子被六七十厘米厚的积雪盖得严严实实，气温也骤然降至零下30摄氏度左右。

10月21日，我陪同时任青海省省长的宋瑞祥同志，乘坐中央派来的空军伊尔—18运输机察看灾情，从昆仑山主峰到唐古拉山主峰青藏两省区交界。从飞机上向下看，到处白茫茫一片，裸露的山体、山石一点儿也看不到。

半个月后，青藏公路上汽车勉强可以通行，车辆在雪地上压出了两道"沟槽"，饥饿难忍的野羊以为"沟槽"里有草可以充饥，便纷纷涌入"沟槽"，结果草没吃上，反而被压死在汽车的车轮之下。驱车行驶在青藏公路上，不时可以看到野羊的尸体，草畔溪间，比比皆是，惨不忍睹。汽车通行后，我第三次上唐古拉乘坐的是北京吉普，过了风火山，看到路边百米之外有一顶牧民帐房，我让司机停车，一起去看望一下牧民。距离虽然只有一百多米，可行进在深达半米多的雪地里，每一步都十分吃力，有时甚至不得不四肢并用，好不容易才进了帐房。帐房里只有一位老大娘，费了老大劲，才听明白她所说的意思。原来，她家的人和羊群都被困在几里外的雪地里。我让司机给老大娘留下我们仅有的两块饼子，就在司机的搀扶下回到车上。

（二）

时间回溯到 1985 年 10 月 18 日。早晨 8 点左右，我接到时任唐古拉山乡党委副书记盖春生打来的告急电话，说是 10 月 17 日 11 时到 18 日晚上 20 时左右，唐古拉山地区连降 33 个小时暴雪，辽阔的草原被半米左右的积雪覆盖，牛羊吃不上草不说，更为严重的是，处于转场途中的牧民，没有干牛粪取暖和烧茶煮肉，没有吃的，饥寒交迫，情况十分危急。

放下电话，时任格尔木市委书记的我立即召开市委、市政府领导紧急会议，研究部署救灾工作。会议分析了这次灾情的严重程度和可能产生的后果：首先是转场途中的牧民缺乏御寒装备，又没有当地唯一可做燃料的干牛粪烧茶煮肉，没吃没喝，更谈不上取暖，日子拖久了，势必严重威胁群众的人身安全；二是低矮的牧草完全被半米左右的冰雪封压，冰雪融化得等到来年春天，这半年时间牛羊无草可吃，牧民将失去赖以生存的生产、生活资料，灾后恢复发展也将十分困难。会议决定要把救灾作为当前市委、市政府的首要工作任务来抓，并确定由副市长英青加立即带领工作组赶赴灾区查看灾情。会后，我立即赶赴青海钾肥厂招待所，向正在此调研的宋瑞祥省长汇报。由于灾情严重，省政府及时向中央做了汇报。我向市委、市政府领导同志传达了中央指示，大家一致表示，要以强烈的政治责任心，排除一切困难，做好救灾工作。

10 月 22 日，党中央派来一架空军伊尔—18 运输机察看灾情。我陪同宋瑞祥省长乘飞机于灾区上空察看以后，省政府正式向中央报告了灾情。鉴于以唐古拉山乡为中心，包括玉树州西三县、藏北安多县大片地区雪灾严重，第三天，中央就派兰州空军崔参谋长带领两架空军黑鹰直升机进驻格尔木机场，接着又派来空军运输机执行空投救灾物资的任务。当时的空军格尔木场站刚经过整编裁员，工作人员少，但仍全力保障了飞行安全。据说我国当时仅买了 5 架美国黑鹰直升机，为唐古拉地区救灾一下子就派来两架。仅此一端，就足以看出党中央、国务院对藏区救灾工作多么重视，对藏区群众多么关怀！

空中巡察以后，我们深感灾情严重，于是又召开市委、市政府专题会议进行具体部署，成立了市救灾指挥部，我任总指挥，一位主管农牧业的副市长任副总指挥，下设办公室，由市农牧局局长任主任。为了救灾，市上先后派出了 5 批工作组，由市领导带队轮流上山现场指挥，具体组织救灾工作，我担任第一批工作组组长。

第一批工作组是乘黑鹰直升机去灾区的，宋瑞祥省长和我们同机飞赴现场察看灾情，指导抗灾工作。从高空向下望，但见地上白茫茫一片，阳光照射下的山梁好像玉龙翻滚，可此时此刻，我们哪里有心情观景。省长和我一样，也是表情凝重，思考着这个灾怎么救法。直升机不同于客机，六七千米的高空缺氧十分严重，但不到实在坚持不了，谁也不好意思打开氧气箱吸氧。前几年翻看老照片，我和省长当时的那副样子好像处于半休克状态。

宋省长亲赴灾区考察后，海西蒙古族藏族自治州州委书记秦青荣、州农牧局局长张化旭等领导同志，也先后来到灾区实地察看，和我们一起研究救灾方案，指导救灾工作。省政府也派来以侯少卿秘书长为首的工作组，帮助我们协调各方面的关系，解决经费保障和所需物资的调运问题。驻格解放军，省、州和西藏自治区驻格单位主动捐钱捐物，支援市上的救灾工作。灾区群众急需燃料，格尔木地区可作燃料的木材不足，工作组一动员，西宁地区的建筑公司立即派车无偿送来，为我们的救灾工作提供了强有力的支持。

回顾当年的救灾过程，第一阶段是向灾区空投食品、饲料、墨镜、棉衣、棉鞋，解决受灾群众的燃眉之急，进而空投木柴，解决群众的烧茶煮肉和取暖问题。冻饿中的牧民群众收到空投物资后，心情无比激动。听机组工作人员讲，他们几次看到雪地上跪着的牧民手捧哈达向他们挥舞致意。由于空投及时，那次雪灾中虽有冻伤致残的情况，但无一人死亡，这应该说是那次救灾工作的最大胜利。

准备空投物资，最难的是要把木柴砍成半米左右长，并用两三道铁丝捆紧，而后才能从高空往雪原投放。空投饲料，也只能在可盛100公斤的麻袋里只装二三十斤，装多了，投到地上麻袋就会摔破。这些准备工作很具体，很琐碎，为准备好第二天的空投，往往要熬到夜里两三点，有时甚至到了四五点。这些活当时都是由机关干部、职工干的，夜餐仅有两个饼子，一杯开水，但大家还是争先恐后，没有听见过谁叫苦喊累。

唐古拉山的空投前后进行了18天，后来转为向玉树西部灾区和西藏安多县空投，市上的唐古拉救灾工作进入了第二阶段。

（三）

　　唐古拉救灾第二阶段的任务，是帮助牧民屠宰濒临死亡的羊只，以便收回残值，尽量减少损失，并且要帮着寻找跑散的牦牛，设法保护适龄母羊和二等羊（上一年的羊羔），以利于灾后恢复生产。

　　空投告一段落。受灾已近一个月，吃不上草的羊一旦卧下就再也站不起来，死亡会越来越多，怎么办？经救灾工作组和乡干部商量，如果能帮牧民把羊群赶到公路边，这个问题就有可能解决。但要走好这一步，需要两个前提条件：一是要有可在雪原上推雪开道的大马力推土机；二是要弄清受困群众的方位和地势状况。

　　机关干部心系群众、作风过硬，一有号召，就争先恐后。有个名叫郭多杰的藏族干部自告奋勇，说他身体好，可以先去探路，几位年轻点的市、乡干部在他的带领下，冒着凛凛寒风，艰难地奔驰在雪原上，只用三四天时间就大体弄清了受困群众的所在方位。这个郭多杰，以后还历尽艰难，东奔西走，帮助群众找回了许多走失的牦牛。

　　没有大马力推土机，只能求助于当地驻军。历年来，格尔木军民共建文明城都搞得有声有色，军民鱼水情十分深厚。经过联系，当地驻军后勤和工程部队很快派来了 10 台大马力推土机，青藏兵站部驻格指挥所还派出了 108 位干部战士组成救灾突击队，上山帮助地方救灾。他们用推土机在雪原上推出了直达受困牧民帐房的一条条通道，帮助牧民把羊群赶到了公路边。随后，干部战士齐动手，屠宰濒临死亡的羊只，对生产母羊、二等羊重点补饲。临死的羊虽然很瘦，但羊肉仍可食用，羊皮也可以出售，这样一来，就减少了受灾群众的损失。

　　那时的市、乡干部，迎着凛冽的寒风，坐在推土机上指引驾驶员推雪开道，帮助群众艰难地把羊群赶向公路旁边，又亲自动手帮着屠宰难以挽救的瘦弱羊只。有的人冻肿了手脚，仍然不肯休息；有的人技术不行，搞得满身血污，也没有任何畏难之色，连平日工作积极性不是太高的人，这时也都不甘落后。

　　此情此景，让人不禁感慨。看来，我们的干部在危急关头还是靠得住的，我们的民族是任何艰难险阻都压不垮的。上山救灾的人民解放军，更是哪儿艰苦去哪儿，成为抗雪救灾的一支坚强有力的突击队。青藏兵站部派往灾区的 108 位干部战士，被灾区群众称赞为唐古拉山上的一百单八将。

如何才能帮助群众把生产母羊和二等羊保护下来，是当时面临的一个难题。单靠补饲，需要的草料量很大，且因时间太长（到来年牧草返青还有半年之久），成本太高，很难付诸实施。如果能把羊群转移到冰雪尚未覆盖的草场上去，等来年冰雪融化牧草返青后，再迁回各自的草场，倒不失为一个好办法。正好昆仑山下的草场，原是本市阿尔顿曲克区哈萨克族牧民的夏季草场，哈萨克族牧民迁回新疆后，接收这些边远草场的郭里木德乡蒙古族牧民，尚未对它加以利用。还有一个十分优越的条件就是，当时青藏公路上从西藏返回格尔木的卡车多数都是放空车，说服这些空返车司机帮助群众把羊拉到昆仑山下草场，就可夺取唐古拉抗雪救灾的决定性胜利。于是，我们邀请交通管理人员、青藏兵站部格尔木指挥所成员，与市救灾工作组的同志一起，组成专门的工作组，在公路上设卡拦车，说服空返车辆司机帮助牧民群众，无偿拉羊到二三百公里外的昆仑山下草场，同意帮忙的司机可以优惠价售给一只肉羊。常年驰骋在青藏线上的司机，说到帮助受灾牧民，几乎没有拒绝的，且多数人也不要那只优惠羊。这样，军民齐动员，十多天日子，32000只生产母羊和二等羊，就和他们的主人一起，到了昆仑山下的草场。

那次抗雪救灾已过去了30多年，但回忆起来，我仍然心潮澎湃，难以自已。那次救灾工作，真是一次面临险情的党政军民大合唱，下级有困难，上级帮助解决；地方有困难，驻军倾力支援，从而保证了救灾任务的顺利完成。当时，我辞去市长就任市委书记仅3个月，新市长尚未任命，工作压力很大，但重任在肩，只能一往无前。第二次上山，因感冒而引发肺水肿，不得不下山，一边治疗一边在机场组织空投物资。病情好转后，又乘车上山。当时虽值冬日，但天气晴朗，加之冰雪反射，雪原光线异常强烈，导致我的紫外线过敏性皮炎越来越严重，全身奇痒难忍，手一抓就溃烂流黄水，1986年元月初，不得不在解放军22医院住院治疗，春节后又在省委领导的关怀下去上海治疗。经半年治疗，病情虽有所好转，但从此落下了难以根除的痼疾。就个人而言，这应该说是一种牺牲，一种付出，但这种牺牲是必要的，这种付出是值得的。在青海工作、生活的几十年间，我耳闻目睹了多少这样的牺牲和付出，多少难忘的人和事，至今一想起来仍不由怦然心动。

（选自《青海日报》2016年4月1日江河源副刊）

153

车过柴达木

陈忠实

骆驼刺

列车是在沉沉夜幕中进入柴达木的。我浑然不察不觉，已经置身于地理课本上用沙点标示着的这片大戈壁了。

早晨起来，睁开眼睛就感受到裹入柴达木巨大的无边无沿的苍茫与苍凉之中了。无论把眼光投向哪里，火车刚刚驶过的来处和正在奔去的前方，车轮下路轨所枕伏的一绺直到目力所及的远处，灰青色的灰白色的沙砾无穷无尽。沙漠的颜色变化着，一会儿是望不透的青灰色，一会儿又转换成灰白色的了，无论怎么变幻，依然是构成主旋律的单调。在感受宽阔、浩瀚、博大、雄奇的深层，柴达木投射给人心理的苍茫和苍凉同样是切实的。偌大的火车在柴达木的腹地上奔驰，恰如一只节状的油蜈蚣在缓缓地蠕动，总是让人产生没有指望走出的疑虑……

生命在这里呈现出异常简单的景象。整个世界简单到只剩下一种两种绿色植物，骆驼刺和芨芨草。一株一株的骆驼刺，形似球状，零零散散撒落在沙砾上，没有簇聚，单株单个，据地自生。看不到印象中的森林和草地上那种或互相拥挤互相缠绕的复杂，或勾肩搭背倚杆爬高的姿势，或交头接耳唾沫相溅的喧哗。干旱和寒冷的严酷，使一切绿色生命望而却步，只有骆驼刺以最简单的形式生存下来，形成柴达木的唯一点缀。

骆驼刺，短而又细的枝，针状的叶，无媚无娇，仅仅只是一个绿色的生命体。骆驼刺，开一种细小到几乎看不出的花，和孕育它的沙地一样的颜色，也应是花中最不起眼的色彩了。然而它的功能却与任何花毫不逊色，授粉、结籽，在沉静的等待中迎接雨水，便发芽了。

远处是昆仑山，寸绿不见，如铁打钢铸似的摆成一道屏障。白如棉絮的云团，在或高耸或低缓的峰巅和峰谷间缠绵。

一条泥浆似的河出现了，名曰饮马河，再恰切不过的好名字，却使人感到徒具虚名。赭红色的水，几乎看不见流动，细小到无法与河的概念联系起来，充其量只算得小河沟罢了。然而毕竟有水，便是理直气壮的河了。有水，不管赭红色也罢，浑如泥浆也罢，就能孕育繁衍出绿色的生命，各色水草就围绕着水的走向蓬勃起来，蜿蜒出荒漠戈壁上一道惹人眼热的绿色。自然，拥挤和缠绕、簇聚和绣集、勾肩搭背和攀爬倚仗便如任何草地一样发生了，不可避免地形成了。然而，在苍茫而又苍凉的柴达木，饮马河毕竟流出来这一缕生动和一缕活泼，一缕让人遏止不住想要拥抱的俗世绿色。

毕竟使人难忘的还是骆驼刺。在柴达木，在毫不留情地虐杀一切绿色生命的干旱、暴风和严寒里，只有骆驼刺存活下来了。骆驼刺接受了严酷，承受了严酷，适应了严酷，保持而且繁衍着庞大的家庭，便可骄傲于所有的严酷，成为点缀和相伴柴达木的唯一秀色。

盐的湖

恰好在我划拉着几笔感触印象的时间里，火车已经进入盐的湖了。

骆驼刺和芨芨草所营造的单调而又令人敬畏的绿色消失了。消失得干干净净，一丝不留，堪称绝杀。一望无际的平坦得令人目眩的沙地，呈炭灰色。湿漉漉的泥沙地表，使人立即想到刚刚落过雨，再远也只能是昨天夜里下了一场透雨。应该是柴达木一年中难得的一个细雨润物的夏夜，还以为天公专意为我们这一帮远客额外的恩赐。错觉！错了！这里是盐湖，盐水千万年来就那么淹渍着泥沙，千万年来就是这种湿漉漉的如同雨淋的景象，让一拨一拨初踏此地的人产生错觉，空喜一场。这是盐湖。我乘坐的列车刚刚驶入盐湖的边沿。这是世界上储藏量最大的一个天然盐场，据说可以供现有的世界人口吃上一千年。这盐湖在中国青海省的柴达木沙漠里。

白花花的类似浓霜一样的盐出现了，结晶在湿漉漉的沙地的表层，地表的下层蕴含着浓稠的盐的汁液。任何植物，包括英雄的骆驼刺和茇茇草，任谁也招架不住盐汁的浸泡和淹渍，连一丝生存的侥幸都不存在。这里不存在一滴淡水，无由生长一寸绿色，不哺养任何一个或大或小或蹦跳或匍匐酌兽类和禽类。这是一个绝生地。

然而这里出产一切生命都不可或缺的盐。国家从 20 世纪 50 年代就开始勘探和采掘。我们的血液、肌肤和骨头里，早就注入了这里的盐。血液能够活泼地在身体里涌流，肌肤柔韧而富于弹性，骨头质地坚硬而具承载力，皆有赖于这盐湖里的盐。我便虔诚地感激那一代又一代工作在这绝生之地的工人和专家，他们的一生都在这里采掘着盐。

列车上骤起的小小的惊呼和骚动，是真正的盐湖的湖水惊乍起来的。一片汪洋！不，其实根本不是任何海和洋的颜色，也不是我所见过的湖的颜色。这里是一片灰白色的浑浊的水。无边无沿无法望尽的灰白色的水的世界，却看不到一根水草，不见一只与水相嬉戏的鸟儿，不见一个搅水翻浪的水中生物，甚至连一只蠓蝇和甲虫都不存在。

上边是蓝天和白云，下边就是这浑浊的灰白色的水，没有遮掩也没有骚扰，没有一缕响声和一丝动静。水便平静到如同死亡了一般，无波无纹，无光无色，使人怀疑这水是否是真正的水，因为作为水的素常的印象和水的相关的表征全部丧失了。

然而，这确凿是水，饱含着浓稠的盐汁的水。随意到湖里用手搅拂一把水，待风干之后，留在手上的盐足够一家人吃一顿午餐。这是什么水哦！是盐，是盐的湖。

盐湖的地名叫察尔汗，蒙古语，"盐的世界"的意思。

（选自《走出白鹿原》，陕西旅游出版社 2001 年 1 月出版）

柴达木让我们成为一生的朋友

罗达成

　　说来连我自己也有些难以置信，我和肖复兴从 1981 年夏天开始交往，真正见面竟迟至 1984 年春天，而且是在上海。有缘对面不相识！3 年间我去北京组稿不下 20 次，但来去匆匆，而肖复兴总是往外地跑，我俩阴差阳错，每每擦肩而过。因此，长达千日间，我们只是信件来往和电话交流，以及我用电报对他催稿和"精神轰炸"。

　　我和肖复兴的交往，起始于《文汇月刊》的一个非常时期。1981 年 9 月，永远不知安分为何物的梅朵，因心脏病突发在医院病床上躺了两个月，他还催命似的要我在 1981 年 11 月号上推出一个"报告文学特辑"。梅朵夫人姚芳藻，见我和病榻上的老梅为出"报告文学特辑"相谈甚欢，两人争争吵吵、说说闹闹，感慨道："一老一小，两个神经病！"

　　老梅唯恐我羽翼未丰，孤掌难鸣，竟要求出院，随后又不顾医嘱去北京组稿。十多天后，梅朵来信告诉我，他拿到了陈祖芬有突破性的作品，写朱明瑛的《一个成功者的自述》，以及李玲修写常珊珊的《她也是一只海鸥》。此外，还有一位以揭露贪腐而著称的报告文学大家，答应他尽量赶一赶，但是不是来得及第 11 期刊出，还没有绝对把握。然而，太大的工作量让梅朵心脏病再度复发，从北京回来就进了医院，之后他不得不在医院和疗养院老老实实地待了两年。

　　梅朵躺倒了。他的献身精神让我深受感动，我的责任感和使命感一夜间放大了无数倍——完成第一个"报告文学特辑"，非我莫属。我在上海约好吴芝麟写整复外科专家、上海第九人民医院张涤生教授的《青春啊，请留步》，便旋风般地赶到北京，除了让李玲修改稿件，又约到刘进元写举重亚洲纪录保持者马文广的《他是黄河故道的子孙》，郭宝臣写青年小提琴家胡坤的《小提琴和祖国》，他们都是第一次在《文汇月刊》亮相。

哀兵出征，我和北京作家的交情也骤然升温，十来天时间里我一下拿到四五篇稿子。我还用长途电话和加急电报，逼到肖复兴的《姜昆走麦城》。他很够朋友，知道梅朵躺倒，我们的第一个"报告文学专辑"缺稿，放下一切，"现炒现卖"赶出了这篇"姜昆"，随后便匆匆赶往青海去了。

20世纪80年代初开头那几年，我至少给肖复兴打过一两百个传呼电话，而成功率仅三成左右。每一个传呼电话，都是对我信心和耐心的严峻考验。那个传呼电话没有半个小时很难拨通，而打通了等传呼到肖复兴又要十来分钟。及至他人来了，电话又给挂掉了，排队打电话的人吵着闹着，怎么能让他一个人占用这么长时间。没奈何，他只能在边上等着，等我再碰运气打进去。

肖复兴对我们最初的信件来往，对我最初的好印象乃至感动，曾动情回忆道：

印象中我们之间的第一次信件来往，是我写的一篇关于姜昆（1981年11月号）的稿子，你打电话说要给我寄校样，我告诉你我正要跑到青海我弟弟那里。那是1981年的夏天，我在中央戏剧学院还没有毕业，最后一年实习，我到了青海。我人还没有到青海，你已经将校样寄到我弟弟那里。我弟弟到柳园火车站接我的时候，带来了你寄来的校样。我没有想到你那么快，那么负责。因为在此之前，并没有哪家报刊非要寄校样给作者看的。

从青海回来，你打电话问我青海有什么可写的东西，我写了那篇《柴达木传说》。这篇写"右派"命运的报告文学给我带来很大的影响。为了写这篇报告文学，你曾经多次打电话给我。你对我给予了很多的鼓励，希望我赶紧写出来，但是，这篇东西一直拖到一年多后的1983年5月份才写出来。我自己想沉淀一下，希望写得好一些。你既希望我尽快写出，又耐心地等我，给予我极大的信任。那时，我还没有见过这样的一位编辑会这样对待一个作者，心里很感动。

作为梅朵团队的人，我已经习惯于本能地、周到地、真心实意地对待作家，对待他们的作品。只要时间允许，应当尽可能让他们看到校样，看看有无需要改动的地方。对编辑部的修改处，有无异议，这已成为我们的职业习惯，无论是对黄宗英、肖复兴，对理由、陈祖芬，莫不如是。我没想到，肖复兴会因我们所做的本分工作，而孕育和积累强烈的好感和友情。

正如肖复兴所说，"柴达木使我们成为一生的朋友"。他写柴达木最有影响的篇章，几乎全都发在《文汇月刊》。1982 年 5 月号，肖复兴给了我第一篇写柴达木的报告文学《留给柴达木的歌》。1983 年 7 月号发表了 25000 字、引起强烈反响的《柴达木传说》，1986 年 5 月号发表了《诗人和他的土伯特女人》。1986 年 8 月号推出了关于柴达木的另一名篇《柴达木作证》。随后，又发表了《啊，老三届》。

1982 年初，肖复兴从柴达木满载而归。在我的催促下，3 月间，他先给了我一篇将近 8000 字的《留给柴达木的歌》。但肖复兴最看中的、孕育着他创作上的一次爆发和突破的《柴达木传说》，却迟迟不肯动笔，不敢动笔，他生怕糟蹋了宝贵的素材。如他后来在题记中所说，"生活使一切虚构黯然失色"，"这是真事，不是故事。可是，人们都认为它是故事，不是真事。它究竟是什么呢？"肖复兴要我给他时间，让他思虑清楚，梳理清楚。

这个真实故事，可歌可泣，两位主人公的命运坎坷，感人至深。肖复兴曾跟四五个朋友讲述过，在信中、电话中也跟我复述过许多次。以致他稿子还没写，我已经能把这个故事详尽地转述给梅朵听：

男主人公叫黄治中，刚满 20 岁，重庆大学地质系毕业，听说要开发柴达木，主动报名要求来的。他嗓子好，喜欢唱歌，还能拉一手好小提琴。女主人公叫龚德尊，还不到 19 岁，刚从北京石油学院毕业。他俩都被分配在青海石油管理局地质研究所，3 年后，他们准备婚事了。

这时，黄治中要到北京石油学院进修一年。他把已经置办齐全的满满一大箱子结婚用品，交给了龚德尊，相约等他进修归来就结婚。在北京，遇上"反右"运动，许多人被打成"右派"。一年后回到戈壁滩，"反右"运动也已结束，他和龚德尊开始布置新房。

做梦也没想到，黄治中竟被打成"右派"。黄治中被发配青海劳改农场，对龚德尊的思念，像刀子剜心，他给龚德尊写了许多信。

龚德尊也被打成"右派"，回到家乡四川荣县。在县公安局工作的姐姐，跟她划清界限，让她到农村去接受改造。繁重的劳动和饥饿，让龚德尊不堪承受。更折磨人的是，她始终没有盼到黄治中的信，很快她一病不起。龚德尊不得不忍痛把结婚用品和两把小提琴，统统折价卖了，靠这300块钱买药看病，才算活下来了。

姐姐要给龚德尊介绍对象，她不愿意。姐姐告诉她："老黄给你来过几封信，都被我扣下了。"还翻出黄治中一封信，递给她，上面写着："我在劳改队已经有了一个女朋友……"一年后的1962年，孤苦无依的龚德尊，草草地跟一个外乡人结婚了。她给丈夫生了四个孩子，却不知和她生活十年的丈夫竟是一个重婚犯。法院把小女儿和小儿子判给龚德尊。

1979年初，龚德尊终获平反，她坚决要求回柴达木。她和孩子被暂时安排在招待所。吃饭的时候，她突然看到一个熟悉的身影，竟是自己魂牵梦绕的黄治中！原来，黄治中已被提前释放回原籍——贵州偏远山区镇远县，接到平反通知后，也坚决要求回到柴达木。

两个人重新回到地质研究所。石油局和地质研究所的领导看出了两人的心思，出面当了红娘。第二年四月，黄治中、龚德尊迟到了22年的婚礼，在一间新落成的砖瓦房里举行……

虽说两位主人公命运惨痛，历尽坎坷，但总算有个花好月圆、皆大欢喜的结果。这在20世纪80年代初，绝对是最能震撼人心的报告文学题材。但肖复兴在1981年11月采访他们后，迟迟不肯下笔，并一再要我宽限。我把决定权给了他，前提是这个稿子一定要给《文汇月刊》！编辑部之间抢稿太激烈了，经常有"煮熟的鸭子飞了"的情况出现。

但生活有时太残酷，命运也太捉弄人了。就在肖复兴沉淀素材，还未下笔时，突然接到一封青海来信，让他如被雷电击中，怔住了。

1981年12月30日，黄治中接到母亲病重电报，匆忙带着小雁雁准备回贵州老家。人刚到柳园，还没上火车，噩耗传来了：夜半时分，龚德尊煤气中毒，不幸身亡。黄治中又赶回冷湖，为刚刚结婚一年半的妻子送葬……

肖复兴原本构思写作的兴奋，变成痛苦和犹豫，他不知所措，这篇报告文学还要不要写，该怎么写？他对我说："如果抹掉这最后的结尾，而腰斩收笔在大团圆上，我自己就不同意。而完整如实地写上这一段，你们编辑部能通过吗？会不会以为是多余的呢？"旁观者清，我一次又一次跟他阐明我和《文汇月刊》的态度：很不希望有这个结尾，但既然发生了，作家和编辑部都没有权力抹杀和回避。正是这种意外和痛苦，才使这篇报告文学更感人，让人思索，这不该发生的一切为什么发生了？以后还会发生吗？而且，他们历经种种平常人难以想象的磨难，最终对柴达木还保持着一颗赤子之心，一种献身精神，这正是我们民族，我们人民最可宝贵、最应珍惜的品格，值得赞颂。

整整一年半，我对肖复兴是既耐心等待，又频频催促！直至1983年5月底，肖复兴感到不吐不快，才呕心沥血花了两天时间，完成了他当时最具影响力和震撼力的作品。他用情太深，写完就病倒了。《文汇月刊》7月号刊出了这篇《柴达木传说》，好评与轰动如期而至，许多读者给我们来电或写信说，他们是含着眼泪，才读完这篇报告文学的。

（选自《上海文学》2015年第10期，有删节）

珍爱"天空之镜"

王贵如

去年以来,"天空之镜"几乎已经成了一个网络热词,它指的是地处海西蒙古族藏族自治州乌兰县茶卡镇的茶卡盐湖。

对我来说,茶卡盐湖不是一个陌生的地方。二十世纪七八十年代,因为工作关系,我常去茶卡盐湖。第一次去盐湖,我看到的劳动场景是:工人们穿着长筒胶靴站在卤水中。他们先在规划好的区域,用钢钻凿开尺把厚的盐盖,再捣松盐层,拿铁耙来回划拉几次,洗掉盐粒上的杂质,这才握起长柄铁勺,一勺一勺地把结晶盐捞上来,装进矿车,推到湖岸。头上烈日暴晒,脚下卤水蒸腾,盐工们挥汗如雨的那种沉重,那种艰辛给我留下了难忘的记忆。

采盐机与采盐船的先后投入使用,在茶卡盐业生产史上,有着划时代的意义。在这两种机器的研制中发挥了重要作用的盐厂技术员蒋建华和王明建,我都做过采访。因为采访,还和他们成了朋友。他们告诉我:大学毕业分配到盐厂工作以后(蒋建华1968年毕业于成都电讯工程学院,王明建1969年毕业于西安交通大学),他们的心中一直有一个愿望,要尽其所能地减轻工人的劳动强度,提高劳动生产率。在研制团队一回又一回的研讨,一遍又一遍的试验,一天又一天的呕心,一夜又一夜的无眠之后,他们的梦想实现了。尽管,这一批在茶卡盐厂工作的大学生,后来相继走出了盐湖,有的还离开了青海,但他们的劳作,他们的建树,茶卡是不会忘记的。

我的印象中,茶卡盐湖是一座盐的宝库。在105平方公里湖区中,蕴藏着4.5

亿多吨氯化钠，据说可供全国人民食用 85 年。作为柴达木盆地开发最早的盐湖，茶卡盐湖以盛产"大青盐"而闻名遐迩。茶卡盐厂则是一个在盐业生产上创建过辉煌，立下过汗马功劳的企业。我在海西工作的时候，州上的财政收入主要依赖盐税，茶卡盐厂每年都以七八十万吨乃至一百多万吨的食盐产销量，雄踞全州财政支柱企业之首。可以毫不夸张地说，那时茶卡和柯柯两个盐厂的生产状况，与柴达木人的生存、发展息息相关。但我实在想不到，多少年以后，茶卡盐湖会在旅游发展上暴得大名，旅游收入居然超过了盐业生产收入。

2014 年秋天，我和老友王文泸、程起骏来到阔别多年的茶卡盐湖，感觉既亲切，又不乏震撼。盐湖，依然是那样碧波粼粼、平明如镜，如同冰雪一般澄澈洁白。远处，大型采盐船在游弋作业；湖畔，盐坨雪山一般巍然屹立。与以往不同的是，从岸边通往湖中心的长堤上，多了一些拍照的游客。由于小火车那段时间停运，游客便只能沿着长堤徒步进湖。湖的进口处，矗立着一座座雕刻精美、各具情态的盐雕。这里真是盐的世界，车上、地上到处是盐，空气里也飘散着盐的味道，就连雕塑都是就地取材用盐做成的。那会儿的盐湖旅游，好像还达不到热浪滚滚的程度。

茶卡盐湖从年接待十几万人的小景区，迅速跃升为接待超过百万人次的核心景区，是最近一年多的事。

一向寂寞、冷清的茶卡盐湖，何以会变成与塔尔寺、青海湖、孟达天池齐名，游人蜂拥而至的热门景点，甚至被《国家旅游地理》杂志评为"人一生必去的 55 个地方"之一的呢？是它所处环境的粗犷、苍凉和冷寂，激发了身居闹市的人们躲避喧嚣、寻求宁静的愿望？是它形成的历史以及迥然有别于海盐、井盐的生产方式引起了人们一探究竟的兴趣？是盐根的奇妙诡异，湖底世界的神秘，采盐船喷水吞珠的壮观，盐湖上日出日落的绚烂多彩，盐湖周围绿草如茵、牛羊似珍珠洒落的旖旎风光，撩动了人们的心弦？这些因素可能都有，但不是主要的，主要的是，茶卡盐湖是国内独一无二的"天空之镜"。

日本漫画里有个叫做"天空之镜"的地方，那儿天地相连，水天一色，水中出现的倒影飘飘渺渺，美丽无比。这个真实的场景，就是南美玻利维亚的乌尤尼盐沼。它是世界上最大的盐湖，也是当地独有的天光、地气、水力等自然因素，经过 4 万年合力作用演化而成的奇幻之地。每年一到雨季，雨水落在盐湖上，乌尤尼盐沼就会出现"天空之镜"的奇观,光滑的镜面反射着令人迷醉的天空景色。

近年来,随着旅游业的发展,国人惊喜地发现,"天空之镜"不只南美洲有,中国也有,它就是遥远的茶卡盐湖。这样说,并非牵强附会,生拉硬扯。去过茶卡盐湖的人都知道,这里特别适合照相,拍出来的照片总是亦真亦幻,如诗如画。为什么会有这样的拍摄效果?那是因为,盐湖中大量盐类析出进而形成厚厚的盐板(俗称"盐盖"),盐板上又覆盖着一层浅浅的卤水。远远望去,站在盐板上的人就像漂在水面上一样,袅袅婷婷、飘飘欲仙的美女或靓男,衬以湖里的蓝天云影,不远处黛青色的山峰,真是要多美有多美!抬头,一片蓝天,低头,仍是一片蓝天,让人分不清是天空倒映在湖水中,还是湖水融化在蓝天里……于是,茶卡盐湖的摄影作品便在近一年来,迅速刷爆朋友圈。面对朋友圈里各种"天空之镜"的摄影,人们的心里由宁静转而为赞叹和向往。朋友圈的茶卡盐湖如此火爆,我为何不去现场一睹其真容呢?当然,除了"天空之镜"独特的美景,"真爱如盐"的浪漫爱情故事,也是情侣们选择在盐湖拍摄婚纱摄影的一大理由。茶卡盐湖的旅游业发展如此迅猛,真正的原因就在这里。

对青海省盐业股份有限公司茶卡制盐业分公司来说,旅游业的不断发展升温,可以说是一种意外的收获。然而,这种人满为患、车满为患的热闹繁荣(去年旅游旺季的日接待量达到2.5万人次),却让盐湖陷入了生态不能承受之重。那些游人多的地方,已经失去了往日的明秀美好,出现了一片片的淤泥和黑水。人们穿着胶鞋在水中艰难地移动,每次移动都带起一脚泥。之所以如此,是因为盐湖的生态环境脆弱,承受不了这么多人和他们的无限热情。它似乎已经习惯了往日的冷寂和萧瑟,习惯了伫立高原听星星低语听微风扑面的荒凉,习惯了只和少量的采盐工人、采盐船、小火车亲近。如果茶卡盐湖也能像青海湖鸟岛那样,游客都被限制在一个或几个固定的位置领略盐湖风光,那无疑会大大减少对盐湖的破坏。只可惜,到茶卡盐湖的游客几乎无一例外地都要下水。下水,一方面是用盐湖高浓度的卤水洗脚,据说这样可以治疗脚气;另一方面,就是要站在湖水中拍照,拍出自己美丽的倒影,拍出潇洒和浪漫。为此,也就催生出盐湖景区出租水靴、出租各种裙子的生意,催生出网上大量流传的"茶卡盐湖天空之镜摄影指南"之类的微信、微博。

有人在互联网发帖说:旅游开发导致的人满为患,已经让茶卡盐湖变成了"泥巴塘""臭水坑"。这样说显然有些夸大其词,但游人的大量涌入,给盐湖带来了许多前所未有的影响,给旅游管理提出了不少严峻的课题,却是毋庸讳言的事实。

人们对盐湖命运的关切和忧虑,随后得到了回应。从茶卡盐湖旅游管理中心传来的消息:茶卡盐湖正在休养生息,茶卡盐湖正在封闭改造。改造升级后的盐湖旅游,从硬件设施到软件服务,都将面目一新。湖区的人行通道、小火车的轨道将得到拓展,航道也将开通,今后,游客可以坐船到湖区游览。新建的盐山观景平台、"天空之镜"广场和盐文化体验设施,都将次第亮相,对游人敞开自己的怀抱。

2014 年,在写给海西蒙古族藏族自治州人民政府的调研报告中,我们几个"老海西"曾经建议:茶卡依托现有的盐文化基础,进一步挖掘旅游潜力,建立"中华盐文化大观园",以盐为内涵,开发多种相关产品,开展文化活动。根据一年多来情况的发展变化,我还想做点补充的是:在保护中开发,应该是盐湖旅游须臾不可忘记、须臾不可动摇的原则。造物主将它的神来之笔"天空之镜"赐予茶卡,此乃柴达木之幸,青海之幸,中国之幸,我们如何能不对这宝镜百般呵护万分珍惜呢?如果"天空之镜"在我们手里蒙尘染垢,甚至被失手打碎,那该多么令人遗憾,多么令人悲伤啊!

(选自《青海日报》2016 年 4 月 15 日江河源副刊)

可鲁克湖历险记

张荣大

柴达木是新华社青海分社工业组的采访根据地。我每年总要去两三次，每次一转就是一两个月。这里气候变化大，茫茫戈壁绵延千里，夏天热得像蒸笼，冬天冷得像冰窟。每去采访一次，自然要经受一次艰苦生活的磨炼，有时甚至是生死的考验，这话绝非骇人听闻。

1982年8月，我与马集琦同志到柴达木盆地跑了一圈。当时正加强知识分子方面的宣传报道，我们慕名采访海西蒙古族藏族哈萨克族自治州养殖场副场长、助理研究员应百才。这位1966年毕业于北京大学生物系的研究生，原在中国牧业科学院工作，1970年被"下放"到柴达木，开始在州畜牧局，后来才去养鱼。一个名牌大学研究生，不为名，不为利，全身心地投入到高原淡水养鱼事业中，含辛茹苦数载，终于使内地鲤鱼在高原7万多亩水面的可鲁克湖安家落户，繁衍后代，让柴达木人吃上了鲜美的鲤鱼，是何等高贵的奉献精神啊！应百才的事迹很感人，我们急切地想见到他，采访他，宣传他。

可鲁克湖靠近海西州首府德令哈。吃过午饭，我们启程前往，准备在养殖场住一宿。乘车经过德令哈农场，由于许多条渠道横穿公路，水比较深，面包车底盘低，无法开过去，车子一旦陷到水渠里，那可就麻烦了。于是，我们让司机开车返回德令哈等候，步行前往可鲁克湖采访。

从这里到养殖场还有十多里路，少说也要走两个小时。高原的八月，烈日当头，天气异常闷热，热风吹得人懒洋洋的，越走越感到步履沉重。好在两人同行，边走边聊，天南海北，无话不说，也就觉得时间过得挺快，脚下的路也就不那么长了。

道路两旁水草多，头顶上成百上千的蚊虫盘旋追逐，衣服上不时落下密密麻麻的蚊子小咬，一巴掌能拍死十个八个。这里的人下地干活，为了防止蚊虫叮咬，要头戴防蚊帽，手戴帆布手套，夏天也要穿厚一点的衣服。我们这些防范措施全无，就不断用毛巾摔打驱赶蚊虫，累得两臂酸疼，走得口干舌燥，脸上和手上仍然是疙瘩累累，小米粒大的小咬冷不防钻进鼻孔或耳朵里，令人痒痒难受得要命。

约莫走了六七里路，朝前眺望，傻眼了：四处一片汪洋，道路被淹没了。原来是雨水季节河水猛涨，溢出河堤淹没了农场的大片庄稼地，给我们的采访增加了意想不到的困难。人迹罕至的高原不同于内地，遇到这种情况相当危险。

在水天之间，遥遥望见了似乎漂浮在水上的鲤鱼养殖场。高原辽阔，视野宽广，大凡一眼能望到的地方，距离少说也有五六里，这可怎么过去啊？此时，太阳已经偏西，野外温度开始下降，空气散发出丝丝凉意，周围见不到一个人影，我们进退两难。原路返回，实在是不甘心。可往前走，又不知深浅，出了危险怎么办？在这前不靠村、后不着店的高原旷野上，不容我们犹豫不定。我和老马经过一番商量，继续前进的意志占领上风。先试探了一下，水不算太深，就干脆拄着一根树棍，试探着从农田涉水朝养殖场走去。

虽然是盛夏八月，但淹没农田的河水是冰山融化的雪水，仍然冰冷刺骨。开始蹚了几百米，水还比较浅，由脚脖子漫到腿肚子，可是越往里走水越深，有的地方坑坑洼洼，深浅莫测。到了中间，有的地方水深漫到腰部，我和老马都有点胆战心惊，从说话的声音中可以听得出来。但是，我们没有被这险恶的处境所吓倒，互相勉励，彼此照应，试探着一步一步向前挪。实际上，此时已不容我们想那么多了，战胜危险就是胜利。我们深一脚，浅一脚，这只脚刚刚从稀泥里拔出来，那只脚又深深地陷进泥水中，有时挪一步都要费很大的劲。两人从头到脚全是泥水，在水中大约艰难地跋涉了两个多小时，又饿又累，身上不住地直冒虚汗。

我们手中还提着别人委托捎给应百才等同志三四公斤黄瓜和西红柿，听说他们已半个月没出湖了，岛上已无青菜，这可是难得吃上的稀罕东西。我们真想美美地吃一顿黄瓜西红柿，可一想起应百才他们，又不敢有这个想法了。眼看要挪不动的时候，渔场的人发现了我们，并有两人蹚水向我们走来，大概是来接应我们。我们急切地呼救，他们加速靠拢，终于把我们从水里救了出来。

太阳已经落山了，晚霞映红了半边天，苦苦在水中挣扎了两个多小时的我们，终于到达了目的地，眼泪夺眶而出。养殖场的同志们知道我们是专程前来采访应百才的新华社记者后，都感动地说："我们还从来没有见过涉水采访的记者，你们真是好样的！"我们用自己的行动维护了记者的信誉，真是打心眼里感到高兴。人们拿来干净衣服让我们穿，有个小伙子抢过我们的湿衣服去洗。应百才和工人们已经为我们煮上了刚从湖里打上来的鲜鲤鱼，阵阵鲜美的鱼味飘来，令人心醉神迷。我吃过不少海鲜，然而可鲁克湖的这顿美餐却终生回味无穷。这天晚上，我们在可鲁克湖畔，煤油灯下，与应百才一直畅谈到深夜。

第二天，我们又与应百才交谈了一上午。吃过午饭，他驾一叶小舟送我们过湖返程。在巴音河入湖口，小舟顺水漂流而下，穿行于茫茫的芦苇荡中，惊起的鸟儿一声长鸣飞向远处。湖水蓝中透绿，清澈见底，柔情的微风轻轻吹拂一泓碧水，泛起层层银光。船到湖中心，遇到打鱼归来的渔工，我们掏钱买了五六条活蹦乱跳的鲤鱼，准备带回去美餐一顿。

与应百才话别上得岸来，离公路大约还有七八公里。找不到汽车，我们搭上一辆拉芦苇的拖拉机，弯腰坐在驾驶室内。路面坎坷不平，拖拉机上下颠簸，左右摇晃，手抓不牢，头就碰到车上。从轮下不时扬起尘土，弥漫整个驾驶室，呛得人喘不过气来。司机不得不开开停停，等纷扬的尘土散开了，才能继续向前开。平生第一次坐这样的拖拉机，头上身上尘土落了一层，整个儿面目全非。

到了公路边，只有拦辆汽车去德令哈。在这荒郊野外，司机是不会轻易拉人的，拦了好长时间，也没有拦住一辆车。眼看太阳西下，气温降低了许多，再拦不住汽车，天黑了，在这样的地方可怎么过夜啊！万般无奈，想起在青海湖边公路上，曾经见过打鱼人挑鱼拦车的场景，有时还真管用。于是急中生智，从路旁拣到两根木条，一个人挑着两条大鲤鱼，站在路上，见到汽车开过来，就高高地举起挑着的鱼拦车。我和老马互相看着这种狼狈相，真是哭笑不得。

一辆大车开过来了，司机似乎看到了我们的举动，车速减了下来，可是快到跟前，不知什么原因，一踏油门又急驶而去。就这样，连续几次也没有拦住一辆车。天就要黑下来了，我们急眼了，横下心要拦路截车。

远处开来一辆北京吉普车，车速飞快。我和老马站在路中间，司机仿佛看到路上有人拦车，车速并没有减慢，他可能认为车开过来后，人会闪开让路的。没想到我们站在路中间不动，他向左边靠，我们也随着向左边靠，他又转向右边，我们又向右边拦。一声急刹车，车在离我们仅有四五米的地方停了下来。司机冲下车来，暴跳如雷，大声喊道："你们不想活了？"我们赶紧上前赔不是，并向他说明我们是新华社记者，是在万般无奈的情况下才冒险拦车的，请他谅解。车上的人听说我们拦车的缘由后，客气地让我们挤到车内，带着我们回到德令哈。

德令哈涉水采访、拦路截车的场面，时至今日还记忆犹新。记者工作并非像人们想象的那样自由自在，这是一个充满酸甜苦辣的职业，有时其乐无穷，有时其苦无比。

169

（选自《人民日报》2002 年 2 月 23 日）

《瀚海潮》创刊始末

王泽群

那是 1978 年 8 月，时任海西州文化工作站站长的张家斌，发一借调函给柴达木汽车修理厂革委会，借我去州文化工作站工作。

报到之后，张站长说："咱们是先借后调，你就安心在这工作，主要是辅导群众的业余创作。你自己也可以抓紧时间，多搞点儿创作，出点儿成绩。"我当时暂住州招待所，吃也在招待所，上班则由招待所出门左拐，行五十步即到单位。

那时候百废待兴，百姓心中都存有一种茫然的希望，知道生活可能会大变样了。但究竟能变成什么样，应该怎么变，却无人知晓。然而，一种期冀，一种渴望，却藏在所有干部、所有百姓的心中。

张站长是抗美援朝归国的干部，也是最早一批进柴达木的开拓者，早期任柴达木工委的团委书记，后来调到文化单位，任柴达木民族歌舞团团长，在这一职务上迎来了"文革"动乱，他所受到的冲击可想而知。他出身于大资产阶级家庭，是张之洞的直系后裔（第五代了吧），思想活，脑子灵，肩膀硬，胆子大，敢说敢干敢拍板。担任站长时间不长，却调进来不少人才，搞摄影的，搞绘画的，搞舞蹈表演的，搞文学创作的，他一概统揽。于是，这个小小的文化单位，成了德令哈最活跃的地方。宣传部的领导，学校里的教师，各单位喜欢文学艺术的人，纷纷朝文化工作站跑，聚在一起议时政、论古今、谈文学、说艺术。虽说地处偏远的柴达木盆地，其思想之活跃，认知之深刻，议论之大胆，现在回忆起来，当时也应算是个相当激进的地儿。

我到文化工作站之前，海西州委宣传部刚刚组织一批文章，要求复刊不久的《青海文艺》（按：即今之《青海湖》文学期刊）给发一个专辑，《青海日报》文艺版给发一个专版。一刊一报用了部分文章，但还是挑剩下了不少。

有一天，州委宣传部文艺科科长詹文锦来了，拿着那一摞退回来的稿子对我说："泽群，你既然过来了，帮帮忙，把这些稿子润色加工一下，我们出一册内部刊物，也算是对所有我们组织了的业余作者有个交待，让他们不要太失望。"我接过来看了看，说："詹科长，这事我不干。"詹文锦是个近视眼，度数不浅，从镜片后面瞪大了眼睛，问："咦？为什么？"我说："没有什么意义。你也知道，现在没有什么稿费，大家希望的是'正式'，就是正式刊登出来。《青海文艺》《青海日报》都不用的稿子，你给人家印出个不伦不类的东西，以为人家会存留纪念？弄不好，人家还生你的气呢！哦，哪都不给发表，你们弄个小破册子糊弄我们呀？"

詹文锦听了，说："你说的有道理。但是，宣传部组织起来这些文章不容易呀！好的，人家用了；这差一些的，不好退还给他们，这样会挫伤业余作者的积极性呢！"

我说："这好办，咱们办一个刊物，正式出版发行的刊物，把这些差一点的稿子，一期一期地塞进去，一是不欠债了，二也真正活跃了咱们柴达木的文学创作，三还能培养自己的作者队伍。"

他听了大惊，说："咱们？你说让咱们海西州办一本文学杂志？这太惊人了！不可能吧？"

我说："怎么不可能？这叫捷足先登！我看整个青海，除了省上，最有可能、最有资金、最有人才的，就是咱们海西州了。咱们再不敢办，谁也不能办。"

正在这时，张站长过来了，詹文锦立刻拉住他说："老张，你听听泽群这个想法，有可能吗？胆子太大了啊！不过，泽群这个人，胆子就是大。"

我又向张站长复述了一遍我的理由与想法，张家斌立刻说："可以考虑，可以考虑，现在咱怕什么？现在是谁有想法，谁就会先做成，我早就想在柴达木办个刊物了。"

詹文锦笑了，说："老张，你们这个地方是活跃，胆子大，想法也大。"

我说："你回去问问董生龙，他保证一百个支持。"

董生龙当时是詹科长手下的科员，原来也在柴达木汽车修理厂工作。他出身贫农，毕业于西安公路学院中专部，分配到工厂当工人，爱好文学，"十年动乱"中毛主席号召"掺砂子"，他便被当作"工人阶级"掺到了州委宣传部。我到了州文化工作站以后，因为是从一个厂出来的，所以走得很近。这个想法，其实是他在一次朋友小聚时第一个提出来的。我不过是恰逢这样一个机会，正式提出来罢了。

詹文锦是个胆子很小，但心地善良的好人。他听了这个建议，便把稿子留在我这儿，晃着又高又瘦的身子，回宣传部去了。临走时，他答应把这建议向王平顺部长汇报。

172

1978 年，在僻远的海西州创办一本文学刊物，是有它独特优势的。

自 1972 年随着"纪念毛主席《在延安文艺座谈会上的讲话》发表 30 年活动"的开展，全国文学艺术界都有了一点儿复苏的气象。也正是那一年，我的组诗《欢腾的柴达木》在省报发表，占了半个版。因此，省文化厅调我去活动办公室工作了一段时间，期间与他人合作创编一部四场话剧《柴达木人》。在那种极"左"思潮横行的年代里，经过这一次学习与锻炼，我的眼界离开了小小的柴达木盆地，开始关注青海省和更大更远的西北地区。那一年文学艺术的复苏，也让海西州涌现了一大批有才华的业余作者，如王文泸、强文久、安可君、高澍、王贵如、董生龙等。粉碎"四人帮"以后，海西地区的文学艺术创作与全省、全国一样，也掀起了一种前所未有的热潮。一批更年轻的业余作者业已涌现，州领导对文学艺术活动相当重视，形成了良好的文化氛围。加上海西州当时的财政状况，确实比其他州、地区要优越，所以我们提出创办文学期刊的动议，可以说具有一定的基础。何况，我们当时都年轻，心也狂野，恰逢改革开放的大好形势，人人都想努力，想拼搏，想向上。不就是办个刊物吗？

彼能行，焉知吾不行乎？

好像没有几天，董生龙便挂了一个电话过来，让我和张家斌去宣传部开会，说是办刊物的事儿有门了，部长要找我们谈话呢！

到了州委宣传部，王平顺部长已经等在那里了，詹文锦、董生龙也都在。王平顺慈眉善目，那个时候就有了不少白头发。他也是个"老柴达木"，对这片土地有很深的感情。见我们都到了，他开门见山地说："我看了詹科长打的报告，你们有办刊物这个想法，我觉得很好。现在泽群同志也调到州上来了，他很有能力。我看这个事儿可以办，能行！但是，刊物叫个什么名字，大家商议商议。《柴达木》？好不好？我觉得不太理想。"

有了王部长这么一个肯定的话，大家都很兴奋。张家斌坚持要用《柴达木文艺》这个名字。他对柴达木确实有一种感情，一种情结，遇到事儿总愿意用"柴达木"来概括。我对"文艺"这两个字天生反感，不愿意用这么个名字，何况要搞一个文学刊物，叫什么"文艺"多掉价儿呀？我说，张站长这名字不行，咱们得要点儿"艺术"。我想好了两个名字，请大家定夺。一个叫《瀚海》，咱们柴达木就是八百里瀚海；一个叫《漠上》，咱们这地儿，不就在沙漠之上吗？

王部长听了，说："叫《漠上》不行！咱们这儿原来就荒凉，再叫个《漠上》，更把人吓死了。我看这《瀚海》不错，一是文学，有文化，二也把咱柴达木给概括进去了。'南昆仑，北祁连，八百里瀚海有人烟'，不就是说的咱海西州吗？"

听了王部长的话，大家觉得《瀚海》这名字行，都表示同意。董生龙却说："依俄（他是陕西乾县人）看，加上一个'潮'字。这八百里瀚海，有了'潮'字，就动起来了。"大家纷纷叫好。我以为这"潮"字实在多余，但看大家这么支持，也就没再说话。于是，在1978年的秋天里，一个关于柴达木盆地有史以来的第一本文学刊物《瀚海潮》，就这么定名了。

接下来，就是筹备稿件，联系印刷，准备出刊物。当时我们定的方针是：试办一年，来年转正，国内外发行，争取成为一本有质量、有特色、有分量的大西北文学刊物。

要知道，《瀚海潮》创办的时候，连现在销行全国乃至世界上都有影响的《读者》，还尚未创刊呢！

此事议定，我即被张站长派往北京，照顾文化工作站的蒙古族同志巴特尔，他患有严重的心动过慢症，需要在北京治疗与监护，我的任务就是协助他治病。张站长当时还有另外一个想法，希望我在北京开阔眼界，搜集信息，多学，多看，多听，多想，不要拘泥于柴达木这个小小的世界。张站长的远见，我要感念一辈子。正是这两个月，我在北京近距离地看到，党的十一届三中全会给北京乃至全国带来的巨大影响,并看了不下 60 部刚刚解禁的电影,看了许多当时具有国家级、世界性的戏剧与体育比赛。我的眼界与心胸一下子大大打开,这为我后来成为一个专业作家,奠定了绝对的有益的基础。

两个多月后,再返柴达木,才知道办刊物的事情并无多大进展。当时,我们议论这本刊物时,有一位重要人物王贵如同志正出差在外,他也在文艺科工作。回来后,他对办刊物的事情也是全力支持,只是这事儿得有专人才可能办成。王贵如、董生龙都是州委宣传部的人,让他们来办这样一个刊物,屈才了。但办刊物也不是谁想办就能办成的,得有内行,我不在家,这事也就拖了下去。

174

我回来之后,已是冬天,《瀚海潮》的筹办工作紧锣密鼓地张罗开了。但一个人办这么大的事儿也不行,我向张站长和王部长提出,将高澍从都兰县农机厂借调过来。张站长二话没说,就请王部长写了借调函,将原来也是柴达木汽车修理厂的高澍弄过来。

高澍是清华大学毕业生,这人最大的特点就是踏实,办起刊物来兢兢业业,细致扎实,肯出力的角儿。我们俩一搭配,很快就把第一期稿件编好了。但是,到哪儿去印呢?海西州有一家印刷厂,实力极弱,印个发票、收据的还行,若要印刊物,打死它也办不成。去西宁?西宁那时候也没有什么像样的印刷厂。到兰州?兰州毕竟太远。万般无奈,想到了冷湖油田,那边有熟人(业余文学爱好者),一打听,他们敢印,于是决定去冷湖印第一期。很快冷湖又有电话打过来,他们没有纸!我们便从海西州印刷厂调了两大卷纸,找了一个便车,我、高澍、王贵如、董生龙,四个人亲自上阵,把两大卷纸推到一辆过路的卡车上。一卷纸约有六七百公斤沉,我们费了九牛二虎之力,才把它推上车。当时,我说过一句话:"将来有一天,《瀚海潮》成了中国著名刊物,我们今天这推纸上车的'壮举',可以载入史册!"大家都笑了。

1979 年春天,第一期试刊《瀚海潮》在冷湖印刷出来了。我携着一大捆刊物,去西宁参加青海省文联委员扩大会议,刊物在会上受到莫大的赞扬与肯定。而后,《瀚海潮》一直按期出版,国内外发行,最好的时期,《小说选刊》《诗选刊》都从它上面选过作品。青海有一大批作家、作者,都是从《瀚海潮》踏上他们的文学之路。这里面省内外有名者:井石(孙胜年)、风马(时培华)、肖黛(戴远逦)、燎原(唐燎原)、雁宁、肖复华等。有一些后来卓有成就的作家,也是在《瀚海潮》

开始娴熟的文学习作，这里就不一一列举。

1980 年，《瀚海潮》正式向国内外发行。

全国各地，稿件蜂拥，神州八方，订户纷来，真是一片盛景。连德国大使馆、墨西哥大使馆都有专函专款，订阅过这份刊物。那时候的编辑，已经有了孙胜年、时培华、刘玉峰等人，主编张家斌，副主编高澍。

这个报批任职的报告，是由我亲手起草上报州委的。

（选自《今日柴达木》2014 年第 3 期［总第 4 期］）

金子海的未来

王文泸

柴达木盆地很大，占了海西自治州总面积的一大半。说它是高原聚宝盆，实至名归。不过宝藏都在地下，从地表看呢，正如俗话说的："美丽的地方不富饶，富饶的地方不美丽。"柴达木盆地确实不怎么好看。这个比陕西省面积还多四五万平方公里的盆地，除了高山草甸草原和小块农业区，几乎全是荒漠、半荒漠、戈壁滩和盐碱地。想想看！

柴达木盆地素以干旱著称，湿地如同凤毛麟角。湿地就是地面上的宝藏。柴达木有一片人们熟悉的湿地叫察汗淖，位于乌兰与天峻的交界地带，在植被稀少的半荒漠草原衬映之下，青翠，滋润，非常抢眼，仿佛是从远方飞来的一块宝地。可惜它处的位置不太好，离 G315 很近。一般来说，但凡处在交通干线附近的好地方（比如优质耕地、风景区等），在经济发展中往往首先被改变。果然，就在前些年，由于一个不便细说的原因，这块湿地大变样了，甚至可以说，它名存实亡了。

还有一块湿地，叫作金子海，也在乌兰。幸而它的位置比较偏僻，绵延的乌兰南山像屏风一样遮挡了它。它要是处在公路近旁，其命运说不定也成了第二个察汗淖。

我们到达金子海是 2014 年秋天的一个中午。车行在半荒漠草原，满眼皆是坎巴滩和盐碱地，这片水泊突然闯进视野，那么妖娆清丽，几乎让人怀疑遇到了海市蜃楼。

湖水不是一色的碧蓝。在日光和岚气折射之下，近前的蓝与远处的蓝分作五色，深浅相济，恍如云锦。而在湖面中部，一道似有若无的金色光带如长虹卧波，横贯整个蔚蓝，湖水闪出淡淡的金晕。这金色的光源来自于湖畔的沙丘，是阳光把沙金般的颜色投射到湖中造成的奇妙效果。金子海的名称想必由此而得。金色和蓝色之间，是梦一样的过渡色，自然到无形无迹，即使注目良久，也看不出金色和蓝色的界限到底在何处。

一只鱼鸥在低空逡巡，宽大翅膀凭借空气的浮力，使滑翔变得轻松自如。湖水清若无物，鱼虾难以潜踪，猎取目标易如探囊取物。

湖南岸湿润的草地上，矗立着一座混凝土的雕塑，造型可能与金子海的传说有关。工艺还算精致，体量也不大。但在金子海原生态的环境里，这个人造的东西显得有些多余。

177

离这座雕塑不远的地方，是一处蒙古包风格的餐饮店。为了保护草地，设计为悬空的木结构框架。

有薄云渐渐遮住了日光，湖中金色消失，湖水收敛成庄严的海蓝。有顷，云开日出，湖面复又五彩浩荡。

紧靠湖西南，侧卧着一溜沙丘，细沙如金，洁净得叫人不忍践足。在沙湾低洼处，一丛丛梭梭探出头来，给沙丘增添了几分生气。往北望去，整齐的芦苇像水面长城，拱卫在湖北岸，隐约传来水禽的鸣叫。

目光越过芦苇墙远眺，是苍黄的坎巴滩，依稀可辨的蒙古包，以及想象中的羊群。再远处，就是绵延百十公里的乌兰南山了。

山南麓是一片植被稀疏的牧场。程起骏先生介绍说，那里曾经是古战场。明末崇祯九年（1636年），和硕特蒙古首领固始汗和另一个蒙古族首领却图汗曾在此发生激战。固始汗以少胜多，打败了却图汗，确立了他在青海湖以西的统治地位，随后归顺清廷，赢得了西部相当长一段时间的安宁。

由于这个背景，金子海又多了些古意幽情。

在旅游开发的战车隆隆向前、所向披靡的今天，金子海静若处子，真有点遗世独立的味道。

2014年10月，我和老友王贵如、程起骏写给海西自治州政府的一份调研报告中提到："金子海目前尚葆有完整的自然生态原貌。这里宁静、安谧，风景绝佳。

虽然地域不大，但是生态类型丰富，有湖泊，有沙丘，有沼泽，有芦苇，有水鸟，是一方游人休闲放松、享受自然、聆听天籁的大好去处。这样的自然遗产在柴达木盆地难得一见，弥足珍贵。由于这里的生态环境异常脆弱，自我修复能力很差，为长远计，我们认为，这里的景区功能应定位在以观赏为主。坚持把保护放在第一位，尤其要保护附近那片沼泽地，它是金子海唯一的水源补给地。要通过宣传，引导游客着重欣赏它纯净、自然、古朴、原生态的自然风貌，不考虑娱乐性要求。同时，避免一切人工添加的设施和艺术造型，也不要搞滑沙、沙滩车、汽车拉力赛、乘船观光一类活动。"

我们知道，这样的建议，只是表达了一种对自然应有的立场，实际操作起来可没那么简单。问题在于，要人们放下那么多欲望，乃至收起手里那些拍照用的劳什子，安静地坐下来享受自然、倾听天籁，这等于对当下旅游观念的颠覆。而现代人的旅游观念是以自我为中心的生活态度决定的，生活态度不变，旅游模式不会变。要改变，就得从源头改变，问题复杂了。

试想古人旅游所追求的，是人与大自然之间纯粹的精神交流。在山水面前忘情地盘桓，俯仰，沉醉，在宁静中感受自然的力量，在单纯中体察大千世界的丰富，由此而生发出无穷尽的审美意趣，山水情怀就这样产生了。山水情怀构成了中国文化中一个独特而瑰丽的内容。与山水情怀相伴而生的，是创造性的思维活动。那些流传千古的诗文和绘画作品，就是古人留下的旅游产品。它们像一座座桥梁，通向遥远的时空。通过它们，后人可以不费周折地进入古人的视野，体味他们在旅游状态下的心境。

且看今人在山水面前躁动和忙碌的状态就知道，山水在游客面前已经完全沦落为立体布景，而游客自己充当着演员。到达风景地的第一件事，是忙着拍照留影而不是出神地看风景。在人堆里见缝插针地摆好姿势，快门揿下之前迅速换上微笑表情，动作麻利，演技娴熟，不逊职业演员。一拍完照，立即忙着赶赴下一个景点。

在这种赶集式的旅游模式中，怎么会有山水情怀产生呢？有的只是永不餍足的占有欲。休说是"五岳归来不看山"，恨不得千山万水都为自己的表演充当背景。恰如台湾学者郭力昕所说："他们乐此不疲地南征北战，将自己'征战'各地景点的影像战利品据为己有，张贴在博客，用来交换资讯和炫耀自己，对旅行带来的生命体验和记忆，却可能是一片空白。"

古人聪明，今人也不傻，只是因为生活观念不同，旅游的质量相去天壤。

但是要人们放弃对自然的占有欲，几乎是不可能的。

仅仅是拍照倒也罢了，但现代人绝不会满足于拍照。他们渴望闹腾，渴望刺激，以释放被城市生活压抑着的能量。"服务设施太落后""娱乐设施太少"，常常是他们责难旅游景点功能的主要理由。

如此想来，金子海危矣！

我们在调研报告中所表述的愿景，不过是为了金子海免遭涂炭而提出的折中办法。果能这样，金子海的风姿会保持得长久一些。最理想的结果是，在未来的旅游开发规划中，没有金子海的名字，并且由政府做出郑重决定："为子孙后代计，金子海永远不做旅游开发。"

多少年之后，当柴达木所有具备条件的自然景观都被开发殆尽，而金子海还保留着原始面貌，子孙后代会为祖先的良苦用心而感动。

但这可能吗？这对政府的发展理念将是怎样的考验啊！

（选自《青海日报》2015 年 5 月 22 日江河源副刊）

179

通往格尔木之路

梅 洁

一个总是宽容总是好性格的朋友，一个大西北美丽而神奇的召唤，一个关于散文现状与未来的话题，一个关于西部神奇的向往，在八月的季节向我多情地涌来。于是，一个关于生命的感悟，关于人与自然的审美意识，关于西部那条路的悲壮与美质，就伴随我走向柴达木。

穿过祁连山南麓的湟水河谷，翻越美丽的日月山，亘古沉寂的大漠——柴达木便以神奇的力量，震慑我的心魄……

一

日月山，一个跨越千年的传说。

传说中，长安一个美丽的女儿向遥远的西部走去。因着回望故土时战栗的一瞥，将唐皇父亲馈赠的日月宝镜摔成了两半，于是，日山月山便始于这历史的佳话；于是，日亭月亭便世代女儿般耸立在中国西部高原。

日月山下，女儿般温柔的草原涟漪般涌来，涌来退去；青葱静谧的感情涟漪般涌来，涌来退去。

朋友睡美人般躺下，躺下留一张日月山灿烂的忆念。

无数藏人用虔诚信仰，在日月山上堆起一隆石堆，石堆上插满盘树虬枝，无数经幡在盘树虬枝上，迎着日光漠风飘扬……啊，玛尼堆，佛之坛场！

从什么年代，成了那个喝咸苦奶茶的民族跪拜的图腾？

藏衣人虔诚的额抵在玛尼堆的青石上，藏衣人趴在地上长长地跪磕……

在这梵文构成的信仰里，藏衣人祈求什么？

现时的安逸？来世的极乐？还是福佑传说中那个美丽的魂魄？

站在这海拔3200米的中国西部高原，我寻觅历史上那一行纤弱而壮丽的足迹，寻觅那辛酸而大义的泪滴……

啊，前面就是倒淌河——唐公主千年流不断的眷念啊！

二

你是大海退去后的一滴眼泪。

你是一个永不干涸的依恋。

你是生命死去后的梦境。

啊，青海湖！

是什么样的爱与力量，使你亿万年在这冷寂的高原，涌现一腔蓝色深情？亿万年不被亵渎，亿万年清清白白，亿万年平平静静，亿万年默默守候……

你的清清澈澈，你的坦坦荡荡，你的超凡脱俗，本该属于浩浩蓝天，可你却亿万年躺在地上；你一腔深情厚谊，却亿万年被苦涩淹渍，我该向你诉说什么，青海湖？

三

咆哮的黑马河，险峻的橡皮山，引我们向柴达木腹地走去。啊，茶卡草原！

羊群，似蓝天下无忧无虑的白色风，向草原深处滚动。

牦牛，公狮般傲慢地前行。

牧人疏落的营帐，向天空扯一炷悠远的孤烟。

一只猎狗卧在营帐旁，吠营帐上空月牙上的风……

高原人，自古以来就牧一群羊、一群牦牛或一群马；自古以来，就住流动的毡包，流动的营帐；自古以来，就骑在精光的马背上，在这流动的草地里，放牧野性的爱与温馨。

总看见穿佛衣袈裟的佛徒，和光膀子牧人的孩子站在营帐旁，和牧人的妻子站在营帐旁，和牧人站在营帐旁……营帐的炊烟摇曳着上升，营帐旁的小河窈窕着穿行。太阳把静谧、古淡、惬意涂抹在无岸的草原。

茶卡草原，人和畜搂抱无垠的绿色，造就坦坦荡荡、平平静静、辛辛苦苦的民族。

<h2 style="text-align:center">四</h2>

《本草纲目》里就记载有"青盐"。宋人就吃"青盐"，当代中国人就没离开过"青盐"。

300多年前，就有人走向这片苦涩的盐泽，世纪的咸苦淹渍了生命，也孕育了生命。

105平方公里的卤水，4.5亿吨的储量，一铁铲下去就有白花花的结晶，一年就有上百万吨食盐，运往中国东部和中国南部。这就是白茫茫的茶卡盐湖；5856平方公里的面积，500亿吨以上的储量，够全世界人口吃两千年；用食盐修一条3米宽1米厚的公路，可以从地球修到月球。这是白茫茫的察尔汗盐湖。

还有柯柯盐湖、达布逊盐湖、大柴旦盐湖、昆特依盐湖……河北籍的柴达木人向我如数家珍。

啊，柴达木，你这盐的世界！

能冒十级大漠风，在卤水中一人一天采5吨盐，是柴达木人不朽的意志；能在60度高温下，在高大陆炙灼的太阳下，一人一年采上千吨盐，是柴达木人坚韧的风骨；盐块砌就的房屋、卤水浸泡的皮肤、盐土掩埋的尸体，都是柴达木人生命的内容。

不去中国香港，不去美国，却只身走向盐湖，一干就是33年的，是广东籍柴达木人；离开杨梅树摇曳的春光，荷花浓艳的时节，无畏走向盐湖的，是浙江籍柴达木人；从鸭绿江边的战场走下来，把孩子女人装到大卡车里，自己端着冲锋枪横跨大戈壁的，是河北籍柴达木人。还有湖南籍柴达木人、江苏籍柴达木人、山东籍柴达木人、河南籍柴达木人……

啊，柴达木！你寸草不生，飞鸟不停，你以怎样的内涵，吸引了无数壮美的人生？我该怎样感知，这方苦涩里的生与死、爱与恨、搏斗与受挫、生存与泯灭、理想与奉献呢？

太阳站在昆仑山冰峰之巅，照耀这方白茫茫。

五

疏了密了的骆驼刺无岸无涯，裸露了覆盖了无岸无涯的昏黄；火红的柳花似沉默的思索，指向无垠的空漠；几节无名枝蔓，痉挛般生成直线和曲线，生成无尽的躁动和悸想；生命前行，沙漠退却，沙漠前行，生命退却，吞噬与反吞噬在亿万年的无声息中流泪泣血。亿万年的沉寂，亿万年的空旷，亿万年的痛苦，碎裂成戈壁黑色的砾石。

啊，察汗乌苏，你这白色的河流！你滋润了北岸几十里长的戈壁绿带，滋润了香日德那方被囚禁的生命，滋润了负罪的生命在这方荒原中，创造了世界小麦最高亩产纪录，滋润了乌兰山下那位全国百个交粮先进典型之一吴芳兰……察汗乌苏，你用亘古的痴情滋润孤寂生命，在这孤寂世界产生亘古的奇迹。

然而，你能复活大格勒一望无际的沉寂吗？你能滋润这亘古的干涸、亘古的窒息、亘古被爱流放的绝地吗？

全世界的寂寞从这里升起，全世界的热浪从这里升起，白光从这里升起，死亡从这里升起。残忍的荒野幻化成美丽的海市蜃楼，如宫如殿，如梦如幻。啊，大戈壁！

六

这里曾经是海，是单细胞、多细胞、两栖多细胞、猿、类人猿走过的路。曾几何时，生命从亘古的死亡里退去，这里成为死亡之海，这里便不再是传说中美丽的草原。

沙漠拍浪般涌来，时而像无头的巨兽站起，撼人心魄地摇晃着；沙丘像无数的坟冢，悲怨着旷古的哀愁；一只黄羊向戈壁深处逃遁，一只秃鹫在沙丘上空盘旋……

　　唯有骆驼是不死的。在这绝了生途的大漠，唯有骆驼是生的象征，勇气和雄悍的象征。倘若不见骆驼，在这死亡之海，即便看见一只苍蝇，那也是美与神圣的惊悸和感动。

　　柴达木人说，倘若有人阻止公驼向母驼求爱，公驼会将你在戈壁上碾死。骆驼是残忍的。

　　柴达木人说，骆驼每吃一棵骆驼蓬草，总要把驼峰里储藏的水，吐一些出来流到草根上。骆驼是博爱的。

　　柴达木人还说，骆驼可以十天半月不吃不喝，驮你在绝望的大漠中找到生存的希望：或一泓泉水，或一个湖泊，或一庇绿荫，或一个毡包……然后安详地死去。

　　骆驼，这死亡世界里最壮美、最震撼、最深刻、最情感的精灵啊！

七

　　天空里飘着一缕青烟，前面就是格尔木。

　　格尔木，你这瀚海里的奇葩，你这戈壁里的神话，你这骆驼驮来的城市啊！

　　30年前，一个将军，一峰骆驼，一顶帐篷，连同将军的信念、骆驼的坚毅、帐篷的孤寂，共同筑成一条震惊世界的公路。中国最长的公路，自格尔木通往遥远的日光城。

　　戈壁里原本没有路，中国版图上原本没有"格尔木市"。

　　曾几何时，将军、将军的战士，将军的两万五千峰骆驼，来到这河流汇集的地方，筑一条路。

　　当两万峰骆驼一年里全部在戈壁毙命；

　　当成群的乌鸦从骆驼的血泊中飞出；

　　当将军用泪水和汗水洗净黄昏的疲惫；

　　当将军日携夜枕的那块写着"慕生忠之墓"的木牌成为亘古的悲壮；

　　当大漠那枚浑圆的落日在将军的记忆里泊成血色的美丽；

　　当一个扎帐篷睡地窝子的部落在这里生息……

184

格尔木市诞生了！青藏公路诞生了！昆仑魂诞生了！

将军和将军的战士和将军的骆驼，驮走了靠沙海蜃楼撒谎的历史，一部真正的拓荒史，以撼人心魄的力量开始在这里书写。

我们到达的时候，这一切都已成为一个用沙漠雕塑的话题。一座寂寞的小楼，一把孤独的长椅，墙角，一个养狗的小洞……

"将军楼"和年轻美丽的格尔木站在一起，将军的信念和血与格尔木站在一起，将军拥有一个城市的名字。

已听到敦煌反弹琵琶的悠扬琴声；

已听到敦煌少妇飞腾的古歌；

掉转头，我向古丝绸之路走去。

中国西部，中国青海，中国柴达木，中国格尔木！

我将用生命的全部来感悟你的亘古与傲岸，感悟你最深刻最震撼最悲壮最具内涵的生存大体现……

（选自《散文百家》1990 年第 1 期）

冷湖之春

肖复兴

车过当金山，看见前两天刚落的雪，哈达一样飘在山上和路旁。到冷湖，迎接我的首先是风，足有八九级，刮得戈壁滩一片昏黄，正午的太阳仿佛被刮得醉汉一样摇摇晃晃。

这是我第四次到冷湖。

1967 年冬天，我唯一的弟弟，不到 17 岁，毅然决然地志愿报名，顶着纷飞的大雪，从北京来到这里，当一名石油修井工人。他寄回家的第一张照片，头戴铝盔，身穿厚厚的轧满方格的棉工作服，登上高高的石油井架，仿佛要摸着蓝天白云。他在信中告诉我的第一件事，是井喷抢险，原油如雨一样喷湿了他的全身，连里面的裤衩都浇得透透的。冷湖，就这样从那遥远的地方闯进了我的视线，变得含温带热，可触可摸，富于生命，富于情感，让我的心充满着牵挂、悬想和担忧。

1981 年，我在中央戏剧学院读书的最后一年，学院组织毕业实习。那时，是金山先生当院长，开明得很。让我们自己选择地方，只要不出国，哪里都行。我毫不犹豫地选择了冷湖。它是那样的遥远，从北京坐了三天两夜的火车，到达甘肃的柳园，弟弟早早等在了那个沙漠中孤零零的小站接我。又坐上一辆五十铃大卡车，奔波了 250 多公里，翻过祁连山和阿尔金山交界海拔 3648 米高的当金山口，进入柴达木盆地再行驶 130 公里，才到达冷湖。这 380 公里蜿蜒而漫长公路的四周，是一眼望不到边的瀚海戈壁，除了星星点点的芨芨草、骆驼刺和红柳，有些灰绿色以外，黄色，黄色，扑入眼帘的都是起伏连绵、平铺天边的沙丘单调的黄色。冷湖，是在这无边黄色沙丘包围中的一个小镇。

那一次，我在冷湖住了一个半月，走遍了冷湖的角角落落。我首先来到了被称之为冷湖这个地名的发源地，那是一片远没有青海湖大，也赶不上苏干湖和尕斯库勒湖宽阔的高原湖。我去的时候是初秋，正是好季节，湖面上漂浮着蓝天白云，将一湖清新的绿都沉淀在了湖底。谁也不知道这片湖水在柴达木沉睡了多少年，一直到了1956年，新中国的第一批勘探队闯进了柴达木，勘探到了这里，才发现了它。只不过他们发现它的时候，风沙呼啸，湖水给予他们的是凛冽，他们便给它起了这样一个写实并且有些情绪化的名字：冷湖。这个名字冷冰冰的。

谁想到，1958年9月13日，冷湖五号构造区的地中四井喷油了，喷的冲天的黑色油柱，落在井架四周，不一会儿便成了一片汪洋油海。地中四井是冷湖油田打出的第一口高产油井，日喷油量达到500吨—800吨，现在看来并不多，但在当时石油年产量只有百万吨的中国，它的贡献是极大的。青海石油勘探局变成了青海石油管理局，从两百多公里外的老茫崖，浩浩荡荡地迁到了这里。给这里起个地名吧，"冷湖市"就这样第一次标在祖国的版图上！冷湖，就是这样才渐渐平地起高楼，在一片荒沙戈壁上建设起来了。石油局的职工家属从全国各地涌来，最多时达到了6万多人，人气大增，生气勃勃，冷湖再不是寒冷袭人的湖，而是一片沸腾的油海，这话并不夸张。可以说，冷湖是新中国建设初期，生产力和生产关系以及国家与人的精神风貌的一面旗帜、一种象征。我曾多次对弟弟讲，冷湖就是一部历史，你应该为冷湖写史。

岁月如流，人生如流，31年过去了。我第四次来到冷湖，却是捧着弟弟的骨灰盒来的。去年底，弟弟病逝前嘱咐家人，一定要把他的骨灰撒回柴达木。赶在清明节，我来到冷湖。

虽然，我知道冷湖地区的油井基本开采完毕，柴达木石油开发的战略转移，已经到了冷湖西部300公里的花土沟。而且在多年前，就将6万职工家属撤离出海拔3000米缺氧三分之一的冷湖，把家搬到了敦煌七里镇新区。我也懂得建设同战争有着相似的道理，尤其是在这亘古无人的荒凉的戈壁滩上建设，同进攻是一样的，进攻必需，撤退也同样必需，不必为冷湖现在的荒芜而伤感。像是一个人一样，从青年走到老年，完成了人生的使命。它以前走得曾经是沧桑、是辉煌，它现在走得应该属于悲壮。

眼前的采油五队是一片废墟，断壁残垣，满目凋零，还是有些为它伤感。如果从 50 年代初期算起，到现在不过才 60 个年头。一个曾经那样轰轰烈烈的地方，就这样像一个搬空了道具和布景的舞台，像一株凋零了枝叶和花朵的大树，像一座陨落了星星和云彩的星空。

弟弟结婚时住的房子只剩下一面墙。透过凋败的窗框，可以看到不远处一座废墟，那是当年的注水站，旁边就是他和他的师傅、徒弟经常爬上爬下的井架。厚厚的黄沙中，埋有小孩的鞋、大人的毡靴、旧报纸、破碎的酒瓶和罐头瓶盖。我捡起几枚乳白色的鹅卵石，不是戈壁滩的前世大海留下的遗迹，就是当年弟弟他们一帮工人苦中作乐的装饰品，成了这里曾经有过生命和生活的物证。

风和阳光是向导，带我走进四号公墓。它坐落在起伏的沙丘上，沙子已经掩埋了坟茔的一部分，有的坟前的墓碑已经残缺凋落，有的墓碑里镶嵌的烈士照片被风沙吞噬。每一次来冷湖，我都要来这里，为了拜谒两位前辈。

一位是石油部勘探司副总地质师陈贲，莫名其妙被打成"右派"，发配到这里劳动改造。他没有被压垮，相反地，积极参与了这里的勘探开发，参与了冷湖地中四井的发现工作，坚持实践并应验着他曾经被批判的"侏罗纪生油"的地质理论。以致后来整他的人也不得不对他另眼相看，来到冷湖，想找他谈谈，给他也给自己一个台阶。他却义正严辞地说没什么好谈的，甩手而去，即使得罪了人家，为此迎接他的命运是紧接着连降两级，仍不改悔自己做人"宁作刚直的栋，不做弯腰的钩"的原则。这样一个对新中国石油事业有着卓越贡献的地质师，后来冤死在冷湖。

另一位是石油部勘探开发研究院黄先驯。他比陈贲的命运要好，赶上了拨乱反正的好时机，将自己头顶的"右派"帽子摘了下来。平反之后，他唯一的要求是到柴达木盆地来一趟。作为一名石油地质师，他跑遍了全国所有的油田，唯独没有来过青海油田。谁想到已经买好了去青海的火车票，却突然一病不起，查出是癌症晚期。临终之前，他摇着苍老瘦弱的手臂，要求将他的尸体埋藏在冷湖的沙丘之上。

那是 1980 年夏天，弟弟在采油队，从报纸上看到了黄先驯先生这个要求，当晚写了一首诗《冷湖的上空多了一颗星》，寄给《青海湖》文学期刊。稿子恰巧到了也是刚刚"右派"平反后的诗人昌耀手中，很快就在同年第 12 期发表了。那是弟弟发表的第一篇作品。冥冥之中，他们三人之间有了默契的感应，弟弟在冷湖的每年清明节，都会到这来为黄先生扫墓。这一次，弟弟来不了了，站在黄先生的墓前，我和他远在北京的女儿通了电话。风非常大，纸怎么也烧不着，最后是把打火机连纸一起塞进皮夹克里面，才点着，差点连皮夹克一起烧着。风立刻把纸吹跑，燃起火焰的黄纸像是火中涅槃的鸟。

我最后要求去原来的学校看看。学校门前的一片空场上，原来曾经种着一大片上百棵白杨树，那是一片不同寻常的白杨树。1970年之前，这片空场只是一片戈壁滩。学生们到了冬天，用水把它浇成宽阔的溜冰场，这是它唯一的用场。也曾有某一年的春天，有人在它的四周栽上一圈白杨树的小树苗，但在干旱缺水的戈壁滩都枯死了。1970年夏天，一个叫陈炎可的男人来到了这片空场上，他被委派的任务是给这片早已经枯死的树苗浇水。这不是当时人们对树苗的关心，而是对他的惩罚。原因很简单，他在被监督劳动改造，除了要给学校扫厕所、喂猪、修桌椅……再添上给死树苗浇水，总之不能让他闲着。

陈炎可是广州人，21岁自愿到这里当一名老师，却被无端打成五类分子。面对着这一片枯死的树苗，像面对着自己枯死的心，真有一份同病相怜的象征意味。干完了所有要干的活，到了晚上，挖好壕沟，接通学校里面的水源，让水流到这里，他计算好了时间大约要半小时，这段时间他才可以回去稍作喘息。半小时后再回来，如果水未放满，他便打着手电接着放水。本来就是无用功，他和树都无动于衷，完全是一种机械作业。就在这时候，他读起了外语，也许这就是一种冥冥中的缘分，将他与树和外语迅速地连接起来。他只是觉得和枯树苗天天夜晚相对实在无聊，为打发时间才拿起外语——是一本英文版的《毛主席语录》。谁想到大漠冷月，枯树孤魂，一一在清水中流淌起来了，奇迹也在这清水中出现了。一个夏天和秋天过去了，他忽然发现那枯树苗的树根居然湿漉漉有了生机，赶紧在入冬前给树苗浇了封冻水，忽然对这片树苗对自己荡漾起了信心。

四年过去了，浇了四年的水，读了四年的外语。日子像凝结住了一样，仿佛只成了一片空白。终于有一天，他在水沟边读的外语，在一辆德国奔驰车出现故障翻出外语说明书谁也看不懂的时候派上了用场。就在这一年春天，他浇灌的那一片树苗终于绽开了生命的绿叶。在冷湖，在方圆几百里一直被黄色统治的戈壁滩，这是第一抹也是唯一的一抹新绿。

第一次到冷湖，是弟弟带我见到陈炎可。那时候，他已经50岁了，带我到学校前看那片白杨树。上百棵白杨绿荫蒙蒙，阔大的绿叶迎风飒飒细语。他告诉我这里已经成了石油局的公园，晚上或假日，人们常到这里来。如今，学校已经是一片废墟，上百棵的白杨树大多枯死，但左右对称似的，一边剩下8棵，一边剩下6棵，依然顽强地活着。人们在两边各砌起水泥台，为了浇水时防止水流失，保护着冷湖生命的遗存。大概戈壁环境所致，这14棵白杨长得和内地的白杨不一样，长得和我前三次见到的也不一样，树干像胡杨，越发地骨节突兀沧桑。

只可惜，我见不到陈炎可。而弟弟也只能隐约站在那白杨树的枝干后面，等待着四月枝条上即将萌发的绿意。

190　　冷湖！我第四次来，我相信以后还会再来，因为弟弟还在这里。

记得15年前我来到冷湖，写过一篇《油城冷湖吟》，其中有这样一段话："在这世界上，有的城市在地图上消逝了，比如特洛伊，比如庞贝，它们是因为战争和灾害而彻底没有了生命。如果冷湖有一天也在地图上消失了，它是因为发展和前进，它的生命还在。"

回北京的列车上，写了一首小诗，记录我此次冷湖4月春行的心情和感受：

千里黄沙黯白云，清明无雨送归门。

青杨正忆冷湖在，红柳犹诗苦意存。

大漠孤烟烟作梦，长河落日日为魂。

当金山过谁家祭，一阵车笛雪纷纷。

（选自《南方都市报》2012年4月10日）

南天七月雪

林　染

　　盛夏，长达两千里的山川莽原，绿草叶上大雪纷飞，大雪翻滚。哪里有此壮阔景象？从拉萨到格尔木，青藏线。

　　1992 年 7 月 9 日，身在拉萨的青藏兵站部魏副部长，安排我随驻扎在格尔木的汽车兵某团七连的五十铃车队返回格尔木，为的是让我直观地感受一下汽车兵的生活。这样，我正好赶上那场席卷念青唐古拉山、唐古拉山、可可西里山、昆仑山三天三夜的大雪。

　　兵车行。兵车一发动起来，每天要跑十三四个小时以上，驾驶员的眼睛酸涩，双腿麻木。每隔两三个小时，车队要停下来十分钟，让驾驶员活动活动腿脚，做一下深呼吸。在长江源头沱沱河一带小憩时，我看到跳下车的司机们，背风点燃烟卷，摊开四肢，往雪地上一躺，抽一口烟，往空中喷一口雾，任凭硕大的雪花一片片落上额头，落进脖颈，濡湿他们的疲惫……瘦小精干的四川籍李指导员笑着对我说："怎么样？没见过这种休息法吧？"我心里有些疼痛，说不出话来。

　　南天七月雪。

　　这里是"天上的高原"，纵横的山系被遗弃月亮旁。人烟稀少，有的地方连野羚也没有。平均海拔 4500 多米，唐古拉一带是 5300 米左右，空气严重缺氧。任何强健的人在这条线上乘车，都会头疼胸闷。一位妇女抱着自己 4 岁的小女孩，去兵站找自己的军官丈夫，还没到唐古拉山下，孩子就因缺氧，永远地闭上了眼睛。小女孩的名字是一朵美丽的花：茶花。小茶花的小小坟墓，就在长年飞雪的唐古拉山。在这条线上行车的司机，是要以生命支付里程的。这几年，兵站部离世的军官，平均寿命只有 45 岁。有的汽车兵就是抱着驾驶盘长眠的。海拔太高，生命艰难，连鹰飞得都像蜗牛爬。路过风火山口时，我们遇到的两位北京女记者说，昨夜，她们头疼得在沱沱河兵站一边吸氧气瓶，一边放声大哭。她们是兵站部的客人，有氧气瓶可吸。终年奔波的汽车兵没有氧气瓶。头疼就头疼吧，额头用带子一扎，咬着牙忍耐就是。

每年从格尔木到拉萨，要往返二十多次。如果不遇到雨把路冲断或路成冰板，顺利的话，单程是四至六天。中途解开自带的行李住沿途兵站。经常喝不到开水。伙食也简单：高压锅勉强煮熟的面食，三两个菜，有时加一个肉罐头，十来个人围成一桌。经常吃不饱——不是定量少，而是因为太疲劳加上高原反应，吃不下去。七连 21 岁的汽车兵贾志忠，入伍时体重 110 斤，3 年来"减肥"到 89 斤。小伙子一直是助手，他有一个不算宏伟但非常强悍的心愿。我问："这里这么苦，今年你得退伍了？"他的服役期已满了。但是他说："退伍前，我要成为驾驶员，一个人握住方向盘跑几次拉萨。"

南天七月雪。

几个连队的二三百辆汽车，起伏蜿蜒地连接起来，像一队甲壳虫在茫茫宇宙中缓慢爬行。大雪迷离，亮着的车灯组合成一条首尾不能相望的晶莹雪龙。我看到雪原上的牦牛群不再吃草，畏缩地挤在一起。羊群比牦牛群挤得更紧。高原，怀抱石头的雪神，使生灵们无限敬畏自己。

名叫芒隆拉的山岗，山上嶙峋的巨石，像一处高高的城堡废墟。山下是藏民的圣迹：八座排成一线的白塔。大雪中，一个孤独的藏族妇女，背着孩子一圈圈绕白塔转经。

"有时我特别想念才 9 个月的儿子，还有老婆。在高原越看不到人越想家。我家在豫北农村，梧桐花很白。我老婆贤惠得很。她在我家住几个月，再回娘家住几个月，双方的老人她都得管。"汽车班长晁建军低语着。小伙子瘦高，不太爱说话。驾驶技术高超，开车十年从没出过事故。我就乘的他的车。

汽车兵大都有胃病和关节炎。晁建军的腿关节炎特别厉害。现在是大雪天，他的腿肿着。"我不怕腿疼。我就是想家。哪天我抱着方向盘不醒了，我老婆会一直哭到这儿的。"

"白天我从来不觉得腿疼，晚上躺在被窝里才疼得浑身冒汗。白天握着方向盘，有时心里想，年轻时在这世界最高的地方跑一番，天天看冰山，天天在云里，值得！"他说这话时，雪住了一会儿，草叶上的雪被强烈的太阳紫外线蒸腾起湿云。云低低舒卷，形状鲜明。车队就在云上跑。

雪原上突然出现了同心的双虹。虹离我们很近，几乎就能看清它的一个端点是从一窝青草中长出的。美，静穆，压迫得令人恐怖。

几分钟后，又是雪雾飘飘。虹和一些精灵隐身在雪雾中。我后来写的一首诗有这样几句：

> 西藏的雪
> 包含着河道的秘密
> 那么多的雪，在冈底斯群山中
> 在夜的羌塘，从岩石深处的星空
> 落下来
> 雪穿过拉萨少女的身体
> 在一对饱满的乳房上张望时间
> 水在野茫茫地唱歌

车队在昆仑山中的纳赤台停下来，休整，擦洗车辆，整理军容。在开进格尔木大本营时，军容应该豪壮。除了休整，还要等后面掉队的几辆车。即使是钢铁的汽车，在青藏线也会有"高山反应"，容易出毛病。有的国产车跑一趟拉萨就会终身瘫痪。五十铃是日本产，较皮实强壮，但也会有"头疼脑热"的。掉队的车赶上来，往往到半夜或凌晨。李指导员决定让负责技术的副连长，先行把我送到格尔木。

车出昆仑山口，见一辆三菱牌越野小车停在路边。汽车团何团长、该团三营李营长，披着军大衣，在寒风和冰凌中等待着他们的战士。一年四季，团、营长每次都迎出100公里，来接疲惫地颠簸多日的汽车兵。有时候，他们要一直在昆仑山口等到半夜或凌晨。

他们迎着我们问后面车队的情况。他们最担心的是战士和车辆的安全。看着何团长、李营长迫切询问的表情，我的眼睛有些湿润。

南天七月雪。

雪域中如此深情厚谊的上下级关系，在大雪以外的环境中是难得见到的。在大雪以外，一些具有臭虫和虱子品格的上级，眼巴巴地等着下属们送恭维话和红包来。不少单位，职员同部门首长之间，形成了服务和被服务的关系：送茶点烟同品茶抽烟，毕恭毕敬同颐指气使。

青藏兵站部的汽车队，犹如通向拉萨的动脉，蔬菜、肉食、轻纺品、工业机械，被源源输送到拉萨和日喀则、那曲。还有工业油料。如果没有这支汽车部队，拉萨将没有色彩。何团长、李营长知道自己的战士顶风冒雪、耗费生命的崇高价值，他们毕恭毕敬地迎候着他们的下级。他们对下级的真诚理解，透露着他们人格的伟大。在中国，恰恰是最艰苦的环境，有着最朴素亲切的上下级情感。在中国，乃至在世界上，人类几乎不可生存的高寒莽原，有着最崇高威武的阵容和人的高尚品格。

车队每次上路前，他们都举行严肃得撼人心魄的出征仪式。在拉萨，我看到七连的军车一字排开，值班军官的高亢口令、急转身、正步走，军旗、最高指挥官的塑像般的严峻。每次出征仪式都近乎悲壮。青藏线上，献身的事是常有的。

南天七月雪。

大雪纷飞，大雪翻滚……

（选自《昆仑》1993年第3期）

海西的绿衣天使

陈世旭

老乡邮员

大柴旦在蒙古语里念作"伊克柴达木"。"伊克"是"大","柴达木"是"辽阔的地方",汉语就简化成大柴旦。

我们中午到达柴旦镇邮电局。局长查士强安排我们去草滩上的蒙古包。事先已经通知了局里的几位业务骨干和有代表性的职工,便于抓紧时间座谈。卢代宽是其中一个。他走进局长办公室,在一角坐下,就开始向我们讲他的故事。一边打开他随身带来的一个纸包,里面满是他多年来获得的奖状、登载他的事迹的报刊的剪报、他给许多单位或个人写的信和那些单位或个人给他回的感谢信。

查局长说,我们先去吃饭,边吃边谈。老卢听了好几遍,才明白现在还不到正式座谈的时间,便又赶紧把那些东西卷起来。

来柴旦之前,我们在德令哈州上已经听过有关这位老劳模的议论,说他好事倒是做了不少,但过于喜欢表现。我因此特别注意到他。

草滩一望无际。蓝天尽头,祁连山的雪峰闪闪发亮。远远近近的几个蒙古包,像晨星一样寥落。波浪一样隆起的沙梁子上,有一些移动的黑点,那是一群悠闲的马。我们去的蒙古包搭在一条小溪边,溪水清澈见底,蜿蜒明灭流向远方。蒙古包主人请来的阿訇做完祷告,在溪边宰了一头羊,剩下的事就留给了做饭的人。

开饭馆的是个蒙古人,名字就叫白蒙古,他做的是很地道的蒙古饭食。蒙古饭好，青稞酒香，众人兴起，就唱歌。大家用尽力气拍着巴掌，挺直了脖子嗨起来唱，在这大戈壁上完全不必担心吵扰了谁。

一首歌还没有唱完，包里就是一片闹哄哄的喝彩。我突然发现刚进来时坐在门口的卢代宽不在了。在这样的气氛里座谈已经没有可能。整个下午卢代宽都不在人群里，等我们要离开草滩了才又露面，显然不习惯下午那样的场合。他穿着60年代的邮电工作服，已经发白了，缀了补丁，脚上是一双老旧的解放鞋。他一脸黝黑，须发花白，一口地道的胶东话，看上去像十足的刚从庄稼地回来的山东农民。

真正的座谈是在晚上进行的。仍在局长办公室，这里还没有专门的会议室。座谈一直进行到半夜以后。卢代宽其实并没有说几句话。上午见他有满腹的话要倾诉的样子，到了时候却木讷着。有关他的故事，大都是查局长说的。他自己只是专注地听着，点头，叹息，表示认可。

卢代宽并没有做过惊天动地的事。作为老劳模，他的故事甚至有些琐碎。他干了几十年的乡邮员。一只邮袋从没换过，破了就补，再破再补。到现在骑的还是一辆1958年生产的自行车。他的邮袋除了信件，还有邮票、信纸、信封、针头线脑，带给邮路上的牧民帐房和公路道班。在局里，他手脚不闲，扫楼道、扫院子、清理厕所。厕所建在一面坡上，踏板以下是敞开的，粪便在斜坡上堆得像金字塔，隔段时间就要到斜坡下去清理一次。多少年，这些事都是卢代宽做的。大家习惯了，以为厕所一直就是新的。退休后，这些事他还在继续做。因为不出外勤了，他还觉得空闲，就经常看报，就知道内地老家的山区有失学儿童，便写了信去，同好几个小学生建立起救助联系。跟如今内地的收入比，他的工资已经很微薄窘迫了。除了维持一家子最低限度的生活，他把钱都捐了出去。好在苦惯了，到青海几十年，最近几年才能经常吃上蔬菜和鲜肉，先前常年吃的只是晒干的薯条。从内地运来的咸肉要浸泡一个星期才能煮食，煮出来的汤是浑黄的，苦涩难咽。我想起在州上听到的对他"好表现"的微词，便很直率地问他，这样做是不是只是为了得某种荣誉。他竟也很直率地回答：当然是。我们做了很光荣的事，为什么不该大家知道呢？我就是希望让老家的人知道从家乡出去的人不是孬种。他说着就沉默下来。一屋子人也都静静的。

第二天天刚亮，我们起床，在路边一家小饭馆吃了一碗羊肉面，就要出发。这天要走的路很远，穿过八百里瀚海去茫崖行委花土沟，要夜里才能到达。车子已经发动，卢代宽突然从朦胧中的一个什么地方向我们走来。他好像有许多话没有说完，我们也有许多问题想问他。一个人，几十年，那是一部大书，但一时竟不知从哪里问起。我觉得总该说些什么，就问，为什么不回内地老家去？按政策这是允许的。他很平静地看着我，说，他在老家已经没有什么亲人了，他也怕回去过不惯。说着他不知为什么忽然撩起他的裤腿。那是一双像炭一样发黑的腿，暴跳的青筋可怕地虬曲在上面。他说，那是多少年来趟冰水冻坏的。

这双腿已经走不回内地了。在青藏高原连续生活超过廿年以上的内地人，一旦回去，是很容易患富氧综合征，以致危及生命的。卢代宽未必知道这些。或许知道，只是不说。

马路对面不远的草滩上，有一大堆曾经打磨过的巨石和瓦砾。巨石和瓦砾堆上，耸立着一排高大的圆柱，被当地人称作柴达木的圆明园。这是 50 年代首批开发青海的人建的礼堂和废墟，柴旦城保留着许多这样的废墟。时间和沙暴有可能使废墟消失，但那些高大的圆柱恐怕难以掩埋。

女门卫

访问她是很偶然的。我们在格尔木的访问日程已经全部完成。吃过早饭，道过别，车子已经开出格尔木市局大院，青海省邮电管理局宣传处长忽然说：领你们去看个人，是我一个老同事的女儿。

她叫常西宁，听名字就让人知道是西宁人。1958 年出生，初中毕业进青海电线厂，一直干到业务经理。1994 年，这个厂破产了，她也同样被列入重新分配的队伍，分到格尔木市邮电局当门卫，在邮运局当干部的丈夫和上高一的女儿仍留在西宁。格尔木到西宁 800 公里，她一年只能回去两三次。作为一个女儿、一个妻子、一个母亲、一个 35 岁的女人，这样的变故太大、太难以适应了。初到格尔木，面对一间空空如也的一面坡土屋，她甚至觉得自己走到了人生尽头，但她终于战胜了绝望。

常西宁的父亲是省局职工，会武功。退休之后，有一天在河边散步，见一群流氓调戏妇女，即上前制止，流氓转而围攻他。他不动声色，从河滩上捡起一块卵石，双手一拍，卵石即碎。流氓惊散。

常西宁继承了父亲的豪爽。她从小对女红没有兴趣，喜欢的是体育，是跟父亲习武。宿舍大院里爷们儿下棋，她在旁边一蹲就是大半天，并且老是插嘴，甚至动手。她在西部三省邮电系统的运动会上拿过羽毛球单打冠军。她还写诗。不是那种充满脂粉气的缠绵呓语，是老成持重的格律体：

御命征高远，岂敢恋高堂。

念旧八百里，途中显凄凉。

悲冬寒侵骨，昆仑裹银装。

草枯木枝秃，风啸黄沙狂。

翘闻马声嘶，孤影映新阳。

夫妇倍流离，依恋瞻路遥。

还伊慷慨歌，孔德铭心中。

奋发更图强，苍穹星闪烁。

万灵育己身，以苦仍为乐。

这首诗是我在她那间土屋的墙上，一字不易地照录下来的。诗写得不是无可挑剔，比如，下岗再就业很难说是奉"御命"出征；诗中的"孔德"据注解是指"孔繁森的品德"多少有些生硬，等等。令人顿生敬重之心的是《木兰辞》式的阳刚古韵。

问她"万灵育己身"是什么意思，她解释说：人是天地山川草木万物培育出来的，真能让自己的身心归于自然，苦中就有乐趣。

在那些苦闷艰难的日子里，她竟是考虑过哲学问题的。一个人能觉得自己是苍穹上的一颗星星（"苍穹星闪烁"），她的苦乐观也便不是常人能够企及的了。

常西宁的宿舍是一间独院，屋子和院墙都是土坯砖。常西宁的业余时间，除了对亲人的思念，除了写格律诗，便是收集牛羊头、石头和树根。休息日，她便骑了自行车，沿公路去寻找这些。从格尔木到都兰，长长几百里的笔直劈开空茫大漠的公路上，沿途的公路道班没有地名，就叫白刺林道班或红柳道班。道班的工人们认识了她，就会把修路时挖出的白刺根保存好，等着她的到来。这种生长在贫瘠干旱的戈壁上的白刺，为了保持自己顽强的生命力，有一个巨大的根部，用自行车驮回去并非易事。但她喜欢。

在苍凉寂寞的荒原，为了得到一只犄角优雅的羊头，她会跟着牧民走几十里路，直到这只羊被宰杀，她再向卖主买下这只羊头。从格尔木往上，便是昆仑山，她常去那儿捡石头。海拔将近 5000 米的昆仑雪峰，奇岩异石无数。

她那间土屋的里里外外，满墙满地，满桌满柜，都挂满了、放满了这些牛羊头、白刺根和石头。她在当地举办了展览，引起了不小的轰动。报纸做了整版的报道，电视台做了长时间的专题。城里城外，远远近近的市民、牧民，看了报纸和电视的报道，源源不断地、主动无偿地给她送来牛羊头、树根和石头，以及一切他们觉得奇异的自然造化的果实。

他们把这个充满了男人气的女人，看成高原特异的艺术的保护神。人迹罕至的高原由此厚待她，她则由此找到日子的趣味。

县邮电局长

我们早上从格尔木出发，下午 3 时到达香日德镇，这里果然树木繁茂（香日德在藏语里是"树木繁茂的村庄"）。整个大半天，我们只是在这里才享受到一片林荫。已经有一个穿西装的壮实汉子在这里等我们，安排好了饭食。正狼吞虎咽着，有一个人走进来，向我们笑着，并且随即在我们桌上坐下，是一个小伙子，穿着短袖 T 恤，戴着一顶长檐小红帽。我们没有在意，以为他是来找局长的线务工、邮递员之类。

那个接待我们的壮实汉子却介绍说，这是局长，而他自己则是办公室主任——我们起先把他当成局长了。

局长叫祁文泉，他上午就到香日德镇来了，一直在找他的两位在县政府担任领导工作的朋友来陪我们。他的朋友被什么事拖了一下，比我们晚到了一步。他们也就不肯吃午饭，等着我们吃完，便匆忙开始下午的日程。

他们一心一意要让我们看的是一处吐蕃和吐谷浑王朝的墓葬群。这个尚未开发的墓葬目前已经震动了世界。从当地盗墓者手上流失到国际市场上的巴掌大一块丝织品，卖价是 3 万美元，超过了唐代文物的卖价。装饰品上的金丝直径只有 0.02 毫米，今天的工艺都难以达到这个水准。这里挖出的铜雕马踏飞燕有一米高，远大于甘肃雷台出土的、如今作为中国旅游标志的那具马踏飞燕。国内外闻讯而来的文物专家，面对被当地牧民挖掘得一片狼藉的残骸，抱头痛哭。好在古墓的大部分未被开发。青海省曾经投入百万巨资，仍没有找到墓道，只有暂时保护起来。

墓群离开公路二十多公里，在一片连绵黑色的山里。夕阳斜照，面目残破的墓葬抱恨苍天。山下的察汗乌苏河在一片砾石上蜿蜒弯曲，牦牛群、羊群和马群凝然不动。远处山尖的后面，藏族寺院的经幡悠悠飘忽。返回公路的时候天已经黑了。吉普车在高低不平的砾石上颠簸，不时要趟过察汗乌苏河。车子把河水溅得老高，随时都有可能熄火，令人提心吊胆。但自己开着车的祁文泉却若无其事，一路说着当地藏人热情好客的笑话，他把那个长帽檐歪到头一侧，像个坏小子。

进都兰县城是夜里9点以后，已经有很重的寒气了（"都兰"在蒙语里是温暖的意思），祁文泉让我们去一家清真饭馆吃"手抓"羊肉，这似乎是当地招待远方来客的最高方式。店主让一个叫娜仁花的蒙古少女唱歌敬酒。歌是地道的民歌，酒是地道的烈酒。大家也就敞开了怀，一个一个争着自己站起来唱歌，高声大气的歌满是醺人的酒气。轮到祁文泉了，他一直是最活跃的，却忽然迟疑了。大家就闹哄哄地催他。他忽然摘下帽子，摔在桌上，站起来，说，我唱个花儿。

　　　　人（家）们都说出门人好，
　　　　（可）出门人的寒苦谁知道，
　　　　三九天我们开上（着）走了。
　　　　十四五岁（上）出门去，
　　　　四十、五十（着）回家门，
　　　　小伙子变成老汉。

　　　　人（家）们都说出门人好，
　　　　（可）出门人的寒苦谁知道，
　　　　六月天反穿皮袄。
　　　　前面看（着）是黄河滩，
　　　　后面看（着）是鬼门关，
　　　　出门人的眼泪掉了。

唱罢，祁文泉眼已红，泪欲落。一屋子登时默然。

最先打破静默的是祁文泉的朋友，县文化局的颜局长。他说，这支歌就是祁文泉的写照。

祁文泉 14 岁背着褡裢上青海邮校，毕业后分到都兰局，干过邮电局的所有工种。最开始做线务工，去检查微波站线路，在《西游记》里写的"女儿国"一个无人站连着住了十几天。那里没有水，随身带的水得留着煮面条，上顿剩的汤得留到下顿。倒是带了大量的西瓜，便用吃剩的瓜皮洗脸。到戈壁滩上一晒，瓜汁全卷了皮，比不洗脸还难受。前年当了局长，事更多了，没法回去照顾父母，父母家就在离西宁 20 里的农村。父亲老了，以前拉着架子车翻山越岭到集镇上去卖自家种的菜，路上只要歇一次，现在要歇三次。今年过年，父亲在家烧火，母亲去买调料，在冰沟滑倒，后脑勺摔破了一点不知道，只顾在冰面捡摔散的花椒。父亲半天不见老伴儿回来，就去找。见到趴在地上的母亲，他一脚踢开那些刚捡起的东西，背上老伴儿就回家。没钱上医院，母亲在床上躺了才三天就又下地干活儿，她怕累坏了老汉。

祁文泉的泪到底没有忍住。村里人都羡慕他在外面做事，拿国家的工资。谁知道，就为这，他到西宁开会，离家才 20 里，也常常没时间回去一趟，总是忙活着。等有一天，他能长久地回去，那也是老汉了。他说，我也不知该咋办，忠孝不能两全呀。都兰海拔 3000 米，他 12 岁的儿子患先天性心脏病，常常不住地流鼻血，下到西宁就没事了。本来可以把儿子送到老家去养，可他怎忍心再给二老添活儿呢？

（选自《人民文学》1999 年第 10 期，原题《柴达木人》）

诗篇内外德令哈

叶延滨

一

青海省海西州邀我去参加在德令哈举办的"首届海子青年诗歌节",我欣然应邀前往。

德令哈是海西州的州府所在地,海西州位于青海湖之西,辖30余万平方公里土地,是青海省区域面积最大的蒙古族藏族自治州,每平方公里平均1.3个人,大部分土地为荒漠、半荒漠和高原草甸。

柴达木系蒙古语,意为"盐泽之地",也有"辽阔的土地"之意。在中学地理课本上,我早就熟悉了它的盐湖、盐路,以及石油和有色金属的故事。

然而,柴达木的首府德令哈,却是青年诗人海子的一首诗告诉我的:"姐姐,今夜我在德令哈,夜色笼罩 / 姐姐,我今夜只有戈壁 / 草原的尽头我两手空空 / 悲痛时握不住一颗泪滴 / 姐姐,今夜我在德令哈 / 这是雨水中一座荒凉的城……"当年我在四川成都主编《星星》诗刊,听到海子辞世的消息,这首悲凉的短诗,让我记住了大漠里有一座小城叫"德令哈"。

二十多年过去了,德令哈变成了一座繁华的绿洲小城。这座小城没有忘记那位让小城插上诗歌翅膀的青年诗人,在市中心的巴音河畔,专门修建了海子诗歌陈列馆,在陈列馆开馆之际,举办"首届海子青年诗歌节"。一座遥远的大漠绿洲小城,就这样以诗歌的名义,让我走近她!

二

走近德令哈，也就走进了"遥远"的诗意。

我在北京打开电脑，百度此行的路程。我坐飞机到青海省会西宁，然后百度搜索的结果，西宁到德令哈乘车要 8 个小时以上的车程。在航空和高铁的时代，8 个小时的车程，只能在新疆、青海和西藏这样天高山高水高的地区还可以体验，体验诗意的"遥远"。

此前，我已经 6 次到青海，大美青海每一次都给我以灵魂的洗礼，在青海湖我一次次感受到壮阔，在坎布拉神话般的天空下我领略到纯粹，在贵德清澈的黄河边我分享了宁静，而此次前往德令哈的路途，我走进了诗意的遥远。

这遥远是日月山草甸上的经幡，那七色经幡飘动着遥远的文成公主的故事。一个女人远嫁吐蕃，在遥远的出嫁云水路上，留下多少悠长的情丝。

这遥远是夏日牧场上的帐篷，炊烟一缕让灰白的羊群和黑色的牦牛群，生动成远天的棋子，是谁在和命运博弈？

这遥远让布满骆驼刺的荒原，因为尚未完工的高速公路的绿色护栏而有了生机。

这遥远让裸露褐色岩石的祁连山脉，因为高举银臂的高压线塔而有了精神。

我曾想，人生有限的岁月，又把一整天的时光留在这戈壁滩上，值得吗？少年不知愁，那时背着行囊，数月与几个伙伴跋涉于荒野山乡，觉得好坏是证明生命的意义。而今天一天的行程，再次体悟遥远的诗意，我才觉得，城市中不知为什么"忙碌"的我们，丢失得实在太多了。在这里，高天上一只鹰会让我惊喜，荒原上一幢小屋会让我关注，草甸上一棵独立站立的树会让我伤感，遥远的行程让我走近自己陌生的内心。

三

来到德令哈，也就走进了"宽阔"的诗意。

这座在海子当年诗篇中还是"荒凉的城"，已经完全变得像新娘一样漂亮动人。宽畅而整洁的街道，一幢幢新楼，一排排绿树，都好像在修改着诗人赋予小城的意境。

德令哈在蒙古语中的意思是"金色的世界",也是最美丽的柴达木生态绿洲。我们来到德令哈当天晚上,参加了在这里举行的"第三届世界山地纪录片节"的颁奖晚会,各种肤色的艺术家们欢聚一堂,让我们忘记了这里是大漠一隅,仿佛置身于北京或者西宁的某个影剧院,边城德令哈以宽阔的胸怀拥抱各国艺术家。

第二天上午,诗歌节在巴音河畔的海子诗歌陈列馆开幕。开幕式上,除了来自全国各地的诗人和诗歌批评家,青海省委宣传部长、彝族诗人吉狄马加,蒙古族州长诺卫星等当地政要,也到会与诗人们一起度过自己的节日。

也许诗歌能感天动地,常年干旱的荒原,此刻云团聚集,拉开了天地间的大布景。细雨霏霏,再现了海子诗意,也滋润着在场所有人的心田。这就是德令哈的"宽阔"意境,能够给全世界山地影片艺术家捧上鲜花,也能为一位青年诗人勒石刻碑。我看到雨水亲吻一块块刻着诗篇的巨大的五彩昆仑玉石,一股热流涌上心头。

四

进入德令哈,也就走进了"神秘"的诗意。

给我们当导游的是当地的志愿者,晓肖姑娘是一个快乐的藏族女孩,在内地桂林完成了学业。问她为什么不留在桂林,她说:"桂林哪有德令哈好啊?夏天热得要命,冬天冻得要死。"也许,我们会觉得高寒地区的德令哈哪里会比得上桂林,但小姑娘就是这么感受的。德令哈夏天不用安空调,冬天烧足了暖气,理由还不充分吗?小姑娘说,你们知道吗?青海特产三蛋,洋芋蛋、红脸蛋和欢蛋。什么是欢蛋?就是欢快的小姑娘。原来如此,那么应该写成欢旦,旦角的旦。德令哈快乐的姑娘们给大家留下了鲜明的外在印象,她们是德令哈的"形象大使"。

美丽的欢旦们背后的德令哈,神秘而诱人,最神秘的是"外星人遗址",坐落在咸水的托素湖南岸。远远望去,高出地面五六十米的黄灰色的山崖,有如一座金字塔。在山的正面,有三个明显的三角形岩洞,中间最大的洞口,离地面两米多高,深约六米,最高处近八米。洞内有一根直径约四十厘米的管状物,半边管壁从顶部斜通到底。另一根相同口径的管状物,从底壁通到地下,只露出管口。

洞口之上，还有十余根直径大小不一的管子穿入山体之中，管壁与岩石完全吻合，好像直接将管道插入岩石之中一般。这些管状物无论粗细长短，都呈现出铁锈般的褐红色。而东西两洞由于岩石坍塌，已无法入内。在湖边和岩洞周围，星罗棋布着许多站立的奇形怪状的石块，面对着烟波浩淼的托素湖。托素湖是盐水湖，和它相连的可鲁克湖却是淡水湖，云雾舒卷，鸥飞鱼跃，芦荡环绕，是荒漠中永远的神话绿洲。

遥远、宽阔而又神秘的德令哈，就这样留在我的生命旅程中。像一首诗，打开时，在我眼前；合上了，在我心中……

（选自《今夜我在德令哈》，中国文联出版社 2012 年 12 月出版）

行走在西部星空

于佐臣

20 世纪 80 年代中期，大开发的旋律再次响彻柴达木。记得当时有一部热播的电视片，名叫《西部没有雕像》，拍的是青藏线上的汽车兵。这部片子让我好生感慨，同一个西部，八百里青藏线有自己的雕像，那八百里瀚海有没有自己的雕像呢？可以说，每一个大写的柴达木人都是一座雕像，但人们一提起"西部雕像"，耳熟能详的，还是盆地开发早期诞生的传说、故事、南八仙、阿吉老人——和 50 年代的人物群塑相比，30 年过去了，西部依然在重复昨天的故事。

当时我在海西州委宣传部工作，经常到农村牧区、企业矿山。我从那里获得的生活体验，早已不是 30 年前的故事，而是一幅幅缤纷涌动的现实画面，那人，那事，时时撞击着我的心。我想用文学语言把这些感知"报告"给更多的人知道。后来，我把这个想法告诉了王贵如，结果贵如老兄不光支持我，还成了我的合作者。

打那开始，我们进入西部星空，追星，写星，用笔触摸星的热力和亮度。我们俩的第一篇报告文学，首先从一位"奇人"破题，他叫陈登颐。当时我们国家刚刚度过拨乱反正恢复时期，中国人才开发史正经历一次伟大的"掘地运动"，到处是一片尊重知识、尊重人才的声浪。1983 年，大柴旦中学英语教师陈登颐出版了他的译著《世界小说 100 篇》，轰动了整个翻译界，人们把关注的目光投向瀚海小镇，寻找这颗璀璨的新星在他人生坐标上刻下的轨迹。尽管我和陈老师共过事，但因为站的高度不同，还是贵如最早发现了这个题材，题目也是他定的。为了采写陈登颐，我们俩还和科技干部局的负责同志赶往大柴旦专程采访。文字刚刚杀青，孟伟哉主编的《现代人》杂志就来催稿了。于是，我俩赶忙连夜誊稿，第二天托人带往省城，总算没误了发稿期限。"奇人"在读者面前立起来了。

在西部，环境与人文之间的巨大落差，简直令人难以置信。如果你没有亲耳聆听奇人诉说他在达肯大坂山下孜孜以求的 30 年时光，如果你没见过那座天不假以绿色的小房子，和那副被书占去一半的床板，你很难把奇人和一部 150 万字的译著联系在一起。处身险远，而睹常人所未睹的奇伟、瑰丽、非常之观，这正是奇人乃至西部人"出奇"的地方。聚焦奇人，放大史诗般的西部群体，透视这个群体的生态、奋斗、蜿蜒曲折的人生诗行，是我们最大的祈愿。末了，贵如从奇人身上提炼出一段压轴的话："我不是一个完人，也不是一个超人，只是一个生活上的怪人，一个求知的狂人。"落笔的时候，贵如又赘上一句，"不正是这怪，这狂，在他身上碰撞出璀璨的生命火花么？"这段话被奇人笑纳，当时他已58 岁，作为"未来的墓志铭"写进去了。

第一次去茶卡盐湖边的巴里河滩搞调研，一切都感觉很新奇。巴里河滩曾经叫响全国。20 世纪 70 年代，作为全国 18 个先进典型之一，在广交会上占据了一席之地，100 多个国家的 25000 多名外宾，参观了《茶卡草原在前进》图片展。照片上，一群青年牧民乘着解放卡车高歌猛进，片角却打着补丁，裸出脱落的墙皮和贫乏、空落的街道。当时，这里的一个七口之家，年收入只有七八十元。十几年后，那些带夸张色彩和讽刺意味的喧闹过去了，流星又找到了失去的轨迹，巴里河滩诞生了一支牧民摩托车队，每一顶帐房都架起了电视天线，蒙古包里吃上了四菜一汤，人定居了，配套的定居点、棚圈、草场转到了家门前，72 岁的老人走出草原外出观光旅游……

我和贵如聊起了巴里河滩见闻，对他来说，这等见闻太小儿科了，他了解得更多，包括当时理论界不敢正面回答的牧民雇工和劳务调剂问题。这样，第二篇报告文学的题目拍定了，就是 1987 年 3 月发在《青海湖》上的《跨越额尔古纳河》。当时有关牧区改革的理论问题应该把握的尺度和火候，我们还吃不很透，要写，不要绕着走，但是不下结论，不开方子，我们这样把意见商定了。也巧，不久我去海北参加省上组织的牧区社会主义新生活理论研讨会，和巴里河滩的年轻村长尕吉美德住一个房间，会上会下在一块。会议临结束那天，省委常委陈云峰同志来了，他在总结中对海西的发言颇有好评，特别是那段话："牧民们从地铺搬到床上，这段两尺半的距离，体现了跨越上千年历史的质变过程。"被一字不易地收进他的总结讲话中，当时给我一个启发：这篇报告文学就做在解读"牧区新生活"上面。

真难为尕吉美德了，他的发言太急了些，用念蒙文的语速念的数字串，尤其让我不敢恭维。我坐在旁边一个劲地提示他慢点慢点，他却全不理会，排山炮般地一轰到底。这样一来反倒成全了我，他发言剩下来的边角碎料，全在报告文学里派上了用场。我俩把"会场"搬到了枕头边儿，他给我讲文化补习班，讲马背小学，讲当万金油牌村干部的甜酸苦辣，讲北山口门乃海水利工程，讲解决一万亩草场的灌溉问题，一万头牲畜的饮水问题，还有盖房，搞第二代定居点建设……会议结束的那天晚上，我伏在倾听他的鼻息和鼾声的枕头上，在采访本上写下了这样一段话：尕吉美德对话录，一个民族的第一声啼哭，融汇在额尔古纳河的涛声里，第一次跨越，吾祖先民从幽暗的大森林走向草原，我们渴望多几次跨越，直至超越自己。

当市场经济之光照临柴达木绿洲，绿洲人将怎样重塑自己的未来呢？我们走向绿洲，走向绿洲人。柴达木，第一次走进西方科学文献，它的名字叫"东方荒漠"。可目睹这一片片绮丽的绿洲，纵横交错的水渠、林带，波翻浪涌的麦海，姹紫嫣红的果实，堆锦叠翠的蔬菜——还看得到昔日柴达木的荒凉面孔吗？

穿过莽莽沙丘，我们在都兰县宗家滩找到了"老三八"。他叫李长富，人称大漠播绿人，大半生都在闹绿色革命，在风啸沙走的宗家滩种下了一道道林带、林网，双手托起一片绿洲。绿色改变了这里的小气候，宗家滩的粮食产量由70年代的10万公斤猛增到60万公斤。站在乌兰山口，俯瞰香日德绿洲，村长郭生辉告诉我，25年前，这方圆11万亩土地上，只孤零零地站着一棵红柳树——河山新造的伟大壮举就从这棵树开始。25年过去了，这块变绿了的土地，连续两次创造了春小麦一季单产的世界纪录，全国农业栽培专家戴农之日夜兼程赶赴这里，目睹了这样一个奇迹。《人民日报》向全世界发布了这一消息。

在保守观念壁垒森严的西部农村，改革的一举手一投足，无不与旧观念发生着碰撞、摩擦，人们对"静悄悄的革命"这个理智的表述太感兴趣了。改革，重塑绿洲农业，正当国内外舆论普遍肯定中国农村改革的时候，更深层次的改革连同它步履维艰的特征，已经从西部农村的不同侧面显露出来。

绿洲人在思考。

年逾六旬的吴方兰老汉，在揣摩"集约化经营"这个谙之不深的名词。他有一个方圆两三百亩的处女地"大眼睛弯弯"，让他驰骋纵横，在规模经营的百位数上跳跃、跨越。在吴老汉眼里，"大眼睛弯弯"不只是一碗饭，一篮菜，还是一只钱袋，他要从"大眼睛弯弯"的山坳里，走出一条种田致富的新路来。希里沟镇的种粮大户董成基则睿智地认为，对于发育成熟快的柴达木绿洲来说，发展的着眼点要放在提高单产即集约化经营上面，他创新了一套反传统的土地管理新程序，从庄稼浇盖头水到黄熟季节，积累了一连串的数据，他想的是把这些数据注入农业的血液。而作为一村之长的郭生辉，正在思谋着如何转移部分劳动力，为种粮大户集中土地、搞规模经营创造宽松的环境，实现绿洲农业的优化组合——可以说，后来我们写成的《西部绿色闪电》，浓缩了盆地种粮大户们当时的可贵思考，这些思考如雷声，如闪电，震撼着倾斜的西部版图。

岁月从笔下走过，留下了吆着牲口在雪线上跋涉的牧区放映员；行走在木里——江仓煤带的勘测工程师；一位码儿字的老人和他的"钩海"之梦；还有漫着花儿，和西去朝圣的队伍结伴而行的砂娃——如果说，我的西部走笔缺失了什么，那就是浸透西部骨骼的盐，盐湖，盐湖人；如果说，我的西部走笔还没有结束，我最不能释怀、最想写的是《西部：盐的对话》——做一次回雁溯程，我在电脑上敲下上面的文字。

今夜，同一个月亮下面，我心头的西部星空应该格外地明亮。

（选自《我和我的青海》，青海人民出版社 2010 年 6 月出版）

第一首诗，第一部书，那是一座座丰碑

肖复华

新中国成立，年轻的共和国急需"血液"。就在领袖在焦虑、人民在期盼、石油在召唤、柴达木在期待的历史时刻，默默地走向柴达木，走向石油，融入石油，生命与石油一起燃烧的，有两位勘探"精神石油"的诗人与作家——李季和李若冰。

诗人李季 1938 年走向延安抗日军政大学，那年他 16 岁。延安火热的生活，成就他的著名长诗《王贵与李香香》，从此奠定在中国现代文学史的地位。新中国成立后，他出席了第一届中国文联代表大会，赴武汉任中南文联编辑出版部部长，主编《长江文艺》。不久，他响应国家号召，携妻挈子由北京迁居玉门油矿，出任党委宣传部长，彻底在石油扎下根。那一年，他正值而立之年。

1954 年，听说勘探队进入柴达木，他坐不住了，一再要求随队行。当时任玉门油矿矿长的是杨虎城将军之子杨拯民，与李季是老朋友了，他关心地问："你有风湿性心脏病，去柴达木怕是吃不消吧？那儿海拔高，氧气少……"李季只是笑笑。诗人自有诗人的情怀，从投身石油那一刻起，他的心中便沸腾着这样的誓言：口含消心痛，挥笔画油龙；待到心竭日，油龙腾太空。面对这样的诗人，杨拯民还能说些什么呢？李季走向雪山戈壁大漠，扑向井架油井蓝天，挥笔书写一首首关于柴达木、关于石油的诗篇。直到 1980 年 3 月 8 日因病逝世，写字台上仍然摆放着那四句不朽的诗句。那诗，生，是诗人的座右铭；死，也是诗人的墓志铭。

作家李若冰，1938 年仅 12 岁就参加了延安抗战剧团，在战火硝烟摸爬滚打中，身上也熏染了不少艺术细胞。1944 年，小学都没毕业的他，竟凭一篇演出感受的散文，考取了延安鲁迅艺术学院文学系，开始了笔墨生涯。新中国成立，他脱下军装，便走进北京中央文学讲习所，进行系统学习。三年学成后，组织上想把他留在北京，在《人民文学》工作，可他还是选择了大西北。1953年6月，他返回西安与贺抒玉结婚，半个月后蜜月还没度完，便去陕北油矿采访。9月，挂职西北酒泉地质大队，任副大队长。说是挂职，可年仅27岁的他，和勘探队的小伙子一起，抡圆了膀子风里雨里真干。

1954年9月，燃料工业部决定，由石油管理总局局长康世恩带队，有国家经委、建委、民航总局、铁道部等有关人士，有西北地质局、钻探局有关领导，以及中苏两国地质专家，组成最具权威的考察队，进入柴达木盆地西北部。由于李季、李若冰和新华社西北总分社记者姚宗仪，随队走进柴达木盆地西部，这儿迎来了有史以来的第一位诗人、作家和记者。

通往西北方的道路是荒凉的。一个人也看不见。前面是一望无际的戈壁……有时候，突然，眼前会闪过去一群惊慌的黄羊儿……有时候，一群野骆驼横立在大道上，痴呆地瞭望着……每天，我们总是怀着美好的想望，行走在崎岖不平的道路上，憩息在空旷的荒滩里。我们走了一天又一天，什么时候才能到柴达木盆地呢？什么时候才能看见一个人哩？在这里，能看见一个人那该多好啊！

这是李若冰进入柴达木记录下的第一感受，在这"古来征战地，不见有人还"的不毛之地，他们不停地向西，向西，再向西，整整走了四天，一路餐风饮沙，露宿戈壁，荒沙一片，一片黄沙……然而他们却一路歌声，一路笑声。每次宿营，大家一起拉绳索，搭帐篷，拔骆驼草，啃大饼。篝火旁，地质专家和工人们，外国专家和中国作家，都是一家人。大家盘腿坐在沙滩上，谈笑风生。这时，最活跃的当属诗人李季，他曾写下一首首民歌体的现代诗；他是唱"信天游"的高手，那发自心底与大自然的对歌，天地人的共鸣强悍地摇响八百里瀚海。李季还是讲故事的能手，论古说今，妙趣横生，惹得大伙都爱凑到他的身边，听他聊天。每当这时，李若冰总是和他坐在一起，一唱一和。同行的新华社记者姚宗仪为他俩拍摄下一张珍贵的留影。

四天四夜后，他们终于到达久仰的油砂山。傍晚，那是油砂山最为辉煌壮美的时刻，夕阳像燃烧的火染红一片天，晚霞似欲火中的凤凰展开五彩的双翼翱翔其间，碧绿碧绿的尕斯库勒湖映照着瓦蓝瓦蓝的天，不远处昆仑的雪峰直入白云间……真是一幅梦也幻不来的画卷！诗人完全沉浸在这大自然美的造化中，似乎一下子就来了灵感，创作出脍炙人口的《柴达木小唱》。而平时不如李季善谈的李若冰，却在现实的激动中捕捉着油砂山的素材。

当李季离开油砂山，离开尕斯湖，离开昆仑山，离开柴达木时，他的心一直在这样呼喊："回柴达木去吧，这念头哪一天不煎熬我的心？把这颗心带回去吧，为什么要让我忍受这思乡的痛苦……"直至生命的最后时刻，诗人思挂石油的心依然晶莹闪亮："可是我呀，我只愿当一名石油工人，一顶铝盔就是我的最高奖赏。"

李若冰离开柴达木后，那颗激动不已的心总是难以抑制，一个月后报告文学《在柴达木盆地》诞生了。这是后来著名的《柴达木手记》首篇，发表在 1955 年《人民文学》第 2 期，后改名《初进柴达木盆地》。这一发便不可收，他说，思念柴达木的痛苦总咀嚼着我的心。1956 年，他去北京参加中国作协理事扩大会，受到周恩来总理亲切接见。

不久，"反右"斗争来临了，他却不管不顾地一头扎向柴达木。1957 年从初夏一直到初冬，马不停蹄地跑遍柴达木的山山水水。他一路走，一路写，全然忘记了还有什么"反右"斗争。他也忽略了笔下的人物，有的已划为"右派"，有的正在成为"右派"。可他真心地爱着他们，真心地爱着柴达木。1959 年作家出版社出版的《柴达木手记》，忠实地记录了一个个"右派"的真实身影，这在中国文学史上无疑是不可多得的宝贵遗产。

粉碎"四人帮"以后，李若冰又先后 3 次来到柴达木，写下《爱的渴望》《紧贴你的胸膛》《敞怀唱大风》《心系大西北》等篇章。在纪念文艺生涯 60 周年《永远的诗人》一书中，他最后写道："只要我能跑，我的目标仍然是西部。因为我的家乡在西北，我的精神家园在西北。"

1993 年 8 月，青海石油管理局授予李季、李若冰特殊贡献奖。真是日月经久，春满楼台，经一度花开，又一度花开。那天，我给前来替李季领奖的李季夫人李小为，李若冰及夫人贺抒玉，念了我刚落笔的一篇文章。那天，我们都落泪了。文章结尾是这样写的：

在大戈壁创造第一，是伟大的。

第一首诗，第一部书，如同柴达木的第一座井架，第一口油井，第一滴石油。

第一座井架，第一口油井，第一滴石油，就是第一首诗，第一部书的序言。

第一首诗，第一部书，那是一座座丰碑！

（选自《柴达木笔记》，陕西师范大学出版社 2010 年 6 月出版）

风沙吹不走的冷湖风流

鄢烈山

这次中石油组织"行走·石油"活动，到西北陕甘青三省转悠一圈，最令我激动的场景，是在柴达木盆地看到的冷湖油田基地遗址。

大庆油田发现之前，冷湖油田曾是共和国第四大油田。现在的冷湖行委（县级架构），北距甘肃敦煌市 257 公里，东距大柴旦行委 267 公里，西距茫崖行委（驻地花土沟镇）298 公里，南距格尔木市 450 公里。1947 年，国民政府经济部组织人员到柴达木进行工矿资源科学考察，在盆地西部花土沟发现了油砂山。《余秋里回忆录》继"克拉玛依油田的发展"之后，有专节写"冷湖油田的建设"。青海油田公司企业文化处的宗福军，在他的冷湖忆旧文章里写道："如果你曾经年轻过，并且经历过二十世纪六七十年代，那你一定听说过冷湖。因为那个年代的冷湖，就像 80 年代的深圳、90 年代的上海浦东，是当时中国最年轻、最时尚、最充满激情的新兴城市。"

惭愧，我是现在才知道冷湖的，虽然以之得名的那个高原湖泊奎屯诺尔还在，油田却已"冷"到成了历史遗迹。据曾在那里工作、现居湖南衡阳的作家甘建华先生考证，"奎屯诺尔"蒙古语意即"寒冷的湖"，青海油田水电厂曾在此打机井 8 口，是冷湖地区的供水基地，而不是通常人们认为的"冷湖"指"昆特依"湖——蒙古语意为"谷地"。

我见过意大利庞贝古城废墟、希腊古奥林匹克遗址、雅典帕特农神庙遗存和柬埔寨吴哥窟等世界著名古迹，所产生的心灵震撼都不如在冷湖之强烈。那些历史名胜毕竟时间、空间离我遥远，怎么能比冷湖遗迹与我在心理上这么亲近，甚至还是我等当代中国人生活的一部分呢？

冷湖地区有成片的地质构造，地质勘探者从北向南，按照顺序把它们命名为冷湖一号至七号构造。后来，这些地质构造的编号，就被沿用为地名。

现存的冷湖油田遗址有三大块，最北的一处名叫老基地。

1955年初夏，地质部石油普查大队（代号632）一分队的30名同志，来到了赛什腾山（蒙古语意为"黑色的不长草的山"，俗称"黑油山"）下，在这块荒无人迹的戈壁滩上找油，最初的落脚点即是后来的老基地。最兴盛的时候，有东西、南北方向两条街道，设有商店、银行、粮站、邮局和影院，镇区面积约1.2平方公里。按照油田生产布局，老基地曾经有运输处、器材处、机修厂三个二级单位，职工和家属有五六千人。司机葛先生曾在这里生活过，向我们指点了往日街区的建筑格局。

第二处遗迹在冷湖四号（构造），距老基地南向11公里。1958年9月13日，冷湖五号地质构造上的地中四井喜获高产油流，日喷原油800吨，几天之内，井场周边变成了一片"油湖"。石油工业部即组织在冷湖地区进行大会战，部长余秋里、副部长孙敬文、康世恩等先后来到探区视察，确定"猛攻冷湖，拿下大油田"的方针。1959年1月，青海石油勘探局机关从老茫崖搬迁到冷湖四号，更名青海石油管理局，从勘探到钻井、采油、炼油全盘协调指挥，顿时云集了两三万大军。当年国务院批准在此设立冷湖市，它一跃成为中国的热土，仿如80年代的深圳。1991年，局机关及其下属单位陆续搬迁至甘肃敦煌市七里镇新区，冷湖地区开始衰落。

在那个遥远的年代，不用多说，这个新兴的石油城建筑主要是土坯房。而今"冷湖市"这一称谓不复存在，剩下青海油田下属的一个采气厂，职工加当地居民不到2000人。"君子死，冠不免"，作为以盐化产业为主的工矿区，它现在的名称是直属海西州管辖的冷湖行政委员会。

我们从青海油田老职工称为"前指"（1979年3月20日开始的甘青藏石油勘探开发会战前线指挥部）的花土沟镇过来，在戈壁滩上跑了大约300公里，赶到冷湖"打尖"。冷湖石油公寓属于青海油田采气三厂，据说是原先的外国专家公寓，建得比较好，现在看上去也不落后。在冷湖长大的小宗告诉我们，公寓对面黄沙漫漫的空地，曾是 20 世纪 80 年代中方与美国 HGS 地震勘探公司合作找油时，美国专家用的直升飞机起落场地。当年的镇区面积 2.1 平方公里，其繁华已杳无痕迹。

第三处冷湖油田的遗迹在冷湖五号（构造）。地中四井这口发现井及"英雄地中四，美名天下扬"纪念碑不远处，就是当年的土坯房。

冷湖五号位于冷湖四号东南 15 公里，只有一条东西方向的街道，全长约 2.5 公里，是石油局的采油、钻井和炼油基地，水电厂也设在这里。据甘建华先生的《冷湖那个地方》书中说，镇区面积 2.5 平方公里，1990 年人口仍有 7700 人。建在这里的炼油厂，到 1985 年底，历年累计加工原油 1976643 吨，生产汽、柴、煤油 1225780 吨，不但保证了青海油田的轻质油自用，而且在国民经济困难时期，有力地支援了青海、西藏两省区的地方经济建设，特别是保障了 1962 年中印边界自卫还击战部队的用油。那时每天要装足一个运输连队的罐车，穿过广袤的大盆地，翻越唐古拉山口，驶向西藏雪域高原。

老基地和冷湖五号，还保存着大片土坯房和街区，只是断垣残壁，房顶窗户均被撬走。甘建华先生说，"就像楼兰废墟一样，望之凄凉心寒"。我对之没有回忆，没有情感寄托，也没有到过楼兰，但望之仍然感觉心灵的震撼。

站在这三处遗迹的任何一处，北望都可看到阿尔金山峦的皑皑雪峰，周边则是无尽的荒漠，正如《敦煌唐人陷蕃诗集残卷》第二首所悲吟的"千山空皓雪，万里尽黄沙"。唐人王之涣那首著名的《凉州词》，"黄沙（不是黄河）远上白云间，一片孤城万仞山。羌笛何须怨杨柳，春风不度玉门关"，该是对玉门关外柴达木盆地大漠戈壁的写实。唐代玉门关外的环境，似应比后来还要好一些，毕竟那里曾是匈奴、吐谷浑、吐蕃等番邦生息繁衍之地，军民势力一度可以威胁中原王朝。

延安时期以革命爱情诗《王贵与李香香》著名的诗人李季，曾有一首传唱至今的《柴达木小唱》："辽阔的戈壁望不到边，/ 云彩里悬挂着昆仑山。/ 镶着银边的尕斯湖呵，/ 湖水中映照着宝蓝的天。/ 这样美妙的地方哪里有呵，/ 我们的柴达木就像画一般。// 黄河长江发源在昆仑，/ 柴达木井架密如林。/ 油苗遍地似春草，/ 风吹油味遍地香喷喷。/ 这样富饶的地方哪里有呵，/ 我们的柴达木是个聚宝盆。……"

如果他的身份是我这样的观光旅游者，呼朋引伴去玩儿，不妨把柴达木说得这么美妙；如果是表现石油员工的生活环境，对不起，那就是忽悠人！真实的情境正如油田传唱的无名氏歌谣所说："南昆仑，北祁连，八百里瀚海无人烟。""天上无飞鸟，地上不长草，风吹石头跑，氧气吃不饱。"

《余秋里回忆录》"冷湖油田的建设"一节，用了不少篇幅写他在柴达木探区所见，"这里的生产条件和生活环境，在全国石油探区中是最艰苦的……"；他感慨，"由于处于高原缺氧环境，体力消耗很大，得高原病的人很多。柴达木石油职工，在这样的条件下常年奋战，真是不容易，他们艰苦创业、无私奉献的精神实在可歌可颂！"

我们不能像发"何不食肉糜"之问的昏君，说当年他们干吗要建这些土坯房呢！其实，土坯房在当年已是大有改善的居住条件了，比起初来时的"天当屋顶地当床"好多了。有这些土坯房的石油城街区之前，职工们住的是帐篷和地窝子。从花土沟过来，路过老茫崖，小宗指给我们看，这一带20世纪50年代有闻名全国的帐篷城——1956年9月5日《人民日报》发表《支援克拉玛依和柴达木油区》社论之后，全国捐了3000多顶帐篷，供18000多名职工居住。那些靠山丘崖壁的窑洞，算是条件较好的住处，所以办了医院。这里石油职工住得更多的，是自己动手搭的"地窝子"：第一代地窝子像草原上土拨鼠的洞穴；第二代露出地面更多一些，虽然阴暗潮湿，但冬季比较保暖。直到二十多年后，石油部副部长兼总地质师阎敦实，在花土沟组织指挥第二次勘探开发大会战，喊的口号还是"战戈壁，睡沙滩，重返西部建家园"，土坯房依然是最好的住宿，砖房则是以后条件好了时候的事情。

成千上万的石油人，在如此恶劣的生活与生产条件下"为油而战"，献出了青春和健康，有些人甚至献出了生命。冷湖四号东北侧有一处公墓，埋葬着400多名牺牲在这里的英烈。墓园的墙上写着"志在戈壁寻宝，业绩和祁连同在；献身石油事业，英名与昆仑并存"。其中有20世纪50年代石油部勘探司副总地质师陈贲，有20世纪70年代在涩北气田会战中不幸殉职的六烈士。他们的墓碑都朝向东方的故乡，我们应该永远铭记这些先人的贡献。

冷湖地区这些成片废弃的土坯房和街区，应该列入重点文物单位永久保存：它们既是中国石油工业发展史的见证，也是中国石油工人艰苦创业精神的丰碑。

——正是在这个意义上，站在冷湖海拔3000米的高地，我想大喊一声"土坏房万岁！"

作为当年在这里工作、生活过的人，还有另一重意义，那就是记忆的载体、精神的故园。

我看小宗的冷湖忆旧系列，从妈妈的"花园"，到自己儿时玩耍常去的地点，都记忆犹新历历在目。他在《寻找旧时味》一文里写道：冷湖四号的文化宫，曾经是这个城市年代最久远、规模最大、最有气派的建筑，是 20 世纪 50 年代末专门为苏联专家建造的、具有俄式宫廷风格的大型建筑。虽说一场火灾把偌大的文化宫烧得只剩下一个大门脸，孤零零伫立在公路边，为什么不可以像澳门大三巴牌坊保存下来而非要拆除呢？

在冷湖老基地，虽然因为无人保护，被贪小利者拆窗扒门揭了屋顶，衰败和破坏得不成样子，但那些土坯墙院上，还是留下了不少故地重游者的墨迹。我看到诸如"故地游 26（年后） 楚殿珺 （20）16 年元月 10 日""冀东油田怀旧团 王宏伟 王宏永 2015.7"这些留言，心里有一种说不出的感伤。这个地方是不少人生命的一部分，虽说"风流总被雨打风吹去"，但我们为什么要人为地把它抹得一干二净呢？

令人欣慰的是，这样艰苦的生活条件已经成了历史。

即使在当时经济困难的大环境下，石油系统的领导也不是一味要求职工"革命加拼命"，不是只讲"下定决心，不怕牺牲，排除万难去争取胜利"。余秋里在"冷湖油田的建设"这一节，特别对张复振同志表达了敬意。张复振作为杨虎城旧部、地下党员、1945 年起义的国军师长，于 1952 年率领解放军 19 军 57 师集体转业为石油工程兵师，后任石油部运输公司经理兼党委书记。余秋里特别提及他关心司机，运用部队建兵站的经验，在千里运输线上建接待站，安排过往司机的食宿，为他们准备炒面和开水。

事实上，冷湖油田勘探开发早期，在老基地西北面的荒漠中，曾经建过一个农牧基地，试图种菜养羊，改善职工的生活条件。虽然失败了，也不妨看作今天青海油田在冷湖地区投资资助当地政府建大型暖房，用现代农业技术种蔬菜的先声。我注意到了它的广告牌：辣椒、茄子、芹菜、西红柿，一律每斤 3 元。

（选自《青海石油报》《柴达木日报》2016 年 9 月 12 日）

西路上，她说柴达木

贾平凹

　　于是，在以后的日子里，她是沿着油线经过了阿克塞县，到冷湖，到花土沟，到格尔木，又从格尔木到德令哈、香日德、茶卡、青海湖，到西宁。我则继续往西，从敦煌到哈密，到吐鲁番，到乌鲁木齐，到天山。

　　她告诉我，阿克塞县原是建在当金山脚下的，居住着哈萨克族，有一个天然的牧场，后来才搬迁到了大戈壁滩来。而她在翻越当金山时，空气稀薄，头疼得厉害，汽车也害病似的速度极慢。那石头冻得烫手，以前只知道火烧的东西烫手，原来太冷的东西也烫手。她是在山顶停车的时候，抓块石头去垫车轮，左手的一块皮肉就粘在石头上。路是沿着一条河谷往山上去，弯来拐去，河水常常就漫了路面，而就在河的下面，埋着一条天然气管道，你简直无法想象，在铺设这些管道时，怎么就从河下一直铺过了山顶。翻过了山顶，就是青海省了，那里有更大的牧场，她是第一次见到这么大的牧场，而牧场不时有筑成的土墙围着。

　　那位从阿克塞搭她的顺车去花土沟的姑娘，告诉她说那是为了保护牧场：这一片草吃光了，再到另一片牧场去，等那一片又吃光了，这一片的草就长上来了——就这么轮换着。姑娘还自豪地说：这里的羊肉特别好吃，因为羊吃的是冬虫夏草，喝的是矿泉水，拉下的羊粪也该是六味地黄丸。这姑娘尽吹牛，但羊肉确实鲜美，她是在山下一个牧民家里吃了手抓羊肉，她吃了半个羊腿。

　　她说，她到了冷湖。冷湖在五六十年代是闻名全国的油田，也曾是青海石油管理局机关所在地，但现在已经废弃了。尕斯库勒湖畔发现了新的油田，前线指挥部也搬到了花土沟。她去的时候，戈壁滩上空落着如山区小县城一样的一片房子，到处是砖头、水泥块，被掀开的屋顶，挖去了窗子的墙壁和发锈的铁皮筒，硬化了的破皮鞋。现在五分之一的房子里还住着人，是油田留守处，因为花土沟油田的工人，4个月轮换一次回敦煌的生活基地，过去路不好，得一天赶到冷湖住上一夜，再用一天从冷湖到敦煌，如今路好了，一天可以到达，中午饭却必须在这里吃，否则一整天再也没有吃喝的地方了。

她说，她去的时候，正好有个小车也停在接待站门口，原来有位已经调到了北京的油田老领导来故地重游。这位领导穿得臃臃肿肿，脖子上套着橡皮软圈，

他就是当年在这条坑坑洼洼的路上被颠坏了脖子，一累就头脖发肿，也正是患下这病才被调回北京。石油上退休的工人差不多都是返回内地安了家，前十几年，回内地的工人常常发生这样的事，退休时身体还好好的，一回内地不出三年人就死了。后来考察了，原是十八九或二十岁来到新疆、青海，适应了稀薄的空气，一回到内地，氧气增多，肺却又不适应了，所以导致死亡。于是，退休的工人回内地住上一年，就又都返到油田，住三四个月或一年，然后到内地再待一年，再来油田，如此反反复复。对高原油田的感情，是身体的感情，生命的感情。老书记当然也需要来调整适应自己的肺，但他更想着回来再看看。她就同老书记在废弃了的城里转，她给他在曾住过的土屋子里留影，那墙上还留着他的小孩用铅笔写的"1＋1＝2"，有他的老婆合泥用手抹成的土烟囱，而泥抹得不光，上边清晰着手指印。她让他坐在那土门洞照相时，她看见他眼泪流了下来。

城区的东北角是一片乱砖地，有一簇杨树已经干枯了，而旁边正好是通往接待站的水管，水管漏水，从一条小沟流下去。老书记弯下腰把漏出的水引着往树下走，他说这是当年唯一的一簇树，是在四号学校门口，全靠生活用水浇灌大，现在树却死了。她就和他一块动手引水。

她说，从冷湖出发后，她仍是和那个姑娘驱车往花土沟走。这里海拔2700多米，人说喝空气屙屁，这里连空气也喝不够，人是这样，车也是这样。

在老茫崖，那里有一个小湖泊——青海高原上时不时有湖，但都是盐湖，只有这个湖水是甜的。20世纪50年代中期，油田工人骑着骆驼来到这里，就在湖边的戈壁滩上，搭了帐篷住下两三万人。若站在东边的山崖上，只见白花花的一片帐篷，人称帐篷城。她说站在山崖上往下看，当然那里什么也没有了，但她眼

前还是一片白。一辆从敦煌来的车也停在那里，司机或许要小便了，或许看见她们是女的觉得稀罕，反正就过来搭讪。他是油田上的，他说看见那山下的一排废窑洞吗？窑洞是看见了，有的已坍塌，有的沙涌了洞口。他说那是当年的油田医院，他爹就是患了肝硬化死在窑洞里。他爹在油田上干了30年，30年里来来往往只在300里方圆跑动，现在爹还埋在那山梁上，每年清明前后，他开车路过这里给爹烧纸。

她说，她到了尕斯库勒湖，参观了那里的采油厂和输油管站，到达花土沟已经是傍晚了。天特别地蓝，西边山上一片黑云，裂开一缝，一束束光注下如瀑布。花土沟是一个小型城市，规模比冷湖要大。搭车的那个姑娘下了车，她开车往花土沟里去看世界上海拔最高的油井(按：狮20井海拔3430.09米，井深4564.58米)。花土沟是五种颜色，而沟是层层叠叠的土壑，如一朵大的牡丹。壑与壑之间的甬道，七拐八拐往沟上去，车又如蜂一般在土的花瓣里穿行。到处是磕头机。有一辆大卡车拉着大罐，不能上，似乎倒退着要下滑，工人们就卸下一些罐，大声地吆喝。到了山顶，看万山纵横，一派苍茫。此沟是1968年开发的，往山上架线，修路，把井架一件一件往上运、背、拉、拖，山上缺氧，人干一会儿就头疼气闷。让羊驮砖，在羊身上绑六七块砖，一群羊就往山上赶，黑豆一样的羊粪撒得到处都是。最高处风是那么大，头发全立起来，不是一根一丝立，是粘乎乎一片地竖立。在那个破烂的帆布篷里，我遇见了两个工人，同他们说话的时候，帐篷外站着五六个工人，一直往这边看，招手让他们进来，他们却走了。

那个长着"红二团"的女子并不是工人，而是工人家属，她在山上做饭。山上的工人20天一轮换下山，提起现在的条件，说真是好多了。她说她是甘肃平凉人，结婚后第一年来油田看望丈夫，帐篷是几个人的大帐篷，没有地方可以待在一起，就在大帐篷外为他们新搭了个小帐篷。但是，一整夜听见外边有人偷听，丈夫竟无论如何做不了爱——爱是要在好环境里做的，越急越不行。天一亮，丈夫就又上山去了，爬在几十米高的井架上操作，贴身穿了棉衣，外边套了皮衣，还是冷得不行。她将灌着热水的塑料管绑在他身上，再穿上皮衣。下午收工回来，丈夫被原油喷了一身，下山时人冻成了硬冰棍，下车是人搬下来的，当天夜里就病了。新婚妻子千里迢迢来探亲，为的就是亲亲热热几回，回去了好给人家生个娃娃，但那一回什么也没有干成。

她说，她在下山时半路上碰见一个工人，工人长得酷极了，却一身油污，只看见他一对眼睛放光。她停下车要为他拍照，他先是一愣，立即将油手套一扔，紧紧握了她的手。她说，你别生气，在那一刻里，如果那人要拥抱我，强暴我，我也是一概不会反对他的。

她说，那天晚上，她累极了，可睡下一个小时后就醒了，心口憋得慌，知道这是高原反应。隔壁房间里一阵阵响动，开门出来看时，原来是新来了一个小伙子也反应了，人几乎昏迷过去，口里鼻里往外吐沫，是绿沫，我庆幸自己只是仅仅睡不着。听说身体越好越是反应强烈，你如果来了，恐怕一点反应也没有了吧？

222　　她说，从花土沟沿铺设的石油输送管道一直往东走，便来到了格尔木，你无论如何也难以想象出这一路色彩的丰富。先是穿过一片带盐碱的不毛之地，你看到的是云的纯白，它在山头上呈现着各种形态，但长时间的一动不动，你就生出对天堂的羡慕。又走，就是柔和的沙丘，沙丘却是山的格局，有清晰的沟渠皱纹，而皱纹里或疏或密长了骆驼草，有米家山水点染法。再走，地面上就不平坦了，出现着密密麻麻的土柱，每一个土柱上都长着一蓬草。这土柱似乎也在长着，愈往前走土柱愈高，有点像塔林了。在内地，死个人要守一堆土的，这里一株草守堆土，这当然是风的作用。你却恐怖起来，怀疑那里栖存着从这里经过而倒下的人的灵魂。

到了乌图美仁，多好听的名字，天地间一片野芦苇，叶子已经黄了，抽着白的穗，茫茫如五月的麦田，你便明白了古人的诗句"风吹草低见牛羊"，一定在这样的草中，但这里没有牛，也没有羊。继续走吧，沙丘又起伏了，竟有十多里地是黑色的沙，而在黑沙滩上时不时就出现一座白沙堆。走近去看了，原来这里沙分两种，更细的为白沙，颗粒略大的为黑沙。风吹过来，将白的细沙涌成堆，留下的尽是黑的粗沙。沙丘又渐渐没有了，盐碱地上又是野芦苇，野芦苇中开始有了沙柳，沙柳越来越多，形成一大丛一大丛的，成红色、浅红、深红、紫、绿、黄诸色，铺天盖地远去，你从此进入了五彩花田，天下最美的花园中。

车开了两个钟头，这花园仍是繁华，并且有了玉白色的沙梁，沙梁蜿蜒如龙，沙柳就缀在梁坡上，像是铺上了一块一块彩色的毛毡。兴致使你走走停停，你发觉有了发红的山，发蓝的山，太阳强烈，有丝丝缕缕的热气往上腾升，如燃烧了一般。她说，我现在才明白，这地方的阳光和阳光下的山、地、草是产生油画的，突然感觉我理解那个梵·高了。梵·高不是疯了，梵·高生活的地方一定和眼前的环境一样，他是忠实地画他所见到的景物的。而中国的那些油画家之所以画不好，南方的湿淋淋天气和北方那灰蒙蒙的空气，原本是难以把握色彩的。即使就是模仿梵·高，也仅仅是故意地将阳光画得扭曲，他们没有来过这里，哪里能知道粗曲的阳光是怎样产生的呢？

她说，她是歇在了一个石油管理站里吃的午饭。五六百公里的输油管线上，有着无数的管理站，而这个管理站仅两个人，一男一女，他们是夫妻。荒原上就那么一间房子，房子里就他们两人，他们已住了 5 年。他们的粮食、蔬菜和水，是从格尔木送来的。冬天大雪封冻了路，他们就雪化水，但常常十天半月一个菜星也见不到。他们的语言几乎已经退化，我问十句，他们能回答一句，只是嘿嘿地笑，一边翻弄着坐在身边孩子的头，寻着一只虱子了，捏下来放在孩子的手心。孩子差 1 个月满 4 岁，能在纸上画画，画沙漠和雪山，不知道绿是什么概念。

她说，她的车在那棱格勒河陷进了河中，这条从昆仑山上流下的河，水量不大，但河床变化无常。油田上往往今年在河上修了一桥，两年后河水改道又修一桥，再两三年又改道了，整个河面竟宽达 11 公里。她的车陷了 3 小时后，才被过路的车帮着拉了出来。而远处的昆仑山在阳光下金碧辉煌，山峰与山峰之间发白发亮，以为是驻了白云。问帮拖车的司机，司机说那不是云，是沙，风吹着漫上去的。

终于到了格尔木，这个河水集中的地方真美。这是一座兵城，也是一座油城，见到的人即使都穿了便衣，但职业的气质明显地表现出来。她说，我当然是要进昆仑山中去看看的。哇，昆仑山不愧是中国最雄伟的山，一般的情况下人见山便想登，这里的山不可登，因为登不上去，望之肃然起敬。她说她在河谷里见到了牧民的迁徙，那是天与地两块大的云团在游动，地上的云团是上千只羊，天上的云也不是云，是羊群走过腾起的尘雾。牧民骑在骆驼上，骆驼前奔跑着两只如狼的狗。我是在那里拍摄的时候，狗向我奔来，将我扑倒，它没有咬我，却叼走了我的相机，相机就交给牧民了。牧民玩弄着我的相机，示意着让我去取，而他跳下骆驼用双腿夹住了狗，狗头不动，前蹄使劲刨着地，尾巴在摇，如风中的旗子。

（节选自《西路上》，云南人民出版社 2001 年 8 月出版）

花土沟

和 谷

清早 7 点钟起来，要赶到尕斯库勒湖边拍日出。半小时后，车子进入滩地，在芦苇丛中迂回着寻找通向湖边的路。

风很大，很冷，已经穿上了所有的御寒衣物，还是感觉刺骨的冷。我试着蹑手蹑足地走向湖边，绵软的盐碱间有喀嚓嚓响的浮冰，心里有点恐惧。阳光泛着桔红色，照亮了湖面，白雪皑皑的昆仑在对着冰湖的镜子妆扮。我发现湖边有鸟和兽的尸体，一点儿也没变质，像刚刚死去的一样。是因为饮的水质还是中了猎人的子弹，还是失踪致死呢？

回来的路上，经过一处物探队的帐篷，主人们可能还没有起来，一只小花狗在跳，吠声在旷野上十分清脆。又一座井架子，满身油污的工人漠然地望着我们。井架不远处，一匹瘦马奔驰而过，骑马人的装束是当地牧民的样子。

上了油砂山，辽阔的斜坡上起伏着几十台磕头机，一幅忙碌而悠闲的情景。来到一处曲型的油砂岩下，岩石是土红色，黑紫色的地方似乎渗透了油汁，传递了大地深层的秘密。一百多年前，俄国人、匈牙利人、奥地利人、印度人、瑞典人都曾以地理学家、探险家、地质学家的身份，轮番不定期来到柴达木，只是采集到一些化石，从没有发现过石油资源。20 世纪 40 年代后期，一批旧中国的爱国科学家，沿着青新公路勘察，骑着骆驼来到这里。有人听说在西部红柳泉以东的山坡下，拣到一种点火即燃的土块，终于找到了露出地面的油砂，并命名为油砂山构造。20 世纪 50 年代初，地质队发现了这里的油苗显示，由此拉开了柴达木石油勘探的序幕。望着油砂山，你会发现大地构造的神奇，油砂的露头竟然藏在这人迹罕至的地方。

阳光耀眼，寒气渐渐消退了。峡谷间飞来一只黑鸟，嘎嘎叫着，栖息在砂岩上。黑鸟注视着我们这一行陌生人，片刻间，又嘎嘎叫着，俯冲下来，离我们头顶不过三尺，吓人一跳，又旋转着融入阔大的空谷。在这少有人烟的不毛之地，即使令人不悦的乌鸦，也显得这么生动。我们的脚下踩的是冰，地面上遗落着一些旧胶鞋、牙刷、搪瓷缸子、药瓶子、门锁、木屑等废弃物，原先在此处搭帐篷的年月，也许远在半个世纪之前。曾经生活工作在此地的主人是谁？他们现在在哪里？

显然，有不少人是永远地留在了这块不毛之地了。在花土沟靠山的一片斜坡上，我们看见一大片墓地，地表是灰色的戈壁，他们的坟茔也是灰色，就地取材，坟茔融入了坚固的戈壁滩。只是在起风的时候，风儿是要越过这些人为的突兀的小山包，扬起一股风烟，灵魂一样萦绕而去。旁边是一条干涸的河床，滞留着暴雨季节淌过洪水的痕迹。河床岸边一道高高的堤坝，是防止洪水淹没基地修筑的。也就是在堤坝下的阳坡上，有一座用砖头垒起的墓地，面积大概二三十平方米，外面是花墙，围拢着简陋的坟茔。这是阿吉老人的墓地，在周围显得很突出。碑上写道："新疆且末县红旗公社木买努斯·伊沙阿吉之墓"，立碑时间为"一九六一年十月"，享年 74 岁。我们在昨天晚上，从敦煌基地的院落里采撷了一把鲜花，有红的、蓝的、紫的、黄的、粉的，叫不上它们的名字，一路上放在保鲜的水桶里，现在仍然鲜活如初。我们向阿吉老人默哀，献上鲜花，还有他的老朋友若冰老人手写的挽联："献给尊敬的柴达木功臣阿吉老人！"我觉得，在阿吉老人的身后，是半个多世纪在这里去世的无数石油人的墓地，阿吉仍然是石油队伍的向导，在另一个世界里行进着。我不由得仰起头，望见了高高的白雪皑皑的昆仑山，只有它能让我们寻找到亡灵的所在。

花土沟，一边是干涸的河道，一边是尕斯库勒湖之外连天的昆仑。基地旁的一片杨树林长得很顽强，落叶满地，枝柯朝天，萧条得让人心寒。周围楼房大多已经废弃，价值不菲的尖顶拱形体育馆，也成了名不副实的摆设。附近的油田设施，油罐林立，仍旧蒸腾在一片烟云里，在作最后的厮守。首站是花土沟周边油田的输出枢纽，一条原油大动脉从这里开始，越过崇山峻岭，大漠戈壁，向南直达石油重镇格尔木。几天来，安排行程时总是说花格线，现在才明白是指花土沟至格尔木的输油管线。原油经过脱水等工序的处理后，远程输入格尔木炼油厂，柴达木的血液便输入更阔大的地域，输入大地的命脉。而这里还只是一片不毛之地，石油人是在温棚里孵化蔬菜，在梦想中沐浴春风。沿着一条叫做狮子沟的简易道路行驶，身边的地貌有点像是进入了沟壑纵横的黄土高原。也是没有一棵草，与月球上的形貌差不多，但满山满谷坐落着几十上百台井架和磕头机，一派繁忙景象。路是九十九道弯，越来越高，终于来到了海拔3430米的高山之巅。眼前的狮20井，是20世纪80年代初开采的，井深竟达4564米，日喷原油几百吨。这与海拔数字之间是一种什么样的概念呢？我们隐隐感到了缺氧的滋味，心慌头昏，但放眼四方，雪山环抱，盆地迷茫，景色实在妙极了。脚下就是阿尔金山脉，可以望尽数百里的山川盆地。几位守井的石油人，孤独地生活在这里，长年累月，会是怎么样一种心境呢？他们趴在滚烫的沙坡上，正忙着抢修漏水的管道，吃的水是从山下运上来的。另有人在整理地基，用的是土办法，一个人坐在夯土机上，几个人扶着，像是耍把戏。一位看守油站的姑娘，身着显眼的桔红色工装和安全帽，走到院子门口，站在那里，专注地望着我们一行陌生人。她完全可以是我们在大都市里见到的时髦女郎中的一位，可她是年轻的石油人，像一朵悄悄儿开放的雪莲，把人生最美好的时光给予了这片土地。这是让人敬重的，却也不无怜惜之慨。

晚上，一位采油队长邀我们吃饭，说是在红叶酒店，去了一看，还真是感慨花土沟的时尚。石油人好酒，这是我们预料之中的。谁知他们搬来了一箱子酒，不是啤酒，是白酒，青稞酿制的高度酒。这么你敬一杯，他劝一杯，没完没了的敬酒词，不可辩驳的劝酒理由，让你只是不停地喝。几碗酒下肚，你就没了客套，还原了你的本性和真相，直了肠子说话，放了嗓子唱歌，大了胆量对饮，好像又回到了家，回到了年轻的时候，回到了朋友们中间。陪同来的老杨是第二代石油人，原籍河南沁阳，回到他曾经生活过多年的花土沟，说着说着就老泪纵横了。他即兴朗诵起一首诗，是郭小川的《祝酒歌》，"雷对雷，锤对锤，杯对杯，千杯不醉"，大伙儿也陶醉在酒中诗中了。一位机修厂的厂长姓郑，四十多岁，是1987年从湖北来柴达木的。他很有音乐天赋地唱起了李季的《柴达木小唱》："辽阔的戈壁望不到边，/云彩里悬挂着昆仑山。/镶着银边的尕斯湖呵，/湖水中映照着宝蓝的天。//这样美妙的地方哪里有呵，/我们的柴达木就像画一般。"唱得浪漫自由，回肠荡气。他用的是"花儿调"，就像是从脚下的戈壁滩上长出来的歌一样。他又用陕西商洛花鼓唱了一段，说的是李自成屯兵秦岭山中，与一位山中女子生离死别的情景。他唱的《东方红》比原创《骑白马》的调子还古老纯正，连我这喜欢唱几句陕北民歌的人也要折服了。开车的胡师傅生于冷湖，父亲是长安郭杜人，他们也都在花土沟生活工作过。他站在老陕的立场上，和我们一起与另一方划拳行令，又一起说起那个古老烦琐的字来，从"一点飞上天，黄河两边弯。八字大张口，言字往里走"，说到"心字底，月字旁，留个勾搭挂麻糖，推着车车进咸阳"。郑厂长多才多艺，从郭沫若、萧三说到时下某一本年轻人写的小说，是有一些见地的。我不能说，他在这儿窝着是可惜了，我只能说柴达木真是有人才啊！

我们从塔里木到这里，绕了一个大圈子。如果由塔中南出塔克拉玛干大沙漠，经和田、且末、若羌至此，可能只需一天多至两天的工夫。西行，东进，再西行，又东归，我们似乎在反复丈量古丝绸之路这广袤而神奇的领域。

227

（选自《人民日报》2004 年 1 月 10 日大地副刊）

"老铁"重走青藏线

韩怀仁

这是一次民间旅行，但又绝不是一次平常意义的游山玩水。仿佛是寻根，似乎要圆梦，也许更像是一次心灵的朝圣、精神的沐浴、情操的洗礼和思想的涅槃。

作为一个兵种，"铁道兵"已经在新中国的军事历史上消失将近30年了。但是，作为寄托精神的殿堂，"铁道兵"不仅一直矗立在数十万原官兵心中，而且也在新中国成长的史册上熠熠生辉。

30年前风华正茂的铁道兵战士，而今绝大多数都已过了知天命之年，但是，"铁道兵"三个字却永远让他们年轻。因为这三个字，凝聚着数十万人的青春和热血。如今，每个"老铁"都想回到曾经战斗过的地方看看，因为那里见证了他们的美好年华。

这个梦想在一群"老铁"的精心组织下得以实现，因为他们的血管里仍燃烧着青春的火焰。由全国铁道兵战友旅游协会发起的"铁道兵老战友重走青藏线"活动，于2011年8月7日在西安启程，12天后圆满结束。我有幸全程参与，心中最感动的就是铁道兵战友之间那种比山高比海深的情谊。

参与活动的47人，大都是原铁道兵2、4、7、9、10、11师老战士，分别来自山东、江苏、浙江、广东、江西和陕西6个省份，还有曾经在襄渝铁路线与铁道兵一起挥洒热血的陕西三线学兵战友。

旅途中，"老铁"经常引吭高歌，唱得最多的就是耳熟能详的《铁道兵之歌》——"背上了（那个）行装扛起（那个）枪，雄壮的（那个）队伍浩浩荡荡，同志呀！你要问我们哪里去呀，我们要到祖国最需要的地方……"

唱着这首歌，"老铁"自然而然会想起巴山蜀水的沟沟梁梁，秦岭汉江的日日夜夜，青藏高原的雪山草地，成昆线上的隆隆雷声，南疆工地的滚滚热浪……唱起这首歌的时候，常有人忍不住热泪盈眶，忍不住声咽心颤。共同经历过艰苦危难而积淀的情感，其深厚真挚朴实无间，实在难以找到能够准确表述的语言。

一路前行，队伍到了天峻县关角山，因为关角隧道曾是英雄们战斗过的地方。

天峻，蒙古语意为"登天的梯子"，海拔 3700 多米，更何况当年是用双手挖出一条长达 4010 米的隧道！在二十世纪七八十年代，关角隧道是世界上最高最长的隧道。天峻的最低气温接近零下 40 摄氏度，冬天寒风吹到脸上，无异于刀子在割。"一川碎石大如斗，风吹满地石乱走"，这是天峻地区司空见惯的现象。因为天气太冷，天峻没有一株乔木。1974 年，铁 47 团进驻天峻，全团曾经搞过植树活动，栽过许多树苗，当年夏天是活了，可是第二年春天，一棵发绿芽的树也没有，全都在冬天冻死了。天峻草原上的草也很矮，能长稍稍高一点的，就是河边沙滩上的红柳。

1975 年 4 月 5 日 10 时 45 分，关角隧道发生特大塌方，骤然间将 127 名官兵严严实实捂在了洞内，所有的管道全被砸断。本来就缺氧的隧道又被塌方堵断，情况极端危急。排险专家、副排长肖崇炳现场组成突击队，"刀尖"就是副班长袁武学。他割破死神布下的罗网，将战友们全都安然无恙地拉出魔掌，创造了中国铁路建设史上人与灾难斗争的一个奇迹。

为了修建青藏铁路，许多铁道兵战友献出了自己宝贵的生命。祭扫烈士公墓，怀念逝世战友，是"老铁"青藏之行的一个重要内容。

位于天峻县城中心的烈士陵园里，竖立着一座说不上雄伟但也还算高大的纪念碑，知道烈士们的英灵有所寄托，我们心里多少还是感到温暖。但当走到墓园跟前，不由顿生无限酸楚——陵园没有门！那曾经安过门的缺口处，拦着一张锈迹斑驳的铁丝网。两个战友掀起铁丝网，从网下钻了进去，然后从旁边的挂钉处取下铁丝网，我们一行人才得以走进墓园，来到纪念碑前。

石碑周围的栏杆都已朽败，满园荒草让人心中陡增无限悲凉。落日西下，残霞如血，晚风萧瑟，满目凄迷。战友们在烈士纪念碑前排好队伍，默然肃立，王红旗主持祭奠仪式。他未曾开言已热泪盈眶，仰望长天，声音哽咽地高声呼叫："长眠在陵园的战友们啊，我们看你们来了！"现场的男男女女几乎全都受到了感染，无一不鼻头发酸，眼眶发潮。毕竟，那一座座坟头下躺着的，都是跟自己一样挥过汗流过血的战友啊！"铁道兵"三个字，凝聚着多少血肉情义啊！

李甲明随身带来的音响，播放着《怀念战友》的歌曲：亲爱的战友，我再也不能听你弹琴，听你歌唱……

那一刻，生者与死者的精神交汇，历史与现实的血脉相融，小小的烈士陵园，显得是那样宏阔，那样博大，那样肃穆，那样崇高与神圣。

我代表所有重走青藏线的"老铁"，向长眠的烈士们致怀念之辞："每当皓月当空的夜晚，每当雪花纷飞的清晨，总有人朝着这海拔 3700 多米的高原上仰望。那也许是你白发苍苍的父母，也许是你念念不忘的妻儿……"说到这里，队伍中的老铁弟兄、三线姐妹，一个个忍不住吸鼻子擦眼睛，一片啜泣之声……

牛禧峰会长、王红旗副会长拿出千里迢迢带来的"铁道兵酒"，无比悲怆地呼喊着："亲爱的战友们啊，请喝一杯我们自己的酒吧！"散发着洌洌芳香的酒水，酹向纪念碑前的地面，我们的泪珠也随之潸然而下。

"老铁"们一齐动手，擦拭烈士墓碑，并为之重新涂刷油漆。临来之前，何为民、鹿曙光、朱玉轩、卢建峰等临潼籍老战友再三叮咛，要我到临潼战友刘改过的墓前拍几张照片。改过死时年仅 22 岁，为了给他争取一件棉衣，好几个临潼战友还和首长哭闹过一场。很长时间里，大家守口如瓶，不敢让他年迈的父母知道儿子牺牲的真相。而今他离开人世已经 30 多年，年迈的爹娘也已魂归西天，父母、儿子在另外一个世界相见时，他们又该说些什么呢？从临潼到天峻，数千里之遥，改过即便有兄弟姐妹，怕也很难有人来这里看望……想到这里，我不由得悲从中来，喊了一声："改过啊，战友们托我们看你来了！当年和你一起在关角隧道生死与共的袁武学、韩怀仁看你来了！我知道你很久没有听到咱家乡的秦腔戏了，今天，我就在墓前给你唱一段吧！"

我打开随身带的便携式移动音箱，秦腔苦音慢板那沉郁慷慨、苍凉悲哀的音乐，在长满了萋萋荒草的陵园上空弥散开来。我的声音已经嘶哑，但我仍用嘶哑的声音唱着："忠义人一个个画成图像……可怜把众烈士一命皆亡！"这是传统剧《赵氏孤儿》中的一个唱段。泪水在我的脸上流淌，相信改过和陵园中所有的战友，都听到了我心海里潮水般的激情。

告别陵园的时候，已是暮色苍茫时分。再次把那张铁丝网张挂起来的时候，我的心头涌上了难以抑制的悲凉。闻讯赶来的县民政局长告诉我们，随着天峻县城建设形势的发展，原来在荒僻之处的陵园，现在已成了县城的中心位置。民政局已向县政府打了报告，请求把烈士陵园迁出县城，新陵园建成之后，绝不会是目前这种状况了。他一再表示，当年为修建青藏铁路洒血流汗牺牲生命的铁道兵战士们，是高原各族人民的恩人、功臣，如今老百姓的生活因铁路而发生了巨大变化，这些烈士是绝对不会被忘记的，一定会让长眠在天峻的英魂得到安息。

第二天，在乌兰县烈士陵园，我们看到了另一番景象。也许是事先打过招呼的缘故，乌兰县对我们的到来格外重视。县委书记委托几位县领导，早早地在城外十几公里处迎接，并陪同我们直接来到烈士陵园。只见纪念碑峭拔高耸，肃穆凝重，烈士的坟墓和墓碑都排列得井然有序，墓碑上的字迹清晰，烈士的籍贯生平记述得清晰明了，给烈士敬献的花圈早已准备妥当。西安三线学兵战友从草原上也采来了许多鲜花。祭奠的程序和仪式，大致和天峻烈士陵园相同，但此时与彼时的感觉迥然有别。

乌兰县民政局前任局长老何说，早些年，乌兰县烈士墓和老百姓公墓混在一起，那些公墓墓主后人有的发达了，就给其先人立碑饰墓，弄得很是气派，而烈士墓则显得破败寒酸。有一年，一群少先队员来陵园扫墓，看到反差巨大的墓园景象，一个孩子发出了感叹：没有后人的烈士，很是可怜啊！孩子的感叹如同一枚炸弹，在何局长的心海里掀起了久久难以平息的洪波巨澜。这些躺在陵园中的烈士，曾经为国家做出过巨大贡献，今天的幸福生活，是他们用鲜血和生命换来的，他们不仅是历史的功臣，而且是民族精神的标杆。如果让孩子觉得当烈士很可怜，那么后来者谁还愿意为了国家而奉献自己呢？不把烈士陵园修得让亡者安心生者欣慰，我这民政局长就是一个千古罪人！

良知与责任感促使他下决心要让烈士陵园"旧貌换新颜"。他四处反映，多方奔走，多次向县上打报告，三次下西安和中铁二十局集团（即原铁十师）有关领导磋商。终于，在中铁二十局集团的大力支持下，投资数十万元，使烈士陵园有了今天这样的面貌与气象。

（选自《今日柴达木》2014 年第 2 期［总第 3 期］）

千万个男女生下了你

王宏甲

当第一堆篝火点燃，这儿的辉煌就是军事秘密。为之献身的儿女，除了亲人，谁知他们的消息？一个秋天，我去寻访这座大漠新城的祖先，看到了世上最荒凉的烈士陵园。在它的前方，列车长鸣着到达铁路的终点。

四十多年前，一位名叫慕生忠的将军和他的部下，带着"噶尔穆"这个地名，犹如带着一个传说，来找这个地方。噶尔穆是蒙古语，意为"河流汇聚之地"。将军率队从东距青海省西宁市500公里的香日德向西而行，走过了300公里荒漠，看到的只是成群的野马和野羊。有人问："噶尔穆到底在哪里？"将军说："别找了，就在我脚下。"

为了让官兵和民工读写起来方便，将军的笔下出现了"格尔木"三个字。从此，就在这里，在将军帐篷升起的地方，就是格尔木。

一

有一天，格尔木突然来了不少男人，却没有女人。慕生忠是真正的将军，他动员部下，给他们下命令压任务。他说你们这些小伙子回家去，每人都搞一个婆娘来，共产党员要带头，这是政治任务。又说，这地方不能没有婆娘，你们搞来了，好好地干，干出小子来，这里应该成为一座城市。

第一批家属来了。驾驶员说到地方了。她们叽叽喳喳地下车了，然后问："房子呢？"

驾驶员说："一会儿就来。"

女人们望着荒原上的落日，风飕飕吹过一望无际的荒原，连一棵树都没有……房子怎么可能一会儿就来呢？但是，房子来了。随后赶到的一辆车停下来，卸下一堆帐篷。

篝火燃起来了。格尔木的篝火第一次映照出女人们的面庞。

因为有了她们，格尔木才有了儿女情长。

因为有了她们，格尔木才变成一个完整的世界。

多年后，慕生忠将军故去，骨灰撒在昆仑山上。他被高原人尊为"青藏公路之父"。

当年，慕将军率领的这支队伍，有抗日战争时期参加八路军的官兵，有解放战争时期投诚的原国民党军政人员，还有原国民党延安第一战区城防司令。此外，绝大多数是从甘肃、宁夏、青海招来的驼工和民工，最初总数约有上千人。这支队伍称西藏运输总队，负责从西北为进藏部队运送粮食。还没有路，怎么运送呢？所以，最早去踩那条路的是骆驼运粮队。

藏北，那是世界上最高的高原。慕将军的运输总队由格尔木上昆仑山，向藏北开拔。从那时起，骆驼的白骨和军民的墓碑，成为一站站通往那里的路标。

我寻访到诞生在格尔木的第一个孩子，其父是藏民，其母是汉女。父亲叫顿珠才旦，曾给慕将军当翻译兼警卫，并有个汉名叫李德寿。慕将军当红娘，他们于1952年在香日德的帐篷里举行婚礼，孩子于1953年生在格尔木的帐篷里，成为格尔木第一代居民生下的第一个孩子。

二

和平年代，在这支部队里，献身的团职军官有18人，这相当于18个县长、县委书记……

在海拔四五千米以上执全勤的青藏线上的部队，阳光、空气、水，三大项中没有一项是满足健康的。严酷的自然环境，使到那里的官兵看上去脸是青的，嘴唇是紫的，眼睛是红的。

22 医院的医生护士告诉我："我们并不爱哭，可是每次上线为他们体检，经常是哭着为他们抽血。因为严重缺氧造成的血浓度增高，会使体检抽血时血液凝固，堵塞住最大号的针头。护士不得不用输液的盐水推进血管，稀释血液，然后马上抽出酱黑色的血液。"血液黏稠度严重增高，不可避免地造成对心脏和肝脏的严重破坏。

1986 年，拉萨大站政委郭生杰，因肝萎缩从发病到死亡总共 45 天，终年 46 岁……拉萨，那是两千余公里青藏线的终点，郭生杰病倒住进西藏军区总医院的第二天，医院就报了病危。他都不相信自己很快就会死去。躺在医院里，他最放心不下的是独自一人在西宁聋哑学校上学的哑女儿。

还记得 4 个月前，他到西宁开会，匆匆去看了一次女儿。

但是，只能匆匆见一面，父亲甚至没有带她上西宁的大街转一转买点什么，就要分别了。分别的时候，已经 12 岁的女儿止住了哭声，泪水汪汪地举手跟父亲再见……这是一个她从小就学会的动作。

"再见！跟爸爸说再见！"在这里，这是一句祝愿，一句吉利话。平均海拔 4000 米以上的青藏线，年平均气温在 0℃以下，冰封雪阻，什么样的危险都可能发生。

西宁匆匆一面，爸爸又要走了，哑女儿含泪举手再见，这是对爸爸的祝福！

为抢救政委，有 20 多名战士先后为政委献了血。1986 年 6 月 1 日，这是郭生杰住进医院一个多月后，还记得今天女儿该过儿童节了。6 月 3 日，为政委输血的针头已经流不进血液，傍晚去世。

妻子刘秀英随军后，在军属缝纫组为军人缝补过衣服，在军营加工厂、军人服务社都干过。丈夫去世后，组织上把她调到西宁，以便照顾哑女。与此同时，在格尔木读书的男孩也转学到西宁，入学时参加考试，百分制，孩子才考了几分。刘秀英自己在陕北农村只读到四年级，现在丈夫去世，留下哑女，留下学习成绩很差的儿子……

总算有一个女儿长大后考上了西安第四军医大学。1990 年毕业时，根据总后勤部对老高原子女的特殊照顾政策，女儿郭莉敏可以分配到北京的解放军医院工作。但是，刘秀英却要求让女儿回来。

刘秀英说："我没有办法，还有一个哑女没工作、没出嫁，我一个人怎么办？"

别人说："你就为了你自己，不为女儿前途着想？"刘秀英流着泪说："好吧，我不叫她回来了。"

可是，女儿撇不下守寡拉扯几个孩子长大的母亲，写信回来说："妈妈，我从小在高原长大，我也就支援了边疆吧！"女儿自己要求分配回来，至今在高原医院。

三

缺氧，高山反应，是到那里戍边的官兵都要经历的严峻考验。"当兵就是作奉献"，在那里，这话不是什么宣传，是事实。

格尔木烈士陵园不是战争年代的产物。还有些军人，未葬在陵园。在青藏线路况、车况极差的岁月，譬如60年代，他们在氧气也吃不饱的地域拉矿石，代表几亿中国人向苏联还债的岁月里，部队经常在半道上开追悼会，因为尸体不是矿石，他们无法把死在途中的战友拉回来，只好就地埋在昆仑山、戈壁滩……没结过婚的当然也不会留下后代，许多人有墓无碑，日久连墓也不存，连名字也没有留下。

还有会被人提起的，多因他们曾有过女人。高原军中因此有不断壮大的"寡妇营"。

那些大嫂们当初在故乡，说起随军叫"跟着男人吃政府饭"，并为此感到光荣和激动。千里随军到格尔木，才知丈夫还在千里外的险要驻地，来此还是当牛郎织女。"依俺的心思，一家人在一口锅里吃饭就是幸福，哪晓得唐古拉离这儿，比俺在老家上趟省城还远……"这不是哪一位大嫂的话，她们到了格尔木，才知在这儿当兵即使当到了军官，吃这"政府饭"也太难太难！

来探亲的妻子也只能住在格尔木，然后由部队跟她们在线上的丈夫联系，让他们千里下山来相会。

1989年11月，军官张明义的妻子带着儿子和氧气，越过唐古拉山口。张明义是河北涉县人，当过炊事兵、汽车兵，1985年考上青藏兵站管线专业，1986年12月毕业后就分在西藏黑河，1987年调到安多。妻子带着孩子上昆仑山，过唐古拉后，一家人在安多团聚了。但是，小孩突然感冒。在那里，感冒会迅速引起肺气肿，那是要命的病。军车十万火急连夜往格尔木送，还有军医跟着，才送出 200 多里，小男孩停止了呼吸。

母亲抱着那孩子长行千里到达了格尔木，仍然不松手……直到把母亲和孩子再送到 22 医院，请大夫再三检查，确认是死了，母亲才突然一声哭出来。所有在场的军人都流下了眼泪。

那孩子就葬在格尔木烈士陵园，张明义所在部队的官兵参加了葬礼。格尔木冬日的风雪中，几百名军人和一位母亲，站在一个一岁零一个月的男孩墓前，这是一支部队所能表达的全部心情！

236

四

儿当兵当到很远很远的地方，儿的婚事挂在娘的心上……几乎每一个士兵的婚姻之路，都是娘，是爹，是亲戚朋友，为他们在故乡的小路上，一趟趟东奔西颠踩出来的。

格尔木汽车 3 团有个汽车兵，叫郭群群，1.80 米的大个子，当兵四年多还没有回过家。1993 年元月，他被批准回家去成亲，还不知将要结婚的妻子是啥模样。请不要惊讶，很多官兵都是这样，像他们的父亲和祖父一样，到成亲的那一天或前两天，才见到那个就要成为妻子的姑娘的面。

就在这时，有个加运任务，要给西藏运年货。连长说："回去探家的人大都走了，你跑一趟吧。回来你就走。"郭群群没啥说的，开着车就上路。

那是隆冬腊月，青藏线上气候最恶劣的季节。车到唐古拉，遇到暴风雪，天地混沌一片。严重缺氧，不但人缺氧，车也缺氧，一缺氧，汽油燃烧不充分，车也受不了。车抛锚了！

饥饿、严寒，郭群群胃穿孔。唐古拉，那是世界最高的山口之一，往拉萨去还有一千里，回格尔木也有一千里。又遇到雪阻，送不下来，郭群群死在途中。

3 团的一位中尉军官，奉命去这大兵家乡处理善后。郭群群的老家在陕西秦岭脚下。中尉坐了很久的车，坐到没有路了，就走。又走了很远的山路，找到了群群在山沟里的家。

这位如今已经是团长的军官告诉我："那家，破旧得我没法跟你说。"

他说一眼望去，整座大屋，最新的就是大屋正中的一个大酒缸。

不，最新的还是缸上贴着的一张菱形大红喜字，是个红双喜。

"我不敢进门了。进去咋说？"

可是必须进啊！

郭群群的母亲六十多岁，几乎失明的双眼深深地陷在眼窝里。听说部队来人了，老母亲用手来摸中尉。"群群呢？"老人问。

当听懂了儿子的消息，老人呆住了。然后颤巍巍地走到那个大酒缸边，双手去摸酒缸，然后突然用巴掌使劲拍打着那大酒缸，一下又一下，使劲拍，边拍边哭道："群儿，娘给你找到媳妇了，你咋不回来呢？……"

中尉拿出500元抚恤费、600元生活补助费，双手捧给老母亲。母亲叫着群儿他嫂的名说："收下吧，让群儿他哥再借点，加上，到山南去买头牛，开春耕地。"

军官告诉我，他哭了。他说他也是农民的儿子，家里也有老母亲，他本该知道一头牛的价格，但他没想到这事。这事像一道闪电劈在他的心上。他把旅差费掏出来，顾不上如何买票归队。他说："我没想到我带来交给群群他娘的钱，还不够买一头牛。"

可是老母亲坚持不收："按部队的规矩，咱不能多收。"军官就跪下去了："娘，娘，这是我的钱，也就是群群的钱。"

请不要震惊，这只是一个士兵的故事，一个母亲的故事。

五

在高原，仅总后青藏兵站这支部队，在新中国的和平年代，已有680多名官兵，永远长眠在他们为之服务的四千里青藏线上。

"献了青春献终身，献了终身献子孙。"这话出自那里，既不是豪言壮语，也不是牢骚怪话，而是一句大实话。许多年轻寡妇，带着孩子，继续在高原为吃不上蔬菜的军人磨豆腐。还有父母双亡的军人儿女，在格尔木街头卖酸奶，在饭馆端盘子。更多的，成千上万的军人，带着各种高原病，带着因冻伤、冻残、路险车翻而被锯掉一截的残肢凯旋……大道通天哦云飞扬，勇士归故乡哦，亲娘泪千行。

237

但是，青藏高原向现代文明走来了。

黄河、长江，都从这里起步，九曲回环飞流直下，流过万家门前。不管怎么说，这是我们的祖国。

这儿的故事，似乎都在重复着一个古老的话题，叫"艰苦奋斗"。当然也不是只有艰苦，在海拔最高、最艰苦、千里不见一片树叶的唐古拉地区，看看士兵在营房里栽培出那么多美丽的花，为那些花，士兵把配发给他们的维生素片也拿去溶化了养花，你会不会感动？世上再没有比他们更渴望绿色、更爱鲜花的人了。格尔木，那方圆百里、千里唯一有树叶的地方，仍然不断在种树。没有人能说清那儿的树一棵该值多少钱。看一棵树活了没有，要看三年。谁敢砍一棵树，"我枪毙你！"当荒原成为我们生存的依靠，你不爱它，怎么办？

即使在最艰苦的岁月，也有婴儿诞生。格尔木，就是这样一天天长大。是千万个父亲和母亲生下了你，也是千万个从未成为父亲和母亲的少男少女生下了你，孕育了你！

（选自《家庭》1997年第11期）

灰山行

井 石

灰山在离都兰县香日德镇 60 公里的柴新村南。灰山并不是山，实际上是一方大概有 2000 多平方米的台地，呈椭圆形，乌图山脉如一位慈祥的母亲，将灰山拢在她的怀抱中。

我没有到过灰山，有关灰山的故事是老阎讲给我听的。老阎的家乡就在灰山下。

12 月初，出差都兰，是为自己将要撰写的一部反映柴达木精神的报告文学做补充采访。海西州文联没有车，每次出差免不了找熟人，托人情，搭顺路车。常常是采访时机错过了，人还在原地踏步，到不了目的地。这次例外，想去都兰，就碰上了要去那儿开会的老阎。老阎有车，且能带人，使我的行程有了一个好的开头。

老阎和我是同龄人，未当官前也曾热爱文学，我们自然谈得来。车一开，话便如无尽头的路，没完没了。

突然，老阎谈起了灰山，因为他想起了童年时代一段有趣的经历。

老阎说，灰山的边缘露出灰层，灰山下的老百姓早就发现了，所以叫它灰山。为什么断层中有灰，人们自然会想到，曾有人在此居住生活过，如此而已。庄稼人在灰山下开荒种地，累了躺在灰山朝阳处抽一袋烟，或垒三石一顶锅，烧一锅开水喝，谁也没想过要动灰山。

1958 年"大跃进"，为了放粮食亩产超万斤的卫星，当地农场发现了灰山的价值，遂将灰山作为肥料基地开发利用。于是，几百人围住灰山，挖去灰层顶上的覆盖层，露出了大量的草灰、土灰、木炭灰，一坨连一坨，有的地方草木灰达几米厚。守着偌大的肥山，却没想到利用的当地农民后悔不迭，生产队长一声令下，社员们也开上灰山争挖，将挖出的灰用背斗、推车，运到生产队的地里去。

随之，人们发现了许许多多的人骨、兽骨，继而挖出了大量的陶罐、石器、骨器，也有石头磨成的纺轮，还有骨做的针锥。无论农场干部职工，还是当地社员群众，谁见谁拿。骨锥骨针锋利如初，用它缝麻袋再好不过。纺轮（当地人称"线砣儿"）装上线杆仍可捻线。陶罐陶盆或可喂鸡，或可盛水，或可当尿罐。而那些兽骨人骨，则被有心人捡了去，卖给废品收购站，换来几个油盐酱醋钱。

毫无疑问，灰山是一处原始人类部落遗址。我猜想，它的考古价值可能不亚于西安半坡遗址。

我突然想去灰山看看。刚好老阎这次也想顺路回家乡一趟，我便央求他好人做到底，再带了我去。

几天后，老阎的会开完了，我的采访也结束了，便驱车向灰山奔去。

下午到达目的地，一块断成两截的石碑立在我们面前，上面刻着"下柴凯遗址，青海省人民政府，1959 年 3 月"等字样。灰山就在石碑后面。

眼前的灰山满目疮痕，如一位惨遭歹徒蹂躏的少妇，衣衫褴褛，神情痴呆，躺在她的母亲——乌图山的怀抱中，乌图山沉默如老人。我的心中一阵战栗。我看见坑洼处，碎陶片、人兽骨残骸俯拾皆是。陶片或灰色，或淡红，多为素面，间或有压印纹、刺纹等，它们静静地躺在那里，任凭雨淋，风吹，日晒……

我随手捡起一个极似斧头的石器，用手摸了一下刃口，问老阎，村里还有保存着陶器、骨器或石器的人家吗？老阎说，早没了，那些东西，或丢了，或烂了，庄户人家，谁还像宝贝样保存它们，现在看来，可惜了！

岂止是可惜！看着眼前已被风化了的一个古人类下颌骨，我想，人类的老祖宗如果在天有灵，面对着这座灰山，他们会怎样想呢？我的心情沉重如灰山。

离开灰山时，我想，也许政府部门正在研究保护这些古文化遗址的具体措施吧？不然，再过几十年，灰山连现在这个样子都看不到了。

（选自《青海日报》1991 年 1 月 6 日江河源副刊）

大漠深处

王仲刚

　　格尔木被称为青藏高原上柴达木盆地里的一个小聚宝盆，号称世界上面积最大、人口最少的城市。这里有一片神奇的土地——诺木洪。寸草不生的柴达木盆地在这里袒露着宽广无垠、漫漫金沙、闪闪银砾的胸膛。它犹如波涛汹涌的铁水突然凝固，风蚀残丘，沙蚀林田，层层叠叠。又好像是一张覆天盖地的大幕，放眼望去，金色的砂砾铺满大地，漫漫涣涣空寂无边，许许多多的奥秘就隐藏在这大幕深处，十分壮观，令人神往！

　　第四次来到格尔木的时候，我终于实现了在这座城市的一个梦想——看看诺木洪。2007 年 3 月 20 日，已是下午 7 点 30 分，背对夕阳，我们向诺木洪进发。

　　目的地是贝壳梁。三菱吉普在国道上跑了 140 多公里之后，又在土路上颠簸了一个半小时，终于到达诺木洪农场。这儿曾是改造国民党战犯的劳改农场，也是内地遣送劳改犯改造的基地。如今劳改犯走了，留下的是他们栽下的一排排杨树和曾经生活过的房舍。现在这里又自发地来了很多头上戴着白帽子的回族移民。他们刚刚来到这里居住，并不了解当地的人文历史。这里地形复杂，便道多，没有路标，更没有参照物，问了很多人都不知道贝壳梁在哪里。再往前行，又是荒漠，连一个人影也没有了。凭着友人很多年前曾经来过这里的记忆，我们一点一点地摸索着前行。

　　夕阳在慢慢下沉，天色在一点一点地暗下来。走走停停，寻寻觅觅，七拐八折，经过一个多小时颠簸，终于找到了一个向导，真是让人喜出望外。这是个蒙古族小伙子，一位热情好客、朴实憨厚的护林员，名叫金吉德，年龄 28 岁，黝黑的脸膛，诚实的眼睛里堆满了微笑，一笑露出两排洁白的牙齿，我想这肯定是"美丽牌牙膏刷出来的"。

小金应邀坐上我们的汽车，我想他上车头一件事，肯定是谈钱："我把你们领到那里，你们给我 20 块钱，不然我不去。"因为我多次遇到过这种情况。记得春节前那一次，到格尔木附近的沙漠胡杨林，就遇到了类似事情，3 公里路付了 20 元钱。想想也值，人家不领你，你找不到地方，天又黑了，折腾半天到不了目的地。可是，小金不仅自始至终没有提钱字，反而热情地为我们大讲诺木洪的历史、人文、地理。

小金说，柴达木盆地矿藏资源丰富，被人们称为聚宝盆，而我们这里是宝盆里的宝盆。"很久很久以前，我们这里是海底，除了有贝壳梁作证"，他用手一指，说："一直往里边走，那儿有一个沼泽水国，水国里有一种怪兽，夏天的夜晚时不时地发出吼叫。"

同行友人插言："我知道，那不就是诺木洪湖嘛！"

小金说："是的，地理书上都叫它诺木洪湖，我们叫它水国。这水国可大了，深不可测。"

我问："那怪兽什么样？"

小金一脸的神秘，说那怪兽长得有点像牦牛，可是比牦牛还大，身上的毛有点像骆驼，腿短尾巴长。"它要是一叫呀，山摇地动，几十里外都能听到。"

他问我们："你们怎么在这个时候来？应该在夏秋季来，我们这里最美的季节是夏季和秋季。如果是夏天的早晨或傍晚来到这里，常常会看到一些奇异诡谲的现象。你走着走着，在远处的地平线上，突然出现了宽阔的大海，平静的海面上会有影影绰绰的亭台楼阁，还有森林、船舶，有时候还能看到楼台中有美女舞动。"说到这里，他顿了顿："你们知道这是怎么回事吗？这是南面昆仑山上的仙人在这里聚会论道。"

听他这么一说，我恨不得立马就进入夏季，再来这里看海市蜃楼。

汽车一拐弯，眼前的景象不再是砂砾满地，而是一堆一堆的沙丘，沙丘上是诺木洪一道独特的风景线——红柳包。夕阳下的每座沙丘就像是一座座古垒残堡，那干枯的红柳枝，就像是龙蛇指爪在摆动。

小金看我们如痴如醉地听着，谈兴更浓了，指着前面："这就是红柳林。如果是刚入秋的时候来，每个沙包上的红柳都是绿的，就像头顶一把翠绿的伞。随着季节的一天天变冷，如果再下一场雨，那新冒出的枝茎都是枣红色，连叶子也是红的，如同鲜血一般，所以人们叫它红柳。"

是的，我曾经看过书上对红柳的介绍。红柳的生命力极其顽强，它们就像一个个钢铁战士扎根在这荒漠中，把黄沙紧紧抱在自己的怀中。日复一日，年复一年，随着红柳一年年长大，沙包也越来越大。如果红柳不被人为地砍伐，沙漠和戈壁的生态就会一天天改善。红柳的根系盘根错节，特别发达，把黄沙牢牢地固定下来。即使由于干旱缺水，红柳枯死了，它的根也会牢牢地扎在那里，不让黄沙从身边流走。红柳有坚韧不拔的个性，可谓戈壁沙漠的忠诚守卫者，也是人类的忠实朋友。

我问："你是护林员，护的就是红柳吗？"

小金自豪地说："是的，我就是守护这些红柳不被人砍伐，守护那些黄羊不被人猎杀。"

我知道这些红柳是做根雕的极好材料，有人曾经开着拖拉机，用绳子拴着将红柳树连根拔起，做成一条龙的根雕，足足有三间屋子那么长，这一个根雕，给十万块钱都不卖。我还知道，这布满红柳的戈壁滩上有珍稀动物黄羊、狗熊、狼和天鹅等，它们是人类的朋友，是保护青藏高原生态平衡不可缺少的稀有物种。

想到这些，我不禁对金吉德油然升起一种敬重之情。

在他的带领下，在西天还有一丝金黄的天幕下，我们终于找到了贝壳梁。

这是一道浅灰略带黄白色的沙梁，长约一里，高约 30 米。走近一看，沙梁全部是由白色的贝壳堆积而成。我拣起一个又一个贝壳拿在手里端详，个个像 5 分硬币大小，形状都差不多，洁白如玉。

啊！大自然真是神奇无比！在这干涸的大漠深处，在这寸草不生的戈壁滩上，竟然有这么一处大海的生物遗骸！欣赏着小小的贝壳，我仿佛看到，脚下就是波涛汹涌的大海，浩浩森森中，有鱼虾在嬉游，有海怪在鸣叫，有海草在飘动。突然间，一阵雷鸣电闪，一声山呼海啸，翻江倒海，山川从海底冒出，大海却在一瞬间沉入到了地壳深处。手中拿着的小小的贝壳，变成了张着嘴的生命，在沉寂了亿万年之后挣扎着哭泣，向苍天呐喊："还我生命！还我大海！"

天真的黑下来了，黑色的大幕把我们浓浓地笼罩，让人感到了莫名的孤单。一阵寒风吹来，耳边似乎响起怪兽的吼叫，仿佛看到野狼和野熊向我们迎面走来，我不禁打了个冷战。小金似乎看到我等情绪的变化，热情地向我们发出邀请："走吧！到我家去坐坐。"

这句话一下子说到了我的心坎上，我正想知道他在荒漠深处是怎么生活、怎么工作的，于是话题随着汽车回返，一下子转到了金吉德的身上。

这里是青海省都兰县宗加镇，其中方圆100多公里是红柳林，国家为了保护青藏高原的植被，在此专门设立了自然保护区。政府拨款成立护林机构，选拔160多名优秀青壮年担任专职护林员，他们的任务就是昼夜巡逻，保护红柳不被砍伐，保护这里的黄羊、狗熊、狼、兔子、狐狸、野鸡、天鹅等珍稀动物不被猎杀。

我问："你们有武器吗？有枪吗？"

金答："没有。"

我问："你们夜间是几个人巡逻？"

小金笑了笑："我们常常是一个人巡逻，有时徒步行走，大部分时间骑马或骑骆驼，有时候也骑摩托车。"

我问："一个人巡逻，到处都是野兽，又要面对盗猎者，你不害怕吗？又没有枪，拿什么当武器呢？"

金答："手电筒啊！"

我问："那要是遇到野兽，遇到盗猎者怎么办？"

金答："这都是常有的事。夜里遇到最多的是狼，它们成群结队，但是我不害怕它们，因为我是保护它们的。我不伤害它们，它们也不会向我进攻，它们好像知道我们之间的关系。"

我笑了："真是和睦相处，真正的和谐社会啊！"

小金也笑了："是啊，我们是一个大家庭。遇到这种情况，我站在那里一动不动，我看着它们，它们看着我，我们对视着，直到它们离开。这个时候往往不用打手电，因为天越黑，狼的眼睛越亮，每只狼的眼睛就像两只车灯。"

我向金吉德伸出了双手，更加敬佩这位朴实无华的护林员。

汽车在夜幕中继续前行，小金接着又向我们讲了下面的故事。

今年大年初二，深夜两点多钟，我在林中巡逻，突然听到"砰砰"几声枪响。我急忙循着枪声的方向观看，只见远处有几束灯光，凭经验判断，那是汽车的灯光，肯定是盗猎者又向珍贵的黄羊下毒手了。枪声就是命令，我们30多个护林员从四面八方骑着摩托车一起包抄上去。

我们把盗猎者团团包围，很快作出判断，对方一共来了两辆汽车，一辆切诺基，一辆北京212。他们看见我们这么多人包围上去，不仅不听劝阻，还朝我们连连开枪。但是，邪恶就是邪恶，正义终归是会胜利的。经过两个多小时搏斗，我们终于把他们制服，当场抓了7个盗猎者，缴获汽车两辆，双管猎枪两支，还缴获了被他们打死的4只黄羊。当时有人掏出钱来，要求我们把他们放了，我们哪儿能听他那一套，迅即把他们押送到森林公安机关。后来听说，那几个家伙都被判了，因为黄羊是国家二级保护动物，打死一只黄羊要判7年有期徒刑。

说话间，我们来到金吉德的家，这是一个白色的蒙古帐篷。他的妻子和一双儿女迎上来，把我们让到屋里，又是端茶又是倒奶，非常热情。喝着奶茶，我们进一步得知，金吉德父子两代人都是护林员，长年居住在这荒无人烟的大漠深处。他说这里虽然清贫，但是他很喜欢自己的工作，热爱养育了他祖祖辈辈的这片林区。

我说："咱们照张相吧，留个纪念。"

得知我们是铁路警察，他说："你们守的是铁路，我们守的是家园，我们都是搞保卫的呀！"

是啊，这话说得多好！我们都是卫士，我们守护的是人民安居乐业，守护的是祖国的美好家园。

我举起右手，向金吉德敬了一个标准的军礼，我像敬佩常年战斗在雪域天路上我的那些战友们一样，敬佩这些守护红柳林的卫士们。

（选自《巴音河》2017年第2期）

探访西王母石室

李晓伟

现今的青海湖（古称西海）周围，南抵昆仑山，北抵祁连山，即是古籍中所说的"昆仑之丘"。在古代，这一片广袤的区域绝非现代人所想象的蛮荒之地。它既是公元7世纪唐蕃交锋的战场，亦是立国300余年的吐谷浑王国故地，更是距今3000—5000年前的西王母古国旧地。在现今海西州天峻县一带发现的西王母石室，有汉代建于其对面70余米处的西王母寺作证。

我的探访揭秘就从这里开始——

我首先选择了大非川。这是唐代史书上留下的古地名，现在则属于青海海南州塘格木与大河坝之间的上百平方公里的切吉原野。这片距离青海省会西宁市260余公里的地方，在公元7世纪时曾发生过一场异常惨烈的恶战。据《唐书·高宗本纪》记载："咸亨元年，七月戊子，薛仁贵及吐蕃战于大非川，败绩。"战争的起因是吐蕃军队以突袭方式灭掉了已立国300年而与唐帝国有邦属关系的吐谷浑。于是，唐王朝派遣薛仁贵为元帅，统兵十万问罪于吐蕃。一场恶战的活剧就突现在大非川草原之上。

那一场战争到底怎么个打法，史书录之极简略，而民间传说却极详。总之是吐蕃以四十万大军以逸待劳，相形之下只有十万之众的唐军千里跋涉，且指挥失控，其败绩从一开始似乎已命中注定了。

吐蕃时代青藏高原的生态环境绝对要比现在好得多。而作为青藏脊梁的昆仑山脉，至少在公元7世纪以前是一个植被葱绿、乔灌繁盛的所在。不然就无法解释这一方地球上的高地何以有那么旺盛的力量，何以有那么蓬勃的生命力。我们确信，公元 12 到 13 世纪的蒙古帝国的崛起和空前强大，只能从"草原孕育铁骑，而铁骑征服世界"这一法则中得到解释；而公元 7 世纪时吐蕃的强大也只能遵循这一法则。

无独有偶，昆仑腹地的昔日繁盛同样在现今的都兰县境内的吐谷浑墓葬群挖掘中得到证明。都兰县现属青海省海西州管辖，其墓葬群规模宏大，遗物丰富，许多文物堪称国家级的绝品。这片墓葬的发掘不但揭开了一个立国 300 年的古国之谜，而且对青藏腹地的地理地貌变迁提供了明确的佐证。

两脉青山夹着一道河谷，两边遥远处陡立着昆仑余脉布尔汗布达山终年不化的雪峰——这就是沿青藏公路向西 400 余公里处的吐谷浑古墓群了。我去的时候古墓的发掘已取得了重大的收获，令人感到惊骇的是，古墓的抢救性发掘竟是在愈演愈烈的盗墓毁坏基础上进行的。盗墓带有一定的集团性，采用的工具竟然是推土机之类，其疯狂性与毁灭性让人发指。

可是，一些具有重要研究价值的文物还是保存下来了：器皿、钱币、丝绸之类。钱币既有隋唐通币，更有古波斯（现在的伊朗）遗物。特别令人思绪为之一振的是，一方三尺余的丝绸彩幅上绘有异国风物、珍禽异兽、器皿居室、人物形态等，精美绝伦。经考证，这遗物属波斯织品无疑。

一个让历史学家和考古学家多少年来争论不休的重大问题终于有了结论，那就是，在从东晋直至隋唐之际，数百年间的北中国动乱时代，确有一条丝绸之路的南线线路。这条线路经兰州到西宁再到柴达木盆地后越过当金山口直达西方，避开了河西走廊一线因战乱割据等因素造成的隔阻。历史文化的交流脚步虽有过迟疑或迟缓，但从来没有停顿过，对吐谷浑古墓葬研究的现代诠释意义大概就在于此了。

接下来的另一个问题是，立国 300 余年，拥有青海湖周围西跨整个柴达木盆地的吐谷浑王国，它突然灭亡的内在原因又是什么呢？

吐谷浑原属辽东鲜卑族的一支。据《晋书·四夷传》载："吐谷浑，慕容廆之庶长兄也……永嘉之乱，始度陇而西，其后子孙据有西零以西，甘松之界，极乎白兰数千里。"从辽东西迁，一路上过华北，绕漠南，度陇西，涉湟水，其间举族携众，马牛毡帐，艰涉之苦，可想而知。幸好，中原的隋王朝还未建立，西南的吐蕃还未崛起，西海至柴达木盆地的大片草原之上，古羌人的聚合力已逐渐消解零落，于是，西迁的吐谷浑终于找到了新的繁衍生存之地。一晃就是 300 年，吐谷浑王国的名字竟重重地镌刻在了两晋南北朝以及隋唐的史书之上。

吐谷浑亡国的表层原因是吐蕃王朝背信弃义的铁骑突袭，其深层原因却是国势在陡涨之后的陡落。一个带有根本性的问题就是吐谷浑的统治腹地白兰——也就是现今的柴达木盆地发生了严重的生态退化，山原植被减少，内陆淡水河大量干涸，如此便导致畜牧业与农业的相对萎缩。在这里，我们撇开地理变迁的自然因素不谈，而人为的频繁战争，过度的载畜滥牧，超负荷的私欲获取，无疑都起到了难以估量的自毁作用。试想想看，以一个驻牧于柴达木盆地东及青海湖的千里小国，却经年累月地要支撑近十万之众的庞大军队，其国力民力自然力的消耗必然是每况愈下。到头来，西南面的强敌吐蕃稍纵铁骑，一个立国 300 余年的小国立刻就土崩瓦解了。即使有如前文提到的唐大将薛仁贵的西征复吐谷浑国之举，吐谷浑王和弘化公主还是被赶到了河西走廊，一段文明史终于消逝在柴达木茫茫的沙原之中。

依旧是吐谷浑的故地，再上溯 2000 年，却卓然存在着一个羌人部落王国——西王母国。而与西王母国当时的繁盛遥相对应的中原王朝，便是在中国历史上留下 800 年辉煌的周王朝。在史籍中，周王朝如日月经天，而西陲边地的西王母却鲜为人知，这到底是史家的不经意，还是以中原王朝为正宗的历史观的偏见所致呢？我相信，这一次的溯古造访，是会在事实上修正中国先秦古籍的诸多记载的。

这一次，我径直驱车驶向被称为古昆仑的天峻县关角日吉沟。我们由被称为青藏公路咽喉的茶卡折而北上，在长约 40 公里两山夹道的长沟里曲折穿行。沟左旋右绕，宽狭不定，两边青山雪岭，天风荡荡。一种神异的感悟突然袭上我的思维之弦：此地可进可退，可攻可守，若无人导引，主沟两边不断分岔的小沟真像是迷魂阵，谁也保不准哪个沟内会突窜出一彪人马。要厮杀布阵，这地方真是左右逢源、游刃有余了！

思考间，沟势渐见开阔视野豁然开朗，开阔处的尽头却又是两山收拢只留一缺口。妙极了！这一圈长沟中央形成的天然大草滩，是外人做梦也想不到的一处绝妙所在，而更为绝妙的是，在这状近葫芦肚的草滩中间，竟兀兀然突出一座石山，石山高 25 米左右，嶙嶙岣岣恰像是从天外飞来的仙山。当地人信誓旦旦地对我说：

"这就是西王母石室，你信不信？"

前半句是肯定的。后半句却含有与我商榷的意思。我笑了，我知道许多古籍中都有"西王母居昆仑，穴处"的记载，但"穴处"到底是何种含义，实在让人迷惑。

绕山一圈，目测一番，沉思一遍，我总算心中有底了。石室的确存在，且天造地设，让人神往，但是否曾为西王母居所，实难定论。

石山嶙峋却浑然，整体姿态坐东向西。西壁洞开一门，全无人工痕迹，高约3米，宽2米许。沿洞而入，洞内空间陡然延伸扩大，呈椭圆不甚规则状。使人不得不生出敬畏的是该洞竟由主洞、前主洞和后主洞，左右两侧偏洞配套组成，石灰岩石壁虽不甚平整，反而衬出一种天然野趣。粗略算来，主洞偏洞的总面积在130平方米左右。试想想看，内主洞为王居室，外主洞为客厅，左右偏洞为侍卫侍从室，加以古代适宜的兽皮香木花草装饰，一个女王的天然府第不是庄重华美且天谐受用吗？

出洞口再绕山观看，见小山背后正有一条小河潺潺流过，流韵含情，似在诉说着远古的故事和传闻。再登高远望，权衡脚下，但见平地起石峰，峰下有奇洞，鬼斧神工，天下绝境。西王母选择在这一方妙土而居，她的神秘力量能不让臣民们俯首而崇拜，崇拜而拥戴吗？

崇拜是一种古老的拥戴方式，而崇拜到极致，便会产生神化。无疑，西王母是中国古籍中最早被神化了的一个真实人物。

结论似乎下得太匆忙太草率，但当地人赌咒发誓："西王母就是住在这石洞中！"

我拿出《山海经》中西王母的怪异形象来反驳他们："虎齿豹尾，蓬发戴胜——这能说西王母是一个真人吗？"

马上有人反驳我说："虎齿豹尾只不过是西王母的面具图腾。就像中华民族至今还崇拜龙一样。西王母是古羌族首领，羌人崇拜虎豹，这是民间公认的事实。"

真是迷雾重重难分辨，却被他一语道破！于是，我想起了另一部同样诞生于先秦时代的古籍《穆天子传》，其中说：天子西征，至于西王母之邦。乙丑，天子觞西王母于瑶池之上。西王母为天子谣曰："白云在天，山陵自出，道里悠远，山川间之。将子无死，尚能复来。"天子答之曰："予归东土，和治诸夏，万民平均，吾顾见汝，此及三年，将复而野。"

在这里，颇有神异色彩的西王母还原成她的本来面目：天生丽质，雍容华贵，风雅唱和，气韵迷人。而与她对唱的周天子，其言其调，也不失为一个有帝王风范的可信形象。难怪在传为信史的《史记·赵世家》中，司马迁断言："穆王使造父御，西巡狩。见西王母，乐之忘归。"让周穆王乐而忘返的原因是西王母的热情周到和美丽可人。试想，以周天子之尊，姬妾中美女如云，但他却被远在镐京以西 2000 里之外的邦国女王迷住了，西王母的风度才情该是何等样的超群卓然！由此可以断言，西王母不仅学识渊博，谈吐不凡，而且是一个集歌舞绝技于一身的年轻女王。由她治理的西王母之邦，也无疑是一个山川秀美、物产丰饶、民众安乐，且仁义亲和的友好王国。

　　自然而然地，西王母的美丽存在使我们联想到西方美神维纳斯。而维纳斯只是一尊断臂雕塑，西王母却无疑是一个真实的历史人物——她立国于昆仑山下，青海湖畔，其部落女王的尊号也就是她的部落国家的名字。她代代相传，历久而弥新，由于时代的久远和传说的纷纭，她真善美慧的形象愈到后世便愈包裹在奇诡的神话当中，让人只可仰视而难以亲睹。现在，就让我们一步步地走近她，走近她的时代，还神于人，鉴古知今。让东方美神以她永恒的魅力，匡正迷乱矫情的世风，回归率真纯净的人性。

　　诚哉此行！西王母石室发现了，还有其他佐证吗？

　　幸运的是，就在石室对面 70 余米处的地方，挖掘出了一个占地约 8 亩见方的古寺遗址。古寺前后约 80 米，左右为 66 米，从散布的大量瓦砾石块格局判断，寺院有山门、前殿、后殿，具一定规模。碎瓦片中分板瓦、筒瓦两种，表里均有花纹，颜色为红、青、黑三种；质地坚硬，制作精美。更有确证意义的是，在一块红色带铭瓦当上，有篆书"常乐万亿"字样，而在另一青色带铭瓦当上，有篆书"长乐未央"字样。对照古籍《恢国篇·论衡》所言："金城塞外，羌献其鱼盐之地，愿内属，汉遂得西王母石室，因为西海郡。"考古工作者认定其为西王母寺无疑。先有石室，后有寺，顺理成章。这说明，早在汉代，人们就公认此地为西王母石室，且建寺以纪了。

（选自《女王部落》，中国文史出版社 2016 年 12 月出版）

沙 棘

刘元举

从柴达木盆地出来时，身边多了一样东西——一根乳白色的枯枝，这是我从荒芜的戈壁滩亲手折下来的。至今也还记得，那一坨一坨的草棵子，在光秃秃的戈壁滩上充满诱惑地铺排着，冷眼看去就像一片珊瑚丛。我挑选的这一支，造型讲究，很像缩小的黄山松，枝枝蔓蔓，遒劲柔韧，颇有风骨。当时把它放在车上，并没有想过一定要带着它行程万里，只是觉得它挺好看的。

现在想来，我擎着它走街串巷的那副庄重姿态，在当地人眼里一定十分滑稽可笑。

戈壁滩上这种植物太多了，没有人对它感兴趣，就像东北田野中的蒿草，谁见了也不会把它采摘下来，当成什么好东西供着。我在西部擎着这棵枝子，就像在东北的田野擎着一束蒿草。

我把它带到石油宾馆，小心翼翼地立在桌面上，退后几步端详着，发觉它很像一件艺术品。

当时还搞不准它到底叫什么，有人告诉我它叫白刺，也有人说它是沙棘或骆驼刺什么的。因为没有一个比较权威的人士给予鉴定，所以我一直搞不准它究竟该叫什么。后来到西安见到作家李若冰，才认定了它叫沙棘。

拜见李若冰时，老人远不如我想象的那么高大结实，也远不如我想象的那么热情。他脸上挂着病容，眼睛也有些发锈，寒暄一番，仍然没有唤起多少好情绪。我坐在那里很是拘谨，他坐在那儿也不怎么自在，后来我就想走了。起身时告诉他，我是从柴达木来的，如果不是柴达木，我就不会来看他。他一听到"柴达木"三个字，就像听到多年未见情人的名字，那双发锈的眼睛突然接通了电源，一下子灿亮无比。那一瞬间，他的白发，他多皱的额头，他瘦削的身子，都显得格外生动格外亲切。我们就谈柴达木，柴达木可谈的话题太多了。他说当年从尕斯库勒湖带回一块结晶盐，一直珍藏到现在。我说我从那里带回一根树枝，很好看，像一个盆景。他听我说树枝，善意地笑了，纠正那不是树枝，是白刺，学名叫沙棘。他说这种植物的生命力特别顽强，结出的果子可食，现在兰州出产一种沙棘饮料，就是用沙棘果作为原料，目前在市场上很受欢迎，大有取代果茶之势。

柴达木有他说不尽的话题，当天是说不完的，起身送我时，他说第二天去看我。

翌日果然去了，可惜我们没有再见面。回来以后，他给我来了一封很有感情的信，信中说他整整等了我一个下午，为此感到很遗憾。我完全理解这位老作家的一片深情，这一切都缘于柴达木。我深为失去一次畅谈的机会而歉疚，尤其是他还没有看到我带着的这根沙棘，我可以就这枝沙棘谈一谈路上的感受。

以下，我得用第二人称写了，因为我觉得李若冰就在我的面前听我讲述，而我就是讲给他一个人听。

你知道柴达木人喜欢作家，他们过去多么欢迎你，现在就有多么欢迎我。你觉得我们的见面很有意思，40年前你去往柴达木，40年后我又去了。40年正好是我的年龄，你说这很有缘分。作家在别的地方也许会受到冷落，可是在柴达木不会。柴达木有足够的荒凉，也有足够的热情，我在那儿充分感受到了这一切，并且得到了最难忘的友谊。这种友谊纯朴得就像50年代你去的那个时候，没有功利目的，没有金钱味道。那么多人来看望你，那么多人请你吃饭劝你喝酒，你要走时他们前呼后拥地为你送行，一次次问你下次什么时候来。

这种热热闹闹的氛围，铺满了整个戈壁荒漠。在城市居住时间长了，不知不觉中，习惯了那种人与人之间的淡漠，楼上楼下的碰面了，也彼此不打声招呼，邻居住着十多年，竟彼此不知道姓名。

柴达木却完全不同。人与人之间的真诚与热情，反倒使我有点不习惯，以至于我每每遇到这种热情时，竟变得那般木讷，那般不会应酬。我不会喝酒，人家劝我，我怎么办？他们说我不真诚，他们把你抬出来与我比较，他们说你来的时候一点也不外道，大口大口地喝酒，喝得豪爽喝得够意思。到了这种时候，我喝酒难受，不喝就更不好受了。

但是，这一切想来都是美好的，什么时候回想起来，就什么时候涌起一股股暖流。我不知道你离开柴达木时，会是一种什么样的心情。当送行的人离去，只把我一个人撂在柳园小站时，你可以想象我跌入了一种怎样的孤独之中。当时陪伴我的只有那枝沙棘，我把它放到长长的木椅子上。长长的木椅子有好几排，没有几个人坐，显得空空落落。那枝沙棘是平躺着放在椅子上的，没有人注意它。

那时候已经是夜晚9点多钟了。外面刮着风。不刮风这个小站就已经够冷清的了。

候车室内的灯光特别暗，看了一小会儿书，眼睛就酸涩得要命，只好出去走走。我出去走的时候，没有随手带上沙棘，我不怕它丢失。相信它也绝不会丢失，谁会对它感兴趣呢？除非我这种傻瓜。

柳园这个小站你一定十分熟悉。白天这个小站还算热闹，卖东西的挺多，可到了傍晚，所有店铺都打烊了。楼房不多，也不够高大，挡不住戈壁的风，感到格外凄凉，只能回到候车室。我要往吐鲁番，最早一趟车也得23：30，就是说还得熬过两个多小时。我早已习惯一个人独处打发时间，只是光线太暗无法看书，这让我苦不堪言。

回到刚才坐过的长椅子时，发现好几个服务员围着沙棘指指点点。她们中居然没有人认识它，这使我深感意外。她们问我拿这个干什么，有什么用处，我有心逗逗，就让她们猜猜看。她们一个个评头品足，有的说这玩艺儿一点用也没有，有的说不可能没用，没用哪能带着呢？她们都按照各自的人生经验，去判断，去猜测。精明一点的人说我带着这玩艺儿一定有药用，这个说法得到了在场人的公认。但是，它能治什么病呢？

我只好如实告诉她们，不是什么药用，我带着它就是觉得挺好看的，带回去摆放到客厅里，相信效果极佳，风格非常独特。而且，这是从柴达木带回来的，本身就很有价值。我这么一说，她们难以置信，都用一种异样的眼神瞅着我。听说我要带着它去新疆，然后去西安、北京，最后带回沈阳时，她们惊讶极了。当时我很想给她们讲讲火柴的故事，告诉她们什么叫有用，什么叫价值。

其实，我当时也没有足够的信心把它带回沈阳，我不知道那么遥远的路途，会出现一些怎样意想不到的麻烦。能够带回去更好，带不回去扔在半途也没有什么，因为我当时带着它，完全是凭着一种心绪。

把这枝沙棘摆放在宾馆的桌子上，用一只水杯盛点水，插上它，立着放，竟然有了一种意想不到的效果，所有进到房间的人都为之吸引了。

同房间住着一位陌生的年轻人，沉默寡言，连句必要的客气话也懒得跟我说，这使我感到很是别扭。忽然有一天晚上，他跟我谈到了这枝沙棘，表情颇为生动，说是没有想到这东西摆在房间里会这么漂亮。他说这个东西看得太多都看腻味了，怎么也没想到会有装饰价值，还说一定也要采一枝带回去，摆到他家的客厅里。你知道，人与人之间没有熟悉的时候，彼此放在一块小小的空间里都不得劲儿。要化陌生为熟悉，其实既十分简单又十分艰难，需要有个起因，而沙棘此刻就是一个最好的起因。

254

那天晚上，正是因为沙棘这个桥梁，我们谈到了深夜，彼此就像一对老朋友倾诉衷肠。

年轻人是青海石油管理局一位技术员，父辈是上海人，他就生在柴达木。他说到自己经历的艰苦生活，就像讲述别人的故事。

有一年春天，突然遇到一场大风雪，他们的汽车在翻越当金山口时抛锚了。你知道当金山口是去往柴达木和格尔木的必经之地，只要一遇到风雪，那条公路就得被雪覆盖，神仙也无法行驶。技术员说他们车上有 6 个人，都被突然而至的大风雪冻得缩成一团。如果不找到营救车，在这前不挨村后不着店的地方就得全部冻死。因为这种天气误车，常常就是七八天。年轻气盛的他，自告奋勇去找车，再来搭救车上的人。

漫漫风雪中，他翻越过当金山口，发现那边也误了几台车。有经验的司机在这种天气，是绝对不会开车的。他说了多少好话，也没有人肯过来搭救他们。这种时候，人人都是泥菩萨过河——自身难保。在风雪中走了好几个小时，总算走进了路旁的一间小房子，这是道班工人的住处，一个老头长年累月在此孤独地打发岁月。一进小屋，立刻惊呆了：不足十平米的地方挤满了人，连个下脚处都没有。他好不容易像根钉子一样钉进去，才把门关上。

屋子里生着炉子，温暖极了。满脸的雪水化了，流淌下来。他说当时没有擦，就那么呆呆地站着，心中惦记着依然在风雪中挨冻的同事们。没有办法，只能就这么站着过了一夜，满屋子的人也都这么站着过了一夜。又饿又累，好在兜里带着烟。

掏出火柴点着烟时，他发现人们都用一种贪婪的眼光瞅着他。有一个挨着他的人，死死地盯住他手里的火柴盒，商量要出 10 块钱买。他不卖，那人说出 100 元，还是不卖。那人急了，一家伙拉开羊皮袄，从翻卷的羊毛丛中，掏出厚厚一沓百元面值的人民币，拍在他的手中，一定要买他的火柴。他数了数那盒火柴，一共也不过十几根，而这一沓子钱少说也有 3000 元。十几根火柴值 3000 元？这家伙莫不是疯了？所有在场的人都为之震惊。那人说你嫌我没有钱，瞧不起我是不是？那人是做买卖的，装满货物的车因为天冷而灭火，只要有火柴，就可以把车发动着，之后掉回车头，再也不干了，说这种罪咱遭不起。可无论那人怎么说，不管掏出多少钱来，他都不卖。他想的是自己的车误在山那边，等到雪停了，还得用火柴点着柴禾，把灭火的车发动起来。那人再问究竟多少钱能卖，他说多少钱也不能卖。最终，他还是没有卖。

讲完这个故事，年轻人就睡着了，可我好久都没睡意。也许你听到这种事情很多，已经不觉得新鲜了，对于我却是闻所未闻。我由此想了很多，都是有关金钱有关价值的东西。在特定的场合，有着特定的价值观。

也许正是这个故事，才坚定了我要带上这枝沙棘的决心。我要把它带回家，摆放在我那装修一新的客厅里。客厅格调是白颜色的，配以这支白调子的沙棘肯定独具特色。对了，我得告诉你，我有一个极爱挑剔的妻子，穿戴和收拾房间都追求一种与众不同的格调。再好看的衣服，只要在街上看见别人穿了，她就坚决不再穿了。新居装修好之后，她常常为了一个窗帘跑得筋断骨折。问题是她总也选不到一个可心的，因而我家卧室至今也没有窗帘。房间摆设上更是穷毛病，花瓶总也选不中，她要求的风格是那种既有古文化又有现代的洋味儿，好不容易看中一个，价钱太贵她也不会买。

真是老天有眼，到底让她买到了一个花瓶。随之而来的麻烦，她买不到称心如意的花。嫌市面上的花太俗，她要与众不同，要"嘎"的。我本来是那种极不讲究的人，慢慢地在她的影响下也学会了讲究。决定带上这枝沙棘上路时，不能不想到妻子的态度。根据我对她的了解，相信她会得到一种意外的惊喜，因为它符合她的标准："嘎！"

（选自《新华文摘》1996 年第 5 期，有删节）

眺望德令哈

黄国钦

一

眺望德令哈，是因为，我很多次到过西部。到过西部之北的每一个省份：内蒙古、陕西、新疆、甘肃、青海、宁夏。每一次游荡西部回来，我都会生出一丝丝惆怅，因为落下了德令哈。

向往德令哈，是因为一个人，一首诗。人，是诗人，海子。诗，是海子的《日记》。简简单单的几行诗，明白如话的几句诗，却像晴空万里的一声霹雳，蓝天白云里的一道闪电，一下子震到了我，电到了我。海子的呐喊，海子的呢喃，透过时空，一次次回响在我的心灵。

> 姐姐，今夜我在德令哈，夜色笼罩
> 姐姐，我今夜只有戈壁
> ……

德令哈就是这样，走进了我的心里，驻扎在我的心里。其实，有一次，我离德令哈只有一箭之遥。那次甘青之行，汽车从兰州出发，驶向西宁。然后，越过日月山，沿着青海湖，折向祁连、民乐、张掖、酒泉、嘉峪关、敦煌。冥冥之中注定，德令哈，就这样擦肩而过。

二

很多次，我都在想象德令哈。没有目的，没有意义，没有具象，只是一个意念、一个念头、一个冥想。德令哈，像一头在天际翱翔的苍鹰，久久盘旋在我温润敏感的心头。

我常常在想，为什么那么多人向往德令哈，这座西部之西戈壁深处边陲小城？她有什么魅力？她有什么故事？她为什么这样让人念念不忘？

让我熟悉德令哈迷上德令哈眺望德令哈的，其实还有另外的人。我的一位从未晤面的朋友。他曾经在遥远的西部之西工作。但那是茫崖、是花土沟、是冷湖、是大柴旦。朋友源源不断地写着，《西部之西》《冷湖那个地方》《柴达木文事》《盆地风雅》《文星光照柴达木》《海西的儒雅风流》《西部之西地理辞典》……

像早期的前辈、像走进西部的李季、李若冰一样，朋友呕心沥血地抒写西部之西，抒写黑石油，抒写柴达木，抒写西部的悲壮与忠诚，抒写西部的献身与雄起。

我就是在朋友的感召下，在朋友的激励下，开始了柴达木、开始了德令哈的心路之旅。那是一次纯粹的艺术的集结号、历史的集结号。朋友为了缅怀为了纪念为了存史，编辑了一部煌煌的西部散文卷《天边的尕斯库勒湖》。这是一部礼赞青海高原、礼赞青海石油的历史文卷。朋友广发英雄帖，遍邀海内外书朋画友，为这部文卷摄影、绘画、书法。就是在 3 年前的一个秋天，我收到了他的郑重敦请，书写青海油田 1971 年春节大会战新民歌三阕。那是与生命投入魂魄投入的海子完全不一样的歌唱。但是我仍然唤起了那一段历史的回忆与共鸣，仍然有一种岁月一种沧桑一种酸楚爬上心头。

我在北山打梆头，双手起泡鲜血流，为把钻机摆上山，半月掉了四斤肉。
我在北山打梆头，金钱名利无所求，钻前工程全局上，没有一人讲报酬。
我在北山打梆头，老婆在家蒸馒头，共同目标只一个，为油奋战到白头。

现在的苦涩，在当年，却是一种豪情、一种壮举、一种气概、一种集体主义。朋友也许没有想到，讴歌的文本，也能引发一种反思、反省……

但是，我仍然愿意，正视这种历史、正视这种情怀。我也仍然愿意，为西部奉献我的绵薄、奉献我的衷情。于是，我的眺望，眺望柴达木、眺望德令哈，便不会变得缥缈、变得虚无、变得没有由来。

三

正是在朋友的敦请之下，我和柴达木、和德令哈有了灵魂寄托、有了笔墨之缘。《柴达木日报》《柴达木开发研究》《瀚海潮》《柴达木》《巴音河》，相继发表我的作品，使我的灵魂，能在柴达木落地，能在德令哈巡游。月朗星稀、穹庐辽阔，我的细胞、我的生命，总是能吮吸到陈忠实《柴达木掠影》、徐光耀《花土沟油田纪行》、张承志《马海寺兴建记》、鄢烈山《风沙吹不走的冷湖风流》、刘元举《尕斯湖畔的爱情》的高蹈与雄阔，总是能感受到柴达木予人的豪强与豁达。

后来，我又认识了一位朋友，一位生于海晏长于德令哈的小伙子。他求学广东，落籍广东。但是，德令哈就像戈壁上的胡杨、梭梭、红柳、骆驼刺，根深蒂固地植入他的血脉中，以至于他的眼界、他的心境、他的魂魄，就像德令哈那样高远、像德令哈那样辽阔、像德令哈那样峻拔。

年轻朋友的小说写得真棒，《非法入住》《合法生活》《无法无天》《他杀死了鸽子》《看着我》《倒立生活》……语言犀利，笔调冷峻，意想不落窠臼又透着淡淡的无奈，行文漫不经心又透着看破红尘。三十来岁的青年人啊，笔下便深刻得满纸烟云满纸沧桑。朋友在西部在青海是大有名气的。数年之前，我在杭州参加中国文联的培训，青海学员问我，认不认识这个朋友，有没有他的联系方式，他们想邀约他的小说并托我转达。

朋友的气质沉稳、温和，朋友的思辨锐利、敏捷，这些，都是德令哈那方水土哺育养成的。德令哈是朋友魂灵之魂、文化之根。带着德令哈的烙印、德令哈的塑造，朋友从此可以披荆斩棘浪迹江湖。

我是在一个微雨的清晨读到朋友的长篇散文《德令哈随笔》。一个游子，背井十年，对家乡的回望，对过往的回味，对故事的回眸，让人读了，百感交集，意绪绵绵。朋友的起笔，就让德令哈，有一种横空出世先声夺人的气势：

德令哈并不是一个容易抵达的地方。漫长的青藏线，车窗外一成不变的荒山与草甸，足以颠覆一个人的耐心。车厢内，有人昏昏欲睡，有人嗑着瓜子，我和一位安多藏族的老人小声交谈着，他黝黑的脸盘被草原风雕刻成了岩石的形状。他告诉我安多藏语和拉萨藏语的区别，并且做了示范，那种语言的长调呼应着这片土地的风语。这时，不远处的布哈河闪耀着深蓝的光泽，它跋涉千里，直到把自己融进青海湖。每年雪水消融之际，青海湖里周身发亮的无鳞鱼便逆流而上，将卵产在布哈河的上游。

《德令哈随笔》就这样夹叙夹议，将人带进西部那片广袤的热土，带进那片令人魂牵梦萦的高原盆地，带进海子让无数人知道了的德令哈。我细细地咀嚼，朋友关于德令哈的描写，而德令哈史诗般的历史，也就这样走进了我海绵吸水般的心中。

朋友的学养和知识使他懂得辨识，朋友的血缘和地缘使他踉跄踌躇。那种矛盾那种纠葛，真的是油然而生欲说还休。可我不能援引再多了，只能向朋友的文字致敬。

四

后来，我又读到了另一种文本的德令哈。作者是我的小老乡，潮州人，我侄子的同学、我女儿发小的姐姐。小老乡是一枚蒲公英，她在心灵的旷野里自由地飘荡，在文学的营地里着意地播种。小老乡的追求曾经让很多人迷惑，她辞掉高校到了媒体，又辞掉媒体当了自由撰稿人。我对小老乡的初心十分理解。文学是一颗不可理喻的种子，它要生长，便会破土而出，爆发、绚丽，不讲条件，不讲时机。小老乡对德令哈的视角更加独特——《在德令哈怀念海子》。我知道，每一个作者，都是一个旅人，一个勘探队员，更是一个发明者发现者。在德令哈怀念海子，比在山海关在北京在怀宁怀念海子，要更加纯粹更加透彻更加邈远。海子在德令哈的呐喊，是所有人的共鸣。那种呐喊，是一种永恒，不会消弭。那种共鸣，是一种和声，不会消沉。小老乡的文字以一种潮州人的优雅，这样开门见山整洁干净：

出差，从格尔木到西宁的火车会经过德令哈，我与同伴商量，我们在这个地方停半天。同伴赞同，但接待我们的当地人都好心地提醒，德令哈没啥好看的，再说现在树还没绿花还没开，真不值得专门去半天。他们担心我们辛苦奔赴失望而归。我讷讷地说，也没想看啥，就是有点多余时间，随便消磨下。

有时候喜欢"没啥好看"的地方，是因为没有预设，无所用心地使用那时光，让人觉得富足。相比而言，人皆称赞的地点，有着被验证过的美景，像一篇主题明确的文章，种种喜悦尽管如期守候在每个拐角，但遇见之后，知道还是沿用着用熟了的思路。

小老乡就是这样，安安静静地坐在一旁，调动着一个发现者的发现，用西部的陌生吸引着你，用西部的风情诱惑着你，给你讲乌兰火车站的种种见闻，讲高鼻深目扎着各式头巾的撒拉族女子的婚姻婚俗，给你一个绘声绘色的前奏，一个活色生香的铺垫。

城市，只是小老乡的一个驿站。德令哈对于小老乡，对于更多的旅行者，更多的眺望人，更是一座心灵的灯塔，一片灵魂的栖居地。我品咂小老乡字里行间的意绪，小老乡在德令哈对海子的怀念，是发自内心的切肤的怀念，是一个青年作家对青年诗人的认同与崇拜。

后来，小老乡走了，离开德令哈了。但是，留下了对德令哈刻骨铭心的记忆！

五

德令哈就这样与我有了精神和血肉的交融。对于那座遥远的高原的城市，我的眺望，就变得有意义和价值了。我向往，那片有着银白雪顶的地方，那里，还没有被污染，而纯洁洁净，在当下，是最可宝贵的。

我的三个朋友和小老乡，是甘建华、王威廉、陈思呈。

（选自《潮州日报》2017年4月4日百花台副刊）

柴达木的初恋

杨志鹏

杨志鹏作品

1974 年 12 月 25 日，高中毕业一年后的我，终于穿上军装，从此离开了生我养我的黄土地。那天晚上，我和洋县 125 位应征入伍的新兵一起，从陕西汉中的城固火车站，踏上了西去的军列，奔向那个陌生的但可能改变命运的地方。

挨过长途跋涉的艰难，第二天下午时分，终于到达柴达木的海西州府所在地德令哈，这里就是我们新兵集训的地方。展现在眼前的景象，再一次让我吃惊，不见高楼大厦，不见绿树成荫，不见宽阔马路，不见军人列队。几排简陋的平房，就是我们住的地方，就连门前的训练场地，也是用沙土铺设而成。小小的德令哈，只是一个镇，所属人口不到 3 万人，其中不少是军人，远不及内地一个公社的人口，说不上繁华，也说不上是城市。

新兵集训终于结束了，一部分人分到了海西州所属各县武装部或县中队，三十多人分到了距离德令哈 50 公里之外的怀头他拉军分区农场，我是其中一员。

由于入伍之前，在县文化馆办的油印刊物和陕西省群艺馆办的《群众艺术》上发表过诗歌，到连队不到半年，我被提拔为连部文书。虽然农忙时也得参加劳动，但轻松的时间大为增加，还能不时跟着下连队的首长出门，生活空间也大为扩展。

副营长晁元庆到我们连队蹲点，一住就是一个多月。这期间，他经常带着我出门走访朋友，有一天到了怀头他拉公社知青点。在电话接线房，副营长给我介绍了一位很漂亮的姑娘，年龄大约十七八岁，老家是乐都县的，和他是老乡。副营长向这位姑娘介绍了我，她知道我会写东西，是一个有追求的青年人，就对我很热情。每次去，她都给我倒水，和我聊天。去过几次后，我们就熟悉了，很快我就喜欢上这个姑娘了。

但是，部队有严格规定，战士不允许在驻地谈恋爱，违者轻则处分，重则退伍，但我依然冒着风险与这个姑娘交往。原因并不完全是因为我喜欢她，而是听说当地政府有一个规定：当兵的无论干部或战士，只要转业或复原时已经结婚，其妻子是当地户口，便接受他们就地转业或退伍，安排工作。这个姑娘不但是德令哈城镇户口，而且她爸爸还在政府机关上班。对我而言，这是当时的生存条件下，一个跳出农村成为城里人的难得机缘。于是，我鼓足勇气，向姑娘表达我的喜欢。

那时见了女性就脸红的我，不敢当面表达，就写信倾诉想法。刚好这时知青点要换地方，调到离公社更远的一个水库工地上，距离我们连队大约二三十里路程，比原来远多了。我就借口说要分开了，向姑娘提出要一张照片做留念的请求。那个年代，人们表达爱慕之情的方式很含蓄，一个姑娘只要给了一个男人照片，证明这个姑娘已经喜欢上这个男人了。所以，我的请求无疑是一个大胆的试探。

信件发出后，我的心七上八下，十分担心会被姑娘拒绝，所以整天心神不宁。大约过了一周时间，按平时与公社偶尔公文来往的时间推算，如果有回信，就应该到了，可就是不见音信。又过了两天，还是不见踪影，我有些失望。

再过一天，上午十点钟左右，副指导员陶国兴突然把我叫到他的房间，问我最近有没有什么事？我说没有，副指导员又问："真没有什么事吗？"我的心脏几乎要跳出胸膛，预感发生了什么，认为与姑娘通信的事绝不可能暴露，除非姑娘把我的信交给部队，但以我对姑娘的了解，绝对不可能发生这样的事。因此，我对副指导员说："如有隐瞒连首长的事情，愿接受任何处分。"陶国兴听了我的誓言，不再说话，从抽屉里拿出一封信，甩到桌子上，说："你自己看看，如果我们不发现，你要犯大错误！"说完不再看我。

我脑子里一片空白，心脏似乎一下子从胸膛跳了出来，十分紧张又十分狼狈地抓起桌子上的信，退出了副指导员的办公室。回到连部，急忙抽出信封里的信（封口已被打开），随着抽出的信，一张照片掉了出来。我急忙拿起照片细看，是那个年代流行的艺术照，虽然是黑白照片，但人像周围一圈虚光效果，看起来照片更加浪漫迷人。一张圆圆的脸蛋，一双大大的眼睛，闪烁着动人的光彩，看着照片，就像姑娘一下子出现在我的眼前。我急忙抽出信件，想看看她说了些什么。

读到那些让我怦然心动的文字，一下子明白了这是一封绝对的情书。大意是说看了我写给她的信，想起在一起聊天的时光，心里激动，并说她很难忘记我，希望以后多来往。

被她炙热的话语打动的同时，我突然想到，事情已经败露，连队怎样处理我还不清楚，但一定不能连累姑娘。因为那时的知青点似乎也实行军事化管理，要求是十分的严格。猛然一股豪气冲天，大有英雄救美人的气概，即使自己被连队开除了，也不能波及一个无辜的姑娘，必须立即将事情已被连里发现的情况告诉她，希望我们之间不再联系，以免给她造成不好的结果。姑娘的信是被连队负责收发信件的通信员，看到发信地址的破绽后交给连首长的，显然利用邮寄的方法已经不保险了。因为连队的信件收发，统一由通信员骑马去公社的邮政局送或取的，唯一的办法是把信直接送到知青点。

正好，炊事班饲养员宋万明是我的同乡，我们一起入伍，关系一直很好。宋万明不但喂养几十头猪，还养着十几匹战马。这件事交给他，让他利用吃完午饭遛马的机会把信送出去，是再好不过的办法了。

我立即写好信，吃过午饭就去找宋万明，他正在马圈喂马。我说了事由，嘱咐他："事关重大，不能出一点纰漏。"他说："你放心，这点事一定办好，不然对不住战友。"

我点点头，看着他忙完，牵着一匹马出来，又看着他把信揣在怀里。他向我招招手，上马后一挥手，马就快步跑起来，不一会儿，就消失在视线之外。

送走宋万明后，我的心一刻也不能平静，老怕出现什么情况。差不多两个多小时后，宋万明回到营房，告诉我信件已经亲自交到了姑娘的手中，让我放心。我十分感动，连说几声谢谢。

从此我断了与姑娘的联系。

这件事连里后来并没有处理我，事后想想并没有造成什么后果，只不过通了一封信。好在我们连来了一位新排长，叫李德庆，1973年入伍的，河北廊坊人。他是军分区副参谋长曹洪的通信员，提干后放到我们连里。因为曹副参谋长有华侨背景，是一位知识分子，对鲁迅十分推崇，推荐鲁迅全集要他的通信员读。所以，这位排长与其他连队干部不一样，十分爱读书，也爱护战士，虽然对工作要求很严，但对人却讲交情讲感情。因此，在我离开文书位置当班长时，其他连队干部说这个兵难管，他说难管的给我，于是我到了三排九班当班长，做了他的下属。

今生我人生的最大转折点，来自于他对我的选择。后来，我们三排和一排换防，被轮换到怀头他拉种地。由于部队缩编，耕种的土地由原来的近千亩减为560亩。即使如此，任务也是很重的。

1977年开春，由于老兵退伍，新兵还没有补充到部队，我们排三个班，加起来只有十三四个人，一个班的人数。正值土地开冻播种时节，而播种前，必须按时把垄坎打好，这关系到全年的收成，来不得半点马虎。这样，我在排长安排和要求的时间里，每天每人四条垄坎，累得我们晕头转向。下午收工吃完饭，躺倒就不想再起来，白床单变成了土黄色，整整一个月，终于完成了560亩地播种前的准备工作。

想不到那一年，农场小麦亩产量达到了408斤。那个年代，国家有一个指标，长江以南粮食产量500斤，长江以北黄河以南400斤，我们的亩产量一举过了黄河，成为海西军分区农场成立以来亩产量最高的一年，因此三排受到了军分区首长的表扬。

那年8月，我写连队生活的一篇散文，在青海日报文艺版"江河源"发了整整一个版，作者的署名之前，标了海西军分区战士字样，立即在军分区引起轰动。这是军分区成立以来，在省级党报发表的最长的文章。

由于这两件事的双重作用，在排长李德庆的推动下，经来连队蹲点的军分区蔡天瑞副政委举荐，翌年元旦前夕，我终于完成了命运的重大转折——提干，当了排长，行政23级。

提干第二年春天，我在德令哈百货商店楼上，从人群中突然发现了那个姑娘熟悉的身影。那一刻，我应该毫不犹豫地拨开人群，向姑娘问好，可是我却犹豫了。也许我和连队其他几个干部在一起，有些害羞；也许突然撞见没有心理准备，不知道该如何表白，在我不知如何是好的慌乱中，姑娘消失在人群中。

3个月后，我离开海西军分区，作为优秀基层干部，被选调到省军区政治部组织处工作。与那位姑娘的柴达木相遇，从此成为生命中珍贵的记忆。

（选自《青岛文学》2018年第1期）

妖媚的那棱格勒河

杨志军

那棱格勒河位于昆仑山北麓,是横亘在哈萨克游牧区乌图美仁和大旱漠塔尔丁之间的一条河流,它的上游是著名的多喀克荒原,再往上也就是接近昆仑山发源地的流段叫楚拉克阿拉干河,它的下游也就是接近大沼泽的地方是吉乃尔河流域。谁也不会想到,就是那棱格勒这条名不见经传的季节河,会在荒原数百条河流中悄然孤出,闪烁着阴森危险的光波,成为令人心悸的妖鬼吃人河。

妖鬼最早的吃人记录,出现在 20 世纪 40 年代初:西北军阀马步芳试图从青海腹地打开新疆门户,控制塔克拉玛干沙漠以东的若羌地区以及辽阔的南疆,同时在昆仑山以南形成对西藏在边界上的布控。数千藏汉民夫被军队押解着来到大戈壁的酷地里,用每天死亡十数人的代价,拓展出一条白晃晃的路来。这样的行为,不管其政治目的是如何的不堪,但就其敢于在生命禁区筑造景观来说,仍然是人类进取未知的一部分。就像当年秦始皇修长城一样,旷无人烟处斧凿石勒的痕迹,证实着民夫们凄凄惨惨、生死不保的营生,竟是前不见古人的凌云之举。

但那棱格勒河并未成全马步芳,冬天枯水时修通的路,到了春天河水一来,就顷刻崩毁了,崭新的未用过一次的路,从此断为两节,再也不能连续。连遗落在西岸的民夫,也无法渡河回去,只好流落到青新接壤的阿拉尔草原和藏北高原,娶个牧民的女子做老婆,生儿育女,逐水草而居。他们因祸得福,草原上自由自在的牧人生活,强似挨打受骂的民夫千倍。

据说这个春天,这次冲毁路段死了一百多人,不管是军人还是民夫,死后的情状都是一样的:全身精赤,仰面朝天,胸腹撕开了,心脏掏走了,下身不见了。多么暧昧的残忍,多么妖媚的毁灭,男人的下身不见了,连心也给拿走了。由此可以断定:那棱格勒河是女人河,那棱格勒水是春情之水。

后来又有过几次冲毁,只要是春夏两季,只要是男人过河,就没有不死亡的,就没有不精赤不残体的。至于女人,人们说很少来这里,来过一次,大概是几个去花土沟油田逃荒,或者去对岸那棱格勒寺拜佛的甘肃妇女,被水卷走之后,几十里以外的下游河滩上,出现了她们的影子,还活着,居然还活着,因为她们是女人。女人对女人,总是同病相怜、互相关照的。于是,人们就更相信那棱格勒河是女人河了。

你是男人,有一个女人爱你,就把你所有的好东西拿走了,最好的东西当然是你的命。命只有一条,于是你就漂起来了,一个没有男根的漂浮物,居然是彻底奉献的化身?——是的是的,她爱你,爱得不夺走你的命就不知道如何表达,这就是关于人与自然的关系的那棱格勒式的表述。而你的态度是:要么因不理解而诅咒,要么因超越自己而宁静,当然是永恒的宁静。

也有第三种态度,那便是恐惧,便是死里逃生者的选择:1992年7月14日,一辆25吨奔驰水罐车,大大咧咧驶过河床,河水瞬间暴涨,水罐车沦陷,水流转眼漫过驾驶室。司机和助理赶紧爬上大水罐的顶部。河水跟上来了,淹过罐顶,几乎把他们冲倒。他们互相搀扶着立成了柱子。两天两夜,没吃没喝,眺望两岸,是那种只可诅咒的空旷。一个说看样子咱们死定了,可是我还没活够,我不想死。他朝着隐隐可见的那棱格勒寺不停地作揖:佛爷保佑,佛爷保佑。一个不说话,死就是沉默,那就提前沉默吧。就这么绝望着,突然水就落了,那棱格勒妖女收回了欲念,不再纠缠。他们开着水罐车出来,一上岸就软了,再也开不动车了。司机说,我要是再过这条河,我就不是人了。

1994年6月,油建公司的一辆卡车陷进河里,水流漫过车厢,眼看就要没顶了,司机和乘客弃车而逃,水浪翻上车顶就撵过来。他们没命地跑啊,幸亏离岸不远,水浪将他们拍倒时,已经可以扳住岸边的石头了。被遗弃的卡车到了冬天水枯以后,才从淤泥里挖出来,已经不是车而是一堆废铁了。

如此弃车而逃的,光我知道的就有不下30个人,7辆卡车和5辆吉普车,被那棱格勒妖女的粉拳揍扁了。这样的女人,敢于打铁砸钢的女人,要了你的命还要你跟她做爱的女人，一定是冷艳无比的，一定是淫荡无度的，一定是天上的公主人间的王后了。这狗日的女人，残酷的雌性希特勒，教会人们的只能是不怎么美妙的举一反三：荒原，一切不可逆料的野性的景观，往往具有冷艳之美、淫荡之风、残酷之性。暴水如此，飓风如此，烈阳如此，泥淖如此，干旱如此，严寒如此，连辽阔、寂寞、沙砾石头，都是如此的冷艳，如此的淫荡啊！荒原作证，你永远警惕的，不是女性的鬼魅妖娆，而是你自己无法摆脱勾引的神赐的天性。

我天性喜欢冒险，趁着去西部花土沟油田旅行的机会，就说过一过那棱格勒河怎么样？朋友说你要去，我跟着，我路熟人熟，尽量不叫妖怪媚了你。我心说那或许就没劲了，但愿能看到河水淙淙响的地方，丽若晨星的女子跃然而出，艳光一闪，便霓虹璀璨，便黑夜白昼，便人间天上，便是一河仙界之花的烂漫了。如此就死去，就给她——生命给她，心脏给她，那个东西也给她，人活着，不就是为了给啊给吗？

我们上路了。正是七月，荒原上草长水流的时候。我们从花土沟出发，坐着大型五十铃，过大乌斯，过茫崖大坂，过黄风山，过甘森草原，到达塔尔丁，再往前就是那棱格勒河了。我们被筑路队拦截在离河岸两公里的地方。筑路队长说不能过，这个季节，轿车不能过，卡车不能过，大型五十铃也不能过，你们这些人就更不能过了。朋友说我们就是来过河的，过不去你队长想办法。队长是朋友的朋友，皱着眉头说非要过？过去干什么？朋友说世界大战发生了你知道不知道？地球末日来临了你知道不知道？东边的太阳落山了你知道不知道？那边就是彼岸，过去就是西天，你说我们过去干什么？队长笑了：好好好，让你们过，叫妖女子拉去睡了觉我可不负责任。朋友说睡觉可以，送命不行，你不负责谁负责？队长说咱们先吃饭喝酒，明天再说。

在筑路队的简易工棚里住了一宿，一大早赶往河沿，不禁有些茫然：哪里是河呀？队长说脚下就是河了。至此我们才明白，那棱格勒河是数十股水流的合称，这些水流今天这里，明天那里，胡乱流窜着，仿佛没有禁锢的思想。好在那棱格勒河有世界上最宽阔的河床，水流的自由奔涌得天独厚，你就流吧，流到哪里都是那棱格勒河。队长说50多公里宽的河床上不便架桥，我们就浇筑了几十座漫水桥，让水和车都从上面过。但就是这样，也得看季节，现在这个季节任何车辆都不能单独过。

杨志军作品

267

这时，我们发现一个庞然大物正在朝我们移动。朋友说你把铲运机调来了？队长说我只有这一个办法了。于是，双引擎，600匹马力，轮胎迹近3人高，山一样雄伟的德国造铲运机，拖起了我们的五十铃，就像历史的车轮那样，碾着坎坷，碾着涡流，轰轰烈烈往前走去。我看到水的咆哮中，无数金色的光芒宝剑似的刺来，但是不痛；看到水中到处都是女人的眼睛，就像漂荡着十万八千个黑玛瑙，玛瑙的瞳光寒寒地激射着我们，但是不痛；看到妖女的红唇正在裂开，裂开，吸着水，吐着水，朝向我们，踏浪而来，猛地咬我们一口，但是不痛；看到女人的发辫瀑泻于昆仑雪峰，黑绸似的流淌着，满河都是花簪了，辫梢蓦然撩起，狠抽我们一下，但是不痛；看到我舍命而来，在勾引与被勾引之间流浪，青春激荡的时候，一头撞向南墙，但是不痛；看到筑路队长迎着水浪朝我们扑来，大喊一声：小心。我们在惊愕之中触摸水的冷艳，这才明白：

过河开始了。

（选自《远去的藏獒》，东方出版中心2006年1月出版）

尕斯库勒湖畔的足迹

王红江

20 多年前，我刚调到《大港石油报》当记者，迫不及待地自费踏上了石油寻根之旅。只为趁着尚有不少"老石油"健在，聆听他们的创业故事，追索他们的拓荒足迹。

延长、长庆、玉门、新疆、青海……人们耳熟能详的石油摇篮是玉门。实际上，西北的这 5 个油田，都可以称作中国陆上石油的摇篮。

当然，位于尕斯库勒湖畔的青海油田，更具有"我为祖国献石油"的悲壮色彩。

一

1956 年，柴达木没有路，全靠勘探队员两条腿走出来。

那天，刘队长带领 15 个队员探路，开个旧嘎斯，缓缓前行。遇到障碍，就用铁锹镐头清除。年轻人热情高，对困难估计不足，认为这条道走不通就回来。跑到下午 5 点钟，汽油烧干了，抛了锚。离驻地已经很远，只能就地等援兵。在茫茫戈壁过夜，昼夜温差 20 多度，半夜酷冷。队员没带足干粮，也没带足水。又饿又渴又冻，就抱成一团互相取暖。实在困了，就睡觉。冻醒了，围着车跳一跳。

第二天下午，还是不见救兵的影子。饿不可怕，渴最难受。每个队员都发有仁丹，就吃仁丹解渴。仁丹助消化，越吃越饿。队员失去了耐心，想着"突围"。技术员分析，翻过前面这个梁，有条公路通茫崖，也许会碰见运输车。队员们就开始翻越山梁。山梁并不高，但一天一夜没吃没喝，大多数队员没劲了，干脆就顺着山洼走，没喝水，皮肤发烫，小裤衩勒得生疼。这时，人不能躺下，否则起不来。就这样，摇摇晃晃迷迷糊糊踉踉跄跄地走，偶尔看到有死骆驼死马的残骸，反倒助长求生的愿望。走到半夜，朦朦胧胧发现一片灯火，辨认方向，那里就是茫崖。看着不太远，走到第三天下午四五点钟，总算走到了。那里有个油库，要了一壶水，一喝，眼睛马上发亮。

在这里给指挥部打电话，很快就派车接人。那边熬了稀饭、煮了面汤。饿急了，肠子粘上了。吃干的，马上涨死。

队长后来挨了通报批评……

二

那时地质普查队基本上都是 11 人，其中地质队员 5 人，管理员、警卫员、炊事员各一人，驼工 3 人。

每个队配一辆车，三四峰骆驼。带上帐篷、干粮和水，每天搬一次家。大跃进，死任务，需要穿越两万平方公里，等于青海到北京六个来回。

每天计划 20 公里，但得拐 10 公里的弯，加起来超过 50 公里。能走车走车，不能走车的走骆驼，但队员还是靠两条腿，一走就是 100 多里。队里有个报务员，按规定时间早晚联络一次，一个是汇报进度，一个是接受任务。

普查队行程过半，眼看队里的车越来越无法行驶，经请示，让司机驾车回到指挥部。临行前，交代清楚，让他一到调度室就发个电报通告一声。司机答应得好好的。

谁料，司机驾车一走，就没了音讯。

第二天夜晚，队长让报务员汇报完工作之后，发个电报，问一下。

报务员也许是不以为然，也许是劳累了一天，懒得多耽误一点时间，汇报完了，顺手就关了报话机。队长一问，他一拍脑袋：忘了。

第三天早上，队长先让报务员问一问司机的下落。

摇通了报话机，一问，调度室根本没见到司机的影子。

队长预感出事了，停止出工，给指挥部打个招呼，全队从那个道班顺原道往回找。

找到下午三四点钟，发现远处有个车影，都很高兴，以为找到了。到近前一看，是机关人员。原来他们找到了车，也在驾驶楼里找到了司机的行李，却没见到司机和他随身携带的水壶。揣想司机到底去了哪里？是闹情绪，回农村开拖拉机？还是被附近一个劳改农场的逃犯挟持？还是他自己跑丢了？

不过，从车辙分析，司机并没照着原路返回，而是想从盐湖抄近道，可以近20多公里，可是一不留神，一个轱辘陷进了盐硝风化的溶洞里，再也爬不出来。司机在盐渍路上用大衣避寒过了一夜。后来，就不知去向。

于是，又发动更多的人拉网寻找，还是杳无踪迹。毕竟普查任务压力大，只好放弃了寻找。

后来，听说大熊山发现了一具尸体，但队里忙于普查，一直都没派人去辨认……

三

老王1954年春从西北总工会调到柴达木石油地质大队，这都是他经历过的事情。

当时尕斯库勒盆地残存乌斯满散匪，属于敏感地带，有士兵护送。他们租了一些骆驼，由敦煌顺阿尔金山往里走。南疆简易公路被洪水冲出一道道坎，过不去，就用洋镐铁锹修。一天走六七十公里。走到红柳泉，实习技术员手一指：这就是储油构造。一帮"新柴达木"都高兴得跳起来。

吃的伙食还不错，蘑菇、豆芽、粉条、腊肉、土豆。喝的水含矿物质高。看到黄羊、狼在那儿喝，他们也喝，喝了拉黑屎。

日头很毒，稍一暴晒，嘴唇爆皮。再一暴晒，浑身爆皮。多晒几天，黑皮像铠甲，不那么"娇嫩"了。

驼队有个队员，叫范建民，十八九岁。有一天晚上，遇到8级大风，牵的几峰骆驼跑散了，他去追，没追上。心里害怕。骆驼不见了，人也不见了。

司机会认狼走的道，弄个夹脑，挖个圆坑，把夹子安上，弄个毛毡，土一埋，草一伪装，人回去安心睡觉。第二天一早，带个大榔头，拿皮大衣往狼脑袋上一扣，铁丝一缠，腿一绑，就抬了回来。年轻人见过狼的不多，给狼上刑罚，往狼眼里灌辣面子，还有的说要吃狼心……那一年冬天夹了好几只狼，司机做了个狼皮大衣。

三年自然灾害，可就受苦了。几个月见不到青菜，缺乏叶绿素，手上的皮一抓，就跟指甲走了，皮沾手上，肉露出来，根本不敢抓。后来粮食没了，就到戈壁滩挖锁阳，圆圆的，红红的，和红薯一个形状，吃起来又苦又麻。也去找骆驼草叶子，扫一把，水一煮，当馒头蒸着吃。有一个队员饿得不行，吃了好多糖，胀死了。还有一个队员弄了一袋豆子，不敢煮，怕看见，偷着吃，一喝水，也胀死了。吃皮带的，吃碎羊皮的，能吃的都吃。实在没吃的了，就去吃红柳籽，吃下去人看着就胖起来，实际上是浮肿。最后，局里弄个打猎队，进昆仑山打野牛、野马、野驴、野羊，好歹救了不少人的命。

也有逃跑的，逃不出去，就死在戈壁滩上了……

我采访过的"老石油"，有不少人已经作古。但他们在艰难岁月留下的一行行足迹，早已深深地印在尕斯库勒湖畔，嵌入中国石油发展的史册中。

（选自《地火》2015 年第 4 期）

一日四季走戈壁

陈长吟

清晨，星星还未隐去，月牙游在天边，曙光刺破晴空，薄雾弥散于戈壁滩。我们的吉普车驶出大柴旦地质队的营地，向东北方向飞驰。按照计划，我今日要赶到冷湖，去看看石油基地的风貌。恰好，地质队有个工程师要去青海与新疆交界处的铜矿现场，途中经过冷湖附近，可以绕一小段儿送我。

大柴旦是个戈壁与草原混合的地方，位于柴达木盆地北部边缘。现在季节虽是深秋了，但草地上依然青草茂盛，绿茵连绵，看上去一片春色。远处牧民的蒙古包上，炊烟袅袅升起，近处低头啃草的绵羊，像朵朵白云散落在绿野。一架拉水的木轮车从小道上嘎嘎辗过，为静谧的风景增添了一缕生机。

"啊！真是春色如画。"我吸了一口带着草浆味儿的新鲜空气，不由赞叹道。年轻的司机仿佛受了感染，摇头晃脑打着口哨儿，紧握方向盘马力开得更足。

盆地上的公路又平又直，大概闭着眼睛往前闯，也不会出乱子的。我心中暗自欢悦，今天能够顺利地早些到达目的地。谁料高兴得过早，两个小时多一点儿，只听"呼"的一声，后边的轮胎爆了。小伙子把汽车停靠在路边，骂一声"他娘的"，跳下车操起工具去换轮胎。

在我们手忙脚乱的帮助下，十几分钟后，备用轮胎已换上。汽车又飞驰起来，小伙子开得更快，可能想抢时间。

前方地平线上，隐约出现一片壮观的水域，我问身旁的工程师："那是啥地方？"工程师一笑："沙漠奇观，海市蜃楼，到跟前什么也没有了。"

果然，汽车越往前驶，水域越减弱，最后眼前只剩下空茫茫平坦坦的戈壁荒漠。

我正叹奇，汽车驶入一段弯曲的上坡路，石子铺的路面不太好走，小伙子减慢了速度。拐过几个大弯，眼前又出现了一片奇观：只见一个偌大的废弃城池，横亘在戈壁中间，好像有城垛，有门楼，有碉堡，有瞭望台，等等，透出一派苍凉悠远的气势。我兴奋地问："这是哪个朝代留下来的旧城？"工程师似乎司空见惯，平静地解释说："这是风蚀地貌，俗称魔鬼城，几千年前大自然留下来的杰作。"我对司机说："开到跟前，请停下来，我下去看看。"我想，这绝不是一个从未有过生命的城市，说不定，从它阴森幽深的胡同里，会钻出青面獠牙的魔鬼，也会闪出古代美女的倩影儿。

冥想未断，耳边"呼"地一响，后边的另一个车轮也爆了。小伙子这下着了急，嘟囔道："今天见了鬼，两个轮胎都爆了，咱们走不了啦！"

原来，小伙子常跑这段路，一般不太出事儿，只带了一个备用轮胎，未带补胎工具和打气筒。现在两个轮子全爆，根本无计可救，只得等后边的汽车来，向人家借工具补胎和打气。

我的心一下凉了。三人站在路旁等车。可是，一个多小时悄悄地溜走，也未见后继有车。我急得直跺脚，小伙子却有经验地说："不要紧，一会儿格尔木开往冷湖的班车，会经过这里的。"他的话倒提醒了我，我转了转念头，说："那我干脆搭车到冷湖去。"小伙子点点头："这样也好。因为咱们这破车还不知道啥时候能收拾好呢，你着急也没用。"工程师却歉意地说："这就对不起了，本来应该送你去的。"我说："没关系，我能尽快去冷湖，你们也不必绕道儿了，大家都方便。"

不一刻，后方有汽车轰鸣声传来，一辆白色大轿车越驶越近，我们三人都喊着跳着扬手挡车。客车停下，司机伸头喊道："带人可以，带东西不行，我们是班车，要急着赶路。"

我提着行李，与小伙子和工程师握手道别，然后钻进班车。回头一看，他们还站在路边挥手送别，我的心头一阵黯然。长途汽车上乘客不多，我拣后边的长椅子坐下。这辆旧车浑身乱响，不停地颠簸，使人头晕。经过魔鬼城的时候，望着两边奇形怪状的土柱石坎，我只能心存遗憾：魔鬼城，我无缘在你的怀抱中散步，也不能朝拜主宰你的神灵，请保佑我一路平安吧！

中午时分，班车驶到冷湖。这是一个较大的盆地，四野可见正操作的小型采油机，就是没有人，风在车窗外呼啸刮过。我背起行李，走出汽车站。看到一个不大的小镇，几分钟就可走完。街上行人寥寥无几，地卷风刺人脸颊，商店纷纷关门，镇内安静异常。于是，一阵肃杀零落的秋意和孤独冷清的感觉涌上心头。

这就是昔日繁华的石油矿区吗？这就是人闹马喧的会战现场吗？这就是令人向往的辉煌之地吗？似乎一切都过去了，我体会到的，只是冷湖的冷，风城的风，也或许我的期望值太高，也或许来得不是时候。是的，不该在秋天来。

在一个大院的门口，我打问青海石油管理局在哪儿，传达室的老头说："石油基地已经转移，管理局也搬迁到敦煌去了。你在这儿怎么能找到呢！"

听了此话，我的心里更加一凉。扭头出来后，立即做出决定：今天不能在这儿停留，一定要赶到敦煌去。

到汽车站打问班车时间，回答说去敦煌每天一趟，早上发车。我立即又来到镇外的干线公路，希望能挡住一辆过路车。可是，拉货的大卡车陆续过去了好几辆，司机均不予理睬。我一想，是啊，戈壁荒野，谁料你是逃犯呢还是歹徒？这时，风更强了，我穿得又比较单薄，浑身打起冷战儿来。过了一会儿，前边又开来一辆油罐大车，我灵机一动，掏出蓝皮记者证，晃在手中挡车。此招真灵，大车嘎地停下，司机看了看证件，不置可否。这是默许，我立马转到另一边，拉开车门钻进驾驶室。

大车往前开动了，随着气温的增加，我也舒坦许多。可是，我又发现另一个情况，大个子司机脸色很沉。我主动与他拉话儿，他却爱理不理。我心里直纳闷，究竟他是个少言寡语性格孤僻的人呢？还是他想索要搭车钱，但因我是记者而不好开口？我拿定主意，反正你不开口我也不表现，你不说话我也做哑巴。

汽车驶离冷湖，几个小时后，爬上了当金山。车在蜿蜒曲折的盘山公路上越升越高，天空竟飘起雪花儿来，抬眼一望，山峰上白雪皑皑，俨然进入了隆冬境界。冷空气寻缝钻入，我的身子又打起战儿来，两排牙床不由自主地嗒嗒相击，腿在筛糠。这司机真怪，连暖气也不开。

终于翻过了山顶，开始往下跌落，雪渐渐地没有了，气候转暖过来。

大车在山腰一个饭馆前停下。司机们可能都在这儿吃晚饭，前边已停着好几辆货车。我打开车门，正要往下跳，大个子司机说话了："喂，你把东西提上，我在这儿要停很长时间，你搭前边的车走吧。"

这明显是逐客令，但我还是表示了感谢，因为他毕竟捎了我很远一段路程。人在旅途，身不由己，我只得背起行李，走到停在最前边的一辆拉油的小嘎斯车前。驾驶室里，一个中等身材的黑脸姑娘正在发动汽车。我讲明身份和目的，她头一偏，爽快地说："上车吧，我送你去敦煌。"

我喜出望外，庆幸自己的运气好。驾驶室里，除了汽油味儿，还飘散着一股香水的浓郁。窗玻璃上方，一个红色的绣花包儿在晃荡。一束鲜艳的野花，插在杏仁露饮料瓶中，格外动人。我仿佛进入了一个闺房，身上升起温暖的家园感。

姑娘开车很平稳，也很健谈。她兴高采烈地叙述着自己的身世：父母亲都是石油工人，自己从小在野外滚爬长大。原先她们一家住在新疆的克拉玛依，前几年才搬到青海。她们兄妹五人，现在都在石油部门工作。

畅谈中，敦煌的灯火已经出现在眼前。姑娘说："我们住的地方离敦煌有七公里，但我可以先送你到城内，再返回来。"我感动得不知该怎样表达自己的心情，连说："谢谢，谢谢。"姑娘大方一笑，爽朗地说："这对我是举手之劳，不足为谢。常言道：'在家靠父母，出门靠朋友'，谁都可能遇到需要别人帮助的时候啊！"她的话语很平淡，但在我心中激起了连天涟漪。

浑身一阵燥热，我脱掉风衣。姑娘说："敦煌的温度高，现在夏天还未过完哩。"是的，我心中也有一个热腾腾的夏天。

半夜时分，汽车驶入敦煌城内，在宾馆门前停下。她送我下车，招招手，呼地拐个弯儿，就把车开走了。站在地上，回想这一天走州过县度过的春秋冬夏四个季节，回想这一天旅程上的坎坷乘车际遇，回想一个个陌生而又熟悉的朋友面孔，我觉得自己强壮了许多，坚毅了许多，也丰富了许多。人生如酒，旅途如歌，只有出门在外经受饮不尽唱不完的曲折，你才能成熟起来。

一日四季，车在变化，人在变化，季节在变化，情感在变化，这是我在西部戈壁真真实实的经历。那是个反差很大的地方，什么事儿都可能遇到。

（选自《巴音河》2017 年第 2 期）

从金色原野到绿色城市

李向宁

因为诗人海子的一首诗，德令哈这个名字变得浪漫而温暖。即便如此，它对于居住在内陆城市的人来说，仍显得遥远、陌生而神秘，或许这也正是"外星人"光顾的一个因素。

据说，当年成吉思汗的铁骑驰临这里，正好看到大漠戈壁在残阳下浑如金色的世界，连巴音河水都泛着金光，战士们欢呼："德令哈！德令哈！"从此，这一片戈壁就被叫做德令哈，蒙古语的意思是"金色的原野"。

成吉思汗当然不会知道，在他的铁骑绝尘而去800年之后，这片金色的原野上如今矗立着一座绿色的城市。

离德令哈还有几里路，我们就看见一幢幢建筑与一层层绿树掩映交错。进入市区，马路两边更是杨柳婆娑，浓荫相接。尤其经过占地80亩的体育广场，绿草如茵，花香袭人，不由从心底里惊叹：这是那个我脑海中建在戈壁上，水贵如油的城市么？

也许一路上看过了太多的荒凉，抵达德令哈的当天下午，海西州委宣传部副部长杨东亮邀我们去看柏树山。柏树山位于德令哈市北面10公里处，环境优雅，景色迷人，是德令哈市的天然屏障，来德令哈不去柏树山是一大遗憾。遥看群山起伏，苍峦翠嶂，像一弯新月，豪迈而深沉地环抱着德令哈。上得山去，满山遍野的柏树傲然而立，碧草如茵，山峁丘陵处处都是优良的天然牧场。

大而秀直、巨伞如盖的柏树是此山的绝景，颇有唐代杜甫《古柏行》中的"霜皮溜雨四十围，黛色参天二千尺"的气势。这儿的柏树又称青海崖柏，其性格顽强，抗寒耐旱，不论砾石堆中，还是峭壁岩层，都能茁壮成长。柴达木山峦丘壑虽然干旱，柏树却始终翁郁苍翠，葱茏欲滴。柏树林间草地，红柳丛丛，山花簇簇，蝶蜂追戏，上下翻飞，的确是德令哈人的一块福地。

柏树山上如刀削般的断崖峭壁，清澈的泉水从高处流下，形成一汪碧波粼粼的大水池，碧水回旋，水波荡漾，天光山色与绿水相映成趣。瀑布后面是一个巨大的凹洞，人立其中，看瀑布银帘般垂下，活脱脱一个"水帘洞"。

密密麻麻的柏林中，还有被称为"国宝"的青海云杉。这种白垩纪时代的古老物种，高大苍郁，树龄长达四五百年，是和水杉、银杏一样珍贵的"活化石"。柏树山最高峰海拔 4000 多米，山势峻峭伟岸，有志者登上顶峰，俯瞰山下，瀚海新城德令哈市容历历在目，万般风光尽收眼底。

下了柏树山，又去西海公园，这片占地 280 亩的公园是免费开放的。穿过绿树成行的街道，进入绿树成林的园内，老远就听到回廊下的丝竹之声。一些年龄较长的市民，正在这里弦歌一堂，载歌载舞，情形和西宁"小公园"差不多。长廊周围是郁郁苍苍的树林，大约有十几个树种，或墨绿，或苍翠，或老成，或鲜嫩，错落有致，层层叠叠地铺展开来。园中有一个面积 45 亩的人工湖，巴音河的水静躺在这里，微波粼粼，鱼翔浅底。

奔流不息的巴音河，像一条美丽的银色飘带，在德令哈市的胸坎悠然而过。巴音河蒙古语意为"幸福河"，是德令哈境内最大的河流，源出祁连山系哈尔拜山南坡，流经泽令沟、尕海、戈壁等地，最后注入可鲁克湖，全程 200 余公里。它无私地养育着世代居住在这里的各族人民，正是它的存在才使这座戈壁城市有了活力，故被称之为德令哈市的"母亲河"。站在柏树山上俯瞰全市，城在林中，水在林间，巴音河犹如森林中的一条河流，而人也仿佛是置身于林与水之间的精灵。

宽阔的河道，河水清澈见底，两岸树木茂盛，又有专供市民锻炼的场地，在巴音河边的早晨呼吸着清新的空气，这里是德令哈市民锻炼和休闲的好去处。

连日的绵绵秋雨，使一向干旱、多风、少雨的德令哈市，空气里透着清新和湿润。虽说有些凉意，总比惯常的燥热要让人感到惬意得多，整座城市也显得洁净而美丽。

在德令哈小住两日后的清晨，我们在淅淅沥沥的小雨中，挥别了德令哈——这座在数年间"从头到脚"发生了巨变的高原城市。沿着 G315 国道西行，雨雾中的德令哈市在我们的身后渐行渐远了。

汽车和青藏铁路并行，走出德令哈市不久，青藏铁路时隐时现。柴达木的茫茫戈壁，让我们的视野豁然开阔，让人不免顿生"不到柴达木不知天地之广"的感慨。就在戈壁的单调让人产生几分倦意的时候，公路南侧出现了让人眼睛为之一亮的风景，一道在雨中显现出浓浓绿意，沿公路向西绵延上万米的林带，与北侧的戈壁滩形成了强烈的反差。正是这道绿色屏障堵截着来自戈壁风沙的袭击，护卫着林带内的万顷良田。林带过后，距德令哈大约 60 多公里，在一个叫怀头他拉的乡镇以南，一片湖泊出现在我们的视线之中，这就是海西著名的可鲁克湖。

汽车驶下国道，奔向一条向南的岔道，约行 4 公里，闻名遐迩的可鲁克湖便近在眼前了。可鲁克是蒙古语"多草的芨芨滩""水草丰茂的地方"之意。

雨中的可鲁克湖别有一番韵致。放眼望去，四面湖波，远达天际，太阳照射水面，银光辉映，如万顷玻璃，又如一郊晴雪。成群的水鸟时而在水面上空翱翔，时而在浪花丛中嬉戏，发出阵阵欢叫声。湖北岸连绵的芦苇丛，则成了水鸭们理想的家园。举目远眺，湖水与蓝天连成了一体，南岸的一带远山在若有若无中，增添了几分朦胧几分神秘。

可鲁克湖一位工作人员告诉我们，这个湖属于微咸性淡水湖，由于水色清澈，湖面平静，每年初春，冰雪开始融化时，成群的黑颈鹤、斑头雁、鱼鸥、野鸭等珍禽，从遥远的南方飞到这里，筑窝垒巢，生儿育女。黑颈鹤喜欢在可鲁克湖边沼泽地和芦苇丛中筑巢栖息，斑头雁、灰雁则在沙丘上垒窝居住。

可鲁克湖建有码头、游艇、摩托艇、帐房餐厅等接待设施。网鱼区可以看到养殖场的渔工们捕鱼，捕捞上来的柴达木鲤鱼，最大的有十多公斤，肉嫩味鲜。湖中还盛产中华绒螯蟹，即大闸蟹。

因为时间紧迫，可鲁克湖南边的"兄弟湖"——托素湖，对我们来说，此行只能慕其名，而无缘见其容了。

（节选自《天路之魂》，陕西教育出版社 2011 年 5 月出版）

野牛沟岩画考察记

汤惠生

野牛沟岩画地处昆仑山脚奈齐郭勒河谷的四道梁，该河谷又名野牛沟，东北距格尔木市 120 公里左右。

1987 年，由我和张文华、孙宝旗组成的岩画考察队，在格尔木市的郭勒木德乡搞调查时，听蒙古族游牧民说，在野牛沟的四道梁，刻有许多岩画。但蒙古族牧民都是听说，谁也未曾见过，因为四道梁属于哈萨克人的放牧地区。我们拟进一步找哈萨克人了解情况，却得知格尔木的哈萨克人已举族迁往新疆。

在以往的岩画调查中，常常遇到"谎报军情"的情况，即听上去像真有岩画，实则空跑一趟。蒙、藏、哈萨克，乃至世界上许多民族都坚信，岩画非人力所为，是从岩石中自然生长出来的，是神力之显现。所以在调查过程中，当地人常常把人工之岩画和自然石纹、石形混淆起来。正因为如此，我们对来回需骑马 8 天行程的野牛沟岩画颇感踌躇，只好先在格尔木市盘桓两天，看是否能更进一步了解一些情况。

野牛沟四道梁是可可西里无人区的入口处，1988 年以后，成为一处非常喧闹的淘金地点。不仅如此，由于这里众多的野生动物，加之因淘金而道路开通，后来还成为一处著名狩猎区（准确地讲，应是偷猎）。但在 1986 年，这里除了牧人，阒无人迹，是一片自然生态极为良好的草原地区。所以当时如果不找到去该地的牧人，要进一步了解岩画的情况，几乎不可能了。正当我们准备放弃野牛沟，奔赴下一个岩画地点时，所幸碰上一位不愿放弃游牧生活而没有迁徙新疆的哈萨克族人。他是喝着野牛沟的河水长大的，我们喜出望外，经过仔细询问，确信野牛沟四道梁为一处岩画地点。

8月9日，我们带着明朗的心情，在一片明朗的天空下，开始了8天的马背生活。凡是开始总是浪漫的。在颠簸的马背上，从晨曦和炊烟笼罩的帐房间穿过，竟有一种印第安人出征的感觉。阳光没有丝毫暑天的灼热感，照在身上暖洋洋的。从马背上便能感觉到潮润的地气滋补着全身。我们要去的是一个人迹罕至，只有野生动物和远古岩画的地方，远征在这种浪漫和一厢情愿的幻想中开始了。

然而，开始时的浪漫与新奇，经过一天的马背摇晃后，全部散落在戈壁滩中，剩下的只是疲惫和困倦。虽然钻进睡袋，仰望一天小灯一样的星星，应该说多少总有点诗意，但格尔木臭名昭著的蚊子，把所有的诗意都破坏殆尽。然而与后来的遭遇比起来，疲惫与蚊虫的叮咬仅仅只是开始。

8月11日下午，考察队进入野牛沟。沟中荆棘丛生，河水泛滥。在几次涉水过河之后，马背上的食品与睡袋全部打湿。晚上宿营时卸下驮子一看，袋子装的方便面与饼干全部掺在一起成了面团，而这种面团既无法生吃又无法煮着吃，无奈只好打兔子吃。从此以后，兔子便成了我们唯一的食物。也许是那次吃伤了，至今一见兔肉便反胃。进入野牛沟后，就算进入昆仑山了，气温骤然下降。睡袋均已湿透，我们只好围着篝火坐到天明。

8月12日傍晚，我们终于抵达岩画所在地四道梁。当天晚上，我们怀着四天马背上的疲惫，和第二天将发现岩画的兴奋，钻进了睡袋。天气阴霾，我们担心会下雨，但没带帐篷，担心也没用，有雨也只好挺着。可能是老天爷顾怜我们，当晚没有下雨，但"六月雪"却不期而至。

半夜，大雪纷纷扬扬洒落下来，掉在脸上迅速融化，有如小虫子爬过。我们连头钻进睡袋，倾听着雪花落在睡袋上的沙沙声，享受着大自然神秘变幻的一刻。早晨醒来，睡袋上的雪部分抖落和融化，鲜红的睡袋在白茫茫的雪地中异常醒目。前方百米左右，有5匹野驴正专注地凝视着我们，我们怕惊走它们，也一动不动地注视着它们。良久，野驴显然明白了我们通过注视所传达的信息——友好和没有敌意，不再理会我们，一路觅食去了。

天已放晴，雪迅速融化，雪沃之后的草原，努力地向沙地和戈壁延伸。四道梁的周围已有沙化的痕迹，然而刻凿在南坡上的三十余幅动物岩画，却默默地提醒我们，这里曾经有过繁荣的往昔。

岩画内容有野牛、骆驼、马、鹰、狗熊等动物，还有放牧、出行、狩猎、舞蹈等场景。根据微腐蚀方法测定，这里的岩画是公元前 1000 年左右的作品。弥足珍贵的一幅岩画，是众人手拉手舞蹈的场面，这与西宁大通和海南宗日发现的著名的马家窑彩陶盆上的舞蹈场面非常相似。我们不得不深思，这两幅形式相同，但在时代的文化传统及内涵上，有着根本区别的画面，只是一种巧合？抑或二者之间，维系着一条古老的文化线索？青海省从未发现过新石器时代农业文化和青铜时代游牧文化之间，有着什么继承或渊源关系，而野牛沟这幅手拉手舞蹈的画面，却使我们不得不在二者之间的类比和继承上多加思考。

面对野牛沟这些充满生机的岩画形象，看一看这里日趋沙化的草场，有一种深深的悲哀感。几百年后，也许这里不复再有草原和野生动物，难道那时候我们只能在岩画上去观察野生动物吗？

太阳从云缝中射出一道强烈光线，照射在岩画上，煌煌熠熠，岩画形象顿时变得神圣起来。无论从哪个角度来讲，岩画都是不朽的，这是我们共同的想法。

1990 年，1992 年，我又有两次机会去野牛沟搞断代研究。与 1987 年的野牛沟相比，1990 年以后已是完全不同了。淘金者的大部队浩浩荡荡，从一道梁到七道梁压出一条车路，原来清澈如泉的野牛沟河水，由于淘金洗砂而变得终年混浊。原来一道梁便可见到的羚羊、黄羊、狼、野牛等动物，现在到了七道梁都不见踪影，而且能常常听到偷猎者的枪声。草场沙化日趋严重，原来不时可见的黑刺丛林，已被砍伐殆尽。野兔已不可能成为食物的唯一来源。

尽管岩画如故，但面对这种自然生态的破坏，悲哀已变成深深的痛楚——用不着几百年，按这种速度，几十年后，野牛沟将是一片荒漠。

（节选自《青海岩画》，科学出版社 2001 年 7 月出版）

柴达木的月亮

浩 岭

　　柴达木，蒙古语"盐泽"，也有"辽阔"的意思。它像一只巨盆架在青藏高原上，火车从盆的东缘穿越盆地到昆仑山下的西缘，需要一昼夜，汽车需要两个白天。每次到柴达木我都在想：造物主搞这么大个盆作何用？莫非就是为了盛那些盐？

　　的确，这只大盆里盛的盐是够多的了，钠盐探明总储量为530多亿吨，据说可供全球人吃几千年。

　　柴达木之所以被称为"聚宝盆"，除了这取之不尽的盐，还有储量丰富的石油、钾、镁、铅、锌，辽阔的牧场以及高原珍稀动植物，等等。凡去过柴达木的人，听到和看到的这一切，都会使其感奋不已。

　　可是这一次，1995年7月，我第三次到柴达木，却讶然于一种完全意想不到的东西，那就是柴达木的月亮。

　　日与月，在中国早已演变为一种文化符号，沉淀于历史与传统的骨髓之中。所以，凡是有点景致的地方，必有观日出这一招。然而，奇怪的是，却没有听说哪里是几千年恒定不易的看月亮的好去处。这大约一则因为月亮有朔望圆缺之变，一年中最佳时机也就一个中秋夜，还保不准秋风秋雨愁煞人。二则，月亮是夜间之物，即便碧海青天，花好月圆，也总免不了几分夜的森然与可怖，猫头鹰和贼人并不因了月色很美而不出动。仅仅这两点，就注定月亮的命运比太阳惨——永远不会有人涉远登高去某一处名胜观月出，更不会有帝王之类的人物将自己视为月亮。于是，在文化含义上，月亮就成了与雄性、阳刚的太阳相对应的雌性、阴柔的语言符号。月明星稀也好，月落乌啼也好，花前月下也好，都成不了什么大气候，画不到龙椅后面那块墙上去。

也许正因为如此，那一夜柴达木的月亮，才使我感到震惊，这种震惊不是感官上的，而是心灵和理念上的。那一刻，在离莽昆仑不远的柴达木盆地西南角，我和月亮几乎是猝然相遇，几乎是面对面撞个满怀。那一刻的昆仑山，不高不低正好就是一只盆子的边缘，月亮就这样从盆外升起，又朝盆中冉冉落回。在差一点就要滚到眼前那株红柳树尖的时候，戛然停住了。

这时的柴达木便注满了银色的辉液，昆仑山、祁连山都被荡到很远的地方，只能看见一抹恍惚的虚线。

柴达木的月亮啊，你都照见了什么？

最使人难以忘怀的，是在盆地的西北角，这里有一条短短的内陆河，叫鱼卡河。河边有一座小房子，门墙上钉着一块木牌，上面写着"鱼卡河水文站"。这是周围一百多公里唯一的一座房屋，不远处是一条穿越柴达木的公路干线。当每天对开的长途班车经过河上水泥大桥的时候，疲惫不堪的旅客们都会忽然眼前一亮，立时振作起精神来，因为他们看见了那座小房子，看见在房子前面有个红色的人影，显然是一个女人。在这如月球般荒凉的地方，怎么会有一位红衣女子呢？她站在那儿干什么呢？日复一日，年复一年，南来北往的无数趟班车上的无数名旅客，带着这一刹那间的振作和永久存留的疑问，还有想入非非，走向天地人生的各处。只有柴达木的月亮知道这一切。那时候，月光静照着鱼卡河边孤独的小房子，有一个老人坐在那里，默默地抽烟，悠悠地哼着一首比月光下的荒原还要朦胧的歌。他就是这个水文站唯一的一名职工，已经在这里坚守了整整35年。开初，每当班车经过大桥的时候，他都要站在小房子前面向车上注目微笑，可是人们都打着瞌睡，谁也不曾留意他和他的水文站，不愿多看一眼这令人绝望的荒寒之地。于是，他就想了这个办法：每当班车出现时，将一件鲜艳的红布衫披在身上，远远地站在小房子一侧，以引起人们的注意，让人们知道这儿有人，有一个国家单位……而人们，果然也就打起了精神。

在柴达木中部，青藏铁路经过一个大淡水湖，名叫可鲁克湖。路基下面靠近湖边的地方，有两排当年筑路的铁道兵住过的土坯房，里面住着19名17岁至

27 岁的女青年，这就是青藏线上有名的可鲁克湖女子养路工区。这地方也是几十公里没有人烟，每天只能看到客车上一晃而过的人影。夏日，在无风的晴朗的夜晚，一轮圆月从黑沉沉的湖面上徐徐升空，19 个女养路工便不约而同地走出宿舍，来到湖边，面对苍茫的湖水，仰望那伸臂可揽的皓月。没有人说话，也没有人唱或笑，就这么默默地，默默地与湖水、与月亮对视着。有一年夏天，她们当中的一个在湖里游泳时，下去后再也没有上来。几天后的晚上，柴达木的月亮将她那赤裸发白的身子照见并送到岸边。她们捞起她，环绕着她，仍是无声，无哭，甚至无泪……而柴达木的月亮却不忍目睹，急速地藏到了云后……又有一次，她们中的一位在这里生下了一个男孩，这下她们震撼了，激动了，欢腾了。孩子百日那天，她们在湖边举行了一场月光晚会，环绕着这位首次打破这女性世界的单调、寂静的男子，唱啊，跳啊，喊啊，许多人喝得酩酊大醉……

柴达木的月亮理解她们，投放出最大限度的光亮为她们助兴。

由于气候干燥，少云无雨，柴达木一年中星月满天的晴朗夜晚，比任何地方都要多；由于海拔高，空气稀薄，透明度强，柴达木的月亮便极亮，极近，极富质感。当这儿还是一片与现在的印度洋相连的古海的时候，它就照耀着无数原始生命的兴衰存亡。当那场壮阔得无法想象的造山运动将大海隔断、围堵，古海逐渐消退的时候，它那沉静温柔的光华，送走过这里渐次灭绝的古生物，迎来青藏高原诞生后的第一批新生命。那时的青藏高原，嫩得像一粒刚撞破种壳的幼芽，稚得如一个才滑出母体的婴儿。当太阳扬长而去，将一个静得可怕的夜甩在身后的时候，月亮便出现了。它像一个园丁，也像一个保姆，忠实地、耐心地、温存地守护、照看这小小的稚嫩的生命，因而才有了后来的一切。

人类学界一直有一个观点：人类起源于青藏高原，所谓的中原文明，不过像长江、黄河一样，发祥地乃是巴颜喀拉山。如果真是这样，柴达木盆地无疑便是人类的摇篮了。且不管这是不是事实，近年的考古发现，证明在柴达木南部的诺木洪，的确存在过一个古老王国。那整齐有序的城郭遗址，那精巧的石、骨、铜、陶器具和玛瑙饰品，以及麦类农作物和羊牛马骆驼等家畜的遗痕，都证明在3000 多年前，柴达木盆地已经出现了脱离原始部落而进入等级社会的雏形。那时候，诺木洪一带水草丰茂，河湖纵横，人们在经过一天的劳作之后，坐在这和平安恬的古王国土地上，吹着骨笛翩翩起舞，月华如银，大明大亮，照耀着这生动的人类祖先的生活图景。可是有一天，这个王国却神秘地失踪了，全城人举国而去，不知所终，只留下那些具有考古价值的遗迹。可以想象，当国王领着全体民众向这块血食之土诀别时，那情景该是何等的悲壮啊！

在中国西部，像这样突然从历史上神秘消失的国家、城邦和民族部落很多，至今人们仍无法断其终究。只有它，那轮明月，看清一切，知道一切，但它永远只是微笑，只是温情脉脉地注视着你，守口如瓶，决不吐露丝毫秘密。

柴达木是一只巨大的宝盆，它不仅储藏着有形的矿产，还储满了无形的历史，这历史伴着日光和月光，从亿万斯年前一寸寸、一层层一直储存到今天。要弄懂它，你除非去看那月亮，读那月光，仔细地读，仔细地品。

（选自《散文》1996 年第 3 期）

格尔木　熠熠生辉

张风奇

　　一踏上青藏铁路，心仪的天路，一米一米地爬高，一公里一公里地延伸。在人们的热切祈盼中，飞驰的车轮奔向有树有草的格尔木，这个"河流密集的地方"，这个天路上的驿站。从青海省城西宁向西，海拔由最初的2200多米，到日月山、青海湖的3200多米，再到格尔木的2780米，海拔的标高线连接起来就呈现出一个小小的驼峰轨迹。进藏的道路开始经历第一个起伏，每一座山峰都是一个凝固的波浪……

　　格尔木，无疑是一个绕不开的地方。行进中的脚步在这里稍作停顿，奇迹就在下一步发生。听青藏铁路的建设者说，1979年，西宁至格尔木铁路铺轨，1984年正式运营。当时由于技术原因，无法很好地解决冻土难题，青藏铁路停在了格尔木以南的南山口，当时这条路需要冷静一下，然后再向高原腹部挺进。

　　格尔木的南山口站，就像一个巨大的顿号，标在历史的节点之上。我来到这里，耀眼的阳光下，看到站牌上标有：甘隆←南山口→格尔木，海拔3080米。听介绍说，2001年6月29日，一度停顿的青藏铁路格尔木至拉萨段由此开工，直到2006年7月1日建成通车，列车驶过横跨铁路的凯旋门驶向拉萨，路边有青藏铁路新起点标志。

　　如今十年风霜雪雨，已不见昨日印迹。站在南山口的站台上，顿觉视野开阔，望天地悠悠，前不见古人，而后见来者。远眺，能遥遥望见建设时的采石场以及天边的一缕祥云……青藏铁路在这里深思熟虑、养精蓄锐二十多年，深深地吸足了一口气，随后一鼓劲儿越过了巍巍昆仑……

毫无疑问，格尔木作为驿站由来已久。随着共和国建设的脚步，开拓者先后来到这里，开拓者即是垦荒者，垦荒者即是开路先锋。

好在历史并没有走远，历史的亲历者和传承者还在。格尔木作为一座现代新城，矗立在一条路的节点上熠熠生辉，让世人永远向往和怀念与此有关的人和事，并在向往和怀念中汲取前行的勇气和力量。

我们沿青藏铁路采访，同样绕不开格尔木，不可避免地要到格尔木，又不可避免地要到将军纪念馆拜访。因为这里永远讲述着一个人带领一群人，开创一条路与一座城的故事。

来到将军楼主题公园，一栋青砖垒砌的两层小楼映入眼帘，据说这在当时是方圆数百里内唯一的楼房了。砖铺的地面，木制的简易门窗，破旧的桌椅，这就是开国少将慕生忠当年工作生活的地方。

1953 年冬天，慕生忠带领解放军官兵来到这里，面对着肆虐的风沙与无际的荒凉。有人这样问他："格尔木到底在哪里？"

将军用力把铁锹往地下一戳，大声说："这就是格尔木。"

够牛吧！将军铸剑为犁，铸剑为镐，铸剑为锹。何等的气魄！何等的斗志！何等的豪情！

今天，我们走在格尔木街头，随处可见街道的两旁生长着繁茂的树木，这些树多为杨树或柳树，也时见槐树。它们不是一棵一棵等距离栽下，而是几棵一束，一束一束地聚拢在一起顽强地生长。树皮是粗砺的，看上去质地坚实，浸透岁月的沧桑。树干很少有笔直的，大多是歪斜着，甚至有的呈仆倒半仆倒状，恰似一群抗击沙尘暴的勇士……

此刻，谁还会想起 60 多年前，昆仑莽原上弥漫的风沙卷着雪粒石子，格尔木混沌一片。一位军人挥锹铲土，沙地上铲出了盆状的树坑儿，格尔木的第一棵树便扎下了根，吐出了绿。这位军人就是修建青藏公路的慕生忠将军。

以后的格尔木，一个人就是一棵走动的树，一棵树就是一个不走的人。

据说，当年慕生忠的部下设法找来了一张当地地图，这显然是马步芳时期留下的旧地图。他们在上面仔细找了又找，只看到了"噶尔穆"三个字和一个小小黑点儿。

可哪儿才是"噶尔穆"呢？没有人能确定具体地点，甚至找不到一棵树作为标志。

第二天，人们醒来的时候，看到开拓者的帐篷旁插上了一块牌子，上面写着三个大字——噶尔穆。

这个由六顶帐篷划定的"噶尔穆"，就是后来的进藏大本营——格尔木市的雏形。1953年10月，西藏运输总队格尔木站正式成立，驻站的十多名工作人员，理所当然成了第一代格尔木人。

早在1951年8月，中国人民解放军第十八军从西南向西藏进军。西北军区也组建了进藏部队，慕生忠任政治委员。那是慕生忠第一次进藏，他们选择西南方向，也就是从青海香日德向南，走过巴颜喀拉山下的黄河源。这条路上水系众多，到处都是烂泥沼泽。进藏第一天就损失了二十多人和几百匹骡马。当年11月底，他们跋涉近四个月，终于到达拉萨，人马损失惨重。

进藏后发现，物资供应成为大难题，两路进藏部队每天仅粮食就要消耗四五万公斤，而中央对进藏部队有明确规定：进军西藏，不吃地方。极度紧张的供应状况很快出现，最困难时，每人每天四两面都难以保证。而市场上一个银元只能买到作为燃料的八斤牛粪，一斤银子只能买到一斤面粉。

再次进藏的艰难经历，让慕生忠萌生了一个大胆的想法：要修一条进藏公路。

1954年5月11日，慕生忠带领19名干部、1200多名民工，组成筑路大军出发了。筑路队伍在格尔木河畔、昆仑山口、楚玛尔河摆开战场，边修路边通车，只用了79天时间，就打通了300公里山路，于1954年7月30日把公路修到了可可西里。8月中旬，国家调拨来200万元经费、100辆大卡车和1000名工兵，筑路大军如虎添翼，翻越风火山，向沱沱河进发；10月20日，战胜唐古拉，在海拔5300米的冰峰雪岭插上红旗；11月11日，公路修到了藏北重镇那曲。

12月15日，慕生忠率领2000多名筑路英雄、100台大卡车，跨当雄，过羊八井，直抵青藏公路的终点。由此，慕生忠成为有史以来第一个乘坐汽车开进拉萨的人。

慕生忠被誉为"青藏公路之父"。在整个修路过程中，他与大家同吃同住同劳作，在缺乏医疗保障的情况下，一起用缝衣针缝合脚后跟的裂口。当年青藏公路经过的很多地方，就像没有名字的孩子。慕生忠视为己出，都用心逐一起了名字：望柳庄、不冻泉、五道梁、风火山、开心岭、沱沱河……雁石坪山下有一片旷野，年轻的驼工小韩就累倒早逝在这里，为了纪念小韩，这个地方被将军命名为韩滩。

1994 年 10 月 19 日,慕生忠将军逝世,临终前留下遗言,将骨灰撒在昆仑山上、沱沱河畔。那天,沿途的司机们,得知老将军的骨灰要撒在青藏路上,全都主动停下车来,按下喇叭鸣响三分钟致哀,表达深深的敬意。

在将军楼主题公园,由两条天梯般的青藏公路与青藏铁路构成的人字形雕塑高高矗立。我们环绕着一组名为"筑路忠魂"的雕塑群久久徘徊,想象着能有更加纷繁而空灵的意象,摇曳在蓝天白云之上。

冥冥之中,我们仿佛听到了慕生忠将军豪迈的诗句:"风雪千里青藏线,连接祖国西南边。江河源头历艰苦,英雄无畏永向前。"耳畔掠过金戈铁马的激流雄风。

现实之中,我们也曾遵循一位铁路建设者的指引,奔走在格尔木的大街上,寻觅再寻觅。十几年前,青藏铁路建设指挥部也曾设在这里,可惜时过境迁,旧址原貌已难觅踪影。

试想一下,这里是否也需要建立一处青藏铁路纪念馆呢?几分遗憾之后,又生发几分慰藉。好在那棵思念的大树还守望在那里,好在修建的青藏铁路已铺展在雪域高原,好在格尔木的梦想已插上钢铁的翅膀。

骤然想起 20 世纪初,坐着火车几乎走遍了中国的美国旅游者保罗·泰鲁,在自己的《游历中国》一书中写道:"有昆仑山脉在,铁路永远到不了拉萨。"比起保罗来,法国女探险家戴薇·妮尔显然更具有眼光和胸襟。1923 年,她穿越西藏腹地时留下一句话:"将来准会有一天,横穿亚洲的列车将把坐在豪华舒适车厢里的旅客运到这里。"

如今的格尔木,青藏铁路与公路并驾齐驱,时代的热能在这里聚集并辐射光芒。当年受各种条件局限,修建青藏公路付出了巨大的牺牲,多少鲜活的生命以匍匐的身躯,为开拓的道路奠基。令人欣慰的是,修建青藏铁路格拉段时,在异常残酷恶劣的自然条件下,如此举世瞩目的巨大工程,竟然没有一人因高原病在施工中丧失生命,这同样是一大奇迹中的奇迹。

从噶尔穆到格尔木,一个时代的变迁。

从噶尔穆到格尔木,一座精神的雕像。

(选自《人民日报》2016 年 10 月 1 日大地副刊)

沿地图展开的海西叙事

燎　原

　　近年来，我两次踏上海西的大地都是缘起于诗歌，缘起于由海西州政府主办的"中国（青海·德令哈）海子青年诗歌节"。关于海西，我好像知道的不少，却又一片混沌。的确，拥有30多万平方公里地盘的海西实在太大了，在过去的十多年间，我曾多次行走在其中的某些地域，却不知道我身在海西；更早的时候，我曾得到过诸多特殊的地理信息概念，却不知道它们尽皆属于海西。直到这个初秋的下午，在几幅相互关联的地图面前，我才恍然明白，我自己青海人生背景中一些高山大河式的储存，正是来自这片大地。

一

　　关于海西，我最早知道的是柴达木这一概念。但这一概念本身的内涵是什么，它与海西究竟是什么关系，我却并不清楚。最初的感觉中，它位于青海西部腹地，因富于矿藏资源而被称之为"聚宝盆"。其确切的地理范围所指，似乎是大柴旦地区，或者还包括格尔木？但更突出的感觉是，它是一个历史概念，代表着从20世纪50年代中期开始，青海西部大开发的一段历史，并产生了一批有影响的文学艺术作品，诸如李若冰的《柴达木手记》，就是其中的代表。

　　而在这些地图面前我才得知，柴达木是一个远为广大的地理概念，它处在昆仑山、阿尔金山、祁连山等山脉的环抱之中，总面积25.78万平方公里。同青海西部的诸多地理名称一样，它是一个蒙古语的命名，因盆地中广大的盐湖而得名。而它之所以被称作"聚宝盆"，是因为其中储藏着 80 多种金属与非金属类的矿藏资源，且储量大，品位高，类型丰富。

但比柴达木更广大的，则是"海西蒙古族藏族自治州"这一行政地理范畴。它下辖都兰县、乌兰县、天峻县，德令哈市、格尔木市及大柴旦、冷湖、茫崖 3 个行政委员会，共有 8 个行政单元。柴达木盆地约占其总面积的 78%。

然而，柴达木却常被用做海西的代称。我想这是因为它聚宝盆式的丰富矿藏，代表了海西大地内在的精彩。从外在形态上看，海西既是一片辽阔神奇的大地，也是一片空旷荒凉的大地，但假若你有一双光谱仪之眼，那么，每当夜幕降临，你就会看到从这片大地深处发出的五光十色：白盐之光、石油之光、铅锌之光、硼砂之光、碧玉之光、孔雀铜之光……它们的光柱探照灯般交互辉映，充满了整个天宇。由此推论，辉煌的昆仑神话应该就是缘此而产生？

二

但盆地东端以半弧状联结的乌兰、都兰、天峻，则是一个例外。关于这一地域，我所知最少，但从相关资料看，它是海西境内地表生态最好，绝大部分地区都为草场和农作物所覆盖的地理板块。最让我吃惊的是，1978 年都兰县香日德农场，在大面积的小麦高产田中，其中一块 3.9 亩的农田，竟创下了单产 1013 公斤的世界纪录。这让我再次想起了青海当年那些大大小小的农场，面对地图我却惊讶地发现，这其中的一部分农场，竟密集地分布在北纬 36 度线上。除了香日德农场以西至格尔木境内的农场群外，从它往东 100 多公里的海南州境内，是诗人昌耀当年流放的新哲农场以及农场群；再往东约 100 公里，则是我当年作为知青下乡插队的贵德县。而 20 世纪 70 年代初的贵德，曾是全国小麦生产的著名高产区。莫非青海境内的这一纬度线，果真是一条小麦生产的黄金矿带？

从某种意义上说，自 20 世纪 50 年代中后期相继建立的这些"青海农场"，并不仅仅属于青海，它还是中国现代历史风云中一种特殊的政治经济单元。其中的绝大部分，都是劳改、劳教农场，农场中的绝大部分员工，则是从天南地北被流放至此的一代知识分子。在当年都兰县查查香卡农场，就有大名鼎鼎的上海诗人黎焕颐；在大柴旦马海农场，就有著名电影演员潘虹的父亲等。他们在平反之后大都回到了原单位，另有一部分则被就地安排，与其他的支边知识分子、科技人员、基层干部一起，成为海西大地上另外一种高品位的矿藏——人才矿藏。而香日德农场的小麦单产世界纪录，正是与此相关。不仅如此，由于特殊的社会见识和地理气场，自"文革"结束之后，从他们的第二代中更是相继走出了一大批人才，遍及青海和全国各地。此后在一种凛冽感的写作中节节拔高的河北女诗人李南，便是这批海西子弟中的一员。

关于这片地域，另外一个让我略感意外的，则是都兰县境内诺木洪农场的10万亩枸杞林。数年前，我从宁夏的枸杞博物馆得知，中国的枸杞共有三大品牌，分别为"宁枸""青枸""新枸"，亦即分别产自宁夏、青海、新疆的枸杞。但我所不知道的是，所谓的"青枸"，竟然全部产自海西。

三

前边说到了海西的三个农牧区，以及我自己知青时代的下乡插队，随即突然想到我们家的另外一位知青，并且是与海西相关的一位知青，她就是我的胞妹唐红梅。1975年5月，就在我于海南州贵德县东沟公社周屯大队的知青生涯即将结束之时，她又仿佛接力般的，与我父亲任职的青海省交通系统的另外一批子弟，被输送到了海西——海西州乌兰县希里沟公社东庄大队，和以回族为主的这个大队的贫下中农乡亲们一齐"战天斗地"。所幸唐红梅天生身骨矫健，非但毫发无损，反而愈加欢实。大半年后，当她返回西宁变身为一名工人，青海省的知青插队史也随之宣告结束。

但我们家与海西的瓜葛还没有完。1983年，我的胞弟唐向阳，又以石家庄铁道兵工程学院毕业生和军人技术员的身份，进入海西——屯驻于海西州格尔木的铁道兵大军，修建首期青藏铁路。有过西宁市少年体校篮球队员经历，并打过全国少年篮球比赛的唐向阳，其体魄自然无须家人担忧。1984年，有唐向阳于其中绘制工程进度图的青藏铁路西宁至格尔木段建成通车。但与唐红梅成为青海最后一代知青颇为巧合的是，唐向阳也成了中国最后一代铁道兵。同一年，铁道兵部队集体转业并入铁道部，唐向阳从此以四川铁二局唐工的身份，出入于中国诸多铁路线的神经末梢。

再之后的 2000 年，青藏铁路二期工程——格尔木至拉萨的铁路线即将开工，此时已移居山东威海多年的我，似与胞弟衔接般的，应时任《中国铁路文学》执行主编的朋友胡康华之邀，前往格尔木采访并帮其组稿。其间，乘坐已云集于此的某铁路设计院的越野巡洋舰，直趋昆仑山巅。啊，一望无垠的海西大地和天风浩荡的大地之巅啊，我的防寒服厚实，我的骨骼瓷实，我雪镜中的世界气象万千而可靠踏实！

四

其实远在 1982 年刚从青海师大毕业不久，我就随一辆拉运工业用盐的大卡车到过海西，那是海西东部边缘的茶卡盐湖。在那里，我第一次见到沉积在一层薄薄的卤水下的盐的北冰洋，见到了高高堆积的盐的冰山，见到了盐湖中逶迤出入的小火车，而操纵这列小火车的，竟是一位裹着红头巾的年轻女司机。多少年来这一画面一直挥之不去，但它在我大脑中转换出的，却是一位红头巾仙子率领着长长的企鹅队伍，行走在北冰洋上的童话世界。

1986 年我再次进入海西，路过察尔汗盐湖以及万丈盐桥时更为壮观的场景，这里不再赘述。

但那一次的经见却让我震撼至今。其时为这一年的 5 月，我随青海省作协报告文学采风团前往海西腹地。大轿车从西宁出发，进入海西境内后先至德令哈，继而一路向西，穿过大半个海西直至冷湖石油基地，再至青海与新疆交界的花土沟油田和茫崖石棉矿，最后又掉头折向东北方向，翻越青海与甘肃交界的当金山而至敦煌，方才结束了此次长旅。那番八千里路云和月般的壮行，此刻忆及，仍让我有一种刚从月球归来的恍惚。

接下来，我想郑重地表达这样一个概念：就一个 30 多万平方公里的行政地域单元而言，海西大地上的地貌——包括地形地貌和生态地貌，可谓全世界地貌类型最丰富的"特区"。其中既有游牧的草原、农耕的绿洲，天然森林、湖泊、沼泽、湿地，亦有广大的沙漠、戈壁，地球上罕见的盐的海洋与大陆，更有作为世界屋脊的著名山脉与冰川——昆仑山、唐古拉山，以及格拉丹东冰峰及冰峰中的姜根迪如冰川。与高山对应的是大河，而海西大地上更是河流纵横，其中"格尔木"一词的蒙古语原意，即为"河流密集之地"。而在昆仑山与唐古拉山之间的高山草甸，还有数条著名的河流，其中的一条，竟气概非凡地名之为"通天河"。这条河流之所以气概非凡，既因为它在向下的俯冲中变身为举世闻名的万里长江，还在于它向上的源头的确"通天"，径直通往海拔6621米的格拉丹东冰峰。那无疑是一座矗立于彤云之上的天空中的冰峰，代表着天空在与高原的密晤中，关于大地造物主般的旨意。

20世纪90年代，我的摄影家朋友董明任职于格尔木市文联主席期间，曾以一架单反相机和一台212北京篷布吉普，长期在这一云海冰峰间出入。这台只有在他的操纵下才能玩得转的北京吉普，曾甩下诸多乘坐三菱越野的日本拍客，使得董君拍摄了令那些松下、小野、安倍、酒井们垂涎的，这个世界上镜头数量最多、景象最为瑰奇的冰峰冰川景观。

是的，这种博大神奇的地理地貌足以让人惊奇，但惊奇到令我震撼的，则是另外一番经见。

五

仍然是1986年那次穿越海西大地的长旅。采风团车队于暮色中抵达海西州首府德令哈。此后我最深刻的记忆，就是当晚与海西州的诗人作家们喝了一场大酒。彼时的海西州，是除了省会西宁青海省文学创作气场最旺盛的地方，在当时全国文学刊物为数不多的情况下，由州文联主办的《瀚海潮》杂志，影响力甚至波及省外。这也是一份曾经激励过我的杂志，当年我的一首中长型诗作，就曾刊发于它的头条位置。刊物主编高澍是1968年清华大学毕业生，此前曾任大柴旦汽车修理厂工人、都兰县农机厂技术员。由此可以想见，其时海西州各类人才藏龙卧虎之盛状。

除了当晚那场大酒，我对德令哈似乎没有什么特别印象，感觉中它的确类似海子两年后在《日记》一诗中的描述：雨水中一坐荒凉的城。只是那一晚夕无雨。

第二天一大早，出德令哈朝冷湖进发，近 500 公里的里程过了一半之后便荒无人烟。但我们于傍晚抵达的冷湖镇，却恍若阿拉伯沙漠中一方灯火通明的飞地——那时节，青海石油管理局总部就驻扎于此。在建筑风格典雅、内部设施齐备的石油局外宾招待所，不时有风尘仆仆的"巡洋舰"和外国专家出入。其时其景，让我一再地联想到了阿拉伯沙漠中的石油科研基地。

两天之后，我们出冷湖前往花土沟。位于阿尔金山脚下的花土沟既是茫崖行委所在地，也是柴达木盆地的西部边缘，再往前走就到了新疆。此时的盆地西部地区，分布着两个庞大的地质工业单元，其一为茫崖石棉矿，其二为石油局花土沟钻井群。

地球上的石油都贮藏在荒无人烟的沙漠之下吗？接下来我所看到的，并不是广袤的沙漠瀚海，而是一种更为让人震撼的……太空地貌。

通往花土沟的路是一条一直向西的道路。汽车在盆地的边缘从东向西驱驰时，实际上已升至一个新的海拔高度。就在我为视野中突然出现的天低地旷而兴奋时，不久便觉出了异常——公路两边的地貌既非沙漠，亦非戈壁，而是由灰褐色的砂土凝结鼓凸成的大地封闭的甲壳，状如凝固的波涛，铺天盖地般涌向地平线尽头。从理论上来说，这是一种远比沙漠和戈壁恐怖的所在，因为无论沙漠还是戈壁，总有植物存在，甚至有成线成片的红柳或骆驼刺，亦会有穴居类或有翅类的生命存在。因此，你会感觉到生命气息的相互感应。而在这片干涸的海底般的地壳上，没有任何的生命气息，甚至连微生物也没有。

我见过这种地貌吗？或通过图像制品间接地见过这种地貌吗？从来没有。那么，它是一种无名之物？按照老子"无名天地之始"的说法，它应该是从太古之初保留至今的一种"存在"。但无论如何，这都难禁我为之安顿一个名字的冲动。假若地球之上并无类似的所在，那么，与之最相近的便是"月相地貌"。

整整一天，旅行车便是在这一"月相地貌"上驱驰。但笔直的柏油公路则提示我，这是行驶在地球的脊线上，视野中始终可望不可即的地平线终端，恍若地球的尽头。汽车若冲过那一终端，我们便会被甩出地球。

六

"地球尽头"的花土沟钻井群已属"天外之物",或另一个星球上的事物。此后我曾为此写下过一批诗作,其中的一组名为《创世纪》,刊发在 1988 年上海《萌芽》杂志上。第二年,杂志社为我颁发了一个年度诗歌奖。这是我在诗歌写作中获得过的,一个值得一说的奖项;也是我曾经作为诗人的见证。

那一时节,中国大地上的诗歌正值风起云涌之际,并在此后被称之为诗歌的黄金时代。

也是 1988 年的同一年度,时为北京政法大学青年教师的海子,与另外两名青年诗人一平与王恩衷一起前往西藏,在途经青海德令哈的数日盘桓中,于 7 月 25 日写下了他诸多诗歌名篇中那首著名的《日记》:

> 姐姐,今夜我在德令哈,夜色笼罩
> 姐姐,我今夜只有戈壁
>
> 草原尽头我两手空空
> 悲痛时握不住一颗泪滴
> 姐姐,今夜我在德令哈
> 这是雨水中一座荒凉的城
>
> 除了那些路过的和居住的
> 德令哈……今夜
> 这是唯一的,最后的,抒情
> 这是唯一的,最后的,草原
> ……
> ……
> 姐姐,今夜我不关心人类,我只想你

这是写作手段上一首极为单调的诗,也是大道至简,以致命的情感闪电直击心窍的诗。它在无数读者中引发的强烈情感共鸣表明，人类个体的致命情感绝唱，远远高于宏大人类概念的空泛抒情。而整首诗作中反复的"姐姐、姐姐""德令哈、德令哈"，则让一座城市以诗歌的名义而为公众所铭记，也让一位"姐姐"成为众人之猜想。

那么，这位姐姐是谁？其实我在《海子评传》中已经谈及：1988 年的 7 月 20 号前后，当时在西宁晚报任职的我接到一位朋友的电话，说海子等几位北京诗人来了，邀我过去一聚。并告诉我，他们此行的目的地是西藏，因海子昌平一位同事的家（即其父母的家）在德令哈，这位同事已告知家人接待一下，所以他们将在德令哈待几天后再去拉萨。根据我依据相关资料的研究，这位同事是一位女性，此时就在昌平某部门或直接就在政法大学任职，且是一位与海子情感关系密切的姐姐式的人物。此前海子的诸多诗作中，曾出现过诸如"一只骄傲的酒杯／青海的公主，请把我抱在怀中"（《青海湖》），以及"北国氏族之女"（《枫》）这样的表述，而在 1988 年 5 月所写的《太阳和野花——给 AP》这首诗中，这位"姐姐"则以"P"的代称出现。P 是与海子交往的几位女性中，唯一被其称之为"姐姐"的人，两人曾相逢于一场情感的"大火"。这种身份的女性，一般都兼具母性的呵护力和女性的情感分泌这样两种功能，且既能够欣赏海子，以至指教海子。我在前边已经谈到过海西州的人才结构，以及从他们的第二代中走向全国的海西子弟。是的，作为海西州首府的德令哈，当年曾会聚来自北京、山东、河南、陕西等地，从新中国成立直到 20 世纪 80 年代的军转干部、兵团知青、大学毕业生等几代支边者。从德令哈的子弟中走出一位如 P 这样的女性，也就顺理成章。而《日记》一诗，应该正是海子在姐姐的故乡之夜，因刻骨的荒凉感和孤独感，绝望而野蛮地想念姐姐。

四分之一世纪后的 2012 年，海西州政府创办了一个由一位当代诗人的名字命名的诗歌节——"中国（青海·德令哈）海子青年诗歌节"。一座城市的名字在一首诗歌中声名远扬，这是只有发生在古代诗歌中的特殊现象；这座城市因此而以一个诗歌节来向这位诗人致意，这是出现在高原腹地的一种浪漫主义表达；而这首诗歌被转化为这座城市的文化资源，则是基于一种超现实主义的眼光和历史文化想象……

（选自《瀚海潮》2016 年谷雨卷）

巴音河

刘玉峰

这条河是从北面山上奔流而来的。河水匆匆忙忙，强大的冲击力在岁月更迭中，硬生生地将戈壁撕开一条河道，河水一路向南奔流而去。山上生长着古老稀疏的柏树，故得名柏树山。柏树山高大起伏，山势险峻，主峰常年积雪，就像一个饱经沧桑的世纪老人。

河水就是从"世纪老人"脚下流淌出来的。清亮湍急的河水一路向南而去，即便是平坦的戈壁滩，也被冲刷出深深的沟壑，让人感叹时间的强大和岁月的力量。这条河有个美丽的名字叫巴音河。河水将戈壁一劈两半，东边叫河东，西边自然就叫河西。河水从小城中间奔流而过，死气沉沉的小城就有了活力，也让小城人有了一种说不出的自豪。茫茫戈壁上流淌着这么一条河，心里就有了些许慰藉。

小城里的人来自四海五湖，语言北调南腔，他们是柴达木的开拓者，也是辈辈相传的建设者。虽然小城小而偏，可候鸟似的人们飞来飞去，天南海北的信息相互传递，小城便不再闭塞。即便是二十世纪七八十年代，也有"小上海"的美誉。邓丽君那首《小城故事》唱得真切，仿佛就是在唱这座小城德令哈。

我在小城学习生活过许多年，娶妻生子，安家立业。当然，最深刻的是小城孕育了我一个舍弃不下的文学梦。这个梦做得艰辛，做得深沉，做得满脑袋头发跟柏树山上的雪峰一样。

20世纪70年代中叶，插队的我被招到海西州委办公室参加工作。那个年代是个贫血年代，生活枯燥苍白，阅读有限的文学书籍，便成了最大的享受和快乐。

时间一长，居然萌生了创作的冲动。这个冲动一旦开始运转，就像打开了潘多拉魔盒，让人无法控制，无法自拔。

实际上，在读高中时，我的作文就常被老师当作范文，在高中三个班传阅。所以，不知天高地厚的冲动让我充满幻想。稿子写了一篇又一篇，寄了一篇又一篇，全跟泥牛入海一般，一篇也没有发表出来。

当时，州委宣传部王贵如常有文章在《青海日报》发表，于是便拿稿子去讨教。贵如老兄看得认真，说得也认真，但文学里那个"悟"，就像自己的影子一样总也抓不住。后来我又写了一篇散文，名字已经忘记了，内容是写一个团长转业到地方县委当了领导后，带着司机回家看老娘。司机放下领导后就要回去，两手沾满面粉的老娘堵在门口说："远天远地来了，稠不吃稀也得吃。"当时贵如老兄看完之后，一脸喜悦地说："这就是散文的语言，非常有生活，让人读罢就有一种亲切的感觉。好，以后就要这样写。文学作品就是从生活之中提炼出来的。玉峰，你大有进步！"受到贵如老兄的鼓励，心气越发高涨。一门心思就是想写东西的我，有时候一熬就是一夜，第二天照样上班。

大概是 1979 年 1 月，《青海日报》"江河源文学副刊"登出我的第一篇小说《巧巧》，闻着散发油墨香的报纸，打了鸡血似的兴奋了一个晚上。手里有了三分染料，便急着要开染房。我冒昧地去找州文化工作站站长张家斌，想去那儿当文学创作员。笑得跟弥勒佛似的张家斌，心肠也像弥勒佛，拍拍桌子说："只要你们单位放，我就要你，现在我正招兵买马呢！"

当我心里揣着一团火，去找州委办公室主任党国瑞时，他不冷不热地给我泼了一盆冷水，语重心长地说："你去文化站干啥？州委办公室多好，你就是一块秘书的材料。"魔鬼附身的我，哪儿能知道他的苦心，死皮赖脸膏药似的贴在了他的身上。一连几天，我就是他的影子。中午他回家，我跟着进门；他端碗吃饭，好心的阿姨也给我盛一碗；放下碗筷，他看都不看我一眼，脱了鞋上床就睡；他不看我，我就坐在沙发上看他睡觉，弄得阿姨一脸茫然。终于有一天，党主任不耐烦了，板着面孔说："把表拿来，我签字。"当我把调动表呈给他时，他看着我用浓浓的西安话说："你个瓜娃，在办公室当秘书多好啊！"望着党主任，我十分感动，可是我已经不是自己了，我的魂儿已经奔向了文学。现在想一想，文学怎么能有那么大的力量，能让一个人不顾一切？

至今，我还能想起党主任那双充满爱心和企盼的眼神，让我常常感动——真是一个让人无法忘怀的好老头儿！

正如张家斌所言，他当时真是在招兵买马，为创办刊物做准备。州上的高手大侠纷纷云集到他的麾下，写小说的高澍，写诗歌的王泽群，都调到了文化工作站。这年秋天，天峻县搞物资交流大会，文化站也派我们去了那片草原。县招待所是几排平房，参会的人快把招待所撑爆了。我们几个人睡在大通铺上，那个热闹是少有的，晚上躺在床上说笑话讲故事，直到天快亮了还觉没有尽兴。我写了一篇小说《心中的红太阳》（大概就是这个名字），讲述"文革"时期一个孩子悲惨的故事，给了高澍，想听听他的意见。两天之后，他把稿子还给我，说："感觉还行，有两个地方要修改一下，我标出来了。"我接过稿子看了看，果真有两处做了标记和意见。我心里纳闷，大家白天晚上都在一起热闹，没见他看什么稿子呀！高澍这位仁兄，本分聪明，像个师长，让人感到丝丝温暖。令人不解的是，这位清华大学汽车发动机系毕业的高材生，居然在柴达木汽车修理厂里当了几年车工，据说还在都兰县农机公司卖过架子车轮子。不知道他当时弃工学文是什么心态，读过他的小说《煤油灯下的报告》之后，才慢慢地有一点明白。在那个扭曲的年代里，是那片热土激发了他的灵性和情感。后来，我那篇小说发表在最初的《瀚海潮》杂志，就是小32开那种版本。

文学如涨潮的海水，不由分说地把我推向《瀚海潮》这个码头。那个时候，正是中国文学的春天（当时称第二个文学春天），文学如盛开的花朵，大江南北到处艳丽。这期间，在领导和兄长们的关心提携下，我参加了影响较大的黄河笔会及各类会议和讲习班，无论从创作本身还是开阔眼界，都对我有很大的收益。

有时常常思考一个问题，尤其经济大于文学的今天，脚下这条路越发艰难和茫然时，这个问题更加突出。我为什么选择了文学这条路，答案只有一个，是柴达木这片热土，是灯塔一般的《瀚海潮》杂志，是奔流不息的巴音河水，给了我无限激情，引领我走上了文学征途。在这片热土召唤下，一批人为之献身，甚至于生命。高澍就是其中优秀的一个。有时常常为他惋惜，有时又常常为他自豪，至少他和那片热土融为了一体，日夜都能听到巴音河水欢快的歌声。

前些日子，海西州公安局的同学崔翔军来京开会。我们在离故宫不远的南池子一家饭馆聊天，看着彼此有些苍老的面孔，感怀不尽的还是那片土地。他说："德令哈真变样了，变得越来越漂亮了。"在这之前，州档案局的同学沈俊杰也在电话里告诉我，口气里充满了自豪："国家档案局来德令哈考察，有个负责人惊叹道，德令哈简直就像欧洲一座干净漂亮的小城。"

前年夏天，我从马海公路边，搭上冷湖开往西宁的长途汽车，一路上几乎就没怎么闭眼睛。望着车窗外熟悉的戈壁和赤裸裸的大山，心情一直平静不下来。暮色之中，汽车停在德令哈河西一家清真饭馆门前，司机告诉大家有半个小时吃饭时间。我夹在鱼贯而出的旅客中间下了汽车，顾不上去吃饭，急急忙忙向巴音河走去。渐渐暗下来的天色里，德令哈就像从空茫中长出来的一座灯光璀璨的城市。站在巴音河岸，听着水声依旧的巴音河，我在寻找记忆中的巴音河。当年裸露蛮荒的崖岸上，婆娑的绿树和明亮的灯光，已经让我难寻当年的印象。

8月的德令哈，微风拂面而来，就像少女绵柔的手，轻轻抚摸着满是尘埃的我。我就那么静静地站着，听着，看着，感受着巴音河水在心里静静地流淌……

面对奔腾的河水，我在想，虽然柴达木独特的自然风光引起了注意，也掀起了小小的旅游热，可是柴达木的人文精神，远远超出了自然景观的分量，对这片土地的奉献是最神奇的力量和景观。如果诗人海子有灵的话，他那首写给姐姐的诗："今夜我在德令哈，夜色笼罩／姐姐，我今夜只有戈壁……"是否会有新的感受？还会那么凄凉吗？长江边长大的海子，面对大海自然可以春暖花开，可是面对无际的戈壁，冲击他的除了孤独就是震撼。一夜之间，谁也读不懂戈壁，看不透戈壁。对于海子，能用文字把德令哈写进诗歌里也就够了，没有理由再向海子奢求什么。因为只有在柴达木生活过的人，才知道她特别的美，才懂得她空茫的凄美。

然而，让我真正佩服的是蒙古族的先民们，早在他们疲惫的马蹄和双脚踏上这片土地时，便给这片土地烙上了一个让后人为之骄傲的名字。多美丽的名字呀，广阔的土地上流淌着一条幸福之河。

巴音河，一条在心里流淌的河。正如诗人艾青所说："为什么我的眼里常含泪水，因为我对这土地爱得深沉。"

河流密集之地

徐 剑

格尔木是蒙古语名词，翻译成汉语，就是"河流密集之地"。

然而，那里却是生命的一块禁地，或者说并不适合我的地方。

屈指算来，自从 1990 年 7 月 19 日第一次抵近，我七度来到格尔木。虽然这里海拔并不高，水系纵横，却是我的炼狱转门，更是我"涅槃"的零公里。

第一次听到"格尔木"这个名词，是在成都的一次西藏革命史讨论会上。我那时未至而立之年，随阴法唐中将去成都开会。会议开始前，我拿着老爷子的文件包送到他的桌签前，他指着一位孤独地坐在角落的老者说，那就是慕生忠，曾经当过西藏公路管理局局长，西藏驻格尔木办事处就是他建起来的。

格尔木这个名词，第一次进入了我的耳朵和视野。

然而，等我真正进入格尔木，已是 5 年之后的事情了。

记得第一次上青藏高原也是这样的夏天，太阳之钟盘回转到 21 年前。刚历经了一场磨难的我，从政治旋涡里浮出水面，爬上岸边，仍有落水狗的余悸。心悸之余，以为自己过不去这道坎了，最想去寻找彻底解脱的彼岸。于是，便给人生之中对我影响最大之一的阴法唐老爷子当了秘书，上了西藏。行走的路线由北京穿蒙古大地而过，绕黄河，过河套，越腾格里沙漠，至兰州，游览刘家峡。因为此时的阴法唐仍然身兼二炮副政委之职，一行人中还有当过铁道游击队政委的郑惕中将。时任兰州军区司令员的傅全有上将宴请了我们一行，席间领略了经历战争年代血雨洗濯老兵们的真情与豪情。次日乘坐列车到柳园，下车后，驱车敦煌，然后过阳关遗址，翻越当金山，进入大柴旦，开始踏上青藏之旅。

这条路，就是当年"青藏公路之父"慕生忠将军派人修筑的。那天晚上日落时分，沿着这条路，我从千里盐桥上走进了格尔木。

到了格尔木，阴法唐仿佛回到家了。我跟着他和夫人李国柱先看道班的群众，走进土屋里，坐下来，道班的工人就上了酥油茶。女主人很热情，站在面前，若你不喝，她会站着不走，一直等着你喝下去。

因为是第一次喝酥油茶，不知道要嘘一口气，将浮在上边的油吹开，结果一口酥油喝下去，差一点让我吐出来。

那年，我已经32岁了，紧随在阴法唐身后，他那匆匆的步伐我跟不上，走快了便感到气喘吁吁，喉咙在拉风箱。尽管如此，我仍然极为亢奋，白天精力极好，到了凌晨三四点也无法入眠。

以后，我一次次地来到格尔木，仍然无眠，望着窗外的红月亮、黄月亮，耿耿难眠。

2002年之后的三年时间，我几乎是年年上昆仑，然后夜夜难眠，有两次最后不得不用药。

格尔木成了我生命之中，一道天堂与地狱的分界之门。

我一直迷惑，为何到了格尔木会彻夜不眠。直到修筑青藏铁路采访时，才最终明白了答案：那是世界第三极的海拔和缺氧造成的。

还记得第一次上山前，从西藏人民医院来的一位保健医生，让我们口含西洋参片，说可以形成一种人参造带，并谆谆告诫我们：不要对氧气依赖，要抗过去。

许多年后，我在西宁采访中国第一位高原病学院士吴天一，一位有着塔吉克族血统和汉族结合的"团结族"。他说，在青藏高原上，汉族的血红细胞携氧量永远也赶不上藏族。因为藏民族在高原上一次次优胜劣汰，强者保留了下来，所以，他们是青藏高原的强种民族，其他任何民族都无法像他们那样适应高原生活。

那天采访吴天一院士后，我知道，如果在青藏高原上不舒服，有氧气就要吸氧，吸了身体便清爽了。

在格尔木经过三天的适应后，我们于次日5时许去了昆仑山。

上山之前的那天夜里，我在格尔木城里几乎一夜未眠，心理负担甚重，充满恐惧，颇有一点"风萧萧兮昆仑寒，壮士一去兮不复还"的恐惧，担心上山后，自己会患肺水肿、脑水肿，将小命扔在天路之上。一千里路云和月，要一夜两天穿越而过，我真怕出个万一，我甚至幻想如果自己真的被撂倒了，也许会有直升机来救援。不然，会把骨头扔在青藏高原上。

五点半钟起床，在西藏驻格尔木办事处吃过早餐，便追着天上那一轮低垂的杏黄月，朝着昆仑山腹地开拔，于晓风明月之中，驶过玉珠峰，向昆仑山垭口驶去。

从车窗远眺，藏羚羊在可可西里荒原上闲庭信步，藏野驴在雪地奔驰，远处雪山的巅峰依稀可见。然而因为是夏天，青藏公路常年冻土段总是翻浆，民工不时在修路，被堵路是正常现象。

站在阳光之下，雪风徐来，我被可可西里的风光迷醉，极目远眺，天之尽头，风尘之中，该消失的全部消失，不留任何痕迹。朝圣的蒙古喇嘛在雪风中消失了，大清帝国的管带陈渠珍和他的情人西原，行色匆匆，也在风雪过后，不见踪影。

一轮中秋月挂在昆仑山上，月色惨淡，为谁而圆？而今晚走过天路，翻越唐古拉，下榻于西藏的那曲，也许我能睡着了。

（选自《新华文摘》2012 第 19 期）

柴达木五日

舒 洁

第一日

从北京出发，到西宁，翌日奔向 7 月的青海湖。这是逐步向上的旅途，但不是终点，我们此行的目的地是梦一样的柴达木，是德令哈——这里的金色已经接近我的信仰。

严格地说，是柴达木之行的第一日，在海西乌兰鸿翔酒店，是高原安谧的凌晨，我开始写作诗歌《今夜，在柴达木》。柴达木，这是一个绝对超乎你想象的地域，不是辽阔，不是雄奇，不是神秘，是他所处的位置，几乎就是世界的中心。那一刻，刚刚写出几行诗歌，我就依稀听到柴达木古老的秘语——从西羌地开始，到今日，它仁慈的语境贯穿着多民族可歌可泣的生活。我是这样写的："我睡在群山之间 / 比水高一点，比云低一点 / 今夜，在柴达木 / 天空中飞着远古的马群"。

我生于蒙古高原，作为一个用心血浇灌时间之花的诗人，当我的一只脚刚刚踏入柴达木门槛，我就这样提醒自己：你要笃信，启悟是存在的，在这里，在青海湖以西，在柴达木盆地。入夜，在海西以红色命名的地方，我能感觉到天宇的注视，那么干净，那么纯粹，仿佛早已洞悉时间中的一切。

我的眼前幻化着金子海和茶卡盐湖，那种迷人的光与波，那种与水有关的传说，还有远山。是的，还有哈里哈图国家森林公园的幽深与逐渐茂密的森林，就像人类的理想一样，圣境也是向上的——柴达木，你的意象如此丰富，我感谢你! 你让我在自然高地联想到生命的高贵与个体的卑微; 你让我在一个特定的时刻, 以人子的身份认定一个伟大的真理: 时间的永恒性, 取决于一个瞬间到另一个瞬间的过渡。

2016年7月20日, 在进入海西蒙古族藏族自治州境内的第一天, 我写作了《今夜, 在柴达木》《奔向德令哈》《德令哈, 永恒之忆》三首诗歌。不错, 我对时间说, 这是广袤的柴达木对我的恩赐。

第二日

我到德令哈了。

我到金色之地最初的感觉是, 我完成了一个心愿。

不知为什么, 我总觉得德令哈是青藏高原的中心。我的这种认识, 来源于我对这个神圣之地长久的向往。在以往的时间中, 我对德令哈的向往, 实际上是精神的仰望。我的意思是, 在我真正投入德令哈之怀的瞬间, 我的一切感觉都是真实的: 我来过这里。

不是似曾相识。

在人类的信仰之地, 至少在我的信仰之地, 梦境与现实总是相融的。所以, 在到达德令哈的当夜, 我对斯琴夫说, 你信么? 在此之前, 我已为德令哈写过五十多首诗歌了!

我没有对他说, 我回家了。

在德令哈柏树山, 我惊异于一脉水流, 那种流淌是无畏的, 像一个奔赴远方的勇士。而我, 无疑是一个朝觐的人。

在柏树山上, 在高山草原, 我所面对的群山色彩各异, 居中的一座山脉辉煌灿烂, 就像火一样燃烧; 两边的山脉绿色飘浮, 在我背倚的山坡上, 青草连绵, 柏树点缀, 羊群缓慢移动。一户蒙古人家就在这里, 以他们的坚毅与热爱, 用劳作善待属于他们的时间, 精心守护他们的生活——是的, 他们的生活与生命之源, 属于一个古老的部落。

是蒙古和硕特部。

这个部落源流漫长, 在蒙古高原以北, 在贝加尔湖西南, 在额尔古纳河、海拉尔河沿岸，在呼伦贝尔、科尔沁草原森林地带，在经历一场巨大变故之后，和硕特部的一支西迁加入卫拉特，于 17 世纪 30 年代进入青海。

史诗般的东归，光辉的和硕特部与该部联合的土尔扈特部、杜尔伯特部，三个蒙古部落的足迹，从伏尔加河流域开始，到巴尔喀什湖岸边，到新疆，到青海，这一伟大的部族让我懂得了热爱与祖国的概念。

后来，直到今天，德令哈才会成为金色的家园。

入夜，我写就诗歌《德令哈》。

308

第三日

诗歌在边疆。

我所说的诗歌是高贵的，它有两个边疆，一个是地理边疆，一个是心灵边疆。在过去 30 年里，柴达木与德令哈，是属于我的诗歌的边疆。

在德令哈西南 30 公里，是天堂般的可鲁克湖；在德令哈西南 40 公里，是外星人遗址。这两个地理坐标，让我确认了诗歌边疆的存在。

在可鲁克湖畔，因为时间的关系，我没有看见辉煌的神光。站在那里，面对一泓净水，我将自己交给了天地。这是柴达木大美的七月，我默默迎接命定的时刻，视野中飞翔着水鸟，远方是此起彼伏的雅丹地貌群。那一刻，我在谛听：青海、柴达木、德令哈、高原竖琴、风与道路。我在想，我们来到这里，我们丢掉了什么？我们在寻找什么？

可鲁克湖的静美与它所挽住的周边自然，那种令人震撼的呈现，绝对超乎你的想象。

我的思考是，如果没有水，这个世界就会一片死寂。

正午，在柴达木深处，外星人遗址也在水边。

我宁愿相信一些传说，我宁愿相信，在许久以前，比人类更智慧的外星人来过这里，他们选择柴达木，一定有其原因。我能想到的原因是，这里距离天空最近，这里没有人类喧闹，这里的自然属于哲学与思考。就思想而言，柴达木的广袤、静谧、纯粹与雄奇，绝对适宜起飞与降落。

正午，柴达木天空深蓝，那是没有一丝云彩的大寂寞。面对雅丹地貌群，神所主导的燃烧，早已凝固。曾经朝向天空，曾经的火舌彼此追逐，它们巨大的倒影扭曲着，在水中，就像遥远的祈求。雅丹，多么美丽！在柴达木深处，蓝湖，上苍之泪遗落大地。在炎热的包围中，我想到人类温润的臂弯，里面睡着一个预言。雅丹地貌群，它们的切面与斜面静默着，那是我永远无法听懂的时间。

就是这样，我们来了，我们驻足，我们离去。

但是，可鲁克湖与外星人遗址依然在那里，这不会改变。

地理与诗歌的边疆，也不会改变。

2016年7月22日正午，在回望外星人遗址的瞬间，我的心臣服于幽淡无华的自然。这一天，我获得了诗歌《在柴达木深处》《德令哈时间》《德令哈：舞者》。

第四日

在大柴旦蒙古牧民定居点，我看到的牧民新村漂亮整洁，这就是安居了。蒙古和硕特部的后人们，在被我视为双重边疆的柴达木，以他们的劳作与热爱诠释着生活，这是我们常见的。我敬重他们，从他们的笑容里，我能看见往昔。

那一天有雨。

局部细雨让我眼前的柴达木，呈现出与阳光世界完全不同的意蕴，这是变化，是幻化。雨幕中的柴达木仿佛正在振翅，动感鲜明，依托苍茫，就如灵异。

车至察尔汗盐湖，天雨已停。

站在盐层上，站在白色的盐花上，我想到蒙古高原上的雪。自然造化令我们感喟，我提醒自己，这里是柴达木，是察尔汗盐湖，毫无疑问，这里有神，就在近旁。这一天，我通过手机问远方的朋友们，你们见过无比惊艳的盐花吗？如果你们来到万丈盐桥，你们来到察尔汗盐湖，你们来到盐湖博物馆，你们站在色彩与花纹神奇融汇的盐花前，你们就会感受到自然界伟大的力量！你们就会对自己说，喔，我是人，面对自然，我必心怀敬畏！

这是柴达木对我的提示，就如我的蒙古高原所提示的那样。

我在察尔汗盐湖边留下一张照片，背景是盐湖和盐花精雕的湖岸。

是第四日，到柴达木的第四日，我觉得归期近了。这里，是诞生信仰的地方。那一刻，我想，我的归期属于遥远的京城吗？后来，当我在格尔木安宁的大街上独自行走时，我突然感悟：我的归期，是未来的一天，那是我重返仁慈柴达木的日子！

在格尔木之夜，我没有写诗。

但是，我知道，我将什么留在了那里。

那一夜，我失眠了。

第五日

2016 年 7 月 24 日凌晨，在格尔木盐湖大酒店，我突然惊醒。

我听到高原风声。

这一天，我们告别青海，告别柴达木。

我写作了诗歌《第八首：格尔木》。现在，我将诗歌引出来，因为这是我献给柴达木的别辞与颂辞——

    我的凌晨与梦境无关

    东西宁，北敦煌，南拉萨

    我的河流密集的大地心愿未了

    十三世纪的大马群

    已经奔入琴声深处

    格尔木

    在一缕青烟中，某个年代

    将所有的花朵还给原野

    将美丽还给少女

    将一切还给时间

    雪神，将风与真相

    还给大江源头

    我将神秘还给柴达木

将金色还给德令哈

将所有的奇异，还给高原盐湖

格尔木

此刻，我守着你的凌晨

感觉某种莅临就是告别

在微光中的指纹里

飞着星云

最后，我想说，朋友，若你有梦，若你寻梦，就请到柴达木来吧！

你来，与季节无关，与缘定相连。

神秘神奇的柴达木，就在那里等你。

你要相信，广袤富饶的柴达木，不是一个预言。

（选自《柴达木日报》2016年8月9日瀚海潮副刊）

布哈河流域的岩画

耿占坤

312

　　布哈河是青海湖流域最大的河流，它的主要流域面积在海西境内。在它的怀抱，还有一种神奇的遗存，那就是岩画——位于海西州天峻县的卢山岩画、鲁芒沟岩画，以及位于海北州刚察的哈龙沟岩画、舍布齐岩画等。它们不同于那些盛极一时又很快颓败的城池，数千年来，这些岩画一直闪耀着远古文化的不朽光芒，充满了永不减退的魅力。

　　湖畔岩画的年代可以推至3000年以前，其内容除了大量的牦牛、羊、骆驼、马、鹿、狼、豹、鸟等走兽飞禽的形象，还有狩猎、武士对战、辕车、祈祷的巫师、生殖崇拜等更为复杂和抽象的场面。它们展示了湖畔古代牧业文明的繁荣，更显示了古代游牧民族丰富的想象力和惊人的创造力。我相信，对于今天湖畔的牧人来说，这些神秘的图画同样绝非先人的游戏，因为当他们谈起岩画，虽然对此困惑不解，但神情却是严肃的，心中充满了敬畏。他们将这种先人的文明转化为自己的崇拜，置经幡献哈达，对岩画进行顶礼祭典。

　　在一些古岩画的旁边，还留有近代藏传佛教僧人刻绘的六字真言。我无法猜想面对这些古代智者的手迹，僧人们是一种什么样的心情，畏惧、震惊、理解还是迷惑？他们试图以法力无边的真言，去控制那神奇魔力，还是在二者之间，领会到了某种深刻的联系？我不得而知。但我相信，无论是古人还是今人，无论是僧人还是俗人，无论是智者还是愚夫，他们都从中感受到了某种威慑、迷恋和喜悦。作为一种千古文化积淀，它的力量直逼心灵深处，我们不可能无动于衷。

对于青海湖畔的人们来说，那照耀着远古人类和一切生灵的太阳，今天依然照耀着它们，也照耀着我们。岩画中的一切，并没有僵死在石头上，那游牧与狩猎，那欢呼与祈祷，正在人们的生活中继续着。这些远古文化的精神，构成了青海湖文化有机的一部分，光彩夺目，犹如日月的光芒洒在湖面上。

舍布齐岩画位于布哈河三角洲边缘，其中有几幅给我的印象十分深刻。哺育图，一头健壮的母牛，肚子下站着一头小牛，小牛的头朝向母牛的乳房处，显然是在哺乳中。刻画者以深深的赞美之心，描绘了这动人的母子亲情和欢欣的生命情趣。这母与子不再是人类的猎物，而是人类的邻居和情感伙伴。狩猎图，一位猎人骑在马上拉弓搭箭，正瞄准侧上方的一头野牦牛，野牛体格雄健，低头弓背，硕大的身躯充满着爆发的力量，而猎人与马则显得极为弱小，仿佛正面对一块随时都会轰然迎头压下来的巨石。也许正是这种鲜明的对比和独特的构图，才真切地再现了原始狩猎场面的惊心动魄。人的渺小，恰恰张扬出一种顽强的生存意志和勇敢无畏的精神，而从野牛身上，我看到原始人对大自然的敬畏与礼赞，听到对生命的热情讴歌。

卢山岩画位于青海湖西北方布哈河北侧流域的卢山之中。往南数公里，是并行的布哈河谷地、青藏铁路和青新公路；往北数公里，是天峻县的江河乡政府所在地。这是布哈河中下游流域的核心地区，地势平坦开阔，河流密集，海拔较低，三面环山，一面向水，形成了一片上千平方公里的湿地沼泽和丰茂草原，卢山正位于其中。这片时至今日尚且如此美丽的地方，不难想象在遥远的人类渔猎时代，该是怎样一处人神同乐、百兽率舞的世间天堂。

这就是卢山岩画的诞生地，一部青海湖畔远古人类文明史的诞生地。

卢山下的草原，海拔约3800米，卢山山丘相对高度大约40多米，岩画就散布于山坡之阳的30多块平滑的花岗岩上。最大的一块岩石构成了卢山岩画群的主体，这是一幅宏大的画卷。在数十平方米的岩面上，集中刻绘了150多个个体形象，包含了极其丰富的内容。除了牛、马、鹿、鹰、豹等生物组成的动物世界以及狩猎情景，更有十分珍贵的车具和车轮（或是太阳图案）、战争和生殖崇拜的画面。用古藏文刻下的佛教大明咒六字真言，显然反映出后人对这魔幻般图画的关注与敬畏之心。

画面中占主导地位的仍然是野牦牛，一种被自然之母所孕育并纵容的野性力量，从岩石中迸发出来；而那些鹿则举着一对树枝般的长角，显得高贵而安静；被驯化的狼改变了身份，于是狗就成了人类狩猎时的帮手和生活中的朋友；在一群野牛中，几个同时张弓射箭的猎人，让我们明白他们仍处于集体狩猎的原始部落时代；生活在这里的部落不是单一的，人口增多使天堂不再平静，为了争取猎物或领地，也许是像特洛伊人和希腊人一样，为了那个绝代美女，便有了男性武士之间剑拔弩张的战争；生殖繁衍的重要，或者生存体验的欢乐，让人们关注并赞美两性的结合，那两位相对倒置、下体融合的人，使我们不难想到中原汉画砖上的伏羲与女娲；在岩面上打击出来的一片坑穴中，一条蛇状物蜿蜒而行，这种美妙的象征使古人对性的理解上升到了艺术的境界。

在青海湖岩画群中，卢山岩画反映出更为广泛的社会场景和生活内容，包含着更多的生存观念与对事物的思考，同时它也应该具有较长的时间跨度。可以说，卢山岩画是青海湖畔古代历史的博物馆，为我们珍藏了远古时代这一地区的自然事物和人类生活。卢山岩画不仅仅是一种纪录，更是一种描绘与讲述。通过阅读和倾听，我们可以看到，那些早已消失的人群，所经历的一个个日日夜夜，和群山草原上无数的风雪岁月，体验和感受到他们内心世界的苦乐与梦想。

面对这些岩画，我总是感到处处透出一股蓬勃的生命力量。也许这力量并不单单来自于这些物体形象富于动态与质感的刻绘特点，还来自于这些形象中潜藏着的激情，以及那些线条和图像中时隐时现的某种期待或喻意。岩画告诉我们一些遥远时代的事物和人们的生活，更告诉我们一种牧歌时代的文化精神。在这些人物和动物的形象中，在那些已经构成了故事的描述中，我看到冲突中包含的和谐，死亡中张扬的生存，互为依存的拼杀与对抗。这是生命的终极秘密。在动物的奔跑、挣扎以及悠闲的漫步中，我似乎能够感触到从它们皮毛下透出的体温，听到它们的鸣叫与歌唱，能够感受到从每一个躯体中迸发出的绝望、痛苦或自由无限的欢乐。这些互不相关的画面，产生了一种内在的呼应，动与静、生与死交织在一起，在时间和风云的推动之下，巨大而冰冷的岩石，也仿佛显得躁动不安起来。

在今天的布哈河流域，以及整个青海湖地区，那些让岩画时代的人们所喜爱、赞美、感激或者畏惧的动物，有许多已经绝迹，一些尚存的动物数量，也远远不及人们记忆中的那么多，当时它们是人类的一日三餐，而今天我们若能直接看到它们的身影，就已经是一种恩惠了。今天的人类绝对统治了这个地方，但在这同一个环境中，我们并没有获得羚羊般的自由。这个渔猎人群的乐园，对于我们追求时尚、高速、奢华与享受的一代人来说，并不是一块理想之地，现代人梦寐以求的是如何千方百计将生活复杂化，而青海湖却只有加减内容的简单公式。有岩画为证，我们知道，充满诗意和传奇色彩的狩猎时代，曾经是青海湖、布哈河的一个美好记忆。当我们回到忙忙碌碌的现代人群中，那些岩画所代表的一切，仿佛都成了一个飘渺不真的错觉。

幸亏有这些岩画。这些记忆将成为一个预言。

轻轻触摸着这些岩画，那些不灭的灵魂就通过我的指尖微微颤动起来。我甚至能预感到，在某一个黎明或黄昏，在明月繁星或惊雷闪电的呼唤下，这些动物与人将从他们暂且栖身的岩石中挣脱而出，如一群自由美丽的精灵，它们将越过河流，奔向亘古的荒原。也许这正是岩画的刻绘者当初领悟的那种神秘启示，这正是他们所期待的、所深信不疑的那个伟大时刻。

（选自《青海湖传》，青海人民出版社 2009 年 10 月出版）

西部的传奇

熊育群

西部是荒凉的。这里人烟稀少，空气干燥，大地荒芜。石头的山横贯在蓝天之下，不时飞来的沙暴遮天蔽日……美国的西部是这样，中国的西部竟也如此酷似。

当年美国人开发西部时，强人出没，匪患成灾。在青海西宁至格尔木的列车上，人们谈起这里的治安，也无不忧心忡忡。

这是一条穿越柴达木盆地的高原铁路，沿路戈壁茫茫，沼泽和盐碱地无边无际。由黄色、褐色、红色石头组成的山脉不生一根草，没有一棵树，死寂一般堆砌在大地之上，它们连绵不绝，向着天地交界之处，奔涌而去，嶙峋而狞厉的巨大山体，扭结着、交错着，赤裸裸呈现着力的较量。

它们抛弃了时间，拒绝了生命的呈现和衰荣，永远是天荒地老凝固着的表情。罡风吹得时间发出了铜管一般的声响。

还在我抵达西宁之前，在摇晃的车厢里，梦雨（她与女儿到西宁，与我们同路，随后去拉萨）在我面前摊开青海地图，指着一个叫德令哈的地方，告诉我，从那里往北进去数百里，就是她度过童年和青年时期的地方。这个地方差不多进入了柴达木的腹地。

地图上，它的周围布满了竖线条、横线条的平行线和密密麻麻的小黑点，横的短线代表普通沼泽地，竖的线条表示盐碱沼泽地，而黑点表示的就是茫茫沙漠和戈壁了。

20 世纪 50 年代，梦雨的父母被打成右派，从苏州带着一家人长途迁徙，来到这个大盆地深处接受劳动改造。

大盆地，打开柴扉就是无边无际光秃秃的荒山。白天狼群在荒山野岭中睡觉，晚上成群结队出山觅食，绕着干打垒的泥巴房子嚎叫。狼眼的荧荧绿光，在晃动的黑影里忽远忽近。

还有一种动物叫狈，它与狼群混在一起。狈的前腿搭在狼的身上，在旷野里狂奔，那情形就像一只六条腿的狼一样，一溜烟就不见了。

狈是镇定自若的"将军"，指挥着狼群的作战，其狡猾胜过豺狼百倍。但狈前腿短，不善跑，它与狼是优势互补，名副其实的狼狈为奸。

我坐上这趟穿越大盆地的火车，一路向西而行，只见沙漠中种下的一排排井字形的苇草，固守着沙坡。在盐碱地，路基用一层盐土一层水浇实，垒成一道高高的堤坝。蓝天下的大盆地，一望无涯，不见一个人，一栋房屋，火车呼哧呼哧跑了半天，才见一两栋道班的平顶房出现，让人生出一份企渴、一份好奇。偶尔看到一只狼从荒原走过，大摇大摆像个王。

我想象当年梦雨与母亲一起，去看望在另一个农场劳改的父亲，走在这样无边无垠的旷野上，背影是多么孤单、渺小。但这片荒漠给予人的并非只有苦难，它也磨炼出了梦雨坚强的意志和不肯向现实屈服的韧性。一步步走到今天，那支撑她的力量，有一部分应该来自于这片荒凉。

有一年中秋，梦雨被禁闭在一间房子里，又怕又饿。到了晚上，她从小小窗洞里突然看到一轮皎洁的月亮，悬挂在广袤的天空里，那是多么明亮、多么宁静的月亮！在这高原纤尘不染的朗朗夜空，银辉如水一样流泻在大地之上，抚慰着一颗幼小而孤独的灵魂。

梦雨久久地凝望着它，忘记了一切，直到在这片银色梦境里睡去……从此，她爱上了高原的月夜，开始用笔记录自己的人生感受。作为一个诗人，那一夜令她终生难忘，是高原让她的幻想，如南方的野草一样蓬勃生长。

柴达木尽管这般荒凉，却有令人不可思议的事情。这天下午，在中铺上，有两个来自湖北襄樊的妇女，一人带着一个孩子，最小的孩子只有几个月大。在这样荒芜的高原上旅行，怎么还带着孩子呢？

原来，她们是锡铁山矿的职工，前几年随冶炼厂内迁到了湖北，她们的丈夫却还在这片盆地的深山里采矿，她们是来探亲兼避暑的。

火车到了锡铁山站，远远的黄色山体下，有高高竖起的构筑物。青天白日下，让人不敢相信：这样一毛不生的地方，有着一个人群密集的世界，几千人长期生活工作在这片戈壁滩上！在这里，生存本身就是一个奇迹！

到了格尔木，我去万丈盐桥，又被面前的景象所震惊：这片盐碱地早已开发，上万名露天采盐工，长年驻扎在这个盐湖腹地，察尔汗盐湖中的盐，可以供全人类食用 2000 年！

矿区建有盐壳球场、盐壳舞台，连房屋也是用盐砌的。在正午的阳光照耀下，远处水茫茫一片，闪动着粼粼波光，有林带、亭阁和车马，它们在阳光下露出清晰的剪影。

我在盐湖穿行，想走近湖边，湖面总是在前方闪耀着银白色的光芒，最后我不得不放弃。后来才知道，那都是幻觉，是柴达木的海市蜃楼。

（选自《西藏的感动》，湖南文艺出版社 1999 年 9 月出版）

尧熬尔河

铁穆尔

一

翻越当金山口，路面上有薄薄的积雪。当金山位于甘肃、青海、新疆三省（区）交界处，是祁连山和昆仑山的支脉阿尔金山的交接处。翻越 3648 米的当金山梁，视线又一次豁然开阔，肃杀而平坦的棕褐色柴达木戈壁上，一条望不到头的路，像风中的白色哈达一样伸向天际。眼前是已经结冰的苏干湖，湖南边的山叫赛什腾山。尧熬尔人（按：裕固族人自称）中也有叫做赛什腾的部落，现在汉语中已经简化为"赛鼎"。

1995 年冬天，我曾搭乘新疆尉犁 35 团郭万清拉石棉的卡车，深夜在苏干湖畔抛锚，我们在月光下搬运汽车上的石棉袋子。那时，我看见月光下像牦牛奶一样的苏干湖。

从苏干湖往花土沟一路是流沙、雅丹地、戈壁滩，寸草不生绵延数百公里。除了刮不完的风沙，既不见人影，也不见有往来的车辆，天空更不见飞鸟踪影。到达花土沟已经是傍晚，沙漠上、戈壁上、山梁上，到处都是抽油机，像树木一样布满这个偏远的大地。曲力腾大哥在电话里介绍了他的儿子曹格，曹格是茫崖镇人大主席团副主席。从曹格的口中得知，几十公里外就是尕斯口，从青海通往新疆的最重要通道。当年我也是从若羌乘汽车，通过阿尔金山的通道尕斯口，最终到达茫崖。

"尕斯"是蒙古语，意思是怪味或异味。因为在尕斯库勒湖四周，常常冒出一种有怪味的气体，这种气体有时能燃烧，尕斯这个名称因此而得。当然，那个异味就是天然气或石油外泄的味道。著名的尕斯包括三个地带，鄂博图尕斯、杜木达尕斯和察汗尕斯，是阿尔金山中有水和草的山谷。那首著名的蒙古民歌《尕斯滩的芨芨草》，说的就是失败的英雄罗卜藏丹津在清军的追捕中，从尕斯逃往准噶尔。尕斯曾是茫崖工行委唯一的一个纯牧业乡，有300个左右台吉乃尔蒙古族原住民，1984年设置，2005年3月撤销，并入花土沟镇。花土沟镇是茫崖工行委所在地，镇上大多是外地移民，多是工人和做各种生意的人。

曹格说，这里的掠夺性开矿，等于把这片大地的油脂取走了，接着把血液抽走了，最后把内脏也挖走了，到头来只会剩下一具骷髅。

大规模沙尘暴比以往更为迅猛和强烈，最大风速达每秒27米。2001年春天，牧人却吉布家的300余只羊和其他三家的200余只羊，被一场沙尘暴卷进了尕斯库勒湖。这个在青海西部比较富有的牧人，一日之内沦为贫困户。

担忧和无奈像风沙一样吹遍了大地。

阿尔金山中野牦牛很多，如果牧民养了牦牛，到秋天野牦牛和家养牦牛发情季节，家养牦牛常常被野牦牛引诱裹挟而去。如果牧民再去追赶家养牦牛，家养牦牛变得比野牦牛还要决绝，跑起来比野牦牛还快，牧民自然无法追回它们了。这样，有些牧民索性就不养牦牛了。

阿尔金山的支脉祁曼塔格山下，就是静悄悄的尕斯库勒湖，凌厉的寒风从山那边吹来。汽车在祁曼塔格山下飞驰。祁曼塔格是维吾尔语名称，蒙古语名称叫"哈木儿达坂"。蓝天、雪山、冰川、沙漠。过了沙漠又是大片大片的芦苇丛，草地上是星罗棋布的畜群和蒙古包。我看见骑马的蒙古牧民从芦苇丛中走过，一匹小马驹跟在他的后面。宛若梦中的美丽，能够持续多久呢？

二

地图上标的那棱格勒河到了，这是此行必去的水道之一。

今年春天，我和Anuu一起在格尔木附近的台吉乃尔蒙古牧民家，得知那棱格勒河原名是哈吉尔郭勒，在哈吉尔郭勒南部有个叫做赛吉尔的地方。这两个地名和尧熬尔传说中的"赛吉、哈吉"发音基本一样。尧熬尔历史上这个谜一样的地名，被不同部落的人发成不同的音，有人叫"赛吉哈吉""写吉哈吉""西至哈志"等。大约是在公元 840 年后，部分尧熬尔居住的地方就是柴达木、阿尔金山南北两侧，也就是蒙古史料中所说的西拉郭勒地区。

台吉乃尔蒙古民歌及史诗《格斯尔汗》中，关于西拉郭勒三个可汗的故事，一直在我的耳边萦绕。无论从民间传唱讲述的，还是从已经出版的史诗《格斯尔汗》的内容看来，"西拉郭勒""西拉畏兀儿""西拉尧熬尔"名字意义是相同的，指的是同一个共同体，也就是同一个人群。

哈吉尔河和赛吉尔地的名字让我遐想无限。曲力腾让乌图美仁乡的人，带我们去哈吉尔河畔。正是春天，昆仑山积雪融化、河冰解冻的时候，坐在扎敦杜布老人的蒙古包里，暖暖的阳光从蒙古包的天窗里，照在肥美的风干羊肉和酥油奶茶上，我们边吃边望着门前大片芦苇丛中的哈吉尔河。哈吉尔河春汛泛滥，因河水浸渍而陷在泥淖中的土坯房歪歪扭扭，羊群在芦苇丛里安静地吃草。

冬日的太阳照在远处的山峰和近处的河上，结了冰的哈吉尔河宽阔沉稳，S303 公路（格尔木—花土沟）从八座桥上通过。河水在没有结冰的地方，冲撞着冰层和石块。昆仑山骆驼峰沉默而严肃，河水就是从那里流出来，流过戈壁沙漠，流向盆地深处的达布逊湖。眼前，恍惚纷纭而来的是骑马的尧熬尔人或西拉郭勒人，还有他们难以想象的源流交错、缺乏记载的历史。

我们站立在河边，好长时间才离开。

在格尔木市政协副主席李立新家，我们又一次看到了青海台吉乃尔蒙古人的服饰。他们的辫套（也叫头面）和尧熬尔的辫套非常相似，只是略显简朴而已。

历史记载和民间传说都明确地指出，公元 840 年后，尧熬尔人在这里长期活动，尤其是明代汉文史料记载明确，似乎没有什么疑义。后来他们逃难到了祁连山，但凡人们逃难，大都是遇到了"生存还是死亡"这个永恒的问题。

又听古老的台吉乃尔蒙古民歌，唱歌的是李立新魁梧的老丈人，他们的民歌和祁连山的尧熬尔民歌非常相似。泽岱大妈、鄂尔敦采采格大姐和董秀荣姑娘，一个接一个地唱起来了。我眼前出现的是遥远的昆仑山脉，一个孤独的牧人在风雪山梁上蹒跚着，满怀着内心的伤痛和不灭的希望……

几天来，满眼都是柴达木的风蚀地、沙丘、戈壁、盐湖，以及广袤的盐土平原，相互交错分布。

<h1 style="text-align:center">三</h1>

许多年前，我在故乡夏日塔拉做了一个梦，梦里有一个老人对我说："你的老家在阿拉克淖尔（阿拉克湖）。"醒来后觉得很奇怪，将之写在当天的日记中。阿拉克淖尔在青海，但我不知道详细的位置。这样一晃过去了许多年，如今我一步步走近阿拉克淖尔，阿拉克淖尔近在咫尺，它在汉语中是"花湖""花海子"之意。

柴达木之行结束后，我在兰州的一次酒宴上，听海龙兄弟说，他的家乡青海海西州都兰县，有条河流叫尧熬尔郭勒（按：郭勒是蒙古语河流之意）。我惊奇地听着他一再地说着 yovhr ghol，我生怕漏掉任何一句重要的词句。

地名是最清晰的提示之一。

我的心像是一只鹰，早已飞往尧熬尔河。海龙和乌云其其格的专著《青海德都蒙古地名传说》（内蒙古人民出版社，2001 年，蒙古文）中这样记载：

塔布套勒海，古时候柴达木盆地还有海的时候，西拉郭勒（也称为西拉畏兀儿）汗国位于此地。现在位于巴隆旗的塔布套勒海，就是汗国可汗的宫廷。那时候，库鲁姆河（现在的诺木洪河）的水从这里流过，现在的青色沙漠，那时是一片绿色的草原，水草丰茂，骆驼和营地都被高高的牧草淹没而看不见。后来，西拉郭勒汗国和莽古思作战，莽古思受伤后，内脏和鲜血流出来，染红了杜尔马山梁。莽古思日夜念咒语，下起了沙石冰雹，西拉郭勒的宽阔草原，变成了青色沙漠和沙石沟壑，把可汗的美丽宫殿变成了后来的塔布套勒海五堆沙丘，西拉郭勒汗国湮灭。这段历史在史料中，写作阿达国曾经生活与建国的地方（海龙摘自《巴隆旗概况》）

在塔布套勒海西边的群山中，有条河叫尧熬尔河（也叫西拉郭勒），是塔布套勒海的西拉郭勒汗国住牧过的地方。在杜·扎木苏的《西拉郭勒的三个汗及格斯尔的名字来源》一文中，这样说："西拉郭勒的三个汗是和很早以前青海及黄河一带的白蒙古、黄畏兀儿及黑吐蕃特，这一地方与部落的可汗等首领的名字有关。"在有关史料中记载，很早以前西海（青海湖）以东以南由吐蕃统治，西边及北边的尕斯（柴达木盆地）草原上，由西拉尧熬尔游牧统治。根据这些资料，尧熬尔河就是西拉尧熬尔生活过的地方，也是这一地区正是西拉尧熬尔生活过最有力的历史根据。

四

到都兰县的第二天一大早，海龙介绍的朋友恩克吉日格力，开车带着我去尧熬尔河一带，并给我讲述着路旁奇异的山头和格斯尔汗的故事。过了香日德镇，就是尧熬尔河，当地的蒙古人都这么叫，只是汉文地图上标着后来随意起的名称：洪水河或柴达木河。尧熬尔河，也可译为畏兀儿河、回鹘河等。

站在河畔古代烽燧旁边的玄武岩上，眺望尧熬尔河，白色冰河静悄悄地流淌着，河的两边是昆仑山的支脉布尔汗布达山，淡褐色、青黑色和白雪覆盖着的山峦渐次远去。布尔汗布达山，在蒙古语中的意思是"神降临的山"。

尧熬尔河起源于布尔汗布达山脉，那是一阳一阴两个湖。阳性的湖叫阿拉克淖尔，意为花湖或是花海子，流出来的水呈红色，那里是都兰县蒙古牧民的夏季牧场。阴性的湖叫托素淖尔，意为酥油湖，水是清澈的，是果洛藏族自治州玛多县吐蕃特牧民的夏季牧场。两水下山交汇后，叫做尧熬尔河，因是阴阳结合的水，所以水质极好，两岸土地肥沃。河水从布尔汗布达山中冲出，流入柴达木盆地的戈壁后，叫做西拉郭勒，河水的最后一段叫做巴音郭勒，巴音郭勒河流入盆地深处的南霍布逊湖。

尧熬尔河面上，有上个世纪末建的大桥，青藏公路通过这里。其实上个世纪末，我曾两次坐车通过这个桥和这条公路，只是浑然不知这条河真正的名字，以及这片土地的历史文化内涵。

沿冰河逆流而上，我们到结冰较少的地方下了车，踩着沙石和冰面到了河边。奶油色的河水从白色冰层中间滚滚流过，流向北边烟雾弥漫的柴达木戈壁。这次我走了一千多公里来到这里，就是为了见尧熬尔河一面，向这条伟大的河流顶礼。我蹲下来，先用手指沾水祭天地神灵，又在头发上抹了几把，用手捧起河水喝了几口。水是冰凉的，一阵轻轻的战栗从五脏六腑袭来，寒冷的芬芳一下子浸透了我的骨髓。

这水真的像是我阿妈烧过后放凉的奶茶，我心里这样想着。听见恩克吉日格力兄弟在旁边对我说，明年夏季再去这条河的源头——托素淖尔和阿拉克淖尔，因为只有夏季的湖畔，才有牧人的帐篷和畜群。

我们很快离开了尧熬尔河，一路听着恩克吉日格力在昆仑山中狩猎的故事，看着道路两旁覆盖着薄薄一层冬雪的黄色山峦，还有羊群、牛群、马和牧人。

尧熬尔河以西几十公里的山下戈壁上是塔布套勒海，现在只剩下戈壁滩上的五堆沙丘，这是远古时候的建筑遗址。遗址被挖掘过，满是牲畜骨头、陶瓷碎片、毛织品碎片等。当地蒙古人传说，这是西拉尧熬尔（西拉郭勒）可汗的宫廷遗址。我的思绪又陷入了西拉郭勒历史文化的迷阵中，脑海中都是这一条条山脉、河流、草原、戈壁滩和风雪……

尧熬尔河以东几十公里的地方，有一座高山悬崖叫做诺颜浩尼察，是一个蒙古人和吐蕃特人共用的巨大天葬场。又走了一段路，看到了气势磅礴的热水古墓，迎面而来的古迹和传说，让人应接不暇。

我在想，当一个人来到一个遥远而陌生的土地和人民中间，当你对他们的历史文化有了纵深的了解，并得知这一方土地上的人民，和自己的先辈们有着血肉相连关系的时候，如果有幸还能听到那些伟大的传说，常常会有一种心灵的迷醉和灵魂的战栗从天而降。这种从天而降的迷醉和战栗，往往只有浪迹天涯的游方僧、旧时代的探险家、牧人和诗人，才能领略和体验到。

（选自《瀚海潮》2013 年芒种卷［总第 1 期］）

岩芯贮存着大地的密码

葛建中

　　看着地图上被标示为象征海拔高度的红褐色的柴达木盆地，人们自然知道这是一个高原盆地。按照图例所示，地图上标示出了这个盆地广泛分布着的沙漠、沼泽地、盐沼泽、时令河、干涸河……至于盆地的形状，我看着很像民间所说的那种"狗头金"的形状。

　　青藏高原隆升变迁的历史，是海洋生物在火山爆发或地震中被埋于沙土的过程，经过漫长的地质演变，沙土中的动植物遗骸与矿物质发生置换而形成了化石。地质的造化让盆地干枯，今天干涩咸烈的气候、起伏错落的地貌由此形成。

　　这个经历了石炭纪、三叠纪、侏罗纪、第四纪等众多地质年代的地域，如同许多民族创世神话中，对于陆地、山岳诞生的描述一样，是从亘古的沧海中显露而出的。它是从古地中海的羊水中发育、成形，并随着羊水的流逝与那些如雷贯耳的山脉从海底脱颖而出。在这个由橡皮山（察汗寺山）、昆仑山、布尔汗布达山、祁曼塔格雪山、阿尔金山、祁连山等有着民族文化基因的山脉包围着的盆地中，隐藏着多少大地的密码和生命的奇迹？托拉海沙漠里的胡杨林，诺木洪荒野中的贝壳梁，昆仑山深处的玉石矿，俄博梁的风蚀雅丹地貌——魔鬼城"南八仙"，相依相连、一咸一淡的姊妹湖可鲁克湖和托素湖，青海省最深的湖泊——哈拉湖，察尔汗盐湖上如同月球表面般冷清的地貌，地势狰狞的阿尔金山脉上林立的钻塔和抽油机，荒原上已废弃的冷湖石油城，台吉乃尔湖与涩聂湖边的天然气田，布尔汗布达山顶绵延的雪峰……许多许多次，置身于这个冷峻而多彩的广阔盆地，穿行于这个可通往新疆、西藏、甘肃河西走廊的地理交汇地，看到那低垂的星河、孤寂的漠野、起伏的群山、裸露的河床、凝重的湖泽、波浪形的沙丘、劲风中耸动的芨芨草……这沉默的大地让我心生感喟：造物主如此慷慨，让众多宝藏埋藏于此！造物主又那么吝啬，让宝物深藏在不为人知的地方！

柴达木盆地在蒙古语中是"盐泽"的意思，还因为蕴藏着数量可观的盐、石油、天然气、钾肥等矿藏，半个多世纪前就有了"聚宝盆"的美誉。围绕着它，历史上，民族、部落间曾发生过激流汹涌的争战；外国的探险家、科考学者曾进行过许多次勘测、探察；我国的地质、石油科学家也进行过地毯似的勘探、考察。而在这个生存条件险恶的环境里，任何人类活动都受到大自然强有力的限制。野兽、蚊虫、风沙、温差、干旱、缺氧等自然因素，往往将人逼入绝境！即便是在 10 年前，一个毫无预兆的 5 月的下午，一场百年不遇的暴风雪席卷了盆地西部，正在进行野外作业的民工从阿尔金山深处紧急回撤，但仍有 15 名民工殒命于这场突如其来的黑色暴风雪中。

2014 年 5 月 8 日，我们在青海油田公司企业文化处吴德令科长陪同下，从格尔木启程，经乌图美仁、甘森前往花土沟。下午 3 点，快到大乌斯地区时，原本晴朗的天空扬起了沙尘，风越刮越大，在公路上吹起一缕缕细沙，不一会儿，缕缕细沙变成了波浪般的沙流，天空骤然变暗，公路中间的黄线已看不清楚，极慢的车速下只能隐约见到前方车辆的警示灯。我们把车停在路边，四个人在这辆进口越野车上等待沙尘暴过去。天色已然全黑，车外风沙声阵阵，越野车在沙尘暴中左摇右摆，空气中弥漫着沙土的腥味。车上的人全都不说话了，只怕这沙尘暴会刮到夜晚。一个小时后，天气渐渐变亮，风势慢慢减弱，停在路边的车辆开始启动。到石油招待所入住时，看到服务员正用湿抹布擦拭窗台上厚厚一层沙土，房间里也有很呛的土腥味。

原定第二天去昆北油田第一采油作业区，晚上飘起了阵阵雪花，清晨一片洁白，我们被告知由于道路翻浆，不宜前往。等了两小时，雨夹雪仍在继续。这一天，我们在花土沟切实感受到了盆地生活的艰苦。我去几百米外的农贸市场买香烟，路上的风刮得人耳朵生疼。吃晚饭时，小小的包间拉上了厚厚的窗帘，以挡户外的寒风。陪同我们的吴德令热情地招呼我们，并用诗人的语言给大家说：花土沟的油田人用沙尘暴为你们接风，用雨夹雪为你们洗尘！看来，油田人早已习惯了这样的天气和气候，他们的爽朗是在这样的自然环境中形成的，人对大自然的性格已经十分适应了。

我已经有过十次以上进入这个盆地的经历了，最近的两次中，一次是由当金山口进入，然后到冷湖石油基地、东坪气田、采油三厂狮子沟油田世界上海拔最高的狮20井、花上沟英东油田、马仙采油厂南八仙试采作业区、涩北气田，然后从格尔木离开盆地。还有一次是从格尔木进入盆地，从格尔木炼油厂到花土沟、昆北油田，经当金山口到达青海油田公司基地——七里镇。盆地中的行走，让我不断生发出对它的好奇与探究，不论是它的地下还是地表，不论是它的过去还是今天，不论是它的文化还是历史。

两年前的一天，我有幸走进了青海油田公司的岩芯库。在这个有点像大型仓储式超市架构的仓库里，从那一根根岩芯上，我似乎接近了那遥远的地球年代，这些从20世纪50年代积累到现在的8万箱岩芯，应该就是柴达木盆地亿万年间的地质编年史，每一根岩芯上都存贮着大地的密码，凝固着史前盆地生命的基因。在这个巨大的岩芯库里，时空似乎已经倒转，只要你触摸到这些岩芯，似乎嗅到了来自3亿年前的石炭纪、2亿年前的三叠纪、1亿多年前的侏罗纪的生命气息。好像是在与地球深处的生命源代码亲密地交流，看到了史前亿年前三叶虫、珊瑚及甲壳类、鱼类、两栖类、爬行类动物的身影，这难道不是一次伟大的值得铭记的相遇吗？

也许我们的记忆永远赶不上这些岩芯对地球密码的记忆，它们的记忆力比古代的碑铭、今天的硬盘更为长久。但是，不论怎样，在我们的记忆中，或是那些来自地下深处的岩芯，都会记住柴达木石油人在盆地里的付出和努力、爱情与牺牲！

（选自《青海湖》2015年第5期）

南八仙传说

甘建华

一

万籁俱寂的夜空，一轮橘红色的月亮高高地悬挂天际，辉映着柴达木盆地西部北缘的南八仙。

南八仙，多么富有诗意的名字，让人产生无限的联想，恨不能插翅飞向那个遥远的异地。

我曾多次路过南八仙，这里有世界上最大最典型的雅丹地貌景观，据说分布面积上千平方公里，被世人视为"魔鬼城"和"迷魂阵"。

第一次是 1982 年金秋，我从盆地更西端的花土沟油田，前往远在西宁的青海师范学院报到，乘坐一辆嘎斯车摇摇晃晃地路过这里。一路上被它晚霞映照的奇幻所迷惑，那种俄罗斯油画效果般的金红色大地，让我沉浸在中国古代英雄铁马冰河的梦中，仿佛真的听到了刀剑嘶鸣的声音。

第二次陪同一个作家采风，见识了沙尘暴的狰狞面目，遮天蔽日的风沙狂啸而来，我们用外衣包裹着脑袋，垂头丧气地被困在车里，感觉千万把沙刀轰轰隆隆地杀向自己。细沙在封闭并不严密的车内跳跃，人却连一个藏身的地方都找不到，整个世界都是属于风沙的，真的是上天无门欲哭无泪。

第三次纯粹游玩，那种西部世界特有的蓝天白云下，我徜徉于自鱼卡河潜流过来的南一河至南六河两岸，谨慎地绕过野草丛生的沼泽地，躲避着夏天牛虻和蚊虫的侵袭，见识了可能是世界上最大的蚊虫，它们的长度居然超过了1寸！据说只要叮人一下，一个星期不会消肿，想想都令人害怕。

时间往前推进到1956年初，柴达木石油地质大队成立了两支女子勘探队。代号125的是地质队，成员来自7个省，最小的17岁，最大的25岁。代号402的是水准测量队，全队19人，最小的18岁，最大的24岁。曾任青海石油管理局局长、后任青海省委书记尹克升的夫人王秀兰，就是402队元老。1990年夏天至冬天，我在西宁参加青海文学院第五期学习期间，曾在青海石油管理局西宁办事处见过她，一位资深青岛美女，颇有明星范儿，确有旺夫之相。她当时是办事处党委书记，特意在招待所为我安排了一个套间，让我享受了超高规格的待遇，在那儿住了大半年。她给我讲述了当年女子勘探队的故事，讲到她们曾在南八仙找油的经历，当然也讲到了那个似乎人人都知道的传说。

——1955年夏天，沉寂的柴达木迎来了第一批开发者，地质队员的脚步声震醒了亘古荒凉的土地。来自南方的八位女地质队员，为寻找石油资源来到了大柴旦和冷湖之间的一片风蚀土林群。有一天，她们和往常一样，在迷宫般的残丘中跋涉测量，孰料铺天盖地的沙尘暴迅即笼罩了荒漠。由于岩土富含铁质，地磁强大，罗盘失灵，仅有的标志怎么也找不见了，导致无法辨别方向而迷路，饥饿、寒冷、风沙让她们受尽了煎熬。直到半年后，人们才发现三具身下压着测量图和地质包的女尸，其他尸骨迄今未见。为了纪念她们，人们便把这个地方叫做南八仙。

南八仙的传说发生在两支女子勘探队成立半年多之前。之所以称为传说，在柴达木盆地各种资料和现今的网络上，它一直作为一个故事存在，而没有牺牲者的姓名，甚至没有一个具体的姓名！这样的情况是不是很奇怪呢？譬如，柴达木早期勘探开发的第一个牺牲者范建民，只是来自河北省乡下的一个驼工，死时年仅18岁，但他的身世被记载得清清楚楚。当时盆地总共才有几百个勘探队员，死了一个都要通报，一次死了8个这是多大的事儿？更何况她们还是女性，怎么会连一个姓氏都没有留下，岂不是奇了怪了？柴达木史志大事记无论如何应该留下详尽的文字备查，还应该竖立一座烈士纪念碑，碑上应该写明姓甚名谁，可惜这些我们都没有见到。

　　最早描写南八仙的是《人民日报》著名记者顾雷。1956 年 10 月 7 日，他与司机秦步高两人，开着一台车，自大柴旦出发，经鱼卡、马海、南八仙、一里坪到茫崖（现今的老茫崖），全程 530 公里。因为当时的道路设计及其较差的路况，比现在要多出将近 200 公里。之前从未有一辆汽车单独这样跑过，万一汽车出了毛病，人就会在无人区渴死、饿死。《横穿盆地》这篇文章有一节《"南八仙"及其他》，顾雷说"南八仙"这个地名是"取自地质人员的生活感受"。"一天，有 8 个地质人员越过马海到了一块地方住下了。他们走的是一条从来没有人走过的路，住的是从来没有人住过的荒野。他们在这里支起帐篷，烧起火，开始了艰苦的普查工作。工作完成了，他们继续走向盆地的腹部，走时想给住过的地方起个名字，而且想找一个美丽的名字。大家想来想去找不出一个合适的。最后，不知是谁说的：咱们 8 个人胜利地过了马海，到了这里，真像是八仙过海了！咱们又是向南走的，依我说叫'南八仙'挺好！这个提议受到大家的欢迎，从此'南八仙'这个名字便被填在地图上了。"顾雷在盆地里曾设法打听这 8 个人是谁，结果没有找到。别的同志劝他说："这样的人有的是，盆地里面的地名几乎都是他们给起的，你找谁去？"顾雷因此感叹道："虽然我没有找到那一个人，却找到了这个集体：地质工作者。"

　　接着写到南八仙的是《人民日报》著名女记者聂眉初，她是吾湘桃源县人。1958 年夏天，她到青海高原采访，深入到了柴达木盆地，后与新华通讯社、《人民日报》编辑部的同仁，共同策划最早的"青海专版"（1958 年 10 月 26 日第 5 版），主题是"富饶的青海在前进"。多年以后，《人民日报》副总编辑保育钧仍赞叹不已："聂眉初一篇《到青海去》，吸引了当年多少有识之士、有志青年到青海去，到柴达木去，到大西北去。"在这篇广受好评的文章中，聂眉初写道："在柴达木，有多少地名是普查队员给起的啊！……8 个年轻人从盆地南边到马海去，路上在一个地方休息，就给它起个名字叫'南八仙'。"这明显是附和顾雷的说法。

　　关于南八仙的第一首诗词，现今可见的是国际著名石油地质学家、中国科学院院士朱夏写的。1956 年初春，他奉命由准噶尔盆地转入柴达木盆地工作，担任 632 地质队（地质部柴达木石油普查大队代号）主任地质师。著名作家李若冰《柴达木手记》一书中写得最多的人物，可能就是朱夏了，不但《冷湖的星塔》写了他，《沿着阿尔金山驶行》写了他，《油砂山之夜》写了他，甚至还写了一个单篇《朱夏和"六三二"》。这位浙江嘉兴旧家子弟，少时随父母学习诗词创作，直至古稀之年从未辍笔，一生留下诗词千余首，被誉为"中国石油、地质学界旧体诗第一人"。1993 年 4 月由地质出版社出版《朱夏诗词选集》，其中描写地质生活的诗作占有相当比重，关于柴达木盆地有 60 多首，广为石油、地质学界同仁和后来者传抄珍藏。1956 年至 1957 年所作《柴达木杂诗》24 首"其十八"，"自注：大风中自南八仙赴一里坪"，诗曰："微闻海上有仙山，出没烟霞变幻间。今日御风横大漠，忽窥琼岛识云鬟。"

著名作家、原青海日报社副总编辑王文泸，对柴达木早期勘探开发者所起的地名曾经相当恼火。在《西陲炼石人》一文中，他如是说："一定是由于他们尚未意识到命名本身对于历史、对于未来的严肃性，因而仓促和轻率难以避免；更由于起名字的这些人才华黯淡、想象力贫乏，于是一个个极不确切的称谓，便成了今天柴达木版图上用仿宋体庄重标出的永久性地名。"接下来他说："但南八仙也许是唯一的例外。"面对这个颇具浪漫色彩的名字，"笔者有几次路过那个地方，总在猜想：起这名字的是何等样人，倒是难为了他"。

我最先听到南八仙的传说，是那位带我前往西宁报到的河南司机张师傅讲的。再从徐志宏主编的《青海石油三十年》，读到了它的地名释义，只有两百来字，也是说八个南方籍女地质队员牺牲于此。但徐志宏告诉我，他并不能确定此事的真实性，他是从海西州作家王泽群弟弟王沛东那儿听来的。30年后，早已离开柴达木盆地的我，决心解开这个心结，发微信询问远在青岛的王泽群，他回复道："1981 年前后，我在甘肃酒泉《阳关》杂志发表了一篇小说，名字叫《难八仙》，徐志宏他们的说法可能就是从那儿来的。"我问："那南八仙又是怎么回事？"他解释道："一直都有'南'与'难'之说。8 个地质队员在这里遇难，是一种说法；8 个地质队员在这里自称为仙，是另一种说法，但肯定都是初期开发柴达木的人。"

1996 年第 3 期《散文》杂志，发表甘肃著名作家浩岭《柴达木的月亮》，文中写到南八仙，但依然是炒冷饭。又在《人民文学》1999 年第 10 期，见到江西著名作家陈世旭报告文学《柴达木人》，开篇即言："离大柴旦最近的一个公路道班叫'南八仙'。据说在 20 世纪 50 年代，曾有 8 名勘测者从这里进入戈壁，就再也没有回来，'南八仙'因此得名。"其他沿袭此说者，恕不再一一列举。

三

岁月流转，时光回溯。1954 年 3 月，国家燃料工业部石油管理总局西安会议决定：挺进柴达木盆地，勘探石油资源。4 月下旬，河北沙河人郝清江受命率领柴达木地质大队从西安出发，20 多天后，到达盆地西部的阿拉尔草地。第一批勘探队员 484 名，平均年龄 22.5 岁，60 年后大都在 80 岁上下，许多人业已告别人世。经过多方寻觅，我终于找到其中的两位，一是现居扬州的洪武平，一是现居西安的薛超。

浙江温州人洪武平，当时是三角测量队工人，1959 年进入青海石油报做美编，1975 年调到江苏油田，江苏石油报成立时被任命为第一任社长。据他回忆，盆地早期如果死了一个勘探队员都要通报，从来没有听说过一次死了 8 个的事情。"我听到南八仙这个地名比较早，印象中曾有 8 个南方来的勘探队员在那儿寻找石油，是男是女没有搞清楚，但女的可能性不是很大。"

1958 年 9 月 13 日，冷湖五号一高点地中四井发生强烈井喷，日喷油量达 800 吨，连喷三天三夜，井场周围成了一片油海，冷湖油田随即成为继玉门、新疆、四川之后的全国第四大油田。1960 年 4 月，青海省副省长李芳远来到冷湖，主持为地中四井竖立纪念碑，碑文"英雄地中四，美名天下扬"的撰书者就是薛超。薛超 1954 年毕业于西北大学石油地质系，分配到柴达木地质大队 105 队做技术员，此后一直在青海油田工作，可谓盆地的"活化石"。他如今虽然年逾八旬，但思维敏捷，记忆力超人。据他说："1954 年 9 月，石油管理总局局长康世恩带领一大批中外专家来盆地考察，其中一个就是总局所属地质局主任地质师王尚文，第二年成立青海石油勘探局，他是第一任总地质师。王总是一个著名石油地质专家，1939 年毕业于西南联大地质系，后来出版的 60 多万字《中国石油地质学》就是他主编的。李若冰先生与他很熟悉，《茫崖——拓荒者的城市》一文中专门写了他，其中一段这样写着：'柴达木的哪一个探区、哪一座山、哪一条沟，有他不知道的呢？他不只是知道，而且能够非常清楚地告诉你一个探区的来历，一座山和一块石头的姓名、年龄和发育状况，以及长的样子、颜色。'有一天，王总和郝清江大队长到了冷湖与大柴旦之间那一大片雅丹地貌区。因为这个地区北面比较平缓，南面的地质轴比较高，其中 8 个土丘比较险峻，远远看去就像八仙过海，所以王尚文就给它起名'南八仙'。过了几天，大队部召集我们技术人员开会，王总介绍盆地勘探进度时，讲到了南八仙的地质构造，这是我第一次听到'南八仙'这个名字。"

原来"南八仙"的地名是这么来的，这给那些追求诗意和浪漫的人们，该是一个多么大的心理冲击啊！但是在荒凉寂寞的大漠戈壁，人们倒是宁愿相信某个地方曾经有一个凄美的传说，最好还与女性有关，这样才能慰藉心中的想象，激化重新寻找故事源头的火花。8 个南方来的女地质队员在此遇难，先是人云亦云，接着是文人骚客写诗作文，不断地以讹传讹，逐渐实现一种文化覆盖，最终衍生了一个名闻遐迩的"南八仙传说"。

1989 年，海西州民族歌舞团创作的大型民族现代舞剧《西部的太阳》，参加在西安举办的第二届中国艺术节"西北荟萃"展演，翌年晋京在中南海做汇报演出，荣获青海省庆祝建国 40 周年优秀剧目奖。它根据南八仙的传说创作，以主人公托娅的命运为主线，热情歌颂了柴达木人"献了青春献终生，献了终生献子孙"的精神，也是一曲民族团结、艰苦奋斗、开拓进取、改天换地的颂歌。

其时我虽身在盆地西部的冷湖，却因距离较远信息不畅，无缘看到这个舞剧。知晓此事也是多年之后，承《青海日报》江河源文学副刊主编王丽一相告。

2014 年 8 月 22 日上午，海西蒙古族藏族自治州举行隆重的 60 周年州庆活动，我作为特邀嘉宾，在开幕式上与上万名观众目睹了盛世之舞。尤其是那位长裙曳地、模样俊俏、身姿挺拔、仪态万方的女节目主持人，脱稿朗诵关于南八仙的那一段解说词，不唯美妙动听，而且声震广场。最后，她以一个非常潇洒而有力的托举手势结句，将全场的气氛一下子调动起来了，观众们情不自禁地报以风暴般的掌声。

3 个小时后，我和朋友们离开金色的德令哈，向着 200 多公里之西的南八仙进发。那片神奇的雅丹地貌在招手，听说 1995 年新发现了一个大油气田，目前正处在高产期。

（选自《在场》2017 年春季卷）

景忍山行记

凌须斌

景忍山，青藏高原上一片美丽的山川，野生动物的乐园，行政上隶属于青海省海西州茫崖行政委员会。

从柴达木盆地花土沟石油基地向南眺望，在那皑皑的群山雪峰之后，景忍山静静地沐浴着高天流云。

景忍山的地理位置在老茫崖至西沟南山区，昆仑山北麓，那里有野牦牛、野驴、盘羊、狐狸、猞猁、旱獭、藏雪鸡、毛腿沙鸡、雕、鹰……

2000 年 7 月 11 日，茫崖行政委员会将《关于建立景忍山省级野生动物自然保护区项目建设书》上报海西州人民政府。7 月 25 日至 27 日，茫崖行委组织赴景忍山考察小组进山实地考察，我有幸加入考察小组，开始了跋山涉水之旅。

7 月 25 日，第一天。行程：花土沟—大乌斯—宽沟—水泉子河—奶头山—小盆地—南山—哈得儿甘呼都森。

凌晨，电闪雷鸣，骤雨哗然而下。日出之后，晴空万里，空气清新。

八点半钟，考察小组分趁两辆吉普车从花土沟出发。

车过跃进 2 号油田，放眼望去，经过雨水洗涤的芦苇、枸杞、骆驼刺等植物，显得绿意盎然，生机勃勃。

进入大乌斯，吉普车迤逦穿行在连绵不断的沙滩上，扬起一路风尘。疾驰之中，我们乘坐的一辆吉普车深陷于一处沙窝。任凭司机迅猛加油，发动机不断发出怒吼，吉普车只是原地打转，越陷越深。车上的人都下来助一臂之力，有的用铁锨挖沙，有的去附近搬大石块，有的在修前加力装置。已经走远的前一辆车，见我们的车没有跟上，又返回来，看到我们的车被陷，赶紧施援。一根钢丝绳将两辆车连在一起，前车拽，后车开，我们几个七手八脚憋足劲推，被陷的车仍是原地打转，而且前车已陷得很深，如果一味拖下去，两辆车都有可能被沙滩深度"套牢"，只得停止作业。

无奈，大伙儿又想新招，拿来两个千斤顶，开始顶车，一下、两下，车身渐渐抬高，深陷的后轮亦渐渐露出沙窝，汽车重新发动，又是一阵猛推，终于挣扎着爬出了沙窝。

欣喜若狂。抬腕一看手表，才发觉，这一阵折腾已过去了两个小时。还没有到达山跟前就遇阻，看来进山的路正像同行的向导说得那样，是一条充满艰辛险绝的道路。宽沟展现在我们面前，这是进入景忍山的一个重要关口。沿着一川碎石的干河床颠簸，刚进去很窄，越来越宽，最宽处达一公里，真是名副其实的宽沟。

进入宽沟十多分钟，河床上泛起了清清的溪流，越往前走，溪流越大，同时两岸的绿色植物也越来越多，山中美丽的景色已显端倪。

进沟不久，听到犬吠，那是尕斯乡牧民的草场，羊群悠闲地在山坡上吃草。在一处溪流旁，见到一个帐房，两个牧羊人策马缓行，这是青海油田采油一厂牧业队的人，一大群羊奔跑在河滩上。在这山高路远、地广人稀的地方，见到牧人和羊群，由衷地感到非常亲切。

山路越走越深。说是路，只是一种习惯性的说法，满眼怪石嶙峋，坎坷不平。有的小山沟里仅容车身嵌入，车行时，刮擦得车身"吱吱嘎嘎"作响，没有人推，怎么也难以前行。

好在我们此行的向导、领队等人，不仅对山里的情况了如指掌，而且车技好生了得。他们是尕斯乡的蔡仁宝书记、行委干部马长青、公安局治安大队指导员丰收，都是蒙古族，从小就在这片广袤的土地上生活成长。正是有了他们，才有了此行的可靠保障。

车过奶头山不久，汽车缓缓行进，突然，驾车的马长青一脚刹住了车，我还没有反应过来，他用手一指，"那里有旱獭！"定睛一看，果真如此。在一片小草地上，两只灰黄的旱獭面对面，四爪相握，做拥抱状，神态非常自然，斜阳朗照，两只小旱獭显得生动极了。由于距离太近，只有十多米远，我悄悄地打开车门，举起手中的"大炮"，"咔嚓、咔嚓"揿动了快门。或许旱獭听到了什么动静，一只迅速钻进洞中，另一只左顾右盼了一番，也倏地隐没了身子。

一阵清脆、凄厉的声音在山谷中回响，旷野中是什么动物在叫呢？仔细搜寻，才发现又是一只旱獭。在一块突兀的岩石上，旱獭半蹲，仰天长啸，叫声给寂静的山谷增添了些许生机。

正听旱獭啼叫之时，一只野兔不知从哪儿窜了出来，奔跑跳跃，怡然自如，我赶紧抓住这一瞬间，把它收进了镜头。

见到了野生动物，大家精神也立刻抖擞起来。

汽车进入小盆地，眼界一下子开阔了，真是"天苍苍，野茫茫"。

行进之中，突然发现藏野驴，车前方远处的山坡上，三头野驴轻松奔跑，我抓起相机赶紧拍摄，瞬间连续拍摄了许多张。看着我激动兴奋的样子，马长青劝道，"别着急，这个距离还有点远，明天还多着呢，还是先节省着点胶卷。"一会儿，三头驴消失到了山坡后面。再一回首，车前方又一头野驴款款跑动。

苍茫的原野上，清亮亮的哈得儿甘呼都森河静静地流淌。暮霭渐起，车行至河边，选择一处地方，安营扎寨。

从车上卸下行李、帐篷，大伙儿一起忙碌开了。未几，帐房矗立起来，野炊灶挖好了，喷灯点着了，锅里盛满了哈得儿甘呼都森河水。水烧开后，我们泡上方便面，啃起干饼子，野餐开始了。

饭后，丰收驾车，趁着天色还亮，到附近考察野生动物情况。汽车行进在草地上，远远地发现了一只狐狸，大概是生性狡猾，只见它疯狂奔跑，眨眼间，消失得无影无踪。一只鹞子盘旋在空中。

转过一个山坡，河对岸的草地上，有七头野驴不紧不慢地散步，看见我们的车驶来，它们依然不慌不忙。车快，它们也快，车慢，它们也慢，仿佛与人逗乐。相隔最近时，与我们的车只有数十米距离，直到我们鸣响喇叭，它们似乎才猛然警醒，一溜烟快跑起来。

夜色渐深的时候，返回营地。一顶帐篷容纳不了几个人，我和电视记者康洪森、司机吴德刚等，裹着军大衣，坐在吉普车上休息。

今夜没有星光，高原的夜晚寂静极了，帐房里的烛光摇曳着一片温暖。

一夜风雨潇潇。

翌日早晨 7 点多钟，我们醒来的时候，小雨依然下个不停。虽然时值盛夏，可在平均海拔超过 4000 米的景忍山中，寒意一阵阵袭来，让人时不时打个寒战。

细雨之中，我们用开水冲泡方便面，匆匆吃完早饭，便收拾行装拔寨而行。

伴随着"山色空蒙雨亦奇"的画境，小车碾压着泥泞的道路缓缓前行。不多久，只见前方几百米处，有五六头野驴轻跑慢踱，好像在欣赏眼前的高原雨景。看见我们的车子，它们也不慌不忙，一任野性挥洒。车行一会儿，又有几头野驴闯入眼帘，依旧是散淡的样子。

车行至一条山沟，马长青喊了一声，"哈熊！"顺着他手指的方向，赶紧往远处的山坡上看去，只见七八只黑乎乎的东西在腾挪跳跃。车停下来，康洪森迅速支脚架摆机子抢拍。待大伙儿定睛一看，原来是一群高大肥硕的老雕。或许看见了我们，或许跳跃嬉戏够了，它们借助山坡上升的气流，鼓起强大的翅膀，陆陆续续展翼奋飞。刹那间，只觉得那处山坡都活跃了起来。

昨夜雨后，今晨山间的大河小溪全都暴涨，翻越了几条湍急的河流，阿达滩袒露在雨后初霁的天空下。

蓝天映衬着巍峨银白的雪峰，云雾氤氲笼罩，更加凸显出它的神秘庄严。当云雾逐渐高升散去，冷峻的冰川露出真实面目的时候，我们的心中无不涌动着莫名的激动。一行人兴奋地以雪山为背景，"嚓、嚓、嚓"留下身影。

高山怀抱间的一大片沼泽草滩，吸引了我们的视线，在它的上面，有两只野牦牛漫步。我们的眼睛一亮，精神也为之一振。两只野牦牛相距约一百多米。

野牦牛浓密的黑毛拖曳几乎及地，犄角高耸，一副凛然不可侵犯的王者之态。野牦牛是我们此行找寻的重要角色，为了抵近拍摄，也顾不得危险了。马长青、蔡仁宝说，野牦牛性情暴烈，特别是公牛，当它们感觉受到威胁时，常常主动向人发起进攻，势不可挡。我们的两辆车，一辆由丰收驾驶从前面向野牦牛接近，另一辆由马长青驾驶，从后面山坡靠拢。一般情况下，野牦牛发现情况不对要逃路时，都向山坡方向奔走。为了安全起见，两辆车即使停下，也不熄火，以防止碰到意外情况，快速驶离。

丰收他们的车距离野牦牛还有百八十米的时候停了下来，康洪森、小熊抓住时机拍摄。两头野牦牛已经发现了人的举动，变得烦躁起来，两只长大的尾巴不停地甩起来。马长青说那是它发火的先兆，将要采取行动，得小心点。

可能是野牦牛发现人多势众，于是乎，干脆来了个走为上。两只野牦牛很快靠拢，一前一后向山坡跑来，这可乐坏了在后面等待的我们几个人。我举着手中的"大炮"，两头牛从离我几十米远的地方跑过，"咔嚓、咔嚓"，我一连拍完了一个卷，在如此近的距离内，拍摄如此大型猛兽，真是有点惊心动魄。

野牦牛渐跑渐远，蔡仁宝对我说，这机会多难得，快给我和牛照个相。我换上胶卷，锁定蔡仁宝和野牦牛照了几张。我们是来保护它们的呀，它们怎么跑得这么快？牦牛何知？

野牦牛终年生活在海拔四五千米的高寒山区，身体强健，具有异常强大的循环和呼吸系统，在高山缺氧的环境里奔跑如履平地。全身披挂浓密而细长的毛，可使它轻松抵御严寒，特别是那对长角，令其他凶猛的动物望而生畏。

大伙儿还沉浸在刚才发现和拍摄野牦牛的喜悦之中，突然有人又看见了野黄鸭。几只小黄鸭在水草之中奔跑，大黄鸭见有人来赶紧高飞，嫩黄色的小黄鸭憨态可爱。如果说前面看到野牦牛，是一首狂放、激烈的交响曲，现在则是一刚一柔，美趣各异。

浮云在山顶流动。在一处山岩上，我们又发现了鲜活的风景，五只体格健壮的岩羊，晃动着硕大的羊头，轻松自如地奔跑在悬崖绝壁之上。发现我们后，并没有急着奔跑，而是来回窜跑、腾挪，仿佛在一显它们攀岩越岭的绝技。

看着岩羊翻山消失，我们犹觉余韵未了。向前行走不多远，在一处向阳的大山坡上，两只黄羊兀自相向而立。它们的体色大致呈沙黄土褐色，臀部有大而明显的白色臀斑，非常耀眼。看见我们后，它们便疾速奔跑，跑了一段路，又折回头瞧瞧，不知它们好奇什么。

中午时分，我们停于两条溪流交汇处的一块地旁，准备午餐，两条溪流呈现出完全不同的景色，一条浊浪翻滚，一条清水淙淙，真是"泾渭分明"，亦是山中一奇。山坡上有许多种多年生地面芽植物，有莲座状、匍匐状、垫状等，开着小朵的花，色彩缤纷，瑰丽多姿。在这样的环境里吃饭，可谓面食与美景齐餐，是一种难得的享受。

沿河谷继续向前行驶的途中，一些不和谐的东西大煞风景。那是废弃的塑料桶、包装盒、毛毡、碎布等，最多的沟谷里，在几十平方米的范围内，竟然有十多只白花花的塑料桶，这些都是非法淘金者、盗猎者抛弃的。原来人迹罕至、安谧秀美的高山怀抱，现在却被弄得杂乱无章、面目皆非，令人扼腕叹息。

艰难地登上一座海拔5000多米的高山，遍地盛开的雪莲以它紫红色幽雅的美丽迎接了我们。此时正值下午两点多钟，灿烂的阳光朗照这片宁静的土地，极目远眺，溪流如带，草甸如茵，雪峰如静穆婀娜的处子，让人不由而生江山如画的感慨。

就在我们欣赏美景的时候，一群十多只野牦牛，从一处小坡上缓缓走过，其中有几只小牛，被大野牦牛挟持着，井然有序地行进。不一会儿，那流动的黑色风景消失隐没在山坡的另一端，我们也不失时机地抓拍了这一景致。之后不久，又发现了一群野牦牛。

下了高山，从九折萦回的沟谷穿行而出以后，眼前豁然开朗，已是一大片辽阔的平滩。这里又是一番景色，简直就是野驴的乐园了。地上散落着一堆堆驴粪，驴迹处处可寻。我们在此间奔驰近一个小时的路程里，发现了十多群野驴，多的一群十多只，小的一群三五只，也有孤驴独行。看见我们的汽车，它们一溜烟狂奔，有的与我们保持一定的距离，并驾齐驱，有的则从我们的车前方几十米处，集团冲锋而过。发现野驴在奔跑之中，始终保持不变的队形，一字排开，整齐划一，就像是训练有素的巡逻兵一样。那健美的奔跑姿态，扬起的一路风尘，都在深化着这片自然乐园的丰富内涵。

途中，行走在前面的车停了下来，原来在一处断崖下面，发现了一群大鸟，有的低头，有的扑腾，我们也停车下来观看。

过了一会儿，大鸟可能是发现了车和人，迅速起飞，呼啸着从我们的头顶上飞过，仔细一看原来是秃鹫。

我们徒步向刚才秃鹫停留的地方走去，到跟前一看，地上横陈着一具野驴的尸骸，散布在几平方米的范围之内。驴头保存尚好，眼睛已被啄掉，四蹄尚在，躯体已被狼、秃鹫收拾干净，剩下不太完整的骨架。刚才被我们惊飞的秃鹫，大概是这头野驴的最后美餐者。

突然间，山中下起了瓢泼大雨，我们冒雨向巴音格勒河挺进。天低云厚，雨障细密，几米之外不见道路，唯余一片苍茫。

眼见暮色四起，大雨虽停，但依然细雨霏霏，我们也准备找地方安营。在

339

巴音格勒河边，一个放牧的蒙古族汉子策马向我们驰来，马长青、蔡仁宝、丰收他们用蒙古语与之交谈着。蒙古族汉子告诉他们，天已快黑了，又下着雨，不用再赶路了，前面不远处有两家牧民，可以到那里投宿。

我们谢别蒙古族汉子，向前行走。走了不长一段路，远远地看见在高高的山坡上有两顶帐篷，瑟瑟于风雨之中的我们，心中油然升起一股暖流。

一路颠簸使车辆的损耗极大，眼见得离帐房还有约一公里的时候，两辆车发生了故障。一阵细雨，一阵风，冻得人在车内也打哆嗦。顶风冒雨，几个人七手八脚，抢修了一个多小时，才勉强把车修好，一路摇晃着向帐房驶去。

又冻又饿又累的我们，走进帐房里的时候，炉子里牛粪火燃烧正旺，一锅手抓羊肉正升腾着诱人的香味，我们都陶醉了。这是乌图美仁牧民班丹的家。

（选自《西去路漫漫》，甘肃文化出版社 1996 年 8 月出版）

从昆仑山走向央视

白岩松

1993年2月，春节刚过，我在《中国广播报》办公室接到一个电话，是当时在电台《午间半小时》工作的崔永元打来的。

"小白，我的同学在电视台要办一个新的节目，挺缺人的，你过去帮帮忙怎么样？"

这不是一个什么重大的抉择，因此我一口答应下来。

在当时的北京新闻界，干好本职工作之余，到别的媒体帮帮忙，正开始成为时尚。再加上那时总感觉有多余的精力可分配，尝试点新东西总是好的。

真正让我在心中归属电视，是依赖于一次同行们对我的认同。一趟西北之行。《东方时空》播出100期时，要制作特别节目，我承担的任务是去青海与西藏的结合处（按：实际上是青海省的海西州与玉树州交界处布尔汗布达山一带），采访一位电影放映员赵克卿。

到了西宁，与先期到达的策划人崔永元接上头，了解到有关赵克卿的情况。原来，赵克卿是从河南来青海工作多年的老放映员。青藏高原上人迹稀少，一个游牧点和另一个游牧点，可能相距上百里，赵克卿赶着马队，上面装着帐篷和放映电影的设备，到达一个游牧点后，给当地牧民放上一夜电影，第二天收拾行装，再奔下一个放映点，其间的艰辛与磨难我们难以想象。

桑塔纳在寂静而又风景秀丽的青藏公路上奔跑。和我一起去拍摄的摄像师，是曾经获过亚广联大奖纪录片《沙与海》的主摄像江兵，功夫自然了得。一路上，由于隔七八十公里就能看到一起车祸，我和江兵不敢懈怠，不停地给司机点烟并和他说话，免得他开着开着睡过去了。因为在青藏公路上，车前总是一样的无人景致，身边总是沙沙的车轮声，困意上来，后果不堪设想。

一天的行程之后，我们到达海拔3700多米的青海和西藏结合部。拿着事先了解的地址，我们找到了要拍摄的主人公赵克卿，正好第二天他又要出发，去一个游牧点。一夜休整之后，我们又上路了。

老赵是个淳朴的人，在我听来都是一个又一个感人的情节，在他那儿却平静地叙述着。多少个春节没在家过；怎样爬过冰坡；怎样在山谷中用冰块就着硬馒头充饥；怎样经历一次又一次生命中的惊险篇章……

到了游牧点，老赵的马和骆驼被人骑走了。没了马和骆驼，我们不好拍摄，老赵就和其他的牧民去找他的马和骆驼。

我们就在蒙古包里和牧民聊天，有一段对话我至今难忘。一位牧民问我："是从北京来的吗？"我答："是。"他接着便问："毛主席他老人家还好吗？"我答："毛主席早已去世了。"

这样的一番对话，在当时让我明白了，他们的生活是怎样的闭塞！也因此感受到，赵克卿隔上半年一年来给他们放映电影，该是他们生活中多么重大的事儿！中国太大了，当我们从高楼林立的北京出发，当我们对世界上哪个国家的政府更迭都了如指掌的时候，在远方，有的人却对这个国家的大事也无从知晓。这就是中国！这才是真实的中国！

老赵找回骆驼，太阳已快落山。我们的摄像江兵急了，马上和老赵开始拍画面，否则太阳一落山，明天老赵去昆仑山中，我们的节目就很难在播出前弄出来了。四十来岁的江兵，开始在3700米海拔的高原上奔跑起来。还算天道酬勤，一组后来让江兵夺得最佳摄像奖的画面，终于在太阳落山前赶了出来。在太阳还剩下大半个脸的时候，我也拍完了我在节目中的叙述。

很快，天就黑了。远处游牧点中的牧民，知道了这儿要放电影的消息，骑着马从几十公里外赶来。我们和老赵一起搭好了帐篷，帐篷里很快挤满了好奇的人们。电影开始了，老赵进入工作状态，我们也一直在拍着。放映的当然不是什么新电影，但在屏幕上无论放什么，对看不到电视、听不到广播的牧民来说都是新的。到了后来，很多牧民都在昨天的酒意中沉沉地睡去，可老赵的放映机一直在转，整整放了一夜。

草原上的深夜静极了，因此电影的对话可发送得很远，屏幕前是孩子们聚精会神的眼睛，以及大人们此起彼伏的鼾声。对于老赵来说，这是他无数个相似夜晚中的一个；而对我们来说，这却是无数个相似夜晚中最不同的一个。至今，我的耳边仿佛都能听见放映机那沙沙的转动声。

回到北京，制片人时间亲自编了这个片子，我也很快写完了解说词，在一种内心情感的触动下，合作顺利结束。《东方时空》开播百天的时候，特别节目播出了。很多天后，在新的工作中忙碌的我，已经忘记了这件事，忽然接到我们组编导乔艳玲的电话："小白，你因为赵克卿那个片子，获得了《东方时空》第一次内部评奖中的最佳主持奖。"电话中我半天没有反应过来，不是因为获奖的激动，而是在电话里反问这条消息的内容："什么，我是主持人？"这的确是我当时的提问，因为我从来只认为自己是个记者，主持人这个称谓离我这种人太远了。但当这个奖项来临，我才知道，自己走上了一条另外的路，前途是凶还是吉，都得继续往下走了。

几年之后，回头看当初的情景，最该跳出的词语应该是"感谢"和"无心"两个。感谢是自然的，小崔、时间、我的诸位同事，以及最初《东方时空》的与众不同，我庆幸自己当初赶上了这辆头班车。

而说到"无心"这两个字，倒似乎更像是一种感悟。当初走进电视是无心的，也许干什么事情都需要一点无心。正因为无心，抱的希望不大，失望也就不大；正因为无心，没有刻意地钻营与设计，我只能本本分分地做自己，少了表演，多了自然，少了模仿，多了本色。最后倒因为这种无心，使自己在没有什么压力的情况下，一步一步走上了电视路。

（节选自《痛并快乐着》，长江文艺出版社 2010 年 12 月出版）

托拉海的胡杨林

刘大伟

抵达郭勒木德镇的托拉海时，河流还没有从远方赶来。细密的沙粒将河床铺展得宽阔而平整，若不是河岸北侧起起伏伏的灌木丛林，我几乎忽略了这条河曾有的蜿蜒与柔美了。

在托拉海这样的荒漠地带，所有生命的列阵都是追随河流的走向而分布的，即使是大漠深处的零星植物也不例外。我从德令哈赶到格尔木，就是想拜谒海子诗歌陈列馆，然后去寻访那些将生命意义诠释到极致的美丽舞者——胡杨。谁能想得到，这些曾与大海比邻的树木，现在竟然成了离海最远的物种。当地壳上升、海水退去后，风沙占据了原本湿润的土地，很多生物种群选择了离开，而胡杨留了下来。

走过干涸饥渴的河床，翻越一道又一道沙梁，就能看到那些孤独的胡杨，用大大的沙包围护着自己。走近了才隐约感到，这样的围护实际上就是围困，就是掩盖，就是埋葬……胡杨绝不需要用砂粒来遮挡阳光直射或白蚁的蚕食。相反，它们需要推开这些沙丘，尽可能地寻找水分，也需要白蚁搬走它们布满全身的盐碱结晶，这样才可以舒畅地呼吸空气。每当狂风裹挟着砂粒席卷而来，胡杨就会坚毅地站定，用它们孑然的身形阻挡着风沙的前进。而当一切安静下来，每棵树都会因自己的坚持而获得一个臃肿的沙包。在不断的接近中，我看到它们努力地从沙包中抽出枝条，在微风中轻轻舞蹈，不敢完全舒展的叶片，也在赭黄的背景中浅浅地微笑。

多么美啊——安静、内敛、坚毅、沉稳，在风沙中寂寞地舞蹈，在掩埋中缓慢地成长。它们无需等到托拉海河从昆仑山带回叮咚的泉鸣，也不奢望将一地金黄稳攒于手中。所有的出发与抵达，仅仅是站在老胡杨的身旁，静静聆听生命律动的节奏与方向。

然而，我还是担心这些大沙包会不会持续叠加，胡杨会不会被深深掩埋。我尝试着在一棵胡杨的根部扒拉出缺口，但很快就被一阵风填平了。同伴国良兄弟解释说，没有用的，很多时候胡杨注定要被沙子掩盖。这种情况下，胡杨会放弃高大的树干，任由其干枯倒地，然后从树根处发出叶芽，用全身的水分滋养其长大，最终成为一棵新的胡杨。有时候，在风沙的强力作用下，胡杨树慢慢地倾倒，整个树干很快被沙子掩埋，时间一久，树干就会变作根。在这条特殊的根上，逐渐生发出许多新的枝条，这些枝条最后成为相对独立的胡杨，而彼此的根则是紧紧相连的。当一棵大树倒在荒漠中，变成许多棵小树时，我不禁为其倔强的生命力深深折服，蓦然想到我们日渐苍老的父母何尝不是如此——拿易逝的青春去应对重重苦难，用弯下来的脊背供儿女们躲过泥泞，攀援而上。

至此，我终于理解了身处"生命禁区"的胡杨，为什么拥有"千年不死"的美誉。从植物学的逻辑来看，一棵普通胡杨长到 60 − 65 年时进入成熟期，100 − 400 年后才慢慢走向生命的终结。然而，这里所说的"终结"，只能理解为胡杨舍弃了原来的躯干，新的生命在其横向伸展的根系上，又在不断地诞生。于胡杨而言，"死而复生"就是一种真实的生命状态，"生命的轮回"由此得以清晰的彰显。

抚摸着眼前一棵苍老皴裂的胡杨树，我能感觉到它在风中微微地颤抖。从枝叶稀疏的情况来看，这是一棵很快就要"放弃自己"的老胡杨。不远处，站立着几棵柔弱的胡杨幼苗。刹那间，我似乎明白了缘何老胡杨"死后千年不倒"——任何一个父母，都不愿在孩子的幼年期匆匆倒下，虽然浑身病痛，哪怕奄奄一息。即使死了，也要倔强地站立，在严酷的生存环境中，给那些柔弱的根蘖苗无穷的生命力量。

事实上，老胡杨终究会倒下的。随着疾风的不断冲撞，干枯的躯体再也无力对抗沙漠前行的脚步。胡杨猝然倒地时，弯曲的身体因受力不均而裂为几截，更加震撼人心的场景，由此暴露在人们的眼前——老胡杨躯干内部是空心的，据有经验的人讲，这个空心用以储存大量水分。由于长期被储存的水浸泡，胡杨的内部角质层非常疏松，时间一长就剥落了。也就是说，在漫长的生命过程中，胡杨是由内而外，慢慢地将自己耗尽的，直至根蘖苗生长出来。胡杨"倒下后千年不朽"，只是被风干的一种描述，任何一种生命必将经历从生机勃勃到枯萎腐朽的过程。胡杨如人，会倒下，也会朽，不倒不朽只是一种精神力量的推崇。

我猜测，胡杨也是知道自己会有一天倒下去的，因为它发现自己内心的空洞越来越多了，这时候，它会难过地流下暗红色的"胡杨泪"来。据植物学家分析，这些暗红色的"胡杨泪"主要构成是盐碱。因为胡杨生存的地方，就是盐碱地和荒漠，为了生命的延续，它们不惜腾空自己的身体来存放水分，一生沉淀了那么多苦难，现在要用眼泪的形式排泄出来。明知这是胡杨的一种自我调节方式，然而当浑浊的"胡杨泪"自皴裂的"树眼"中无声地流出时，所有目击者的心还是要隐隐地疼上一阵。

更令人心疼的是那些柔弱的根蘗苗。在干旱的沙漠里，胡杨的种子很难有获取生命的机会，除非流水将它们带到远离沙漠的地方。作为季节性内流河的托拉海河，理论上只有每年 7—9 月份才有河水流过，我来到这里正值炎夏 8 月，可是河水依旧没有来到。地表上的盐碱越积越多，刚刚飘落的胡杨种子，尚未落地就干枯了。面对严酷的生存环境，胡杨选择了特殊的无性繁殖方式——她们将强大的水平根系延伸到很远的地方，去寻找水源，长出幼苗，竭力完成生命的延续。然而，这些刚刚萌发的根蘗苗是柔弱的，一出生便要经受阳光的炙烤，还有风沙的击打和掩埋。

那些小小的身形在风中瑟缩着，摇摆着，最终变成了舞蹈的姿势——或许，这些根蘗苗深深地知道，父母用了一个秋天的时间，放弃高大的躯干，把所有的生命力量蕴藉到有水的地方，这才有了自己鲜活的生命。毫无疑问，所有的根蘗苗就是其父母生命的再生和延续，因此它们要快快地站立起来，用自己的方式阻止沙漠前行，以永不谢幕的方式诠释"生命舞者"存在的意义和价值。此时，所有的怜爱之情，不知不觉间都化作了敬畏之心，仿佛人的心与树的根是相通的，借助这个通道，我似乎听到了老胡杨最后的叮咛——

站不起来，你就是灌木，生命因没有主干而琐碎不堪；长成大树，你就是乔木，面对风沙挑战和世界变幻，你可以寂静地舞蹈，并保持恒久的骄傲。

（选自《西海都市报》2016 年 8 月 29 日）

德令哈随笔

王威廉

德令哈并不是一个容易抵达的地方。漫长的青藏线，车窗外一成不变的荒山与草甸，足以颠覆一个人的耐心。车厢内，有人昏昏欲睡，有人嗑着瓜子，我和一位安多藏族的老人小声交谈着，他黝黑的脸盘被草原风雕刻成了岩石的形状。他告诉我安多藏语和拉萨藏语的区别，并且做了示范，那种语言的长调呼应着这片土地的风语。这时，不远处的布哈河闪耀着深蓝的光泽，它跋涉千里，直到把自己融进青海湖。每年雪水消融之际，青海湖里周身发亮的无鳞鱼便逆流而上，将卵产在布哈河的上游。

我永远也无法理解，它们怎么能在咸水与淡水中同时生存。不过，换个角度来看，它们也只能生存在咸水与淡水中，缺一不可。就像人类只能同时生存在高尚与污秽当中，缺一不可。

我闭上眼睛，想象自己是几粒汉字，书写在布哈河的水面上。

车过鹿芒的时候，我被这个诗意的名字深深地打动，脑海中浮现出一头通体发光的神鹿。可老人告诉我，这是安多藏语的音译，就在几公里外的鹿芒沟，静静躺着千年的岩画，那是一组组行色匆匆的驼队——丝绸之路青海道。是的，这也是丝绸之路经过的地方，在德令哈郭里木乡夏塔图草场发掘的吐谷浑墓葬，棺板上绘制着那时的生活世界，饮酒作乐，狩猎吃肉，以及外邦来客，粟特人和波斯人都是座上宾。画中人的脸上都抹着红色的颜料，应该是血，客人必须亲手宰杀自己要吃的牲畜……

在我的身上已经没有了那种血性，这不是进化，而是文明的遮蔽，我知道自己的内心深处，永远守望着一头野兽。

火车停了，周围一下子安静起来，老人不再言语，脑海中鲜明的画面被这片无人的风景撕碎，再美的历史，也敌不过荒凉。

但荒凉，并不是敌人，荒凉，只是全部的归宿。

提着行李走在雨后的街道上，湿润的水汽隔开了远处的干枯。在十字路口的时候，我想道：在走向未来的同时，我为什么会一次又一次周期性地返回过去，这真的是同一条道路吗？我们的人生有没有可能习惯由一首又一首的挽歌带来的修订？

一次永久性地出走，已逾十年。谁也不曾清楚，我曾在一个名叫德令哈的神秘地方长久驻足。十年的时间，篡改了记忆。有生以来，第一次理解了十年的尺度，那是生命的刻度，就像是一把米尺上高高立起的红色线段，它比其他线段都要长，像是一种总结，更像是一种无可奈何的突变。

携带着行李住店，实际上对一个作家而言，他唯一的行李便是语言，那是永远也不会丢失的行李。其余的，就让它随风去吧。家园已无法寻觅，寄居旅店，在墙壁中央的镜中，我看到过于明亮的光线，让我的白头发变得醒目，白发不多，可也不少，在这个仍然年轻的时段，无疑是悲哀的意象。我凝视自己，也许好久都没这么清晰地凝视自己了。我的脸色苍白，高原的阳光也许没有机会再次灼伤我了。可为什么总有绝望的呼救萦绕在我的耳际？我丢失了什么？流浪的影子还是没来得及开展的腐烂？是耽于呼吸还是死于遗忘？

不愿多想。阳光灿烂，应该好心情。事物的细节在这样的光线中也纤毫毕现，就像一个长期近视的人，突然配上了一副好眼镜——原来世界的表面是如此华丽。当然，过于清晰的视力未必是什么好事。世界会变得太硬，没有回旋的余地，就像德令哈城外毫无植被覆盖的巨大石山，曾把一个少年做梦的眼光碰得生疼。

朝思暮想的远方近在咫尺，心跳加速，你突然明白自己既是远，又是近，你是在远与近之间来回眺望的人。这是你的命，也是你的福。没有了地址，便也没有了流亡。因为，不再有家的终点。站起身来来回走动着，有些躁动，逆光的时候，发现在房间内很容易看到飘扬的灰尘，却也干燥得沾不上身体。在德令哈，灰尘就是灰尘而已，而不是任何脏的东西。同样，没有脏，便也没有了干净。我从某种规则里越狱出来，直到把故乡当做异乡，把异乡当做一条没有终点的路。

躺下，终于昏昏入睡了，闭上眼睛也能感到外边的明亮，仿佛梦境也被阳光照耀着。谁听说过一个明亮的梦？可我知道，因为明亮只是空无的一种美学形式。

夜半醒来，饥肠辘辘。黑暗的窗外传来淅淅沥沥的雨声。"德令哈，一座雨水中荒凉的城。"海子的诗句扑面而来，把我打醒。想起海子，想起海子的德令哈而不是我的德令哈，我就心痛。这个诗句是我的此刻，也是海子曾经的此刻。我们都是在德令哈听过夜雨的人，我们都是在这样的夜雨中写作的人。打开窗户，一阵泥土的清香，我忍不住使劲嗅着鼻子，可真正美妙的气息是鼻子感觉不到的。鼻子，只是通往呼吸的道路，今夜，我只是德令哈的鼻子，我调动起全部的情感，都是为了通向它的呼吸和它的心跳。

穿好衣服，洗把脸，水龙头里的水来自戈壁深处，清洌非常。那一刻，我觉得自己接通了某种引而不发的巨大黑暗。我的身体不易觉察地微微战栗了一下，我们用一生的时间，也许只是为了克服对黑暗的恐惧。一个人轻轻下楼，大堂的服务员趴在桌子上睡着了，看不清她的模样，她是德令哈的面孔，近在咫尺，我却看不到。我已经不再是德令哈的面孔，我有一张异乡人的脸，我不属于任何地方，我是我自己的流亡者。带着对自己的悲悯，我推开门，轻轻走出去，一个人影都没有，一个车影也没有，我高兴了，这就对了，这是我的城了。我可以像一只蚊子那样，恶狠狠地落在它庞大的身躯上，吸吮一点往事的汁液。

雨后的柏油路面光滑闪亮，在路灯下宛如青海湖无鳞鱼的脊背。我一个人朝着往事的方向走，很多的记忆已经成为枯井，不能再涌起诗意的泉水。那些人与事，曾经刻骨铭心，今夜却只是温暖着，仿佛昨天的不适全是为了今天的舒适。世界的边界变大了，可以容忍的事物变多了。走在曾经走过无数遍的道路上，发现有些道路整修过了，有些没有，没有整修的道路和人一样变老了，起了灰白色的皱纹。

我走着，看着那些熟悉和不熟悉的建筑，巨大的陌生感俘获了我。现在，比过去和未来更陌生。十年间，中国的城市都变漂亮了，德令哈也不例外，不过奇怪的是，我倒有些怀念起曾经的尘土飞扬了。今夜，冰凉湿润的雨丝，让这西北高陆的小城有了江南的风情，我的心情只好了一瞬，甚至都没来得及抓住它的尾巴，就急剧坠落了。只是因为我发现了一个悲哀的现实：这座城市越美丽反而越见荒凉，像是被抛弃了一百年的废城，人们像水一样蒸发了，只剩下这些砖头和水泥，隐匿了生命。没有生命的世界照旧是美的，必须接受。遥远的某处，突然有汽车驶过，雨中的车轮像信使，捎来戈壁的一声叹息，令人心生凄惶。我被击中了，站在马路中央，像个失去理智的人，我只清楚地意识到一点，就是往事的道路刺穿了人生的风景。人生，非要血流成河不可。我屏住呼吸，仿佛有人马上要来揭开我的帷幕，索取我内心深处最隐秘最珍贵的事物。

那是什么？再一次想起海子的诗。"姐姐，今夜，我不关心人类，我只想你。"是的，亲爱的，你不再是人类，你是天使。

不知道躺了多久，等我醒来的时候，皮肤被阳光的松针灼伤了，火辣辣的疼，我挣扎着爬起来，大山大谷，四周巨大的尺度让我渺小得到了眩晕的地步……我骑着车子返回，一路下坡，比起来时轻松了很多。大约只用了来时一半的时间，我便脱离了旷野，回归了城市。我觉得自己更加陌生了，却更加真实了。我沿着城市新的中轴线用力骑着车子，仿佛驶过我人生那道被虚构的中轴线。那道虚线像长蛇吐着信子，寻找着记忆的分子。或者，是记忆的出口在引蛇出洞。无论如何，我要通过想象自己来认识自己，这需要一生的练习。尽管我还稚嫩，但我怕的是，自己已经永远失去了这种能力，像是已经腐朽的器官，等待着一次手术的摘除。

如果真是那样，就把我摘除了吧。

十年前，我就居住在这座城市里。此时此刻，看到这全然陌生的一切，连我自己也不敢相信。我真的在这里居住和生活过吗？为什么关于我的痕迹已经如此稀少，像是戈壁上的植被？待到下一个十年，不知道还有什么事物在德令哈等待着我。作为作家，我原以为应该尽量避免让自己的经历与生活变成传奇，故而我总是对回忆中的美好讳莫如深，宁愿它们以一种连我也意想不到的方式——艺术的虚构再现于时空当中。但是，当我置身在德令哈，在心中念起"德令哈"三个汉字的时候，那种美妙的旋律如此激动人心。我不得不承认，德令哈是我的历史，更是我的传奇，我不可避免地隶属于它。是的，我是传奇。

（选自《中国作家》2012 年第 5 期，有删节）

父亲的西部之西

甘 恬

"西部之西"（The West of China's West）在哪里？实则它是父亲虚构的一个地理名词，也是独创的一个文学世界，2001 年出版了一部同名小说集，三年后荣获第二届"中华铁人文学奖"小说类首奖。若干年后，它成了一个比较热门的词语，许多作家在文章中写到它，许多诗人以之为名创作诗歌及歌词，许多画家以之为题创作画作，百度百科大辞典有其专门的词条阐释，欧美及日本的一些旅游杂志、网站户外频道，也有关于它的路径指引。2015 年 10 月，父亲被全国成立最早（1912 年）、已逾百龄的学术团体中国地理学会（GSC）招为会员。这些都是父亲当初始料未及的。

父亲新近出版一部散文随笔新著《冷湖那个地方》，包括长达六七万字的《西部之西地理辞典》，长达 4 万余字的《盆地文坛艺苑逸事》，以及三篇抒情散文（《冷湖那个地方》《湖浪摇荡的大荒》《苏干湖畔听涛》），四篇人物印象散记（《烛光映照〈柴达木手记〉》《山高水长之风》《时光雕刻之美》《噫！微斯人，吾谁与归》），总计 16 万余字。它们既是一部个人视角的柴达木盆地开发史，也是一部青海高原西部地区的人文史，还是一部湘籍作家、文化学者青春过往的心灵史。父亲回眸那块曾被称为"人类生命的禁区"，以亲历者或第一手采访资料，讲述那些精彩的拓荒故事和文苑趣闻，隐含着太多的眼泪与欢笑，是人们以前很少见过或听闻过的。尤其是瀚海深处涌动的历史文化大潮，使这本书受到了青海高原以及内地读者的广泛关注，实现了从地域性到全国性的过渡。湖南大学、兰州大学、浙江大学、南华大学、新疆师范大学、衡阳师范学院、湖南科技学院等十多所大学的文学教授、著名学者纷纷撰文，分析、探讨了其地域美学与人文意识，称之为"中国西部散文的一个经典文本"。

参照《西部之西地理辞典》的写作风格，我也不妨以那儿的山川形胜和流逝岁月作为基本线索，大致勾勒一下父亲的西部之西。

西部之西

最初关于这个名词的来历，说起来很偶然。大概是 20 世纪 80 年代末，在西去的列车上，父亲邂逅了一个在长沙水利电力师范学院读书的甘肃酒泉姑娘，毕业了回家乡联系工作，但酒泉的单位没有她对口的专业，为此感觉很郁闷。父亲告诉她柴达木油田有这个专业，但她坚定地摇摇头——"那儿太遥远了"。父亲听后心里一惊。在人们的印象里，地处河西走廊西端的酒泉当属西部世界无疑，再西出阳关两千里，天哪！这不是西部之西又是什么？

2000 年 10 月 8 日，《香港商报》高级记者唐中兴来到雁城衡阳，就西部之西及其文学主张、所获成果对父亲进行了访谈，父亲第一次指明了西部之西在地理学上的明确界限。"它应该是自玉门关以西，阿尔金山是它的北缘，沿着当（金山）茫（崖）公路或青（海）新（疆）大道一直西进，到达与新疆接壤的茫崖镇。当金山口和唐古拉山口之间的敦（煌）格（尔木）公路是它的东轴，将柴达木盆地一分为二。祁连山、阿尔金山和昆仑山巨大的三角形内，冷湖、花土沟、格尔木、茫崖、大柴旦，成为远荒大漠中的都市，也是我小说中的安纳尔兰。"

冷 湖

柴达木盆地西北部的冷湖，是全国日照时数最长、光能辐射最大的地区，据说远远超过"日光城"西藏拉萨。天晴也有风，风力特别大，八级以上的大风曾连续刮过 108 天。父亲初次踏上冷湖街头，没有看到一根草一棵树，只见四号工人俱乐部房顶铁皮油漆成了绿色。这是一种令人流泪的象征，日后离开冷湖的人再也不能忘记这一点。

冷湖地区历史上荒无人迹，冷湖油田是 1958 年 9 月 13 日发现的，当即成为共和国第四大油田，甚至 1959 年的中国地图上都有"冷湖市"这个地名。我的母亲出生于冷湖，她和父亲的爱情开始于赛什腾山下。赛什腾，蒙古语意为"黑色的不长草的山"，父亲称之为"一幅巨大的中国水墨写意画"。

冷湖曾经因为"石油城"而出名，四号基地是青海石油管理局机关所在地，父亲曾在那儿工作过 7 年时间。1992 年资源枯竭后，人们迁移到了敦煌、花土沟、格尔木三个石油基地，现在只剩下两千多人，却因为父亲《冷湖那个地方》一书而更加出名。2014 年夏天，值海西蒙古族藏族自治州 60 周年州庆之际，父亲应邀重走了一趟青海高原，写了组诗《西部之西：重返梦境之旅》，其中一首《回到冷湖》，充满了对青春和往事的不尽追忆，劈头便是这样几句：

　　风，依然那么刚硬

　　水，依然那么咸涩

　　八千里外，物是人非

　　熟悉的面孔多么难得

　　这个蒙古语奎屯诺尔的小城

　　曾让我悲欣交集隐忍不言

大柴旦

"远远地，只见右前方的祁连山上出现雪峰，那是达肯大坂山，大柴旦到了。"

父亲曾经数度到过大柴旦，这个当年柴达木盆地的首府。前几次载于《西部之西地理辞典》，新近的一次是 2014 年 8 月 22 日。那天，父亲应邀参加海西蒙古族藏族自治州建州 60 周年庆典，观看完盛大的开幕仪式后，与同伴从德令哈趱行到此，发现城镇面貌大有改观，不但建了许多楼房，外墙也是彩色装饰，还有一条敦煌至格尔木的铁路正在建设中。

晚饭后离天黑还有两三个小时，他们去祁连山中的荒谷温泉，沿途都是牛屎样的乱石。半途上拦住一辆车子问路，正是温泉老板，说是正在重新修建温泉，洗澡不成，但是可以泡脚。再走两公里，只见一股清泉从山中流淌出来，工地上围起了好些泳池。下车一看水流有青苔，水温 40 来度，喝了感觉有些咸。山谷中的风又冷又硬，像刀子一样割人，他们只得赶紧折回。看到有三四十峰骆驼横立当道，其中一峰是白色的，却并不怎么怕人，于是一顿狂拍。

油砂山

油砂山离青海省会西宁 1188 公里，坐落在花土沟镇东南方十几公里处。

1947 年 12 月 13 日，国民政府临时组建的甘青新边区及柴达木盆地工矿资源科学考察队，考察完老茫崖、大乌斯，沿扎哈北山西行，绕到尕斯库勒湖北岸，发现油砂层露头，层层叠叠，十分壮观。大家伙儿喜出望外，用地质锤敲下油砂块，叠成一米高的小堆，用火柴碎纸点燃，并在熊熊火焰后面留影纪念。队长周宗浚将其命名为"油砂山"。

父亲当年报考的是中文系，结果被地理系把档案抢走，心思却从来没有放在这个方面，总是梦想着成为诗人、作家。大一刚进校，正逢全省大学生迎国庆征文，他写了一首 50 行新诗《我们正年轻》，获得二等奖第一名。1983 年 10 月，公开发表第一首诗，就是《青海青年报》上的《中梁山上》。但他的名字最初变成铅字，却在那年 5 月的《柴达木石油报》，也就是后来供职的《青海石油报》前身。《油砂山烈士纪念碑》是一首 20 行左右的现代新诗，寄来的报纸却成了古诗七绝，他都不敢相信那是自己写的，但名字的确没错，而且寄来了 4 元钱稿费单。

尕斯库勒湖

尕斯库勒湖简称尕斯湖，蒙古语意为"白玉圈子""镶着银边的湖"——因为湖的四周不断有析出的结晶盐，如同白玉，又有"苦咸"之意。它最早广为人知，当然是李季先生 1954 年冬天写的《柴达木小唱》。

父亲认为："李季先生这首诗写尽了尕斯库勒湖的神奇瑰丽，茫崖花土沟地区在这之前无诗，自兹之后再未见到如此霸气雄强之作，堪称孤诗独芳，此空其群。"因此，他后来写的是一篇散文《湖浪摇荡的大荒》。

今年夏天，父亲开始主编《名家笔下的柴达木》散文选本，突然想到要为西部之西这个神山圣湖做点什么事情，那就编辑中国第一个同题文化地理散文选本吧，名为《天边的尕斯库勒湖》。刚好王巨才先生（中国作协原党组副书记、中国散文学会会长、中国作家书画院院长）来游衡阳，父亲敦请题签，当即获允。

花土沟

花土沟在 20 世纪 80 年代以后，成为柴达木油田的代名词。许多人以为它是 1954 年地质队员们勘探时，因山沟里出露各种色彩的地层而得名。经过父亲缜密的考证，发现汉代即有羌族在此居住，建立了一个婼羌国。爷爷口中经常说的是西部，则是相对于冷湖东部的大柴旦而言。花土沟曾被称为"中国的得克萨斯 (Texas)"，最早见于父亲的散文《西望花土沟》。后来流传最广的段子，就是那些小姐们说的："人傻！钱多！快来！"

曾经有一段时间，父亲被派到西部前线指挥部代表报社固定（蹲点），采写生产新闻，通过老式传真机发回报社，短新闻则用电话口述传递。其时油田二级厂（处）爱好文学的青年，创建了好几个文学社团，办起了《春风》《沙舟》《钻工情》《西北风》《戈壁草》等文学刊物。1988 年 7 月 10 日，父亲主持召开了花土沟第一次文学社团联谊会，与会者男男女女有四五十人。许多人至今还记得他穿着一件白衬衣，头发微微卷曲，记得他带着湘音的讲话，记得他手指着墙上的"柴达木盆地油气田分布图"，说："这就是咱们的西部之西。"

父亲编辑的《青海石油报》副刊，先是只有一个"聚宝盆"，后来又增加了一个"柴达木广场"。这是他的两根橄榄枝，许多基层小队的工人因他而改变了命运，由此有了"恩师·甘"之称。

甘 森

父亲迄今只去过两次甘森，但甘森却因为父亲而被更多的人知晓。

甘森是蒙古语音译，意思就是"苦水"。这里有世界上海拔最高的原油输送管线——花土沟至格尔木输油管线第三个热泵站，距花土沟镇 230 多公里，距格尔木市 270 多公里，海拔 2910 米，是沿线社会依托条件最差、自然条件最为艰苦的一个泵站。

2014 年 8 月 25 日,在时隔 25 年之后,父亲再次来到"荒漠中的绿岛"甘森站。教导员宋代勇从绿色蔬菜温室大棚里,摘下来 3 个西红柿,笑嘻嘻地递给父亲一行一人一个。"哇噻! 那样的沙甜,那样的微酸,那样的美味,那样的滋润。以前我们吃过多少西红柿啊,怎么就从来没有体会过这样味道醇正的口福呢?"父亲感叹道,回湘后写下散文《甘森的西红柿》,在《人民日报》大地副刊发表后,被《青海日报》《中国石油报》《柴达木日报》《中华活页文选》《中学生阅读(高中版)》等报刊竞相转载,入选《百年中国经典美文》和《湖南省优秀散文作品集》。

更加令人欣喜的是,父亲这篇文章被重庆市作为 2015 年高考语文大阅读散文试题。随之,语文网、人民网、网易、凤凰网、重庆网、中国教育新闻网等大型官网均作了强力推介,不但被辑入《2015 年全国高考语文试卷解析版》,而且被新东方网高考频道推荐为 2016 年高考三轮复习题。

著名记者凌须斌叔叔戏谑道:"青海油田多年难得上《人民日报》,这一回宋代勇借助湖南甘建华的大笔,'卖'了天底下最贵的一个西红柿。"最为搞笑的是,"有木有土豪请我吃来自甘森的西红柿",业已成为重庆地区高中生的调侃句式;而"去甘森吃西红柿",居然成了学生们某种特定的接头暗号。

我的同学曾经要我转告父亲,让他试着做重庆高考阅读题。因为一般情况下,原作者去做题,分数好像都不高,与出题人的思路可能相悖。比较看好父亲的人,说总分 23 分,估计能得 15 分。父亲仔细想了想,笑言还是有点悬。

(选自《湘南文学》2017 年第 1 期,有删节)

［本书作者简介］

古伯察 （Régis-Evariste Huc，1813—1860），法国开吕斯人。1839 年 8 月被入华遣使会派赴中国传教。1844 年 8 月 3 日，与秦噶哗主教（Joseph Gabet）和青海喇嘛桑巴钦巴等，从长城外的翁牛特右旗黑水出发，途经热河、内蒙古、宁夏、甘肃，1845 年初到达青海，11 月从青海湖南经布哈河、都兰河、柴达木河，翻越布尔汗布达山、巴颜喀拉山，最终在 1846 年 1 月 25 日进入拉萨。逗留两个月后，被驻藏大臣琦善查获并上奏清廷，3 月 15 日被驱逐出境，在清军押解下于 10 月中旬到达澳门，从而结束了这次环中国 11 省区的长途旅行。1852 年出版回忆录《鞑靼西藏旅行记》，成为西方汉学界的一部经典，被译为东西方各主要语种并反复再版。另著有《中华帝国纪行》《喇嘛王国的覆灭》《发现西藏》《蒙古见闻录》《中国中原、鞑靼和西藏的基督教》等。

尼科莱·米哈伊洛维奇·普尔热瓦尔斯基（Никола́й Миха́йлович Пржевальский，1839—1888），19 世纪最著名的探险家、旅行家、自然科学家，俄国皇家地理学会荣誉会员。出生于白俄罗斯一个贵族家庭，曾在波兰华沙军事学院教授地理，毕生致力于中亚考察，先后四次来华探险，三次涉足柴达木盆地。在中国西、北部地区度过十年时光，发现了柴达木盆地西北缘的阿尔金山和"中国历史上真正的罗布泊所在地"，以及普氏野马、普氏原羚、双峰野骆驼等。1886 年 1 月 22 日晋升少将军衔，1887 年获得俄国皇家科学院授予的金质奖章，被选为德国皇家哈雷自然和医学科学院院士、法国和荷兰地理学会名誉会员。1888 年 10 月 20 日，殁于卡拉克尔城伊塞克湖畔，沙皇亚历山大二世下令为之立纪念碑，并将此地更名普尔热瓦尔斯克。著有《走向罗布泊》《荒原的召唤》等。

斯文·赫定（Sven Hedin，1865—1952），瑞典斯德哥尔摩人。有史以来最伟大的探险家，与诺贝尔齐名，曾获有"地理学诺贝尔奖"之称的维加奖。终身未婚。1886 年师从德国地理学家和中国学专家李希霍芬，获得博士学位。1890 年 12 月至 1935 年 2 月，先后 5 次游历、探险中国西北各省区，两次进入柴达木盆地。1896 年 6 月，在确认了罗布泊位置后，由新疆和田经柴达木西端尕斯口，进入盆地南部地带，经达布逊湖、格尔木、香日德到达青海湖。1899 年 6 月，沿塔里木河到达罗布泊洼地，发现楼兰古城，再翻越阿尔金山，经柴达木西部的茫崖、红柳泉进入西藏。著述超过 50 种，其中《亚洲腹地旅行记》影响最大，先后被翻译成几十种文字，影响了一代又一代读者。

陈渠珍（1882—1952），字玉鍪，湖南凤凰县人。与民国首任总理熊希龄、著名文学家沈从文并称"凤凰三杰"。1906 年毕业于湖南陆军武备学堂，参加同盟会，后随清朝川边大臣赵尔丰入藏平叛。1911 年武昌起义爆发，率同乡士兵和亲信 115 人返家，历时 200 多天，辗转跋涉上万里，由羌塘无人区徒步北上柴达木盆地，九死一生回到内地，最终只有 7 人生还。1936 年赋闲时追记西藏往事，撰写的《艽野尘梦》轰传一时。返湘后历任湘西镇守使署参谋长、第一旅旅长、湘西护国联军第一军军长、湘西巡防军统领、湘西屯边使，人称"湘西王"。北伐时任唐生智部第八军第十九独立师师长，抗战时任国民党军委会中将参议，沅陵行署主任。1949 年参加湖南和平起义，欢迎解放军进入湘西。新中国成立后，任湖南省人民政府委员、参事室参事，全国特邀政协委员，晋京受到毛泽东、周恩来、贺龙等亲切接见。1952 年 2 月，因患喉癌病逝于长沙。

艾拉·凯瑟琳·梅拉特（Ella Katherine Maillart, 1903—1997），女，瑞士日内瓦人。曾是瑞士陆地冰球团队女队长和国际滑雪运动队员，参加过蒙纳夏季奥林匹克运动会，还是一位探险家、旅行作家和摄影师。1934 年，法国《小巴黎人报》(Le Petit Parisien) 派其赴中国满洲里，报道日本占领军的情况，在那里遇到英国《泰晤士报》记者皮特·傅勒铭（Peter Fleming）。1935 年 2 月，他们相约去南亚克什米尔，确定那儿会否发生战乱，成功地从东到西横穿柴达木盆地，历时 7 个月完成了不可能完成的任务。翌年在巴黎出版法文游记，并在伦敦出版英译本《禁忌之旅：从北平到克什米尔》（Forbidden journey : from Peking to Kashmir）。另著有《土耳其独奏》《吉普赛漂浮》《游轮和大篷车》《残忍的方式》《土地的夏尔巴人》等。1955 年，获得英国皇家授予的 Percy Sykes 爵士纪念奖章。1986 年到中国西藏做最后的旅行。

皮特·傅勒铭（Peter Fleming, 1907—1971），英国伦敦人。1933 年主动要求派驻中国，担任《泰晤士报》(The Times) 记者、专栏作家。1935 年，为了前往南亚西北部克什米尔（Kashmir）采访，确定那儿会否发生战乱，与法国《小巴黎人报》女记者艾拉·凯瑟琳·梅拉特（Ella Katherine Maillart），从北平（今北京）迤逦西行，到了青海湖，翻越橡皮山，成功地从东到西横穿柴达木盆地。翌年在伦敦出版《鞑靼通讯：从北平到克什米尔的旅程》（News from Tartary : A Journey from Peking to Kashmir）。另著有《中国旅行记》《北京围困记》等，其中《刺刀向着拉萨：1904 年英国侵略西藏详记》一书，1996 年被改编成中国电影《红河谷》。胞弟伊恩·傅勒铭（Ian Fleming, 1908—1964），著名小说家、特工，以自己丰富的间谍经验（一说胞兄是作品原型），创作了风靡全球至今不衰的 007 詹姆斯·邦德（James Bond）系列作品。

徐迟（1914—1996），原名徐商寿，浙江吴兴（今湖州）人。抗战期间与戴望舒、叶君健合编《中国作家》（英文版），协助郭沫若编辑《中原》（月刊）。新中国成立后，曾任《人民中国》编辑、《诗刊》副主编、《外国文学研究》主编。五六十年代，写作了许多反映国家基础建设工程的纪实文学。新时期曾任中国作协理事、湖北省文联副主席。报告文学独树一帜，代表作有《哥德巴赫猜想》

《地质之光》《祁连山下》《生命之树常绿》等。2002年中国报告文学学会创立"徐迟报告文学奖"。2014年10月，作家出版社出版《徐迟文集》（十卷精装本）。

薛宏福（1919—1989），陕西延安市人。1936年底参加革命。曾任西北军区后勤部军需部长，青海省商业厅厅长，省财委副主任、主任，省委财经部部长。1956年12月至1959年12月，任柴达木工委第一书记兼青海石油勘探局党委第一书记，后任青海省委书记处书记、省委副书记、省革委会副主任等职。"文革"中被定为走资派，长期遭批判受折磨。粉碎"四人帮"后，调宁夏任自治区党委副书记、书记，革委会副主任，政府副省长，省顾委主任。殁后，宁夏回族自治区委党史研究室编印《薛宏福诗文集》，全国政协副主席马文瑞题签。

聂眉初（1921—1988），女，湖南桃源县人，生于天津。1938年8月进入延安抗日军政大学，毕业后到鲁迅艺术学院学习和工作。1942年6月到陕甘宁边区绥德分区，历任实验小学教导主任、师范学校教员、绥德县委宣传干事。1946年6月至11月借调西北局宣传部。1947年11月开始从事新闻工作，先后任绥德地委《大众报》、延安《群众日报》、沈阳《东北日报》编辑、记者、工作组长。1952年11月调入人民日报社，历任工业部、工商部、群工部副主任，1982年离职休养。1958年夏到青海高原、柴达木盆地采访，文艺通讯《到青海去》成为一个时代最嘹亮的号角。并与新华通讯社、人民日报编辑部共同策划最早的"青海专版"（1958年10月26日第5版），主题是"富饶的青海在前进"。

卢 云（1921—2014），江苏镇江市人。先后就读于镇江师范学校、四川大学、武汉大学，在重庆、桂林、汉口、遵义等地任教员、记者、校长。新中国成立后，任重庆《新华日报》记者，1954年10月调入《光明日报》，历任新闻组副组长、通讯采访部副主任、主任、总编室副主任、记者部副主任，1984年9月任光明日报社秘书长，1986年9月任报社总经理。组织、撰写、编辑、出版了许多有广泛社会影响的新闻稿件、报告文学和书籍，报道蒋筑英等一批先进模范人物的作品，受到广大知识分子的如潮好评。1956年初冬前往柴达木盆地采访，翌年3月由通俗读物出版社出版《柴达木盆地访问记》。

李 季（1922—1980），原名李振鹏，河南唐河县人。1938年参加革命。曾任中南文联编辑出版部长兼《长江文艺》主编，玉门油矿党委宣传部长，石油部勘探开发科学研究院副院长，中国作协第三届副主席、党组副书记，《诗刊》主编，《人民文学》主编，中国文联第一、四届委员，第五届全国政协委员。1956年9月随康世恩到柴达木盆地采风，1958年9月二进柴达木，为柴达木创作了一批优秀诗作。1993年青海油田追授"特殊贡献奖"，1999年中国石油文联追授首届"中华铁人文学奖（贡献奖）"，被誉为"石油文学的奠基人""西部文学的开拓者"。代表作有长诗《王贵与李香香》《柴达木小唱》《玉门诗抄》等。

顾 雷（1923—1988），原名顾瑞祥，江苏邳县人。1939年到山东参加抗战，历任八路军鲁南军区《前进报》记者，《东北日报》记者，《人民日报》工商新闻部副主任、甘肃记者站站长，新华通讯社甘肃分社社长，《人民日报》记者。1956年9、10月间，作为第一个到柴达木采访的《人民日报》记者，先后采写发表十余篇文艺通讯及其它新闻报道。1957 年 11 月，少年儿童出版社出版插图本《祖国的聚宝盆》，这是第一本以"聚宝盆"揄扬柴达木的读物。

徐光耀　生于 1925 年 8 月，河北雄县人。1938 年参加八路军。中央文讲所（今鲁迅文学院）第一期学员。中国作协名誉委员，中国文联名誉委员。曾任河北省文联党组书记、主席，河北省作协名誉主席，河北省人大常委，文学创作一级。著有长篇小说《平原烈火》，短篇小说集《望日莲》《徐光耀小说选》，散文集《忘不死的河》，电影文学剧本《望日莲》《乡亲们哪》等，2015 年出版《徐光耀日记》（十卷本）。中篇小说《小兵张嘎》获全国第二届儿童文艺小说一等奖，《冷暖灾星》获河北省文艺振兴奖，散文集《昨夜西风凋碧树》获第二届鲁迅文学奖，电影文学剧本《小兵张嘎》获全国电影一等奖。1978 年 9、10 月间，随同中国作协采风团赴柴达木油田采风。现居石家庄。

李若冰　(1926—2005)，笔名沙驼铃，陕西泾阳县人。1938 年参加革命。曾任酒泉地质勘探大队副大队长，陕西省委宣传部副部长，省文化文物厅厅长，省作协党组书记，省文联主席，中国文联第六届委员，中国作协第四届理事及第五、六届名誉委员，陕西省第六届人大代表、第七届委员。1956 年 9 月随康世恩到柴达木盆地采风，之后又四进盆地，创作了《柴达木手记》《在柴达木盆地》《在勘探的道路上》等优秀文学作品集。1993 年青海油田授予"特殊贡献奖"，1999 年中国石油文联授予首届"中华铁人文学奖（贡献奖）"，被誉为"石油文学的奠基人""西部文学的开拓者"。

南　丁　(1931—2016)，原名何南丁，安徽蚌埠市人。1949 年结业于华东新闻学院。历任《河南日报》编辑，河南省文联编辑、专业作家、主席、党组书记。河南省文联、河南省作家协会顾问，河南省文艺家著作权保护委员会主任委员，中国文联第五届全委，河南省第七、八届人大常委，首届河南文学终身成就奖获得者。1950 年开始发表作品。1956 年加入中国作家协会。先后创办《莽原》《散文选刊》《故事家》《文艺百家报》《专业户报》等报刊。出版小说集《检验工叶英》《在海上》《被告》《尾巴》，散文随笔集《水印》《半凋零》《序跋集》《和云的亲密接触》《经七路 34 号》，《南丁文选》（上、下卷）、《南丁文集》（五卷）。作品先后入选《中国新文学大系》和大中学课本及课外教材，并被译介到国外。

赵淮青　原名赵修身，生于 1931 年 2 月 24 日，山东昌邑县人。1953 年毕业于山东大学中文系，分配到新华通讯社西北总分社工作。翌年 10 月，西北总分社解散后到甘肃分社，兼任甘肃、青海两个分社的摄影记者。1955 年仲夏进入柴达木盆地采访，1956 年 8 月由甘肃分社调至青海分社，1970 年 7 月调至河北分社，1978 年调回北京总社，先后任国内部和《瞭望》杂志编辑记者，1983 年任云南分社副社长，1988 年任新华出版社副总编辑兼《农村大世界》杂志总编辑。出版《通天河上》《山水人物》《赵淮青通讯特写选》等专著，作品曾入选大学教材、中学课本和各种权威选本。现居北京。

尹克升　(1932—2011)，北京市人。1949 年 3 月参加革命工作。1954 年第一批进入柴达木盆地寻找石油资源。1964 年毕业于北京石油学院开发系油田开采专业。1979 年任青海石油管理局局长、党委副书记。1983 年 2 月起，历任中共青海省委常委、青海省副省长，中共青海省委书记，中共中央直属机关工委副书记（正部长级），全国人大民族委员会副主任委员。中共第十二届（1985年9月增选）、十三届、十四届中央委员。第八、九届全国人大代表，第九届全国人大常委。殁后，有李瑞环题签《魂系高原——尹克升同志纪念文集》行世（石油工业出版社2012年5月版）。

谢　冕　笔名谢鱼梁，生于1932年1月6日，福建福州市人。著名诗歌评论家，北京大学教授、中国诗歌研究院院长、中国新诗研究所所长、博士生导师。中国作家协会全委会名誉委员，中国当代文学研究会顾问，北京市文艺评论家协会主席，北京市作家协会名誉副主席，兼任《诗探索》《新诗评论》杂志主编。著有学术专著《共和国的星光》《新世纪的太阳》《1898：百年忧患》《文学的绿色革命》《中国现代诗人论》《论二十世纪中国文学》等，散文随笔集《世纪留言》《永远的校园》《流向远方的水》《心中的风景》《咖啡或者茶》《我所理解的北大精神》等，主编大型丛书有《二十世纪中国文学》（10卷）、《百年中国文学经典》（8卷）、《百年中国文学总系》（12卷）、《中国新诗总系》（10卷）等。现居北京。

361

朱世奎　笔名石葵，生于1932年12月27日，青海西宁市人。曾任青海省文联副主席、青海省作协第二届主席、青海省社会科学院院长等职，聘任青海大学特邀教授，研究员职称。发表各类作品80余万字，著有《西宁风俗纪略》《西海雪鸿集》《西海古今谈》（中英文对照）《西宁方言志》（合著），主编并撰稿《青海风俗简志》《西宁方言词语汇典》《东篱菊》《辞鉴》《青海掠影》《世界语在青海》《青海省社会科学志》《西宁》（英文版）《青海百科全书》获青海省第五届哲学社科优秀成果一等奖），与李文斌合作收集整理盲艺人万玉琴演唱8600行《贤孝》。现居西宁。

姚宗仪　生于1933年2月28日，上海人。1953年毕业于复旦大学新闻系，分配至新华社西北总分社，西北大区撤销后进入陕西分社。1954年9月随同康世恩到柴达木采访，与李季、李若冰并称"初进盆地的三个文化人"，留下了许多珍贵图片和文字资料。1958年被错划"右派"，发配到陕南农村劳改3年，之后到渭南地区基层工作，1979年平反改正，调入北京总社。1982年派往非洲分社工作，1987年回国后仍回陕西分社，主任记者。现居西安。

张丁华　生于1933年6月24日，河南三门峡市人。先后就读于西北大学俄语专业、北京石油学院石油地质专业，担任国家燃料工业部、石油工业部翻译。1956年7月至1964年4月，历任青海石油勘探局（管理局）专家工作室副主任，油泉子试油队队长，采油大队副大队长、大队长，钻采区队党支部书记和区队长，冷湖油矿地质室主任，地质科学研究所党支部书记。1964年4月调往内地，历任胜利油田党委副书记，大港石油管理局党委书记，天津市委常委、市委宣传部部长、市纪委书记，内蒙古自治区党委副书记，全国总工会副主席、书记处第一书记、党组副书记、党组书记（正部长级）。中共第十三届中纪委委员，中共第十四、十五届中央委员，第九、十届全国人大内务司法委员会副主任委员。2017年9月，获第四届中华铁人文学奖特别贡献奖。现居北京。

里　果　本名李效唐，生于1933年8月18日，河南温县人。1954年毕业于西北艺术学院美术系，曾任青海日报社美术组长，主任编辑。中国美术家协会会员，中国版画家协会常务理事，青海省美协第三、四、五届副主席，神州版画博物馆顾问。曾多次举办个人画展，代表作有版画《高原油田之夜》《黄河源头》、水彩画《炊烟》、国画《母亲河之源》《银装素裹》等，有 30 多幅作品参加全国性美展，数十幅选送法、日、美等国展出，十多幅在国内外获奖，其中《黄河源头》入辑《中国新文艺大系·美术卷》《现代中国美术全集》，1996 年获得首届"鲁迅版画奖"。现居成都。

顾树松　生于 1933 年 9 月 23 日，江苏海门县人。1952 年毕业于西北大学石油地质专业，在酒泉地质大队从事野外勘探工作。1955 年 5 月申请进入柴达木盆地，1958 年 10 月 18 日被错划"右派"。1984 年到 1993 年担任青海石油管理局总地质师，教授级高级工程师，荣膺石油部首批"有突出贡献专家"称号，西北大学兼职教授，主编出版 70 多万字的《青海石油地质志》，被誉为"柴达木盆地石油地质活化石"。能诗文，擅绘画，退休后定居上海市普陀区，创立阳光二居委书画协会并任会长，兼事油画教学，画名"倒骑驴"，主编印行书画作品集《晚霞余晖》。现居上海。

郑绵平　生于 1934 年 11 月，福建漳州市人。中国盐湖科学及其矿业奠基人和开拓者之一，曾数十次进入青藏高原考察。1956 年南京大学地质系毕业，随即参加中科院柴达木盐湖科学调查队，执笔撰写《青海省柴达木盆地硼砂钾矿调查报告》。1986 年起参加并领导中国地质科学院盐湖调查队，被授予"国家级有突出贡献的中青年专家"称号。1987 年晋升研究员，1994 年当选国际盐湖学会副主席，1995 年当选中国工程院院士，2002 年当选全国 50 名杰出专业技术人才。两次荣获国家科技进步一等奖，以及李四光地质科学奖、香港何梁何利基金地球科学奖、中国工程科技（光华）奖等。领衔出版《青藏高原盐湖》《水热成矿新类型》《盐湖资源环境与全球变化》《盐湖化学》等专著。现居北京。

毛微昭　生于 1935 年 7 月 13 日，浙江杭州人。1949 年 6 月，初中尚未毕业参加革命，旋即成为党报通讯员。1955 年考入复旦大学新闻系，1960 年毕业后到了柴达木盆地工作，1979 年调入青海师范学院（今青海师范大学）中文系，1988 年调入浙江传媒学院任教至离休。出版文学作品《西北归来》《湘师和我们一家》《悉尼三月——我所看到的澳洲》《万里游踪话沧桑》及教材《传播学简明教程》，参与主编《阴晴雨雪旦复旦》。现居杭州。

石　英　生于 1935 年 8 月 18 日，山东龙口市人。曾任天津《新港》文学月刊编辑、百花文艺出版社副总编辑、《散文》月刊主编、《人民日报》文艺部副主任，编审。中国作家协会会员，中国散文学会名誉会长，享受国务院特殊贡献津贴专家。代表作有长篇小说《火漫银滩》《血雨》等，诗集《故乡的星星》《夜海银花》等，散文集《石英散文选》《当代散文名家精品文库·石英卷》等，中篇小说集《文明地狱》，传记文学《吉鸿昌》等，计 60 余部，上千万字，其中长篇小说《同在蓝天下》《离乱之秋》分获天津市第一、二届鲁迅文学奖。现居北京。

朱　奇　原名朱纪舜，生于 1935 年 12 月 15 日，湖南湘乡市人。1950 年参军，1951 年随部队移防由陕入青，1957 年转业，担任《青海湖》诗歌编辑。曾任青海省作协第二届常务副主席兼秘书长、第三届主席，主持青海省作协工作长达 20 年时间，文学创作一级。中国作家协会名誉委员，中国报告文学学会理事，青海省作协荣誉主席，青岛市开发区文联名誉主席。出版诗集《春华初集》（合著）《巨流之源》，散文集《朱奇抒情散文选》《到黄河源头去》《唐蕃古道之旅》《从昆仑山到茫崖》等，部分作品用英、法、泰三种文字译介到国外。作品曾获兰州军区、青海省政府颁发的优秀文艺作品奖，不少作品被收进全国性选本。2012 年被评为"青海省有突出贡献的优秀老文艺家"。现居青岛。

钱佩衡 (1936—2004)，笔名金戈，浙江诸暨市人。1962 年毕业于青海大学气象系，分配到巴颜喀拉山南麓气象站工作。历任青海玉树州气象台预报员，昂欠县气象站观测员，1969 年调至海北州气象局任台站管理。1979 年调入青海省文联《青海湖》文学月刊社，历任散文诗歌组组长、副主编，编审。1991 年加入中国作家协会。发表文学作品 150 多万字，先后 6 次获省级以上文学作品奖及一项责任编辑奖。散文代表作《雪莲》入选全国大中学教材，有多篇散文和短篇小说被转载或收入各种选本，有的还译成外文。出版短篇小说集《雪线下》、散文集《雪声集》，与人合作发表长篇小说《生存》。

杨春贵 生于 1936 年 1 月 28 日，辽宁阜新市人。1955 年至 1959 年先后就读于北京大学新闻专业和中国人民大学新闻系，1958 年 10 月至 1959 年 3 月，受命与 6 位同学奔赴柴达木盆地实习，创办《柴达木报》。1959 年至 1962 年就读于中国人大哲学系研究生班。嗣后在南开大学哲学系、广西河池地委宣传部和自治区《思想解放》杂志社工作。1978 年调入中央党校，先后任哲学教研部主任、副教育长兼教务部主任、中央党校副校长，哲学教授，博士生导师。第九届全国政协委员，中国辩证唯物主义研究会名誉会长，中央马克思主义理论研究和建设工程《马克思主义哲学》课题组首席专家，教育部马克思主义理论研究和建设工程《马克思主义与社会科学方法论》课题组首席专家。发表论文 200 余篇，著述、主编各十余种。现居北京。

朱光亚 笔名万山，生于 1936 年 3 月 12 日，湖南双峰县人。中国作家协会会员，曾任兰州军区政治部创作室主任，甘肃省作协第三届副主席，大校军衔。著有长篇小说《风雪阿拉苍》《迭山芳魂》《金色的格桑花》，散文集《军旅生涯》，长篇历史小说《西安事变》(合作)，中篇小说集《戈壁深处的旋律》《沙海驼踪》，短篇小说集《高高的加兰山》《古措兵站》，与人合著长篇报告文学《丙子"双十二"》《不惑的人生》等，作品多次获得全军、军区及甘肃省奖项。现居兰州。

白　渔 本名周问渔，生于 1937 年 8 月 16 日，四川富顺县人。中国作家协会会员，青海省作协荣誉主席，文学创作一级。著有长诗《烈火里的爱情》，诗集《帆影》《黄河源抒情诗》《白渔短诗选萃》(中英文对照)等，散文诗集《崛起的个性》，散文、报告文学集《唐蕃古道》《春归柴达木》《走进柴达木》(合作)等，主编《青海三十年诗选》。《他从天边来——白渔诗选》《雪山戈壁的建设者》《黄河源抒情诗》《白渔诗选》等分获青海省级优秀文学作品奖，诗画艺术片《劳动颂》获全国电视艺术节目三等奖，《白渔短诗选》获国际炎黄文化学会首届龙文化金奖。2012 年被评为"青海省有突出贡献的优秀老文艺家"。现居成都。

程起骏 生于 1938 年 8 月 10 日，青海西宁市人。1957 年毕业于湟源农牧学校，分配到海西州都兰县工作，从牧区基层干起，一直到县委办公室主任，足迹遍及都兰大地。1986 年调回省垣，后任青海省政协民族宗教委员会副主任，现任青海省江河源文化研究会副会长兼学术部主任。短篇小说《阿兰山探宝记》最初发表于 1960 年第 3 期《青海湖》杂志，旋即被《人民文学》同年 5 月号转载。

出版《吐谷浑古国史话》《古老神秘的都兰》《瀚海天堂柴达木》《大地·生灵》等8部著作。现居西宁。

张德国　生于1938年11月2日，甘肃永登县人。1955年7月毕业于兰州培黎石油学校，分配至玉门油田钻井公司1206队（B乌6队），王进喜时任该队副钻。1958年参加川中会战，1961年3月参加大庆会战。1975年任大庆油田党委常委、政治部副主任，1977年任大庆油田党委副书记、副局长、大庆市委副书记，1978年调吉林油田任指挥、党委书记，1982年5月调青海石油管理局任党委书记，1990年1月调总公司西部石油长输管道筹备组任副组长，1992年2月任西北石油管道建设指挥部指挥、党委书记，2001年2月退休后返聘总公司中俄油气合作领导小组任副组长（对外称中俄油气合作委员会，任副主席），2004年任中俄油气合作领导小组顾问，2005年3月退休。现居西安。

窦孝鹏　生于1939年3月15日，陕西扶风县人。1958年参军，在青藏高原战斗多年，后调总后勤部任新闻干事、通讯社记者、编辑、创作室专业作家、后勤杂志社副社长、金盾出版社副社长，编审，大校军衔。中国作家协会会员，中国散文学会、中国报告文学学会、中国散文诗学会、中国军事科学学会会员。出版长篇小说《崩溃的雪山》，散文集《长长的青藏线》《春满青藏线》（合作），短篇小说集《鹰》，报告文学集《戎马关山最难忘》，长篇纪实文学《长城鏖兵》等，著有周纯全、杨至成、李耀、周克玉传，作品曾获解放军图书奖、总后勤部军事文学奖、青海省优秀作品奖等。现居北京。

王宗仁　生于1939年5月14日，陕西扶风县人。1958年参军，在格尔木驻扎7年。迄今百余次穿越青藏高原。中国作家协会会员，中国散文学会名誉会长。曾任总后政治部创作室主任，文职五级，文学创作一级。出版文学作品集51部，其中青藏题材散文集有《传说噶尔穆》《当年我在格尔木》《雪山无雪》《苦雪》《藏羚羊跪拜》等。散文集《藏地兵书》获第五届鲁迅文学奖，《写在她远行的路上》（与马继红合写）获全国首届优秀报告文学奖，《历史，在北平拐弯》获中宣部"五个一工程"奖、总后勤部首届军事文学奖、当代军人喜爱的军版图书奖。另有多篇散文入选中小学课本。2016年9月获"首届丝路散文奖特别贡献奖"。现居北京。

马集琦　生于1940年2月6日，辽宁辽阳市人。1967年毕业于北京大学中文系，1968年分配到西宁钢厂劳动锻炼，1973年调青海省总工会，1977年调新华社青海分社，多次深入柴达木盆地采访报道，与同事张万象、张荣大合著《祖国的聚宝盆柴达木》。1982年撰写《冷湖至花土沟路难行》内参，呈报中央领导批阅，青海省、石油部于1983年底正式立项，一年后建成冷湖四号至大风山128公里直通公路，冷湖至花土沟的路程缩短99公里。1984年调新华社陕西分社，历任采编主任、社长，高级记者，著有《全新陕西游》。现居西安。

曹随义　笔名路雨，生于1940年7月3日，河南扶沟县人。1965年毕业于北京地质学院，分配到青海石油管理局工作，先后任局办公室主任、青海省委办公厅主任、省委秘书长、青海石油管理局党委副书记（正厅级）等职务。1960年在《河南日报》开始发表诗歌。近年在《秘书工作》《青海日报》《柴达木日报》《中国石油报》《青海石油报》《巴音河》《驼影》等报刊发表数十篇散文，其中《冷湖十五年》《寻找刘秀娥》入选《我们的柴达木就像画一般》散文选本。现居北京。

肖云儒 生于1940年12月7日，四川广安市人。中国作家协会会员，中国书法家协会会员，中国西部文艺研究会会长，中国小说学会副会长，原陕西省文联副主席，陕西省文史研究馆馆员，陕西省文艺评论家协会主席，西安美术学院教授，陕西省政协委员，陕西省德艺双馨艺术家。著作有五卷本《对视》书系、四卷本《雩山》书系、《中国西部文艺论》《民族文化结构论》等二十余部六百万字，被誉为"中国西部文化研究的开创者"，被央视称为我国首位"丝绸之路文化传播大使"。曾获中国图书奖、中宣部"五个一工程"奖、广电部"星光奖"、首届丝路散文奖最佳作品奖和陕西文艺大奖等18次国家和省部级奖项，在西安交通大学设立"肖云儒人文社会科学奖励基金"。现居西安。

田 源 生于1941年1月3日，陕西周至县人。1965年毕业于陕西师范大学，分配到西北大学工作，不久即响应党的号召到格尔木县中学支教，党的九大后调县政府工作。1980年县改市后，先后任市委副书记、常务副市长、市长、海西州委书记兼格尔木市委书记。1987年初调省垣，先后任青海省委政策研究室副主任、宣传部副部长、部长、省委常委宣传部长，2000年初改任省政协党组副书记、常务副主席。2002年10月调任陕西省政协副主席，2006年任职年龄到限，辞退该职，但退而未休，经省委批准任省决策咨询委员会副主任，直至2015年请辞。著有《实学集》《田源论文集》《市场经济条件下的道德建设概论》等。散文《雪落唐古拉》获第二届"中国梦·青海故事"征文优秀奖。现居西安。

陈忠实 （1942—2016），西安市人。中国作家协会第六、七、八届副主席，陕西省作协第三届副主席、第四届主席、第五届名誉主席，文学创作一级。中共第十三、十四大代表，中共陕西省委第七、八届候补委员。出版《陈忠实小说自选集》三卷、《陈忠实文集》七卷及散文集《告别白鸽》等70余种。《信任》获1979年全国短篇小说奖，《渭北高原，关于一个人的记忆》获1990—1991全国报告文学奖，长篇小说《白鹿原》获第四届茅盾文学奖并被翻译成多国文字，改编成秦腔、话剧、舞剧、电影等多种艺术形式，十余次获得《当代》《人民文学》《求是》《长江文艺》等各大刊物奖。

罗达成 生于1943年9月10日，祖籍江苏兴化市，生于上海。1962年毕业于上海市建设中学。曾任《文汇报》副刊编辑，《文汇月刊》副主编，《文汇报》高级编辑。中国作家协会会员，中国报告文学学会理事，上海市作协第七届理事。著有散文、报告文学集《中国的旋风》《少男少女的隐秘世界》《中国足球青年近卫军》《与大海签约》等。《杭州市001号》获上海市首届报告文学一等奖，《"十连霸"的悔恨》获全国首届体育报告文学奖一等奖，《一个成功者和他的影子》获全国第四届优秀报告文学奖，另获第四届上海韬奋新闻奖。现居上海。

王贵如 生于1944年2月22日，陕西富平县人。1968年毕业于兰州大学中文系。历任青海省海西州委宣传部副部长兼州文联主席、州委副书记、青海省文联主席、青海省广播电视厅厅长。中国作家协会会员，中国电视艺术家协会会员，青海省作家协会、电视艺术家协会顾问。出版短篇小说集《风儿吹过田野》，散文随笔集《刻骨铭心的土地》《岁月不老》，报告文学集《西部大淘金》（合作），电视解说词集《离天最近的地方》等。作品《大墙两边人家》《钟亭纪事》和参与创作的电视纪录片《青海湖之波》《遥远的唐古拉》等，分别获得全国"五个一工程"奖、电视文艺"骏马奖"和青海省"五个一工程"奖、青海省优秀文艺作品奖。2012年被评为"青海省有突出贡献的优秀老文艺家"。现居西宁。

张荣大 生于 1945 年 3 月 2 日，山东淄博市人。新华社高级记者，新华社新闻研究所特约研究员。1965 年 9 月到柴达木盆地，参加青海农建 12 师垦荒，后任副团级宣传科长。1974 年初进入新华社青海分社，1986 年调新华社青岛支社，历任副社长、社长。发表数千篇计数百万字新闻作品，采写的三条青藏高原"天路"——青藏铁路一期工程、青藏公路黑色路面改建工程、格尔木至拉萨输油管线工程的报道，以及柴达木石油、矿产、盐湖产业报道，产生了很大的社会影响。出版专著《两地集》《在新闻背后》《火车开进柴达木》《天路天路天路》《海洋之恋》（上、下卷）及 9 卷本 200 余万字《我与新闻三十年》等。现居青岛。

王泽群 生于 1945 年 3 月 13 日，山东青岛市人。中国作家协会会员，中国电影家协会会员，中国电视艺术家协会会员，青岛市作协副主席，一级编剧。先后毕业于莱阳农学院、鲁迅文学院、北大中文系。1966 年进入柴达木盆地，先后在青海农建 12 师、柴达木汽修厂、海西州文化工作站工作，曾任《瀚海潮》副主编、海西州文联副主席、青海省文联委员、青海省作协副主席，1989 年调任青岛市文联创研室主任。有电影 8 部、电视剧 260 多部（集）、舞台戏剧 12 部、书 9 种，计 800 余万字，获各种各类国际、国家级、省、市级文学艺术奖 60 多项（次）。现居青岛。

王文泸 生于 1945 年 3 月 23 日，青海贵德县人。1968 年毕业于青海师院中文系。历任德令哈广播站编辑记者，海西州人民政府办公室秘书，青海日报社文艺部编辑、副主任、主任，报社副总编辑，高级编辑。中国作家协会会员，青海省作协顾问。著有短篇小说集《枪手》，散文随笔集《站在高原能看多远》《在季风中逆行》。短篇小说《火狐》《枪手》《遥远的红地毯》及散文集《站在高原能看多远》分获青海省第一至四届优秀文艺作品奖，《在季风中逆行》获第二届青海文学奖特别贡献奖。2012 年被评为"青海省有突出贡献的优秀老文艺家"。现居西宁。

梅 洁 女，生于 1945 年 11 月 21 日，湖北十堰市人。中国作家协会会员，中国散文学会常务理事，中国报告文学学会理事，河北省作协主席团委员，河北省作协散文艺术委员会主任。曾任《长城文艺》主编，文学创作一级。出版诗歌、散文、中长篇纪实文学 17 部（集），计 500 余万字。2015 年 10 月出版《梅洁文学作品典藏》一套七册，计 230 余万字。曾获第二届"鲁迅文学奖"，第一、三、五届"徐迟报告文学奖"，首届"冰心散文奖"，第五届《十月》文学奖，中宣部第八届"五个一工程"奖，全国第三届"女性文学奖"，河北省"文艺振兴奖"等 80 余种奖项，作品入选各种教材和选本。现居北京。

肖复兴 生于 1947 年 3 月 9 日，北京市人。中国作家协会会员，曾任《小说选刊》《人民文学》副主编，北京市写作学会会长，文学创作一级。出版《我们曾经相爱》《早恋》《国际大师和他的妻子》《呵，老三届》《聆听与吟唱》《我的读书笔记》《我的音乐札记》等各类书籍百余种。曾获全国报告文学奖、北京和上海文学奖、冰心散文奖、老舍散文奖等多种，多篇作品选入大、中、小学课本及韩国、新加坡等国家汉语教材。近著有《肖复兴音乐散文》《花之语》《柴达木作证》《红脸儿》等，出版图文书籍《纸的生命》《肖复兴新散文画作》《北国记忆·北大荒三百首》《蓉城十八拍》《美国拾零》等。现居北京。

林　染　生于 1947 年 3 月 12 日，河北深州市人。中国作家协会会员，甘肃省作协第四届副主席，曾任《阳关》杂志主编。出版诗集《敦煌的月光》《林染抒情诗选》《斑头雁向敦煌飞来》及儿童诗集《漂流歌》《国花国树歌谣》等十部，先后有 5000 多篇诗文发表在中国和美国、日本、新加坡等地 500 多家报刊，作品入选海内外 400 多种选本，多次入选大中小学及幼儿教材，部分作品被译成英、法、日等国文字。曾获《人民文学》《诗刊》《飞天》《东方少年》《海风》（台湾）等报刊数十次优秀诗歌、散文奖。现居酒泉。

陈世旭　生于 1948 年 1 月，江西南昌市人。中国作协第四、五届理事及第六、七、八届主席团委员，中国作协小说委员会委员，中国笔会中心会员。曾任江西省文联主席，江西省作协主席，文学创作一级。出版长篇小说《梦洲》《裸体问题》《将军镇》《世纪神话》《边唱边晃》等，以及《风花雪月》《都市牧歌》《中国当代作家选集丛书·陈世旭卷》《青藏手记》《人间喜剧》《陈世旭散文选集》《边走边想》《谁决定你的世界》等散文随笔集、中短篇小说集。小说《小镇上的将军》《惊涛》《马车》《镇长之死》分获 1979 年、1984 年全国优秀短篇小说奖，1987—1988 年全国优秀小说奖，首届鲁迅文学奖。现居广州。

叶延滨　生于 1948 年 11 月 17 日，黑龙江哈尔滨市人。中国作家协会全委会第六、七、八届委员，中国作协第九届诗歌委员会主任，鲁迅文学奖第一至四届（诗歌）、第五届（散文杂文）评委会副主任，孔子学院中国总部特聘艺术指导专家。曾先后任《星星》和《诗刊》主编，文学创作一级。出版诗集《不悔》《二重奏》《叶延滨诗选》等，文集《生活启示录》《秋天的伤感》《二十二条诗规》等，总计 40 余部。曾获中国作协（1979—1980）优秀中青年诗歌奖、第三届新诗奖，以及北京文学奖、青年文学奖、四川文学奖等近 50 项省以上文学奖，先后被收入国内外近 500 种选集以及大中学校课本，部分作品翻译为英、法、德、意、马其顿、波兰等国文字。现居北京。

于佐臣　生于 1948 年 12 月 16 日，山东青岛人。1966 年参加青海生产建设兵团屯垦 13 年，后调大柴旦中学任教。80 年代中期在海西州委宣传部工作，开始报告文学写作，与王贵如合著报告文学《奇人陈登颐》《新科屠夫状元》《西部大淘金》等，结集《西部大淘金》，嗣后加入中国报告文学学会。1994 年调青海省委宣传部工作，翌年调青岛市档案局任编研处处长，兼任青岛市历史学会副会长，中国海洋大学国家文化创意产业中心理事。出版《青岛回归》《旧梦残影》《瀚海不会忘记》等，主编《中国青岛通鉴》三卷及《崂山文化通览》，应邀担任央视专题系列片《青岛要塞》撰稿人、顾问。现居青岛。

肖复华　（1950—2011），北京市人。1968 年初中毕业志愿去柴达木油田，先后当过修井工、生产调度、记者、编辑、青海石油文联副主席，后调任中国石油文联组联部副部长。1989 年毕业于西北大学作家班，1994 年加入中国作家协会、中国报告文学学会。出版报告文学集《啊！老三届》（与肖复兴合作）及《世界屋脊神曲》《走进撒哈拉》《大漠之灵》，散文集《风会告诉你》《风从戈壁吹过》《柴达木笔记》。曾获青海省首届文学作品奖、第二届中华铁人文学奖、庄重文文学奖、全国石油职工文化大赛金奖、《中国作家》报告文学奖、《光明日报》优秀散文奖等十余个文学奖项。散文《骆驼赋》被收入北京、湖北中学语文教科书。2017 年经甘建华提议，被海西州追授"昆仑文学艺术突出贡献奖"。

367

鄢烈山　生于 1952 年 1 月，湖北沔阳县人。1982 年毕业于北京师范大学中文系。1986 年春进入新闻界，2011 年底退休前为南方报业传媒集团高级编辑，南方周末报总编助理，现为纪事丛书《白纸黑字》主编。新闻评论员，著名杂文家，曾被《南方人物周刊》评为"影响中国的公共知识分子50 人"之一。主编《中国杂文年选》等文集多种，出版《点灯的权利》《冷门话题》《中国的个案》《中国的心病》《早春的感动》《江山如有待》《鄢烈山时事评论》《二狗哲学：鄢烈山杂文自选集》等 26种，其中《一个人的经典》获第三届鲁迅文学奖，另著有传记《威凤悲歌：狂人李贽传》。现居广州。

贾平凹　生于 1952 年 2 月 21 日，陕西商州人。中国作家协会副主席，陕西省作协主席，先后任全国政协委员、全国人大代表，澳门大学荣誉文学博士。长篇小说有《浮躁》《废都》《秦腔》《古炉》《带灯》《老生》《高兴》《山本》等 16 部。中短篇小说代表作有《黑氏》《天狗》《五魁》《倒流河》等。散文代表作有《丑石》《商州三记》《定西笔记》等。作品曾获茅盾文学奖、鲁迅文学奖、全国优秀短篇小说奖、全国优秀中篇小说奖、全国优秀散文（集）奖，以及美国"飞马文学奖"、法国"费米娜文学奖"、香港"红楼梦·世界华文长篇小说奖"及华语文学传媒大奖、施耐庵文学奖、朱自清散文奖、当代文学奖、人民文学奖等，荣获法兰西金棕榈文学艺术骑士勋章。有 30 多部作品被译为美、法、德、瑞典、意大利、西班牙、俄、日、韩、越文在 20 多个国家出版发行。现居西安。

和　谷　生于 1952 年 9 月，陕西铜川人。中国作家协会会员，中国散文学会理事，中国报告文学学会理事，陕西省散文学会副会长，陕西省作家协会主席团顾问，文学创作一级。历任陕西省文联办公室主任、副秘书长、副厅级巡视员。《市长张铁民》《中国百年油矿》《无忧树》等作品获全国优秀报告文学奖、新时期全国优秀散文奖及飞天奖、"五个一工程"奖、中华铁人文学奖、自然写作奖、柳青文学奖、冰心散文奖多项。著作《和谷文集》6 卷等 40 多部，舞剧《白鹿原》《长恨歌》编剧，兼事书法绘画。入选《中国散文通史·当代卷》，散文作品收入语文教材和北京高考试卷，译介为英、法文。2018 年元月，和谷文学馆在陕西铜川黄堡书院开馆。现居西安。

韩怀仁　生于 1953 年 3 月 13 日，陕西蓝田县人。1981 年毕业于青海师院中文系。1972 年参军入铁道兵部队，参与修建襄渝铁路和青藏铁路，后调入第二炮兵工程学院（现火箭军工程大学），教授，硕士生导师，技术四级。曾获全军院校育才奖金奖、国家级教学成果一等奖，荣立三等功三次、二等功一次。著述获国家、军队及省部级奖励 20 余项，业余艺术表演获奖 20 余项，2006 年被评为该院"基础课十大教学名师"之首。中国作家协会会员，陕西省秦腔艺术研究会副会长。出版《今夜又是月圆时》《朝霞红晚霞红》《一路走一路唱》《大虬》《温暖永远》等文学著作 8 部及《大校吼秦腔——韩怀仁唱腔选集》VCD 光碟。现居西安。

王宏甲　生于 1953 年 6 月 19 日，福建建阳人。中国作协报告文学委员会副主任，中国报告文学学会副会长，全国宣传文化系统"四个一批"人才，文学创作一级。著有报告文学《无极之路》《新教育风暴》《智慧风暴》《现在出发》《塘约道路》《人民观——一个民族的品质》及演讲集《世界需要良知》等，曾获中国图书奖、"五个一工程"奖、鲁迅文学奖、徐迟报告文学奖、冰心散文奖、中国广播文艺奖、中国人口文化奖等多项全国性大奖。《无极之路》被拍成中国首部大型同名电视报告文学片（53 集），《智慧风暴》被改编拍摄成 20 集同名电视连续剧，《新教育风暴》被拍成 30 集电视报告文学片。现居北京。

井　石　本名孙胜年，生于 1953 年 9 月 15 日，青海湟源县人。中国作家协会会员，中国电视艺术家协会会员，青海省作协顾问，青海省文史研究馆馆员，青海省非遗保护专家委员会委员，青海省花儿研究会常务副会长。曾任海西州文联副主席、《瀚海潮》主编，《青海湖》常务副主编，文学创作一级。享受国务院特殊津贴专家。著有长篇小说《麻尼台》《金梦劫》、中短篇小说集《湟水谣》《古堡的主人们》《山凹农家》、长篇纪实文学《故乡故事》、散文随笔集《记忆柴达木》《煮字坊笔记》两卷等，撰有电视连续剧剧本《寻常百姓家》，电影剧本《龙城正月》等。另有《七嘴八舌话井石》。曾获庄重文文学奖，三次获青海省优秀文学作品奖。现居西宁。

王仲刚　生于 1954 年 1 月 21 日，河南固始县人。中国作家协会会员，中国书法家协会会员，中国电影家协会会员，中国电视艺术家协会会员，全国铁路公安文联副主席，中国三峡画院副院长，河南省文学院院士，郑州铁道警察学院客座教授，公安部十局刑侦专家，二级警监。43 年警察生涯，南征北战，17 次荣立个人一、二、三等功，两次出席全国公安英模大会。曾任广州（长沙）、青藏、兰州、郑州铁路公安局处长、副局长、政委（副厅局级）。出版长篇小说《国旗恋歌》《王仲刚文集》等 10 部，编剧并拍摄电影《风流警察亡命匪》《我生命中的八天》等 7 部，电视连续剧《紧急追捕》等 48 部（集），先后获飞天奖、金盾奖、中宣部"五个一工程"奖等。由其作词的歌曲《天路情歌》获第六届金钟奖声乐大奖。现居郑州。

李晓伟　生于 1954 年 3 月 23 日，陕西礼泉县人。曾任青海武警总队宣传处长，青海电视台电视剧部主任、研究室主任。中国作家协会会员，青海省作协第五届主席团成员，青海省广电局影视作品评审委员会委员。出版小说集《野性谷》，报告文学集《高墙·电网·女囚》《流放大西北》，长篇小说《皇脉》，长篇报告文学《昆仑殇》，散文集《人生走笔》，昆仑文化丛书《西王母故地》《女王部落》《触摸大昆仑》《与大河同行　与昆仑同在》等，另有电视剧《卓玛的青海湖》《大漠高墙下》《魂归可可西里》（合作）等，多次获得全国、全军及省级优秀作品奖。现居西宁。

刘元举　生于 1954 年 12 月 24 日，山东黄县人。中国作家协会会员，中国散文学会常务理事，辽宁省作家协会副主席，辽宁省报告文学学会副会长，浙江理工大学文化传播学院兼职教授，深圳交响乐团驻团艺术家，曾任《鸭绿江》杂志社社长兼主编，编审，文学创作一级。出版小说集、散文集、长篇报告文学《西部生命》《中国钢琴梦》《爸爸的心就这么高》《天才郎朗》《城市大演奏厅》等 22 部，500 多万字，数十次获省（部）级以上作品奖，多篇（部）作品被各种选刊、报纸及年度选本选入（包括教科书），部分作品被译介到国外。现居深圳。

黄国钦　生于 1954 年 12 月 31 日，广东潮州市人。中国作家协会会员，广东省文联主席团成员，广东省作协主席团成员，广东省书协会员，潮州市文联主席、作协主席、书协名誉主席，文学创作一级。出版《青春笔记》《兰舍笔记》《花草含情》等 11 部，书法集 1 部。8 部电视散文在中央电视台、广东电视台播出并被译成英、法语向海外播出。曾获中国当代散文奖、首届秦牧散文奖、首届广东散文奖等。书法作品在《书法报》《美术报》等专业报刊发表并有个展,广为海内外文博机构和个人废藏。出版《黄国钦书法集》《广东作家书画作品集·优秀书画作品》(合集)。现居广州。

杨志鹏　生于 1955 年 5 月 22 日,陕西洋县人。1974 年底到海西军分区当兵,1986 年转业至青海省文化厅文学艺术研究所,任《现代人》杂志编辑。1989 年毕业于武汉大学中文系作家班,同年应聘至青岛。1997 年加入中国作家协会,曾任青海省作协理事,青岛开发区文联副主席、作协主席。著有长篇小说《百年惶惑》、中篇小说集《玄黄》《迷乱诱惑》、长篇纪实散文《行愿无尽》等数百万字文学作品,多次获各类文学奖项,长篇小说《世事天机》入围第九届茅盾文学奖、《百年密意》入围第三届路遥文学奖。主编《中国作家 3000 言》等多种图书。2000 年起创意组织开发青岛小珠山 10 平方公里大地艺术风景区。现居青岛。

杨志军　生于 1955 年 5 月 30 日,河南孟津县人。1981 年毕业于青海师范学院中文系,曾在青藏高原生活 40 余年,被称为中国"荒原小说第一人"和"藏地小说第一人"。中国作家协会会员,青岛市作协副主席。主要作品有长篇小说《环湖崩溃》《海昨天退去》《失去男根的亚当》《隐秘春秋》《天荒》《支边人》《迎着子弹缠绵》《无人区》《无人部落》《大悲原》《生命形迹》《敲响人头鼓》《骆驼》《藏獒 1》《藏獒 2》《藏獒 3》《伏藏》《西藏的战争》《藏獒不是狗》《海底隧道》等。作品曾多次获得全国性文学大奖,并以多种文字译介到国外。现居青岛。

王红江　笔名王洪江,生于 1955 年 7 月 9 日,河北深泽县人。中国作家协会会员,曾任《中国石油报》记者。出版长篇纪实文学《激情年代》《情系邯钢》《北欧寻宝记》《海事丰碑》,长篇小说《跟我走吧》《阳光日子》,文化随笔《文豪思辨》(又名《文人那点子事儿》)《先哲纵览》《大家感悟》,作品多次获省部级文学奖。1989 年秋冬时节,在柴达木采集不少故事,后来都成了写作素材,在《天津文学》发表两个颇有分量的中篇小说。1990 年《大漠雄驼》获第二届全国石油文化大赛金奖,1996 年《大漠风情》被《小说选刊》《中篇小说选刊》相继选载,天津作协和中国石油作协联合在京召开其作品研讨会。现居江西。

陈长吟　生于 1955 年 7 月 15 日,陕西安康市人。中国作家协会会员,中国散文学会副秘书长,中国散文网总编辑,陕西省散文学会会长,现代散文书院执行院长,西北大学现代学院文学院院长、教授。1980 年毕业于陕西师范大学中文系,历任《汉江文学》杂志主编,《美文》杂志社副主编、副社长,西安市作家协会秘书长、副主席,陕西社会科学院文学所副所长等职。自 1973 年开始文学创作,至今已在各种报刊发表作品 500 余万字,出版小说、散文、评论集《山梦水梦》《这方乐土》《美文的天空》《风流半边街》《散文之道》《行者的风度》等 18 部,部分作品被翻译成外文。曾获首届海内外旅游文学奖、中国散文 30 年突出贡献奖、第四届冰心散文奖等奖项 30 余次。现居西安。

李向宁　笔名向宁,生于 1955 年 8 月 6 日,西安市人。中国作家协会会员,曾任青海省作家协会秘书长。主要作品有小说集《我不敢忘记》,散文集《生命细节》,长篇报告文学《青藏大铁路》《守望三江源》《点亮雪域高原的光明》《天路之魂》,广播剧《乡魂》《魂归唐古拉》《接力者的跑道》等,电视剧《左边是黄河，右边是崖》《九妹》《上去个高山望平川》等。作品曾获青海省精神文明建设"五个一工程"奖、陕西省精神文明建设"五个一工程"奖、青海省文学艺术创作奖、青海广播电视文艺奖等。现居西宁。

汤惠生 生于 1955 年 12 月 14 日，江西萍乡市人。1983 年毕业于西北大学历史系考古专业，嗣后在青海考古研究所从事田野考古 19 年，2001 年起任南京师大社会发展学院副院长，文博系教授，博士生导师。享受国务院特殊津贴专家。社会兼职有江苏省政协第九届委员，民盟南京师大副主委等；学术兼职有世界岩画委员会执委，澳大利亚岩画协会理事，意大利卡莫诺史前研究中心理事及多种世界著名岩画杂志编委等。著有《中国古代艺术思想史》《中国古代房中术》《青藏高原考古史》《青海岩画》等学术著作十余部，发表学术论文百余篇，其中二十余篇用英文撰写发表于欧美学术刊物。现居南京。

浩 岭 本名李秀苍，生于 1955 年 12 月 25 日，甘肃两当县人。中国作家协会会员，杭州师范大学教授。享受国务院特殊津贴专家。曾在《当代》《中国作家》《文艺报》《青年文学》《上海文学》《文艺争鸣》《电影文学》《书屋》等近百种报刊发表作品，出版小说集《蓝蝴蝶》《哈尔腾之神》《野美人》，长篇小说《血炕》《草库伦》《母狼的黄昏》《彷徨之城》，长篇儿童文学《历险青藏高原》，《中国作家经典文库：浩岭卷（上、下）》等。1985 年以小说《荒原》获联合国"国际青年年"中国组委会征文一等奖，1991 年获庄重文文学奖，另获甘肃省第一至四届优秀作品奖、甘肃省第二届敦煌文艺奖、世界华人散文征文奖等 30 多项。现居杭州。

张风奇 生于 1956 年 1 月 29 日，河北冀州市人。中国作家协会会员，石家庄市作协理事，石家庄铁路分局文学创作协会主席。1976 年入伍，1988 年转业至石家庄铁路公安处政治处工作。1980 年以来，先后在《人民日报》《工人日报》《中国青年报》《人民铁道》《法制日报》《河北日报》《北京文学》《解放军文艺》《诗刊》等数十家报刊发表报告文学、散文、诗歌千余篇（首），多次获所在省、市"文学繁荣奖"和"德艺双馨奖"等奖项，曾获第六届中国铁路文学奖。著有诗集《落地云》、诗歌《大地飞歌》、散文《列车张开无形翅膀》等，有多首诗作被收入《中国公安诗选》等诗集。现居石家庄。

燎 原 本名唐燎原，生于 1956 年 4 月，陕西礼泉县人。曾在青海高原生活、读书、工作多年。中国作家协会会员，山东省作协诗歌创作委员会委员，威海职业学院文学教授，威海市政协委员。中国当代最重要的诗歌评论家之一，昌耀诗歌奖评委会主任。出版《西部大荒中的盛典》《高大陆》《地图与背景》《一个诗评家的诗人档案》《海子评传》《昌耀评传》等专著。主编《21 世纪十年中国独立诗人诗选》《昌耀诗文总集·增编本》。曾获《萌芽》年度诗歌奖（1989 年）、"中国当代 36 位诗歌精神骑士·当代诗歌金哨"（2010 年）、刘勰文艺评论奖（2013 年）、第三届泰山文艺奖（2014 年）、第五届中国桂冠诗学奖（2015 年）、《星星》诗刊年度诗歌评论家奖（2016 年）等奖项。现居威海。

刘玉峰 笔名渔夫，1957 年 10 月 18 日生于西宁，祖籍山西。毕业于西北大学中文系。曾在柴达木生活多年，先后在海西州委办公室、海西州文联工作，曾任《瀚海潮》杂志副主编。出版中短篇小说集《男人河》《没有鸟的谷地》，散文随笔集《九月无雪》《西部温柔》《德令哈往事》《大盐湖》（合作），长篇小说《演绎自然经典》《漂泊的日子》《虚火》《一个人的城市》《往西是当金山》《布哈河》《东山坡上的骆驼》《飘上天的灵魂》等，创作并拍摄电视电影《生命属于人民》《山里的石头》《一乡之长》，电视连续剧本《酥油飘香》《麒麟河》《从前有座山》《你知道西藏的天有多蓝》等，其中《往西是当金山》获青海省第十一届"五个一工程"奖、海西州首届昆仑文学艺术奖。现居北京。

徐　剑　生于 1958 年 5 月 22 日，云南昆明市人。中国作家协会全委会委员，中国报告文学学会副会长，火箭军政治工作部文艺创作室主任，文学创作一级。著有小说、散文、报告文学、电视剧剧本共计 600 余万字，先后创作出版导弹系列文学作品《大国长剑》《鸟瞰地球》《砺剑濯上》《原子弹日记》《逐鹿天疆》及长卷散文《岁月之河》《灵山》《玛吉阿米》《经幡》、电视连续剧《导弹旅长》等 20 余部。曾三次获得中宣部"五个一工程"奖、两次获得"中国人民解放军文艺奖"，并获鲁迅文学奖、中国图书奖、中华优秀出版物奖、全军新作品一等奖等 20 多项全国、全军文学奖，系中宣部全国宣传文化系统"文化名家暨四个一批人才"，被中国文联评为"德艺双馨"文艺家，先后记二等功一次、三等功四次。现居北京。

舒　洁　本名特尼贡，蒙古族，生于 1958 年 9 月 18 日，内蒙古赤峰市人。曾在沈阳军区服役，先后就读于大连陆军学院、复旦大学中文系首届作家班。历任团中央全国少工委工作人员、《青年文学》编辑、《新世纪诗刊》主编，现为中国现代诗歌研究院副院长。1986 年参加第三次全国青创会。主要作品有诗歌集《心灵的故园》《神赐的口信》及《舒洁诗歌集》（六卷）《舒洁诗选》（五卷）、长诗集《帝国的情史》《仓央嘉措》《红》等。2010 年获中国当代杰出民族诗人诗歌奖。现居北京。

耿占坤　生于 1960 年 9 月 14 日，河南柘城县人。生于柴达木盆地漠河驼场，3 岁随父母下放老家。1983 年毕业于郑州大学中文系，先后在青海省委宣传部、青海省人民政府新闻办公室工作，曾任青海人民出版社总编辑，现任青海省艺术研究所所长，编审。中国作家协会会员，青海省作协副主席。主要著作有《青海湖传》《有阳光的田野》《爱与歌唱之谜》《大香格里拉坐标》《远去的山寨》《四季落叶》等。现居西宁。

熊育群　生于 1962 年 6 月 6 日，湖南岳阳市人。中国作家协会散文委员会委员，曾任《羊城晚报》高级编辑、文艺部副主任，现任广东省作协副主席，广东文学院院长，同济大学兼职教授，文学创作一级。出版诗集《三只眼睛》，长篇小说《连尔居》《己卯年雨雪》，散文集及长篇纪实作品《春天的十二条河流》《西藏的感动》《走不完的西藏》《罗马的时光游戏》《路上的祖先》《雪域神灵》，摄影散文集《探险西藏》，文艺对话录《把你点燃》等 18 部作品。曾获第五届鲁迅文学奖、《中国作家》郭沫若散文奖、第 13 届冰心文学奖、全国报纸副刊年赛一等奖，广东省第二届德艺双馨作家，第八、九届鲁迅文艺奖等。现居广州。

铁穆尔　笔名 Y·C·铁穆尔，裕固族，生于 1963 年 4 月 15 日，甘肃肃南裕固族自治县人。中国作家协会会员，国际蒙古学会会员，甘肃省作协第六届副主席。主要作品有散文集和非虚构作品《星光下的乌拉金》《北方女王》《苍天的耳语》《尧熬尔河》、历史专著《裕固民族——尧熬尔千年史》、口述历史《在库库淖尔以北》等。曾获甘肃省第七届社科优秀成果三等奖、甘肃省少数民族文学"铜奔马"奖、甘肃省敦煌文艺奖、甘肃省黄河文学奖、《民族文学》"龙虎山杯"全国少数民族文学新人奖等奖项,《星光下的乌拉金》2008年获全国少数民族文学最高奖"骏马奖"。现居甘肃。

葛建中 生于1963年4月26日,河北定州市人。1985年毕业于青海师范大学中文系,曾任中学教师、宣传干事、专业研究人员、公务员。中国作家协会会员,中国电视艺术家协会会员,青海省作协主席团委员,青海省影视家协会副秘书长,青海省民间文艺家协会理事,供职于青海广播电视台研究室。作品见诸《民族文学》《民族文学研究》《中国民族》《美文》《诗刊》《中国国家地理》《中国西部》《新华日报》《绿风》《青海湖》等报刊,入选多种文集,多次获省部级奖,出版散文随笔集《最后的藏獒》、诗集《季节肖像》、文学评论集《角度》。2009年获青海省第二届"德艺双馨"文艺工作者荣誉称号。现居西宁。

甘建华 生于1963年8月18日,湖南衡阳市人。中国作家协会会员,中国地理学会会员,中国作家书画院艺委会委员,中国书画收藏家协会会员,湖南省湖湘文化研究会副会长,湖南省报告文学学会副会长,湖南作家书画院副院长,南华大学衡湘文化研究所研究员,衡阳师范学院终身客座教授,青海师范大学地理科学学院客座教授,德令哈市作协荣誉主席,湖南衡岳湘水文化传播有限公司董事长,湖南尚美装饰工程有限公司董事长,衡阳日报社高级编辑。发表散文、诗歌、小说、报告文学、文史笔记、文艺评论逾千篇,作品入选海内外上百个权威选本,先后获得青海省首届青年文学优秀作品奖(1991年)、第二届中华铁人文学奖(2004年)、全国第七届冰心散文奖(2016年)、首届丝路散文奖(2016年)、冰奖得主在场散文竞赛奖(2017年)、第三届四川散文奖(2018年)、首届吴伯箫散文奖(2020年)等奖项,5次荣立三等功。出版《西部之西》《天下好人》《铁血之剑》《蓝墨水的上游》《江山多少人杰》《冷湖那个地方》《柴达木文事》《盆地风雅》《甘建华地理诗选》等专著,主编《洛夫纪念文集》《南岳文化地理丛书》《湖湘文化名人衡阳丛书》《衡岳湘水丛书》《西部之西丛书》《衡阳诗词三百首》,策划"诗文风流·翰墨飘香——中国作家书画作品展"和"春天奔涌而至——同题美图诗词书法"并出品同名画册。现居衡阳。

凌须斌 生于1963年10月7日,江苏镇江市人。1984年毕业于青海师范大学中文系。曾任《中国石油报》《青海日报》驻青海油田记者站站长,主任记者职称,2011年调任中石油海南销售公司党群工作处(企业文化处)处长。中国摄影家协会会员,中国散文学会会员,中国报告文学学会会员,中国石油作协第五届常务理事,青海省、海南省作家协会会员。出版散文集《西去路漫漫》《行吟无涯》、报告文学集《圣火高原》、新闻作品集《昆仑雪韵》、纪实文学集《走进瀚海有多宽》《光荣的年代》《军魂耀昆仑》(与人合著),与甘建华合编《洛夫文化地理诗选》,主编《山程水驿识君诗——甘建华地理诗大家谈》,多次获得各种正规奖项。现居海口。

白岩松 蒙古族,生于1968年8月20日,内蒙古呼伦贝尔市人。1989年毕业于中国传媒大学新闻系,分配至中央人民广播电台《中国广播报》工作。1993年初进入央视《东方时空》栏目,后任央视新闻评论员,历任《焦点访谈》《新闻周刊》《感动中国2008》《新闻1+1》等节目主持人,主持了1997年香港回归、1999年澳门回归、三峡大坝截流、国庆50周年庆典等重大活动现场直播。

2000 年被授予"中国十大杰出青年"称号，2009 年荣获"话语主持群星会年度终身成就奖"，多次荣获"优秀播音员主持奖"奖。出版专著《痛并快乐着》《幸福了吗？》《行走在爱与恨之间》《白说》。现居北京。

刘大伟　生于 1980 年 1 月 27 日，青海互助县人。中国作家协会会员，中国民俗学会会员，青海省作家协会委员，西宁市作家协会副主席，海东市文艺评论家协会秘书长，青海师范大学人文学院副教授。有诗歌、散文、文学评论散见于《诗刊》《星星》《绿风》《散文诗》《滇池》《青海湖》等刊物，出版诗集《雪落林川》《低翔》，文化散文集《凝眸青海道》，获第六届青海省青年文学奖、第七届青海省文学艺术奖。与人合著学术著作《中国唐卡艺术集成·吾屯卷》《青藏地区民族民间文学研究》《青海民族服饰》《昆仑神话研究》，合著教材《大美青海》《魅力青海》，主编诗集《彩虹印象·诗歌卷》，编著"故事当当系列"作品之《汉族儿童故事》，主持国家社科基金项目"河湟民族走廊多民族庄廓民居的文化空间研究"。现居西宁。

王威廉　生于 1982 年 6 月 12 日，陕西西安市人，生于青海海晏县，长于海西州德令哈市。先后就读于中山大学人类学系、中文系，中国现当代文学博士。中国作家协会会员，广东文学院专业作家，兼任广东外语外贸大学中国语言文化学院创意写作专业导师。出版长篇小说《获救者》，小说集《内脸》《非法入住》《听盐生长的声音》《倒立生活》《生活课》《北京一夜》（台湾版）等。获首届"紫金·人民文学之星奖"、第六届"花城文学奖·新锐作家奖"、首届《文学港》年度大奖、《十月》文学奖、广东散文奖、《广州文艺》都市小说双年奖等，入选广东省青年文化英才。现居广州。

甘　恬　女，生于 1994 年 3 月 1 日，湖南衡阳市人。15 岁加入衡阳市作家协会，18 岁加入中国散文学会、湖南省作家协会，21 岁应邀参加中国作协耒阳采风团，先后出席第二届湖南省湖湘文化研究会、第八届湖南省作协代表大会（特邀）。2016 年毕业于澳门科技大学酒店与旅游管理学院，获国际旅游管理学士学位；2017 年毕业于英国杜伦大学商学院，获市场营销硕士学位。曾在内地及港澳报刊发表数十篇散文随笔作品，并有多篇获正规奖项，其中《澳门的别样风情》《爷爷在父亲心中》《父亲的西部之西》《大雁翱翔尕斯湖》《寻访状元故居》《石鼓嘴植物志》《去了一趟茅洞桥》等篇，分别入选《百年中国经典美文》《青海美文双年选》《名家笔下的柴达木》《我们的柴达木就像画一般》《天边的尕斯库勒湖》《祖先的山水清明》《名家笔下的衡阳》《石鼓书院锦绣华》《茅洞桥记》等文化地理散文选本。现居上海。

后 记

我曾经工作、生活的青海柴达木,是祖国十分富饶的"聚宝盆",也是世人遗落的大美之地。海西州政协从存史资政的角度出发,最近几年时间整理、挖掘、打捞了一批珍贵的文史资料,计5辑30本420万字,编成蔚为大观的"柴达木文史丛书"。它的陆续出版发行,彰显了独具特色的柴达木精神,丰富了柴达木的文化事业,新华社和《人民日报》《文艺报》等中央权威媒体及青海本埠媒介均纷纷给予报道,认为"推进了柴达木文化和青海文化从地域性向全国性的过渡"。

本人有幸参与"柴达木文史丛书"的编撰,并有《冷湖那个地方》和《柴达木文事》二书入编,前者相继获得第七届冰心散文奖、首届丝路散文奖,后者被《人民日报》载文赞扬"为中国文史笔记写作开一新境"。此次委托我主编的《名家笔下的柴达木》,亦属"柴达木文史丛书"中的一种,是继《柴达木开发史(1960—2010)》之后,隆重推出的又一大部头单行本。

3年前接受邀请之初,我便圈选了一个可能入辑的篇目,并与有关人士商榷定下如此基调:这是关于柴达木盆地广泛的、多样化的书写,涉及自然、人文、历史、民俗风情、日常生活等各个层面,体裁要求为散文、随笔、综述、游记、日记、文艺特写等具有鲜明文学特质的综合性文体,诗歌、小说、报告文学及新闻报道不在其列。

根据手头掌握的资料,有史以来第一个描写柴达木的文人,是距今1200多年前中唐时期的毛押牙。在被吐蕃所俘押解离开敦煌途经柴达木时,他写下《白云歌》及与苏干湖有关的3首诗歌,可算是青海历史上第一位流寓诗人。沉寂千载之后，直到两位湖南人的出现，这块遥远偏僻不为世人所知的地方，才又有了一诗一文流传后世。1934 年 6 月，南京国民政府命青海省政府秘书长黎丹巡视西藏，这位湘潭才子旅次唐蕃古道，写下了十几首诗风雄健、深沉、明快，蕴含着爱国忧民情怀的柴达木诗歌。而民国初年（1912 年）率兵离开西藏，经柴达木无人绝域，挣扎着逃回内地的湘西陈渠珍，24 年后的追忆之著《艽野尘梦》，至今读来仍激荡人心，可谓百年之前关于柴达木盆地珍贵的人文地理考察报告。再就是 1954 年 9 月，随着盆地西部石油资源的勘探，诗人李季、作家李若冰随同康世恩同志，联袂来到油砂山下、尕斯库勒湖畔，留下了文化名人的第一行脚印，也留下了自有人类以来的第一部诗集《心爱的柴达木》，第一本散文报告文学集《柴达木手记》。

最近半个多世纪以来，除了曾在盆地工作、生活、成长的作家、诗人，还有大批文化名流纷至沓来采风创作，文星闪闪交互辉映柴达木。本书因此收录了徐迟、徐光耀、南丁、赵淮青、谢冕、朱奇、肖云儒、罗达成、王贵如、张荣大、王泽群、王文泸、梅洁、林染、肖复兴、陈世旭、叶延滨、鄢烈山、和谷、王宏甲、井石、王仲刚、刘元举、黄国钦、陈长吟、李向宁、汤惠生、燎原、徐剑、舒洁、熊育群、铁穆尔、凌须斌、白岩松、王威廉等 84 位方家之作，合计 40 万字左右。许多作者获得过茅盾文学奖、鲁迅文学奖、冰心散文奖、徐迟报告文学奖、庄重文文学奖、全国"五个一工程"奖、少数民族文学创作"骏马奖"，以及其他各种全国性正规文学大奖和省部级主要文学奖项。其中中国作协会员 50 人，占比几近三分之二，好些是中国作协理事、全委会委员、名誉委员，李季、陈忠实、贾平凹是中国作协副主席，石英、王宗仁是中国散文学会创始人、名誉会长，每人都是文字优美，文风畅达，文笔生辉，文名鼎盛。另有薛宏福、尹克升两位曾任省委书记；张丁华曾任全国总工会党组书记、全国人大内务司法委员会副主任委员；郑绵平是国际著名盐湖科学家，中国工程院院士；杨春贵是著名马克思主义哲学家，曾任中央党校副校长；田源曾任青海省委常委、宣传部长，陕西省政协副主席；顾树松、张德国、曹随义皆为青海石油的功臣宿将。他们关于柴达木的文章都写得情真意切，让人读后顿兴"高山仰止景行行止"之慨叹。

本书的另一个特色，是收录了几位外国著名探险家、旅行家、地理学家、自然科学家的文章，帮助我们了解两百年来柴达木的真实生活图景。在此之前，人们可能并不知道他们曾在大盆地的惊鸿一瞥，或者压根儿就没有听说过他们的名字，更不可能读过他们的作品。事实上也的确如此，可能因为涉及许多西北史地知识，时光流逝这么多年了，迄今都没有见到其中一些人的中译本，有的还是我近年译介过来的，而且每篇文章都经过我的重新校订。

《名家笔下的柴达木》的写作时间，上起清宣宗道光廿五年（1845年），以法国人古伯察《跋涉柴达木的山川》开篇，下讫留学英伦的柴达木开发者后裔甘恬《父亲的西部之西》，历经清朝、民国、中华人民共和国，跨时达170余年之久！六七代中外人士的共同奋斗接力打造，才有了青藏高原上这样一个罕见的文本！从某种意义上来讲，这些植根于西部之西的文学风景，吸取了中华文明的精华，具有深邃的历史感和宽广的国际视野，进而丰富了中国乃至世界文学的版图。无论如何我都坚信不疑，这本书对于宣传柴达木，推介柴达木，将会起到一个巨大的名人效应，产生一个不可低估的文化气场。这也是全国别的地市州盟所没有的一笔巨大的人文资源、文化资源和广告资源，希望能够引起海内外人士的关注和重视。

这本书从受托到编竣，大约过眼了三四千篇作品，至少经过四五十次遴选甄别。粗略默想概算，中国作协会员即有两三百人，先后书写的柴达木题材散文作品，估计总数不下于千篇之多。每一次淘汰同类撞车题材，或者相似场景描摹，都要仔细掂量，布点全面，围绕着"名家"和"名作"反复权衡，现今所存篇目胜出相当于世界杯足球赛之激战。对于未能进入本书的作家及其作品，希望在今后编选其他文本时有所弥补，不致湮没无闻。

最后，我要以万分诚挚的心情，感谢原中国作家协会党组副书记、中国散文学会会长王巨才先生为本书作序，感谢中国作家协会名誉副主席、湖南省文联名誉主席谭谈先生为之题签，感谢著名作家、记者王文泸、王宗仁、王贵如、朱奇、肖复兴、赵淮青诸公出任本书编辑顾问，感谢中国书法家协会会员、西泠印社社员安多民先生为之篆刻封底印章，感谢知名图书装帧师高艳秋先生的封面设计，感谢中国文联出版社苏晶女士和责编褚雅越老师的锦上添花。感激已故艺术大师、中国国家画院创始人黄胄先生，于1955年春天创作的中国画《柴达木的风雪》，描绘风雪交加中奋力前行的地质勘探队员的英雄形象，两年后荣获第六届世界青年与学生和平友谊联欢节金质奖。这次被我们挑选作为封面图画，为本书增添了崇高的荣耀和无限的光彩——愿黄公的在天之灵得到安息！

甘建华

戊戌冬日于衡阳晴好居